Sur l'auteur

Janine Montupet, née à Oran, en Algérie, arrive en France avec ses parents à l'âge de quinze ans. Après son baccalauréat, elle poursuit des études de lettres.

En 1953, elle publie son premier roman, *La fontaine rouge,* suivi d'autres ouvrages ayant pour thème l'Algérie. *La dentellière d'Alençon* (1984), écrit alors qu'elle réside en Normandie, connaît un succès considérable tant en France qu'à l'étranger. Elle reviendra à l'histoire de l'Algérie avec *Couleurs de paradis* (1990). Ses fréquents séjours dans le Midi lui inspirent *Dans un grand vent de fleurs* (1991), une saga sur les parfumeurs de Grasse, qui a fait l'objet d'une adaptation télévisée en 1996.

Pour être près de ses enfants, elle vit aux États-Unis, où elle se consacre à l'écriture et à ses recherches historiques. Elle est l'auteur d'une douzaine de romans.

COULEURS DE PARADIS

JANINE MONTUPET

COULEURS
DE
PARADIS

ROBERT LAFFONT

© Éditions Robert Laffont, S.A., Paris, 1990
ISBN : 2-266-08958-7

A Robert et à Hélène.

« Et si toute l'Algérie que nous avons connue n'avait été qu'un vaste décor, aux couleurs trop fascinantes, planté pour jouer la pièce du paradis à perdre ?

… Un théâtre, mais plus d'une fois avec du vrai sang. »

Gabriel AUDISIO.
(*L'Opéra fabuleux*.)

1.

Bien des années après, on en parlait encore.

En dépit de quelques variantes sur la date et le lieu, les récits différaient peu. On disait qu'elle entra, souriante, sûre d'elle, dans les salons du gouverneur débordants d'invités, fit une profonde révérence à Son Excellence et, se relevant, s'excusa d'avoir perdu ses chaussures.

Elle avait une voix claire, un ton joyeux. On l'entendit fort bien. Les regards se portèrent alors sur ses pieds : ils étaient nus ! Tout à fait. Parce qu'elle paraissait avoir aussi perdu ses bas.

En vérité, il ne s'agissait pas d'un bal au palais du Gouvernement général des possessions françaises du nord de l'Afrique, mais d'un après-midi dansant, au consulat de Suède, en septembre 1837, dans ce que l'on appelait encore, malgré la conquête de 1830, la Régence d'Alger.

La rue des Consuls, à deux pas du port, faisait partie du quartier dit de la Marine, et tenait son nom des résidences diplomatiques qui y étaient groupées.

On racontait, à ce sujet, qu'au temps des Turcs un

dey[1] aurait confié à son divan[2] sa grande satisfaction d'avoir une telle concentration d'étrangers dans un espace si restreint. Cela, disait-il, faciliterait la besogne le jour où l'on jugerait nécessaire de couper ces têtes de chiens d'infidèles. Mais l'anecdote était peu crédible. Chacun des États d'Europe représentés ici payait alors tribut aux corsaires barbaresques en échange de sa sécurité, acceptant ainsi, implicitement, leur brigandage. Et, à coup sûr, aucun dey ne se fût privé de ces revenus réguliers et substantiels.

Parmi les villas mauresques de cette rue, devenues demeures officielles, celle du consul de Suède, Sven Dynensen, était réputée l'une des plus belles. Et on y recevait, ce soir-là, comme tous les dimanches, de 17 heures à minuit.

Dans le patio aux murs vernissés de faïences bleues, et près d'une fontaine roucoulante, Elina Dynensen accueillait ses hôtes. Jamais au-delà d'une cinquantaine à ce genre de réception. « Restons entre intimes », avait-elle coutume de dire. Et ces « intimes » étaient choisis avec éclectisme. Car — c'était bien connu en ville — cette Anglaise venue du comté du Somerset, en passant, pour y convoler, par les pays nordiques, avait toute l'originalité de certaines de ses compatriotes qui sillonnaient l'Europe et l'Orient, s'éprenaient du Pirée, de Florence ou de Grenade aussi bien que du Mont-Saint-Michel ou d'Alexandrie et s'y adonnaient aux excentricités dont leur stricte patrie blâmait l'étalage chez elle.

On disait donc de Mme Dynensen, du temps de l'occupation turque, comme désormais dans la française : « C'est une Anglaise », avec ce que cela comportait d'amicale compréhension chez beaucoup et de dénigrement ironique chez quelques autres. Au consulat bri-

---

1. Chef du gouvernement de la Régence d'Alger sous la domination turque.
2. Le conseil du dey.

tannique, on préférait suggérer, dans un demi-sourire de politesse diplomatique : « Mrs. Dynensen est, sans doute, très parisienne. »

Aussi nul ne s'étonna, ce soir-là, de voir cette gracile vieille dame aux cheveux poudrés, au regard d'un bleu céleste et au sourire d'ange malicieux, dire à l'une de ses invitées dont les petits pieds dépassaient, tout nus, du dernier volant d'une robe de mousseline rose :

— Ma chère, les consultats sont certainement faits pour venir en aide aux jeunes filles qui ont des malheurs. Et le nôtre doit bien avoir deux ou trois paires d'escarpins de soie en réserve.

On vivait la qualité particulière de ces instants aux sons d'un quadrille à la mode cette année-là. La demoiselle, assise devant son piano, qui en plaquait les énergiques accords, était une cousine pauvre — côté anglais — accueillie et bien traitée, mais dont une grande dignité, drapant sa haute et sèche personne, lui commandait de payer son écot en faisant danser les invités de sa bienfaitrice. Comme on ne l'avait jamais vue que vissée à son tabouret recouvert de sa jupe, toujours verte, on se demandait si elle avait des jambes ; aussi était-elle appelée par les plus féroces des habitués du consulat : « La Cousine Tronc » et par les plus indulgents : « Miss Flonflon. » Elle le savait et s'en attristait. Vivre au soleil d'Afrique, dans le parfum des roses et des jasmins, n'était pas suffisant pour être heureux. D'ailleurs, si les jardins embaumaient, les rues de la Régence sentaient — elle le faisait chaque jour remarquer — fort mauvais !

On vint lui demander de cesser de jouer. Elle obéit, mains résignées posées immédiatement sur la jupe verte. Dans sa position de subalterne, elle devait obtempérer sans attendre. Elle ne fit pas pivoter son siège et ne regarda pas ce qui se passait derrière elle, on ne l'en avait pas priée. Aussi ne vit-elle pas sa célèbre cousine s'avancer parmi ses invités, donnant la main à une jeune fille pieds nus et disant, ravie, à ceux qui l'entouraient :

— Savez-vous que c'est, enfin, la douzième ? Nous avons désormais notre douzaine de jeunes filles européennes à Alger !

Il se joua alors, dans l'âme d'une demoiselle anglaise un peu mûre et menée par l'adversité jusqu'à ces barbares rivages méditerranéens pour y faire danser les bienheureux de ce monde, une petite bataille entre l'amour-propre et la curiosité. Le premier perdit, la cousine fit pivoter son tabouret, regarda. Et soudain, elle, Deborah Springfield, de Bath, comté du Somerset, eut là, en Orient, dans un salon mauresque, la révélation de ce qu'elle avait toujours voulu être, sans le savoir : cette radieuse jeune fille sûre d'elle jusqu'à oser l'effronterie d'arriver pieds nus à un bal chez l'Honorable Consul général de Suède et de Norvège, chargé aussi des Affaires russes dans la Régence d'Alger ! *Elle fut* cette inconnue d'une beauté pour le moins égale à celle des célèbres Circassiennes dont on savait les harems d'ici bien pourvus. Pendant les brefs instants où les rayons roses du couchant firent virer au mauve le bleu des faïences de Delft vernissant les murs, elle devint la sublime Deborah Springfield, irrésistible perle du Somerset irradiant de son doux orient l'Orient barbare d'Afrique. Enivrée, palpitante, elle ressentit la brûlure de ces regards d'hommes posés sur elle... Était-ce bien une brûlure ? Ou une caresse ? Qu'éprouvait-on, réellement, à se voir regardée, admirée par tous ?

Penchée maintenant vers ses mains qui tremblaient, ainsi qu'il en était après de longues soirées d'esclavage devant un piano, Deborah parut leur demander une réponse. Elles frémirent, ignorantes, hélas, de ces choses de l'amour.

Comme retentissait la voix du colonel Changarnier, Deborah retomba sur terre. Elle n'aimait pas Bergamotte [1]. Elle lui en voulait de ne s'apercevoir jamais de sa présence. Il dansait sans se soucier de qui le lui permettait, accordant moins d'importance à une musicienne de talent qu'à ses bretelles, dont il possédait, disait-on, une cinquantaine de paires en ruban de soie ou en tapisserie au petit point ! Elle le chercha, le découvrit, rutilant, en splendide apparat à son habitude, joues vermeilles, cheveux calamistrés et souriant à la « douzième jeune fille » avec tous les autres hommes.

Et les femmes ?

Elle en épia quelques-unes. Souvent, à les voir ainsi danser, elle se demandait quelle vie offrait ce pays — hormis des tournoiements en robes de soie et de dentelle — à ces épouses de diplomates, d'importants négociants, de hauts colons ou d'officiers supérieurs. Ce n'était pas ces dernières qu'elle enviait le plus. Être, aux Indes, un soldat de Sa toute jeune Majesté, la reine Victoria, était plus prestigieux que d'arborer des épaulettes d'or ici. Les compagnes des propriétaires terriens l'intéressaient davantage. On disait de ces comtesses de Franclieu, baronnes de Vialar ou de Tonnac, qu'elles étaient des héroïnes, grandes dames pourvues de titres et d'argent venues perdre ici santé et fortune en souriant. Des sottes, en vérité, pensait Deborah, et qui auraient mieux fait de rester dans leurs châteaux de France ! Ces rivages barbares donnaient plus de déboires que de récompenses, et les mains de ces patriciennes, agitant éventails ou bouquets, n'étaient déjà plus si blanches. Le soleil les rudoyait — c'était visible —, et mousselines, points d'Alençon et cachemires se défraîchissaient à folle allure aussi. Deborah eut l'un de ses ricanements muets qui, par instants, mettaient dans son regard une petite flamme de joie : leurs héritages de dentelles et de châles n'arriveraient pas intacts aux filles de ces belles dames !

1. Surnom donné au colonel Changarnier par ses hommes parce qu'il était toujours très raffiné dans sa mise.

Et que disaient-elles, celles-là, précisément, ces onze héritières de la Régence, de l'intrusion de cette douzième ? Que pensait la petite Valérie Tebaldi, ronde et rose comme une arbouse, enfant chérie du gros propriétaire des pêcheries de corail de La Calle [1] et qui répétait sans cesse : « Désirée Clary, reine de Suède, n'a pas été la première au monde à porter une parure de corail. On prétend le contraire dans le commerce, à Marseille, mais c'est faux. Mon père a fait exécuter, *pour moi seule* d'abord, le modèle d'un collier et d'un bracelet. » Et elle ajoutait toujours, voulant convaincre : « Croyez-moi, croyez-moi. » Aussi l'avait-on surnommée « Coraillez-moi ». Riait-elle jaune, dans tout le rose de ses coraux, la petite Tebaldi ? Et les trois filles du consul de Grande-Bretagne ? Celles dont le bachagha Si Abdallah Ben-Kaled disait, sans rire jamais, mais avec des étincelles de joyeuse cruauté dans ses prunelles noires : « Si ces demoiselles, trop hautes de taille, avaient été, hier encore, razziées et mises en vente comme esclaves, les amateurs n'auraient eu nul besoin de descendre de cheval pour examiner leurs dentures... semblables, d'ailleurs, à celles de leur monture ! » Bien sottes, les trois misses, de sourire si tendrement à la nouvelle venue qui les priverait à coup sûr de leurs meilleurs cavaliers ! Et à quoi songeait la brune et laide fille du consul d'Allemagne, vêtue chez elle de costumes de Mauresque, se voilant même, sans doute pour cacher les cicatrices de petite vérole de son visage ? Et la pétillante comtessina italienne à qui son vieux diplomate de père laissait une liberté d'allure que Rome eût hautement désapprouvée ? Elle aurait dansé jusqu'à l'aube, celle-là, supposant sans doute le piano mécanique !

Zulma, grande et raide Mauresque au visage tatoué de bleu, femme de chambre de Mme Dynensen,

---

1. Petit port du nord de l'Afrique, près de Bône, dont la pêche au corail était l'une des principales ressources.

apporta, en guise d'escarpins de soie, une paire de babouches couleur d'aurore, minuscules sandales de velours brodées d'argent.

Elina s'écria :

— On peut toujours compter sur Zulma ! Elle avait deviné que ma douzième jeune fille était vêtue de rose !

Et soudain Deborah se leva d'un bond, prouvant, si toutefois quelqu'un eût pensé à le remarquer, qu'elle avait des jambes avec de grands pieds au bout : elle voulait mieux voir quatre beaux messieurs se disputant l'honneur de mettre ses babouches à la jeune fille sans chaussures !

Il y avait Romain Deslandis, héritier des vastes terri-toires de son père, haut colon en Mitidja, Herbert de Saint-Hilaire, lieutenant au 2e léger, à peine remis de ses blessures et un romantique bandeau blanc au front, Alexis Manerville, fils de famille exilé ici par les siens pour dettes de jeu, et le richissime Ephraïm Solal, dont les ancêtres étaient banquiers dans la Régence depuis cinq ou six générations. Qui allait jouer le rôle du prince dans *Cendrillon* ?

On crut que ce serait — honneur au glorieux soldat de l'armée d'Afrique — le lieutenant aux yeux bleus. Mais le bel Alexis ne le devançait-il pas ? A demi seu-lement. Ils arrachèrent chacun une babouche à Zulma, toujours raide et muette.

Deborah — perle du Somerset — se voyait tendant elle aussi, avec grâce, un pied puis l'autre à ses deux chevaliers servants. Mais elle ne remerciait pas seule-ment en souriant, elle, elle cueillait les camélias roses piqués dans une opulence de cheveux d'or roussi, sûre-ment très circassienne, et les donnait, en récompense, à ces hommes agenouillés devant elle. Ou, mieux encore, elle dénouait son ruban de taille, le coupait en deux (avec quoi ? Dieu ! Où trouver des ciseaux ?) et chacun recevait les couleurs de sa dame. Le satin des rubans est doux comme une peau de jolie femme et...

Ulysse Marchandeau, ex-caporal au 2ᵉ chasseurs d'Afrique, s'approcha du piano, ignorant, en posant sa main sur l'épaule de Deborah, qu'il brisait un rêve aussi férocement que s'il l'eût écrasé sous les gros souliers militaires qu'il portait encore, n'ayant pu épargner les deux louis nécessaires à l'achat de chaussures élégantes. Alger commençait à en importer de France et il espérait bien en arborer une paire dès l'été prochain. Tout en regrettant de ne pouvoir, sans ridicule, chausser les superbes bottes de filali[1] rouge des seigneurs arabes avec lesquelles le gouvernement français laissait des vaincus marteler, pleins d'arrogance, un sol qui ne leur appartenait plus.

Blessé à la bataille de Staoueli, en juillet 1830, l'avant-bras gauche tranché net par un yatagan, Ulysse avait été versé, l'année suivante, dans les services du Trésor. Une belle voix de baryton, dont Elina Dynensen s'était entichée en l'entendant à une soirée de charité au profit des orphelins de militaires, lui avait ouvert les portes du consulat de Suède. Côtoyer là les plus hauts personnages de cette jeune colonie ne cessait de l'exalter.

Comme, à l'exception de la maîtresse de maison, peu de personnes s'intéressaient à lui, il s'était rapproché de miss Deborah. Elle disait avoir plaisir à l'accompagner lorsqu'il chantait. Et il chantait beaucoup, sans se faire prier jamais, « la bouche toujours entrouverte dans cette attente », disaient ceux que son éternel heureux étonnement de se voir en ces beaux salons amusait. Aussi vivait-il dans l'inquiétude, redoutant la fraîcheur des soirées, dès le soleil couché, et l'humidité des nuits si néfastes à ses cordes vocales.

Deborah savait qu'il apprenait l'arabe. Il lui avait expliqué combien suivre les cours gratuits du professeur de l'armée donnait déjà d'avantages précieux pour l'avancement, et combien parler cette langue couram-

1. Cuir fin et souple du Tafilalet (Maroc).

ment serait une certitude de nomination à l'échelon supérieur. Elle souhaitait qu'il y parvînt. Lui se demandait parfois ce qu'elle répondrait s'il offrait de l'épouser. Elle était — il l'avait entendu dire un soir — de cinq ans son aînée, mais, devenir le cousin du consul de Suède et de Norvège chargé aussi des Affaires russes, était la clef d'or ouvrant les salons des autres consulats, ceux des notables et peut-être même ceux du palais du Gouvernement général. Il rêvait de recevoir un jour le carton d'invitation blanc glacé, gravé en lettres d'or surmontées de la couronne royale. Toutefois, le regard, à la fois rêveur et perspicace, de miss Deborah l'inquiétait. Parviendrait-il à faire croire à son amour pour elle ? Et il était si peu de chose encore ici ! A tout prix, il lui fallait arriver à parler arabe. Il avançait lentement dans l'étude de cette langue qu'il jugeait gutturale et déplaisante à l'oreille. Il en amassait, au fond du cœur, une haine farouche pour ceux qui lui avaient pris un bras et l'obligeaient à cet effort de mémoire et à ce travail supplémentaire de chaque soir. Dès qu'il pouvait triompher de ces vaincus fiers et hautains, il ne manquait pas de s'en réjouir. Lorsque le colonel Yusuf[1] avait rapporté de ses derniers engagements trois barils d'oreilles coupées aux ennemis — agissant ainsi comme les Arabes —, il avait voulu les voir. Il y était parvenu, s'était penché vers ces tonneaux, pleins du vin de la troupe au départ de l'expédition et revenus débordants de petits morceaux de chair déjà en putréfaction. La variété des formes d'oreilles l'avait surpris. Son étonnement avait dépassé son dégoût et il s'était senti presque vengé. Dès lors, il avait voué un culte au colonel Yusuf et vivait dans l'espoir de le voir, un dimanche soir, franchir les portes de ce salon où il chanterait pour lui. Le plus superbe des officiers d'Afrique entrant ici y ferait sensation,

1. Joseph Vantini, dit Yusuf, 1810-1866, plus tard général dans l'armée d'Afrique.

comme partout où il apparaissait dans son costume bleu de ciel brodé d'argent et de perles. Cet homme était aussi beau que son coursier blanc harnaché de velours, d'or, de pierreries et de plumes. Seuls les jaloux — et l'armée n'en manquait pas ! — soutenaient que le colonel était turc et lui refusaient sa nationalité franco-italienne. Était-ce la faute de Yusuf s'il avait été capturé enfant par les barbaresques et élevé à Tunis ? Lui, Ulysse Marchandeau, pouvait certifier l'avoir vu participer à la conquête, dès les premiers combats, et le dirait bien haut si quelqu'un s'avisait de faire ici une remarque désobligeante sur ce héros.

En attendant ce plaisir-là, Ulysse en savourait un autre. Il venait d'acquérir une certitude : miss Deborah lui faisait tourner les pages d'albums de musique qu'elle n'avait nul besoin de déchiffrer pour les jouer à la perfection !

Aux habitués des soirées dansantes d'Elina Dynensen, la pianiste et le chanteur apparaissaient ainsi comme les deux prolongements indispensables et invariables du piano à queue noir. Elle, toujours en vert, un mouchoir blanc à portée de la main et dont elle effleurait parfois ses tempes d'un geste plein de délicatesse. Lui, ne perdant pas un centimètre de sa courte taille, fièrement dressé dans sa vieille redingote sombre, la demi-manche gauche inutile repliée et retenue par une agrafe d'acier aussi brillante que la médaille illuminant sa poitrine.

Au cours de la soirée, Ulysse allait trois ou quatre fois jusqu'au buffet demander deux orangeades et des friandises. Il précisait au serveur indigène : « C'est pour miss Deborah. » Il avait ainsi l'impression qu'il parlait presque anglais. Et il était heureux, ignorant que le colonel Changarnier avait dit en l'entendant chanter : « Ce cuistre est la preuve évidente que le premier imbécile venu au gosier gratifié de meilleures ficelles qu'un autre peut roucouler avec âme ! »

Deborah, elle, avait surpris cette condamnation et

écrivait en Angleterre à ses amies combien l'Orient, si beau, inclinait, étrangement, ceux qui l'habitaient à la cruauté.

Il circulait maintenant, et il arrivait jusqu'au piano des informations sur la jeune et belle invitée de dernière heure. Elle était la fille du peintre Aurèle Maurin-Darbière, ami des Dynensen. Elina avait tant d'amis artistes ! « Mes orientalistes », disait-elle, comme elle aurait dit : « Mes bijoux. » Sven, son mari, lui avait permis de poser pour eux vêtue de ces tuniques grecques qu'elle affectionnait. « Le folklore local n'est-il pas suffisant ? » ricanait Deborah. « Elle porte ces vêtements avec une grandeur toute romaine », rectifiait Ulysse pour lui-même. Il admirait beaucoup Mme Dynensen. Mais la pianiste et le baryton s'accordaient pour trouver, malgré la superbe qualité des portraits faits par Horace Vernet et Chasseriau, plus de ressemblance dans celui d'Aurèle Maurin-Darbière.

— Eh ! Eh ! risqua Ulysse lorsqu'il entendit que la jeune fille allait vivre seule à l'hôtel de l'Europe en attendant le retour de son père, envoyé le matin même rejoindre le corps expéditionnaire parti tenter une seconde attaque de Constantine.

Aurèle Maurin-Darbière, disait-on, accompagnait les peintres Eugène Flandin, Théodore Frère et Théodore Leblanc[1] et remplaçait Horace Vernet retenu à Rome. Départ au pied levé, emballage dans l'instant des vêtements, palette et boîte de couleurs. Mais refuse-t-on une telle aubaine et l'honneur de faire partie de la suite de Son Altesse Royale le duc de Nemours ? Néglige-t-on la chance de ramener les notes utiles à l'exécution de tableaux de bataille ou scènes de bivouac ?

— Dans sa précipitation, a-t-il pensé à emporter son ombrelle ? demanda quelqu'un en riant.

Alger s'enorgueillissait alors de voir dans ses rues, ses jardins publics, ou devant ses mosquées et ses fon-

1. Peintres de l'École française.

21

taines, pousser autant de parasols d'artistes peintres qu'à Alexandrie réputée pour attirer le plus grand nombre d'orientalistes. Les maîtres se reconnaissaient de loin à la couleur de leurs ombrelles. Celle d'Horace Vernet était blanche, agrémentée de ces pompons de laines multicolores dont les cavaliers arabes bordaient leurs chapeaux de paille et, comme il était le seul à avoir ainsi orné son abri, les guides le désignaient facilement aux voyageurs. On racontait qu'un peintraillon, en l'absence du maître, avait, trois jours durant, vendu des esquisses de la ville cent francs pièce à des touristes crédules, pour avoir suspendu quelques pompons à son ombrelle. « Celle de Maurin-Darbière était rose », entendit-on.

— Nous l'aurions parié ! Sa fille, son parasol, tout est rose chez Aurèle ! dit le baryton.

Quelqu'un avança avoir connu l'ombrelle rouge et qu'elle avait passé au soleil ; le peintre — s'en souvenait-on ? — avait vécu ici de 1833 à 1834. Ulysse enchaîna et affirma qu'en effet il l'avait vue, lui aussi, du plus bel écarlate, un vrai coquelicot à cette époque !

Il s'enhardissait, M. Marchandeau ; il en puisait le courage dans l'insistance de miss Deborah à le garder près d'elle, prenant le prétexte de tant de pages à tourner... inutilement. Avec un peu de chance, sa belle voix aidant, et cette langue arabe enfin vaincue, il avait devant lui, pensait-il de plus en plus, un avenir de cousin du consul général de Suède et Norvège, chargé aussi des Affaires russes.

Mais Deborah n'avait pas aimé ce « Eh ! Eh ! » aux résonances égrillardes, ni la dernière tirade d'Ulysse sur l'ombrelle. Un petit commis, reçu par grâce dans les salons d'un diplomate, ne peut se permettre de tant parler sans qu'on l'en prie. Elle fit remarquer, avec sécheresse, que ce couple de négociants de Marseille plantés là-bas près de la fenêtre était, venait-on de dire, de lointains cousins de la jeune fille retrouvés par hasard à Alger et auxquels son père l'avait confiée en quittant la ville. A ces deux-là aussi, ajouta Deborah pour elle-même, on faisait bien de l'honneur en leur entrouvrant les portes du consulat ! Cette manie d'Elina d'essayer, « au moins une fois », tout ce qui débarquait ! Encore des figurants qu'on ne reverrait jamais. D'un coup de plume, ils seraient rayés de la liste de la prochaine soirée et renvoyés à leurs caisses de savon noir ou blanc, à leurs barils de crésyl désin-fectant, à moins que ce ne soit aux ballots de couvertu-res, aux caques de harengs ou baquets de sardines salées pour l'intendance militaire. On les devinait, ces Morelli replets et satisfaits, comptant la recette du jour dans une arrière-boutique à la lueur d'une chandelle fumeuse. Les fournisseurs de l'armée, quelle que soit l'importance de leurs comptoirs, amenaient donc main-tenant leurs femmes avec eux ici ? Elles espéraient sans doute y voir — mieux qu'aux Tuileries où elles n'avaient d'ailleurs aucune chance d'être invitées jamais ! — les princes royaux, les hauts militaires et une aristocratie prestigieuse, sans compter des artistes en renom et des visiteurs de marque. Ces Morelli avaient déjà l'air de grosses poules effarées ; pour-raient-ils ouvrir plus grands encore des yeux déjà si écarquillés, en apercevant les Altesses traversant, à cheval et de si majestueuse allure, la place du Gouver-nement ?

Soudain, Mme Dynensen, tenant la nouvelle arrivée par la main, traversa le salon et s'approcha de sa cou-sine et du baryton.

On n'allait pas s'emparer de *leur* place, de *leur* piano ?

Tout juste ! Elina disait à l'usurpatrice : « Et jouez autant que vous le voudrez, nous sommes privés de nouvelles chansons de France depuis plusieurs mois ! »

Les milliers de yatagans turcs, engrangés par l'ar-mée d'Afrique dans ses arsenaux lorsque les janissai-res [1] vaincus s'embarquèrent d'ici pour l'exil, les

1. Soldats de l'armée turque.

eussent-ils transpercés, Ulysse et Deborah n'auraient pas souffert plus qu'en cédant, à demi, leur royaume. Car ils ne l'abandonnèrent pas complètement. Ils se replièrent à peine de deux pas. Comme Deborah se faisait un devoir de garder son instrument à gauche, Ulysse décida de le garder à droite. Dès lors, disposés ainsi en sujets de pendule, ils semblèrent, à tous ceux qui regardaient la jeune fille s'asseoir sur le tabouret, prêts à l'assister s'il en était besoin. Ce qu'elle ne dut manquer de croire elle aussi.

Elle chanta.

« Mezzo-soprano », pensèrent-ils ensemble. « *Petit mezzo-soprano* », rectifia Ulysse. Deborah, elle, qualifia d'assez fantaisiste l'accompagnement.

La voix avait besoin d'être travaillée, et le talent de la pianiste n'était pas exceptionnel, mais ciel bleu, fleurs, oiseaux, soleil, vent léger, tout était là, soudain, par la grâce de petites chansons. Et, peu à peu, sans même que les deux dépossédés en aient conscience, leur attitude s'assouplit. Bien qu'ils fussent debout, droits et raides en apparence, ils se crurent, comme les autres invités, assis sur un coin de nuage, dans une brise fraîche fleurant le printemps. Insensiblement et irrésistiblement, le charme que dégageait la jeune fille les attirait, malgré eux, et ils se rapprochèrent encore d'elle. Ils se sentaient soudain légers et joyeux.

Elle termina sur le chant du final du premier acte de *Tancrède*, de Rossini : *Di tanti palpiti* [1]. L'air en avait été l'un des plus célèbres de la période romantique. La France entière l'avait fredonné pendant des années et le sifflotait encore. Les soldats de la conquête, en abordant ici en 1830, et le peuple d'émigrants qui les suivit, l'avaient sur les lèvres. Pour les habitants de la Régence, il dut faire partie du débarquement et, en quelque sorte, des mœurs françaises. C'était donc une rengaine. Mais c'était aussi l'un des airs les plus pas-

1. « De tant de battements de cœur. »

sionnés de l'opéra italien, et si émouvant était le pouvoir de la beauté et de la grâce de la chanteuse, qu'il déclencha une bourrasque de *palpiti* parmi les invités. Tous debout, reprirent, avec la jeune fille :

De tant de battements de cœur...
De tant d'émois, de tant de peines...
De tant d'espoirs...

Bien qu'italien à l'origine, ce chant était devenu si français qu'un frisson de nostalgie parcourut l'assistance, en même temps que des bouffées de la grande espérance mise en ce pays dilataient les âmes.

Lorsqu'elle se leva, la jeune fille détacha de ses bandeaux les camélias roses qui y étaient piqués et les tendit vers Ulysse et Deborah. Il leur sembla alors qu'un ange battait des ailes au-dessus de leur tête. Ces fleurs qu'elle n'avait pas données à ceux qui l'avaient chaussée, les beaux seigneurs agenouillés à ses pieds, c'était à eux qu'elle les offrait ! Ils oublièrent leurs amertumes, ils étaient désormais accueillis, acceptés, aimés, dans un fracas d'applaudissements dont ils ne savaient plus s'ils s'adressaient au chant de leur nouvelle amie ou à eux-mêmes tenant chacun, sur son cœur, un camélia rose.

*
* *

Le consul, beaucoup plus âgé que sa femme, était, après une carrière militaire, en poste dans la Régence depuis 1812 et aspirait à un repos auquel il pensait avoir enfin droit. Dix-huit ans de fonction sous le gouvernement turc, déjà sept sous le français.

Lorsque Abdallah, son valet de chambre, massait le soir ses jambes fatiguées, il arrivait au vieux Viking de se demander si elles le porteraient le lendemain. Aussi chacun de ses levers était-il une joie. Et il remerciait Celui qui voulait bien lui donner encore un jour de fête dans ce pays qu'il aimait.

Il s'éveillait à 5 heures. Il appréciait de faire son tour de jardin alors que la maison dormait encore, ou, du moins le paraissait, la domesticité, déjà debout, évitant de se montrer pour respecter sa solitude.

A son arrivée ici, il avait cru impossible de supporter la barbarie en place. Prisons pleines de malheureux razziés en mer ou sur les côtes méditerranéennes, marchés d'esclaves, exposition de criminels — ou soi-disant tels — agonisant suspendus, transpercés, aux énormes crochets plantés sur les remparts de la ville, révolutions de palais et morts violentes de tous les deys sous lesquels il servait. « Mais, disait Elina dans sa cruelle logique, mon ami, on doit se faire à ce qu'il nous est impossible de combattre ! Respirez le parfum de vos roses, fermez les yeux et remerciez Dieu de vous permettre de vivre où Il veut bien que vous viviez. »

Il s'y était fait — pour parler comme elle — et il aimait de plus en plus le parfum des roses et des jasmins de son jardin.

Il assistait, en revanche, de moins en moins aux « petites sauteries du dimanche », n'y paraissant que si la présence de ces invités appelés « la pourpre » par sa femme, parce que inscrits sur la liste des personnalités officielles ou des notabilités dans un carnet de maroquin écarlate, l'y obligeait. Ce qui était le cas, ce soir-là, avec le colonel Changarnier et ses confrères des consulats britannique et allemand. Il avait très mal aux jambes, et Abdallah devrait le masser longtemps, mais il ne regrettait pas d'être là. Il regardait cette originale personne que le dernier courrier leur avait livrée. Elina disait toujours, entendant le coup de canon qui annonçait un navire entrant dans le port : « Ah ! Quel cadeau nous apporte-t-il ? »

Celui-ci était de qualité, et il était distrayant d'étudier la nouvelle arrivée. Mais dans son champ visuel s'interposa le baryton qui accrochait son camélia à l'épingle retenant la manche à demi vide. C'était de bien mauvais goût ! Le consul esquissa une grimace, ce qu'il se reprocha aussitôt. Vieillirait-il hargneusement ? Il détesterait cela et reporta vite ses regards sur la douzième jeune fille d'Alger.

Elina, bien sûr, ne répertoriait que les personnes de la haute société, se dit-il, un peu rêveur, en admirant que cette enfant — avait-elle quatorze, quinze ans ? — fût avec autant de simplicité si à son aise dans ce salon où elle pénétrait pour la première fois. Il se demanda comment Aurèle Maurin-Darbière, qu'il savait veuf, et dont il ne se serait jamais douté qu'il eût une fille, avait trouvé le temps de l'élever. L'homme lui était apparu comme ne vivant que pour son art.

Il en était là de ses réflexions, essayant de se souvenir dans quelle région de Provence vivaient le peintre et sa fille, lorsqu'il entendit qu'on lui disait :

— Par Dieu ! on aimerait à mordre dedans !

Le consul ne se retourna pas immédiatement. Il avait reconnu la voix, celle de l'un des habitants d'Alger qui l'intéressaient le plus.

Pour avoir beaucoup observé cet homme allant de son grand pas décidé, montant son pur-sang noir avec élégance, assistant aux réceptions, officielles ou non, souvent silencieux mais toujours attentif, il était certain d'avoir deviné, derrière l'apparence séduisante et de bon ton, mille ardeurs et désirs dont la maîtrise à les contenir réjouissait sa vieille science de diplomate et le convainquait, chaque jour davantage, de l'intérêt qu'offrait ce personnage ne cédant pas à la faiblesse de tant d'autres d'étaler à la grande lumière de ce pays leurs frénétiques appétits de terre, d'or ou de femmes. C'était là, se disait-il parfois, avec un soupçon de regret pour n'avoir pas reçu ce rôle-là à tenir lui aussi, l'aventurier de haut vol, le conquérant, l'un de ceux pour lesquels les lois et les conventions sociales eussent, peut-être, dû être différentes.

Aussi désirait-il, depuis longtemps, l'amitié de cet Alban Davesnes venu on ne savait d'où, allant on ne savait trop vers quoi. Se contentait-il d'acquérir des territoires et de fréter des navires ? On disait qu'il avait aussi découvert des carrières de marbre à une demi-lieue à peine d'Alger. Les Arabes et les Turcs avaient ignoré l'existence, à leur porte, de ce matériau qu'ils aimaient et avaient dû acheter à l'Italie pendant des siècles ! On disait encore qu'il faisait sonder le sol pour y trouver la pierre à plâtre si nécessaire aux nouvelles constructions à l'européenne. Mais il parlait à peine de tout cela et n'avait guère révélé plus de lui-même qu'il ne le désirait. Pour la première fois, allait-il se livrer un peu ? S'il en fut surpris, le consul n'en laissa rien paraître. Il se tourna alors vers son interlocuteur, et, avec la courtoisie, très Ancien Régime, dont il ne se départait jamais, et son franc sourire de vieux Viking débonnaire luisant entre ses blanches moustaches, il répondit, s'inclinant légèrement :

— Certes, mon cher, et à pleines dents !

Puis, pensant que celui dont il savait dans cette ville nombre de femmes amoureuses, sans qu'il parût encore en avoir distingué vraiment une, allait peut-être entrouvrir son cœur ce soir-là pour lui, il se reprit à regarder Mlle Maurin-Darbière non plus avec les yeux d'un diplomate octogénaire philosophant sur les bords de la Méditerranée, dans l'ancien nid des pirates barbaresques et en poste pour le compte des pays de Suède, Norvège et Russie réunis, mais avec ceux d'un bel homme de trente-cinq ans, haut de taille et portant avec superbe un fier visage aux traits nets.

Elle n'était pas très grande, bien que sa minceur la fît paraître élancée. Mais ce qui subjuguait immédiatement, c'était son éblouissante, fascinante, carnation. On s'apercevait ensuite, étonné, que sa beauté n'avait rien de classique ni sans doute de parfait.

Elina avait raison, la compagnie de la jeunesse était tonifiante. Le consul se sentait soudain plus alerte et même lyrique, au point, en quelque sorte, de faire une deuxième promenade dans ses jardins. Le teint de cette enfant lui rappelait ses roses préférées sur lesquelles, chaque matin, il se penchait. Il fermait les yeux pour en aspirer le souffle odorant. Puis les rouvrait et alors tous ces pétales aux tons d'aurore dorée l'éclaboussaient de leur charnelle luminosité, et, parfois, l'entendaient leur dire un morceau de poème ou un compliment, comme à une jolie femme dans un salon.

La chevelure de la jeune fille, qu'il avait crue brune, vue de loin, lui semblait être maintenant une fusion des roux et des ors des feuillages d'automne de ses grands arbres. Une soie safranée accrochant la lumière et la brassant en une vapeur cuivrée. Il comprit que pour un homme comme le bel Alban cette petite fille était la séduction même. Il se redressa encore un peu plus. Vraiment, la vue de cette enfant... pulpeuse, c'était le mot, l'émouvait. Il voulut dire à Alban Davesnes combien elle lui paraissait être, en effet, un fruit savoureux tout pétri de soleil. Mais, comme s'il regrettait déjà d'en avoir trop dit, celui-ci prenait congé.

Perplexe et souriant, le consul le regarda s'éloigner. Il admira qu'il sut s'arranger de sa haute taille avec une grâce et une élégance à la fois viriles et nonchalantes. Il n'avait pas adopté la tenue de toile blanche, l'été, de velours brun, l'hiver, et le grand chapeau de feutre des colons. Il n'en était d'ailleurs pas un, bien que propriétaire de vastes territoires. Il n'avait pas, non plus, été tenté par le frac sombre des civils de quelque importance. Sa tenue pouvait être jugée étudiée ou, au contraire, improvisée et illustrait parfaitement ce que jadis ordonnait le beau Brummel : la simplicité raffinée. Une jaquette grise sur un pantalon noir, et la luminosité d'un linge blanc soulignée par un gilet de soie mat aux tons de châtaigne.

Le consul se promit de demander ce soir, à Elina, ce

qu'elle pensait de ce déroutant personnage. Elle avait sûrement une opinion qui ne manquerait pas d'être divertissante. En quarante ans de vie commune, le consul ne s'était jamais ennuyé une seule seconde avec sa femme.

En quittant les salons Dynensen, Alban Davesnes passa très près de Mlle Maurin-Darbière. Elle ne le remarqua pas. Les trois hautes demoiselles aux gros yeux bleus et aux crinières pâles du consulat britannique, bavardant et riant avec elle, lui élevaient un rempart de volants de mousseline blanche devant lequel les jeunes et brillants militaires qui les entouraient semblaient guetter une brèche. Mais le regard aigu d'Alban, redouté de ceux qui étaient en affaire avec lui, cueillit, au passage, un délicieux souvenir à emporter d'elle : une fossette — une seule, dans sa joue gauche — attendrissante.

Il partait pour Oran, ville soumise mais ne pouvant être atteinte que par la mer — les territoires où auraient dû être tracées des routes étaient encore à conquérir —, et son navire appareillait dans la soirée.

Comme le canon sonnait la retraite, il hâta le pas. Il avait oublié l'heure chez les Dynensen. Pour la première fois, depuis qu'il vivait ici, la pensée d'être parmi les privilégiés à pouvoir acquérir en priorité un morceau d'une nouvelle ville française ne l'intéressait pas autant qu'à l'habitude. Il s'efforça de penser aussi au rapport à achever pour le maréchal Soult et aux arguments à développer afin de convaincre Paris de poursuivre la conquête. Posséder dans ce pays des villes desservies uniquement par la mer était aussi dérisoire que de semer dans un champ dont les moissons ne pouvaient être faites, faute de chemin y menant. Mais il n'était pas vraiment à ces préoccupations-là. Il s'en étonna, puis en sourit. Un sourire qui adoucit ce visage un peu sévère.

Le crépuscule tomba tout à coup et voila de mauve, et très vite de bleu sombre, la ville blanche.

Alexis Manerville, familier de la maison Dynensen, et même favori, était le fantaisiste autant que peu officiel chef du protocole d'Elina. Cette dernière exigeait de lui qu'il s'inquiétât, bien avant le chargé des échos du *Moniteur algérien*, des personnalités, civiles et militaires, dont la venue était annoncée.

Il s'acquittait de sa tâche avec l'aide d'un réseau d'informateurs. Deux antennes à l'amirauté, deux autres dans les compagnies de navigation marseillaises et toulonnaises, pour les renseignements de base : les noms des voyageurs. Puis, pour obtenir les détails intéressant la femme du consul : « Qui était qui, d'où venait-il et comment et pourquoi ? », il passait de longs moments dans les services du Gouvernement général où la rencontre, un jour, d'un ami d'enfance avait donné naissance à ses deux maximes favorites : « Toute la France est ici » et « Ceux qui n'auront pas volé jusqu'aux rivages africains, c'est qu'il leur manquera toujours une aile. »

D'Aurèle Maurin-Darbière, peintre orientaliste, Mme Dynensen croyait tout savoir. Sauf qu'il avait une fille ! Ce « et Mademoiselle » porté sur la liste des passagers du *Thétis* à côté de son nom précipita Alexis vers son compagnon de collège, sergent greffier aux registres civils. On put lui dire que l'artiste était veuf depuis septembre 1822, date de la naissance de la demoiselle en question qui avait donc, en cet automne 1837, quinze ans à peine révolus.

Il faudrait en savoir plus.

L'occasion se présenta, au buffet, devant des petits fours dignes du meilleur faiseur parisien. On comptait déjà ici quatre pâtissiers venus de France.

— Et maintenant, mademoiselle, votre entrée dans la société d'Alger ayant été fort réussie, qu'allez-vous faire ?

— Mais... rien !

— Cette jolie mise en scène — vos pieds sont ravissants — était gratuite ?

— Que voudriez-vous, monsieur, qu'elle fût d'autre ? Il m'est arrivé une très sotte aventure dans les jardins du consulat. On m'y a volé mes bas et mes escarpins. Je me suis alors précipitée dans la maison pour demander de l'aide afin de pouvoir regagner mon hôtel et m'y chausser à nouveau. Mais le personnage solennel qui m'a reçue n'a pas compris ce que je lui expliquai et m'a introduite dans les salons, sans m'écouter d'avantage.

— Belkassem est le chaouch[1] le plus inaccessible de tout l'Islam. L'impassibilité des horse-guards de Sa Majesté la reine à Buckingham n'est que plaisanterie comparée à celle du plus seigneurial des gardes .de porte de palais ! Il n'a pas vu que vous étiez sans chaussures parce qu'*il ne devait pas le voir*, il ne vous a pas écoutée parce qu'*il ne devait pas entendre*. Il précède, introduit ou raccompagne, burnous blanc et moustaches au vent, bottes rouges craquantes et yatagan lançant mille feux. Hormis ses fonctions sacerdotales, Belkassem est aveugle et sourd.

Elle riait. Il demanda, se penchant vers elle et guettant une confidence :

— Dites-moi tout de cette disparition surprenante de vos petits souliers.

Elle le regarda un moment, paraissant, pensait-il, évaluer sa personne et la confiance à lui accorder. Et, comme elle hésitait encore, il ajouta avec douceur :

— J'ai une sœur de votre âge, en France, dont je suis le confident. Elle sait que je ne soufflerais mot de ses secrets, pas même à ses colibris.

Il fut surpris de l'efficacité de ces paroles. La jeune fille s'écria, en riant :

— C'est, justement, une histoire d'oiseaux !

1. Chaouch : huissier, garde de la porte en Afrique du Nord.

Alors, elle raconta. Son arrivée au consulat bien avant l'heure fixée sur le carton d'invitation égaré ou peut-être même emporté par son père dans ses bagages faits trop hâtivement, le malencontreux retard des amis de sa famille qui devaient l'accompagner mais en avaient été empêchés et, enfin, sa demande, au portier, de l'autoriser à se promener dans les jardins pour laisser s'écouler le temps qu'elle n'osait passer dans les rues, effrayée par l'amalgame de populations si diverses, le bruit et la bousculade.

Et, au fond de ces jardins, il y avait une fontaine. Connaissait-il cette grande vasque de pierre où une tête de vieux lion moussue crachotait son eau ? Au-dessus d'elle étaient suspendus, entre deux cyprès, d'immenses filets entrecroisés et bleu d'azur, sorte de cage de soie où une multitude d'oiseaux s'ébattaient, sans doute surpris de découvrir des limites à ce ciel.

Les oiseaux, disait-elle, étaient ses amis. Son père, lorsqu'elle avait une dizaine d'années, vivait sa période appelée « oiselière » — et plus tard, lorsqu'il en fut las, « oiseuse » ! — il ajoutait alors, au portrait commandé et au bas de la toile, le petit portrait d'une mésange, d'un pinson ou d'un merle, soulignant ainsi, disait-il, la personnalité de chacun. Et, comme il voulait des modèles vivants, elle était chargée de les lui fournir. Elle avait mis au point un système de filets, ressemblant un peu à la cage de soie bleue du jardin du consulat de Suède. Elle avait toujours promis à ses prisonniers leur remise en liberté le tableau fini. Cette promesse chaque fois tenue et les gazouillis de reconnaissance qui avaient dû se répandre dans le ciel étaient peut-être à l'origine de cette sorte d'affection que ce qui était couvert de plumes et volait paraissait lui porter. Elle avait donc retrouvé plusieurs de ses amis au fond du jardin et ses préférés, les douces et violentes tourterelles. Savait-il combien elles avaient le cœur tendre mais la tête chaude et se battaient pour un rien ? Il fallait, pour les ramener au calme, beaucoup de patience. Or, là était l'origine de son aventure : deux d'entre elles atteignaient au plus fort d'un duel. Et comment intervenir, le bassin empêchant qu'on les approchât ? Elle s'était donc déchaussée et avait retroussé ses jupes pour entrer dans l'eau.

Enfin, la volière s'était calmée, mais alors, incroyable découverte : plus de bas, plus de chaussures ! Quelqu'un était venu, pendant qu'elle parlementait avec les tourterelles, dans le concert bruyant donné par les autres occupants des filets de soie bleue. Que devait-elle penser : voleur ou mauvais plaisant ?

Il avait écouté sans l'interrompre. Elle venait de lui parler, pensa-t-il, comme elle avait dû le faire à ses oiseaux et il ne douta pas qu'elle les ait charmés eux aussi.

Il ne répondait pas, trop occupé à la regarder, comprenant, pour la première fois, comment on pouvait être ébloui par un être humain. Cela lui serait arrivé un soir d'automne, dans cet ancien repaire de brigands où on l'avait expédié pour expier et où il rebondissait de plaisir en bonheur comme si son heureux destin transformait en récompense ce qui devait être châtiment. Il suggéra enfin, sans trop savoir ce qu'il disait :

— Peut-être une cigogne passant par là, et pensant à la construction de son nid, aura désiré le décorer de satin rose.

Elle semblait ne pas avoir entendu et, soudain, lui confia :

— De si jolies chaussures ! En trouverai-je d'autres ici, où, m'a-t-on dit, vous manquez de tout ?

Il se récria. Certes, en ce moment on était à court de gants blancs. Et ces messieurs les officiers se lamentaient, mais des navires ne cessaient d'arriver, pleins des marchandises les plus diverses. Les dames d'Alger ne manqueraient pas de donner de bonnes adresses où se ravitailler. Le cas des pauvres officiers aux mains nues était plus affligeant car des gants avaient bien été expédiés ici, mais jaunis, piqués, immettables. C'était là une infâme escroquerie de négociants envers ceux qui teindraient de leur sang les peausseries qu'ils exigeaient d'un blanc parfait. Changarnier avait juré d'aller embrocher, dès qu'il en aurait le temps, les auteurs de cet envoi frelaté.

Apparemment, les petits problèmes des officiers de l'armée d'Afrique ne passionnaient pas sa jolie jeune fille qui rêvait en regardant le ciel, puis disait :

— Croyez-vous que nous pourrions aller voir, près de la fontaine, si tout va bien ?

Ils y allèrent. La nuit était tombée, des lanternes vénitiennes éclairaient le jardin. La volière était au calme. Le vieux lion moussu crachotait toujours. Des jasmins s'effeuillaient. Leurs pétales clairs flottaient sur l'eau sombre.

Il cueillit une rose, la lui tendit, après en avoir enlevé les épines et, se surprenant à désirer ne plus rien faire d'autre, désormais, que d'écarter de son chemin ce qui pourrait la blesser, il dit, mi-sérieux, mi-moqueur :

— Elle vous est offerte par le premier membre d'une nouvelle classe de la société européenne exportée ici : celle des fils — dits de famille — prétendus dévoyés et expédiés dans l'ancienne Régence pour y exposer leur trop-plein de vitalité au soleil purificateur. Je peux prouver que je fus, réellement, le précurseur à qui on imposa cinq jours de mal de mer pour aborder ces contrées sauvages et faire cesser l'anxiété d'un père, d'une mère et de quatre frères et sœurs. Je suis ici depuis deux ans et le « Club oriental du repentir ensoleillé » que j'ai fondé a déjà trente adhérents. La majorité vient de Paris, mais nous avons aussi des Marseillais, un Lyonnais, un Bordelais, un Grec et deux Italiens. L'Europe a ainsi perdu des forces vives qu'elle n'a pas su exploiter en nous, l'Afrique les a gagnées. Nous débordons d'idées à la fois les plus folles et les plus raisonnables pour exploiter ce continent.

Fortune faite, nous irons montrer à ceux qui nous ont repoussés ce dont nous étions capables.

Comme son auditrice paraissait assez surprise par l'accent passionné de cette tirade, mais pas autrement passionnée, elle-même, par son sujet, Alexis, craignant qu'elle ne s'ennuyât, se rappela à temps combien les femmes préfèrent les petits exemples aux grandes théories. Et il raconta :

— La fatalité commença à s'acharner sur moi, mademoiselle, par le truchement des trois chats d'une vieille cousine à héritage. Nous logions, elle et nous — chacun à notre étage —, dans le même hôtel dont elle était propriétaire, à Paris, rue de Varenne. J'avais douze ans, et si la cousine me recevait le jeudi, à goûter, c'était plus pour distraire ses horribles bêtes que moi. Imaginez trois siamois diaboliques dont le plaisir favori était de sauter sur mes épaules, mon cou, mon visage et mon goûter pour griffer les uns et engloutir l'autre. Un jour où leur maîtresse était en dévotion à son église, je les vendis à un montreur d'ours se faisant trop vieux pour promener son mastodonte et désireux de dresser des bêtes de petite taille. Mes monstres lui plurent. J'en tirai de quoi m'acheter un sifflet et des billes, fus maudit et promis à la guillotine et à l'enfer. Ma famille, pour sa part, perdit toute espérance sur un superbe héritage. Par ma faute, mes sœurs furent sans dot et mes frères contraints à des besognes ingrates. Ma mère soupirait après la calèche, le cocher et les valets qu'elle n'aurait jamais. Si on ne me pesa pas mon pain quotidien, il n'en avait pas moins un goût amer.

« Lorsque le legs, assez modeste mais inespéré, d'un oncle maternel que l'on croyait dépourvu de biens, vint adoucir les aigreurs de mes parents, je ne voulus rien, par dignité, de ce petit pactole partagé sous mon nez. Ma mère insista, toutefois, pour me faire accepter deux habits convenables et un sac de voyage. Mon père acheta le billet de Paris à Alger. Mes sœurs, qui m'aimaient, m'offrirent les deux ceintures de flanelle recommandées, indispensables à tout voyageur partant pour la Régence dans *Le Manuel du parfait émigrant en Orient*. Et le manuel lui-même. Mes frères, qui ne m'avaient pas pardonné d'être le préféré de la tante, ni de ne l'être plus, ni la triste position d'employé de ministère qu'ils affirmaient me devoir, alors qu'ils se disaient nés pour celle de dandy, dénichèrent pour moi un *Traité sur le chat sauvage en Afrique*. On y détaille, avec force sadiques descriptions, la cruauté de ces bêtes chargées ici de mettre au pas les esclaves rétives et de châtier les femmes adultères — dans les deux cas, les défigurant avec leurs griffes. Mes frères me souhaitèrent de ne point croiser ces monstres sur ma route, mais se montrèrent sceptiques quant à l'exaucement de leurs vœux, sachant le pays où j'allais infesté de ces féroces créatures. Et leurs regards disaient avec éloquence combien je regretterais, très bientôt, le doux traitement de trois siamois trop affectueux...

Ils regagnaient maintenant la maison.

Ils avaient traversé les jardins dont les senteurs étaient si intenses qu'ils se fussent presque attendus à les voir voleter, en petites spirales nacrées, ici et là, sous la lune.

Lorsqu'ils franchirent les portes en dentelles de bois de cèdre du salon, les invités commençaient à partir.

Deborah avait cessé de jouer, et personne n'avait demandé, ce soir, au baryton de chanter. Tous deux étaient plantés devant leur piano, immobiles et muets. La réapparition de l'héroïne de la soirée, en amitié avec cet Alexis dont la tournure élégante, le charme et la désinvolture les intimidaient, déversa un flot d'amertume dans leurs cœurs : on ne se souvenait donc déjà plus d'eux ? Les camélias n'étaient pas encore fanés, et on ne devait même pas se rappeler à qui on les avait offerts !

Alexis apporta un sorbet à sa compagne. Elle le

remercia, sourit et, se penchant vers lui, parut lui confier un secret. Que n'aurait-on donné près du piano pour entendre ce qu'elle disait !

Elle disait, ce qui eût profondément surpris là-bas :

— Avez-vous su si le montreur d'ours réussit à dresser les chats siamois ?

Et ils riaient avec des éclats de joie qui faisaient tourner les têtes dans leur direction.

Elina Dynensen les regarda un moment, comme si elle les découvrait. Étrangement, devant la vision de jeunesse et de beauté qu'ils offraient, elle ressentit l'un de ces frissons qui, parfois, sans raison apparente, l'assaillaient. Plus étrangement encore, elle fut amenée à penser au datura, la seule fleur de ce pays avec laquelle elle ne s'était jamais trouvée en parfaite harmonie. Son parfum trop violent l'oppressait.

A contempler ces deux êtres, elle éprouva soudain le même malaise : ils étaient trop beaux, trop jeunes, dans ce pays où tout était excessif aussi. Mais, à son habitude, elle ne s'attarda guère à épiloguer. D'ailleurs les Morelli — elle les avait oubliés ceux-là, qui étaient-ils donc ? — lui déroulaient des adieux en forme de serpentins de politesse empommadée et s'efforçaient d'emmener avec eux sa douzième jeune fille que plusieurs messieurs voulaient raccompagner.

Plus tard, lorsque Zulma brossait ses cheveux, en détachait la poudre et lissait la masse argentée, Elina Dynensen bavarda avec elle comme cela lui arrivait souvent.

— Sais-tu ce qui s'est passé au sujet des chaussures de cette petite ?

Zulma dit qu'elle l'ignorait. Mais l'imperceptible temps d'arrêt qu'avait marqué la main qui tenait la brosse confirma à Mme Dynensen qu'à son habitude Zulma savait tout et ne dirait rien. Il faudrait enquêter ailleurs.

Elina rejoignit son mari qu'Abdallah venait de masser, puis de coucher. Elle l'informa de son intention, s'il n'y voyait pas d'inconvénient, de supprimer les deux daturas plantés sous les fenêtres du salon. Décidément, ils l'incommodaient. Elle enchaîna, sans aucune liaison, à son habitude, sur Alban Davesnes. Qu'allait-il chercher à Oran ? Il avait mieux à faire ici. Il s'attarderait là-bas et reviendrait trop tard. N'était-il pas étonnant que des hommes intelligents agissent parfois inconsidérément ?

Son mari allait lui demander de préciser sa pensée. Il n'en eut guère le temps. Comme la chambre sentait ce mélange de benjoin et d'eau de roses qui parfumait l'huile des massages, Elina, le respirant avec un évident plaisir, affirmait déjà :

— Avec un soupçon de lavande en plus, c'est le parfum très bébé-bien-propre de la petite Maurin-Darbière.

Et elle ajouta en riant :

— Nous ne savons même pas son prénom !

Elle s'appelait Casilda.

Lorsqu'elle vint au monde, Aurèle Maurin-Darbière vivait sa « période espagnole » précédant son évolution vers l'orientalisme. Il travaillait à Madrid, au musée du Prado.

Son intention avait été de copier des Vélasquez. Mais la salle qui les abritait était en réfection cet automne-là. Il s'était alors orienté vers les Zurbarán. Le portrait de Santa Casilda le tenta. C'était celui d'une grande dame en justaucorps de soie bleu pâle cintré sur une ample jupe à traîne de taffetas abricot. Surmontant ces falbalas, un visage à la fois dur et inspiré, nullement un visage de sainte femme, pensa-t-il, mais plutôt celui de l'Espagne inquisitrice et cruelle.

Il s'était attardé au fastueux du costume, ne voulant aborder le visage que lorsqu'il connaîtrait mieux ce peuple dont il ne cessait de croquer type sur type dès qu'il quittait son musée. Et il s'épanouissait avec délices dans la salle silencieuse et dans les plis et replis de flots de soie aux reflets aussi difficiles à saisir, disait-il, que les pensées d'une jolie femme, lorsque son petit valet — un garçon de quatorze ans enlevé à la garde de ses moutons et promené à sa suite — lui apporta une lettre. Elle annonçait à la fois la naissance de sa fille et la mort de sa femme.

Le pinceau encore en main, il regardait, sans le voir, l'espace blanc qui marquait l'emplacement du futur visage de Santa Casilda. Ses yeux embués y virent peu à peu s'y dessiner la douce et triste figure de celle qu'il abandonnait si souvent pour courir les routes dans la quête éperdue de son inspiration. Et il plia bagage.

Marie-Estelle Maurin-Darbière était déjà enterrée et le bébé vagissait dans les bras d'une nourrice, lorsqu'il arriva. On l'avait attendu pour le baptême et, la mère n'ayant rien précisé quant au prénom à donner, on interrogea le père. Il pensa à sa Casilda et décida aussitôt que, la copie du portrait n'ayant pas encore de visage, il lui donnerait, plus tard, celui de sa fille.

Le curé de Brignoles tenta de protester : il ne connaissait qu'une sainte Casile. Aurèle déversa sur lui le torrent de ses remords converti en bourrasque de hargne, et menaça de ne plus jamais participer à la trésorerie de son église. On lui fit remarquer avec discrétion qu'il en était ainsi depuis belle lurette. Sur cette allusion, hélas justifiée, au mauvais état de ses finances, Aurèle quitta la sacristie en jurant. Le curé pria pour lui et le bébé s'appela Casilda.

*
* *

Louis Morelli, des comptoirs Morelli et Fils, « Toiles et bâches, gros et demi-gros », rue Saint-Ferréol à Marseille, avait été fournisseur des Turcs dans la Régence d'Alger. Mais il avait abandonné ce marché, faute de voir ses factures acquittées et sachant ses réclamations réitérées sans effet sur les consciences barbaresques.

La reprise des affaires avec les Français le comblait d'aise. Son enthousiasme à fournir les tentes de toile de la glorieuse armée d'Afrique et son soulagement de pouvoir faire enfin voile sur la Méditerranée sans craindre d'être razzié le conduisaient à porter au Gouvernement général des possessions françaises du nord de l'Afrique reconnaissance et admiration. Sa femme, Eugénie, que la belle ascension des affaires, ces dernières années, condamnait à l'inaction par l'augmentation de son personnel domestique, décida d'aller vérifier si, vraiment, on pouvait admirer dans les rues d'Alger des altesses royales à pied ou à cheval, comme si on était de leur famille.

Les opinions monarchistes de Mme Morelli étaient vagues, mais son âme se nourrissait de romanesque et de panache. Elle avait trois fils, dont deux qu'elle venait de marier avantageusement, et leur avait accordé de la ressemblance, dans leurs vêtements de cérémonie, avec les beaux et fiers princes de la maison d'Orléans. Enfin, n'ayant d'autre occasion de porter, à Marseille, robes et chapeaux commandés à l'occasion des noces, elle en déplorerait moins la dépense si elle l'amortissait à Alger. Car, son mari était formel, elle serait invitée et fêtée là-bas où l'on allait de réjouissance en réjouissance, comme en période de carnaval ici.

Elle était accoutumée à sortir en mer, le dimanche, sur la barcasse familiale, et n'avait pas redouté la traversée. Tangage, roulis et l'habituelle colère des flots dans le golfe du Lion la malmenèrent toutefois suffisamment pour que, arrivée au port, elle désirât y faire un séjour assez long, afin de « se remettre le cœur en place ».

Elle fut désappointée en apprenant le départ de l'armée pour Constantine avec le duc de Nemours à sa tête.

Elle s'était vite habituée à voir, chaque matin, passer

Son Altesse Royale à cheval devant son hôtel et lui avait fait une place dans son cœur. Comme le premier et lointain martèlement de sabots annonçant l'arrivée du prince s'entendait dès 8 heures, le matin, elle était fin prête sur son balcon à 7 h 30.

Les cérémonies du départ de l'expédition pour Constantine, la bénédiction des drapeaux, la musique, l'enthousiasme de la foule, s'ils la distrayèrent un moment ne purent lui faire oublier les risques encourus par le cher duc. Elle se rappela soudain que, si les corsaires barbaresques n'écumaient plus la Méditerranée, là, tout près, aux portes mêmes de cette ville d'Alger, les territoires étaient encore aux mains d'autres ennemis. Quel souci ! Auquel s'ajoutait un autre depuis la veille : Aurèle Maurin-Darbière, dont la famille était installée à Brignoles, comme la sienne, depuis au moins deux siècles, lui confiait sa fille pendant qu'il accompagnait le prince à Constantine. Cette jeune personne, un peu sa parente, elle se souvenait à peine l'avoir rencontrée, enfant, au baptême d'un cousin commun. Son père l'avait élevée d'étrange manière, murmurait-on, et elle paraissait en avoir pris des allures et des libertés discutables. Eugénie soupira. L'incident du consulat de Suède était la preuve du manque total de principes de cette demoiselle. Et elle savait, elle, mère de famille, combien les hommes voient vite à qui ils ont affaire. N'étaient-ils pas cinq à se battre pour raccompagner la jeune fille à son hôtel ? Mme Dynensen s'était heureusement montrée digne du poste qu'elle occupait, et avait, avec opportunité, proposé l'une des calèches du consulat, mais dès demain il faudrait veiller et en ouvrant le bon œil.

Elle décida d'occuper utilement Casilda et commencerait par la mener prier avec elle pour Son Altesse Royale à cette église installée dans une mosquée. C'était là une maison de Dieu assez déroutante, mais on n'avait guère le choix, c'était la seule. Le Seigneur, heureusement, n'était pas sourcilleux.

En attendant, on allait pouvoir enfin dormir. Elle était fatiguée. Le grand monde, celui qu'elle avait tant voulu connaître, eh bien, il était plus épuisant d'y passer une soirée que de travailler deux jours à l'inventaire annuel des comptoirs. Jamais elle n'aurait cru cela si elle ne l'avait vécu. Par chance, le lit était bon et il n'y avait pas de punaises à l'hôtel de l'Europe — dans les appartements de luxe, avec salon, en tout cas. Eugénie accorda un regard reconnaissant à son époux — déjà endormi — et qui lui offrait, désormais, le meilleur de la vie grâce à la fourniture des tentes de toile pour l'armée d'Afrique. Le cher duc avait la plus belle, bleu de roi, doublée d'écarlate avec broderies d'or. Nul doute que le cheval noir de Son Altesse, si fastueusement harnaché, et entravé devant la portière relevée, ne fît un beau contraste avec ces couleurs. A moins que le prince ne montât en campagne un coursier blanc ? La soudaine pensée qu'alors le fils de Sa Majesté serait une cible dangereusement voyante amena Eugénie à espérer que la reine eût assez peu d'imagination pour ne pas y songer elle-même.

Tout était calme, dans l'appartement « de luxe » du premier étage, lorsque d'étonnants bruits, venus de la rue, et sévissant depuis un bon quart d'heure déjà, parvinrent à tirer les Morelli de leur premier sommeil. Le temps d'ouvrir les persiennes, et leur stupéfaction, en apercevant l'origine de ce tapage, put leur faire croire qu'ils rêvaient encore.

Quatre joueurs de mandoline et un chanteur, plantés sous leur fenêtre, donnaient une sérénade ! Ces hommes étaient des Espagnols à en juger par leurs amples capes et leurs larges sombreros noirs.

Même ensommeillée, Eugénie n'eut pas la vanité de croire que l'hommage de cette superbe interprétation du *Di tanti palpiti* était pour elle. Elle comprit vite, tourbillonnant au grand vent d'une romanesque aventure, que la jeune Casilda continuait ses ravages.

C'était sous sa fenêtre, elle le voyait mieux maintenant, que les musiciens étaient postés.

Et sa protégée était là sur son balcon. Et de nombreux clients de l'hôtel, assez curieux pour s'être levés, étaient sur le leur !

Un coup d'œil à son mari lui conseilla de le faire regagner son lit. Elle sentait confusément que son bonnet de nuit cadrait mal avec le ciel étoilé, la voix superbe du ténor et l'air angélique de Casilda dans les blancheurs légères de son déshabillé et l'envol de ses cheveux dénoués.

Louis se recoucha, après avoir suggéré de jeter une pièce aux musiciens. Eugénie n'était pas de cet avis. Et elle resta debout, derrière les volets entrouverts, suffisamment en retrait pour voir sans être vue.

Fallait-il faire rentrer Casilda aussi ?

Ce genre de situation n'était pas traité dans le manuel du parfait savoir-vivre acheté par Mme Morelli en vue de la préparation au mariage de ses fils avec des demoiselles de la haute bourgeoisie de Marseille à laquelle l'argent des tentes — appelées par son troisième et plus jeune fils « les tentes à héritages » — permettait de s'allier désormais. Eugénie en était là de ses hésitations, lorsque le chanteur lança une rose à Casilda. Devait-on intervenir ?

Trop tard ! Casilda avait attrapé la fleur au vol, remercié et envoyé, en échange, un simulacre de baiser en portant ses deux mains à sa bouche. Elle refermait déjà sa fenêtre.

Merveilleux pays que celui où l'amour chantait sous la lune ! Et quel bonheur, se disait Eugénie, de pouvoir en jouir sans redouter les regards moqueurs de ses deux brus. L'auraient-elles assez critiqué ce spectacle émouvant ? Elles en auraient ri, sûrement. Eugénie allait plaindre ses fils de l'insensibilité de leurs femmes, quand la question qu'elle aurait déjà dû se poser depuis longtemps l'assaillit soudain :

— Qui donc ?

Qui avait choisi et payé ces hommes pour qu'ils viennent ainsi rappeler à une belle demoiselle que l'on pensait à elle et désirait le lui faire savoir ?

En bonne Méditerranéenne, Eugénie Morelli savait le langage des sérénades. Et c'était, sans doute, cet Alexis Manerville qui n'hésitait pas à se mettre au premier rang des admirateurs de la jeune fille ! Il serait difficile de résister aux attaques d'un aussi séduisant jeune homme. Eugénie entrevit une longue lutte à mener. Ce qui la conduisit à penser de nouveau à celle qu'allait mener aussi ce fils de roi, si courageux, téméraire même, s'en allant, sur son cheval blanc, enlever une citadelle à l'ennemi.

Quel était-il, cet ennemi-là ? Puisque les pirates barbaresques étaient vaincus et envoyés en exil, pourquoi fallait-il encore combattre les Arabes ? On disait pourtant d'eux qu'ils avaient détesté les Turcs. Ils devraient donc êtres reconnaissants aux Français de les en avoir débarrassés ! Il était difficile, décidément, de comprendre ces réactions d'un peuple délivré s'insurgeant contre son sauveur. Philippe, son fils aîné, lui avait expliqué cela avant qu'elle ne s'embarque. Elle n'avait, hélas, pas tout compris, et les regards de ses belles-filles, à la fois indulgents et ironiques — elle était sûre qu'on se moquait d'elle dans son dos — lui avaient interdit de poser les questions lui brûlant les lèvres. Et peut-être était-ce mieux ainsi, car, depuis qu'ils étaient mariés et captés par leurs nouvelles familles de hauts faïenciers, il arrivait à Philippe et à Victorien de rabrouer leur mère. Très peu, mais tout de même... Elle demanderait à Louis de lui dire, une fois encore, une dernière, ce qui se passait ici et elle tâcherait de s'en souvenir.

Elle pensa à nouveau à Casilda. Il devait y avoir un billet autour de la tige de la rose. Pourquoi ne l'avait-elle pas deviné plus tôt ? Cela coûtait cher, une sérénade de cette qualité, et son donateur voudrait en être remercié.

Il n'y avait pas de billet autour de la tige de la rose.

La fleur trempait maintenant dans un verre à dents sans avoir rien révélé.

Et Casilda riait. Le rire venait du plus profond d'elle et ne cessait de monter. Elle tenta de l'étouffer en se jetant sur son lit la tête enfouie dans l'oreiller de plume qui sentait l'humidité et qu'elle humidifia plus encore en l'arrosant de larmes de gaieté impossibles à retenir. Elle avait fait un tel effort toute la soirée, au consulat, et ici même pendant cette sérénade, pour garder son sérieux et avoir une attitude digne devant tant d'inconnus ! Mais étaient-ils donc fous dans ce pays, ou aveugles ? On n'avait cessé, pendant des heures et des heures, de la prendre pour ce qu'elle n'était pas ! Si seulement on savait qu'elle portait une robe de bal pour la première fois de sa vie, n'avait encore jamais dansé ailleurs que sur la place de son village et qu'il y avait à peine trois ou quatre semaines...

Elle éteignit sa bougie, rouvrit sa fenêtre et, après avoir vérifié que les musiciens s'étaient enfin éloignés, elle accueillit la douceur de la nuit avec un soupir d'aise. Puis, riant toujours, se dit à nouveau : « Si on savait... »

*
* *

Trois mois auparavant, juillet 1837.

En Provence, au domaine ancestral des Maurin-Darbière, près de Brignoles, dans le Var.

Casilda venait de vivre l'une de ses journées préférées.

Commencées, dès le petit matin, dans cet air acide qui incitait à courir en chantant à tue-tête pour se fouetter le sang, elles s'étaient poursuivies, ces heures de paradis, dans l'enfer joyeux de la buanderie où ronronnaient, sur de hautes flammes, trois cuves de fonte.

Les gros ventres noirs posés sur les braises débordaient de leur soupe de linge, d'eau bouillante et de cendres chaudes[1].

— Tu me déchargerais, petite, si tu veillais aux filles des lessives, avait dit Azalaïs.

Il y avait quatre laveuses. Casilda les avait longtemps crues chauves tant le foulard enserrant leur tête dissimulait jusqu'à la moindre mèche de cheveux. Et, pieds nus, en haillons de toile grisâtre, les femmes étaient tantôt sorcières rouges devant les foyers, tantôt fantômes exubérants parmi les voiles et les dentelles de fumée et de vapeur qui atteignaient jusqu'aux poutres de la salle.

— Tu leur diras de rajouter du bois, des cendres et de l'eau, parce qu'elles parlent, elles rient et ne sont que des oublieuses.

Une bavarde et une écervelée de plus, voilà ce qu'avait été Casilda, elle aussi, dans la fournaise humide, pieds nus et tresses emmaillotées, avant de chanter avec les autres au bord de la rivière où le linge fumant était enfin brouetté pour être savonné. Et une naïade, et une pêcheuse d'écrevisses, et une dévoreuse de pain bagnan[2], et l'une des plus habiles à diriger vers sa bouche le petit jet d'eau de la gargoulette.

Puis il avait fallu payer ces bons moments. On paye toujours tout, elle le savait. Car Azalaïs disait : « Et tu n'es pas rentrée pour le dîner, et te voilà faite comme une gueuse, et je me suis fait du souci... »

Le souci de la vieille domestique valait cher, au moins un quart d'heure de jérémiades à écouter, contrite, faute de le voir se convertir en lamentations infinies sur l'ingratitude des orphelines à qui on sert de mère sans récompense jamais.

— Monsieur t'a demandée au moins dix fois ! Il a fini !

— Son tableau ?

---

1. On ajoutait, autrefois, des cendres à l'eau du linge à faire bouillir.
2. Pain fourré de tomate, d'œufs durs et d'anchois.

— Et qu'est-ce que tu voudrais qu'il finisse d'autre ? Les moissons ou les vendanges, qu'il n'a jamais faites de sa vie ? On se demande même s'il sait ce qui se passe sur ses terres ?

— Je voulais dire : a-t-il fini le tableau de la Mauresque ?

— Est-ce que je sais, moi ! Si je devais aussi m'occuper des images de mécréant qu'il fabrique ! Allez, monte, ne le mets pas plus en colère. Parce que, cette fois, c'est encore pire que les autres, il est en tempête depuis ce matin. Si ça continue, vaudra mieux disparaître dès qu'il a fini de peindre quelque chose. C'est facile à savoir, c'est quand il écrit son nom, en bas de la toile.

— Qu'est-ce que tu racontes ?

— Faut-il que tu aies la tête ailleurs pour ne pas voir ce qui crève les yeux ! Je ne peux pas te dire pourquoi il n'est pas content, mais il l'est depuis longtemps. Depuis la Saint-Jean de l'an passé, au moins, et tu devrais bien le savoir aussi. Seulement toi, tu rêves, tu n'es pas ici, tu vivrais en Pamparigouste[1] que tu serais pas plus loin de tout !... Et lui, est-ce qu'il te voit seulement ? Vous êtes comme deux aveugles l'un en face de l'autre ! Tiens, s'il te regardait, à peine une minute, il te dirait de te recoiffer et de t'enlever ces bouquets de lavande que tu t'es piqués dans les tresses ! Tu veux que je te dise ce que vous êtes ? Deux fadas. Et moi un troisième de vivre avec vous.

La cloche de la grille retentit soudain, comme une ponctuation à la tirade d'Azalaïs.

— C'est pas une heure pour une visite de chrétien, ça, ma fille. Non ! j'y vais, moi ; si c'est un chemineau ou un égaré, c'est mon affaire et pas la tienne, petite.

Une main énergique tira encore sur la chaîne. « Ce n'est ni un chemineau ni un égaré, pensa Casilda. L'un et l'autre montreraient moins d'impatience. »

1. Pays imaginaire dans la légende provençale.

Elle avait une théorie très personnelle des coups de sonnette ou de cloche. Timides ou hésitants, ils lui faisaient dire : « Ça, c'est un bâtard de laveuse ou de bergère qui ose à peine s'annoncer. » Et, d'un énergique coup de maître, elle affirmait : « C'est l'évêque qui ordonne : « Vite ouvrez, Sa Sainteté attend à votre porte ! »

C'était un coup de maître. Du maître du domaine le plus voisin, le comte Numa de Beaussant, dont elle entendait maintenant la voix.

A cette heure tardive ? Et pourquoi ? Les joues de Casilda virèrent au pourpre.

Azalaïs revenait. La jeune fille lui demanda :

— Qu'est-ce qu'il t'a dit ?

— Bonsoir, pardine !

— Et que veut-il ?

— Seules celles qui écoutent aux portes pourraient te le raconter, ma fille, pas moi.

— Il est monté à l'atelier ?

— Puisque ton père y est, et que c'est lui qu'il vient voir.

De l'étage au-dessus elles entendirent ordonner :

— Azalaïs, dis à mademoiselle de me rejoindre dans l'atelier, et vite.

Elle ne pensa pas à se recoiffer, ni à ôter les bouquets de lavande accrochés à ses tresses. Elle s'élança vers l'escalier, le gravit quatre à quatre et entra en trombe chez son père dans la même tenue qu'elle avait portée pour la lessive du semestre et ses trempettes dans la rivière. Ne lui manquait que la capeline de paille trouée.

Aurèle, sans lui laisser le temps de souffler, attaqua :

— Mais qu'as-tu donc dans la tête pour agir, à près de quinze ans, comme une... une... Bon, dis-moi si tu as rencontré, cette semaine, le colporteur de Grenoble ?

C'était donc bien cela ! Elle se hâta d'opiner, qu'en

effet, elle avait vu Xavier, le marchand ambulant de nouveautés, la veille. Elle lui avait même acheté du fil.

— Et aurais-tu, par hasard, parlé de lui à Mme de Beaussant, à Mme la douairière de Beaussant ?

Sans doute lui en avait-elle parlé, puisqu'elle avait rencontré la comtesse peu après avoir vu Xavier. Et sans doute aussi s'étaient-elles entretenues de lui. Qu'y avait-il d'anormal à cela ?

— Il y a que tu as dit à Mme de Beaussant, dont tous ici savent la... le... enfin l'ardent désir de retrouver Louis XVII vivant, que « Xavier le colporteur lui ressemblait beaucoup ».

La voix d'Aurèle était celle des jours de grande colère.

M. de Beaussant expliqua, plus calmement :

— Ma mère, après t'avoir vue, a couru derrière le colporteur, l'a fait monter jusqu'au château et là, persuadée qu'il était Louis XVII, lui a remis ses bijoux. Pour l'aider à reconquérir son trône.

Patatras !

Le comte avait parlé posément, mais avec une irritation un brin ironique.

Casilda reprit ses esprits. Était-ce sa faute, à elle, si la douairière de Beaussant voyait des dauphins du Temple partout ? Et pourquoi laissait-on cette pauvre dame à la cervelle égarée depuis son séjour à la Conciergerie en 1790, sa condamnation à mort et son évasion miraculeuse, se promener avec les diamants de la famille ? Xavier le colporteur n'était pas le premier passant rencontré, ramené par elle jusqu'à son château et honoré de sa plus belle révérence de cour. Casilda ne put s'empêcher de mettre un brin de reproche dans le regard qu'elle lança à M. de Beaussant, qui se hâta d'ajouter :

— La seule chose que nous voudrions avoir, Casilda, c'est un indice sur le chemin pris par le voleur.

Était-ce un voleur ? Elle n'en était pas sûre. Pauvre vieux colporteur, elle le connaissait bien, souffreteux, malingre, toujours enrhumé, toujours la mine et le cheveu tristes. Une épave ressemblant, c'était vrai, à ce qu'aurait pu devenir le petit prince après des années de martyre. Elle eut envie de sourire à la pensée qu'il était peut-être enfin heureux, le marchand ambulant et mélancolique, avec les perles et les diamants de la douairière au fond de sa balle. Mais elle sut garder son sérieux pour affirmer qu'il se dirigeait toujours vers Digne en quittant Brignoles.

— Il n'y a pas une minute à perdre, dit Aurèle.

Et Numa de Beaussant s'en alla. Sans courir. Ce qu'elle admira. Mais se souciait-il seulement des bijoux de sa mère ? Elle ne supposa pas, toutefois, qu'il souhaitât, comme elle, qu'on ne rattrape jamais Xavier le porte-balle taciturne chantant sans doute maintenant sur la route !

Le comte parti, ils dînèrent en silence.

Soudain, se levant avant la fin du repas, Aurèle dit à sa fille :

— Rejoins-moi dans l'atelier, j'ai à te parler. (Et comme elle tendait la main vers le plat de beignets de fleurs de courgette qu'Azalaïs venait d'apporter, il ajouta :) Laisse ça ! Viens tout de suite.

Elle le suivit à regret.

Ils montèrent, l'un derrière l'autre, l'escalier de pierre usé par six générations de Maurin-Darbière et menant à l'atelier.

Depuis le voyage en Afrique, le domaine privé du peintre était une espèce de musée oriental. Murs tendus de tapis persans, sol recouvert de tapis marocains.

Partout, des divans de soies bariolées, des meubles incrustés d'ivoire, des selles arabes brodées d'or et d'argent, des fusils aux crosses niellées, des lampes et des aiguières de cuivre dont les gens du pays disaient qu'elles étaient d'or. « C'est pas avec cette mascarade qu'on pourra réparer le toit de la bastide et les deux fermes qui tombent en ruine », maugréait souvent Azalaïs.

Un pouf de cuir rouge brodé était la place favorite de Casilda. Elle s'y assit pendant que son père bourrait sa pipe — orientale aussi — et attaquait, avant même de l'allumer :

— Il fallait prendre une décision. Je l'ai prise. Tu entreras, dès l'automne, chez les sœurs Merlot, à Digne.

— En pension ? A mon âge ! et chez deux vieilles folles ?

— Tu préférerais le couvent d'Aix ?

— Ai-je encore besoin de faire des études ! J'ai reçu la meilleure instruction qui soit de Mlle de Lussan, et vous le savez bien.

— Je reconnais que ta brave vieille et noble institutrice t'a appris, avant de mourir, tout ce qu'elle savait et même son anglais d'émigrée à Londres pendant la Révolution. Et je pense que cela suffit. Mais j'ai décidé de retourner dans la Régence et je ne peux pas te laisser seule ici à continuer tes mystifications.

— Vous repartez ? Et pour longtemps ?

— Je n'en sais rien. Mais je ne travaille bien que là-bas.

— Pourquoi ne pas me laisser à la garde de tante Toussainte à Brignoles ?

— Ma sœur est aussi peu responsable que toi. D'ailleurs, voudrait-elle que tu l'encombres et perturbes sa douillette petite vie ?

— Alors, vous m'abandonneriez à ces deux fanatiques ? Ignorez-vous qu'elles brûlent de l'encens, nuit et jour, devant un portrait de l'Empereur ? Ignorez-vous qu'elles ont fait empailler le chien de leur frère le colonel, cette affreuse bête dont on dit que Napoléon l'a, un glorieux matin, caressée ? Mangée aux mites et aux vers, elle empeste toute la maison... (Dieu, qu'inventer encore ?)

— Il reste aux vieilles Merlot assez de lucidité pour t'empêcher de révolutionner le pays avec tes inventions. Tu crois que j'ignore ton exploit du mois dernier ? Tu racontais à ceux qui voulaient l'entendre — et ils sont nombreux à être ravis de t'écouter, je me demande bien pourquoi ! — que cette bohémienne tresseuse de paniers était une princesse hongroise, circulant incognito dans la garrigue, pour échapper à je ne sais quel fatal destin. Je te fais confiance, je suis sûr que l'histoire complète vaut la peine d'être entendue. Il paraît même que la jeune Manette, du mas des Deux-Roubines, t'a si bien crue, qu'elle a offert une collation, princière précisément, à cette pauvre femme ne comprenant rien à cette réception.

— Mais ravie du premier bon repas de sa vie !

— Est-ce que ces sornettes t'amusent, vraiment ?

Pouvait-elle lui dire que ce qui l'amusait, c'était ce désir de croire à n'importe quoi caché chez presque tous. A peine une ou deux petites allusions à un prétendu mystère, et ceux que l'on aurait pu supposer les moins crédules inventaient eux-mêmes la suite de l'histoire. Ils devaient tellement s'ennuyer !

Elle regarda son père avant de répondre. Il semblait encore très fâché. Alors elle risqua :

— Vous êtes toujours parti, ou toujours occupé. Je me languis un peu.

— Avec tout ce que tu fais ? Je ne t'ai jamais vue une minute en repos ! Et pourquoi as-tu abandonné ton dessin, tes aquarelles ? Tu es douée, je te l'ai déjà dit cent fois.

— Eh bien, ce n'est pas chez les sœurs Merlot que j'y travaillerai !

A ce moment précis, elle eut sa merveilleuse inspiration :

— Et si vous m'emmeniez ? Vous dites si souvent votre désir de pénétrer dans les familles arabes, dans les harems, mais que les hommes ne le peuvent. Moi je pourrai. Je vous ferai des croquis, je prendrai des notes et je vous raconterai tout.

Elle vit, avec joie, disparaître, comme rayée de la carte, la ville de Digne et son pensionnat-repaire bonapartiste. Son père n'avait encore rien répondu, mais elle connaissait le point de vacillement de sa pensée, ce léger flou dans son œil brun.

Elle entendit :

— Je ne suis pas encore vraiment parti !

Elle traduisit : « Ce que tu viens de me dire n'est pas si bête. » Alors, elle décida de gagner la bataille dans l'instant :

— Il vous faut y aller, vous le savez. Vous n'êtes pas content de ce que vous faites en ce moment. A preuve, vous ne m'avez pas demandé ce que je pense de votre Mauresque enfin finie.

— Et qu'en penses-tu ?

Elle sentit la petite anxiété qu'il ne pouvait maîtriser dans ces moments-là, même s'il n'interrogeait que son incorrigible fille. Elle dit :

— Eh bien, vous avez raison. Il vous est difficile de peindre des femmes que vous n'avez jamais vues et sur lesquelles vous n'avez pas d'indications précises. Celle-là, vous aurez beau faire, n'est pas une mendiante mauresque devant une fontaine, à Alger. Elle est la vieille mère Coste, celle qui vous l'a posée, celle qui murmure en regardant votre décor oriental : « Bou Diou, quel carnaval ! » Et ses yeux disent : « Sainte Vierge, je me suis cassé le travail ! J'aurais dû, monsieur le peintre, vous demander dix sous de plus pour m'avoir assise là, par terre, habillée en plus pauvresse encore que je suis ! »

— J'ai donné ces dix sous-là !

— Alors elle marmonne : « Peuchère, il me fallait exiger encore et encore ! »

— C'est tout ce que tu lis dans ses yeux ?

Elle continua, la voix gaie, les mains occupées à froisser les bouquets de lavande de ses cheveux et à les respirer :

— Oh ! ils disent aussi le regret de ne pas vous avoir raconté, en plus, qu'elle risquait l'enfer à vous aider à peindre une mécréante ! Elle aurait peut-être obtenu de vous, par-dessus le marché, son vin pour l'année. Elle doit bien évaluer le prix de sa petite âme racornie à une grosse barrique de rouge ou de blanc ! Et elle enrage de ne pas avoir pensé ou osé cela, c'est sûr. Voilà ce qu'ils disent, ces yeux rusés et même un peu méchants.

Elle eut envie d'ajouter : « Alors, nous y partons tous les deux, là-bas ? » Mais elle préféra laisser le maître continuer à interroger sa mendiante et conclure seul combien les scènes orientales, vues du fond de la Provence, n'étaient, malgré le soleil méridional, que scènes de théâtre.

— Je me demande..., commença son père.

Puis, il marqua un temps d'arrêt.

— Vous vous demandez ?

— Comment tu peux être à la fois si perspicace, par moments, et si follette à d'autres ? Promets-moi, si je t'emmène là-bas — j'ai dit *si* — que tu cesseras tes plaisanteries.

Elle avait promis, juré.

Et, se disait-elle maintenant en riant encore, ici dans l'ancienne Régence turque, on n'avait pas besoin de s'inventer des distractions. Fichtre, on n'en manquait pas ! Cette sérénade, quelle trouvaille ! Si elle ne s'était pas engagée à être désormais raisonnable, selon le critère paternel, elle en aurait fait donner une ou deux, dans Brignoles, dès son retour, pour intriguer des demoiselles de sa connaissance.

Mais une promesse était une promesse.

... Oui, s'ils avaient su, ces beaux seigneurs qui se mettaient tant en frais pour son insignifiante personne, qu'elle avait bien failli être bouclée dans un pensionnat, au lieu de venir perdre ses chaussures dans le féerique jardin d'un consulat !

Elle se demanda, une fois encore, qui avait pu se livrer à cette plaisanterie, pour conclure qu'en toute justice elle la méritait peut-être.

Son père s'en réjouirait bien lorsqu'il reviendrait.

Le sommeil la saisit alors qu'elle souriait à cette pensée, veillée par les étoiles.

2.

La diane éveillait la ville.

Nombreux étaient ceux qui se plaignaient de cette subordination aux horaires militaires. Mais Louis Morelli, habitué à des levers très matinaux, avait fait remarquer combien une bonne habitude, comme celle-ci, de joyeux réveils en musique, était profitable à une jeune population devant tout attendre d'elle-même et de son ardeur au travail.

Casilda, elle, jaillissait depuis toujours de sa chambre dès l'aurore, ne pouvant admettre que l'activité de la nature et des hommes reprenne sans qu'elle y participe. Aussi était-elle peut-être l'un des rares voyageurs à aimer sauter de son lit aux sons des trompettes et des clairons de l'armée d'Afrique.

Certains commerçants de la Régence devaient déjà suivre aussi les préceptes de Louis Morelli, les fleuristes pour le moins. Car aux premières heures de la matinée ils furent trois, tous ceux de la ville — récemment arrivés de France — à livrer des bouquets à Mlle Maurin-Darbière.

Eugénie aurait pu s'affoler de cette situation évoluant vers des complications sentimentales possibles. Mais elle flottait désormais en pleine romance, décrétait ce pays le plus passionné du monde, renonçait, momentanément, à aller prier pour le duc de Nemours et acceptait ce que le billet d'Alexis demandait : chaperonner Casilda pour une grande visite de la ville.

Un seul souci plissait le front de Mme Morelli. Que répondre aux invitations des soupirants suivants sans les jeter dans le désespoir ?

Romain Delandis proposait une seconde visite, celle de la ferme modèle de sa famille. Herbert de Saint-Hilaire, le lieutenant dont l'émouvant bandeau blanc ombrait de si beaux yeux bleus, en offrait une troisième à l'exposition de la collection des canons pris aux janissaires lors de la conquête.

Ephraïm Solal n'avait pas envoyé de bouquet et ne suggérait pas une quatrième visite de quelque chose. Elle le regretta presque. Il était séduisant, ce jeune homme, avec son regard de diamant noir, sa toison en copeaux d'ébène et ses vêtements de soie brodée.

On disait que les très riches dames juives de la Régence portaient, avec leur toilette de cérémonie, des çarmas [1] de métal précieux dont la hauteur était proportionnelle à leur fortune. Nul doute que la mère et les sœurs du bel Ephraïm n'aient des coiffes d'or constellées de pierreries s'élançant vers le ciel jusqu'à le picoter. Il eût été distrayant de voir cela. Ce pays valait la peine que l'on vînt jusqu'à lui. Mais la petite Casilda, pourtant, ne paraissait ni subjuguée ni enivrée par les hommages de ces jeunes seigneurs. Elle avait, ce matin, souri à ses bouquets comme à des sucres d'orge ou à des berlingots et ne semblait se soucier que de savoir si on allait « tout voir de cette ville ». « Cette enfant n'est pas coquette », dit Eugénie à son mari qui, avec logique, lui fit remarquer combien, précisément, elle était encore une enfant. Alors, pensant à nouveau

1. Cône d'or ou d'argent rappelant le hennin moyenâgeux, que les femmes arabes et juives portaient aux XVIIIe et XIXe siècles, avec leur tenue d'apparat, attaché à un petit bonnet de velours brodé et orné de longs rubans.

à sa responsabilité, Eugénie réfléchit un instant et décida de s'emparer de la seconde ombrelle d'Aurèle qui se trouvait ici, dans sa chambre. Elle conseillerait à Casilda et Alexis de s'abriter sous elle et, s'ils tentaient de trop s'éloigner, il serait facile ainsi de les repérer et de les rejoindre. D'ailleurs, avec le violent soleil qui ne manquerait pas d'attaquer, férocement, dès 9 heures du matin les teints trop fragiles, une protection était nécessaire.

Mais Alexis, dès son arrivée à l'hôtel pour y cueillir ces dames, annonçait qu'il avait mis au point une visite complète de la capitale de la Régence en ne circulant qu'à l'ombre ! On oublia donc le parasol en écoutant le jeune homme vanter son astucieuse étude de l'ensoleillement des rues et ruelles aux différentes heures de la journée. Il projetait, à ce sujet, de faire éditer un opuscule à vendre aux nouveaux débarqués. Malheureusement, ceux-ci n'auraient jamais le temps de le consulter, guettés, happés par les guides qui sautaient sur le moindre voyageur comme des puces sur un chien. Peu importait, ajoutait Alexis en riant, il y avait mille autres idées géniales à exploiter. Nul doute qu'il ne réalise, par exemple, de sérieux gains en diffusant en France, et même dans toute l'Europe, ces gros scarabées vert et or que certains Mozabites [1] vendaient ici, les tenant de caravaniers les tenant eux-mêmes de peuplades du Sud. Montés en broche ou en pendentif, avec certificat attestant leur pouvoir de talisman efficace, ces insectes fabuleux seraient la coqueluche de Paris. Et la cochenille ? Il s'était renseigné, elle abondait ici. Et la gaude, la garance, l'orseille, l'indigo ? Bref, tous les insectes et toutes les plantes à teinture vivaient et poussaient sur ces territoires de la Régence. Il y avait de quoi colorier le monde entier en rouge, jaune et bleu

---

1. Musulmans habitants du Mzab, région du Sud algérien, réputés très habiles commerçants et hommes d'affaires ingénieux lorsqu'ils s'établissaient dans les villes du littoral.

pendant des siècles ! Mais il fallait faire vite, le nombre était effarant de ces envoyés extraordinaires mandés par leurs gouvernements, venant des principales capitales du monde et qui arpentaient la ville et les environs la loupe dans une main, le calepin et le crayon dans l'autre, pour noter tout ce qui pouvait produire ou rapporter quelque chose. Pour sa part, il avait déjà vu au moins vingt commissions officielles de douze membres chacune, et autant de semi-officielles. Quant aux autres, dites « missions secrètes », on ne les comptait plus. Ils étaient si faciles à reconnaître, ces mystérieux missionnaires économiques, marchant tête baissée vers le sol, comme s'ils y cherchaient dix sous, ou levée vers le ciel, le suppliant sans doute de leur indiquer le bon chemin de leur chasse au trésor. Aucun d'eux ne semblait encore avoir pensé à tirer parti de ce qui encombrait la terre ici par centaines de milliers, des palmiers nains aux figuiers de Barbarie. Pour ces derniers, il devait bien y avoir du bon en eux. La vieille femme juive qui s'occupait de son linge prétendait, lorsqu'elle toussait, couper l'une des raquettes par le milieu, en badigeonner les deux parties de cassonade et les assembler à nouveau. Le jus qui s'en écoulait alors était un sirop calmant. Voilà une recette qui eût certainement réjoui les messieurs aux calepins. Il ne la leur donnerait pas. Et les parfums ? Non seulement on pouvait rivaliser ici avec Grasse, mais même la surpasser. Il avait déjà pensé aux beaux noms dont il baptiserait ses créations : « Jasmin d'El-Djezaïr », « Au jardin des Deux Princesses » — délicieuse retraite à montrer un jour à ces dames — et, pourquoi pas ? « Roses de Casilda ». Parce que c'était ces petits projets-là qu'il fallait étudier. Les grands, le haut négoce, la construction, l'exploitation des terres ou la spéculation étaient déjà archicourus. D'ailleurs, il n'aimerait guère mettre ses pas là où tous mettaient les leurs. Ce qui ferait la fortune de beaucoup ici, c'était l'idée, l'idée géniale qui, pour une centaine de francs au départ, enrichit son inventeur. Il aurait la sienne, il en était sûr.

Eugénie Morelli avait toujours pensé, selon une formule qui lui était chère : « Mieux vaut aller boiteux que de rester assis. » Elle n'était pas sûre de la valeur des idées du séduisant guide qui les escortait en faisant de savants moulinets avec sa canne à pommeau d'or, mais elle lui accordait de chercher, au moins, à tenter quelque chose. Et, en essayant de ne pas trouver trop enjôleurs les regards lancés à Casilda, en se rassurant à voir combien la jeune fille les recevait avec sérénité, elle s'efforça de rester objective. Elle devait donc, en pensant aux ambitions de ce jeune homme, se rappeler l'exemple de M. Morelli lorsqu'il avait eu son idée, sa grande idée, du tissu ciré — ciré avec la fameuse cire de son invention — pour confectionner les tentes militaires. S'était-il assez fait moquer de lui alors ! Mais qui avait ri le dernier ? Qui était devenu le fameux M. Morelli des tentes « La Ruche », connues jusqu'en Russie ? Les brus le savaient, M. Morelli était aussi salué dans les rues de Marseille que MM. les hauts faïenciers, savonniers ou armateurs. Elle-même avait compté, un dimanche matin, trente-deux coups de chapeau honorant son mari entre la rue Saint-Ferréol et la cathédrale. Avec un peu de chance, le jeune Alexis arpenterait un jour la rue Bab-Azoun reconnu, admiré et salué, lui aussi.

Comme ils passaient devant un magasin de babouches, Alexis s'arrêta en s'écriant :

— Ah ! si je pouvais faire emballer et partir pour Paris l'échoppe, son contenu, et le marchand avec, les installer rue de Rivoli, ou sur le Boulevard, je suis certain de faire fortune dans l'année ! Que Mlles George ou Rachel veuillent bien glisser leurs jolis pieds dans ces petites choses brodées d'or et d'argent, et la ville et la cour suivront. (Se tournant vers Casilda, il ajouta :) N'êtes-vous pas de mon avis, mademoiselle ?

Comme elle ne paraissait pas l'avoir entendu, il répéta sa question.

Elle le regarda alors de ses grands yeux dont il se demandait encore s'ils étaient bruns ou verts, ou bruns et verts à la fois, et avec cet air qu'elle avait de faire toujours effort pour garder son sérieux. Il eut le sentiment — inconfortable — de la deviner alimentant l'effervescence de son esprit à son propre feu, trouvant en elle éternelle matière à se distraire sans le secours jamais de ceux qui désiraient s'introduire dans son univers secret.

Elle parut enfin revenir là, avec lui, devant l'échoppe du marchand de babouches, mais pour demander :

— Quel langage parlent-ils ici ? J'essaye, depuis que nous avons quitté l'hôtel, de les comprendre les uns et les autres et je me crois en pleine tour de Babel.

Ainsi, elle ne l'avait pas, lui, écouté une seule seconde ! Des poétiques allusions qu'il s'était efforcé de faire à chaque découverte d'un paysage intéressant, depuis le début de leur promenade, des rappels historiques savants ou pittoresques dont il avait pailleté ses descriptions, elle n'avait rien entendu ! Il ne put s'empêcher, malgré un petit désarroi s'emparant de son âme, de l'admirer. Eh bien ! « la douzième » n'était pas comme les onze autres. Il fit, sans s'avouer en avoir besoin pour se réconforter, le rapide compte de celles qu'il avait courtisées et qui buvaient ses paroles, elles. Il s'offrit le rappel de cette brouille entre deux des filles du consul d'Angleterre dont il était à l'origine. On disait qu'elles ne s'étaient pas adressé la parole pendant huit jours parce qu'il avait plus dansé avec Mildred qu'avec Emily. Il évoqua cette boule de corail à monter en pommeau de canne que la petite Tebaldi avait réussi à lui faire accepter, sous prétexte d'un gage perdu par elle au jeu des portraits. Et il additionnait, encore à son avantage, les fruits de la propriété Deslandis que Romain lui faisait porter à l'instigation, il le savait, de sa jolie sœur Marie-Adélaïde, lorsque Casilda dit à nouveau :

— On a l'impression de plusieurs langages mélangés, qu'est-ce donc que cet idiome-là ?

Eugénie enchaîna :

— Et je me demande si le mystérieux ténor de cette nuit chantait en espagnol ou en italien. Ah ! comme c'était romantique cette sérénade au clair de lune ! Nous nous demandons aussi qui a bien pu l'offrir...

Puis elle attendit. Selon ce que dirait maintenant ce jeune homme, on saurait si c'était lui qu'il fallait remercier, ou pas. Tactique de son invention, dont elle n'était pas peu fière de l'avoir mise au point avec Casilda dès le réveil.

Alexis réfléchit très vite. Qui avait dû penser à séduire la jeune fille par la voix d'un chanteur ? Romain Deslandis ? Le lieutenant de Saint-Hilaire ? Ephraïm Solal ? Ou Dieu seul savait qui encore ?

Il se reprocha, furieusement, de n'avoir pas lui-même offert hier au soir une chanson, plutôt qu'un bouquet ce matin et décida, comme il aurait choisi de miser sur le rouge plutôt que sur le noir, de tenter de tirer parti de cette situation en laissant supposer qu'il était le seigneurial donateur. Il affirma :

— On ne doit jamais se demander *qui* ? Jamais celui qui offre une sérénade n'en revendique l'honneur. Le cœur de celle qui l'écoute doit seul lui murmurer un nom.

Et, comme dans le regard vert de Casilda — décidément ses yeux étaient verts et non pas bruns — il vit de la perplexité, il se hâta de se lancer dans une tirade sur l'étonnant langage en usage dans la Régence. Elle, qui venait de Provence, avait dû reconnaître, retentissant joyeusement entre les murs de ces étroites ruelles, quelques mots venus de chez elle. Il fallait y ajouter de l'italien, de l'espagnol, de l'arabe, du français bien sûr et, sans être excessif, trois ou quatre autres ingrédients. C'était la langue franque, devenue ainsi le sabir.

Elle avait permis les premiers contacts ici depuis le débarquement, comme autrefois, du temps des corsaires barbaresques, elle était utilisée entre Orientaux et Européens captifs. Langue pauvre, assez laide, sans règle, n'usant des verbes qu'à l'infinitif et possédant deux à trois mots clefs. Qui savait dire, par exemple, *bono* et *non bono* connaissait la moitié de ce langage. Faisant le pari de parcourir Alger du port à la Casbah en restant à l'ombre, on s'amuserait à faire aussi celui de passer huit jours ici en ne répondant que *bono* et *non bono* à ceux qui vous parleraient. Mais on pouvait tenter d'enrichir le vocabulaire franc. C'était même un jeu auquel il s'était livré. Il suffisait de lancer, de temps à autre, un mot inventé dans l'instant et jeté, négligemment, en parlant à un marchand ou à l'un de ces amateurs de café, assis devant leur porte, des heures durant, à fumer une pipe en rêvant. On aurait, alors, la surprise de voir survivre le nouveau-né, transformé parfois, mais adopté. Il était ainsi le père de deux expressions assez cocasses...

Il vit qu'il l'amusait. C'était donc là le genre de chose qu'elle aimait. Il décida de changer de tactique. Puisqu'elle semblait se soucier fort peu qu'il songeât à donner son nom à un parfum, ils fertiliseraient ensemble le vocabulaire des rivages méditerranéens.

Il eut une pensée d'affectueuse commisération pour celui qui avait dû payer cinquante boudjoux [1] pour s'offrir, en pure perte, les services d'un chanteur célèbre et il décida d'obtenir de chaque pierre et de chaque morceau de bois de la ville de quoi amuser Casilda.

Il était sûr qu'elle avait été envoyée ici pour lui, cette petite fille ne ressemblant à aucune autre.

Passé les quartiers d'apparence déjà européenne et les rues nouvellement ouvertes par les Français, ils

---

1. Boudjou : monnaie en cours dans la Régence d'Alger du temps des Turcs et valant six francs en 1837.

montaient maintenant vers la vieille ville arabe et la Casbah.

Eugénie, traînant la jambe et ses lourdes jupes, transpirait abondamment malgré le parcours à l'ombre. Mais n'abandonnait pas. Plus le temps passait, plus elle se prenait d'affection pour les deux jeunes êtres qui marchaient devant elle. Il en était de l'attirance ressentie peu à peu pour eux, comme de celle éprouvée pour certains personnages de ses romans préférés. Si dans les premiers chapitres ils ne lui plaisaient guère, au fur et à mesure des pages tournées elle se prenait à les aimer, souvent sur un simple petit geste de l'un d'eux dont, pourtant, elle ne croyait pas pouvoir être l'amie, et qui faisait soudain basculer ses sentiments : une héroïne coquette et égoïste, mais qui se penchait avec sollicitude vers un enfant souffrant ; un jeune et noble orgueilleux, mais qui recueillait un chien. Alors, malgré l'opinion bien arrêtée de l'auteur de rendre ces héros-là antipathiques, elle maintenait son jugement : « Si celle-là aime les enfants, elle n'est pas méchante, si celui-ci a besoin d'un compagnon chien, c'est qu'il est bien seul malgré ses richesses, le pauvre ! »

Et les deux beaux jeunes gens dont elle avait la garde achevèrent, eux, de la séduire au détour de l'une de ces sombres, tortueuses et crasseuses ruelles auxquelles — Dieu seul devait savoir pourquoi ! — ils accordaient tant de charme.

En débouchant de l'une d'elles, ils s'étaient trouvés sur une minuscule place — comme il y en avait tant ici — où quatre personnes pouvaient à peine se tenir, debout, et en ayant eu soin de laisser leur monture les attendre ailleurs.

Ce petit carrefour-là, une fontaine l'occupait tout entier. Une belle fontaine de marbre blanc, imprévisible au sortir de ce labyrinthe de rues noires.

Comme ils marchaient plus vite qu'elle, ils buvaient déjà, penchés vers le bassin, dans la coupe de leurs mains. Puis bondissaient soudain chez le *kaouadji*[1] bâillant sur le pas de la porte de son café, à l'angle de l'une des ruelles. Ils en revenaient, toujours courant, avec un verre. Alexis le remplissait et Casilda le lui apportait en s'élançant au-devant d'elle.

Ni l'une ni l'autre de ses brus, Eugénie en mettait sa tête à couper, n'auraient eu ce geste. Qu'importait à ces jeunes dames que leur belle-mère s'inondât ou s'entoquât ?

Rafraîchie, épanouie, attendrie, assise sur le rebord de la fontaine comme le lui avait conseillé Alexis, Eugénie se demanda si, après tout, cette idée de commercialiser les scarabées d'or vert n'avait pas quelque chance de succès. Il méritait de réussir, ce jeune homme. Elle parlerait de lui à Louis. Et qui sait s'il n'arriverait pas à les avoir un jour, lui aussi, ses coups de chapeau ? A ce stade de sa réflexion, elle ne put s'empêcher de rire. Elle avait un rire de gorge un peu gras et bon enfant. Il atteignit Casilda et Alexis dont les regards se firent interrogateurs. Alors Eugénie dit, riant toujours :

— Je me demande combien de sortes de chapeaux... enfin, de coiffures d'homme, il y a dans cette ville.

On tenta de les compter. Des hauts-de-forme de soie noire des civils aux grands feutres clairs des colons. En passant par les bonnets, casques, shakos, colbaks, casquettes, chéchias, fez, calots, calottes et turbans divers, sans oublier les képis, nouveauté créée pour remplacer les lourds shakos de l'armée d'Afrique.

Toutes les rues de la ville, avec leur cours ininterrompu et serré de piétons et de cavaliers ainsi différemment coiffés, étaient autant de rivières sur lesquelles flottaient les plus variées, les plus colorées des écumes.

On essaya aussi de dénombrer les costumes. Longue affaire, pour laquelle Casilda et Alexis s'assirent aux côtés d'Eugénie, et on s'y perdit un peu. Il y en avait

1. Le cafetier.

trop : haïks blancs des Mauresques, burnous blancs aussi, ou bruns parfois, des Arabes pauvres, rouges des caïds et des spahis, uniforme noir du peuple juif, grisaille des habits des civils restés fidèles à leurs vêtements européens, extravagance des autres, victimes d'une contagion d'exotisme, rutilance des uniformes militaires et des costumes de riches indigènes. Et on trouvait dans cette bigarrure matière à tant détailler ! D'ailleurs, affirmait Alexis, on ne pouvait vraiment juger la variété, et si souvent la beauté, des vêtements des habitants de la Régence qu'aux réceptions du gouverneur. Un bal au palais était un vrai spectacle. Le théâtre, déjà ouvert ici, s'essoufflerait à essayer de donner, sans y parvenir jamais, plus splendides et fastueuses exhibitions d'originales élégances que chez Son Excellence.

Rompus aux marivaudages habituels avec les fameuses onze autres jeunes filles d'Alger, Alexis allait dire à Casilda qu'elle serait le plus bel ornement de la prochaine soirée officielle. Il s'épargna cette platitude en se rappelant le peu de cas qu'elle en ferait. Il préféra attirer son attention sur les noms des rues qui les entouraient, tous d'une si délicieuse saveur. Il donnerait beaucoup, disait-il, pour connaître celui ou ceux qui, du fond de bureaux poussiéreux, s'étaient offert la joie de baptiser, avec une extravagante fantaisie, chaque tronçon du labyrinthe qu'était la ville arabe. Rues de la Girafe, de la Licorne, du Lézard, des Lotophages, de la Mer-Rouge, du Palmier, des Pyramides, de la Grenade, de Jugurtha, du Diable... Comment leur étaient venues ces idées saugrenues ? A moins qu'ils ne se fussent contentés de prendre un dictionnaire et de l'ouvrir, au hasard.

Sans doute un jour, la conquête finie, les noms des grandes victoires et des grands vainqueurs viendraient, trompettes sonnant et drapeaux claquant, bousculer Girafes, Licornes, Lotophages, et se glisser à leur place. Ce serait dans l'ordre des choses.

Casilda paraissait rêver. Alexis espéra que c'était à la supériorité de la gloire sur le pittoresque, plutôt qu'à un chanteur de sérénade.

Mais elle ne rêvait pas. On venait de parler de conquête et de vainqueur, et une inquiétude l'assaillait : les peintres qui suivaient l'armée d'Afrique risquaient-ils leur vie eux aussi ?

Comme ils débouchaient sur une autre place, plus exiguë encore, si possible, que celle de la fontaine, son souci s'envola devant la ravissante surprise offerte par ces quatre mètres carrés de vieux pavés.

L'ombre des ruelles étroites cessait à ce minuscule carrefour coiffé, comme d'une tente, d'un joyeux morceau de ciel bleu. Et, par cette échancrure, une gerbe de soleil visait, bien droit, l'envahisseur de cet infime territoire. Pas une fontaine cette fois-ci, mais l'étalage d'un marchand de fleurs ! Une brassée de bouquets, tombés du ciel avec la lumière.

Étalés à même le sol, géraniums, roses, jasmins, daturas et freezias étaient un tapis, une offrande, posés au pied du quarteron de maisons dont les seuils traçaient à eux seuls la petite place. Les habitants de ces demeures devraient, pour sortir de chez eux, habilement contourner cette floraison. A Casilda dans le ravissement, Alexis disait en riant :

— Et maintenant, comme sur les devinettes d'Épinal, cherchez le marchand !

Il n'était pas loin, celui-là, endormi sous trois brassées de feuillage qui seraient sans doute l'emballage de sa marchandise. Une miniature de marchand, à la mesure de la miniature de place. Un enfant de sept à huit ans, angelot brun paré de cette beauté attendrissante des enfants arabes.

Casilda se pencha vers les fleurs et le petit visage aux paupières closes en souriant de plaisir.

Elle était vêtue, ce matin-là, d'une robe de toile blanche, aussi immaculée que les murs récemment chaulés des quatre maisons. Une ceinture de cuir

havane à boucle d'argent enserrait sa taille. Une capeline de paille, brûlée aux soleils de Provence, s'assor-
tissait au ton de la ceinture et des chaussures de
marche. Pas un ruban, pas un bijou. Les sœurs de
Saint-Vincent de Paul, nouvellement arrivées dans la
Régence et dont les coiffes à grandes ailes voletaient
par la ville, eussent pu paraître plus élégantes qu'elle.
Mais il y avait tant d'éclat dans les coloris de son
visage, dans le vert mêlé de mordoré de son regard, la
nacre irisée de son sourire et le fard velouté de ses
joues, et elle dégageait une telle séduction, si pure et
presque irréelle, qu'elle fut la touche finale que Dieu
envoyait, ce matin-là, à cet endroit précis du monde,
pour qu'un instant de beauté fût parfait.

Du moins était-ce ce que pensait Alexis.

Et il pensa aussi, à la voir ainsi, statue de la grâce
et de la jeunesse, dressée parmi les fleurs, mais prison-
nière aussi de quatre murailles blanches et de quatre
portes closes sur le mystère de ces maisons arabes, il
pensa, pour la première fois, comprendre la jalousie
des musulmans et ce désir de soustraire aux regards
des autres celle qui nous appartient.

Il souhaita rester là, longtemps, toujours, seul avec
elle — Eugénie somnolait, écroulée sur la haute marche d'un seuil —, loin d'un monde à oublier, parmi
des roses et des jasmins dans la lumière bleue et or de
ce paradis aux mille et une merveilles.

Comme il se taisait, et qu'elle cessait d'hésiter entre
les bouquets à acheter à l'enfant, décidée enfin pour
les freezias, elle leva les yeux vers Alexis. Que lut-elle
dans ceux du jeune homme, avec la certitude soudaine
de savoir déchiffrer un langage dont elle ne s'était
encore jamais souciée ? Elle crut bien lire qu'elle était
belle et qu'on le lui disait. Bouleversée, elle se sentit
enveloppée, soulevée dans un tourbillon qui était à la
fois tout autour et au plus profond d'elle-même. Quelque chose d'impalpable, de subtil, et pourtant de si
fort, et qui avait le pouvoir prodigieux de répandre

cette étrange chaleur dans ses veines. Émerveillée, elle offrit à Alexis la lumière d'un sourire d'enfant qu'on vient d'éveiller.

Ce qu'il aima soudain, éperdument, ce fut la fossette dans sa joue gauche qu'il ne connaissait pas encore et découvrit dans ce sourire.

Ils restèrent un instant immobiles et silencieux.

Puis ils mirent dans la main du petit marchand arabe quelques piécettes. L'enfant ouvrit d'immenses yeux noirs étincelants de joie, les regarda, leur sourit et se rendormit, serrant son trésor dans son poing bien serré.

Ils atteignirent la Casbah et la terrasse du palais du dey où le soleil, un vent léger et le ciel bleu les accueillirent. Ils regardèrent la mer, tout en bas, puis de grands aigles qui tournoyaient au-dessus d'eux. Ils n'osaient se rapprocher l'un de l'autre. Lui pour ne pas l'effaroucher, elle pour qu'il n'entendît pas les trop forts battements de son cœur.

La fin de l'ascension de la haute ville avait été rude. Ils avaient laissé Eugénie reprendre son souffle chaque fois que le banc d'un café arabe s'était offert à recevoir sa replète personne. Et comme elle portait, ce jour-là, une robe d'un bleu clair et joyeux, elle avait l'air, dès qu'elle s'affalait sur le siège, d'un pan de ciel qui se serait effondré là, dans un gros fouillis de plis et de froissés.

Couronnée de remparts crénelés et de sentinelles françaises, la Casbah, citadelle turque autrefois, caserne de l'armée d'Afrique désormais, avait été le repaire du dey Hussein. C'était là qu'il avait offensé le consul de France, de là qu'il avait vu arriver la flotte du roi Charles X en représailles, et de là qu'il avait espéré, sans être exaucé, qu'elle serait, comme tous les autres assaillants de la Régence, repoussée et anéantie. Il fallait respirer ici l'air le plus pur d'Alger en se disant que plus jamais il ne sentirait la poudre.

Et Alexis parlait, parlait, résolu à parler encore et encore, pour que ces instants ne finissent pas...

On était ici au plus haut de la ville, il n'y avait au-dessus d'eux qu'un grand balcon de bois. C'était de là que le dey Hussein, toujours lui, assistait aux exécutions qu'il avait ordonnées, celles des criminels musulmans ou des malheureux prisonniers chrétiens. On ne pouvait monter plus, sauf à atteindre les cigognes qui perchaient sur le minaret de la grande mosquée de la Casbah.

Il fallait, maintenant, disait Alexis, admirer la ville vue de ce promontoire.

D'en bas, de la mer, Alger apparaissait dans sa forme de triangle comme une voile latine du plus beau blanc séchant au bord de l'indigo méditerranéen et flanquée des croupes rousses des montagnes de l'Atlas. D'ici, de cette Casbah qui était le sommet de ce triangle, elle ressemblait à un éventail sculpté dans du marbre de Carrare et posé sur une soie d'un bleu sombre. N'était-ce pas d'une grande beauté ? L'escalade du quartier arabe si escarpé méritait bien cette récompense. Et combien pouvait-on supposer que l'éventail contenait, en ses broderies et découpes, de centaines, de milliers, de toits en terrasse, salons à l'air libre de ces dames mauresques ?

Il se tut enfin, lorsqu'il aperçut Eugénie somnolant à nouveau, posée sur un moellon de pierre comme il y en avait tant autour d'eux, car on ne cessait de démolir pour agrandir. Alors il regarda Casilda et ils se sourirent. Puis il prit la main de la jeune fille, et ils allèrent jusqu'à l'extrême bord de la terrasse où les gros canons turcs étaient alignés.

Il y avait, parmi eux, de vieux seigneurs de bronze, capturés jadis avec les galères de Louis XIV et tout enguirlandés de fleurs de lis vert-de-grisées. Ils regardaient au loin, ces vétérans, vers la mer, avec nostalgie.

Alexis et Casilda étaient seuls. Lui se sentait le maître d'un monde plein de promesses. Elle le regardait, voulant détailler le visage de cet homme qui venait d'entrer dans son cœur.

Elle s'étonna qu'il fût si beau et qu'elle ne l'ait pas encore remarqué. L'image qu'elle garda de lui était celle d'un sourire aussi blanc que la ville, d'un casque épais de cheveux blond roux, lui rappelant la séduisante pelure des jujubes et de deux yeux au regard plein de douceur, mais dont elle ne sut pas la couleur ce jour-là parce qu'elle n'osait les interroger, eux qui interrogeaient aussi et auxquels elle ne savait pas répondre.

— Vous vous souvenez de ce roman de M. de Balzac où le héros, Rastignac, regarde Paris étalé à ses pieds ?

Oui, elle se souvenait. Mlle de Lussan le lui avait fait lire.

Il lui prit alors la main et la fit monter sur l'affût du plus énorme des canons turcs. Puis il sauta à côté d'elle et, reprenant sa main, lança de toute sa voix afin que toute la citadelle, et toute la ville, et la mer et ses voiles et les grands aigles, et les cigognes, l'entendissent :

— Alger ! A nous deux !

Plus bas, il ajouta, pour elle seule :

— Si on ne peut être M. Eugène de Rastignac à Paris, on peut l'être à la Casbah. Et qui osera nous dire que c'est moins bien ?

Ils redescendaient.

Ils tenaient Eugénie, chacun par un bras, pour l'empêcher de devenir un gros ballon bleu qui roulerait jusqu'au bas de la ville arabe. Elle poussait de petits cris qu'elle entrecoupa soudain d'un incrédule : « Mais nous avons oublié de déjeuner ! »

Il était trop tard pour qu'on leur servît un repas en ville. Comme ils passaient, à nouveau, devant la boutique de babouches, Alexis proposa d'y entrer boire un moka à l'eau de rose, la boisson la plus délicieuse qui soit, affirma-t-il, et que le marchand, son ami, ne manquerait pas de leur offrir.

L'échoppe était sombre, et on pouvait croire, aux premiers regards, que des vers luisants en avaient envahi les murs. Mais ils devenaient peu à peu broderies d'or ou d'argent sur une infinie variété de coloris de fleurs et de fruits. Il s'agissait là de chaussures, mais on pensait, se dit Casilda, framboises, oranges et citrons, géraniums, jonquilles et jacinthes.

La chaude et un peu aigre odeur des cuirs si délicieusement colorés ne s'atténuait que dans le fond de la pièce où une décoction de benjoin mijotait sur un petit foyer de terre cuite. Quelques étagères en dentelle de cèdre, incrustées de nacre et d'ivoire, servaient de présentoir à des merveilles de mules de femmes. Minuscules, délicates et précieuses, elles étaient de velours enluminé de perles ou de verroterie.

— Avez-vous jamais vu plus joli que cette niche ? demandait Alexis. Et il ajoutait : Votre père devrait en faire une esquisse, avec, au premier plan, une paire de babouches roses brodées d'argent, en souvenir d'un certain soir...

Ils étaient deux, peut-être frères, les vieux magiciens qui opéraient ici. L'un taillait et cousait, l'autre brodait. Mêmes longues barbes et turbans blancs, mêmes maigreurs ascétiques.

— Je les ai découverts le jour de mon arrivée, murmura Alexis à Casilda. Je ne sais s'ils ont été envoyés sur cette terre pour chausser les dieux ou les hommes. Ils ont cent ans, mille ans peut-être et connaissent des recettes étranges et secrètes pour teindre et broder. En cherchant un peu, nous trouverions ici les babouches de sept lieues, ne croyez-vous pas ?

La pénombre et le confort de son pouf de cuir adossé à un mur rendormirent Eugénie. Les deux vieillards se tenaient, discrets et hiératiques, dans le fond de leur échoppe après avoir offert le café prévu. Son arôme était aussi délicat, se dit Casilda, aussi subtil que la broderie d'argent d'une petite chaussure qu'elle n'avait pu résister au plaisir d'essayer.

Tout était douceur et quiétude.

Alexis prit la main de Casilda dans la sienne. Elle ne la retira pas. Ils restèrent ainsi, silencieux, sans échanger un regard, comme s'ils redoutaient ce qu'ils y liraient. Et chacun d'eux entendait le fort battement de son propre cœur.

Comme Eugénie sursautait soudain, et ouvrait des yeux étonnés, oubliant où elle s'était endormie et surprise de se réveiller là, ils se mirent à rire. Cette fois, ils se regardèrent, leurs regards ne se détournèrent pas et se dirent qu'ils aimaient Eugénie et aussi les deux vieillards à turban, et cette échoppe, et qu'ils s'aimaient eux, éperdument.

Et ils achetèrent des babouches et des babouches, sans trop savoir ce qu'ils faisaient.

— Ce café à l'eau de rose était un philtre, n'est-ce pas ? murmura Casilda à l'oreille d'Alexis.

Lorsqu'ils se retrouvèrent dans la rue, elle ajouta :

— Savez-vous qu'un jour j'ai vu tomber une alouette à mes pieds, morte. Morte pour avoir trop chanté de joie dans le soleil.

— Ne dites pas cela !

Et il la regarda, étonné. Quelle étrange petite fille. Il se serait attendu à tout sauf à l'entendre parler de mort à cet instant.

Eugénie, arrivée à l'hôtel, recompta encore une fois la monnaie rendue par l'un des savetiers et affirma, décidément, ne pas se tromper, il lui manquait bien vingt sous. D'ailleurs, on le lui avait dit, les Arabes étaient tous des voleurs. Il fallait retourner là-bas et réclamer.

Alexis donna les vingt sous manquants, affirmant qu'il les avait, lui, sans doute reçus en trop, et que ses vieux amis s'étaient embrouillés dans les comptes.

En refermant sa bourse, le jeune homme s'aperçut qu'elle était à peu près vide. Il se rappela aussi qu'on était jeudi, jour du départ du courrier pour la France. Il aurait déjà dû déposer au guichet du Trésor et des Postes son envoi pour Paris. C'était une chronique mensuelle pour le journal *Le Gaulois* qui le faisait vivre ici.

Avec la promesse de retrouver Casilda et Eugénie sur la place du Gouvernement ce soir, à l'heure du concert militaire, il regagna au pas de course les deux pièces que lui louait une épicière, rue Bab-Azoun.

Il ne se sentait pas en humeur de chronique algéroise. Il préféra essayer d'un conte. On lui laissait le choix de la forme, pourvue que le fond fût dépaysant et exotique, « Surtout, surtout, de l'orientalisme », lui recommandait-on.

Il y avait longtemps déjà qu'il voulait parler de ses amis les savetiers. Il écrivit :

« Dans l'ombre de son échoppe, le vieux Mozabite, brodeur de babouches, brodait.

Il brodait depuis tant et tant d'années...

Dieu semblait l'avoir oublié, là, accroupi sur sa natte, tirant l'aiguille.

Mais par un matin bleu et doré de ce mois du Mouloud[1] qui voyait l'éclosion des fleurs et mettait de la gaieté dans les cœurs, Allah daigna jeter un coup d'œil dans la direction du vieillard, et s'étonna : "Tiens le voici, celui-là dont la barbe blanche — bien belle barbe en vérité — est si longue maintenant qu'elle traîne à terre !"

Dieu réfléchit quelques instants, dans le parfum des jasmins qui montait jusqu'à lui, et fut obligé de constater ceci : pendant les temps et les temps mis par ces poils du menton à pousser jusqu'au sol et à s'argenter de si séduisante façon, Lui, Allah, le Puissant et le Miséricordieux, n'avait pas une seule fois été impor-

---

1. Fête de la naissance du prophète.

tuné par la moindre demande, le plus humble souhait !
C'était rare. Et méritait récompense.

Que pouvait désirer un vieux Mozabite brodeur qui
n'implorait jamais, sinon broder encore un peu ? Or
l'échoppe de cet homme était sombre. Comme toutes
les échoppes, d'ailleurs. Le soleil négligeait d'y passer,
insouciant comme il l'était, et disant : "J'y entrerai
demain." Des demains qui n'arrivaient jamais. On le
connaissait bien celui-là, il brillait où il le voulait,
quand il le voulait. La lune était plus compatissante, et
capable d'élans de charité. Aussi, est-ce à elle qu'Allah
demanda d'honorer de sa visite, quand elle le pourrait,
la pauvre échoppe. Ce qu'elle fit.

Et le vieux Mozabite, heureux, dès le premier soir où
il baigna dans un flot de clarté laiteuse, broda, broda.

Jamais il n'avait si bien brodé !

Il venait de réussir une œuvre d'art : une babouche
de velours vert — couleur de l'étendard du Prophète,
que Celui-ci en soit remercié ! — enrichie d'entrelacs
de fils d'argent d'un dessin plein de subtilité.

Et le vieux Mozabite admirait sa babouche : c'était
là l'œuvre de Dieu qui avait bien voulu guider la main
d'un pauvre ouvrier. Car jamais encore les fils d'argent
n'avaient été si souples à travailler, ne s'étaient si bien
accordés à l'aiguille. Qu'Allah soit béni !

Alors, inondé de reconnaissance, le vieux Mozabite
voulut lever, en offrande, sa babouche vers Dieu et
vers la lune, bienfaitrice par son intermédiaire.

Mais quel *chitane* [1], soudain, lui jouait ce tour ? La
babouche de velours vert brodée d'argent, et la barbe,
d'argent elle aussi, étaient liées l'une à l'autre !

"Seigneur puissant et miséricordieux, daigne abais-
ser tes yeux jusqu'à une babouche et une barbe cousues
ensemble, et dis à ton pauvre serviteur ce qu'il doit
faire. Faut-il sacrifier la barbe, vieille compagne de
toute une vie ? Faut-il débroder cette merveilleuse

1. Démon.

babouche ? Car en vérité peut-on, dis-le-moi, Seigneur, vivre avec une babouche suspendue à sa barbe ?"

Et voilà ! Voilà le meilleur, celui qui n'a jamais rien demandé ! On s'occupe de lui, et, aussitôt, il abuse, interroge, quémande. Alors, comme un couperet, Allah laissa tomber la sentence :

"Tranche ta barbe, imbécile ! Et garde la babouche."

Je ne suis qu'un pauvre conteur à l'esprit simple. Mais on ne m'ôtera pas de l'idée que Dieu, tout puissant qu'Il soit, n'avait jamais pu avoir une aussi belle barbe d'argent que celle du Mozabite brodeur de babouches. »

Alexis fit une copie de son conte. Il la remettrait à Casilda ce soir, dédicacée, à l'heure du quotidien concert militaire qu'ils écouteraient ensemble place du Gouvernement. C'était là tout ce qu'il pouvait lui offrir avec deux francs en poche.

Il dut porter lui-même son courrier au bateau. Les sacs postaux étaient déjà à bord. Ce n'était pas la première fois qu'il devait ainsi se hâter de chercher, trouver enfin le bâtiment en partance pour Marseille et pousser un soupir de soulagement en le regardant appareiller, chargé de ce qui était son unique source de profit pour le moment.

Il remontait du port, lorsqu'il se trouva arrêté dans sa course, à l'angle d'une rue, par deux maraîchers mahonnais et leurs ânes chargés de légumes refusant le passage aux mules poudrées de farine d'un meunier kabyle, lui-même empêché de reculer par un chamelier et sa monture. Le tout faisait vitupérer le cocher espagnol de Mme Dynensen qui exigeait à grands cris le passage pour Sa Grandesse Madame de la Suède. Elina ouvrit la portière et recueillit le jeune homme.

— Avez-vous déjà envoyé à Paris une chronique sur les encombrements des rues de la Régence ?

Il l'avait fait. Et il dit aussi qu'il revenait de la Casbah où les démolitions du génie l'effrayaient. Bientôt il ne resterait plus rien du pittoresque de cette ville. Ils s'en désolaient ensemble, quand, interrompant à son habitude une phrase commencée et qui ne verrait jamais sa fin, Elina demanda :

— Comment va ma petite douzième ?

Il fut discret. Elle ne fut pas dupe. Elle avait une amie en séjour à l'hôtel de l'Europe et savait qu'Alexis était venu y chercher la jeune fille de bon matin. Elle dit seulement :

— Cette dame Morelli, rappelez-moi ce qu'elle vend ?

— Son mari est dans les toiles, les bâches et les tentes cirées qu'il fournit à l'armée.

— Cirées ? Dieu soit loué ! Il paraît qu'il ne cesse de pleuvoir sur Constantine comme à la première tragique expédition. L'armée s'agite dans la boue et le froid. Le duc est enrhumé et tout le monde tousse. Mon mari a reçu ce matin un observateur suédois revenu de là-bas. Je me demande...

Alexis ne sut jamais ce que Mme Dynensen se demandait. Ils se quittèrent place du Gouvernement. Elle dit en guise d'adieu :

— A tout à l'heure, au concert militaire. J'espère que nous n'aurons pas droit encore à la marche des Turcos. Voilà bien quinze soirs qu'on nous en gratifie ! Ne préférez-vous pas celle des zouaves ? Ah ! J'adore les zouaves !

Elina rejoignit son mari qui conférait avec leur architecte, un Suisse passionnément épris d'art mauresque, admirateur enthousiaste de leur maison dont il surveillait l'entretien et les réfections attentives de ses propriétaires. Il disait vivre son purgatoire dans cette ville où les hommes du génie, aveugles et plus barbares que les prétendus Barbares d'Orient, coupaient et taillaient sans merci, avec l'approbation du Gouvernement général.

C'était un petit personnage maigre et sec, affligé d'une intense myopie dont il disait ne guère la déplorer depuis qu'il habitait la Régence où il préférait ne pas voir trop clairement les crimes qui s'y perpétraient. Il s'était fermé la porte du palais, sous le précédent gouverneur, un soir mémorable de grande réception où le général en chef et son état-major se félicitaient de la transformation de la plus belle mosquée de la ville en église catholique, ne paraissant pas regretter les irréparables dégâts commis pour passer de l'exercice d'un culte à l'autre. Comme le gouverneur, apercevant non loin de lui l'architecte, quêtait son approbation, on avait entendu M. Muller répliquer, fort irrévérencieusement sans se déplacer, et donc en élevant la voix pour être entendu :

— Je vous répondrai, Excellence, ce que Charles Quint a dit à ses chanoines lui faisant visiter la sublime mosquée de Cordoue que la Reconquête[1] leur avait donnée et qu'ils venaient de mutiler pour en faire aussi une église. L'empereur s'écria, indigné, devant ses religieux déconfits : « Vous avez maintenant ce que l'on peut trouver partout alors que vous aviez auparavant ce qui n'existait nulle part ! »

Un grand silence s'était fait, que l'intrépide personnage avait osé combler en ajoutant : « Les Maures regrettent tant la perte de leurs chefs-d'œuvre d'Espagne qu'ils s'en lamentent chaque vendredi dans la prière du soir depuis trois siècles. Nul doute qu'ils n'y pleurent aussi désormais la destruction d'Alger ! »

Comme on avait vanté devant Elina le courageux architecte, elle avait répliqué : « Vraiment ? Il est bien avancé maintenant, M. Adolphe Muller ! Il a perdu toute chance d'être nommé chef des travaux dits d'em-

1. Victoire des Espagnols sur les Maures qui occupaient leur pays et en furent chassés.

bellissement de la ville pour la satisfaction, illusoire, d'avoir craché un peu de bile dans les salons d'apparat du gouverneur général. Il n'est qu'un sot. » L'écho de la ville avait répété à M. Muller les propos de Mme Dynensen. L'architecte avait hoché la tête et dit, contre toute attente et bien haut encore : « Cette dame, hélas, a raison. » L'écho ayant de nouveau rempli son office, désormais Adolphe et Elina étaient les meilleurs amis du monde. Car, à l'exception de Corses susceptibles et d'Espagnols au couteau facile, les habitants d'Alger, disait Mme Dynensen, se fâchaient peu. Il faisait trop beau, la vie était trop belle ici pour qu'on perdît du temps en vindicte.

Le petit Adolphe Muller levait ce soir-là son front dégarni et ses bésicles vers le consul si haut, si droit et couronné de ses beaux cheveux blancs. Elina, en rejoignant les deux hommes, se fit la réflexion que son mari était comme le vieux rosier du Bengale du fond du jardin, toujours bien fleuri malgré les ans. Elle fut tentée de plaindre le bref, malingre et chauve Adolphe Muller. Mais elle se convainquit vite que Dieu lui avait octroyé une superbe passion du beau afin que, ne cessant d'admirer autour de lui, il n'eût pas le temps de voir sa propre laideur. Cette compensation, lui paraissant suffisante, l'amena à supprimer ses tentatives de commisération. Comme elle l'entendit dire son espoir, si Constantine était enfin conquise ces jours-ci, qu'à Paris, le ministre de la Guerre donnerait peut-être enfin l'ordre de ne point toucher aux palais et aux édifices de la nouvelle ville soumise, elle dit :

— Vous auriez dû y aller, Adolphe, et veiller vous-même sur les beautés de la vieille Cirta.

Il se plaignit, désespéré, d'être toujours mal vu en haut lieu. Sa demande de faire partie de l'expédition avait été rejetée. Le général en chef et gouverneur, le comte de Damrémont, prétendait que sept observateurs étrangers sans qualifications précises, quatre artistes peintres, deux naturalistes, trois archéologues, cinq littérateurs, sans compter l'aide de camp du prince royal de Prusse et le colonel anglais sir Greenville-Temple, le tout sous la présidence du bibliothécaire d'Alger, M. Berbrugger, allaient suffisamment compliquer les manœuvres sans y ajouter d'autres trublions.

— Ils vont encore massacrer et massacrer, c'est sûr !

Il en pleurait presque. Elina avait à parler à son mari et, insensible, entraînait son visiteur vers le vestibule.

— Ouf, dit-elle lorsqu'il fut parti, les gens passionnés sont fatigants. A propos de passion, notre jeune Alexis en vit une avec la petite Casilda. Il nous faudra donc absolument marier Deborah avant eux. Debby souffrirait trop de la comparaison si elle entrait à la cathédrale très peu de temps après la plus jolie fille d'Alger, ne trouvez-vous pas ? Notre pauvre cousine a le teint si jaune ! Le blanc le rendra plus jaune encore, surtout si on évoque, en la voyant passer à votre bras, le souvenir de ce petit nuage de pétales d'églantines que sera Casilda le jour de son mariage.

Souriant, jamais surpris, le consul demanda :

— Casilda et Alexis ? Après tout pourquoi pas... Mais à qui donc comptez-vous faire épouser Deborah ?

— A Ulysse Marchandeau, évidemment.

— Ah bah !

— Le malheureux garçon a eu ce matin une grande déception. Il a appris qu'il n'y aurait pas de promotion pour lui cette année. Un petit monsieur, protégé par Paris, a été catapulté ici, bardé de recommandations extirpées à trois ministres, et lui a soufflé son avancement. Notre baryton est au bord du désespoir. Je l'ai su et j'ai attaqué.

— Qui donc ?

— Le propriétaire de la boutique. Celle qui est située entre notre horticulteur mahonnais et votre marchand de nougat espagnol.

— *Mon* marchand ?

— C'est vous qui aimez ces douceurs aux amandes venues de Valence ou de Barcelone, pas moi !

— Voyons, voyons, nous parlions de mariage, enfin de *vos* idées de mariage pour Deborah et nous voilà dans une histoire de boutique ! Elina, reprenez tout au commencement, je vous en prie, je ne vous suis pas.

— C'est pourtant simple. Si Deborah et Ulysse se marient...

— Si, précisément.

— Ah ! Ne m'interrompez pas sans cesse. Donc, s'ils se marient, et ils se marieront, il leur faut pouvoir vivre. Debby n'a ni un penny ni un boudjou, vous êtes bien d'accord ? Oui, oui, je sais votre générosité et vous les aiderez, c'est sûr. C'est d'ailleurs pour cela que je me suis précipitée sur cette boutique à acheter.

— Mais pourquoi une boutique ? Et pour y vendre quoi ?

— Rien ! Enfin, pas de marchandises, pour le moment du moins, mais des services. Vous ne devinez pas ?

— Certes non !

— Souvenez-vous, alors. Qui nous a réparé notre piano depuis que ce pauvre M. Sylvestre Schmitt, l'accordeur, *le seul accordeur* de la Régence, est mort du choléra ? Ulysse, aidé par Deborah ! La situation est donc la suivante : Ulysse Marchandeau est dégoûté par ces petits Parisiens ou Marseillais qui intriguent chez eux et nous arrivent ici en pays conquis, alors qu'ils n'ont, eux rien conquis du tout, et prennent les places des héros. Par ailleurs, Ulysse sait accorder les pianos, secondé par Debby, à cause de son bras, n'est-ce pas ? Conclusion, vous leur achetez la boutique de la rue Bab-Azoun, ils y installent leur bureau et ils accordent les pianos de la Régence. Voilà !

— Mais combien y a-t-il de ces instruments à Alger ? Deux ? Trois ?

— Ah ! Vous allez être surpris, mon ami, il y en a quarante-six ! Parfaitement. Quarante-six, dont trente-neuf chez les Européens, le reste chez les Juifs et les Maures. Ils ont été sérieusement recensés. Quarante-six beaux pianos en pleine activité et auxquels il ne manque qu'un accordeur ! Mais, attention, il ne le leur manquera pas longtemps, Messieurs les fouineurs des missions d'étude le sauront très vite et le pauvre Marchandeau risque bien de se voir, là aussi, souffler sa place.

— Parce qu'il est décidé à devenir accordeur ?

— Pas encore. Mais cela ne saurait tarder. Je voulais l'accord — tiens, il n'est pas mauvais ce mot-là ! —, l'accord de Deborah, avant de lui annoncer sa nouvelle situation.

Le consul, qui était assis, se releva. Il lui fallait marcher un peu pour garder son calme et dire avec douceur :

— Ma chère Elina, vraiment, croyez-vous que votre cousine trouve ce M. Marchandeau à son goût ? Pensez-vous qu'il soit l'homme de sa vie ? Ne jugez-vous pas notre baryton un peu... un peu trop...

— Dites le mot : médiocre ?

— Je serai moins dur que vous, je dirai...

— Rien du tout ! Vous ne trouverez pas mieux. C'est médiocre et rien d'autre. Notez qu'il a la chance d'être infirme.

— Elina !

— Je dis bien la chance. Où serait-il, aujourd'hui, le petit Ulysse avec ses deux bras ? Revenu de ses exploits et de ses voyages et rentré dans plus de médiocrité encore à Angers, Poitiers ou Amiens — je suis sûre qu'il est originaire de quelque part par là — tandis qu'un bras en moins, une auréole en plus, et le voilà séduisant la cousine d'un consul général.

— En admettant qu'il accepte, qu'elle accepte aussi, que dira votre cousin le pasteur d'un si pauvre mariage ?

— Mon cousin ? C'est lui qui est pauvre ! Il lui

reste encore trois filles à marier ! Un ex-militaire décoré, un héros, le comblera de fierté.

— Et elle ? Car enfin elle ne sait rien encore. Vous croyez qu'elle acceptera votre baryton ?

— Voulez-vous me dire qui vous avez vu se rapprocher du piano et de miss Flonflon, à part Ulysse ? Personne ! Voilà quatre ans que cette digne créature est là, vissée à son tabouret, offerte, en quelque sorte, chaque dimanche soir, à ces messieurs et, croyez-moi, j'ai guetté, il n'y a eu qu'Ulysse pour la remarquer, bien que nous ayons à Alger, en ce moment, douze hommes pour une femme. Elle sera follement heureuse de se faire désirer, de le faire attendre, de nous obliger à vanter, longuement, ses qualités, le soir, à la veillée, lorsque nous serons entre nous, et de lui conseiller, affectueusement, de n'être pas trop cruelle et de répondre, enfin : oui !

En soupirant légèrement, le consul conclut :

— Donc, vous leur cherchez une boutique ?

— Je l'ai trouvée et achetée. Enfin, *vous* l'avez achetée.

— Ah ! Et si rien ne marche, si vos propositions sont refusées ?

— Vous savez, mieux que moi, cette façon qu'ont les Maures de vendre leurs biens en rentes à vie et non en échange d'un capital. On pourra toujours casser l'engagement. Je sais que cela se fait.

— Cela se fait chez les gens peu scrupuleux.

— Oh ! La ville est pleine d'histoires de ce genre, et les indigènes ne peuvent rien contre, on les écoute à peine. D'ailleurs, nombre d'entre eux ne se privent pas de vendre deux ou trois fois le même domaine. Les abus sont des deux côtés.

— Ne comptez pas sur moi pour gruger de pauvres gens et grossir la cohorte des exploiteurs dont ce pays regorge.

— Mais rassurez-vous, Ulysse Marchandeau épousera Deborah... et ils auront beaucoup de pianos ! Il ne se présentera qu'un seul ennui.

— Lequel ?

— Il faudra nous laisser embrasser par Marchandeau, au moins le jour du mariage et sans doute à Noël, sous le gui. Et ça, ce ne sera pas drôle. Il a une bouche toujours humide que je n'aime pas.

Comme le consul riait et disait :

— Et vous croyez que ce sera drôle, comme vous dites, pour Deborah ?

Elina répondit :

— Mais je n'aime pas non plus être embrassée par elle, mon ami, alors...

Le consul demanda, méfiant soudain :

— Elina, est-ce que vous n'auriez pas prévu tout cela et attiré votre baryton ici à l'intention de votre cousine ?

Angélique, les yeux plus bleus et plus innocents que jamais, Mme Dynensen répondit :

— Je croyais que vous le saviez, mon ami. Vrai, je m'interroge parfois sur ce que vous pouvez bien leur raconter à Stockholm, dans vos rapports. Et je me demande si vous êtes aussi perspicace que je le croyais.

Elina allait quitter son salon pour aller rappeler à sa cuisinière provençale, qui avait la main un peu lourde pour le sel, « ce qui ne vaut rien à M. le consul », lui répéterait-elle pour la énième fois, quand elle se ravisa et revint sur ses pas.

— Il faut, absolument, que le gouvernement, à Paris, se décide pour l'occupation étendue du territoire. Alors, Debby et Ulysse ouvriront des succursales à Oran, Constantine, partout ! Vous ne pourrez plus craindre que le cousin pasteur ne soit pas fier de son gendre. Il est même capable, comme je le connais, de faire un sermon sur la civilisation par le piano dans les pays barbaresques.

Elina tournait à nouveau la poignée de la porte, lorsqu'elle remit son départ encore une fois.

— Vous rappelez-vous ce jeune jardinier français qui nous a quittés, voilà deux ans, ou trois, je ne sais plus ? Celui qui, le dimanche, pour grossir ses économies, vendait des tortues à la sortie de la messe.

— Parfaitement. Un bon jardinier et un honnête petit gars.

— Eh bien, on pourrait, n'est-ce pas, se demander qui peut vouloir acheter des tortues ? On aurait tort d'être sceptique. Il doit y avoir beaucoup de gens qui adorent acheter des tortues, parce que grâce à eux, le petit Français a acheté, lui, un âne, une charrette et un bout de terre et il a cultivé et vendu des légumes dans les rues. Maintenant il a une boutique, devinez où ? En face de celle de Deborah et d'Ulysse ! Voyez-vous mon ami, si j'étais vous, c'est tout cela que je mettrais dans mes rapports, les pianos, les tortues, les légumes, pour qu'ils se rendent compte à Stockholm, à Oslo et même à Saint-Pétersbourg, des possibilités qu'offre ce pays. Avez-vous remarqué la tendance actuelle, cette nouvelle façon que l'on a, en ce moment, d'écrire l'histoire non plus en parlant des seuls grands hommes, mais aussi des petits ? Et tenez, je me demande si vous ne devriez pas écrire, vous aussi, un livre sur la vie dans la Régence.

— Tous les militaires, les fonctionnaires et les chargés de mission en font au moins trois chacun !

— Mais ils ne savent pas ce que vous savez ! Ils sont rares ceux qui ont eu le privilège de vivre ici du temps des corsaires barbaresques et d'assister maintenant à la présence française. Vous commenceriez par le commencement, vous diriez, enfin, qu'il n'y a jamais eu de coup d'éventail.

— Il ne faut peut-être pas effacer les légendes.

— Quelle drôle d'idée ! Si j'étais vous, j'écrirais ce que j'ai vu et entendu ce jour-là. Vous citeriez ceux de vos confrères qui étaient avec vous et ont vu et entendu eux aussi, le consul d'Angleterre entre autres. Et vous préciseriez que, ce fameux matin-là, le représentant de la France se trouvait debout éloigné de deux toises au moins du dey, assis, lui, sur son divan, et qu'il n'était pas possible que, dans leurs positions respectives, l'un souffletât l'autre. Mais vous ajouteriez que si le chasse-mouche du Turc ne s'est pas posé sur la joue de M. Deval, en revanche, ce dernier a été traité de « chien d'infidèle et de chien de Français » ce qui, à mon avis, était bien suffisant pour déclencher l'expédition punitive. Encore que, vous le savez comme moi, le représentant de la France fût un monsieur peu recommandable.

— Et je déclencherai un beau pataquès, comme on dit ici, parce que le roi de France a, implicitement, à l'époque, ratifié l'histoire du soufflet.

Comme Elina riait en s'en allant vers ses cuisines, le consul envisageait, s'il se laissait dangereusement tenter, un jour, par l'écriture, de donner plutôt des recettes de vie conjugale. La première serait : choisissez pour compagne celle avec laquelle vous êtes sûr de ne vous ennuyer jamais. En quarante ans de vie commune avec la sienne, c'était bien ce qui lui était arrivé. Il pouvait même y ajouter des distractions frisant parfois la catastrophe. L'une surtout et qui avait bien failli leur coûter la vie à tous deux. Avec un petit frisson rétrospectif, Sven Dynensen se souvint.

C'était du temps du dey Ali, l'avant-dernier maître de la Régence. Un homme cruel, ramenant l'espérance de vie de chacun ici, diplomates étrangers compris, à une très faible estimation et ne respectant guère les traités conclus.

Ce tyran venait alors de faire capturer et conduire dans son sérail une jeune Anglaise, se souciant fort peu de ce que penserait la cour de Saint-James et ignorant superbement l'escadre britannique manœuvrant non loin de ses côtes.

Elina, outrée, avait écrit à Londres et claironné dans la Régence ses sentiments sur cette monstruosité. Pour moins que cela le consul d'Espagne était alors dans les fers, condamné aux travaux forcés à vie par le maître d'Alger. Sven redoutait un sort semblable.

Contrite d'avoir, sans doute, été trop loin, Elina s'avisa de retourner cette affaire à leur avantage, de sa propre initiative, et sans en avertir son mari.

Le bruit courait que le dey, point trop courroucé encore, traitait Mme Dynensen de « petite mouche anglaise importune », ce qui inspira Elina. Elle sollicita une audience de l'une des femmes du dey Ali qu'elle connaissait déjà et savait pleine de sagacité. On la convia. Elle s'en fut au palais, chargée de présents et de rouerie.

Elle parla à la dame pendant une heure de gentils riens, ce qu'elle appelait sa « confiture de rose » qui, comme chacun sait, n'a qu'un joli nom, point de parfum et encore moins de goût. Puis elle dit négligemment :

— Votre puissant seigneur, princesse, a bien mérité le nom de Khodja [1] que son peuple lui a donné, j'en ai pour preuve le surnom qu'il a bien voulu me donner, à moi, de « petite mouche anglaise ». Dans son immense culture, et sa grandissime connaissance de l'histoire, Sa Hautesse sait que le roi Nemrod est mort d'une piqûre de mouche, mais qu'Elle, bien plus grande encore que ce monarque-là, ne craint rien de ces insectes, *même anglais*. Toutes les cours d'Europe, averties par moi, admireront en Ali Khodja l'homme le plus instruit et le plus spirituel de la terre.

Puis Elina fit sa plus belle révérence à la princesse, ce qui ne l'empêcha pas, en s'inclinant très bas, de percevoir, au passage, dans le regard de la grande dame une étincelle de gaieté. Et elle s'en fut, persuadée qu'un sot vaniteux qui recevait toujours les représentants étrangers un livre à la main en paraissant si plongé dans son contenu qu'il semblait ne pas les voir entrer, ne pouvait être insensible à cette flatterie.

1. L'écrivain, et par extension : le professeur, le savant.

Comme elle le raconta plus tard : « Quel intérêt avait Sa Hautesse à nous faire mettre les fers aux pieds ? Elle voyait cela tous les jours et c'était spectacle plutôt lassant. Mais se gargariser de la conviction qu'on vous sait l'homme le plus cultivé de l'univers, voilà qui devait plaire ! »

Et elle avait raison.

Le personnel du consulat vit arriver le lendemain le premier chaouch du palais suivi d'un jardinier en livrée flamboyante, porteur d'un majestueux rosier rouge sang. Sa Hautesse le dey Ali informait Mme Dynensen que cette nouvelle variété, récemment éclose dans les jardins de la Casbah, recevait désormais le nom de Rose Elina... Qui devint par la suite, chez les horticulteurs, la rosellina.

3.

Le 22 octobre, le bateau à vapeur La *Chimère*, parti de Bône le 10, apporta la nouvelle de la prise de Constantine datant du 13. On avait arraché son fief, réputé imprenable, à Ahmed bey et à Abd el-Kader la puissance de son principal allié.

Il y eut un *Te Deum* à l'église-mosquée où Eugénie allumait chaque jour un cierge à l'intention des princes royaux. Et l'orchestre militaire avança l'heure du concert quotidien place du Gouvernement. Mais, contrairement à ce qu'espéraient les habitants européens de la ville, il n'y eut pas de grand gala musical. Au lieu de ces joyeux airs d'opéras et d'opéras comiques des jours de fête, uniquement des marches lentes et solennelles. Car, du haut de la Casbah jusqu'au plus bas de la ville, les drapeaux des édifices publics étaient en berne : le gouverneur général comte Denis de Damrémont, général en chef de l'armée d'Afrique, était mort à la tête de ses troupes en prenant Constantine. Et avec lui les vaillants généraux et colonels Perrégaux et Combes et le marquis de Caraman, et tant et tant d'autres. On priait pour que les blessures du colonel Lamoricière, si aimé de tous, n'aient pas les suites fatales qu'elles avaient eues chez Perrégaux et on vit pleurer le colonel Pélissier qui n'avait pas la réputation d'être tendre.

On apprit aussi que le choléra décimait, parmi les forces de l'expédition, ceux que les balles et les boulets d'Ahmed bey avaient épargnés. Ce choléra qui sévissait déjà à Alger, amené de France par le 12e régiment de ligne, et qui atteindrait la Régence entière.

Comme un brillant discours du ministre de la Guerre à Paris avait attiré l'attention sur "les meilleurs éléments de l'armée française envoyés en Afrique par le royaume pour y poursuivre la conquête", des libelles circulaient remerciant la mère patrie de partager si équitablement avec tous ses enfants, mêmes les adoptifs, son armée et son choléra, et ils ajoutaient : « Si la France se dépouille à ce point, ne regardant pas au prix, c'est qu'enfin elle se décide à garder ce pays et à en faire le nouveau fleuron de la couronne ! »

La Chimère avait apporté aussi un sac de dépêches et un autre de lettres. Casilda eut les siennes :

... « Au pied de Constantine
Le 10 octobre. Pluie diluvienne.
Le plus terrifiant des contes orientaux n'a jamais décrit aussi effrayant repaire que cette ville de guerre, hissée, sans nul doute, sur ce rocher de cauchemar par les puissances de l'enfer.

Ajoute qu'à l'heure du couchant où elle nous apparut, le soleil embrasait cette masse d'énormes blocs de pierre noire dans un jaillissement de flammes.

Des aigles blancs, que ce flamboiement rosissait, eussent pu nous sembler des oiseaux de féerie si nous avions ignoré qu'ils nous suivaient depuis deux jours, attendant, patients, ceux qui tomberont.

A la vue du repaire d'Ahmed bey, tous pensèrent : "Inaccessible ! Imprenable !" Tous s'écrièrent pourtant : "Demain nous y planterons le drapeau français." Moi, je donnais la main à un petit soldat du 28e de ligne qu'un éclat d'obus au front a privé de la vue aux premiers jours du siège. Il est impossible de l'évacuer sur Bône. Le chirurgien me l'a confié, voyant que nous étions amis et parce qu'on a besoin de son matelas pour un blessé plus grave encore (!). Lui, m'a-t-on dit, peut marcher...

Ce jeune homme s'était pris d'affection pour ton vieux père dès mon arrivée et avant sa blessure. Il taillait mes crayons à ses moments de repos et veillait sur mes rations, m'évitant d'être oublié à la distribution de viande, quand il y en avait ! L'intendance a bien autre chose à faire qu'à s'occuper de nous, les peintres. Ce jeune homme s'appelle Édouard et il a dix-huit ans. J'aurais aimé avoir un fils comme lui et que tu l'aies pour frère.

En attendant l'assaut, prévu pour le 13 pensons-nous, je fais mes croquis et prends des notes en vue des trois tableaux que l'armée m'a commandés. Ils sont destinés à ce nouveau musée des Batailles de Versailles où j'aurai l'honneur d'être exposé à côté des grands machins de Vernet.

Mes confrères, Flandin, Frère et Leblanc ne quittent guère l'état-major et le prince. J'ai choisi, puisque je suis près de l'ambulance, ce côté-ci de la guerre, celui où l'on soigne. Je proposerai une scène de blessés, je ne sais trop laquelle encore, mais les sujets ne manquent pas, hélas.

L'ennui, lorsque je travaille pour le ministère de la Guerre, c'est l'obligation de présenter le projet, la maquette et d'attendre que des membres de l'état-major — ceux qui étaient présents et ont vu ce que j'ai vu et vais reproduire — aient certifié que paysage, personnages, dimensions, coloris, etc. — et même aigles charognards ! — *tout* est exact. Et veux-tu me dire s'ils peuvent *voir* comme nous, ces braves ? Ah ! depuis qu'ils ont découvert, un malheureux jour, que Vernet avait foutu un soleil couchant à 7 heures du matin, nous avons le tableau de bataille difficile. Je le lui ai dit à Horace, et vingt fois : "Tu es toujours si rapide qu'à 7 heures du matin il est déjà, pour toi, 7 heures du soir !" Je ne sais pas comment ce phénomène arrive à travailler si vite ! Bref, je ne suis pas fait pour être peintre du ministère. Cette campagne finie, je reviens près de toi, fillette, et nous envisagerons l'avenir. Que dirais-tu si j'achetais, avec cette commande de l'État, et pour faire comme Vernet, un domaine ici. Ah ! Pas ses quatre cents hectares de Ben-Koula — il est riche, lui ! —, mais un petit machin gentillet. Nous en reparlerons. »

« ... 12 octobre, au matin.

La pluie encore, la pluie toujours.

J'ai pris Édouard sous la tente que Flandin et moi partageons. Avec les trombes d'eau qui nous attaquent — elles sont le meilleur allié d'Ahmed bey ! — il sera mieux sous de la toile que sous les branchages des cahutes de l'ambulance. Je l'ai ainsi éloigné des gémissements des blessés et des râles des mourants. Il est suffisant d'entendre les plaintes des chevaux affamés, les cris et les imprécations des femmes arabes qui ne cessent de nous injurier du haut de leur citadelle et, la nuit, les glapissements des hyènes et des chacals.

Deux zouaves m'ont fabriqué une espèce de siège presque confortable en branches tressées. J'y installe mon blessé à qui je commente ce que je vois, ce que je fais. Depuis deux jours, nous nous spécialisons, lui et moi, dans les uniformes. Je dis nous, parce que je ne sais pas tout sur le sujet. Lui, Édouard, est imbattable et me catalogue immédiatement le spécimen décrit.

Il y a du dérisoire dans la somptuosité des costumes de ces guerriers d'Afrique. Si cela réjouit l'artiste en moi, cela déroute l'homme. Faut-il donc vraiment ces hochets-là ? Et fallait-il aussi copier les costumes arabes ? Le port des turbans, des chéchias et des spencers raides de fil d'or, vraies carapaces de broderies, leur est-il indispensable ? Je me demande toujours si les Arabes ne se moquent pas de nos militaires ainsi travestis. Et je ne parle pas de ces civils qui croient, parce qu'ils habitent Alger, nécessaire de porter des saraouals[1]. La tendance — stupide à mon sens — de supposer que nos ennemis ne percent pas à jour nos petites faiblesses nous fait, j'en jurerais, beaucoup de mal. Si les musulmans nous accordent des suprématies scientifiques, industrielles et artistiques, ils les laissent à leur juste place et savent bien que cela ne constitue pas l'homme. Et, en tant qu'hommes, ils se placent bien au-dessus de nous. Cette supériorité qu'ils s'octroient, nous leur en avons donné les raisons de se la décerner depuis plus de six ans où nous nous sommes révélés à eux de fort désavantageuse manière. Ils nous jugent sur notre politique dans la Régence — politique dont ils savent bien qu'elle vient de Paris — et il la voient décousue, sans suite, marquée au coin de l'ignorance et de l'irréflexion. Nos généraux ne se sont occupés des Arabes que de temps à autre, quand ils y pensaient, les jugeant enfantins, irritables, cruels et non hommes intelligents et de cœur. Celui qui, dans dix ans, relèvera ce que l'on a dit d'inexact et de niais à leur endroit fera l'un des plus épais bêtisiers de notre histoire. Nous avons agité ce sujet avec Frère, Leblanc et Flandin, à propos, précisément, du duc de Nemours que nous trouvions si discret dans sa tenue, un simple frac bleu, sur un pantalon garance et un képi recouvert de toile cirée. Leblanc disait : "Je préfère que ça brille, que ça gueule, il faut ça sous le soleil." J'ai dit, quant à moi, ce que je viens de t'écrire et que monseigneur devait, lui aussi, redouter le regard ironique et méprisant de quelques Arabes. A propos de ce regard-là, c'est le portrait d'Abd el-Kader que j'aimerais faire. On m'a parlé d'un certain Français, appelé Léon Roches, et qui serait son secrétaire. Rentré à Alger j'essayerai de le rencontrer lorsqu'il y passe pour visiter, dit-on, une belle Mauresque chère à son cœur. Peut-

1. Pantalons larges et bouffants resserrés du bas.

être me parlera-t-il de l'émir. Nous aimerions tant approcher notre célèbre et mystérieux adversaire. Il est le vrai visage de cette guerre. Vernet et moi rêvons d'être d'un engagement qu'il commanderait. Je suppose que nos confrères anglais devaient rêver eux aussi de croiser, par hasard, Napoléon sur un quelconque pont d'Arcole... »

« ... 11 octobre au soir.

Il pleut toujours. Il aura plu chaque jour et chaque nuit. Les cris, vociférations et imprécations des Constantinois, les plaintes des chevaux affamés et ces torrents d'eau auront été les trois constantes de ce siège. Nous avons l'impression pénible d'être sans cesse comme au sortir d'un bain pris, tout harnachés, dans ce Rummel terrifiant. Je dis terrifiant car cet oued qui entoure le rocher est si arrosé, lui aussi, qu'il roule et gronde en proie à la même colère que les habitants de la ville.

Ce déluge ne vaut rien au plumet blanc de notre général en chef. Je le décris à Édouard, dont je vois la bouche sourire au bas de cet énorme pansement qui lui prend les trois quarts du visage. Et je m'aperçois vite de mon erreur : c'est à la ration de semble-café que je viens de lui obtenir que son ravissement s'adresse. Doux Jésus ! J'ai envie de pleurer à voir la joie de ce petit réchauffer ses mains à sa gamelle bosselée, noire de suie, et *bouillante*. Le café doit être infect, comme toujours, mais depuis quand n'avons-nous rien eu de chaud ? On ne sait plus. Le bois manque, depuis si longtemps ! C'est un zouave — je ne répéterai jamais assez combien l'astuce de ces braves est infinie — qui m'a trouvé cette boisson pour l'enfant. Je lui ai promis son portrait, en pied, lorsque nous rentrerons. Le plaisir d'Édouard vaut bien ça !

Il nous faudrait enfin attaquer ce nid d'aigle qui nous nargue et y trouver des vivres. Et peut-être plus encore pour les chevaux que pour nous. Si je puis dire car,

Bou Diou, que notre ventre est vide ! Mais nous, nous sommes censés comprendre, tandis que les pauvres bêtes qui n'ont plus ni fourrage ni orge deviennent folles de rage avant de mourir. Et dans leurs derniers soubresauts de vie elles sont féroces. Hier, un cantinier coiffé d'un chapeau de paille, en guise de parapluie, s'est imprudemment approché du campement de ces bêtes. Elles ont senti cette miraculeuse provende, défoncé leur enclos et poursuivi le malheureux qui, heureusement, a pensé à leur jeter son couvre-chef, aussitôt dévoré.

Comme Édouard s'était intéressé à ce récit, je me suis dit que des histoires un peu moins tristes lui feraient plus de bien encore. Mais il ne m'en venait guère à l'esprit. Alors j'ai pensé à tes petites mystifications. Dieu me pardonne, j'en ai même inventé lorsque j'ai vu que cela plaisait, et avec une facilité qui m'a déconcerté. Tiendrais-tu donc de moi cette imagination débridée que je t'ai tant reprochée ? A ce propos, je me demande si t'avoir conseillé de voir souvent les Dynensen n'est pas inconsidéré de ma part. Elina est une femme délicieuse, mais elle est aussi la vieille petite enfant terrible de la Régence. Tu demanderas au consul de te raconter, en guise d'histoire amusante (!) celle de la rose Elina, il en tremble encore... »

« ... 12 octobre au matin. La pluie a cessé !

Tout mouillé, tout par en bas qu'il était, le plumet du gouverneur général, général en chef de l'armée d'Afrique, était encore trop beau, trop visible, trop tentant pour ceux d'en face ! Un boulet bien envoyé a tué net Son Excellence. Le général de Perrégaux, se penchant vers elle pour la couvrir de son manteau, a été lui aussi mortellement blessé.

Son Altesse Royale, le duc de Nemours, debout à deux pas à peine des victimes, a été, heureusement, épargné.

On nous a mandé d'urgence Flandin, Leblanc et moi pour prendre des notes de ce carnage.

Ce qui nous a le plus frappés fut l'étrange détachement avec lequel les hommes accueillaient la mort de leur chef. Le général Valée prenait la succession, et tout était dit. Le gros de l'armée en a assez de ce siège. La faim, le froid et cette attente trop longue avant d'attaquer épuisent forces physiques et morales. Bien qu'il y ait eu peu de suicides pendant cette deuxième expédition de Constantine, alors qu'à la première on ne les comptait plus, l'armée est en piètre état. Les travaux préparatoires à l'assaut ont trop duré. Alors nous, les peintres, nous serons obligés de placer autour du mort et du blessé — Perrégaux n'a succombé que plus tard — des soldats en pleurs. Pour la crédibilité de la chose. Le public ne veut voir reproduire que ce qu'il imagine ! Va-t-on faire croire à Fanchon que le petit appelé ne sanglote pas sur la dépouille de son chef vénéré ? La commission de surveillance de nos projets de tableaux sera bien embêtée, il lui faudra, cette fois-ci, nous laisser tricher.

Édouard ne va pas bien. Je l'ai trouvé, à mon retour, fiévreux et somnolent. Les deux chirurgiens sont au chevet de Perrégaux et les ambulanciers ne peuvent que me dire : "Inch Allah !" »

« Minuit.

J'ai besoin de t'écrire, ma petite fille, que je suis bien triste. Édouard vient de mourir. Il a retrouvé un souffle de vie pour me dire : "Ma mère m'appelait Doudou, monsieur, voudriez-vous m'appeler ainsi, encore une fois." Puis, peu après, il a murmuré, et ce fut son dernier mot, à peine audible : "Pourquoi ?"

Oui, pourquoi ? Que faisons-nous ici, Bon Dieu, à attendre que ces maudits aigles blancs déchiquètent nos carcasses, pendant que les femmes de Constantine continuent à clamer leurs imprécations et hurler leurs menaces ? »

« Le 13. 5 heures du matin.

L'attaque est pour aujourd'hui. Édouard sera enterré avant, loin de ce qui a été sa jeune vie jusqu'à maintenant et dans un pays étranger à son cœur.

Je prendrai sa baïonnette et son shako et je monterai, là-haut, à sa place. Je suivrai Leblanc, qui est aussi capitaine du génie, tout en étant peintre de l'armée. Je vais aller embrocher celui — son frère ou l'un des siens — qui m'a tué le petit Doudou. Car je dis : "Pourquoi cela ?", mais je fais comme les autres ! »

« ... Le 17.

Nous nous sommes bien battus. Ceux d'en face aussi. L'honneur, levant haut la tête, était des deux côtés. Nous avons sûrement tué de braves cœurs, tout comme on nous a décapité de braves gens.

Ainsi Constantine est à nous, après de féroces combats de rues.

Les princes — Joinville avait rejoint son frère Nemours ici — et les généraux sont partis après que nous les eûmes immortalisés, Leblanc, Flandin, Frère et moi. Nous rentrerons vers novembre ; nous immortalisons maintenant les sites, gardés par les contingents d'occupation. »

Casilda pleura la mort du jeune Édouard du 28e de ligne et découvrit qu'Alexis était jaloux.

— Toutes vos pensées doivent être pour moi !

Alexis se révélait souvent exigeant, parfois même en proie à de soudaines violences verbales ou à des exaltations hors de propos.

Ce qu'elle découvrait de lui la conduisait à mesurer combien l'amour était étrange. On savait que l'on s'aimait et on n'apprenait à se connaître qu'ensuite ! Elle se demanda si ce qu'elle ressentait lorsqu'il l'embrassait — ils arrivaient à tromper la vigilance d'Eugénie — était le délicieux mystère permettant d'inverser ainsi l'ordre des choses. Mais elle ne s'attarda guère à trop réfléchir ; pour elle, aimer voulait dire, bien simplement, désirer être avec Alexis toujours et partout.

Et ils étaient ensemble souvent. Comme Eugénie mettait en pratique quotidienne l'ordonnance d'un sien cousin marseillais, ex-chirurgien de l'armée d'Afrique, préconisant, en remède souverain contre le choléra, la marche à pied, ils marchaient tous trois des heures durant dans et hors de la ville. Il était précisé, encore par le cousin, d'accomplir, chaque jour, une étape de fantassin. Ledit fantassin, c'était prouvé, étant grâce à ses déambulations, moins sujet à la contagion que le clerc de notaire ou l'employé de ministère vissé sur sa chaise.

La ville n'eut plus aucun secret pour eux. Du moins en apparence, car les maisons mauresques aux ouvertures parcimonieuses et aux portes cadenassées ne leur offraient que murs blancs ou épaisses masses de chêne clouté closes sur l'inconnu d'une race qui ne livrait rien d'elle-même. Ils amassèrent alors leurs petits secrets personnels dont ils se disaient qu'ils ne les oublieraient jamais et pour lesquels Alger se révélait une complice pleine de ressources.

Comme ils ne pouvaient trop se rapprocher l'un de l'autre devant Eugénie qui eût roulé alors de gros yeux accusateurs, Alexis s'ingéniait à tirer parti du moindre renfoncement de porte et de l'encombrement des rues propices à quelques secondes d'intimité. Ils semèrent ainsi, dans la ville, de délicieux souvenirs de baisers offerts par le pan mélancolique d'un mur en ruine, le redan complaisant d'une maison si blanche qu'ils en supposèrent la pureté choquée, ou le recoin discret d'une échoppe si sombre qu'elle leur parut avoir fermé les yeux, par discrétion. Et surtout, la foule aux costumes, aux montures et aux comportements si divers, les couvrit de son habit d'arlequin. Ils rejoignaient alors leur duègne le regard ébloui et la démarche un peu titubante.

Et puis ce qui devait arriver arriva. Un matin, Eugénie regarda derrière elle, inquiète de ne plus apercevoir ceux qu'elle appelait maintenant « mes enfants » et qui ne se disjoignirent pas assez vite. Elle rougit autant que Casilda, mais de contrariété. Elle se doutait bien que tout cela finirait mal, elle l'avait dit à M. Morelli. Elle le lui redit ce soir-là et obtint qu'il accompagnât, le lendemain, les jeunes gens dans leur promenade. Elle irait, elle, demander conseil à Mme Dynensen.

Elina faisait de l'aquarelle dans son jardin.

Elle avait engagé un combat singulier avec une bougainvillée au plus superbe de sa pourpre et dont elle voulait garder un souvenir. Elle s'apercevait qu'elle livrait bataille, en réalité, à un régiment de tons de rouge allant de l'amarante au violine en passant par l'incarnat et le coquelicot, lorsqu'on lui annonça Mme Morelli.

Cette petite dame rondouillarde et transpirante, ne sachant trop où poser pieds, mains et sac, elle ne s'étonna pas de l'entendre ne savoir aussi où donner de la tête dans les embarras où la mettait Casilda.

— Voyez-vous, madame, si seulement son père était là ! Si je pouvais lui demander conseil.

Il apparut à Elina, beaucoup plus nettement que les choix qu'il convenait de faire parmi les petits pois de différents rouges constellant sa palette, qu'une si innocente créature était bien la dernière personne à qui en confier une autre.

De la situation compliquée dont Mme Morelli tenta l'exposition, il surgissait, par éclairs, les noms d'autres jeunes gens dont Eugénie semblait regretter qu'ils n'aient pas eu la possibilité de faire, précisément, ce qu'elle paraissait reprocher à Alexis !

— Croyez-vous que j'aurais dû exiger qu'elle vît aussi les autres messieurs, pour choisir ?

Le soleil tournait et l'éclairage changeait. Résignée, Elina proposa une tasse de thé. Mais Mme Morelli n'en prenait que lorsqu'elle était malade. Elle n'était d'ailleurs pas sûre que son cousin, l'ex-chirurgien de l'armée d'Afrique, le recommandât en temps de choléra.

Enfin, après un fouillis d'explications où s'enchevêtraient d'étranges histoires de brus aux comportements non moins étranges, comme si elle franchissait un terrifiant fossé, et paraissant avoir compté, au moins jusqu'à mille, avant de se décider, Eugénie osa demander :

— Madame, pourriez-vous me dire si Alexis Manerville est, ou n'est pas, un bon parti pour Mlle Maurin-Darbière ?

A la grande surprise d'Élina et d'Eugénie, ne l'ayant ni vue ni entendue arriver, Deborah intervint et demanda :

— S'ils s'aiment, n'est-ce pas l'essentiel ?

Elle avait parlé haut, mais sans regarder celles à qui elle s'adressait, promenant ses yeux sur la bougainvillée pourpre, et cette question, qu'il lui sembla avoir posée malgré elle, fit monter à ses joues, toujours si pâles, come un reflet de tous les rouges des fleurs qui l'entouraient.

La tenue d'aquarelliste d'Elina était une blouse de toile écrue descendant jusqu'aux pieds, et, pour travailler dans le jardin, comme ce jour-là, elle se coiffait d'un chapeau de paille à larges bords et ceinturé de voiles bleu pâle et blanc voletant joyeusement. Elle disait d'eux qu'ils étaient aux couleurs des ailes d'anges musulmans et que peut-être, un jour, l'un d'eux s'y trompant, croyant approcher l'un des siens, viendrait bavarder avec elle.

Ainsi vêtue, et la palette dans une main et le pinceau dans l'autre, Elina prit le temps de se pénétrer de la réflexion de Deborah, puis, en guise de commentaire, éleva et écarta ses bras en un geste qui exprimait à la fois le fatalisme et l'approbation.

Eugénie la regardait. Elle trouva à ces bras en croix, ce chapeau, ce vêtement, un petit air d'épouvantail

— cette personne était si originale ! — qui acheva de la dérouter. Elle crut, néanmoins, comprendre que Mme Dynensen pensait comme sa cousine et, perplexe, prit congé. Non sans avoir encore osé demander si Son Altesse Royale, monseigneur le prince de Joinville, avait bien rejoint son frère à Constantine ?

Mme Dynensen n'en savait rien. Ce qui perturba Eugénie un peu plus. Si la femme d'un diplomate n'était pas au courant des déplacements des familles royales, qui l'était ?

Au retour, elle s'arrêta, pour souffler un brin, à l'angle des rues des Consuls et de la Marine, et dit, à haute voix, sans même s'en apercevoir :

— Merci, Seigneur, de ne m'avoir envoyé que des garçons. Les filles donnent trop de soucis.

Un vieux mendiant arabe, accroupi à ses pieds et qu'elle ne vit guère, l'ignora superbement et ne leva pas les yeux vers cette Française qui parlait toute seule. Il était, comme beaucoup de ses coreligionnaires, habitué à l'étrange comportement des nouveaux occupants de ce pays.

Elina avait regagné la maison. Deborah resta dans le jardin et prit le siège qu'avait laissé Eugénie.

Deborah ne se rêvait plus évanescente perle du Somerset et se savait, désormais, l'énergique et résolue miss Springfield, bientôt Mme Ulysse Marchandeau. Héroïque fiancée d'un héros blessé à la bataille de Staoueli, en juillet 1830, en brandissant le drapeau français. L'un de ces féroces Turcs, de stature et de force légendaires et redoutables, pour cesser de voir flotter superbement la blancheur des fleurs de lis et empêcher un brave parmi les plus braves d'entraîner ceux qu'il menait à l'assaut, avait, d'un terrible coup de yatagan, tranché le bras qui tendait le drapeau. On touchait ici au plus sublime des actions d'éclat de l'armée des Indes.

Médailles, croix d'honneur et reconnaissance éternelle de la patrie n'empêchaient pas les êtres purs de rester simples. Si simples, parfois, qu'ils n'aspiraient qu'aux plus modestes positions. Un négoce, tout artistique qu'il fût, était ainsi désormais la seule ambition d'un preux digne d'entrer dans la légende.

Il y aurait de la grandeur et de la beauté dans le rôle de compagne d'un tel homme. Et une humilité superbe à le décharger des petites besognes de « L'Entreprise Marchandeau. Instruments de musique. Vente, achat, échange. Entretien (la maison fournit aussi des professeurs de piano, de solfège et de chant) ». Tout cela écrit en lettres dorées sur la vitrine, non de la « boutique », comme disait Elina, mais du « siège de l'entreprise ».

Deborah eut un soupir d'aise, cueillit une fleur de géranium et en frotta ses lèvres. Elle avait surpris Meriem, la fille de Zulma, à se farder ainsi. Puis, brusquement, elle sortit son mouchoir de sa poche et fit disparaître les traces de rose sur sa bouche : Ulysse pourrait croire qu'elle se maquillait ainsi pour refuser ses baisers ! Cette idée l'émut au point de la faire se précipiter vers la fontaine pour parfaire son nettoyage.

... Tout s'était décidé pour elle un matin où elle revenait de chez la modiste d'Elina, rue Bab-Azoun. Elle était entrée dans la boutique pour acheter un morceau de ruban et avait vu, pendant qu'elle attendait son tour, une *personne*, comme il en arrivait tant désormais ici — émergeant de quel cloaque ? — et faisant fortune dans les cafés concert ou ailleurs, acheter quatre chapeaux d'un coup !

Les chapeaux en eux-mêmes lui importaient assez peu. Mais la possibilité de les acquérir en un tel nombre fit basculer ses croyances et ses convictions. Elle était encore sous le coup de son grand étonnement, lorsque son cousin le consul lui fit part de la demande en mariage d'Ulysse.

Il fut fort incongru alors d'entendre associer au nom d'Ulysse les mots honnêteté, courage, droiture, et de voir quatre chapeaux fleuris, emplumés et enrubannés, se projeter derrière l'énumération de ces vertus. Pourtant, ce fut ce qui lui arriva. En même temps s'imposait à elle la conviction qu'une femme mariée, lady de surcroît, peut et doit, bien plus que certaines de ces demoiselles de grand café ou de petit théâtre, pouvoir acheter quatre chapeaux d'un coup.

Et Ulysse vint plaider sa cause.

Ce fut alors qu'elle reçut le choc de sa vie. Il n'existait plus de baryton timide, redoutant les courants d'air pour ses cordes vocales, mais à sa place se dressait un M. Marchandeau, en gants blancs, chevalier de la Légion d'honneur et qui n'emprunta pas de chemins de traverse pour atteindre son but. Il resta debout, droit, grandi soudain, et il osa exposer sa pensée, une profession de foi révolutionnaire :

— Nos situations réciproques, miss Deborah, sont actuellement celles de subalternes. En France, en Angleterre aussi sans doute, nous devrions nous en contenter. J'attendrais, anxieux et tremblant, une promotion. Vous continueriez à faire danser les autres, humble, reconnaissante et bafouée. Mais se résigner, dans ce pays, serait une faute envers nous-mêmes et envers la société nouvelle qui se crée ici et attend plus de ceux qui, comme nous, portent haut leur cœur. L'avenir de cette colonie se cimentera à l'intelligence, au courage et à l'opiniâtreté de chacun de nous. Vous sentez-vous de taille et de force à tenter l'aventure africaine avec moi ?

Si oui, Ulysse accepterait, momentanément, l'aide du consul. Avant un an, il était sûr de pouvoir continuer à payer lui-même les échéances de leur magasin. Il se savait capable d'accorder des pianos pour débuter, certain d'être, demain, le premier importateur d'instruments de musique des Possessions françaises du nord de l'Afrique.

Levant alors son bras, haut, droit et ferme, dans le geste de saint Jean-Baptiste le précurseur, il affirma :

— Un jour, miss Deborah, vous serez la femme la

plus élégante de la ville. Et nos enfants seront fiers de nous !

Se pouvait-il que l'on devînt, soudain ainsi, amoureuse ? Comme frappée par l'éclair ? Amoureuse de l'homme qui avait osé vous traiter de « subalterne humble et bafouée » ? Cela se pouvait, Deborah maintenant le savait.

— Voyez-vous, disait Elina à son mari, mon idée de boutique n'était pas si sotte. Avec un rien, on donne des ailes à ceux qui ont un peu d'imagination. J'aurais voulu le voir, notre futur cousin, lorsque vous lui avez parlé du magasin de la rue Bab-Azoun que vous offriez en cadeau de mariage. A-t-il eu alors des yeux scintillant de visions de grandeur ?

— Il les a eus.

— Mon présent personnel aux jeunes époux sera leur premier piano à mettre en vitrine.

La pensée qu'elle ne verrait bientôt plus Deborah et sa robe verte, si éternellement ponctuelles toutes deux — jamais un jour de maladie ou de migraine qui les empêchât d'être là ! — entre elle et son mari, à table ou au salon, était délicieuse. Bientôt, enfin, plus de miss Flonflon, assise sur des braises si le sujet de la conversation paraissait trop intime et sa présence supposée gênante, ou blessée à mort si un silence prolongé lui laissait croire que l'on attendait la fin du repas pour parler de ce qu'elle ne devait pas entendre ou cherchant toujours, lorsqu'on lui présentait un plat, le plus petit, le plus mauvais morceau avec son air de dire : « C'est assez bon pour moi, n'est-ce pas ? » Ah ! by George ! On allait lui faire un beau cadeau à la mesure de la délivrance entrevue !

Elina chercha et trouva qui dépassait ses espérances. Le roi des pianos !

Un brocanteur juif le lui signala à vendre chez un vieux caïd, jadis, vigoureux chef d'une tribu dont il offrit la soumission à la France. En échange, le roi Louis-Philippe lui octroya la Légion d'honneur, quelques substantiels subsides et un séjour à Paris.

Dans les salons de la capitale où on le promena, le chef arabe vit de belles dames en soie, en dentelle, en perles et en diamants, assises devant les pianos. Il décida d'en rapporter un à ses femmes, après avoir choisi pour lui une collection de pendules et la reconstitution, en soldats de plomb, de la bataille d'Austerlitz.

Par un fastueux hasard, un instrument commandé pour un maharadjah, mort avant la livraison, l'attendait. Il ramena ainsi, sous la forme d'un édifice du plus pur style gothique, un piano dont la caisse s'élevait comme un orgue avec un petit air de cathédrale en plus. Des arcs-boutants, des ogives de bois doré, se découpaient sur fond de ciel allant du rose d'aurore au rouge flamboiement du couchant en passant par des clartés bleues d'azur où voletaient des anges et des oiseaux. On eût dit un piano commandé, pour son futur séjour au paradis, par un pianiste fou.

Trônant, désormais, dans la vitrine de l'entreprise Marchandeau, entre les nougats du marchand espagnol et les légumes du Mahonnais, ce fut le plus bel objet de la rue Bab-Azoun, peut-être même le plus bel objet d'Alger.

Deborah, en le voyant pour la première fois, eut quand même un haut-le-corps. Elle était de Bath, comté du Somerset, une cité d'art et de beauté, une ville d'eaux où le souvenir de la grandeur de Rome s'alliait aux grâces du XVIII\e siècle anglais et à ses traditions d'élégance et de bon goût. Le plus humble de ses habitants aurait été ébranlé par la vue du piano du caïd. Elle le fut aussi, tout d'abord. Puis elle aperçut les enfants du quartier l'œil collé à la vitrine. Et elle en vit arriver d'autres et d'autres encore, et leurs mères, et leurs pères, et les Kabyles qui vendaient de l'eau, de l'huile ou du bois, et les Négresses qui proposaient des pains à l'anis et les chameliers d'une caravane et leurs chameaux qui gagnaient le caravansérail et les Juifs, les Maures, et même les Arabes, malgré leur flegme. Et tous avaient, au fond de l'œil — Dieu le leur pardonnerait-Il ? — quelque chose qui devait être aussi dans celui des visiteurs de la crèche, une nuit d'hiver étoilée.

Alors, à Ulysse un peu incertain, guettant sa réaction — avec un intérêt déférent qui lui embrasa le cœur — elle fit signe que oui, c'était là un fort bel instrument.

Et Deborah eut le sentiment qu'elle tournait, à jamais, le dos à Bath — comté du Somerset. Mais avec allégresse.

Elle se mit soudain au piano et donna à ceux de la rue Bab-Azoun, pleine comme une salle de concert attendant M. Frédéric Chopin, la *Sonate n° 30 opus 109*, de Beethoven.

*
* *

Le 11 novembre 1837, le vaisseau *L'Hercule* ramena à Alger Leurs Altesses Royales, messeigneurs le duc de Nemours et le prince de Joinville, et des sacs de courrier.

Parmi les dépêches destinées au général comte Vallée, gouverneur des Possessions françaises du nord de l'Afrique, il en était une qui annonçait les morts d'Aurèle Maurin-Darbière et de Théodore Leblanc, peintres du ministère de la Guerre, survenues le 6 novembre 1837, alors qu'ils pénétraient tous deux dans une maison de Constantine où s'étaient retranchés quelques hommes d'Ahmed bey.

Ce fut un chaouch du palais qui vint apporter à Casilda les condoléances de Son Excellence le gouverneur général.

Eugénie n'avait pu intercepter la nouvelle pour l'annoncer avec plus de ménagements. Elle était, dès le matin, alerte et joyeuse, sur le port à guetter l'arrivée

des princes et attendait ensuite, place du Gouvernement, avec la foule lui assurant que Leurs Altesses
assisteraient au concert quotidien du soir. Lorsqu'elle
revint à l'hôtel, fourbue mais ravie, elle y trouva une
Casilda pâle et défaite et à qui le chagrin faisait perdre
la tête. La jeune fille parlait, en sanglotant, d'une mendiante mauresque qu'elle n'aurait jamais dû critiquer,
et qui était à l'origine de la mort de son père.

— Si je ne lui avais pas dit qu'il peignait mal
l'Orient du fond de sa Provence, il serait encore en vie.

Ce que l'esprit d'Eugénie ne comprenait pas vraiment, son cœur le devinait. Elle berça la jeune fille
dans ses bras ronds et tièdes et sur son corsage accueillant. Elle sentait ce mélange chaleureux de pain frais
et d'eau de Lubin, mêlé à un petit goût de poussière
dû à la journée en ville, qui était son habituelle bonne
odeur de grosse dame appétissante.

Le pouvoir affectueux de tout le moelleux d'Eugénie
apaisa Casilda, tant qu'elle n'eut que la vague conscience du bien-être physique ressenti. Mais il lui vint,
soudain, à l'esprit et au cœur qu'elle n'avait jamais eu
auprès d'elle une mère ou une grand-mère et se découvrit désormais seule au monde. Sa seule tante, Toussainte Maurin-Darbière, ne l'ayant jamais beaucoup
choyée. Et la brave Eugénie, à bout d'arguments plus
ou moins consolants, évoqua Alexis.

— Il vous aime, ce jeune homme... Dès qu'il saura,
il sera là.

Il sut très vite, par les Dynensen, et accourut en
effet.

Depuis quelques jours, il se demandait par quels
moyens il parviendrait à mieux gagner sa vie afin
d'épouser Casilda.

Il n'ignorait pas que ses envois au *Gaulois* ne sol-
dant que son loyer et sa demi-pension dans un restaurant de second ordre, laissaient non résolus nombre
d'autres problèmes financiers. Bien qu'il ne se connût
pas de dispositions pour la culture, il pensait à s'enqué-

rir d'une concession [1] à exploiter. Encore eût-il fallu qu'il obtînt aussi un prêt pour la construction d'une habitation. Mais Casilda accepterait-elle cette existence précaire ? Il puisait, toutefois, quelque réconfort à caresser cette idée de ferme, encouragé aussi par ce que lui avait dit la jeune fille de la vie très champêtre menée sur les terres de son père en Provence. Elle ne lui avait pas caché non plus l'état de ces dernières, lourdement hypothéquées, et d'un faible rapport.

Tenant les mains de Casilda dans les siennes, Alexis se répétait avec amertume : « Si je lui demandais ce soir, ou demain, d'être ma femme et qu'elle acceptât, je n'ai même pas de quoi solder la cérémonie la plus modeste. »

Il avait appris la veille que son conte, envoyé au *Gaulois*, avait été refusé. Paris voulait en ce moment, dans la gloire de la victoire de Constantine, des échos sur le bey Ahmed et, surtout, des détails croustillants sur le harem du guerrier vaincu. On priait instamment Alexis de dire ce qu'allaient devenir ces femmes, dont une certaine presse venue d'Angleterre précisait qu'elles auraient dû — selon la coutume — être exécutées dès la fuite de leur seigneur. Toujours en vie, on ne savait trop pourquoi, leur sort intéressait les lecteurs.

Du croustillant sur les deux cent cinquante concubines du bey Ahmed ! Voilà ce qu'il lui fallait écrire ! Amer, Alexis décida de renoncer à cette collaboration littéraire qui le faisait vivoter, endormant sa volonté de rechercher une occupation plus lucrative. Dès demain, il parlerait d'une concession à Casilda. Tous ne réussissaient pas dans la culture, mais il avait vu plus ignorant que lui en ce domaine accomplir des miracles.

Son optimisme s'atténua lorsque arrivèrent ceux qu'il appelait « les prétendants », Herbert de Saint-

1. Territoire plus ou moins vaste (en général cinq hectares) concédé aux colons nécessiteux.

Hilaire, Romain Deslandis et Ephraïm Solal. Ils entouraient Casilda avec une persistance qui ne se démentait pas. Alexis s'en inquiéta : il n'avait rien à offrir, eux avaient tout. A moins qu'elle ne l'aimât ? Mais il n'y croyait guère, elle était si jeune. Savait-elle seulement ce qu'était l'amour ? Ils avaient vécu ces dernières semaines dans un rêve dont il fallait, hélas, s'éveiller. Pâle, muet, il étudia ses trois ennemis. Dans ce salon de l'hôtel où Casilda recevait, au milieu des palmiers en pot, et des canapés de peluche rouge, ils veillaient autant sur elle qu'Eugénie, Elina et Deborah qui ne la quittaient guère.

Les trois jeunes gens avaient apporté des fleurs, des fruits, des douceurs et ils ne cessaient d'aller demander à la direction des boissons chaudes ou froides pour ces dames. Ils avaient pris la charge entière du chagrin de Casilda.

Furieux soudain, Alexis saisit sa canne et son chapeau et s'en fut, sans prévenir personne.

Il tenta d'apaiser son exaspération en allant marcher et respirer l'air marin sur le port. Et ce fut l'enseigne d'un petit café français, regardé un instant avec indifférence, puis ensuite avec intérêt, « A l'As de pique », qui le fit repartir au pas de course, tout à coup, vers la ville.

En quittant Paris, Alexis s'était fait le serment de ne jamais toucher à une carte dans le pays qui serait désormais le sien. Il comptait être aidé à le tenir par le manque de tripot dans Alger, ou sinon le manque total, la difficulté plus grande qu'en France d'y prendre des habitudes auxquelles il décidait de renoncer.

Sa dernière soirée dans la maison de jeu de Palais-Royal lui avait fait perdre le petit viatique offert par sa mère la veille de son départ. Mme Manerville espérait, en donnant ses louis d'or au moment des adieux, qu'ils ne serviraient qu'au voyage et à un début d'installation là-bas. Elle avait quitté la chambre de son fils à minuit, rassurée, le laissant couché, jouant avec l'élégante bourse que ses sœurs lui avaient brodée elles-mêmes et y tâtant les pièces couchées dans leur velours.

A 4 heures du matin, n'y tenant plus, il était résolu à aller tenter une ultime chance. Paris, qu'il ne reverrait peut-être jamais, ne pouvait pas la lui refuser. Il venait de se décider après avoir compté les louis. Douze ! son chiffre favori, celui qui l'avait fait gagner le soir de son baptême à la roulette.

Il perdit.

Ce qui lui fit traverser la France, puis la Méditerranée, avec six francs en poche.

A bord du bateau, une partie de trente-et-quarante, qui dura tout le temps du passage — il avait juré de ne pas jouer en Orient, mais on n'y était pas encore ! — faillit ne lui laisser d'autre alternative que de se jeter à l'eau. Il perdait deux mille francs ! Un heureux coup du sort effaça sa dette et le laissa avec douze francs en poche. Ce qui lui parut du meilleur augure possible pour entrer dans sa nouvelle vie.

Le passager qui avait loué une cabine pour lui seul — payant pour que les neuf autres hamacs ne soient pas occupés — et en avait fait un tripot clandestin, lui donna obligeamment, à l'arrivée, les adresses des maisons de jeu d'Alger. Il y en existait donc là-bas aussi !

En apercevant la terre, au matin du cinquième jour, Alexis avait, entre ciel et eau, renouvelé son serment ! Et du 13 mai 1835 au 11 novembre 1837 il n'avait même pas risqué une visite de reconnaissance au Cercle de l'escrime où les salles d'assaut se doublaient des salles de roulette les mieux fréquentées de la ville. Il ne mentait pas en écrivant à sa mère : « Vous seriez fière de moi si vous pouviez me voir passant devant ce que vous appelez "les lieux maudits", sans y jeter un regard. »

Il arriva essoufflé chez lui. La seule chose qui restait à vendre, et à laquelle pourtant il tenait, était ces boutons de manchette en or et en rubis, achetés avec son premier gain, le soir de son initiation au jeu. Ils étaient, depuis, son talisman, et il pensait parfois : « Eux perdus, je me ferai sauter la cervelle. » C'était donc là, se dit-il en les extrayant de la cachette où il les avait déposés dans le tiroir secret de son secrétaire, sa vie même qu'il allait jouer. Ou il gagnait et épousait Casilda, ou il ne lui restait plus que son pistolet.

Le joaillier juif qu'il connaissait pour lui avoir déjà vendu sa montre le mois dernier, montre transformée en fleurs, bonbons et colifichets pour la jeune fille, lui en donna plus des cent francs espérés. Et il franchit le seuil d'un tripot de la rue Bab-Azoun avec dix louis dans son gousset, parce qu'il avait vendu aussi la boule de corail de Mlle Tebaldi.

L'enseigne « Aux Trente Pharaons et aux Quarante Lansquenets » était une piètre astuce pour associer les trois jeux : *pharaon, lansquenet* et *trente-et-quarante* qui se pratiquaient là depuis les premiers temps de la conquête. Désigner, comme en France, les maisons de jeu par le seul numéro de l'immeuble qu'elles occupaient, avait sans doute paru trop « pauvre » au propriétaire de ces trois salles où soldats et indigènes n'avaient pas le droit d'entrer.

Par l'un de ces méchants hasards qui sont peut-être dus à de mauvais anges se divertissant à fignoler les destinées avec ironie, son partenaire à bord du vaisseau *Le Vaillant* fut la première personne qu'il aperçut en pénétrant dans la salle de jeu. Un joueur n'en oublie jamais un autre, surtout pas celui avec lequel il a passé cinq jours et cinq nuits dans une cabine étouffante où les oscillations du navire ajoutaient aux émotions du jeu.

Les trois années d'intervalle entre les deux rencontres avaient réussi à Vitalis Bernardini. Il était plus rond, plus jovial, plus cousu d'or encore — dents, chevalière, chaîne et montre — qu'à bord du bateau. Avant même qu'il n'ait parlé, Alexis entendait déjà sa voix, celle qui lui disait, avec moquerie, s'il tentait de cesser de jouer et d'aller respirer sur le pont :

— Ne me racontez pas que vous voulez aller admirer la mer, vous aussi, comme tous ces benêts qui se pâment devant elle qu'il fasse soleil ou clair de lune ?

Cette fois-ci, il disait :

— Bienvenue à bord à nouveau, partenaire !

Et Alexis le détesta. Il lui semblait lire dans ce regard réjoui, plus moqueur encore qu'autrefois, le plaisir qu'on se promettait de le voir souffrir. Ce gros visage vulgaire et rougeaud était celui de son parjure, de son remords, de son angoisse ; il l'aurait souffleté avec joie. Il se contint et tendit une main ferme à l'homme par qui son destin avait choisi de passer.

Vitalis Bernardini paraissait chez lui ici. Et peut-être y était-il, car ce fut lui qui demanda :

— Et monsieur veut tenter sa chance auquel de nos jeux ?

Alexis désigna la table du lansquenet.

— Eh bien, allons-y tailler ensemble !

Ils tirèrent chacun une carte pour désigner celui qui serait le banquier. Ce fut Bernardini et il annonça la somme qu'il mettait en jeu.

— Cent francs ! Couvrez-vous ?

Alexis couvrait.

Le banquier retourna la première carte, la sienne : un valet de trèfle qu'il plaça à sa droite. Puis il retourna celle qui était destinée à Alexis, une dame de pique, qu'il plaça à sa gauche. Maintenant, il allait ainsi les unes après les autres tirer ses cartes. Au premier nouveau valet de trèfle, la banque gagnait. A la première nouvelle dame de pique, elle perdait. On jouait avec six jeux de cinquante-deux cartes. Il en fallut vingt-deux pour que la dame de pique sortît. Alexis sourit, il l'attendait, c'était elle qui l'avait mené ici.

Les deux pièces d'or en main, il décida de s'arrêter de jouer dès qu'il en aurait cinq.

Puis il oublia, très vite, cette résolution. Le jeu

l'avait repris il n'était plus qu'à lui. Comment avait-il pu, si longtemps, s'en passer ?

Avec des fortunes diverses, ils jouèrent toute la nuit, n'acceptant aucun autre partenaire à leur table. Et il semblait y voir dans leur duel, car c'en était un, l'intervention d'une troisième force, dont Alexis n'arrivait pas à déceler l'origine. Vitalis Bernardini paraissait être motivé par quelque chose de plus que le jeu lui-même ou l'appât du gain. Mais quoi ? Les parties à bord du *Vaillant* s'étaient déroulées dans la plus grande équité et aucun mauvais souvenir n'y était attaché. Alors ?

La diane sonna. Ils jouaient toujours. Alexis gagnait à Bernardini plus de mille francs.

Il se leva. Il mettait les pièces d'or dans sa bourse, lorsqu'il entendit :

— Ces mille francs et le rachat de la banque, contre mon haouch de la Mitidja : deux cents hectares, avec vingt *khammes* [1] pour les exploiter.

Alexis n'hésita qu'une seconde. Mille francs le sauvaient aujourd'hui, l'haouch pouvait être le bonheur de demain et de toujours. Il eut la vision de Casilda courant au-devant de lui, sa capeline de paille à la main, heureuse, riant dans l'allée de palmiers, conduisant à une vaste et blanche maison arabe nimbée de soleil. Il acquiesça, encore dans son rêve.

— Une petite mise au point, ajouta doucement Vitalis avec une fausse légèreté. Cet haouch en Mitidja, je ne l'ai jamais exploité moi-même, ainsi que les trois autres que je possède ici et là. J'y ai mis, successivement, plusieurs régisseurs. L'un est rentré en France, l'autre a obtenu une concession et les deux derniers sont morts. Je ne trouve personne pour les remplacer. Des affaires à exploiter dans ce pays-ci, avec quelque argent, on les a sans peine. Des hommes pour vous

1. Ouvrier agricole indigène ayant droit au cinquième de la récolte qu'il fait récolter. (*Khammes* signifie « cinq » en arabe.)

114

aider, c'est autre chose. Tous arrivent à Alger décidés à ne travailler que pour eux-mêmes. Peu m'importe un haouch de plus ou de moins, s'il est improductif. Je joue celui-ci et, ou vous le gagnez, à vous alors de vous y débrouiller, ou vous le perdez, mais vous me devrez aussi cinq ans de votre vie. Cinq ans de fonction de régisseur chez moi, à un salaire fort honorable. Et ne me dites pas que vous ne connaissez rien à la culture ! Personne ici, à l'exception des Mahonnais qui cultivent leurs choux sans ambition, ne différencie les semailles des moissons. Vous en saurez au moins autant que ma dernière recrue, ancien greffier au tribunal de Montpellier.

— Je ne suis même pas ancien greffier ! Je serai un régisseur exécrable.

— Je ne demande qu'un représentant correct, menant une vie décente et sachant se faire respecter des Arabes et des Kabyles. Le travail sera fait par les khammes et vous recevrez de moi les directives. Il me faut un homme pour exécuter mes ordres là-bas à longueur d'année et, c'est le plus important, qui inspire confiance. Je vous demanderai même d'aller à la messe — on la dit à Bou-Farik — l'indigène ne respecte guère celui qui ne prie pas. On m'a raconté ça, et c'est peut-être vrai.

Vitalis était donc encore le banquier. Il tira pour lui un deux de trèfle, la plus faible carte du jeu.

Alexis eut un spasme de joie au cœur : il avait de grandes chances de gagner.

Il ne quittait pas des yeux la grosse main qui avançait maintenant vers le paquet où elle allait décider du destin d'un homme et d'une femme.

Un autre deux de trèfle !

Au lansquenet, si le banquier tire, pour l'un des joueurs, la même carte que la sienne, il obtient ce qui est appelé un *refait* et gagne.

Ainsi tout était dit.

Alexis se leva lentement, jeta un regard distrait autour de lui. C'était donc dans cette salle obscure, laide, sentant le tabac froid et les relents de cuisine, sur un tapis vert élimé et taché qu'il venait de signer, en quelque sorte, une condamnation à cinq ans de travaux forcés. S'il décidait de vivre !...

Vitalis Bernardini lui parlait, mais il ne l'entendait pas. Alors l'homme posa une main sur son bras pour attirer son attention.

— Voici ce que je vous propose.

Alexis le regarda. Il ne le détestait même plus. Un vague sourire aux lèvres il écouta, calme, serein presque, comme un enfant qui s'efforce de comprendre quelque chose de trop difficile pour lui, mais plein de bonne volonté.

Pendant un instant, les mots arrivèrent à lui dénués de sens, puis il entendit :

— Qu'est-ce donc que cinq ans à votre âge ? Et si vous êtes économe, si vous savez faire rendre le maximum au petit morceau de terre dont je vous concède le revenu en totalité à ajouter à vos gages, il vous sera possible d'amasser de quoi redémarrer en... en 1842. Moi, ce que je veux, c'est ma tranquillité pendant ces cinq années qui vont être décisives ici. Si la France garde la Régence, si Abd el-Kader signe la paix, mes haouchs vaudront cher. Si c'est le contraire, nous réembarquerons tous. En attendant, nous passons ensemble cette période d'attente. Qu'en pensez-vous ?

Il pensait de cet homme qu'il était un gros, un répugnant gros porc. Le lui dirait-il avant de le quitter, et en tirerait-il quelque satisfaction ? Même pas. Il demanda :

— Où est-il, votre haouch ?

— Non loin du camp de Bou-Farik. Un charmant endroit. A assécher encore un peu, certes. Mais vous le verrez, la Mitidja sera le grenier de l'Afrique de demain, comme elle l'était hier... enfin, du temps des Romains.

Comme s'il écoutait quelqu'un d'autre, Alexis s'entendit dire :

— N'y a-t-il pas, là-bas, une tribu rebelle qui perturbe un peu ce charmant endroit ?

— D'ici quelques mois elle aura vécu. Le gouvernement et l'armée y mettent le paquet. Vous ne m'avez pas demandé quels sont vos gages... Je veux dire votre rente annuelle : six cents francs et deux pour cent sur les récoltes.

Même pas le cinq pour cent des khammes. Alexis eut envie de rire. Et rit, longuement.

— A la bonne heure, nous allons signer notre petit contrat joyeusement, dit Vitalis. (Puis, comme s'il recevait à ce moment précis une inspiration du ciel, il ajouta :) Écoutez, je suis bon prince, je sais que vous êtes un « monsieur », je connais vos relations ici, et je veux bien, si cela peut vous obliger, laisser croire que vous venez de m'acheter cet haouch. Cela vous permettra de garder votre rang dans la société. Moi, ce qui m'intéresse ce n'est pas de paraître, mais de posséder. C'est dit ?

— C'est dit. Je suis désormais propriétaire en Mitidja, acquiesça Alexis, gravement. Signons. Au fait, comment s'appelle-t-il votre domaine ?

— « Ferme Blanche ».

Et Alexis signa. Il serait régisseur du domaine de « Ferme Blanche », appartenant à M. Vitalis Bernardini, pendant cinq années à partir du 1er décembre 1838. Faute de quoi, il devrait verser un dédit de trois mille francs.

Comme il reposait sa plume, il se demanda quelle tête ferait le gros porc, le lendemain, si on lui annonçait la mort, accidentelle, sans doute en nettoyant son pistolet, du jeune brillant et plein d'avenir Alexis Manerville.

Il accepta une absinthe, trinqua et il fit un petit salut

désinvolte et plein de charme à ceux qui, à l'appel de Vitalis, venaient le féliciter d'avoir *acquis* Ferme Blanche.

Et il eut assez de lucidité pour se demander encore si ces gens étaient dupes ou pas. Il s'étonna même de découvrir de l'intérêt à essayer de lire sur leur visage s'ils se moquaient ou non. Il leur trouva un air plutôt stupide et plein de componction qui le fit rire encore.

Il sortit, riant toujours.

— Monsieur a gagné ?

C'était une voix sonore avec un drôle d'accent. Celle d'un jeune garçon de quatorze à quinze ans, peut-être plus, assis sur la première marche de l'entrée des « Trente Pharaons et des Quarante Lansquenets », entouré de deux chèvres et d'un panier plein de fromages recouverts d'un linge blanc.

— Monsieur a gagné ? répéta l'adolescent.

— Si on veut, lui dit Alexis.

— L'un des garçons est sorti tout à l'heure et il a dit que vous avez gagné une ferme.

— Peut-être bien.

— Alors vous êtes riche ?

— Si l'on veut, répéta Alexis.

Il regardait les chèvres. Elles lui rappelaient celles du jardin des Champs-Élysées tirant leur petite charrette. C'est ce qui lui donna envie de pleurer. D'une voix rauque, il demanda :

— Elles s'appellent comment, tes chèvres ?

— Blanchette et Noiraude.

Cela n'avait aucun sens, elles étaient brunâtres toutes deux. Il se souvenait que sa préférée, autrefois, était blanche avec un museau rose et une barbe de patriarche.

— Vous allez y partir quand, là-bas ? Bientôt ?

— Si je le peux.

— Si vous partez, voulez-vous m'emmener ? Je m'occuperai des bêtes. C'est ce que je faisais chez nous, au pays d'Auvergne.

— Eh bien, nous verrons, plus tard.

— C'est promis ?

— C'est promis.

*
* *

Il hésita longtemps. Revoir ou ne pas revoir Casilda ?

Ses pas le menèrent vers elle, sans même qu'il y pensât. Il se retrouva devant son hôtel.

Elle n'y était plus. Elle avait laissé un mot pour lui : les Dynensen l'emmenaient chez eux pour quelques jours. Elle l'y attendait.

Il n'irait pas ! Il s'achemina, lentement, vers son appartement.

La matinée était à peine à son début. La rue portait encore les traces de l'arrosage quotidien de chaque seuil de maison. Les faïences qui encadraient des portes brillaient de tout leurs jaunes ou leurs bleus fraîchement lavés. Il nota aussi que le basilic jaillissant d'une vieille marmite de terre, sur la fenêtre de sa logeuse, avait prospéré ces derniers temps. Il franchit, dans la cour plantée d'un figuier, les trois marches qui menaient à sa chambre.

Mme Esther avait déposé sur sa table deux petits pains à l'anis et une orange. La vieille femme ne lui faisait jamais grâce d'un sou, ni d'un jour de retard dans le paiement de son loyer, mais elle avait des attentions. Mme Esther, en quelque sorte, possédait deux visages. Il y avait celui de la propriétaire impitoyable et il y avait celui de l'hôtesse répandant les bienfaits de l'hospitalité sémite. Elle disait le trouver d'ailleurs « si plaisant », son jeune locataire. Car elle parlait français pour avoir été lingère chez le consul de France autrefois, du temps des Turcs.

Elle annonça qu'un chaouch avait déposé une lettre. Elle était d'Elina et c'était une invitation à déjeuner.

Comme il la mettait machinalement dans sa poche, il sentit la bourse que lui avait remise Vitalis. Les six cents francs, payables d'avance, de son année de régisseur en Mitidja. Il n'avait eu aucun scrupule à les accepter. Il ne savait pas encore ce qu'il en ferait. Peut-être aurait-il dû les donner au petit chevrier. A moins qu'il n'essayât, par l'entremise de la brave Eugénie, d'en faire profiter Casilda. Elle était sans doute aussi pauvre que lui maintenant. Pourrait-elle seulement payer son hôtel ?

Il s'assit devant sa fenêtre. On apercevait la mer, au loin, et les voiles des bateaux de pêche qui rentreraient bientôt au port.

Il se souvint, avec un sourire triste, avoir adoré les rougets de roche que Mme Esther lui faisait souvent griller pour son repas du soir, dans les fins de mois difficiles où acheter un poisson sur le port était plus économique — et meilleur ! — que les ragoûts de son gargottier.

Les pièces d'or brillaient sur la table. Six cents francs ! Qui l'empêcherait d'aller les jouer ? Il avait tout le temps de mourir et il connaissait au moins trois autres tripots. Comme en France, on y jouait aussi bien le matin que le soir.

Il remit sa bourse dans la poche de son habit, prit son chapeau, sa canne et s'en fut.

Il atteignait la rue lorsqu'il aperçut Casilda. Elle portait encore sa robe blanche et, comme toujours, elle avait sa capeline de paille dorée, non sur la tête, mais à la main. Il s'attendrit à se rappeler qu'elle ne pouvait supporter les chapeaux, mais sacrifiait aux usages en laissant souvent danser le sien à ses côtés ou dans son dos au bout d'un long ruban.

Il la contempla comme s'il voyait une apparition, car elle était, courant ainsi au-devant de lui, telle qu'il l'avait évoquée dans la salle de jeu avant qu'il ne couvre la relance de Vitalis.

Essoufflée, pleurant, elle se jeta dans ses bras.

Il la serra contre lui.

Ils étaient bousculés par le flot ininterrompu des passants de cette rue Bab-el-Oued si fréquentée. Un porteur d'eau, puis un marchand de bois les repoussèrent sur la charrette de légumes d'un maraîcher, et ils faillirent être renversés par deux officiers à cheval.

Il l'entraîna vers une fontaine, non loin de là. Il essuya avec son mouchoir les grosses larmes qui glissaient sur ses joues et doucement, lui dit :

— Je viens d'acheter un haouch en Mitidja. Nous allons nous marier et y partir.

Elle le regardait, émerveillée, déjà consolée — comme les enfants, se dit-il —, et il ajouta :

— La propriété s'appelle « Ferme Blanche ».

Ils se tenaient par la main pour gagner le consulat de Suède. Ils y arrivèrent en même temps que Deborah et Ulysse. Elina avait aussi invité Eugénie dont le mari était retenu au Gouvernement général pour le règlement d'une fourniture à l'armée.

En cours de route, Alexis venait de calmer sa conscience avec des arguments irréfutables : il ne pouvait pas disparaître en abandonnant Casilda, presque seule au monde désormais. Il lui avouerait plus tard la vérité. Il continuerait ses chroniques au *Gaulois* et au *Moniteur algérien* pour augmenter leurs revenus. Dans cinq ans, il demanderait une concession et supplierait sa mère de lui envoyer la somme nécessaire à la construction d'une maison. Entre-temps, ils auraient des enfants, ce qui attendrirait la famille en France. Pour l'heure, il serait l'écrivain aux champs, position ne manquant pas de charme et qui les poserait dans la société.

Il se demanda comment il avait pu songer à se tuer quand la vie offre, sans cesse, une dernière chance.

Comme Casilda le regardait, attendant sans doute qu'il annonçât la grande nouvelle, il prit la main de la jeune fille, et dit, dans un moment de silence, à ceux qui les entouraient :

— C'est à Aurèle Maurin-Darbière que j'aurais aimé, aujourd'hui, demander de me confier le bonheur de sa fille. Dieu en a décidé autrement. Ainsi est-ce à vous, dont il était l'ami, que, du plus profond de mon cœur, je fais le serment de veiller désormais sur Casilda. Il m'est doux de prendre cet engagement ici, dans cette maison qui nous est chère à tous deux et parmi vous qui — me permettez-vous de le dire ? — nous tenez désormais lieu de famille.

Eugénie pleurait. Elina s'en fut chercher du vin d'orange, en guise de champagne dont il n'y avait momentanément pas une seule bouteille à Alger. Et on entendit Deborah qui avait, ces derniers temps, adopté un ton de voix plus aigu, devant lui paraître plus future madame, plus future épouse du grand importateur de pianos de la Régence, lancer, avec une exquise condescendance :

— Il serait assez amusant de nous marier le même jour !

Casilda eut la gentillesse de trouver l'idée merveilleuse, mais Elina se hâta d'objecter :

— Oh ! rien n'est plus dangereux, ma chère ! Vous croirez avoir toutes les deux la même robe de satin blanc et on s'apercevra, à l'arrivée à l'église, que l'une est plus jaune, ou plus grise ou plus verte que l'autre et ce sera la catastrophe.

Alexis, pressé de questions, parla de la Mitidja, des khammes, des difficultés à trouver des régisseurs dans ce pays où chacun ne voulait plus travailler que pour soi et pas pour les autres. Eh bien ! il serait son propre régisseur et n'en rougirait pas. Il éluda la description de « Ferme Blanche » disant, en riant : « Vous la découvrirez très bientôt vous-mêmes, lorsque nous y pendrons la crémaillère. »

Puis on en revint à l'éternel sujet de conversation de la colonie : garderait-on Alger ou pas ? Et si oui, éten-

122

drait-on la conquête non seulement sur le littoral, mais aussi à l'intérieur des terres ? On évoqua ce désert mystérieux appelé Sahara...

Le consul écoutait et parlait peu. Personne, autour de cette table, se disait-il ne paraissait se souvenir qu'Abd el-Kader fourbissait ses armes, faisait pression sur les tribus ralliées à la France et encourageait celle des Hadjoutes à piller et incendier la Mitidja. Si la jeune Casilda avait été sa fille, il ne l'aurait pas laissée partir pour Bou-Farik. Alexis était-il conscient des dangers courus ? Par ailleurs, si l'on décourageait les initiatives, ce pays ne pourrait survivre...

Un peu rêveur, son bienveillant sourire aux lèvres, le consul regarda Casilda. Il la devinait entre son chagrin et sa joie et voyait dans ses yeux un éclaboussement de bonheur succéder à un sursaut de chagrin.

On n'attendait pas le peintre Eugène Flandin. Il arriva pourtant au moment du café. Il était grand et très mince et son burnous blanc seyait à son visage bruni pendant l'expédition de Constantine ; on disait qu'il devait à l'habileté de son valet de chambre le bel enroulement de ses turbans.

Il apportait à Casilda les bagages d'Aurèle Maurin-Darbière.

On les laissa seuls tous deux.

Elle attendait, le cœur battant, qu'il parlât. Il choisit de lui dire la mort de son père sans détails inutiles à connaître pour la paix de son âme. Et, surtout, oublia que le guerrier constantinois qui l'avait poignardé s'était enfui, emportant attachée à sa selle la tête tranchée de ce chien d'infidèle. Abd el-Kader donnait un douros par tête de soldat français, mais, selon l'importance du personnage — un trophée de militaire haut gradé rapportait cinquante douros — la récompense variait. Comme le shako du jeune Édouard ne portait aucun galon, et le frac d'Aurèle aucune épaulette, on pouvait évaluer le peintre orientaliste au plus bas prix.

Il faudrait que sa fille ignorât toujours cela. Flandin

se demanda ce que cette pauvre petite était venue faire ici et fut consterné en apprenant qu'elle partait en Mitidja. Il la regarda, au moment de la quitter. Il s'embarquait le soir même pour la France et se promit, dès qu'il serait à bord, de dessiner son visage et de tenter de saisir l'intensité de son regard où il lisait tant de courage. Ce serait la plus belle figure de femme qu'il ait jamais reproduite, elle deviendrait celle de la favorite circassienne qu'il voulait peindre au pied du seigneur arabe du tableau qu'il projetait et appellerait : *La Nouvelle Favorite*.

Abdallah venait de masser et de coucher le consul. Elina, à son habitude, tournait autour du lit de son mari. Il n'osait lui dire combien ce mouvement perpétuel le perturbait parce qu'il aimait l'avoir auprès de lui avant de s'endormir. Mais il l'aurait souhaitée immobile. Alors il ferma les yeux.

Elina disait :

— Une chose m'ennuie. Casilda s'attendrit sur les mille attentions d'Alexis envers elle. Elle a sans doute raison. Mais l'une, au moins, ne justifie aucun attendrissement de sa part. Écoutez cela : elle croit que le premier soir de leur rencontre son bien-aimé lui a fait donner une sérénade sous les fenêtres de sa chambre. Or *ce n'est pas lui* qui a payé une fortune le ténor Arturo Ricardi, installé à Alger, et qui a bien voulu prêter son fastueux gosier à une ariette destinée à une petite fille.

— Comment savez-vous cela ?

— J'ai mes sources de renseignements personnelles, mon ami. Elles me paraissent meilleures que celles de vos services secrets consulaires.

— Cette enfant est entourée de mystères ! Qui lui a volé ses chaussures ? Qui lui a fait donner cette sérénade ? dit le consul en riant.

— Elle est si délicieuse ! dit Elina, ne répondant pas à ces questions, à son habitude.

— Oui, on a envie de mordre dedans...

— Mon ami, à votre âge !

— Oh ! l'idée n'est pas de moi, je pensais à quelqu'un...

— Qui donc ?

— Si vous avez vos secrets, j'ai les miens aussi.

Il souriait.

Elina, un instant silencieuse et pensive ajouta, ce qui confondit son mari encore qu'il ne fût pas tellement étonné, à la réflexion :

— Depuis le début je vous l'ai bien dit, Alban Davesnes a eu grand tort de s'en aller.

Elina tourna encore un instant autour du lit, ce qui fit fermer à nouveau les yeux au consul. Il ne tarda d'ailleurs pas à s'endormir.

Avec un soupir Elina s'en fut. Elle avait à peine franchi la porte, qu'elle eut envie de retourner sur ses pas et de réveiller son mari. Avait-il remarqué, lui aussi, qu'Alexis avait décrit Bou-Farik comme il aurait décrit El-Biar ou Mustapha[1]. *Il ne paraissait pas être allé jusqu'à son haouch !* Or, on n'achète pas un domaine en Mitidja sans l'avoir vu au moins une fois. Beaucoup de spéculateurs procédaient ainsi, mais quelqu'un désirant aller vivre là-bas avec sa femme, et bientôt peut-être sa famille, n'aurait pas agi de la sorte. Il lui faudrait parler de cela, dès demain, à Sven.

Elle se coucha préoccupée. Pourquoi, dès le soir où elle avait fait la connaissance de sa « petite douzième », avait-elle tremblé pour elle ? Elle se demanda si elle avait lu, ou si c'était le fruit de ses réflexions personnelles, que les êtres trop beaux entraînent le malheur avec eux. Ou, en tout cas, des complications.

*
* *

---

1. Campagnes d'Alger où étaient groupées les luxueuses villas des riches Maures devenant peu à peu des résidences françaises.

Horace Vernet arrivait de Rome. Il n'y était plus directeur de l'Académie royale de France de peinture, mais allait souvent encore à la villa Médicis.

Il venait dans la Régence chaque hiver, sans doute peindre, mais surtout chasser sur ses terres de l'haouch Ben-Koula et sur celles où on s'empressait de l'inviter à tirer petits ou gros gibiers, à plume ou à poil. Il prétendait être aussi fier d'être le plus ancien colon de Bou-Farik, que d'avoir dirigé l'Académie royale de Rome. On l'avait informé de la mort de ses deux confrères. Sa première visite à Alger fut pour les Dynensen. En apprenant le mariage de Casilda, il se proposa comme témoin. Il avait été l'ami d'Aurèle et serait heureux d'être aux côtés de sa fille ce jour-là.

Horace Vernet était alors au faîte de sa gloire. Ceux qui lui reprochaient de s'attirer les bonnes grâces des différents régimes se succédant sous son règne de plus célèbre des peintres de batailles l'accusaient aussi d'oublier qu'il n'était que le reporter des actions d'éclats et non l'un des chefs de l'état-major de l'armée d'Afrique. Car beaucoup riaient de son allure plus martiale que celle des plus martiaux des officiers supérieurs de la Régence. Les cheveux coupés en brosse, « à l'ordonnance », les moustaches énormes, le maintien raide, la parole brève et saccadée avec intonations brusques, faisaient plus de lui un grognard qu'un illustre rapin.

Huit jours avant la cérémonie, lorsqu'il vit la jeune fille et sut qu'elle serait sa voisine en Mitidja, il lui demanda si elle chassait. A la surprise d'Alexis elle raconta comment son père lui avait appris à tenir un fusil, moins pour tirer des perdrix que des brigands s'il s'en présentait lorsqu'elle était seule au domaine. Mais elle aimait chasser aussi le gibier.

— Vous ne m'aviez pas dit cela, lui murmura Alexis.

— Je n'y ai pas songé. Nous n'avons pas encore abordé ce sujet, dit-elle en le regardant avec tendresse.

Il sourit à peine. Il trouvait Horace Vernet trop aimable et cachant mal l'admiration que lui inspirait Casilda. Il l'avait, peu auparavant, entendu dire au consul : « Elle troublerait notre studieuse paix romaine si elle venait nous rejoindre à l'Académie royale ! »

Il l'interrogea à nouveau, avec un peu d'irritation :

— Vous peignez donc, aussi ?

— Oh ! n'exagérons rien ! Je fais du dessin et de l'aquarelle. Mon père y tenait. J'aimais bien cela... autrefois.

— Voulez-vous dire que vous y avez renoncé ou que vous y renoncerez parce que nous partons vivre dans une ferme ?

— Au contraire ! Mon père prétendait la paix des champs plus propice à la création que l'effervescence des villes... Alexis, y a-t-il quelque chose qui vous contrarie ?

Il eut honte. Elle était touchante dans sa robe noire — la blanche teinte par économie — et il voyait trembler les coins de sa bouche.

Ce qu'il avait, il le savait bien : il détestait la tromper ainsi, lui faire croire qu'ils partaient chez eux et l'emmener travailler pour ce porc de Vitalis.

Mais il était aussi jaloux d'Horace Vernet. Il rêva, cette nuit-là, que Bergamotte tranchait, d'un coup de sabre rageur, les belles moustaches du peintre plus épaisses que les siennes.

Alexis venait tous les jours chez les Dynensen, faire ses visites à sa fiancée. Cette maison qu'il avait tant aimée, il l'appelait maintenant « Le Caravansérail ». Y découvrir, en arrivant à l'heure du dîner ou du souper, deux, quatre ou six invités, jamais prévus la veille, ou, du moins jamais annoncés par Elina, l'irritait. Il redoutait les questions embarrassantes que chacun lui posait sur *son* haouch. Il fut au comble de l'exaspération le jour où le baron et la baronne de Vialar, célèbres colons de la Régence, respectés du gouvernement, aimés des indigènes, abordèrent le sujet tant redouté. Ils y renoncèrent vite, d'ailleurs, devant son laconisme et avec une discrétion parfaite qui le fit se renfrogner encore un peu plus. Il aurait pourtant dû leur être reconnaissant de citer les noms de tous ceux qui s'étaient établis dans la plaine et envisageaient, avec confiance, leur avenir.

Deborah et Ulysse, toujours présents, occupaient aussi le devant de la scène. On avait du mal à juguler le flot de paroles de la future Mme Marchandeau. Se marier avait donné un grand coup de soleil au cœur de sa cousine, disait Elina, et la faisait vivre désormais à une température élevée. Tout bouillait en elle et jaillissait comme une vapeur incontrôlable. Tout ce qu'elle avait dû vouloir dire, autrefois, sans l'oser, et ses jugements sur chacun, et ses projets, et ses pianos...

Casilda l'écoutait et la regardait en souriant avec une patience affectueuse qui amena le consul — il ne se lassait pas d'étudier la jeune fille — à se dire : « Elle est bonne. Beaucoup, parmi celles qui viennent ici danser, se moquent de cette demoiselle un peu mûre agitée comme une petite enfant un soir de Noël. A moins qu'elles ne l'ignorent superbement. Casilda, elle, écoute, sans broncher — et pour la vingtième fois ! — l'une des histoires sans intérêt aucun du répertoire de Debby. »

Aux déjeuners quotidiens du consulat, l'inévitable Eugénie trônait, ravie, à la droite du maître de maison. Dans son répertoire à elle, s'insérait en ce moment une légère vindicte contre Monseigneur le duc de Nemours. N'avait-il pas fait le siège de Constantine avec Aurèle Maurin-Darbière ? Il eût donc été bienveillant de la part de Son Altesse Royale de présenter, elle-même, les condoléances de Sa Majesté à Casilda. On avait du mal à lui faire admettre que le prince ne pouvait pas ainsi visiter tous les orphelins et toutes les veuves de l'armée d'Afrique.

— Même pas la fille de quelqu'un qui a fait son portrait ?

— Même pas.

Par chance, il suffisait d'orienter la brave Eugénie sur son autre dada, très récent celui-là, et écouter d'une oreille distraite son nouveau ronron : M. Morelli venait encore d'avoir une idée géniale. La guerre ne durerait pas toujours et les Français allaient construire de plus en plus de maisons. De vraies maisons avec de vraies fenêtres. Et à ces fenêtres il fallait des stores et, dans les patios, des vélums. Et M. Morelli disait qu'il serait bon d'être le premier à les fabriquer ici. Alors les affaires de Marseille, la maison mère et la première succursale, il les laissait à ses deux fils aînés et on installait ici la seconde succursale, l'africaine, pour le plus jeune et dernier garçon, Martial. Un bon petit qui méritait bien cela. Et elle, Mme Morelli, allait vivre ici avec M. Morelli et leur fils. Ah ! Il y en avait qui seraient bien attrapées, c'étaient ses brus qui ne pourraient plus se moquer d'elle. Parce qu'elles ne viendraient jamais ici, elles redoutaient trop le mal de mer et ne supportaient ni la chaleur ni les Arabes ni l'éloignement de leurs hautes relations. « Voyez-vous, monsieur le consul, rit bien qui rit le dernier ! »

Il souriait, le consul. Il aimait Eugénie et le chaleureux de sa ronde personne. Il pensait qu'elle convenait à ce pays. Des braves gens comme elle étaient nécessaires ici où trop d'aventuriers ne cessaient d'arriver. La petite Casilda aussi était une bonne recrue. Il la regarda encore et se dit qu'ils avaient tort d'ajouter à son nom le qualificatif, affectueux certes, mais un peu restrictif, de petite. Il eut le sentiment, ce matin-là, en la regardant manger ses dattes et en mangeant les siennes lui-même, qu'il y avait derrière cette jeunesse, cette beauté, ce charme si prenant, quelqu'un d'assez étonnant à découvrir. Il se demanda encore une fois si le petit Alexis — et là il employa le qualificatif d'une manière restrictive certainement voulue — saurait apprécier la chance d'avoir une telle compagne. Il eut soudain envie d'être à ce soir et de bavarder avec Elina. Et il se fit dans son esprit une fort agréable association de son massage, de la conversation avec sa femme et de Casilda comme sujet à développer.

Le son aigu de la voix de Deborah éloigna cette perspective heureuse.

— ... Et nous irons d'un bout à l'autre de la Régence ! Nous installerons des dépôts dans chaque ville conquise !

C'est alors que Sven Dynensen regarda ses invités et se dit qu'il fallait maintenant remettre un peu de réalité dans tout cela : Alexis allait emmener Casilda dans une région malsaine et dont on savait la sécurité peu garantie. Quant à Deborah et à Ulysse, ils vivaient en musique ! Accorder des pianos était vraiment une idée saugrenue alors qu'Abd el-Kader ne parlait ni de paix ni de soumission et que l'armée d'Afrique était en position d'alerte. L'émir attaquerait-il, l'attaquerait-on ?

Le consul essuya délicatement ses moustaches blanches. Il venait de faire un excellent déjeuner. Marcelline, malgré son vague à l'âme, ses périodiques et ardents désirs de pays natal, ses incantations et lamentations provençales, ne perdait pas la main. La bourride de ce matin était un chef-d'œuvre. Les charmes de la vie quotidienne dans cette ville cachaient trop des réalités qui pouvaient être tragiques du jour au lendemain. Que l'émir, pour le moment silencieux, déclarât à nouveau la guerre, et même Alger ne serait plus en sécurité. Au-dessus des têtes un peu légères qui lui faisaient face — avait-on déjà oublié la mort d'Aurèle ? — le consul vit soudain le beau visage rêveur d'Abd el-Kader dont on savait, dans l'entourage du gouverneur, combien cette apparente altière douceur pouvait se muer en férocité lorsqu'il s'agissait de la sainteté de son combat. Il eut envie de le leur dire. Mais Elina, à cet instant, annonça, triomphante, une bouteille de champagne oubliée et retrouvée dans le fond de la cave. Le vin serait sans doute passé, mais c'était du champagne quand même, exactement ce qu'il fallait aujourd'hui.

Alors le consul remit encore à une autre fois son petit discours.

Lorsqu'il avança sa flûte où moussait le vin vers celle de Casilda, il rencontra son regard aux profondeurs troublantes. Il crut y lire qu'elle n'oubliait, elle, ni la mort de son père, ni la guerre. Et il se dit, à nouveau, que l'on s'était contenté d'admirer la beauté de cette enfant qui était beaucoup plus que le savoureux fruit à mordre auquel l'avait comparé Alban Davesnes.

4.

Alexis avait obtenu, de Vitalis Bernadini, quinze jours pour se préparer au départ. Il les employa à se marier et à organiser son voyage.

La cérémonie fut des plus simples. La mort d'Aurèle Maurin-Darbière aurait dû la faire reporter d'au moins six mois, mais l'observance des convenances était moins stricte dans la Régence qu'en France. D'ailleurs, comme le disait Elina :

— Tant d'émigrants vivent ici en concubinage ! Il ferait beau voir que l'on trouvât à redire dans la conduite de deux jeunes gens désireux de vivre, eux, honorablement.

Le consul conduisit Casilda à l'autel de la mosquée-cathédrale. Elina fut le témoin d'Alexis, Horace Vernet celui de la jeune fille, et Deborah — elle épouserait Ulysse le mois suivant — sa demoiselle d'honneur. Qui n'eut d'ailleurs pas grand-chose à faire, la mariée n'ayant ni traîne à porter, ni grand voile dont il faille surveiller un élégant déploiement.

Ce fut dans une modeste toilette de mousseline blanche, deux bouquets de fleurs d'oranger piqués dans ses catogans et un troisième à la main, que la jeune fille traversa la mosquée aux murs brillants de carrelages de porcelaine et sous les grands lustres arabes en cuivre et verres de couleur.

Le consul lui avait dit, avant de présenter son bras :

— Quand j'étais enfant, je me croyais toujours accompagné par mon ange gardien et je l'imaginais sous la forme d'une belle jeune fille en blanc. J'ai l'impression qu'aujourd'hui il est vraiment là.

Il regrettait de n'avoir pas eu une enfant comme elle. A son union si parfaite avec Elina, il aurait manqué cela. Et il se dit, mélancolique, qu'il aurait aimé être, comme en cet instant, un père au cœur plein de douce émotion, sentant sur son bras, aussi léger qu'un papillon, la main d'une petite fille qui aurait ressemblé à Elina.

Casilda avait un timide sourire aux lèvres. Il se demanda si elle pensait à la recommandation faite par sa femme alors que l'on attendait les voitures :

— Il est bon, ma chérie, pour avoir le courage de traverser une église dans toute sa longueur, entre deux rangées de regards dévorants, d'éviter de penser, précisément, à ces coups d'œil anthropophagiques et d'orienter son esprit vers autre chose. Je vous livre une intéressante occupation : observez les pauvres saints de plâtre polychrome, exilés ici, dons des évêchés de Paris, de Marseille et de Toulon, afin de peupler notre mosquée. Leur désarroi ne pourra vous échapper. Saint François d'Assise et saint Martin ont un air si tristement surpris de se trouver là qu'ils font peine. Vous les entendrez, comme moi, j'en suis sûre, vous demander jusqu'à quand doit durer leur séjour dans un endroit pareil. Quant à leurs compagnons, des deux sexes, non moins désemparés, ils vous crieront peut-être eux aussi « au secours ! ». Mais qui sont-ils ? Personne ne le sait. Le vicaire est perplexe. Les étiquettes perdues, leur identité reste vague. Je le regrette parce que je médite une pétition à adresser au gouverneur et qui serait signée d'eux tous implorant la construction d'une église. Alors, si vous voulez jouer aux devinettes en traversant la mosquée, essayez de me retrouver là quelque saint homme ou sainte femme de votre connaissance.

Tout bas, sans la regarder, le consul demanda :

— Alors, en avez-vous reconnu ?

Elle fit non, d'un imperceptible mouvement de tête, mais se tourna légèrement vers lui pour lui sourire.

Malgré son courage, il y avait un peu d'angoisse dans le vert doré de ses yeux. Et le consul s'inquiéta, à nouveau, de ce qu'Alexis ferait d'elle.

Casilda vécut la cérémonie avec une lucidité qui l'étonna. Elle voyait tout avec une étrange acuité. Alexis lui apparut magnifié. « Et il est à moi ! » se dit-elle. Elle fut plus surprise encore de s'être fait une telle remarque. Peut-on dire qu'un homme est à vous ? La chose lui parut mériter réflexion. Elle se promit d'en parler ce soir avec son mari. Et la certitude que, désormais, ils ne se quitteraient plus la rasséréna.

Elle entendit l'abbé commencer son homélie en parlant de son père, mort au champ d'honneur, n'écoutant que son courage alors qu'il eût pu ne pas intervenir dans ces combats.

Elle ne fut pas sûre que le peintre Aurèle Maurin-Darbière aurait aimé être loué pour ses exploits martiaux en priorité. Elle se souvint de ce qu'il disait de la guerre. Mais le brave curé faisait de son mieux. D'ailleurs était-elle sûre que son père n'eût pas été heureux d'être traité en soldat ?

Lorsque Alexis mit l'alliance à son doigt, elle cessa de penser et décida de n'être plus qu'à son bonheur.

Elle retraversa l'église-mosquée au bras de son mari. Elle vit Eugénie pleurer, Deborah jouer les prima donna sous un chapeau emplumé, Elina sourire aux anges.

C'était donc déjà fini ? Elle était mariée ! Tout se passait trop vite. Elle se promit de savourer, désormais, chaque instant qu'elle allait vivre avec Alexis.

Alexis qui lui murmurait :

— Je vous aime. Oh ! combien je vous aime !

Il y eut le plus intime et le plus raffiné des déjeuners de mariage au consulat de Suède. Entre autres délicatesses, des quenelles de rougets de roche, dont Marcelline la Provençale disait : « C'est un plat très délicat à ne pas servir à n'importe qui. Faut pas avoir le palais râpeux pour le goûter. »

Casilda alla féliciter et remercier la cuisinière qui n'était pas une bonne grosse comme elle l'aurait cru, mais une longue et sèche femme aux yeux d'olives noires et un tantinet moustachue. Elle était de Digne, donc presque payse. Oh ! vraiment presque ! Elles s'embrassèrent. Soudain, Casilda se mit à pleurer, et entre deux sanglots, murmura :

— Mais qu'est-ce que nous faisons ici ?

— Ah ça ! Ah ça ! je vous le demande bien.

Elle pleurait aussi la Marcelline, ancienne cantinière devenue cuisinière à la mort de son mari — du 1er régiment de zouaves — qu'elle avait suivi ici.

Puis elle se reprit, déclara qu'une infusion de thym — du thym de chez elle, apporté dans ses bagages — allait leur remettre le cœur en place.

On chercha la mariée. Alexis la trouva sirotant son infusion et en demanda aussi.

« Voilà pourquoi je l'aime », se dit Casilda, le regardant avaler ce breuvage comme s'il eût été sa boisson préférée et parler avec Marcelline comme s'il l'eût toujours connue.

Revenue au salon, comme Eugénie lui demandait, en aparté, qui était Horace Vernet, Casilda répondit :

— Vous qui aimez les princes, madame, en voici un. Il est né au Louvre.

— Par exemple ! Je l'ignorais. Il est prince ? Et de quelle maison ?

— Il a été l'enfant chéri de l'empereur et il est adoré

maintenant du roi Louis-Philippe. Mon père disait de lui qu'il était le duc et l'archiduc...

— Aussi !

— Le roi, même... de la peinture militaire. Décoré de la Légion d'honneur à vingt-cinq ans, directeur de l'Académie de peinture à Rome à trente-huit. Auteur des plus beaux tableaux de batailles que nous possédions en France.

— Ah !

Le « ah ! » d'Eugénie disait sa déception. Un dernier espoir au cœur, elle insistait pourtant :

— Mais, s'il est né au Louvre...

— Comme les rois, fils de rois, les peintres fils de peintres du roi naissent là où habitent leurs parents, au palais du Louvre. Car les Vernet sont peintres de père en fils depuis trois générations.

— Ah ! par exemple !

Dès lors, Eugénie s'efforça d'écouter ce que disait ce personnage né dans un palais. Il disait :

— Ce pays sera une mine d'or pour la France.

Bah ! Cela, Louis le répétait sans arrêt, et il n'avait vu le jour que dans les faubourgs de Marseille ! Mais elle frétilla soudain. M. Vernet déclarait aimer autant la chasse que la peinture. Or, tous les princes, elle le savait, étaient de grands chasseurs. Et M. Vernet, justement, parlait de ses exploits en compagnie des fils du roi dont il paraissait être l'ami intime. La petite Casilda aurait donc eu, à son mariage, un témoin vivant dans l'intimité des habitants des Tuileries !

Ce qui se dit ensuite n'intéressa guère Mme Morelli. Des comparaisons entre Alger et Grenade, des fontaines qui seraient aussi belles ici que là-bas... Ah ! une histoire de disparition de héros ? Elle tendit l'oreille, M. Horace Vernet disait :

— Aurèle Maurin-Darbière pensait, comme moi, qu'il faut supprimer le héros central de nos grandes compositions. Rompre avec la tradition qui ordonne tout le tableau autour d'un personnage unique. Nous étions les deux seuls de cet avis et nous avons eu l'ensemble du virulent monde de la peinture contre nous. Mais nous avons persisté, sûrs que le moindre turco chez nous, comme le moindre régulier d'Abd el-Kader chez nos ennemis, offrant autant d'intérêt que les princes ou maréchaux, il fallait leur faire une place aussi importante dans les fresques de bataille.

Quelle drôle d'idée ! Ils avaient bien raison, les autres peintres, de ne pas être d'accord. Ainsi, Aurèle voulait mettre sur le même rang un fantassin et un fils de roi ? Cela ne l'étonnait pas de lui et ramena Eugénie à son souci de l'heure : il fallait parler à sa fille. On ne pouvait pas la laisser aller ainsi vers le mariage sans la prévenir de ce qui l'y attendait. Eugénie soupira. Quelle responsabilité ! Depuis trois jours déjà, elle essayait de s'entretenir en privé avec la jeune fille. Mais il était difficile d'avoir un moment de solitude avec elle dans ce consulat si fréquenté où Mme Dynensen survenait à tout propos. Dans quelques heures, il serait trop tard. Eugénie s'agita sur sa chaise. « Frénétiquement », d'après Elina qui la regardait du coin de l'œil, bien décidée à l'empêcher de déverser sur la petite mariée les sornettes dont elle la devinait débordante. On avait assez vu de première nuit, et beaucoup d'autres par la suite, gâchées par la stupidité de dévotes, ou de sottes, ou de victimes inguérissables elles-mêmes d'un mauvais départ en amour. Les musulmanes étaient plus intelligentes qui se gardaient de radoter, se contentant de préparer le corps de l'épousée pour le plaisir de l'époux. Quant aux Juives, que leur chantait-on, dans les veillées nuptiales pour célébrer le fiancé et la fiancée ? Le Cantique des cantiques !

... « Qu'elles sont bonnes, tes caresses, meilleures que le vin...

Et l'odeur de tes parfums, meilleure que tous les baumes... »

Ainsi parle le bien-aimé à la bien-aimée, ainsi parle le roi Salomon à la belle Sulamite.

Elina regardait Casilda, puis Alexis, et la tendresse dont elle se sentait alors envahie affleurait à son visage en un sourire qui, parti de ses lèvres, gagnait le bleu si pâle de ses yeux et l'ombrait d'une grande douceur.

Convaincue qu'intervenir, de quelque manière, entre ces deux êtres si beaux ne relevait que des dieux, elle décida d'empêcher ceux qui ne l'étaient pas d'influer sur des destins qui les dépassaient. La beauté, considérée par elle comme sacrée, l'avait toujours exaltée, aussi adorait-elle vivre dans ce pays qui en avait tant reçu en partage. Et cela l'amena à penser que si la nouvelle race en création ici avait souvent pour l'engendrer d'aussi beaux spécimens humains que ceux-là, les roses et les jasmins d'Alger auraient de sublimes enfants pour les cueillir et en respirer le parfum.

Elle ne devait pas être la seule à penser ainsi, Horace Vernet s'exclama soudain :

— Je n'ai jamais fait un double portrait. Sans doute pour n'avoir pas encore rencontré ceux qui pourraient me l'inspirer. Mais par Jupiter, comme nous disions à Rome, maintenant je les ai sous les yeux ! Et s'adressant à Casilda rougissante, il ajouta : Nous allons être voisins. Nous partagerons nos loisirs entre la chasse et les séances de pose. J'espère que le mari est d'accord ?

Le mari l'était, souriant et apparemment ravi.

Il y eut alors un instant de silence. On entendit des soli d'oiseaux dans les arbres du patio, sur murmure de fontaine. Les roses du jardin, dont Elina avait parsemé la table et la maison entière, embaumaient l'air doux, doré et soyeux de cette journée d'automne.

Ce fut Deborah qui rompit ce bref arrêt de la conversation et, semblait-il, du temps :

— Comme il fait bon vivre, dit-elle, avec son accent qui ne manquait pas de charme.

D'évidence, elle n'avait voulu parler que pour elle. Mais, comme cela arrive parfois, malgré soi, les mots jaillirent tout seuls. Elle exprima d'ailleurs ainsi ce que chacun pensait, et on se tourna vers elle, pour l'approuver.

Horace Vernet ne l'avait pas encore remarquée avant son intervention. Il regarda cette étrange personne au visage sans attrait, fut surpris que l'on trouvât la vie belle alors qu'elle vous a si peu gâtée. Il lui accorda néanmoins d'assez beaux yeux violets et la compara à une laide et terne maison que sauve une clématite en fleur escaladant sa façade.

Il eut envie de raconter l'une de ses chasses au lion, pour voir comment réagirait cette dame qu'il soupçonna être de celles qui hurlent en apercevant une souris. Puis se ravisa. La jeune mariée ne savait sûrement pas qu'il rôderait, parfois, un ou deux rois des animaux, la nuit, autour de son haouch et préféra parler de la villa Médicis qui intéressait toujours. Puis il pensa encore que le pauvre vieil Aurèle n'avait jamais eu la chance d'y aller. Sa fille serait peut-être attristée à ce souvenir. Evoquerait-il alors sa grande expérience en matière de moyens de transport orientaux — il les avait tous pratiqués —, et sa connaissance du caractère et des mœurs du chameau qui « sautille comme un dindon et balance le col comme un cygne », faisait toujours impression. Il se souvint, à temps, qu'il avait déjà, à un dîner ici, exposé avec brio sa technique pour faire démarrer ou s'arrêter cet animal difficile à manier. Il décida donc, n'ayant plus de sujet de conversation tout prêt, de se retirer. Il détestait la contrainte et venait, précisément pour y échapper, dans ce pays où l'on ne paraissait pas désireux de la créer.

Ulysse fumait un cigare. Un gros cigare comme il n'en avait encore jamais eu entre les doigts. Et ce cigare-là, et le fauteuil dans lequel il se prélassait, et les quatre Couloughlis [1] en saraoual et veste blanche à liséré rouge et vert — livrée du consulat de Suède dans

1. Né du mariage d'un Turc et d'une Mauresque.

la Régence depuis le XVIIIe siècle — qui, silencieux et attentifs, vidaient son cendrier et lui apportaient du sherry, étaient les symboles de sa nouvelle vie. Dans un mois, il serait le cousin d'un consul général important et il était sûr de sa réussite. Il eut, pour Deborah, un regard de reconnaissance attendrie. Il lui devait tout, s'était promis de la rendre heureuse et le ferait. Comme elle n'était pas plus de deux minutes sans porter les yeux sur lui, ils se sourirent.

Dans sa béatitude, il vint à l'esprit d'Ulysse qu'il avait eu bien de la chance d'avoir tiré au sort un mauvais numéro, et d'avoir été trop pauvre pour s'acheter un brave qui se serait fait trancher le bras à sa place. Un regret, toutefois, il lui faudrait renoncer à jamais, en donnant sa démission, à l'uniforme des fonctionnaires du Trésor en Afrique. Et c'était l'un des plus beaux. Il s'avouait volontiers avoir choisi de servir ce ministère-là, après sa blessure, assez impressionné par le port de l'épée, le pantalon à bandes d'argent, l'habit bleu foncé brodé d'argent aussi et rehaussé d'or de surcroît et le superbe bicorne à cocarde scintillante. Il existait une si grande ressemblance entre cet uniforme et ceux de l'état-major qu'il avait dû éviter de l'endosser le dimanche, aux soirées du consulat de Suède, où tant d'officiers supérieurs venaient traîner leurs sabres. Car ces messieurs à épaulettes ne supportaient pas cette concurrence vestimentaire. Ils trouvaient très normal que l'armée d'Afrique fût plus rutilante que l'armée française, afin d'impressionner l'Arabe, mais ils admettaient mal que les employés d'administration fussent, dans le même but, aussi éblouissants qu'eux. Et certains ne se privaient pas de lancer de mordants quolibets, si l'occasion s'en présentait. Il avait parlé de cet ostracisme avec Deborah. Ce fut même l'un de leurs premiers sujets de conversation auprès du piano. Elle supposait les officiers, comme les toréadors, vêtus somptuairement pour aller au-devant de la mort et peu désireux de partager les insignes de cet honneur avec ceux qui ne risquaient qu'un coup de porte-plume. Deborah était intelligente et amusante, et elle parlait si parfaitement deux langues ! Il était fier qu'elle devînt Mme Ulysse Marchandeau.

Le consul aurait voulu s'entretenir avec Alexis de ce départ en Mitidja. Mais il sentait une réticence chez le jeune homme. Et Sven Dynensen eût détesté profiter de ce qu'il avait offert la réception de ce mariage à la fille d'un ami pour s'immiscer dans la vie de celui qu'elle épousait.

Il n'évoqua donc pas la guerre et Abd el-Kader encore ce jour là, mais demanda à Alexis s'il était armé. Il l'était.

Comme Ulysse les entendait, il intervint :

— Et parlez-vous l'arabe ?

— Un peu.

— Ah ! il faudra persévérer. C'est une étude ardue, évidemment. Le roi, qui s'exprime en six langues d'Europe à la perfection, trouve, paraît-il, quelque difficulté à celle-ci. Pour ma part, je la possède assez bien maintenant.

Le consul, qui pratiquait en plus du français, de l'anglais, du suédois et du danois, l'arabe littéraire, et celui d'Alger, et le berbère, et l'hébreu, et Alexis, qui ne pensait qu'à sa femme, accordèrent, sans commentaire, un petit signe de tête approbateur à Ulysse Marchandeau qui le perçut admiratif et s'enfonça plus encore dans son euphorie.

Il regretta, toutefois, de ne pouvoir dire aussi, sans paraître se vanter, combien Deborah le félicitait de ses progrès linguistiques, le comparant, à son avantage, à cet autre roi, de chez elle cette fois, George Ier, originaire du Hanovre, détestant l'Angleterre et les Anglais, et n'ayant jamais voulu apprendre le langage du pays dont il était le souverain !

*
* *

On mit à leur disposition, pour les ramener chez eux, la calèche du consulat et son cocher espagnol.

Manolito, fier de transporter ces jeunes et séduisants mariés — la beauté de Casilda était un sujet de conversation à l'office —, les fit passer par la place du Gouvernement. C'était l'heure du concert. Et il pensa, sans doute, que des marches militaires leur tiendraient lieu de marche nuptiale. On déplorait en effet, à l'office encore, qu'une si jolie personne ait eu une si modeste cérémonie de mariage.

L'orchestre était ce soir-là celui de la fanfare des chasseurs d'Afrique et jouait, lorsqu'ils arrivèrent, le quadrille de Kadoudja. On disait que Louis-Philippe en raffolait et l'imposait à la cour fréquemment.

— C'est *le quadrille du roi*, précisa donc Manolito, s'apercevant, à ce moment-là, qu'il ignorait de quel roi il s'agissait.

Il était depuis deux mois seulement ici et n'avait aucune idée du nom du souverain des Français qui avaient conquis ce pays où il venait tenter sa chance. Il voulut le demander à ses voyageurs et se tourna à demi vers eux. Mais n'alla pas plus avant : ils étaient dans les bras l'un de l'autre.

« Ah ! C'est beau l'amour ! » se dit Manolito, attendri. Il le fut plus encore lorsque arrivé à destination, devant la maison de Mme Esther, il aperçut par la porte ouverte sur le patio la vieille femme et une bonne vingtaine de voisins attendant les mariés avec des couronnes de jasmin tressées à leur intention, un flacon de liqueur et un joyeux entrain.

Alexis aurait voulu emmener Casilda à l'hôtel, mais elle avait préféré la chambre de l'épicière où elle n'était encore jamais entrée.

Le comité de réception l'amusa et l'attendrit. Il grossissait d'ailleurs, recevant l'apport de deux officiers de spahis en spencer rouge, deux chasseurs d'Afrique en spencer bleu, un turco vêtu de drap azur et trois zouaves tricolores qui crièrent à tue-tête :

— Vive la mariée !

Alexis entraîna sa jeune femme. Elle disait :

— Quel pays gai, joyeux, accueillant !

S'il avait été laid et triste, ce pays, elle l'aurait aimé quand même, elle y avait rencontré Alexis. Elle se souvint alors avoir eu un moment de tristesse dans la cuisine du consulat, c'était, se rassura-t-elle, parce que la Marcelline, ex-cantinière, ressemblait à sa nourrice Azalaïs, dont elle aurait souhaité la présence auprès d'elle ce jour-là.

La chambre était petite, blanchie à la chaux et un fastueux désordre y régnait.

Alexis s'en excusa. Il avait ce matin, en partant pour l'église, tout laissé sens dessus dessous, mis en retard par ses amis du « Club oriental du repentir ensoleillé », venus lui présenter leurs vœux de bonheur.

Pauvre « Repentir ensoleillé », il perdait son président. Mais on créerait une annexe à Bou-Farik.

Casilda, après avoir mis ses trois bouquets de fleurs d'oranger dans un verre d'eau, ramassait un gilet, deux cravates, un gant et cherchait l'autre.

— Vous n'allez pas vous mettre à ranger !

— Si. J'ai une infirmité, vous l'ignorez encore : je ne peux pas voir de désordre sans vouloir le pourchasser. Mon pauvre père m'interdisait de m'affairer ainsi dans son atelier. J'espère que vous n'allez pas m'empêcher vous aussi de mettre mes yeux et mes mains dans vos affaires.

— Je les aime trop pour les priver de ce plaisir. Mais ne commencez pas ce soir vos rangements.

Il la regarda se baisser et brandir, apparemment ravie, le second gant. Il se dit, pour la centième fois, qu'elle était l'être le plus adorable jamais rencontré.

Il lui prit des mains une cravate qu'elle pliait, pensant qu'elle essayait de dissimuler ainsi son angoisse de la nuit à venir. Elle n'avait sans doute aucune idée de ce qu'un mari devait demander à sa femme en un tel moment. Il risqua :

— Il ne faut pas être inquiète, ma chérie.

— Pourquoi le serai-je ? Certes je ne sais pas grand-chose de... de l'amour, mais je me doute de ce que c'est.

Il l'avait assise sur ses genoux et lui demanda :

— Et vous vous doutez de quoi ? Racontez-moi ça.

— J'avais une amie, à Brignoles, une vieille dame un peu folle, enfin non, pas folle. Elle voyait seulement le fils de Louis XVI partout. Pour le reste, elle était très sensée. Et elle me disait souvent que l'amour, de nos jours, n'était plus ce qu'il était de son temps. La pruderie de ce siècle, affirmait-elle, aurait fait hurler de rire une dame du siècle passé... Elle riait d'ailleurs en me disant : « Tu vois, petite, de nos jours les femmes ne savent plus retirer leur chemise quand il le faut. » Je lui demandais où se situait le « quand » et elle me répondait : « Quand on se couche, pardi ! Ce siècle-ci fait le contraire du précédent. De mon temps, on enlevait sa chemise pour se mettre au lit, maintenant on la met. » D'où, je conclus...

— Vous concluez quoi, mon amour ?

— Que je dois enlever ma chemise !

— Eh bien mon bijou, on ne s'ennuyait guère dans vos garrigues ! Et que savez-vous d'autre ?

— Vraiment pas grand-chose !... Ah ! si ! Ma douairière me disait aussi que ce siècle avait tout de même un avantage sur l'autre, en amour. Elle pensait que la moustache actuelle devait...

— Devait ?

Rose comme un soleil couchant Casilda ajouta :

— Elle disait la croire susceptible d'ajouter un certain piment aux caresses.

— Et qu'en pensez-vous ?

— Je... Je ne sais pas.

— Eh bien, je vais vous l'apprendre.

Lorsque la diane sonna, Alexis dormait. Casilda se leva avec précaution, s'habilla sans bruit, regarda le fouillis qui l'entourait, décida d'y mettre fin. Elle souriait. La moustache avait du bon et du mauvais. Elle piquait un peu trop parfois, si elle caressait agréablement à d'autres moments. Et, tout compte fait, elle, Mme Manerville, avait assez aimé cette nuit. Le comportement, exalté et bruyant de son mari était parfois étonnant... mais Alexis paraissait heureux, donc elle était très heureuse elle-même.

Elle avait mis en ordre ce qui pouvait l'être, Alexis dormait toujours et elle mourait de faim.

Elle descendit voir Mme Esther et revint avec deux tasses de café et des petits pains à l'anis.

Son mari s'éveillait et la cherchait.

Elle dut jurer de ne plus jamais partir ainsi. Jurer de le laisser, à l'avenir, préparer lui-même leur déjeuner. Jurer de l'aimer toute sa vie. Jurer de ne jamais regarder un autre homme que lui.

Avant de tant jurer, elle fit remarquer que le café allait refroidir. Alexis l'accusa d'être terre à terre. L'amour avait besoin d'envolées et tant pis pour le café ! Mais peut-être avait-elle été effarouchée, cette nuit, et prenait pour le comble du vice ce qui n'était que pure et grande passion.

— Oh ! non, dit-elle, le vice, je sais ce que c'est.

— Ah bah ! Votre vieille douairière, sans doute ?

— Non. Sa petite fille.

— Racontez-moi donc ça. Mais, avant, revenez-vous coucher... et sans chemise !

Blottie contre lui, elle raconta.

Son père avait eu l'idée, un jour, de planter des pruniers. Il fallait savoir qu'autrefois Brignoles était célèbre pour ses prunes séchées. Le duc de Guise en était friand et avait été assassiné alors qu'il en mangeait une. Au XVIᵉ siècle, pour des raisons qu'elle lui épargnerait, Digne avait supplanté Brignoles et produit les pruneaux à son tour. Bref, un beau matin, Aurèle

Maurin-Darbière voulut redonner à sa ville sa gloire d'antan et fit planter dix mille pruniers.

— Dix mille ?

— Oui ! L'ancien propriétaire brignolais, qui avait fait autrefois la gloire de son pays par la prune, en avait planté plus de cent mille ! Avec l'argent des toiles vendues cette année-là, on put acheter les arbres. Mon père disait en avoir assez d'être pauvre et qu'avec eux on serait riche. Par malheur, il gela en février, trois nuits durant. Un gel effroyable et, des dix mille arbres, un seul survécut !

« Dans le pays, les gens rirent de cette affaire. On se moqua de mon pauvre père, on lui conseilla de continuer de peindre et non pas de planter. Bref, lorsque nous décidâmes de partir pour la Régence, notre mésaventure n'était pas encore oubliée. C'est ici qu'intervient cette petite peste, Marie-Antoinette de Beaussant. Je l'entendis un jour, à un goûter de demoiselles où l'on ne m'attendait pas — j'avais refusé d'y aller, puis m'étais ravisée —, je l'entendis donc, du pas de la porte, pérorer au milieu du salon et s'exclamer : "Mes amies, je vous annonce que les Maurin-Darbière, père et fille, s'en vont en pays d'Alger, sans doute apprendre aux Arabes à planter des prunes qu'ils plantent si bien, mais peut-être recevoir, en retour, quelques pruneaux !" On riait. Alors, savez-vous ce que j'ai fait ? Je me suis avancée vers Marie-Antoinette, je l'ai attrapée par la taille, et tenue ferme, puis je me suis assise et je l'ai mise en travers de mes genoux et, relevant ses jupes et jupons j'ai tapé, tapé, tapé jusqu'à n'en plus pouvoir. Elle criait, les autres filles aussi. On est venu — sa mère je crois —, on m'a regardée avec effarement, effroi, terreur... Et je suis partie, dignement, après avoir fait une grande révérence, persuadée ne plus jamais entendre parler de Marie-Antoinette.

« Jugez de ma surprise, le jour de mon départ, où je vis s'avancer ma victime au-devant de moi, avec un bouquet de roses, des bonbons et des livres ! "Je suis venue vous dire adieu." Et la voilà qui pleure. Et elle ne cessait de me dire : "Ne partez pas ! Que vais-je devenir sans vous ? Ah ! si vous saviez combien j'ai aimé que vous m'ayez battue !"

« Qu'en dites-vous ? C'est bien cela le vice, n'est-ce pas ?

Il la regarda, ravi. Il la savait, depuis ce premier dimanche au consulat, différente des autres. Mais il se demandait si elle ne l'était pas plus encore. Il aurait adoré la voir, dans ce grand salon provençal, devant une assemblée ahurie, corriger la jeune fille qui avait osé se moquer de son père !

Ils décidèrent de s'occuper, sans plus tarder, de la préparation de leur voyage. Alexis devait faire un effort pour se souvenir qu'ils ne partaient pas vraiment chez eux. Il était sûr, d'ailleurs, d'arriver à acheter Ferme Blanche tôt ou tard si elle leur convenait. N'était-ce pas parfait, en vérité, d'essayer un certain temps un domaine avant de l'acquérir ?

Casilda sortit sa cassette de ses bagages et compta ce qu'elle allait apporter à leur ménage. Son père lui avait laissé l'argent prévu pour leur séjour ici. Elle était riche de six cents francs. L'addition de leurs fortunes s'élevant ainsi à douze cents parut à Alexis un heureux signe. Il chantait — tout à fait faux — en se rasant et décidait qu'ils iraient, dans une heure à peine, choisir leurs deux chevaux et une voiture. Il avait, la veille, demandé à Manolito l'adresse d'un maquignon à peu près honnête.

Alexis jugea tel celui qu'ils virent. Pas Casilda. Elle dit, doucement, à son mari, en le tirant par la manche et en lui montrant l'une des deux bêtes choisies par lui :

— Attention, celle-ci boite.

— Mais non !

— Je vous assure que si.

Voyant qu'ils paraissaient discuter, le marchand — un Allemand — s'approcha.

— Ce cheval boite, dit Casilda.

— Ce n'est rien, madame. Il vient juste d'être ferré hier. Demain il ira bien.

De fait, le cheval boitait à peine et on aurait pu s'y tromper et prendre cette petite anomalie dans la marche pour une sorte d'énervement de la jambe.

Il s'agissait de deux solides tarbais venus de France et ils plaisaient à Alexis. Il allait conclure l'affaire lorsque Casilda s'empara du pied qui lui paraissait anormal et regarda le sabot. Apparemment tout était parfait. Elle sortit alors un canif de son sac et gratta légèrement à l'intérieur de la corne. Une espèce d'emplâtre tomba. Elle rit doucement et dit :

— J'en étais sûre ! Ce n'est pas le ferrage récent, mais une fourbure. Et une fourbure chronique avec fourmilière.

Le maquignon était écarlate de fureur et Alexis stupéfait.

— Eh bien, nous l'avons échappé belle, dit-il. Et qui donc vous a appris cela, ma chérie ?

— Oh ! l'expérience ! Lorsque nous n'avons plus eu de palefrenier, j'ai dû m'occuper un peu aussi des chevaux et, en écoutant, en regardant le vétérinaire, j'ai su le minimum à savoir.

— Vous en savez bien plus que moi !

— Vous, vous viviez en ville ! Avec vos animaux de manège dont on s'occupe pour vous. Moi, je suis une fille de la campagne.

— Dans ce cas, choisissez nos deux chevaux vous-même !

Elle le fit. Puis elle les marchanda, posément, sans mots ni gestes inutiles, sous le regard émerveillé d'Alexis.

L'Allemand se rattrapa sur la voiture qu'il leur vendit plus qu'elle ne valait. Mais si elle avait été trafiquée ici pour les besoins de quelque colon, elle venait d'Europe. On en fabriquait encore très peu à Alger, ce qui en élevait le prix.

Ils quittèrent, heureux, le hangar du maquignon. Ils se sentaient déjà chez eux dans ce véhicule qui tenait à la fois de la calèche, de la berline et du fourgon mais permettrait le transport de tout leur fourbi. Quant aux deux cobs, bons à la fois pour la selle et l'attelage, ils avaient, sinon les *beautés absolues* que décerne au cheval l'Arabe si amoureux de son coursier, du moins les qualités nécessaires à ce qu'ils allaient leur demander. L'un s'appelait Versailles, l'autre Orangine.

Cet achat avait englouti la moitié de leur capital. Mais il était essentiel. Quelques emplettes supplémentaires s'élevèrent encore à une cinquantaine de francs. Il s'agissait surtout de se vêtir comme il convenait à deux colons. Le vêtement de protection contre le froid et l'humidité, adopté par tous ici et à l'imitation de celui porté par les Juifs et les Arabes, était un caban de gros drap avec capuchon. Et Alexis échangea son haut-de-forme contre un feutre gris à larges bords.

Ils commençaient à charger, lorsqu'ils virent venir vers eux le petit Auvergnat, ses deux chèvres et son panier de fromages.

Le premier mouvement d'Alexis fut de chasser ce témoin indésirable de sa matinée de jeu et de ce qui s'en était suivi. Mais il n'en eut guère le temps.

— Me voilà, maître, j'ai guetté chaque jour et compris que le départ était pour ce matin.

Devant le regard interrogateur de sa femme, Alexis expliqua en riant :

— Ce jeune homme est de mes relations. Nous sommes en pourparlers. Il voudrait nous accompagner à Ferme Blanche, mais je ne sais pas encore ce qu'il me propose. Que sais-tu faire, chevrier ?

— Tout, maître. Je soigne les bêtes, je sème, je laboure, je rentre les foins et les moissons.

Perplexe, Alexis le regardait en souriant. Le jeune garçon était petit mais râblé, musclé et le gros bâton qu'il tenait à la main était une bonne arme pour quelqu'un habitué à s'en servir souvent. La présence de cet adolescent riant avec confiance à la vie, pourtant précaire, qu'était la sienne, ne serait pas sans attrait, surtout pour Casilda. Comme sa femme s'éloignait, Alexis murmura :

— Pas un mot de la maison de jeu.

— Oh ! Maître, je sais. Mon père m'a toujours dit de ne rien raconter aux femmes ! Et vous verrez, vous ne regretterez pas de nous emmener, mes chèvres et moi, nous vous serons très utiles.

— Tes chèvres ? Mais où veux-tu que nous les mettions, il y aura juste place pour nous trois dans la voiture ?

— Oh ! elles ont l'habitude de voyager. Elles se couchent et se font toutes petites. Vous verrez.

On arriva, en effet, à les caser, non sans mal.

Casilda riait. Cette histoire de chèvres l'enchantait. C'était là ce qu'elle aimait : l'imprévu, la jeunesse et les animaux. Alexis entrevit une existence simple et douce avec cette femme née, tant elle était belle, pour être parée, encensée, posée comme un objet précieux parmi les plus superbes raffinements de la richesse et qui, vêtue d'une vieille robe, se préparait, en riant, à partir vers l'inconnu avec quatre sous, un invité de dernière heure et deux chèvres bêlantes de surcroît !

On avait dit adieu, la veille, aux amis. Ce qui évita à Alexis de montrer le cocasse du véhicule et de son chargement.

Mme Esther avait, sur-le-champ, trouvé un locataire — les chambres à louer étant rares — et réalisé un bon bénéfice sur la quatrième semaine de ce mois de novembre déjà payée par Alexis et payée à nouveau par le chasseur d'Afrique successeur. Elle chargea, un peu plus encore, la voiture d'un panier de pains à l'anis et d'une bouteille de liqueur d'orange. Avec les fromages du Petit-Chabrier (appelé ainsi pour le différencier de son père que l'on nommait, dit-il, Grand-Chabrier), et sans négliger les figues de Barbarie à cueillir en chemin, ils seraient nourris.

Ils partaient joyeux, riant de tout, et comme ils avaient mis des fleurs blanches aux œillères des chevaux, quatre sous-lieutenants de spahis qui les suivaient les dépassèrent bientôt en leur criant :

— Vive les mariés !

Burnous rouges au vent, les officiers les escortèrent un moment, au-delà de la porte Bab-Azoun par laquelle ils avaient quitté la ville.

L'un des jeunes militaires s'approchant d'eux les interrogea sur leur destination et, l'apprenant, leur confia un message pour des amis cantonnés au second blockaus qu'ils rencontreraient sur leur route.

— Celui qui est après Birmandreis ? précisa Casilda.

— Celui-là même !

Le vol écarlate disparu dans le lointain, Alexis demanda :

— Par quel miracle connaissez-vous si bien le chemin ?

— Herbert de Saint-Hilaire me l'a détaillé. J'ai même une carte qu'il m'a donnée.

Comme un peu plus tard, ils parlaient semailles, Casilda avança qu'elles pouvaient, lui avait-on dit, se faire jusqu'en décembre.

— Est-ce votre expérience personnelle ou celle, je le parierais, de Romain Deslandis ?

— Vous avez gagné, c'est celle de M. Deslandis, car chez nous on ne sème ni ne plante comme ici.

— Et me direz-vous ce que vous a appris Ephraïm Solal ? Je suppose qu'il est intervenu, lui aussi, dans nos affaires.

— Non, nous n'avons pas encore d'argent à placer ! Nous le consulterons plus tard.

Elle riait. Mais Alexis ne continua pas la conversation. Dans le silence de la voiture, on entendit avec le crissement des bandages des roues sur le sol caillouteux, les clochettes des harnais des chevaux et celles des colliers des chèvres qui s'agitaient un peu. Puis Alexis relança :

— Que diriez-vous, si je consultais toutes mes amies sur votre vie privée ?

— Rien. Je ne conçois pas le mariage comme la vie dans un couvent de Carmélites ayant fait vœu de silence.

Et elle continuait à rire.

La présence de Petit-Chabrier empêcha Alexis d'insister. Mais il fut silencieux pendant un long moment, paraissant préoccupé par le paysage, qui n'était pourtant que beauté et sérénité.

Après le tumulte des rues, les encombrements sans fin d'animaux et d'hommes dans le tintamarre assourdissant d'une forte clameur entrecoupée de « balek » claquant comme des coups de cymbales, le calme de la campagne surprenait.

On ne voyait déjà plus l'enceinte déchiquetée des remparts turcs, énorme couronne de pain brûlé dans lequel on aurait mordu par endroits. Agaves et nopals bordaient la route d'une dentelle argentée. On avait longé le rivage jusqu'à maintenant.

L'automne laissait durer un autre été, un peu las, plus doux, plus caressant, avec ses tons de vieil or bruni sous un ciel dont la splendeur bleue avait aussi acquis une douce patine.

— Comme c'est beau ! dit à mi-voix Casilda.

Alexis prenant les rênes d'une seule main mit l'autre sur celle de sa femme.

Petit-Chabrier et ses chèvres dormaient. Les oiseaux, dans les grands arbres sous lesquels on s'engageait maintenant, chantaient. Un vent léger agitait les feuilles de trembles majestueux qui faisaient, avec largesse, l'aumône des pièces d'or tombées de leurs branches.

Les gazouillis des oiseaux furent, peu à peu, couverts par un autre ramage. Celui d'enfants lisant le Coran.

On aperçut soudain l'école, dissimulée jusqu'à maintenant par le caroubier géant qui ombrait sa blancheur, veillait sur la rondeur de son dôme, ses élèves et les versets sacrés dont la musique devait atteindre jusqu'à ses plus hautes branches. Il était là, cet arbre superbe, comme un vieux sage débonnaire à qui eût été confiée la haute mission de protéger le plus précieux de l'Islam : l'étude du Coran et les enfants qui s'en pénétraient.

Les voix réveillèrent les chèvres qui bêlèrent et Petit-Chabrier leur dit :

— Eh bien ! vous ne savez pas ce que c'est qu'une école ?

Il avait un accent auvergnat solide et seules ses bêtes devaient le comprendre. Casilda et Alexis lui faisaient souvent répéter son charabia. Il s'exécutait de bonne grâce croyant, sans doute, ses nouveaux maîtres un peu sourds. Par chance, ce n'était pas un bavard. Ils lui avaient demandé comment il était arrivé ici et durent se contenter d'un laconique :

— Avec ma mère. Elle est morte du choléra.

Blanchette et Noiraude paraissaient être toute sa famille. A Casilda qui les regardait s'agiter et finir par s'étaler à demi sur lui, il sourit en disant :

— C'est comme ça que je dors, pour avoir chaud.

Où avait-il pu vivre jusqu'à maintenant pour en être réduit à avoir ses chèvres comme couverture ?

— Il nous dira tout plus tard, murmura la jeune femme.

Après l'école, ce fut un café arabe qui surgit à un tournant de la route. Vaste et belle maison blanche ceinte d'un turban où se drapaient des feuillages d'oliviers, de figuiers, de noyers, d'orangers, de grenadiers et dont un gigantesque cyprès était l'aigrette.

Ils s'y arrêtèrent. Alexis ne craignait plus ici les regards curieux sur leur original chargement. Les Arabes, il le savait, ne s'étonnaient jamais de rien et ils étaient les seuls clients de ce coin de paradis.

C'était un rectangle clos de murs à l'extérieur, une colonnade de marbre entourant des jets d'eau à l'intérieur. Car plusieurs fontaines jaillissaient sous ces galeries. Près de l'une d'elles, se faisait le café. On s'asseyait sur la natte choisie, posée à même le carrelage. Et l'on attendait son plateau de cuivre et sa tasse, en écoutant trois musiciens vêtus de toile blanche, une fleur de grenade piquée à leur chéchia à hauteur de l'oreille, couvrir avec une derbouka le chant de l'eau.

Cette école aux champs, ce café dans la verdure, solitaires tous deux et nichés dans l'immense et luxurieux jardin de la campagne d'Alger, recelaient, dans leur blancheur immaculée et leur singulier isolement, un mystère de plus des mœurs musulmanes.

Pour Casilda, qui les avait contemplés, éblouie et songeuse à la fois, ils avaient un parfum de conte de fées. Elle se souvenait avoir ressenti, bien souvent, l'étrangeté fabuleuse de ces châteaux et palais de princesses endormies ou de belles et de bêtes de M. Perrault, toujours décrits dans une insolite solitude, comme ici.

L'école était pleine d'enfants, mais où habitaient-ils ? On ne voyait guère de maison alentour. Le café aux colonnes de marbre ne manquait pas de clients dont les montures attendaient, patiemment, à la porte. Mais d'où venaient-ils ? Où allaient-ils ?

Elle s'effraya soudain de cette vie secrète, qu'elle ne comprendrait sans doute pas avant longtemps, ou peut-être jamais.

Le café à l'eau de rose leur rappela celui du vieux brodeur de babouches, et Eugénie et son cadeau de mariage : un portefeuille en maroquin brodé d'or.

— Ah ! je ne sais pas si cela se fait, si cela est correct, avait plusieurs fois murmuré Mme Morelli en l'offrant.

C'est en voulant y ranger, le lendemain, leur fortune, qu'ils y avaient découvert mille francs.

154

— Nous achèterons des meubles, était allée lui dire Casilda en l'embrassant.

Elle avait encore pleuré, la bonne Eugénie. *Ses enfants* allaient lui manquer, et juste comme elle s'installait ici. Elle irait les voir en Mitidja. Elle n'avait jamais su monter à cheval, ni conduire son tilbury, mais Louis allait lui acheter une calèche et engager un cocher. Elle en connaissait un, Marseillais, avec lequel elle serait en confiance pour traverser la plaine.

Petit-Chabrier n'aimait pas le café. Ils lui rapportèrent une pâtisserie arabe. Il la partagea avec ses chèvres.

Casilda avait tenté de poser des questions à son mari sur ce domaine de Ferme Blanche. Mais il se contentait de sourire en affirmant ménager des surprises.

Il priait toutefois, pour que la maison soit jolie et en bon état. Mais il s'avoua trouver sinon du plaisir, du moins un certain piquant à leur situation. Il se persuada aisément qu'on ne vivait ici, à aucun point de vue, comme en Europe. Qu'étaient-ils donc, ceux qui demandaient à ce pays une autre chance, sinon des aventuriers ? Et l'aventure a ses dangers. Même Aurèle Maurin-Darbière en ne venant chercher en Afrique qu'une inspiration, une lumière, un décor, savait ce qu'il risquait. Et s'il s'était fait accompagner de sa fille, c'était convaincu de sa résistance physique et morale. Tout irait bien. Il en était sûr.

Encore une école. Encore un café. Celui-ci avec abreuvoir de marbre blanc pour les chevaux. Autant de fontaines que l'autre. Autant de cavaliers arabes s'y reposant, allongés sur des nattes, fumant leur narghileh, et vous regardant, silencieux, de l'insondable noir de leurs prunelles.

Et soudain, à quelque vingt minutes seulement de ce havre étrange, mais si beau, comme si une mauvaise fée avait donné un méchant coup de baguette, plus de trembles majestueux, plus de grenadiers tricentenaires, plus de cyprès en aigrette piquant l'éblouissement bleu du ciel, mais des broussailles. Des broussailles à perte de vue.

Pratique, Petit-Chabrier dit :

— Ici, au moins, on pourrait les laisser aller.

On ne lui demanda pas qui.

Alexis ne s'était jamais aventuré si loin d'Alger et il eut la gorge un peu serrée. Pas Casilda, Romain l'avait prévenue. Il avait même poussé assez loin une description peu engageante de la Mitidja pour qu'elle ait le réconfort de trouver la plaine moins décevante qu'il ne l'avait dite.

Depuis leur départ d'Alger, Casilda s'apercevait que son mari conduisait médiocrement leur attelage. Elle désirait prendre les rênes, mais ne l'osait pas. L'occasion se présenta lorsque Alexis reçut dans l'œil l'infime parcelle d'un caillou du chemin.

De l'œil sur lequel n'était pas posé son mouchoir imbibé d'eau, Alexis regarda Casilda sortir de son sac une vieille paire de gants de cuir, les mettre, s'installer à sa place et faire démarrer les bêtes.

Elle menait ses chevaux avec sûreté et fermeté. Et elle y prenait, apparemment, grand plaisir.

Alexis ferma les yeux, mais garda sous ses paupières baissées la vision de Casilda. Droite sur son siège, cou rond et long dressé, profil net et masse fastueuse mais disciplinée de sa chevelure. Saisi d'une étrange émotion, il sentit que cette bouleversante créature n'était pas seulement faite pour le plaisir de ses sens et ses besoins de tendresse et de rêve, mais qu'elle était son sauvetage et sa survie.

Il tenta de mesurer ce qu'il avait fallu, dans le cours des choses et du temps, pour qu'un tel être, qui lui était destiné depuis toujours, arrivât jusqu'à lui. Le merveilleux de cette trajectoire ne pouvait être gratuit. Tout cela avait un sens, était un geste, un signe de Dieu.

Quand il rouvrit les yeux, la jeune femme se tourna vers lui :

— Cela va mieux ?

Il ne répondit pas. Mais il y avait dans son regard le reflet ému de ce qu'il venait de comprendre.

Casilda ne pouvait mesurer l'amour, l'admiration, l'espérance, noyés dans l'émotion de ce regard, mais elle sentit qu'il y avait là quelque chose qui était l'essence même de son bonheur.

Comme son mari l'avait fait peu avant, elle prit les rênes d'une main et posa l'autre sur la sienne.

Des milliers de palmiers nains les regardaient passer.

Des marécages, des roseaux, des broussailles, puis un autre blockhaus avec dix soldats et un sous-officier. Dans une vaste cour au sol de terre battue ils jouaient aux cartes, la pipe aux dents et le shako plus ou moins chaviré. Des poules picoraient autour d'eux.

La présence de Casilda redonna immédiatement à ces hommes une plus fière allure. Ils redressèrent le torse, époussetant et boutonnant leurs tuniques.

— Avez-vous des fusées ? demanda l'officier à Casilda.

Sur sa réponse négative on leur en donna. Qu'ils en lancent une vers le ciel et on accourrait... dans la mesure du possible.

Casilda rangeait les fusées dans le panier qui contenait une fiasque d'eau, des biscuits et des oranges. Et Alexis se demanda, sans trop oser la regarder, à quelles réflexions cet étrange cadeau devait la mener.

Vingt minutes plus tard, ils étaient à Ferme Blanche.

Vue de l'extérieur, c'était une vaste habitation rectangulaire entourée de jardins clos de hauts murs et piquée en son milieu de la masse verte de la végétation de son patio. En fait, une forteresse perdue, isolée dans les miroitements sinistres de marécages.

Personne, pas une âme alentour. Au point que ces murailles, si épaisses, semblaient plus une protection contre cette mer de marais que contre des humains.

Casilda les redoutait, ces eaux mortes. On les lui

avait dites grouillantes de bêtes et à ne pas approcher. Mais qu'elles seraient asséchées. Bientôt ? Quand ?

Comme s'il avait entendu, Alexis dit, sûr de lui :

— Avant un an, tout cela sera drainé et productif !

Vitalis avait dit : « Mon dernier régisseur m'a annoncé, en arrivant à Alger pour y mourir à l'hôpital, que le gardien resté là-bas ne valait guère mieux que lui. J'en conclus qu'il a dû aller rendre l'âme aussi quelque part. Les portes sont donc ouvertes. Cela empêche un bris des serrures chaque fois qu'il prend à un rôdeur l'envie de pénétrer chez moi. Avec un peu de chance, il vous restera deux ou trois meubles. Pour le reste, apportez tout. »

Et ils avaient tout apporté : linge, vaisselle, et provisions alimentaires.

Il était midi. Le soleil était à la verticale, dans un silence impressionnant. L'odeur des orangers, dont les têtes dépassaient des murs, embaumait.

Les chèvres bondirent les premières hors de la voiture et s'offrirent, dans le jardin, un festin d'arbrisseaux. Petit-Chabrier, armé d'un bâton, suivit ses maîtres armés de fusils. Mais l'endroit était calme et serein.

Comme toutes les maisons arabes, celle-ci ne manquait pas d'imposer son charme dès qu'on y pénétrait, et passé son apparence de forteresse.

De grandes dalles de terre cuite, à bouchons bleus et blancs, recouvraient les sols et les murs étaient, jusqu'à mi-hauteur, en porcelaine de Delft.

Sur le patio à classique colonnade mauresque, s'ouvraient les pièces du rez-de-chaussée. A l'étage, desservies par un balcon de cèdre dentelé, étaient les chambres.

Il restait peu de meubles. Les plus volumineux — lits et armoires — et des chaises aussi qui ne tentaient jamais les Arabes. En revanche, certains parmi eux commençaient à reconnaître, sinon du confort aux fauteuils, du moins un petit air de trône, et ceux de

Ferme Blanche paraissaient avoir plu car il n'y en avait qu'un seul. Sans doute parce qu'il était bancal.

Quant aux matelas, ils devaient avoir trouvé un nouvel asile sous les tentes où on les disait très appréciés.

On coucherait donc sur les sommiers.

Casilda et Alexis y dormaient, exténués, après avoir nettoyé et rangé des heures durant, lorsque Petit-Chabrier les éveilla.

Il y avait, disait-il, des voleurs aux écuries près desquelles il couchait. Il avait entendu du bruit, des voix et vu une lumière.

Les écuries se trouvaient dans un bâtiment annexe. En y logeant Versailles et Orangine, on avait constaté combien les portes fermaient mal. Alexis projetait de les réparer le lendemain avec l'aide du jeune Auvergnat. La corde avec laquelle ils avaient, en attendant, joint les deux battants, empêchait les chevaux de s'échapper mais nullement les voleurs d'entrer.

Casilda avait offert à son mari le fusil de son père, elle avait le sien et l'Auvergnat son bâton.

Alexis aurait voulu que sa femme ne les accompagnât pas. Elle le convainquit de la laisser les suivre.

Tout paraissait calme. Les chevaux et les chèvres ne leur semblaient alertés par aucune présence étrangère.

Et ils allaient s'en retourner, persuadés que Petit-Chabrier avait rêvé, lorsque celui-ci, posant un doigt sur ses lèvres et montrant la dernière mangeoire, au fond du bâtiment, fit signe de le suivre sans bruit.

Là encore rien ne paraissait anormal, mais le garçon tirant brusquement sur l'un des arceaux de fer, amena la mangeoire à lui et dévoila, derrière elle, un grand trou noir.

Alexis tenait la lanterne et l'avança vers une resserre secrète de la largeur du box et assez haute pour que l'on pût s'y tenir debout.

Les deux femmes qui s'y trouvaient, assises, sur des futailles, étaient raides, dignes et drapées dans des burnous bruns sous lesquels elles disparaissaient presque entièrement.

Elles se taisaient, n'ayant même pas eu un cri lorsqu'elles avaient été découvertes.

Leurs visages clairs n'étaient pas voilés et elles regardaient droit devant elles, imperturbables.

Elles ne répondirent à aucune des questions que successivement leur posèrent Alexis et Casilda. Elles ne s'intéressèrent pas à Petit-Chabrier lorsqu'il visita leur repaire et y chercha des armes qu'il n'y trouva pas. Le jeune homme revint vers Alexis et énuméra le peu de chose ramassé là. Casilda crut voir alors passer une légère ironie dans le regard des intruses.

Ils en étaient là, se demandant ce qu'il fallait faire de ces deux femmes muettes, quand de grands coups donnés dans la porte de l'haouch, des appels, des piétinements et hennissements de chevaux, parvinrent jusqu'à eux.

Pris entre ces deux péripéties, Alexis et Casilda décidèrent de se les partager. Elle resta garder les femmes, il partit avec Petit-Chabrier vers les inconnus qui martelaient avec de plus en plus de force les battants de chêne.

Se sentant un peu ridicule devant ces deux inconnues immobiles et sans armes, Casilda abaissa la sienne et renouvela ses questions, tout en prêtant l'oreille à ce qui se passait à l'autre bout de l'haouch.

La plus âgée, la plus grande aussi — elle dépassait sa compagne d'une tête — dit soudain :

— Cessez de nous interroger, nous ne dirons rien, parce que nous n'avons rien à dire. Sachez seulement que nous sommes deux voyageuses égarées, réfugiées chez vous pour la nuit. Nous aurons disparu avant l'aube.

Si elle avait fermé les yeux et cessé de regarder ces bizarres créatures, Casilda aurait cru entendre parler Deborah. Ces femmes étaient anglaises !

160

Alors Casilda employa leur langue, bénissant les leçons de Mlle de Lussan !

Dès ses premiers mots, elle eut le sentiment que la tension s'abaissait entre elles trois. La plus jeune avait eu une petite exclamation et il semblait que l'attitude de l'aînée se fût subitement assouplie.

— Mais pourquoi vous être cachées ici ? Pourquoi ne pas nous avoir demandé asile ?

Et, pour les dérider encore un peu, elle ajouta :

— Nous n'avons guère de matelas, *ils* les ont tous pris. Mais il reste des sommiers.

La plus jeune risqua :

— Pour ne pas vous déranger.

Sa compagne haussa imperceptiblement les épaules à cette réponse.

Mue par elle ne sut trop quelle intuition, Casilda reprit :

— Ceux qui sont là-bas, avec mon mari, vous poursuivent-ils ?

Il n'y eut pas de réponse, mais le silence en était une.

D'un geste rapide, et presque brutal, Casilda referma soudain la mangeoire et dit :

— Ne bougez pas. Restez cachées. Je reviendrai.

Et elle courut vers la grande porte.

Elle y arriva juste à temps pour entendre les six hommes, entrés dans la cour, achever de se présenter. Il s'agissait de colons du voisinage.

Ils recherchaient deux espionnes anglaises qui, disaient-ils, avaient pour mission d'exciter les khammes à la révolte, leur promettant, lorsque l'Angleterre remplacerait la France ici, mille félicités.

— Deux excentriques, conclut le porte-parole, un grand gaillard à l'accent méridional.

— Et si elles étaient seules de leur espèce ! renchérit un autre — à l'accent parisien celui-là —, mais nous en avons déjà expédié trois, le mois dernier, au gouverneur qui les a rendues à leur consul.

— C'est quand même pas possible que l'Angleterre s'imagine qu'elle va nous enlever Alger avec ces squelettes ambulants ! Elles sont toutes plus maigres les unes que les autres !

— C'est des diaconesses, ajouta un autre méridional, des espèces de religieuses fanatiques.

— Elles ne doivent pas faire beaucoup de mal, dit Casilda.

— Oh ! que si ! Elles parlent arabe et kabyle, s'aventurent jusque dans les montagnes et racontent leurs balivernes à des gens qui ne demandent qu'à les croire. On sait qu'elles travaillent en liaison avec Abd el-Kader. Nous venions vous prévenir de ne pas les accueillir si elles frappent à votre porte. Laissez-les donc passer la nuit à la belle étoile.

Alexis ouvrait la bouche pour annoncer qu'elles étaient ici, mais Casilda le devança :

— Nous ne leur ouvrirons pas si elles se présentent. Mais pourquoi croyez-vous qu'elles le feraient ?

— Nous les avons vues rôder ces jours derniers dans les environs et nous pensions, comme votre ferme était inoccupée, qu'elles s'y étaient peut-être réfugiées.

— C'est ce qui vous a fait sortir à cette heure tardive ?

— Nous patrouillons chaque nuit. Nous allons d'ailleurs vous enrôler, dit à Alexis le premier qui avait parlé, le grand gaillard méridional.

— Seriez-vous de Beaucaire ? lui demanda brusquement Casilda.

— Presque. De l'autre côté du pont. De Tarascon. Vous l'aviez deviné ?

— Mon père avait un cousin, autrefois, à Beaucaire, vous lui ressemblez. Ne seriez-vous pas un Bardusac ?

— Presque encore ! Nous sommes un peu alliés, les Bardusac et nous. Je suis un Coste, les Coste de la Tarasque, comme ils disent ici de ma famille.

On en oubliait les Anglaises. Alexis, étonné par l'intervention de sa femme, s'était tu à leur sujet. Et Petit-Chabrier aussi.

On but la liqueur d'orange de Mme Esther dans la cuisine. Les voisins promirent de revenir le lendemain pour dire « aux nouveaux » ce qu'ils devaient savoir des règles de défense de la plaine. Et ils partirent.

L'un d'eux, un petit à l'œil malin — il était de Toulon —, dit, avant d'enfourcher son cheval :

— J'aurais pourtant juré qu'elles s'étaient réfugiées ici. J'ai suivi leurs traces jusqu'à une centaine de mètres de chez vous. Il y en a une qui boite, elle doit être blessée. Parce que c'est pas toujours sûr que les Arabes ou les Kabyles les comprennent tout de suite et ils leur tirent souvent dessus avant de les avoir écoutées.

— Pourquoi avez-vous agi ainsi ? demanda Alexis.

— Je ne sais pas. Peut-être parce que ce sont deux pauvres femmes, face à six gaillards. Et puis j'ai pensé à Elina, à Deborah...

— Nous aurons l'air malin s'ils apprennent que nous leur avons menti. Et nous allons avoir besoin d'eux, dès demain.

— Retournons voir nos sorcières, dit Casilda.

Parties ! La cachette de la mangeoire était vide.

Devant le tonneau où l'aînée était assise, une tache de sang humidifiait la terre. Le Toulonnais avait raison, elle était blessée.

Petit-Chevrier s'était tu, mais avait écouté avec attention. Avant de regagner son lit, il interrogea :

— Si c'est des espionnes, ce serait donc qu'on est encore en guerre avec les Anglais ? Malheur ! Mon père, qui a fait Waterloo, disait qu'on les retrouve toujours partout ceux-là !

Il hocha la tête, l'air préoccupé.

Alexis se taisait. Il tenait la lanterne à la main et la balançait un peu, machinalement, puis il haussa les épaules. Après tout, dit-il, elles ne devaient guère être dangereuses, ces deux vieilles folles.

Étaient-elles folles ? Pas très vieilles, c'était sûr. Mais Casilda ne discuta pas.

Et l'incident semblait, en fait, sans importance. Il ne parut en avoir que pour Petit-Chabrier, lorsque Casilda dit, en guise de conclusion :

— Allons nous coucher. Demain nous irons visiter la plaine, il nous faudra nous aventurer jusqu'aux haouchs des principaux colons. Et tout apprendre de ce fameux marché de Bou-Farik qui se tient le lundi depuis des centaines d'années. J'ai d'ailleurs envie d'y aller moi aussi bien que, de mémoire d'hommes, paraît-il, on n'y ait jamais vu de femme.

Et le maître approuvait !

Ainsi, se dit Petit-Chabrier, la maîtresse avait laissé envoler les espionnes et maintenant elle donnait des ordres ! Cela fit basculer ses convictions. Jamais le Grand-Chabrier n'avait, de son vivant, permis qu'on décidât pour lui. Et surtout pas la mère !

En souhaitant la bonne nuit à la maîtresse, il lui lança un regard non dénué d'intérêt. Elle ressemblait à ses chèvres et n'en ferait qu'à sa tête. Il hocha la sienne. Il n'était pas mécontent d'avoir compris cela. Son raisonnement n'osa pas aller jusqu'à prétendre que le maître en avait peut-être, à cette heure, moins compris que lui.

Les chacals ou les hyènes — ils ne savaient pas encore qui était qui —, les chiens arabes hargneux et rageurs, les oiseaux nombreux et bavards et les grenouilles des marais ne purent troubler leur sommeil tant il fut profond.

Alexis dormait encore quand, aux premières lueurs du jour, Casilda se leva sans bruit. Elle n'avait pas eu son content de découvertes dans sa nouvelle maison. Étrangement, Alexis ne paraissait ni très intéressé ni encore moins charmé par son domaine. On pouvait en conclure qu'il n'avait quitté Alger que pour tenter de mieux gagner sa vie, mais regrettait déjà la ville et la littérature. Elle se promit de lui créer une habitation agréable et une existence facile lui permettant d'écrire. Elle l'aiderait à exploiter les terres pour qu'il ait des loisirs et il finirait bien par se plaire ici. L'essentiel paraissait d'ailleurs de faire travailler les ouvriers arabes, ces fameux khammes encore invisibles et qu'il faudrait aller dénicher dans leur douar[1]. Les colons, la veille au soir, avaient dit : « Peut-être viendront-ils d'eux-mêmes, peut-être pas. Si les Hadjoutes[2] leur ont fait peur et les ont menacés de représailles s'ils se louent à des infidèles, vous ne les verrez jamais. Si les bandits ont conseillé, au contraire, de venir vers vous et de gagner le cinquième des récoltes, soyez sûrs qu'ils les pilleront ensuite. Dans la plaine, l'Hadjoute est l'ennemi de tous et ne pense qu'à son butin. »

On verrait bien, se dit Casilda en gravissant un petit escalier, passé inaperçu jusqu'à maintenant, et qui débouchait sur une terrasse.

Une terrasse comme celles des dames mauresques d'Alger d'où fusaient tant de cris et de chants dans la Casbah ! Elle aurait donc, elle aussi, l'un de ces salons de plein air.

Un amas de feuilles mortes couvrait le sol. Elle courut chercher un balai et libéra un dallage de carreaux de faïence qui la ravit. C'était peut-être une belle jeune femme heureuse qui avait demandé qu'on y simule le dessin d'un tapis de fleurs aux mille couleurs.

Et que verrait-elle de cette terrasse ? Pour l'heure, la plaine n'était que brouillard. Elle attendit, se demandant, en souriant, qui l'empêcherait, ici, de s'inventer des histoires sans fin, à la Shéhérazade ? Et Alexis en ferait des contes.

1. Village arabe fait de tentes ou de constructions de pisé.
2. Tribu guerrière de la Mitidja.

Le temps passait. Elle s'impatienta. Quand donc se levait ce brouillard ? Quand verrait-elle le paysage ?

Peu à peu, une coloration rose se répandit à l'horizon. Puis le soleil surgit en une énorme fleur pourpre. Et là-bas, au loin, était-ce la mer couverte encore d'un voile d'argent rosé ?

Hélas ! encore des marais. Et soudain elle eut peur. Comment Alexis avait-il pu envisager de vivre ici ?

Eh bien, se dit-elle, en s'efforçant de rire, c'était, le moment ou jamais de se raconter une petite histoire, comme autrefois lorsqu'elle trouvait ses garrigues trop désertes et sa vie trop banale. Mais elle n'y parvint pas. Et comme elle avait plutôt envie de pleurer, elle se dit : « Si je me laisse aller, je suis perdue. » Aussi se mit-elle à chanter de toute sa voix, pensant que jamais ces horribles marais n'avaient dû en entendre autant.

Petit-Chabrier qui la rejoignait était surpris, lui aussi, par l'aspect de la plaine, mais pratique, il dit :

— Faut que toute cette eau aille jusqu'à la mer. L'est pas loin la mer, juste là-bas derrière. Après ça ira.

Il avait raison, se dit Casilda, son sourire revenu. Les étendues malsaines qui les entouraient seraient bientôt couvertes d'orangers et de citronniers, et rien ne serait plus beau que la vue de la terrasse. Le temps de finir la conquête du pays, et on aurait asséché la plaine.

Tous disaient : « Au moins deux ans encore, avant que les armes soient déposées de part et d'autre. » Elle patienterait. Dans les bras d'Alexis. N'avait-elle pas obtenu ce qu'elle voulait depuis si longtemps ? « Aller en Pamparigouste », comme disait sa nourrice.

Voyager avait été le vœu qu'elle faisait toujours à la vue d'une étoile filante ou en mangeant la première nèfle. Elle se souvenait encore combien elle interrogeait, petite fille, le Limousin qui venait chaque année de sa lointaine province pour passer deux ou trois mois chez eux à réparer les bâtiments ou à en construire d'autres. Elle lui demandait :

— Limousin, c'est beau de venir par le travers de la France de chez vous chez nous ?

— Oh ! oui, demoiselle, c'est beau. C'est beau comme les livres d'images.

Et, lorsque son père, en partant pour la Régence d'Alger, l'avait laissée si désespérée de ne pas s'en aller vers l'Orient avec lui, elle aurait voulu, en compensation, suivre le berger et sa famille qui transhumaient. Le fils aîné, avec qui elle jouait, était si fier cette année-là, celle de ses dix ans, de ne plus marcher derrière les femmes, mais devant elles, aidant désormais à garder les moutons aidé lui-même de leur vieux guide, le maître bouc à la longue barbe et aux cornes bouclées. Il lui avait dit adieu, comme un fier croisé, et elle l'avait envié longtemps. Eh bien, elle la faisait sa transhumance maintenant ! Et il lui fallait s'en accommoder.

*
* *

— Nous montons Versailles et Orangine ou nous attelons ? demanda-t-elle.

Alexis préféra la seconde proposition. On prit donc la voiture. Cela permettrait de poser le fusil à côté de soi sans avoir l'air, à cheval et l'arme en bandoulière, de partir en guerre. Car on exagérait sûrement beaucoup, le pays n'était pas un champ de tir continuel ! Se prémunir était une bonne chose. Avoir l'air d'un chasseur d'Afrique ou d'un turco prêt à charger était ridicule. Et ces drapeaux, blancs, rouges et noirs hissés au-dessus des enceintes de Bou-Farik précisant : « Tout est calme » ou : « Passage de quelques irréguliers » ou : « Arrivée d'un goum entier d'ennemis » ! Si on devait regagner à la hâte son logis dès qu'un chiffon rouge apparaissait, on ne pourrait jamais travailler dans la plaine !

Ils partirent découvrir Bou-Farik, laissant Petit-Chabrier garder l'haouch.

On avait parlé, la veille au soir, de se procurer un chien mais le jeune garçon prétendait que ses deux chèvres en tenaient lieu, frémissant de la barbiche à la moindre alerte. Casilda se promit néanmoins d'acheter un gardien supplémentaire. Ce qui n'était pas si simple. Le pays retentissait des aboiements rageurs des chiens arabes, ces klebs bâtards, faméliques et irascibles, mais il y avait encore un peu de bêtes de bonnes races venues de France, à l'exception de celles de l'armée, dressées à chasser l'ennemi. Alexis se demandait si créer des chenils offrant le produit des meilleures sélections convenant à ce pays ne serait pas d'un bon rapport.

Ils se présentèrent au colonel Lévêque de Vilmorin chargé, avec son 11e de ligne, d'élever la ville de Bou-Farik qui, pour l'heure, n'était encore qu'un camp pourvu d'un « bazar ». Ce dernier regroupait dans l'enceinte militaire quelques marchands de fortune, anciennes cantinières ou soldats tenant échoppe à la manière arabe.

Le colonel était un homme amoureux de son embryon de cité, et la rêvait déjà adulte et prospère. Mais il était aussi un bâtisseur désespéré par les refus du gouvernement général de voter des crédits permettant la transformation de ses baraques de planches en vraies maisons de pierre et de ciment. Il parlait de ses projets avec une telle ferveur qu'on imaginait mal, pensa Casilda, un gouverneur au cœur assez dur pour résister à ses suppliques.

Chaque nouveau foyer qui se créait, dans ou autour de son camp fortifié, était pour le colonel de Vilmorin un enfant de plus à protéger et à aimer. Il donnait ses conseils de prudence avec une affection dont la sincérité ne pouvait être mise en doute et réchauffait le

cœur. « Et dites-moi si vous voyez bien mes drapeaux ? De Ferme Blanche, muni d'une bonne longue
vue, vous pouvez savoir, à chaque instant, ce qu'il en
est de nos bandits et vous prémunir contre eux. »

Il se lança alors dans ce qui devait être le tourment
de son existence, se dirent Casilda et Alexis. Un tourment tel qu'à l'évoquer il en devenait tout rouge :

— Ah ! Ces Hadjoutes ! Tant qu'il en restera un
seul, ce que nous édifions avec tant de peine ne pourra
survivre.

— Il y en a encore beaucoup, mon colonel ?

— Cette tribu rebelle c'est l'hydre de Lerne. Nous
avons l'impression de couper, couper sans cesse et cela
repousse toujours. Et ça caracole dans la plaine et ça
incendie et ça décapite ! C'est un fléau de Dieu !

— Mais ne peut-on...

— Les exterminer vraiment ? C'est ce que je
réclame à Alger sans relâche. Je fais mon rapport heb-
domadaire chaque mardi, le lundi étant jour de marché
ici depuis des siècles et l'institution la plus respectée
sans doute de toute la Régence. Et mon refrain ne varie
pas : je mendie les renforts qui me permettraient de
poursuivre leurs goums dès qu'ils déferlent ici.

— Et alors ?

— Alors, rien. Et leur guerre sainte au butin continue.

— Mais votre régiment, votre 11e de ligne si célèbre, mon colonel, demanda encore Alexis, ne suffit-il
pas pour les anéantir ?

Il y eut un silence. Seule Casilda vit une larme sur
le visage du vieil officier, car il détourna très vite la
tête avant de répondre, en regardant un point fixe, au-
delà de son cher pavillon d'alarme :

— Je l'ai passé en revue la semaine dernière. Ce
n'est plus qu'un fantôme de régiment. De ce corps si
beau, si fièrement militaire il y a deux ans, lors de son
arrivée en Afrique, il ne subsiste que des tronçons, des
débris. De la compagnie qui tenait le poste d'Haouch

el-Chaouch, devant lequel vous êtes passés en venant ici, il ne reste que le fourrier, un caporal et un tambour. Tête après tête, les Hadjoutes me l'ont décapité, mon beau régiment. Et de ce moribond, la dysenterie et la fièvre se repaissent.

Le colonel allait donner de plus horribles détails encore lorsqu'il se retourna et croisa le regard de Casilda. Il n'avait ni bien vu, ni d'ailleurs beaucoup regardé la jeune femme à son arrivée. Son bureau était sombre et il s'était surtout soucié de savoir si cet Alexis Manerville, bel homme, élégant, courtois et, à l'évidence, de bonne maison, lui arrivait bien portant, prêt à faire un colon possible, ou déjà fiévreux. Il lui fallait tant de bras solides pour donner vie à sa petite ville.

Il découvrit alors Casilda, incrédule. Que venait faire ici cette merveilleuse créature ? Par quel miracle avait-elle, soudain, poussé là dans ces champs fumants de miasmes pestilentiels, comme une fleur rare ? Il ajusta ses bésicles. Vrai, il n'en croyait pas ses deux paires d'yeux ! Il porta à nouveau ses regards sur le mari auquel il accorda un crédit supplémentaire pour avoir su conquérir une femme pareille. Mais il se dit aussitôt : « Eh bien, voilà une nouvelle tentation dans la plaine ! En plus des blés, des foins, du cheptel et des volailles, les Hadjoutes auront maintenant une jolie femme à convoiter. » Il leur faisait confiance, ils sauraient son arrivée très vite, s'ils ne la savaient déjà. Et elle, cette innocente, savait-elle seulement se servir d'un fusil ? Il n'osa pas le lui demander et se contenta de préciser :

— Madame, dès que vous verrez nos pavillons d'alarme, surtout ne vous dites jamais : « J'ai le temps. » *Jamais*. Promettez-le-moi. Mettez-vous à courir vers votre maison et enfermez-vous à triple tour. Les hommes, bien sûr, devront se précipiter, dès qu'ils apercevront du rouge ou du noir, vers les armes qu'ils ont mises en faisceaux non loin d'eux avant de travailler aux champs.

Il ne put s'empêcher d'ajouter :

— Évidemment, madame, si vous saviez manier un fusil...

— Mais je sais, colonel. Et je pensais même, en vous écoutant, à mettre ma carabine en bandoulière, dès le réveil, et à ne m'en séparer qu'au coucher.

M. de Vilmorin lui lança un coup d'œil soupçonneux. Se moquait-elle ?

Apparemment non, car elle ajoutait :

— Je ne tiens pas à me trouver, sans arme, poursuivie par l'Hadjoute Djilali Ben-Dououdad dont on m'a dit qu'il aimait le sang pour le sang et excellait dans l'art de décapiter avec élégance et précision. Mais celui que je redoute le plus est le fameux Brahim Ben-Khouiled qui sait prendre tous les déguisements et s'en amuse fort, paraît-il. Dois-je, comme on me l'a recommandé, me méfier même du mendiant qui frappe à ma porte en réclamant l'obole sacrée, plutôt que de risquer de me trouver face à ce bandit ?

Le colonel ne fut pas le seul à regarder Casilda avec ébahissement. Alexis en fit autant, mais comprit vite : Deslandis et Saint-Hilaire n'avaient rien caché des dangers de la Mitidja à sa femme. Il se demanda si c'était dans l'espérance d'empêcher son départ, ou même son mariage, et se félicita d'avoir mis quatre heures de chemins de pierrailles, de marais et de palmiers nains entre elle et ceux qu'il appelait « les prétendants ».

Le colonel, lui, se sentait soudain joyeux. Il s'était levé ce matin avec un début de fièvre qui ne présageait rien de bon. Il voyait arriver, comme il l'écrivait aux siens en France, « la petite gâterie » de ce pays de marécages, la redoutable malaria. Il s'était bourré de quinine, mais n'en avait éprouvé aucun mieux. Et voilà qu'il était tout ragaillardi par la présence de cette étonnante jeune personne. Aussi dit-il en riant :

— Eh là, madame, n'allez quand même pas tirer sur

tout ce qui vous paraîtra suspect. Nombre de ceux qui portent le burnous ne sont pas Djilali Ben-Dououdad. Le baron de Tonnac, par exemple, mon ami et votre voisin, s'habille à la mode arabe et il est bien difficile de ne pas le prendre, de loin, pour un superbe caïd. N'allez pas croire non plus que la Pologne a débarqué et veut nous ravir notre colonie si vous rencontrez le général prince de Mir Mirski votre autre voisin, en grande tenue et suivi de son escorte, très somptueusement vêtue elle aussi.

On riait. Et Casilda qui s'était contrainte à mettre un chapeau pour cette visite, l'enleva d'un geste rapide.

Elle s'en excusa, elle ne pouvait supporter longtemps d'avoir la tête couverte. Elle n'était, dit-elle, qu'une paysanne droit venue de sa Provence.

Elle portait, depuis son arrivée dans la plaine et l'impossibilité d'accorder à sa toilette un temps dû à tant d'occupations primordiales, ses longs cheveux tressés et érigés en couronne sur le haut de sa tête. « C'est une reine », se dit le colonel ému par tant de beauté. Et il eut soudain envie, avant qu'elle ne parte, de lui faire un présent pour la remercier d'exister et d'être arrivée jusqu'au camp d'Erlon [1] avec sa peau de dragée et son sourire d'enfant joyeuse. Des fleurs ? Sa glycine n'avait plus que des feuilles et il avait dépouillé son rosier du Bengale pour l'enterrement du jeune fils du colon Girard, mort des fièvres.

Ses salades ! Il en avait trois, fort belles. Son ordonnance les couvait avec amour. Le colonel en escomptait trois succulents soupers ces prochains soirs. Eh bien ! l'un d'eux serait pour elle.

— Venez voir mes laitues, dit-il.

Elle les vit, gardées par deux épaisseurs de treillage de fil de fer, des dents voraces d'armées diverses de bestioles affamées. Le colonel sortit de la poche de sa tunique une pochette de soie blanche — la dernière —

1. Ancien nom du camp de Bou-Farik.

sur laquelle la même ordonnance veillait aussi tendrement que sur les salades, cueillit la plus épanouie des trois laitues et l'emmaillota avec délicatesse dans le tissu qui sentait un peu la naphtaline.

Il fut payé de son sacrifice par un sourire d'ange — et Dieu seul savait combien on avait besoin d'ange ici ! — et par le souvenir rafraîchissant qui l'assaillit soudain, de ces violettes de sous-bois du domaine paternel qu'il cueillait, autrefois — pour les jeunes filles en visite — et offrait ainsi, tiges serrées dans un élégant mouchoir.

— Ah ! les femmes ! se surprit-il à murmurer.

Ah ! les femmes ! Depuis combien de temps ne s'était-il pas, perdu dans sa Mitidja, rappelé cette petite phrase qui ne veut rien dire et tant dire à la fois ?

Il n'avait sous les yeux, depuis deux ans de camp d'Erlon, que les trois cantinières hargneuses, vulgaires et moustachues du régiment et la compagne du colon Blain qui battait son homme parce qu'elle voulait rentrer à Alger et lui pas, désireux de la laisser croupir dans ces marécages qui le vengeaient, enfin, de dix années de querelles avec sa virago.

Alexis et Casilda allaient partir. Le colonel les retint encore. C'était jour de pain frais au camp, ils ne pouvaient pas s'en aller sans l'avoir goûté. Et peut-être même restait-il encore un bocal de confitures de groseilles. On allait faire une collation.

Non, hélas, il n'y avait plus de confitures. Elles étaient moisies.

On tartina le pain croustillant d'une superbe évocation du jardin d'essai d'Alger que le colonel aimait à la passion.

— Le paradis est là. Il faut l'avoir visité pour comprendre jusqu'où peut atteindre la glorieuse beauté des arbres. Il faut venir entendre la plus puissante symphonie du monde, où tout s'élève, s'exalte vers le ciel. Terre et soleil enfantent là des géants.

« Ah ! madame, qui a vu un caoutchouc en pot et en

découvre là atteignant le sixième étage d'un immeuble en reste ébahi ! Et les bambous ? Nos stupéfiants bambous ? Dans l'air chaud et moite *on les voit pousser*, ils prennent, parfois, cinquante centimètres en vingt-quatre heures. Et cela n'est qu'un commencement. Dans un an, deux peut-être, ce jardin botanique sera le plus célèbre du monde.

Il s'exaltait, le charmant vieil homme. Il ne pensait plus à sa fièvre.

Lorsqu'il baisa la main de Casilda, au moment du départ, il dit :

— Savez-vous à quoi vous me faites penser, madame, tout en noir, avec votre petit col blanc ? A ces oiseaux que vous avez déjà dû voir et, peut-être, prendre pour des hirondelles. Ce sont, en fait, des sortes de mésanges, si fines, si jolies. Les indigènes les appellent Boub-Chir, « pères de la bonne nouvelle ». Ils les respectent autant que les hirondelles, très vénérées ici, car lorsqu'elles reparaissent, elles reviennent, disent-ils, de la ville sainte du Prophète, de La Mecque.

Boub-Chir, se répétait le colonel, en regardant sa jolie visiteuse monter dans sa voiture. Porteuse de la bonne nouvelle ? Il le croyait. Si des femmes comme elle commençaient à arriver ici, c'était qu'enfin sa ville allait vivre et prospérer. Il cria encore, ému :

— Et attention à mes pavillons ! Regardez-les bien !

Sans doute Petit-Chabrier ne les avait-il pas assez surveillés, lui, avant de sortir ses chèvres. Deux cavaliers hadjoutes, arrivés au grand galop en avaient razzié une et, par chance, raté l'autre.

Petit-Chabrier était pâle et serrait les dents. On n'obtint pas beaucoup de détails sur les voleurs. Il assurait qu'il les reconnaîtrait et il frappait si furieusement le sol de son gros bâton en le disant qu'il était facile d'imaginer comment il espérait les traiter s'il les rencontrait.

Avec la disparition de Noiraude, le croassement des grenouilles des marais, les glapissements des chacals et des hyènes, parurent plus tristes encore cette nuit-là. Et une flûte lointaine, qui chanta longtemps, chez les khammes, accentua cette mélancolie doublée d'angoisse.

Bien avant l'aube, Casilda était éveillée. Elle déplaça, le plus délicatement possible, la tête d'Alexis qui reposait contre son épaule, se leva sans bruit et se dirigea vers l'écurie. Elle écouta à la porte du réduit où couchait Petit-Chabrier. Comme elle le craignait, il pleurait.

Elle entra et s'assit au bord du lit.

Il n'était pas facile de réconforter un jeune paysan bourru et têtu qui avait dû reporter sur deux chèvres l'affection dont il se sentait débordant et attendre d'elles celle qu'on n'avait jamais dû lui donner.

Alexis avait eu tort, la veille, de lui proposer d'acheter une autre bête. Les millions de chèvres existant de par le monde n'intéressaient pas Petit-Chabrier, elles ne seraient jamais sa Noiraude et sa Blanchette, quoi qu'on fît. Mais des enfants de Blanchette ? Il y avait au camp, Casilda l'avait vu, un bouc plein de vigueur qui sûrement...

— Alle est trop vieille la Blanchette, alle peut plus...

« Où est donc mon imagination d'autrefois ? » se demandait Casilda. Que dire au garçon pour le consoler ?

— Petit-Chabrier, j'ai besoin de toi. Tu as vu ce lopin de terre, là, derrière ces écuries. Le maître ne veut faire que des foins sur tout le territoire de Ferme Blanche, mais nous, nous cultiverons là des légumes et des fleurs. Seule, je n'y arriverai jamais. Mais si tu trouves le temps de m'aider nous pourrons, d'ici trois mois, avoir de quoi aller vendre une jolie récolte au marché de Bou-Farik et nous en partagerons les bénéfices, toi et moi.

Il cessa de renifler et la regarda. C'était bien ce qu'il

pensait, elle était comme ses chèvres, à n'en faire qu'à sa tête.

— C'est dit, Petit-Chabrier ?

— C'est dit, maîtresse.

La flûte chantait toujours.

Ils étaient peut-être deux ou trois à se relayer, là en face, pour se donner le plaisir d'une nuit entière de musique.

Comme ils se présentèrent le lendemain, en délégation, le plus ancien d'entre eux à leur tête, Casilda se dit que les khammes avaient envoyé leur petit concert en avant-garde. C'était peut-être une ouverture amicale.

Ils étaient dix, vêtus de haillons, les pieds nus et la tête entourée d'un semblant de turban sale et crasseux. Mais ils étaient porteurs de présents : six œufs d'une blancheur de lait dans un panier de feuilles de palmier tressées encore vertes. Et un colosse, dont les pieds et les mains paraissaient monstrueux, offrit une paire de poulets liés par les pattes, tenus tête en bas, et s'agitant désespérément.

On s'expliqua comme on put. Alexis savait à peine quelques mots d'arabe. Mais ce qui parut le plus compréhensible aux arrivants fut l'offrande de deux pièces d'or pour entretenir le marabout voisin. C'était la façon élégante de donner un peu d'argent. Les premiers grands colons l'avaient expérimentée et la préconisaient.

On convint de faire du foin et rien que du foin. Mais auparavant il fallait assécher une partie des marais et débroussailler.

Un matin où elle bêchait un petit coin de terre pour y planter des légumes, Casilda vit arriver Alexis le visage grave. Il dit, avec une certaine aigreur :

— Vous êtes encore partie pendant que je dormais et vous savez pourtant que je déteste cela. Je suis le mari qui se prélasse alors que sa femme travaille

176

comme un khammes. Vous avez les mains sales, les cheveux en bataille, de la boue sur les joues et vous vous endormirez ce soir avant même que j'aie eu le temps de vous dire bonsoir, tant vous serez exténuée. Je ne vous reproche rien de tout cela. Je me le reproche à moi-même. C'est moi qui vous ai contrainte à ce genre d'existence. J'ai décidé que cela devait cesser. Nous allons repartir.

Elle le regarda sans rien dire. Il avait le visage trop rouge et les yeux trop brillants. Elle essuya ses mains avec application à son tablier et lui tâta le front. Il était brûlant.

— Vous avez la fièvre, dit-elle doucement. Il faut rentrer vous recoucher.

— Pourquoi voulez-vous que j'aie la fièvre ?

— Parce que c'est ce qui nous guette tous, ici, et que vous avez trop travaillé ces jours-ci à surveiller l'assèchement des marais. Vous savez qu'on y gagne la malaria.

Il était maintenant très pâle et secoué de frissons. Elle l'entraîna vers la maison et il se laissa faire. Faiblement il dit :

— Je n'ai pas changé d'avis, nous quitterons cette sacrée plaine et regagnerons Alger.

Elle ne le contredit pas, l'aida à se coucher, lui donna une double ration de quinine et ne le laissa que lorsqu'elle le vit somnoler.

Elle monta sur sa terrasse. C'était là qu'elle venait désormais réfléchir et rêver.

On pouvait s'efforcer d'être courageuse, ne pas trop penser à cette tribu cruelle des Hadjoutes qui guettait là, tout près, l'occasion de faire échouer chaque effort, chaque tentative, quand elle ne coupait pas les têtes. Mais la maladie aussi guettait. Et contre elle les pavillons noirs ou rouges du colonel ne pouvaient rien !

Si Alexis commençait à avoir la malaria, elle le savait, il l'aurait désormais toujours, à dates plus ou moins rapprochées. Et si elle-même, épargnée jusqu'à maintenant, était atteinte aussi ?

Petit-Chabrier, lui, affirmait les Auvergnats ignorants de cette maladie-là. La malaria ? Quelle malaria ? Il n'avait jamais connu un seul Chabrier qui ait su ce que ce mot-là voulait dire. Il fallait penser comme lui, aucun Maurin-Darbière non plus n'avait été victime de ce fléau.

Vers la mer, là-bas, très loin, l'air était pur. Elle souhaita désespérément y aller. Si Alexis voulait partir, pourquoi pas ? Elle se sentait soudain fatiguée. Pas fiévreuse, elle en était sûre, mais lasse.

Noël arriva. Qui ne les réjouit pas. Alexis était brûlant de fièvre et ne quittait pas son lit. Seuls remèdes, la quinine, la patience et les prières. Le docteur Pouzin, médecin de l'ambulance de Bou-Farik, prévenu par la milice qu'elle avait guettée et alertée, réconforta Casilda en ajoutant :

— Il est jeune, il se remettra sans doute vite. Préparez-lui une nourriture reconstituante pour sa convalescence.

Elle fit du pain, avec la levure que le Toulonnais lui jeta, un soir, par-dessus le mur en faisant sa ronde dans la plaine. Elle avait aidé souvent Azalaïs à pétrir et s'en tira honorablement. Puis elle emplit trois boîtes en fer de biscuits parfumés grâce à l'oranger et au citronnier du patio auprès desquels elle passait autant de temps que sur sa terrasse. Ils la comblaient de fleurs et de fruits à la fois, ces généreux compagnons. Ils étaient pour elle le symbole des lendemains fastueux attendant une plaine défrichée et asséchée. Elle garda, précieusement, aussi les deux bouteilles de vin de Bordeaux qu'une délégation de colons de Bou-Farik lui apporta le jour de Noël. Un bouquet de ces roses du Bengale qui poussaient devant la baraque du colonel et dont il jouissait rarement, les distribuant toujours avec libéralité, les accompagnait. Elles embaumaient. Leur parfum d'hiver que le soleil d'été ravirait était en pleine fête et fut une fastueuse présence dans sa chambre. Pour qu'Alexis en eût sa part, elle fit infuser des pétales dans un peu d'alcool et lui en bassina les tempes.

Petit-Chabrier avait fait des fromages. Afin d'égayer son jour de Noël elle l'assura avoir toujours rêvé d'un repas de fromages. L'occasion était belle de s'offrir ce luxe. Elle inventa six recettes différentes, tant salées que sucrées, et jura n'avoir jamais rien savouré d'aussi bon que ces chabrichous déguisés.

Sérieux toujours, mais ravi, Petit-Chabrier conta alors un peu sa vie. Ses parents étaient montés à Paris où ils vendaient des sabots et des marrons chauds. Le père était mort. Sa mère avait vu, un jour, quai de Bercy, des gens partir pour Alger et les avait suivis. On disait que l'or, là-bas, coulait à flots dans les rues. Mais ils n'en avaient pas reçu la moindre goutte. Comme ils possédaient encore de quoi acheter des chèvres, ils vendirent du lait et des fromages. Et la mère était morte. Peut-être du choléra. Il ne savait pas. A l'hôpital, on lui avait seulement dit un jour, à l'heure de la visite : « On l'a enterrée hier, c'est plus la peine de venir. »

— Petit-Chabrier, si on s'embrassait, nous deux, en ce jour de Noël.

Ce fut pendant la nuit de la Saint-Sylvestre que Petit-Chabrier réveilla sa maîtresse en lui disant :
— Elles sont là !
— Qui ?
— Les espionnes.
— Où ?
— Toujours dans la mangeoire.
Ils y allèrent.
Elles y étaient en effet. L'aînée, la plus grande et la plus maigre, couchée à même le sol sur de la paille, sa compagne accroupie à côté d'elle et lui tenant la main.

Comme la première fois, elles se taisaient.

Devant le visage livide de la diaconnesse couchée, Casilda demanda :

— Voulez-vous de l'eau ? Du vin ? Du thé, peut-être ?

— Du thé ? Vous en avez ?

Elina en avait offert, dans une boîte en laque de Chine, toute une provision.

Petit-Chabrier, sans enthousiasme, ralluma le feu de la cuisine et, vingt minutes plus tard, les deux Anglaises avaient chacune un gros bol de faïence plein ras bord du Darjeeling du consulat.

Celle qui paraissait valide fit boire, à petites gorgées, celle qui était étendue, en lui soulevant la tête.

— Avez-vous de la quinine ? Il ne nous en reste plus.

Lorsque Petit-Chabrier, d'assez mauvaise grâce — il devait toujours penser à Waterloo ! —, apporta le médicament, la plus jeune des femmes dit :

— Je m'appelle Harriet Willougby ; ma sœur, Justicia, a pris froid en Kabylie. Je crois que c'est grave.

— Ne dis pas de sottise, demain je serai debout.

Non seulement elle ne le fut pas, mais elle parut à toute extrémité à Casilda venue lui apporter des couvertures et des oreillers. Elle grelottait à en claquer des dents.

Elles restèrent là quinze jours, vivant du pain, des soupes et du thé faits par Casilda souriante et Petit-Chabrier ronchon.

Au matin du seizième jour, elles avaient disparu à nouveau.

Alexis, toujours en proie à sa fièvre, ne sut jamais rien de leur passage.

Le jeune Auvergnat fit remarquer qu'elles auraient pu dire adieu et merci.

Elles laissèrent chez Casilda une trace plus profonde qu'à leur première apparition.

Harriet, un matin où elle faisait absorber quelques

cuillerées de potage à sa sœur, avait tranché le silence épais dans lequel baignaient leurs étranges rapports, par un bref :

— Que faites-vous ici ?

Justicia entrouvrit alors les yeux. Dans le regard dévoilé par les paupières rougies se lisait la répétition de la même question. Casilda sentit, pour la première fois, qu'elle manquait de conviction en affirmant :

— Mon mari a acheté ce domaine et nous allons le faire fructifier.

— Vous ne viendrez à bout ni des palmiers nains, ni des marécages, ni des Hadjoutes.

— Du temps des Romains, il n'y avait ici ni marécages ni palmiers nains.

— Les Français ne sont pas des Romains.

Sur cette affirmation définitive, elles se turent.

Mais, un soir où elle vint leur apporter du lait chaud, de l'ombre du réduit où elles ne voulaient jamais allumer la bougie qui leur avait été donnée, la voix sévère de Justicia s'éleva, sans préambule :

— Les Hadjoutes ont l'appui d'Abd el-Kader. Et l'émir se prépare de nouveau à la guerre.

Ces paroles ébranlèrent Casilda.

Elle s'était tout d'abord réconfortée en les jugeant bien dans la ligne de la démarche démoralisatrice que devaient pratiquer ces femmes si elles croyaient en leur mission et à un abandon de la Régence par la France dont profiterait l'Angleterre. Mais elle avait, sans trop savoir pourquoi, confiance en elles. Elles lui semblaient sincères. Et Petit-Chabrier se trompait, elles avaient dit merci, à leur façon, en l'alertant.

Que faire ? A qui demander conseil dans cette plaine hostile. Aller jusqu'à Bou-Farik seule était dangereux. Le pavillon noir depuis deux jours ne cessait de flotter. Et, par les khammes, Petit-Chabrier avait appris la mort de trois colons qui défrichaient non loin de l'enceinte du camp et venaient d'être décapités. La nouvelle était facile à donner, point n'était besoin de langage, un affreux geste, trois fois répété, suffisait éloquemment.

Avant sa maladie, Alexis avait dit ne pas vouloir entretenir de rapports suivis avec les autres haouchs de la Mitidja. Elle n'en avait pas compris la raison. Il n'était pas question d'aller voir les Deslandis, installés aux portes d'Alger et donc trop lointains voisins, alors, s'il ne s'agissait pas de jalousie, pourquoi ce grand désir de solitude complète ? Ils étaient pourtant sympathiques, ces messieurs les hauts colons de la plaine.

Car elle les connaissait enfin maintenant. Ils étaient venus, en un quatuor caracolant entre marais et broussailles et paraissant ne pas plus craindre les Hadjoutes qu'une averse de printemps. Et elle avait ardemment désiré, en les écoutant, les avoir pour oncles ou cousins. Et qu'ils ne s'en aillent pas, qu'ils restent là encore, toujours, leur présence chassait à merveille les angoisses et la peur.

Elle leur avait offert toutes ses richesses pour les retenir : des biscuits et du vin d'orange de sa fabrication. Du café aussi, mais pour lequel elle était navrée de ne plus avoir de sucre.

Petit-Chabrier avait épuisé sa provision. Ce larcin était peu de chose, en vérité, un geste enfantin. Mais elle en avait grossi l'importance et ressenti plus de peine qu'il ne convenait.

Sur cette infime contrariété, elle avait greffé tout ce dont elle s'efforçait de se cacher la gravité et s'était alors senti le cœur noyé de désespoir en s'énumérant ses déceptions. Alexis n'était pas heureux sauf, semblait-il, dans ses bras. La plaine restait, désespérément, marécageuse et hostile. A l'allure à laquelle travaillaient les khammes, il faudrait cent ans pour la rendre cultivable. Et surtout, là, derrière les hauts murs et les portes cadenassées, on savait les Hadjoutes aux aguets. Aurait-elle jamais la force et la bravoure de ces fiers colons conquérants, si sûrs d'eux ? Elle sourit pourtant en leur disant :

— Je n'ai plus de sucre pour votre café.

Comme ils avaient répondu boire celui-ci nature et plaisanté gaiement sur les difficultés d'approvisionnement, elle s'était efforcée de se convaincre qu'elle exagérait tout, manquait de patience et de courage. Mais elle n'avait pu être avec eux aussi gaie qu'à l'habitude. Alors, pour éloigner ses idées noires, elle avait admiré M. de Tonnac de Villeneuve.

Qu'il était beau à voir, le maître de l'haouch El-Khadra, avec son burnous immaculé, ses bottes écarlates et son turban de neige ! Dans sa ceinture en soie d'Alger, plusieurs fois drapée autour de sa taille, étaient plantés deux poignards et deux pistolets de grand prix. « Si vous avez la chance de l'apercevoir, lui avait dit Romain Deslandis, vous serez séduite, il est plus beau que le plus beau caïd se rendant au palais du gouverneur en tenue d'apparat un soir de grand bal. »

Elle avait été séduite, en effet, et plus encore par ce qu'il disait :

— Nous sommes, ici, sur le sol fabuleusement fertile de la Régence. Il est seulement embourbé. Dès qu'il sera sec et propre, nous y vivrons en pays de Cocagne.

Peut-être, mais quand ?

Et comme il ajoutait : « Nous devons sans cesse agrandir nos territoires ici en pensant à demain », elle se surprit à se dire : « Il nous faudra faire des économies pour acheter encore quelques hectares de marécages », ce qui la fit sourire et se dire aussi : « Je n'ai donc déjà plus peur ? »

Elle ne sut jamais que les quatre cavaliers, dès le portail de Ferme Blanche refermé sur eux, s'étaient dit, inquiets :

— Mais c'est une enfant ! Que diable son mari et elle sont-ils venus faire dans ce coupe-gorge ?

Le baron de Vialar, de l'haouch Baraki, proposa de

pousser jusqu'à Bou-Farik parler d'eux à sa sœur[1], qui dirigeait l'ambulance du camp. Peut-être, pourrait-elle, à l'occasion, leur rendre quelques services.

*
* *

Au-dessus de ce bonnet de neige qui coiffait l'Atlas, le vent du sud passait, se réfrigérait et venait souffler sur la plaine sa nouvelle haleine glacée.

Casilda venait d'ajouter un second jupon à ses dessous. Un rouge, assorti de couleur aux courtes bottes de filali qu'Alexis lui avait achetées à Alger avant leur départ. Elle noua ses nattes d'un ruban écarlate aussi et, au moment de quitter sa chambre, emmitouflée dans un châle de laine blanc, se ravisa et enfila aussi des mitaines. Ainsi prémunie, et réchauffée par un bol de lait de chèvre bouillant, elle décida de mettre de l'ordre dans cette resserre qu'Alexis avait transformée en cellier.

Elle hésita à prendre un fusil, elle s'aventurerait à peine jusqu'au fond du jardin. Mais elle se rappelait toujours, avec attendrissement, les recommandations du colonel de Vilmorin et saisit son arme. Ce geste, devenu une parfaite habitude, aurait ravi le vieux monsieur. D'ailleurs, elle ne ressentait plus aucun ridicule à mettre ainsi sa protection en bandoulière.

Des bourrasques de vent l'assaillirent dès qu'elle quitta le patio et, comme les fortes pluies des jours précédents avaient détrempé la terre, elle pataugeait dans la boue lorsqu'elle entendit heurter au portail.

L'une des cantinières de Bou-Farik devait, ces jours-ci, lui déposer du levain pour son pain. C'était sans doute elle. Il était temps, on avait entamé la dernière miche à laquelle Petit-Chabrier ferait si vite un sort.

1. Mlle Émilie de Vialar, mère Supérieure du couvent des sœurs de Saint-Joseph, consacra sa vie aux pauvres et aux malades d'Afrique du Nord et fut canonisée.

184

Ce n'était pas Virginie, la cantinière attendue. Elle se serait d'ailleurs signalée en agitant le bouquet de clochettes dont elle avait mis au point une inimitable musique, rappelant un peu le signal de l'élévation, et surnommée, pour cette raison, par ceux de Bou-Farik « la messe à Virginie ».

Elle regarda par le guichet entrouvert. Un cantonnier était là, attendant devant la porte. Elle l'avait déjà aperçu deux ou trois fois le long de la route, elle reconnut sa blouse bleue et sa casquette de toile délavée. L'homme avait sans doute été chargé par la boulangère de lui porter son levain. Et elle allait entrouvrir la porte lorsqu'elle comprit l'énorme faute qu'elle commettrait ! Le visiteur n'avait pas parlé. Pourquoi ? Tous s'annonçaient, car une voix arabe imite difficilement une voix française. Un habit d'emprunt, en revanche, s'endosse facilement !

Et si c'était le fameux Hadjoute Brahim Ben-Khouïled, celui qui excellait à transformer son apparence ? Avait-il assassiné le cantonnier, pris ses vêtements et espérait-il s'introduire à Ferme Blanche par cette ruse ? Nul doute qu'il n'ait été renseigné, par quelque khammes, de l'immobilisation d'Alexis et de l'opportunité à saisir pour attaquer l'haouch. Il n'agissait jamais seul et ceux de sa bande devaient attendre, dissimulés à proximité.

Elle sentit un frisson d'épouvante la parcourir, seule l'épaisseur de la porte la séparait de ce bandit...

Mais si ce n'était là que le brave cantonnier ?

Il lui suffisait de parler, de demander : « Qui va là ? » Et elle saurait. Une intuition pourtant la poussait à croire que le malheureux Français avait été décapité et dévêtu par Brahim Ben-Khouïled qui était là, à la guetter, elle, maintenant.

Cette réflexion ne lui avait pris que deux secondes. Elle s'aperçut alors qu'elle tremblait moins de peur que de l'impossibilité où elle serait de capturer ou de tuer ce bandit.

Elle fut tentée encore d'interpeller l'homme, mais si c'était un Hadjoute, il s'enfuirait se voyant découvert. Et elle ne voulait pas qu'il s'éloigne. Elle cherchait, à vive allure, et le cœur battant, comment attaquer la première.

Il fallait d'abord qu'elle essaye de mieux voir. Elle se déplaça sans bruit, et par l'une des meurtrières regarda. Ce fut, dès lors, une certitude née de quelque chose entrevu chez cet homme et d'inhabituel aux Européens dans leur comportement. Elle n'arrivait pas à vraiment définir, elle *sentait* plutôt. Mais quoi ? L'attitude, peut-être, et cette manière altière de redresser le buste ? Jamais, sauf lorsque l'âge le courbait vers la terre, elle n'avait vu un Arabe ployer l'échine. En un éclair, elle se souvint des humbles de chez elle, autrefois, qui enlevaient leurs chapeaux et s'inclinaient si bas sur le passage de son père. Même un khammes, ici, n'aurait pas agi ainsi.

Le feu d'un regard noir, entrevu si brièvement qu'il ne fût qu'une étincelle, la confirma dans sa conviction. C'était un Hadjoute !

Alors elle lança, pour faire patienter et berner à son tour :

— Je vais chercher la clef et je vous ouvre !

Ce fut Petit-Chabrier qu'elle courut chercher.

Il prit son bâton et ils s'élancèrent vers le portail, pendant qu'elle disait :

— Tu ouvres. Je me tiens sur ta gauche, dissimulée, et si c'est bien un Arabe, et non le cantonnier de Bou-Farik, je tire.

Petit-Chabrier n'hésita guère. Une flamme passa dans son regard, le souvenir du rapt de Noiraude n'était pas effacé.

Il ouvrit !

Les trois secondes nécessaires au maniement de la grosse clef furent sans doute employées par l'Hadjoute pour dégainer son sabre et le tenir prêt à trancher la tête de celui qui ouvrirait. Mais Casilda déchargea plus vite son fusil que Brahim ne lança sa lame.

L'homme reçut la charge en pleine poitrine et s'affaissa.

Était-il mort ? Elle l'espéra, avec une farouche ardeur.

La lourde porte de chêne à peine refermée et la barre tout juste assujettie, des piétinements et des cris annoncèrent deux, peut-être même trois complices sûrement dissimulés aux alentours et sortis de leur repaire pour venir enlever le corps de leur chef.

Il s'agissait maintenant de savoir s'ils reviendraient, avec des renforts, attaquer l'haouch pour venger Brahim. Sans l'aide d'Alexis, il serait difficile de se défendre. Restaient les fusées qui n'avaient encore jamais servi, dit Casilda. « Si alle sont pas humides », pensa Petit-Chabrier. Mais il se tut. La maîtresse était maintenant comme la Noiraude qui s'était jadis battue si longtemps, une nuit, avec un vieux loup. Lorsqu'on était intervenu, elle était quasi morte. La maîtresse, en cet instant, devait être tout abattue, elle aussi, dans sa tête et son cœur. On ne tue pas un bandit comme ça, si bien, *si exactement comme un homme* sans en avoir les sangs tournés.

Il la regarda. Eh bien, non ! Elle ne tremblait pas ! Plus courageuse encore que sa Noiraude ! Jamais il n'aurait cru cela possible.

Il alla, quand même, lui chercher un verre de rhum. Il en but un aussi, en croquant un morceau de sucre. Elle n'aimait pas qu'il mange son sucre, mais aujourd'hui...

Quand il retourna, près du portail, pour écouter la plaine, il trouva une épingle d'écaille qui avait dû tomber de ses cheveux pendant le combat. Il la garda, en souvenir.

La fin de la journée et la nuit furent calmes. Les Hadjoutes ne tenteraient rien pour le moment. Mais il faudrait rester vigilants. Ils montèrent la garde chacun leur tour, buvant force café bouillant.

Dans les jours qui suivirent, son exaltation et sa fougue guerrière retombées, il arrivait à Casilda de se dire par moment : « Ce n'est pas possible, j'ai rêvé, je n'ai pas tué un homme. » Une sorte de rage froide la submergeait alors et elle se disait aussi : « Oui. Je l'ai tué ! Du moins je l'espère, et j'ai bien fait ! Combien de têtes de Français avait-il tranchées avant que je ne décharge mon arme sur lui ? » Il lui arriva même de déclarer à Petit-Chabrier :

— Et c'est au paradis que je l'ai envoyé ! Ils y sont, tous ceux qui ont gagné leur ciel en tuant les soi-disant infidèles.

Il lui arriva d'avoir des cauchemars. Ce qu'elle revivait — et cela l'étonnait — n'était pas le moment où elle visait, tirait et abattait l'homme, mais celui où elle se demandait, dans une angoisse pénible à revivre, s'il était bien le bandit qu'elle supposait et non l'inoffensif cantonnier de Bou-Farik.

Petit-Chabrier rêva aussi. Mais c'était lui, alors, qui déchargeait son arme sur l'Hadjoute. Posséder, enfin, un fusil était son plus secret et plus ardent désir. Il ne serait pas un homme tant qu'il n'en aurait pas un. Ensuite, il lui faudrait un cheval, complément indispensable du fusil et roi des animaux, sans vouloir faire de peine à ses chèvres.

*
* *

Les fèves et les pois du potager de Casilda et de Petit-Chabrier étaient en fleur lorsque Alexis se leva pour la première fois.

La jeune femme s'efforçait de ne plus penser à cet Hadjoute qui hantait ses nuits. Mais elle y arrivait difficilement. Pourtant, elle parvint à n'en parler jamais à son mari. Il lui semblait qu'il se sentirait humilié de l'avoir laissée se défendre seule.

Le patio embaumait. Le vieux couple citronnier-oranger mêlait toujours fleurs et fruits avec harmonie. On avait récolté les premières pommes de terre. Et le premier œuf, pondu par la plus délurée des six poules, fut gobé par le convalescent. On le nourrit aussi de bonnes nouvelles : sur les parcelles de terre défrichées par les khammes, trèfle, sainfoin, et luzerne poussaient avec allégresse.

Mais cela ne le dérida pas. Le jeune Auvergnat le fit remarquer à Casilda, soulignant n'avoir pourtant pas annoncé que le vieil abricotier et les deux amandiers avaient eu leurs fleurs tuées par le gel.

Alexis sortait peu de sa chambre. Il écrivait. Il parut retrouver un peu de sa bonne humeur en annonçant avoir commencé une série d'articles intitulée : « Je deviens colon. » Il avait aussi écrit à sa mère. Casilda guetta ceux de la milice de Bou-Farik, deux nuits de suite, et put enfin leur confier son courrier.

Elle montait souvent sur sa terrasse. Elle y était triste, parfois, se le reprochait et n'en était que plus tendre alors avec son mari.

Un soir, Alexis avoua :

— Dans la lettre envoyée à ma mère, je demande trois mille francs afin que nous puissions quitter ce maudit endroit.

— Pourquoi trois mille ?

Il ne répondit pas. Elle pensa qu'il comprenait dans cette somme les dépenses nécessitées par une nouvelle installation à Alger et le prix du voyage en France, si nécessaire pour régler ses affaires et, elle l'espérait bien, en rapporter quelque argent. Elle eut le malheur de parler de cet espoir. Alexis hurla. Elle ne l'avait encore jamais vu aussi furieux. L'imaginait-elle, dit-il, se faisant entretenir par elle ? Croyait-elle, comme tant d'autres, qu'Alger n'était qu'un repaire d'escrocs et qu'il était l'un d'eux ?

La malaria use les nerfs. Elle le savait. Elle ne répondit rien et proposa, de sa voix la plus gaie, un bol de lait, plaisantant sur les louables efforts de Blanchette pour satisfaire, à elle seule, leurs besoins de laitages.

Elle fut sûre d'être enceinte, dès le 15 janvier.

Et elle s'efforçait toujours de ne plus penser à Brahim Ben-Khouïled. L'horrible *j'ai tué un homme !* lui transperçait trop souvent le cœur d'un coup de poignard. Elle chercha des moyens de faire cesser ces difficiles moments. Elle pensa que le meilleur était, dès l'offensive de ce qui paraissait vouloir devenir une idée fixe — sans doute sous l'effet de sa grossesse — de la repousser violemment et non de la supporter avec une espèce de fatalisme. Elle se promit, chaque fois qu'elle parviendrait à vaincre, très vite, sa panique, de se récompenser par ce dont elle raffolait — sans doute encore à cause de son état — un bol de confit de patates douces, onctueux, doré, succulent. Elle s'en allait le savourer, loin de tout œil moqueur, seule sur sa terrasse.

5.

L'arrivée prochaine d'un petit enfant à Ferme Blanche fut le médicament miracle qui guérit Alexis. On le vit à nouveau arpenter le domaine, surveiller les khammes et il décida de faire plutôt un livre qu'une série d'études sur la vie des colons dans la plaine de la Mitidja. Il en lut, après l'un de leurs frugaux soupers, la préface à sa femme :

« Si ces lignes arrivent jusqu'au boudoir d'une jolie Parisienne et qu'elle les parcourt, en rentrant du théâtre ou d'une soirée brillante dans de beaux salons, elle dira : "Pouah ! c'est donc cela, l'Orient ? Des terres marécageuses et pestilentielles infectées de reptiles où de pauvres hères pataugent en attendant qu'on leur coupe la tête ? On a bien raison, en France, de ne pas aimer coloniser. Et ils ont bien raison aussi, les Anglais, de dire : Une armée pour maintenir l'ordre et du commerce, seulement du commerce et pas de peuplement !"

« Si ce livre parvient jusqu'au château de la famille qui a donné un fils à l'armée d'Afrique, comme elle en a donné un à l'Église et un autre au domaine ancestral et si le malheur a voulu que le sang du premier ait été versé au champ d'honneur, la châtelaine, avec une dignité courageuse, dira : "Le sacrifice de mon enfant n'est pas vain, d'autres le continuent et nous ajoutons, en ce moment, un beau chapitre à l'histoire de la France."

« Enfin, si mon lecteur est celui qui se demande s'il doit s'expatrier vers ces terres prometteuses, pour y faire pousser ce blé dont il se souvient avoir traduit dans Pline, qu'il donnait du cent cinquante pour un, je lui dis :

« — Ami, ne pars que si Dieu t'a comblé d'une âme et d'un corps d'exceptionnelles vigueurs. Et, surtout, si tu ne peux faire autre chose. »

Qu'en pensait-elle ?

Elle dormait.

Sa journée, bien qu'il lui conseillât de se ménager, avait été dure. Et les premières chaleurs la fatiguaient aussi.

Il la souleva, heureux d'avoir retrouvé ses forces, et la porta jusqu'à leur lit.

Il ne priait pas souvent. Ce soir-là il le fit.

Que sa mère se laisse attendrir et lui envoie la somme nécessaire au dédit à donner à ce porc de Vitalis. Il voulait que son enfant naisse à Alger. Et, si son livre avait du succès, ils étaient sauvés.

Elle montait sur sa terrasse dès qu'elle disposait d'un moment à elle.

Survolant le premier plan de broussailles et de marécages, elle aimait à croire la mer, là-bas, au loin, symbole de l'évasion et elle soupirait. Mais, peu à peu, séduite par les coloris du ciel, distraite par le passage d'un vol d'oiseaux, réjouie par la vue d'une fleur, elle rêvait.

Elle pensait aussi à son père. Elle se reprochait de n'avoir pas su assez jouir de sa présence, peut-être même de ne pas s'être efforcée de le comprendre complètement. Et avait-elle vraiment profité de ses leçons ?

En essayant de dénombrer et de délimiter les couleurs de cet horizon marécages et ciel confondus, elle entendait sa voix :

— Apprends à regarder, petite. Regarder, regarder, tout est là. Des millions et des millions d'yeux n'auront jamais su. Dieu a fait à l'homme ce don superbe, cette grâce de la vue. Mais combien savent voir ?

Alors, il lui arrivait de dire, à mi-voix :

— Là, cela semble blanc, mais c'est rose, bleu, rose encore et même noir. Et pourtant, c'est blanc !

Et elle avait envie de se remettre à peindre.

Parfois, Alexis la rejoignait. Il la surprenait. Elle poussait un cri de joie.

Ils avaient étendu, sur les dalles, un épais matelas de feuilles mortes d'eucalyptus et de platanes — nouvellement plantés dans la plaine — et parfumées par des pétales de fleurs d'oranger et de roses qu'elle ne jetait jamais et faisait sécher. Le tout emprisonné dans un grand drap. Alexis s'y allongeait et lui disait : « Viens ! »

Parfois, le soir aussi, ils gagnaient la terrasse, et y restaient une partie de la nuit. A la voix de la plaine, croassement des crapauds et glapissements des chacals mêlés, ils prêtaient à peine l'oreille. Ils regardaient les étoiles et se disaient qu'ils s'aimaient. Et aussi qu'ils rentreraient bientôt à Alger où leurs amis ne manqueraient pas de les aider à se réinstaller et à trouver une occupation aussi passionnante que lucrative.

Vendrait-on l'haouch ? demandait alors Casilda. Il paraissait hésiter. Qui en voudrait ? disait-il. Un spéculateur achetant en pensant à plus tard, lorsque la conquête serait achevée ? Le gouvernement consentirait-il alors à aider à assécher les marécages ? Rien de tout cela n'était sûr et Ferme Blanche serait d'un placement difficile.

Nichée contre son épaule elle disait :

— Tant mieux, nous garderons notre petite terrasse !

Et il ne répondait rien, mais la serrait sur son cœur.

Le premier chant du coucou lui rappela le temps où elle pourchassait des oiseaux pour son père et elle décida qu'elle appellerait son enfant Aurèle. Peut-être serait-il peintre ? A moins qu'on ne gardât l'haouch. Alors on ferait du garçon un beau colon aimant à caracoler dans la plaine en costume arabe, comme le baron de Tonnac, ou galoper, comme le baron de Vialar, pour aller ici ou là vers ceux qui lui demandaient aide et conseil.

Avril arriva très vite. Des brumes épaisses roulaient à la surface du sol. Si elles s'affaissaient, Casilda le savait maintenant, c'était signe de beau temps. Si elles s'élevaient, il y aurait de la pluie.

Elle découvrait chaque jour une nouvelle race de fleurs dans le jardin. Sur les parties déjà nettoyées par Petit-Chabrier, elles poussaient à l'aise. Mais, là où ronces et lianes les emprisonnaient encore, elles criaient à l'aide. Alexis ne voulaient pas employer des khammes à ce fignolage inutile. Alexis, en fait, était déjà reparti pour Alger.

Ce fut le jour où elle vit fleurir deux hautes et élégantes roses trémières qu'elle décida de se remettre à l'aquarelle.

Ils allèrent trois fois à Bou-Farik pendant une semaine où le drapeau blanc claqua allégrement dans le vent sans discontinuer.

Les sentinelles les reconnaissaient maintenant. On appelait Casilda « la jolie dame » et un petit sergent de garde lui tendit un jour, en rougissant, un bouquet de bleuets.

Puis, pendant presque tout le mois de mai, il fut impossible de sortir. Plusieurs colons furent encore surpris par les Hadjoutes, alors qu'ils travaillaient aux champs, et enlevés ou décapités. Alexis s'efforçait d'intercepter ces nouvelles avant qu'elles n'arrivent à Casilda. Elle ignora ainsi que le Toulonnais avait disparu et que Coste-la-Tarasque avait été tué et mutilé.

Deux de leurs amis survivants vinrent demander un

matin si on avait besoin de quelques faucheurs supplémentaires à Ferme Blanche.

— Non, j'ai mes khammes, dit Alexis.

Les voisins s'exclamèrent :

— Eux ? Mais ils ne savent pas faucher ! Aucun Arabe ne fauche ! Il laisse ses bêtes le faire pour lui. Il vous faut une équipe. A cette heure, vous n'en trouverez pas. Les récoltes vont bien être rentrées, près d'Alger, avant les vôtres, mais ceux qui travaillent là-bas ne voudront pas s'aventurer ici. On n'aime pas la plaine en ville, et on comprend ça ! Vous allez devoir attendre que nous en ayons fini chez nous pour que nous puissions vous donner un coup de main.

— Quand donc apprendra-t-on aux khammes à faire les foins ?

— Quand ils le voudront ! Et quand vous aurez formés ceux qui vivent sur vos terres en ce moment, ils s'en iront. Ils n'aiment que ça, bouger !

— J'aiderai, dit Casilda. Je me porte très bien.

Alexis haussa les épaules. Il était dépité. Il aurait dû savoir depuis longtemps l'incompétence des ouvriers indigènes. Il venait de se sentir ridicule et imprévoyant devant les hommes de Bou-Farik. Il en voulut à Vitalis. Quelle idée aussi de lui ordonner de ne faire que des foins !

Il savait parfaitement que c'était l'une des meilleures sources de profit. L'armée en consommait des quantités considérables importées de France et la production locale était bienvenue.

Il fut de mauvaise humeur tout le jour et fit une sèche remarque à Casilda parce qu'elle prenait l'habitude de mâcher fréquemment des feuilles de menthe.

Comme elle lui répondait combien ce parfum l'aidait à faire passer certains haut-le-cœur, il quitta la pièce en claquant la porte.

Ce geste la terrifia. Il était nerveux comme avant son attaque de malaria ! Allait-il avoir encore les fièvres ? Et au moment de la fenaison pour laquelle, déjà, il n'y avait pas d'ouvriers !

Ce fut au moment où on désespérait de trouver plus de quatre hommes à peu près valides, parmi ces « figures de Bou-Farik » au teint jaune et aux yeux creusés par la fièvre, que le miracle intervint. Il prit la forme opulente et superbe du général polonais, prince de Mir Mirski, maître du domaine de deux mille hectares de « La Rassauta », à l'entrée de la plaine, seigneurial colon vêtu de l'uniforme blanc de son régiment, monté sur un cheval blanc, le colbac surmonté d'une aigrette blanche aussi. Mais un peu jaunie, l'aigrette. Elle avait dû être immaculée dans les neiges polonaises, elle paraissait avoir reçu un coup de soleil ici. Elle n'en avait pas moins fière allure sur la noble tête qui la brandissait vers le ciel.

Alexis inspectait le travail des khammes lorsque la petite troupe — le prince était suivi d'une trentaine d'hommes — se présenta au portail.

Ce fut Casilda qui ouvrit. Son Excellence entra dans le patio après avoir lancé les rênes de sa monture à celui qui semblait remplir des fonctions d'aide de camp. L'escorte attendit à la porte.

Casilda portait, depuis le début des chaleurs, ses robes de toile claire d'autrefois. Sa grossesse était dissimulée dans les fronces de la jupe et elle laissait pendre ses cheveux dans son dos en une grande natte safranée.

Le prince retrancha deux bonnes années des seize qu'elle allait avoir et lui demanda de l'annoncer à ses parents.

Comme elle souriait, le visiteur ajusta son monocle et s'écria :

— Par saint Casimir, on m'avait dit que vous étiez jeune, mais à ce point ! Car le vent de la plaine, madame, m'a parlé de vous. Non pas celui qui nous arrive du désert et ne s'entretient que de lui, ni l'autre venu de l'ouest et ne grondant qu'orages, mais le doux vent né à l'est et porteur du parfum des fleurs et des bonnes nouvelles.

Elle se félicitait qu'Alexis ne soit pas encore là, ils n'auraient pu, se regardant, garder leur sérieux.

C'était la splendeur de la Mitidja, ce prince polonais ! Le soleil et la lune unissant leurs ors et leurs argents n'eussent pas brillé plus. Et on se demandait, si le roi voulait un jour remercier et honorer ce seigneur, où il pourrait accrocher quelque récompense française sur sa vaste poitrine. Ce qui y restait de disponible entre brandebourgs, passementeries et broderies diverses, était déjà occupé par un étalage fastueux de décorations. Les soirs de grand bal chez le gouverneur, le général prince de Mir Mirski devait être le roi soleil de la brillante assemblée.

Alexis, prévenu par la cloche de Ferme Blanche, arriva. Le prince lui proposa dix, vingt, trente ou cinquante faucheurs, à sa convenance. Il avait en ce moment cent hommes d'épée et de charrue à offrir. Ils lui arrivaient d'Allemagne, sans savoir un mot de français, mais avec des bras solides.

Vingt paires de ces bras-là suffiraient pour les premières fenaisons de Ferme Blanche.

Le prince souhaita cette récolte sans feux d'artifice — c'était sa façon de parler des incendies criminels des Hadjoutes — et s'en fut, comme il était venu, dans un grand bruit de cavalcade.

Casilda s'assit sur l'un des bancs du patio pour rire à son aise et redemander un verre du vin d'orange qu'elle avait offert au prince. Et elle voulait, sans attendre, pendant qu'elle l'avait bien dans l'œil, faire un croquis de ce merveilleux personnage. Alexis projeta d'envoyer un article au *Gaulois* intitulé : « Dans le vent de la plaine, caracolent des princes. » C'est Eugénie qui eût été aux anges d'assister à ce spectacle !

Lorsque la semaine suivante les vingt hommes se présentèrent dès l'aube, faux et fourche à l'épaule, celui qui paraissait en être le chef tendit à Alexis une enveloppe blanche cachetée de cire rouge.

Sur papier à en-tête de « La Rassauta », où en or et pourpre les couronnes de France et de Pologne, flanquées de leurs drapeaux respectifs, s'étalaient, on pouvait lire :

« Au maître de Ferme Blanche, le maître de La Rassauta recommande :

« — Une courte prière, à genoux, précédera la mise en route des travaux.

« — Un demi-litre de vin et deux cruches d'eau sont nécessaires par homme et par jour. Il est expressément ordonné de prendre cette eau au puits le plus profond du domaine en se rappelant que le liquide puisé trop en surface est pernicieux en cette période de fortes fièvres.

« — Un repos d'une heure après la collation du milieu du jour est prescrit.

« — Faire aligner les khammes du domaine, assez près pour qu'ils apprennent comment on fauche, assez loin pour qu'ils ne gênent pas le travail.

« — Ce matin, à quatre heures de relevée, une prière spéciale a été ajoutée à la messe dite en la chapelle de La Rassauta pour confier à la grâce du Seigneur les fenaisons de Ferme Blanche. »

Et les arabesques du paraphe du général prince étaient dignes de son aigrette blanche et de sa constellation de décorations.

— Il sera obéi au garde-à-vous, dit Alexis.

Ils rayonnaient, Casilda et lui, ravis, heureux. « Comme des enfants », auraient peut-être dit les barons-colons. Et ils s'embrassaient entre deux portes en allant chercher de l'eau ou du pain pour leurs hommes.

Le chef de la troupe des faucheurs avait, lui aussi, reçu des ordres et les lut à ses compatriotes. Ils étaient rédigés en allemand par le secrétaire du prince qui, disait-on, parlait et écrivait cinq langues d'Europe plus l'arabe :

« Commencer la coupe par les sainfoins et les luzernes. Ne pas oublier que le trèfle incarnat doit avoir une partie de ses fleurs déjà fanées pour être fauché convenablement. Récoltée trop tôt, cette plante subit un grand déchet et ses grosses têtes aqueuses n'ont plus alors ni saveur ni poids, donc la faucher en dernier, la remuer le moins possible. Ne pas oublier que les feuilles, qui en sont la partie la plus savoureuse, se détachent facilement.

« Et que le Seigneur soit avec vous ! »

— Il est évident, dit Alexis à Casilda en riant, que le prince ne nous a pas jugés, un seul instant, capables d'ordonner le travail nous-mêmes !

Lorsque les jeunes maîtres de Ferme Blanche apportèrent les marmites de terre cuite vernissé pleines les unes d'une soupe onctueuse et odorante et les autres de ragoût de viande au fumet savoureux — préparés par Casilda et Petit-Chabrier — les hommes leur firent une ovation. Et quand, se tenant par la taille, ils trinquèrent avec tous, ce fut un sonore cri de joie qui les salua.

Les khammes, alignés comme un rang de rabatteurs à la chasse, regardaient sans sourciller. Alexis leur avait rapporté trois moutons et un sac de couscous de Bou-Farik. Ils eurent donc aussi leurs repas de fête. Mais ils préférèrent les prendre à leur douar.

Au troisième soir, tout était fini.

Elle était belle cette fenaison, et qu'elle sentait bon !

Les prières de la communauté avaient été exaucées. C'était une superbe récolte. Les hommes du prince resteraient sur place et dormiraient dans les foins pour veiller sur elle jusqu'à ce que, le lendemain, les chameaux de l'armée viennent la charger.

Malgré la vigilance de tous, des torches enflammées furent jetées sur les meules, à la fin de la nuit.

Il n'y avait ni assez d'eau au puits ni assez d'hommes pour faire la chaîne avec des seaux.

Comme un fou, Petit-Chabrier, qui avait voulu dormir aussi dans ce beau fourrage avec sa chèvre, enfourcha Versailles et partit prévenir ceux de Bou-Farik.

Y arriva-t-il ? On n'en sut rien car il ne revint pas. Versailles non plus.

On pouvait supposer que des Hadjoutes, embusqués pour jouir de la vue des flammes, s'étaient emparés d'eux. Si on ne retrouvait pas le corps décapité du jeune garçon dans les quarante-huit heures, on pouvait espérer que Petit-Chabrier n'était que prisonnier.

Comme l'aurore n'était pas loin, les rougeoiements de l'incendie se confondirent avec les siens.

Ulysse et Deborah Marchandeau étaient encore à deux lieues de Ferme Blanche, le lendemain, lorsqu'ils commencèrent à sentir l'odeur de la fumée.

Ils venaient d'accorder les deux pianos — un Pleyel et un Erard — du prince de Mir Mirski. Et aussi son clavecin. Une pièce exceptionnelle du XVIIIe siècle dont la beauté avait fait le sujet de leur conversation depuis qu'ils avaient quitté l'haouch de La Rassauta et l'étonnante communauté qui y vivait.

On leur avait dit qu'une récolte — encore une ! — venait d'être incendiée par les bandits de la tribu des Hadjoutes, et le secrétaire du prince — un homme remarquable, un polyglotte et un érudit venu inventorier les ruines romaines d'Afrique — leur avait conseillé d'avoir toujours leur fusil à portée de la main. Ils l'avaient.

Un bon souvenir, ces trois jours passés à La Rassauta. Car ce qu'il y avait de meilleur dans ce pays, disait Ulysse, c'était les rapports humains. Ainsi ce sympathique secrétaire du prince, qui n'hésitait pas, pour guetter sur place la possibilité d'étudier les antiques d'Afrique — dès que le gouvernement et l'armée permettraient d'y accéder — à remplir cet emploi ingrat de premier domestique du dictatorial général polonais, quel plaisir de parler grammaire arabe avec lui ! M. Marchandeau était assez content d'avoir signalé que plusieurs ouvrages sur le sujet venaient d'être édités à Alger. Il fallait préférer celui de Roland de Bussy, bien entendu. M. le secrétaire avait été grandement satisfait de l'apprendre.

Pâtir dans les paperasseries en attendant de s'épanouir dans l'archéologie, accorder des pianos en attendant d'en être importateur, ce pays se plaisait à vous en offrir les possibilités sans vous humilier. Deborah en convenait. Elle admettait aussi que le concert de la veille, donné à la demande du prince, avait été purement amical. Allez donc, en France ou en Angleterre, accorder un piano dans un château, le seigneur du lieu vous gardera-t-il à dîner à sa table pour vous remercier du plaisir que vous lui ferez, après le café, de vous entendre chanter ?

Et Deborah se disait, depuis leur décision de pousser jusqu'à Ferme Blanche, que ce qu'elle vivait là était l'aventure, la vraie. Son amie de pension, Géraldine, à qui elle écrivait souvent, aux Indes, avait une existence bien fade, à Delhi, comparée à la sienne. On allait peut-être passer devant le domaine saccagé la veille, peut-être même encore en flammes et elle aurait là une lettre assez savoureuse à écrire. Surtout après les détails qu'elle donnerait sur le domaine de La Rassauta. Ce prince polonais, un vrai monarque ! Le prince de Polignac, dont ils avaient accordé le piano le mois dernier, à son bordj d'El-Biar, menait une existence de simple petit bourgeois si on la comparait à celle du maître de cet haouch de deux mille hectares de Mitidja concédés par le gouvernement français à un héroïque patriote que la révolution de son pays avait chassé de ses domaines ancestraux. Et il fallait voir ce que cet homme du Nord avait fait de ces deux mille hectares d'Orient ! Il y avait créé un vrai village où l'on trouvait

201

à s'approvisionner en tout, car tout poussait ici. Elle y avait trouvé les plus délicates confitures d'abricots qu'elle ait jamais goûtées ! Et au moment où elle avait voulu payer, la paysanne polonaise tenant ce comptoir de vente des produits du domaine lui avait dit : « Non. Son Excellence a dit : « On donne ce qu'ils veulent aux invités, gratuitement. » Et cette croix d'or — peut-être seulement d'argent doré ? Peut-être pas ? — remise au moment du départ ? Quelle élégante attention. Elle était la réplique exacte de celle qui surmontait l'immense portail du domaine, pieusement respectée par les Arabes...

Voilà qui s'appelait vivre ! Chez M. et Mme de Saint-Guilhem — où le Pleyel était en bien mauvais état —, on souriait de ce faste. On avait tort, les indigènes, Ulysse le disait, ne respectaient que la force. Celle de l'argent comme celle de l'armée. Chez M. Mercier, ce jeune homme si énergique, qui paraissait ne dormir jamais et affirmait qu'en Amérique, d'où il arrivait, personne n'avait de temps à perdre en sommeil, on haussait aussi les épaules, en parlant du prince. Il n'y avait qu'un modeste piano droit, presque bon à brûler chez M. Mercier, mais Ulysse faisait magistralement revivre les instruments assez médiocres des gens de la plaine, parce qu'il ne faut dédaigner personne et aider chacun. Géraldine serait stupéfaite d'apprendre tout cela et comment, avec une seule petite annonce dans *Le Moniteur algérien*, tant de clients leur étaient arrivés. Et il faudrait lui souligner — elle n'avait jamais été très perspicace — que donner à ces héros de la colonisation le moyen de s'évader de leurs soucis en passant quelques moments en compagnie de leur piano, était contribuer aussi à l'effort commun.

Le domaine du prince de Mir était à l'entrée de la plaine. Ferme Blanche en était éloignée de trois lieues, et ils y arrivèrent en fin d'après-midi sans avoir eu à se servir de leur fusil. N'exagérait-on pas ces histoires d'Hadjoutes coupeurs de tête ?

Et maintenant, ils mesuraient l'étendue du sinistre, atterrés.

Ils attendirent un moment dans leur voiture, stoppée devant le portail, hésitant à descendre.

Les flammes étaient parvenues jusqu'aux murailles d'enceinte du jardin et les avaient zébrées de grands jets noirs de suie, horribles à voir. Un affreux spectacle de ce genre, n'était-il pas mauvais qu'une femme enceinte le regardât et en fût bouleversée ?

— Ulysse !...

Il fallait lui demander conseil. L'enfant qu'ils attendaient avec tant de joie ne devait pas souffrir de ce pénible spectacle. Et ce qui se passait derrière ces murs ne serait-il pas plus terrible encore ?

— Ulysse !...

Mais Ulysse Marchandeau tirait la cloche et n'entendait pas.

*
* *

Il fallait faire quelque chose pour Casilda, se disait Deborah.

On ne pouvait pas la laisser ainsi, prostrée. Il n'était pas raisonnable, dans son état, de sombrer dans le désespoir pour une récolte de foins. C'était ennuyeux, bien sûr, mais seul devait compter l'enfant qu'elle portait. Enceinte de sept mois, Casilda se devait de ne penser qu'au bébé. Et pourquoi se souciait-elle tant pour ce petit domestique perdu ? Il y avait toujours eu — on l'avait senti dès le début — de l'excessif chez Mlle Maurin-Darbière. Trop belle, trop gâtée, et peu préparée au malheur, sans doute.

Il fallait reconnaître qu'Alexis ne l'aidait pas beaucoup.

Quoi qu'il advienne dans sa vie, et même à la guerre, un homme doit se vêtir convenablement, dès son lever, et se raser. Alexis, si soigné autrefois, était fait là comme un vagabond, se disait Deborah.

Ils étaient ici depuis deux heures maintenant, vérifiat-elle discrètement, à la petite montre d'argent qu'Ulysse lui avait offerte, et il fallait, vraiment, tenter quelque chose.

Avec courage, elle s'élança, après avoir tiré un peu sur sa jupe — même âgé de deux mois seulement, ce cher petit voulait déjà sa place et s'étalait, s'étalait — et dit :

— Casilda, ma chère, vous allez venir avec moi faire un peu de marche, ne serait-ce que dans ce joli patio... Ah ! quelle belle maison vous avez ! Certes, la récolte a brûlé, mais pas la maison. Et dans six mois vous aurez de nouveau tant d'herbe à faucher... La nature est chose si extraordinaire, si... si courageuse, elle ne cesse de donner et donner sans cesse ! J'aimerais tant visiter votre belle demeure en entier, je veux tout voir... Ah ! Alexis, vous avez fait là un placement merveilleux. Demain ces affreux Hadjoutes seront vaincus et vous supplieront de leur donner du travail, vous verrez, vous verrez ?...

— Ulysse, vous qui avez été soldat, dites-moi ce que font les Arabes à leurs prisonniers ? demanda Casilda, comme sortant d'un rêve. Ulysse, dites-moi la vérité.

— Je ne la connais guère. Tout dépend...

— De quoi ? Tout dépend de quoi ?

Elle parlait doucement, comme pour elle seule, le regard fixe.

— Il faut agir, demander à ceux de Bou-Farik de nous aider. Nous sommes là immobiles, alors que, notre Petit-Chabrier, lui... Alexis !

Alexis n'était pas dans son état normal, pensa Deborah. Alexis s'avançait vers sa femme comme un somnambule et lui disait, avec des yeux étranges :

— Il reviendra. Il n'a pas été tué, on n'a pas

retrouvé son corps, alors il reviendra. Quant aux foins...

Et là, chose horrible, constata Deborah, Alexis se mit à rire. A rire très fort, en ajoutant :

— Les dix-huit chameaux qui devaient arriver demain pour charger et livrer la récolte à l'armée s'en retourneront comme ils sont venus et on ne me payera pas mes huit francs par quintal. Et voulez-vous que je vous dise ? Tant pis ! Et tant mieux ! Parce que cet argent n'était pas pour moi. Il faut que je l'avoue enfin, Ferme Blanche ne m'appartient pas.

Ainsi, il avait les fièvres à nouveau ! Casilda se dressa d'un bond. Elle devait le faire coucher sans tarder.

— Non, je vais bien. Et, je le redis, devant nos amis : *Je ne suis pas propriétaire de cet haouch*. Nous ne possédons rien ! Rien d'autre que nos quatre hardes.

Vraiment, on n'agit pas ainsi avec une femme presque prête à accoucher, se dit Deborah. Alexis était bien ce qu'il lui avait toujours semblé être : un égoïste, un enfant gâté.

Qu'allait faire Ulysse ? Il savait si bien intervenir dans les situations de crise. Deborah tourna son regard interrogateur vers lui.

Ulysse disait :

— Dans ce cas, il vous faut partir. Rentrez à Alger, vous y serez mieux.

On entendit encore rire Alexis. Il dit, riant toujours, de ce rire qui faisait mal :

— Oui, à condition de rembourser trois mille francs.

— Diable ! Et pourquoi donc ?

Jamais Ulysse ne se serait laissé entraîner dans une situation pareille, se répétait Deborah en écoutant l'extravagante histoire d'Alexis. Il fallait voir Ulysse prendre ses responsabilités, organiser leur vie, leur travail. Mais il n'y avait qu'un Ulysse ! Pauvre Casilda...

Casilda qui, étrangement, depuis cette révélation,

depuis cette découverte de situation... shakespearienne, redressait la tête. Quel teint extraordinaire elle avait. Elle le conservait même enceinte ! Fallait-il qu'il fût étonnant, admirable, pour survivre à tout cela ! Deborah la regardait, subjuguée.

Et Casilda disait :

— Nous resterons donc ici tant qu'il faudra, pour honorer notre contrat — elle insistait sur ce *notre* — et nous serons libres, ensuite, de faire ce que nous voudrons.

Ce qu'ils voudraient ! soupira Deborah. C'était facile à dire. Évidemment, lui reprendrait ses chroniques au *Gaulois*. Mais elle ?... Pour elle, au fait, il y aurait sans doute un emploi au consulat. Elina n'avait jamais pu découvrir un pianiste convenable pour ses soirées du dimanche impossibles à supprimer parce qu'elles étaient une véritable institution. Casilda pourrait faire danser ces dames et demoiselles. Et peut-être trouverait-on quelques autres personnes voulant imiter l'Honorable Mme Dynensen.

Ils partirent le lendemain. Ils ne voulaient pas rester plus longtemps, craignant de déranger dans un moment aussi difficile. On s'embrassa. On allait se revoir très vite.

— On ne peut leur en vouloir, dit Alexis doucement, comme pour lui-même.

— Oh ! Ce n'est pas à eux que j'en voudrais jamais, ajouta Casilda. J'en veux à ceux qui nous laissent croire que la vie est possible ici. Ils rêvent, ceux-là, et ils font plus de mal que les deux innocents qui viennent de partir. Ils caracolent fièrement, ces hauts colons de la plaine, dans leurs accoutrements grotesques, et ils mentent, ils mentent tous. Ce n'est pas vrai qu'un jour la terre sera belle ici ! Ce n'est pas vrai !

Enfin elle pleurait. Depuis l'incendie et la disparition de Petit-Chabrier, elle n'avait pu encore verser une larme.

Il la prit dans ses bras et il pleura avec elle.

On n'eut, dans les jours qui suivirent, aucune nouvelle du jeune Auvergnat. Il fallait s'efforcer de n'y pas penser. Une fillette était là, dans le coin de la cuisine qui avait été le sien et où il s'asseyait toujours avec sa chèvre à ses pieds.

C'était l'enfant d'un couple de khammès razziés par les Hadjoutes le soir de l'incendie, avec une dizaine d'autres, pour tenter d'affaiblir les forces de Ferme Blanche. Alexis l'avait trouvée sur le bord de l'un de ces vagues chemins dont on disait qu'un jour ils deviendraient des routes.

Ils avaient laissé entendre, au douar, qu'elle n'avait plus de famille. Alexis pensa qu'elle tiendrait compagnie à sa femme. Elle tenait, en fait, surtout compagnie à la chèvre qui l'avait adoptée.

On ne reparla ni de l'haouch, ni de ce Vitalis Bernardini. Alexis évitait d'aborder le sujet et Casilda évitait de le lui rappeler. Elle était sûre qu'il était fiévreux et le lui cachait. Elle essayait de guetter les symptômes alarmants. Mais n'en décelait pas. Depuis qu'il avait avoué, Alexis ne se mettait plus en colère. Pourtant, elle était inquiète.

Aussi, le matin où elle s'aperçut qu'il ne pouvait se lever, brûlant de fièvre et délirant, elle se dit, accablée : « Je le savais ! »

Il fallait de la patience. La fièvre prenait son temps. Quinine ou pas, on devait attendre.

Huit jours déjà. Et aucun mieux.

Et jusqu'au médecin de Bou-Farik qui était secoué de frissons sur son lit de sangles, à l'infirmerie du camp.

Il fallait encore attendre et encore.

Avec Ourida, elle buvait le lait de Blanchette, mangeait des oranges et ces biscuits infects de l'armée,

vendus par les cantinières de Bou-Farik et qui rempla-
çaient le pain quand on n'avait pas le courage d'en
faire.

Au soir du huitième jour, ce fut Casilda qui s'alita.
La dernière vision qu'elle eut, avant de sombrer dans
son délire elle aussi, fut celle d'Ourida assise par terre,
recroquevillée dans un coin de la chambre, et la
regardant.

Ce fut encore elle qu'elle vit quand elle rouvrit les
yeux six jours plus tard. A la même place. N'en avait-
elle pas bougé ? Et Alexis ?

— Alexis !
— *Don't talk, don't move*[1].

Elles étaient là, ses deux vieilles folles ! Elles
allaient guérir Alexis, et la guérir elle aussi !

Ce ne fut que deux jours plus tard, quand elles la
jugèrent assez forte pour supporter la nouvelle, que
Harriet et Justicia annoncèrent à Casilda la mort
d'Alexis. Pas des fièvres, d'une pneumonie. Justicia
était infirmière et avait lutté, sans succès, hélas. Il
n'avait pas repris conscience et, ajoutait Harriet tout
bas, comme en se cachant de Justicia, il avait passé
sans souffrance.

Elles l'avaient enterré. Dans le jardin. Avec l'aide
de deux khammes qui étaient allés jusqu'à Bou-Farik
chercher un cercueil. C'était M. de Vilmorin qui l'avait
fourni.

Cette même nuit, les premières douleurs assaillirent
Casilda.

Harriet allumait le feu, faisait chauffer l'eau, taillait
de la charpie dans un drap. Justicia mit l'enfant au
monde. Un garçon.

Casilda entendit les deux femmes le lui annoncer
avec de la joie dans la voix.

1. « Ne parlez pas, ne bougez pas. »

Casilda donnait le sein au petit Aurèle.

L'attention émerveillée qu'elle portait à l'enfant, les sentiments contradictoires qui l'assaillaient, joie et désespoir mêlés — chacun de ses bonheurs se doublerait-il d'un malheur ? —, ne l'empêchaient pas de regarder, par instants, autour d'elle et de s'intéresser aux deux femmes qui venaient de les sauver elle et son fils.

Les diaconesses évoluaient dans sa chambre en silence et avec efficacité. Elles rangeaient ce qui avait servi à la toilette du bébé et aux soins de la mère.

Elles s'étaient, sans un mot, installées à Ferme Blanche, comme si cela eût été prévu et organisé, comme si on leur avait dit, retenant à temps leur service et leur dévouement : « Nous aurons besoin de vous pour une mort et une naissance, très bientôt... »

A les voir, diligentes sans précipitation et débrouillardes au point d'avoir trouvé tout ce dont elles avaient besoin sans avoir eu à poser aucune question, on pouvait deviner chez elles l'habitude à se tirer au mieux des plus difficiles situations. Que devait être leur vie ici, entre plaine de Mitidja et montagnes de Kabylie, entre armée française et guerriers musulmans, avec, sans doute, dans le cœur et l'esprit, l'ardent désir d'aider à remplacer un drapeau par un autre ? Mais, si leur mission était de travailler à la gloire de l'empire britannique, rien ne paraissait leur ordonner de laisser mourir de faim une mère et son enfant, ou leur interdire de tenter de guérir un homme, fût-il français, de lui donner une sépulture et dire une prière sur sa tombe.

Elles avaient trouvé ici des petits tabliers de batiste blanche, ornés de volants. Sur leurs monacales et sombres robes de toile, ils étaient des fanfreluches déplacées, accentuant l'irréel de la situation. Et son comique

209

aussi, se disait Casilda avec un demi-sourire qui n'éclairait pas son regard voilé.

En fait, ces deux étranges créatures, elle ne les avait jamais autant ni si bien vues. On ne discernait pas grand-chose dans leur ténébreux repaire des écuries et sans doute avaient-elles tenu à cette obscurité dissimulant leurs mystérieuses personnalités. Cette demi-clandestinité de l'ombre devait les rassurer. Dans la grande lumière, venue du patio et ensoleillant la chambre, Casilda découvrait ces femmes qui, en échange de leur halte sécurisante ici, s'imposaient une obligation d'assistance à deux êtres en détresse.

Justicia était haute, décharnée et terne. Harriet, plus courte, avait dû être aussi plus dodue dans des temps meilleurs. Il y avait une pointe de rose sur ses joues que ne paraissaient jamais avoir connue celles de sa sœur. Et ce qui les faisait sœurs, précisément, était de longs yeux gris. Semblables de forme et de couleur chez l'une et l'autre. Mais non pas d'expression. Chez Justicia, ce gris était d'un brillant de métal, lame éternellement dégainée et prête à pourfendre. Il y avait de l'ingénuité dans les prunelles d'Harriet, traversées parfois d'un bref éclair d'exaltation.

Les deux Anglaises occupaient la chambre la plus rapprochée de celle de Casilda et s'y étaient installées d'elles-mêmes. Non pas, la jeune femme en était sûre, pour en avoir plus de confort qu'aux écuries, mais pour mieux veiller sur elle.

En quinze jours de vie commune, elles ne prononcèrent rien de plus que les paroles nécessaires au déroulement quotidien de ce qu'elles devaient juger être l'exercice d'un emploi qui leur avait, en quelque sorte, été payé d'avance.

Elles ne paraissaient ni voir Casilda pleurer ni croire nécessaire de la consoler ou d'engager une conversation qui n'eût pu aboutir qu'à créer plus de malaise encore entre elles trois.

Il n'y eut qu'un seul intermède bruyant, lors du bain

forcé qu'elles firent prendre, dans l'abreuvoir des chevaux, à la petite Ourida qui hurla. La chose leur parut nécessiter une brève explication. Comme si elles redoutaient d'être accusées de martyriser une enfant subissant déjà le joug de conquérants impitoyables, elles crurent devoir se justifier :

— Elle était couverte de vermine et c'est mauvais pour le bébé.

Ourida, des éclairs noirs dans le regard, revint des écuries briquée, les cheveux nattés et son corps gracile flottant dans une vieille camisole rose de Casilda.

Peut-être avaient-elles aussi désinfecté la chèvre ?

Et cela durait depuis trois semaines.

Deux visites des gens de Bou-Farik proposant leurs services, après avoir appris par les khammes la maladie du Roumi de Ferme Blanche, avaient compliqué les choses. Comment cacher la présence des deux diaconesses et en même temps faire croire ne pas avoir besoin d'aide ?

Les Marchandeau n'étaient passés qu'à l'aller par le camp et n'avaient donc pas été vus repartant. Cela permit à Casilda de faire croire à la providentielle et compétente présence chez elle de Mme Marchandeau. Lorsqu'elle repartirait avec son mari, petite Ourida suffirait à aider jusqu'au retour à Alger, penserait-on.

Casilda avait aussi annoncé son intention de quitter Ferme Blanche et révélé que le vrai propriétaire de l'haouch était un nommé Vitalis Bernardini avec lequel son mari avait passé un contrat d'exploitation rendu caduc par sa mort.

A Bou-Farik, on plaignait la jeune femme victime de l'un de ces spéculateurs qui achetaient des terres et n'avaient jamais le courage de venir les exploiter eux-mêmes. Si on l'apercevait, celui-là, foi de colon de la Mitidja, on ne soulèverait pas le chapeau sur son passage. Mais il ne se hasarderait guère dans les parages. Les gens comme lui, c'était pas de malaria qu'ils crevaient, c'était de bonne vie, d'absinthe, de lupanar et, parfois, d'un coup de couteau vengeur !

D'ailleurs, l'état sanitaire de Bou-Farik, en pleine saison des fièvres, était déjà un assez gros problème au camp, et on n'avait ni beaucoup de temps ni beaucoup de force à disperser alentour.

Trois longues semaines de cette existence discrète, silencieuse et feutrée.

Il semblait que cette demeure ne fût habitée que par un bébé, dont seuls les cris et les pleurs disaient qu'il y avait de la vie derrière ces murs.

Et un jour Casilda se mit à chanter. Cet éternel silence ne devait pas être bon pour l'enfant. Elle lui parla aussi. De son père, de son grand-père, de la Provence. Elle lui raconta même, un jour, la triste aventure des dix mille pruniers gelés. Miracle ! Elle entendit rire les diaconesses. Et elle leur dit :

— Il doit rester de la liqueur d'orange, dans la cuisine. Si nous en prenions chacune un petit verre à la mémoire de ces pauvres arbres et à la santé d'Aurèle ?

Dès lors, on bavarda un peu.

Allait-elle y retourner dans sa Provence ? Elle n'en savait rien. Elle ne savait plus rien.

Elle était si fatiguée.

*
* *

C'était Ourida qui avait ouvert la porte de l'haouch aux gens de Bou-Farik, ce fut encore elle qui introduisit, un beau matin, les visiteurs inattendus.

S'était-elle étonnée de voir les deux Anglaises disparaître aux premiers sons de cloche et gagner les écuries ? Elle trottinait, sans rien dire elle non plus, exécutait ce qu'on lui commandait et s'en retournait près de sa chèvre.

Ce matin-là donc, on crut, tout d'abord, qu'il s'agissait encore de gens de Bou-Farik.

Deux messieurs descendaient de calèche et s'époussetaient. Vêtus à l'européenne et coiffés de hauts-de-forme, ils arrivaient d'Alger, précisèrent-ils en se présentant.

Ils étaient les frères d'Alexis.

Casilda à peine levée de la veille les conduisit près de l'eucalyptus sous lequel reposait son mari.

Elle les regardait, ces intrus, sans les voir vraiment. Elle voyait surtout les grandes branches de l'arbre danser au-dessus de ce monticule de pierres surmonté d'une croix. Se pouvait-il qu'Alexis soit là ? Et était-ce bien elle dont l'ombre se projetait sur la tombe ?

Elle prêtait l'oreille à la musique du vent dans les feuilles, gênée par le murmure de prière que ces deux hommes se croyaient sans doute obligés de dire à mi-voix. Elle voulait écouter, avec Alexis le chant de l'arbre qui veillait sur lui. Un chant de soie doucement froissée, une caresse.

Elle avait hâte que ces personnages s'en aillent. Elle n'avait nulle envie de les connaître.

Mais ils n'avaient pas l'intention de partir déjà. Ils semblaient désirer parler. Elle les fit donc asseoir dans le patio et leur offrit à boire. Sa tête lui tournait et elle les voyait comme dans un halo. De mauvais anges, se dit-elle, voilà ce qu'ils sont.

Enfin ils parlèrent de ce qui motivait leur visite. Alexis avait écrit aux siens pour leur demander de mettre de l'argent dans son exploitation.

Ils étaient d'accord pour le faire, même maintenant, si le domaine en valait la peine. Il allait leur falloir le visiter et peut-être demander l'avis d'un expert.

Elle les laissa dire un moment. Puis les interrompit : Alexis avait sans doute omis de leur préciser que Ferme Blanche n'était pas à lui. Il n'en était que le régisseur.

Elle vit le regard de connivence qu'ils se lancèrent. Elle vit aussi leur attitude changer. Une raideur soudaine et de la défensive.

Qu'ils croient ce qu'ils voulaient, elle n'avait pas envie de s'expliquer plus. Elle les pria de se retirer. Elle venait d'être malade, leur dit-elle et n'avait pas encore récupéré ses forces.

Elle lut dans leurs yeux qu'ils n'en resteraient pas là et devina qu'ils iraient vérifier ses dires.

Elle ne leur donna pas l'adresse de Vitalis Bernardini trouvée dans les papiers d'Alexis. Qu'ils cherchent eux-mêmes, ces messieurs qui avaient détesté son mari.

Elle décida aussi de ne pas leur apprendre qu'ils avaient un neveu. Ils ne méritaient pas d'être les oncles de son bel enfant. Ils allaient fouetter leurs chevaux lorsqu'elle courut vers eux :

— Dites-moi... cette histoire de chats siamois...

Ils étaient stupéfaits. Ils avaient même l'air tout à fait ahuris. Dieu, qu'ils ressemblaient peu au brillant Alexis !

Elle avait envie de rire, pour la première fois depuis longtemps, et elle se sentit soudain aussi surexcitée que lorsque, jadis, elle faisait ses contes dans les garrigues.

— Ont-ils existé, les chats siamois ?

Il fallait qu'elle sache, Alexis ne devait pas lui avoir menti sur tout.

Apparemment si. Ces messieurs, le regard inquiet, semblèrent se consulter. Et celui qui était l'aîné risqua :

— Peut-être devriez-vous vous reposer un peu... ce climat... ces marais...

Elle les regarda partir en riant. Et la poussière que leur attelage souleva la fit tousser sans qu'elle cessât de rire.

Cette nuit-là lui parut étrangement chargée de menaces et d'espoirs. Sans qu'elle sût d'où lui venait, tout à coup, l'envie de lutter.

Il lui sembla, pour la première fois, en entendant les glapissements des chacals et les cris des hyènes, que les bêtes étaient plus apeurées que redoutables. Peut-être en était-il ainsi des humains. Alexis avait fait ce

214

qu'il avait pu, à sa façon. A elle de faire ce qu'elle pourrait. Et elle sentit qu'elle saurait défendre cette petite vie qui lui était confiée et se battre pour elle.

Il y avait, semblait-il encore plus d'étoiles dans le ciel ce soir. Ce pays en regorgeait. On devait faire confiance à une partie du monde aussi étoilée. La vie, le malheur et la mort étaient partout, mais tant d'étoiles ici, cela devait bien vouloir dire quelque chose.

Lorsque Eugénie Morelli apprit la mort d'Alexis et la naissance du petit Aurèle, par son mari qui tenait ces nouvelles du consul de Suède rencontré un matin chez le gouverneur, elle voulut en savoir plus. Parce que les hommes sont vraiment étonnants avec leur manque de curiosité. On leur dit : « Alexis Manerville est mort, Casilda a eu un petit garçon », et ils ne demandent pas plus de détails !

Et ces détails, Eugénie les voulait. Ce qui la fit entrer, le jour même, dans le magasin Marchandeau. Ulysse y était seul. Il dit ce qu'il savait.

Rentrée chez elle, bouleversée et en larmes, Eugénie demanda à Louis comment se rendre dans cette Mitidja et comment en ramener une enfant qui devait y être malheureuse à en trépasser elle aussi, si on n'intervenait pas.

Louis répondit que c'était, comme pour presque tout, une question d'argent, donc une question résolue. Il suffirait de louer une berline, une grande, car la jeune Casilda voudrait sûrement emporter beaucoup de choses. Leur cocher Narcisse, le Marseillais, était un homme sûr. Bien armé il ferait l'aller et retour sans problème. A la réflexion, on lui adjoindrait deux hommes à cheval, armés aussi bien sûr.

L'affaire se compliqua lorsque Eugénie annonça qu'elle voulait aller chercher la mère et l'enfant. Louis l'interdit et fut intraitable. Il y avait assez d'assassinats et d'enlèvements comme cela. Le cocher irait seul, ou n'irait pas.

Eugénie écrivit donc un mot que Narcisse remettrait de sa part à Casilda :

« Ma chère petite,

Votre père vous avait confiée à moi parce qu'il vous laissait seule, ce que vous revoilà présentement. Je considère donc que vous m'êtes de nouveau confiée.

J'ai une grande maison, avec de vraies fenêtres à l'européenne et des stores fabriqués par M. Morelli. On voit la mer de partout. Et le mouvement du port amusera le petit. J'ai aussi quatre Mauresques pour le ménage (vous savez comme moi qu'il en faut deux pour faire le travail d'une !).

Bref, cela dit pour vous inviter à venir vivre avec moi, bien seule parce que mon fils Martial veut terminer ses études à Marseille avant de s'installer dans la Régence.

Vos amis sont toujours ici. J'ai rencontré hier M. Ephraïm Solal. Et, pour être sincère, je ne l'aurais pas reconnu s'il ne m'avait saluée et avec un chapeau ! Parce que vous ne pouvez pas savoir comme tout change. Voilà les Juifs qui abandonnent leur costume national ! C'est juste de dire que d'autres font le contraire : les peintres, qu'on appelle orientalistes et qui nous arrivent en grand nombre, ont l'air d'adorer porter le burnous.

J'ai rencontré aussi votre beau militaire. Il est déjà capitaine et ses épaulettes neuves brillaient tellement que les jeunes filles le regardaient beaucoup. Mais c'est peut-être parce qu'il a des yeux aussi bleus que la mer aujourd'hui.

A propos de jeunes filles, la petite Tebaldi s'est mariée. Elle avait une robe toute brodée de corail blanc. Je croyais qu'il n'y en avait que du rose et du rouge. Et l'aînée des demoiselles du consulat britannique est Madame aussi. J'étais invitée aux deux mariages, parce que M. Morelli est déjà, comme on dit, un notable ici. Vous voyez que vous serez dans une maison honorable et offerte avec tout le cœur de votre

Eugénie.

P.-S. : Deux vilains messieurs, qui se prétendaient les frères de votre cher Alexis, ont eu le toupet de venir me demander si le propriétaire de votre haouch était bien un nommé Vitalis Bernardin, ou Bernardini. Autrement dit, ils osaient mettre votre parole en doute ! Je les ai reçus comme il se devait, et ils sont repartis tout penauds, une main devant, l'autre derrière, comme on dit chez nous.

Aux dernières nouvelles, ils cherchent à acheter un haouch, au lieu de pleurer leur frère. Voyez-vous, ma chère petite, l'ennui dans ce beau pays, c'est qu'il y arrive trop de gens qui n'ont pas de bonnes manières. »

Le 2 juillet 1838, alors que le canon sonnait l'heure de la retraite, Casilda, le petit Aurèle, Ourida et Blanchette franchissaient la porte Bab-Azoun et gagnaient la nouvelle demeure, bien neuve, bien propre, bien européenne des Morelli.

Seule enfin dans sa chambre, l'enfant couché, Casilda ne pensait qu'à dormir. On ne pouvait pas être plus chaleureuse, plus aimante qu'Eugénie, mais pas plus bavarde non plus.

Quitter Ferme Blanche et sa solitude, retrouver la ville et son mouvement incessant, revoir tant de gens !... Il lui semblait avoir aperçu toute la société d'Alger dans les rues Bab el-Oued et Bab-Azoun ! Elle tombait de sommeil.

La maison Morelli reposait dans le calme le plus complet lorsque la voix superbe du ténor Arthur Ricardi, après trois accords de guitare, s'éleva dans le silence du milieu de la nuit.

Éveillée la première, Eugénie, incrédule, secoua son mari :

— Louis ! Louis ! Une sérénade !

— Déjà ! dit M. Morelli, avant d'enfoncer un peu plus son bonnet sur ses deux oreilles et de se rendormir.

La musique éveilla aussi le petit Aurèle qui éveilla sa mère à son tour par des hurlements longs et perçants.

Casilda perdit ainsi la moitié du *Tanti palpiti* qu'on lui offrait pour la seconde fois de sa vie.

Il semblait, se dit-elle, que cet air lui fût désormais consacré. Elle s'en amuserait peut-être un jour, mais pas ce soir. Elle avait eu un instant d'effroi à entendre cette chanson qu'Alexis avait fait donner sous ses fenêtres autrefois. Alexis était mort, et ne pouvait... Mais très vite, sa raison lui revenant pleinement, elle devina que l'un de ses amis l'avait aperçue et lui souhaitait ainsi la bienvenue. Il eût été, toutefois, mieux inspiré de choisir une autre musique !

Et lequel, de Romain Deslandis, Herbert de Saint-Hilaire ou Ephraïm Solal, savait déjà son retour ? Elle se posa la question en souriant avec mélancolie.

L'enfant ne se calmait pas. Elle essayait, après l'avoir bercé un moment, de le recoucher. Il reprenait alors de plus belle ses hurlements. Se tairait-il jamais ce soir ?

Elle ne voulait pas faire attendre plus longtemps les musiciens aperçus derrière la vitre et levant leurs yeux vers le premier étage de la maison. Elle se montrerait donc avec le bébé et ouvrit sa fenêtre sur la nuit étoilée, parfumée par un héliotrope déjà gigantesque qui grimpait jusqu'au balcon.

Elle tenait l'enfant sur un bras et de l'autre elle ébaucha un geste disant son impuissance à faire taire ce petit braillard.

Et ce fut le chanteur qui se tut soudain, au beau milieu de l'envolée la plus lyrique !

Était-il vexé ? Et prêt à s'en aller avec ses hommes ?

Elle se le demandait, lorsqu'un autre chant s'éleva. Le grand Arturo Ricardi donnait une berceuse, celle de *La Muette de Portici*, si jolie et si douce.

Aurèle Manerville, âgé d'un mois et demi à peine, avait, en cette douce nuit d'été, le grand honneur d'être invité au sommeil par l'une des plus belles voix du siècle.

« Comme un petit prince », murmura Eugénie.

Ce fut magique. L'enfant cessa immédiatement ses hurlements.

Dès cet instant, la berceuse d'Auber fut celle qui aurait le pouvoir de le calmer pendant des années.

Casilda maintenant pleurait, en serrant son fils sur son cœur.

Elle regardait droit devant elle, là-bas vers les étoiles et laissait couler, tout au long de ses joues, des larmes qu'elle ne pensait pas à essuyer.

Elle ne pleurait pas sur elle. Ni sur cet enfant qu'elle était certaine d'avoir la force d'élever. Elle pleurait sur Alexis. Alexis qui aimait tant la vie, qui aurait sans doute pensé, en cet instant, qu'il y avait quelque chose de bon à tirer des sérénades... peut-être une entreprise de sérénades ! Elle pleurait aussi le petit garçon Alexis qui avait vendu trois chats siamois pour s'acheter un sifflet et des billes et qui était venu mourir en terre d'Afrique... parce que, même si les chats siamois n'avaient existé que dans son imagination, où était la différence ?

Elle avait toujours senti qu'il était plus jeune qu'elle, plus fragile et qu'elle devrait le protéger.

6.

Il fallait choisir une date pour le baptême d'Aurèle II.

— Madame Manerville, si vous attendez encore quatre semaines, quatre courtes semaines, ce n'est pas l'humble prêtre que je suis qui en fera un petit chrétien, mais Mgr Antoine Adolphe Dupuch, premier évêque d'Alger. Rome et Paris nous l'annoncent pour la fin de l'année.

Comme elle assurait à l'abbé Pelletan, qui l'avait mariée, le bonheur qu'elle aurait de lui présenter son fils sur les fonts baptismaux, et comme il insistait, sans arriver à lui faire changer d'avis, il finit par en dire plus :

— Eh bien ! Nous aimerions combler monseigneur, dès son arrivée ici, en lui donnant autant d'enfants d'Arabes que d'enfants d'Européens à offrir à notre Sainte Église. Nous prévoyons vingt orphelins de parents musulmans. Les sœurs de Saint-Joseph nous les gardent pour ce jour-là. Mais nous n'avons, hélas, que six bébés chrétiens en vue.

— En somme, monsieur l'abbé, il y a plus d'Arabes à baptiser que de Français ? Cela veut dire...

— Rien du tout ! Pour moi, on ne baptisera pendant des lustres que des orphelins...

220

Elle l'interrompit à son tour :

— Qui ne peuvent se défendre.

— Madame Manerville, vous blasphémez ! Je voulais dire que les temps n'étaient pas encore près de venir où nous aurions vingt conversions d'un coup. Je ne verrai sans doute jamais cela.

— Et ne craignez-vous pas de faire croire à monseigneur, avec vos vingt doubles baptêmes, qu'il met le pied sur une terre bénie et déjà en voie de rapide conversion ?

— Mgr Dupuch, madame, n'est plus un enfant de chœur !

On attendit donc.

L'évêque était, en effet, annoncé pour la fin de l'année. Toute la ville en parlait. Que l'on fût catholique ou pas, on appréciait d'avoir là une haute personnalité de plus.

Les arrivées de bateau, à Marseille comme à Alger, Eugénie connaissait ça. Rien n'était plus inexact qu'elles. On disait *Le Céphise* sera là jeudi et samedi il n'était pas encore en vue. On affirmait que *Le Thabor* entrerait au port le lundi et dès le dimanche il lançait ses amarres !

Dès lors, Eugénie guetta l'arrivée de ce prince de l'Église qui baptiserait son filleul.

On attendait *Le Tartare* pour le 1er janvier. Il mouilla dans la rade — où les navires pavoisèrent à une vitesse record —, acclamé par tous les marins grimpés sur les vergues et les cordages, le 31 décembre à 8 heures du matin.

— J'en était sûre ! s'écria Mme Morelli, alors que les canons des forts et les salves d'artillerie saluaient et que les tambours de la milice africaine battaient le rappel.

Seule, l'église d'Alger avait la douleur de rester muette. Elle n'avait pas encore de cloche ! Le minaret de la mosquée n'était pas assez solide pour en supporter une. Au grand chagrin d'Eugénie aussi qui faisait partie des dames quêteuses et connaissait le montant des sommes récoltées permettant de faire fondre au moins trois bourdons.

A peine le temps de s'habiller en hâte, et Eugénie qui espérait être l'une des premières au débarcadère s'y trouva mêlée à une foule compacte et joyeuse. Des terrasses partaient mille acclamations vers le marabout français et les rues contenaient avec peine le flot des curieux.

Et tout cela, Eugénie n'était pas loin de le croire, pour le baptême du petit Aurèle !

Elle suivit le prélat et sa suite. Elle espérait bien s'entretenir quelques secondes avec monseigneur lorsque cette masse hétéroclite de gens se clarifierait un peu, lorsque Arabes, Maures, Juifs, Couloughlis et Nègres se seraient enfin éloignés.

L'évêché était une ancienne dépendance du palais des deys d'Alger et servait, autrefois, de résidence aux beys des provinces lorsqu'ils venaient voir leur suzerain. Mme Morelli y rencontra Ulysse ayant revêtu, pour la circonstance, son ancien uniforme. Il était planté devant l'entrée et lisait une inscription en arabe qu'il traduisit à Eugénie :

« Béni sois-tu, toi qui viens au nom du Seigneur apporter la justice et la vérité. »

Incrédule, Eugénie demanda :

— Mais pourquoi souhaite-t-on la bienvenue à un évêque français en arabe ?

— L'inscription est là depuis des siècles. Elle n'était pas destinée à monseigneur. Il est d'ailleurs question de l'effacer.

— On pourrait aussi bien la laisser, dit Eugénie pratique, elle convient.

Et comme dans la suite des personnalités officielles se trouvaient quelques Arabes de grande tente en burnous rouges et décorations, elle se faufila vers eux, vit un bachagha prendre les mains du pontife et l'entendit dire :

— Nous savons que tu aimes les pauvres et ne fais pas de distinction entre ceux de notre culte et ceux du tien.

— Oui, reprit Mgr Dupuch, je les regarderai non avec les yeux, mais avec le cœur.

Comme elle en pleurait, Eugénie perdit une partie de ce que le mufti dit à son tour à l'évêque et s'en désola tout au long du chemin du retour, contrite de ne pouvoir faire un rapport fidèle à Casilda. Il avait été question de ténèbres et de soleil, mais elle était beaucoup trop émue pour savoir qui était dans l'ombre et qui dans la lumière d'après le musulman. Elle se consola soudain. Ce dont il fallait parler surtout, c'était de la fameuse statue de la Vierge et de ce que l'évêque allait penser de cette affaire-là, quand on la lui apprendrait. Même un grand pontife, un homme si près de Dieu, devrait être saisi d'étonnement à l'entendre. Au fait, comment allait-on lui raconter ça ? Elle, elle aurait dit :

— Voilà, monseigneur, ce qui s'est passé le jour du débarquement des Français ici, en 1830. Dans la pagaille, le tohu-bohu, le désordre, c'était la guerre, n'est-ce pas, et vous savez ce que c'est, on a un peu tout embrouillé, les caisses de vivres, les caisses de munitions et celles de Dieu seul sait quoi encore. Bref, en en ouvrant une, qu'est-ce qu'on a trouvé dedans ? Je vous le demande, monseigneur ? La Vierge ! Notre Vierge Marie, grandeur nature, en marbre, dormant dans une caisse de biscuits ! Pas d'étiquette, pas d'adresse, pas de nom d'expéditeur. D'ailleurs, à cette époque-là, vous pensez bien qu'on n'avait pas encore commandé de statue, vu qu'on ne savait même pas si on débarquerait et encore moins si on resterait. Les saints envoyés ici, par la suite, ceux-là on les avait demandés, on savait d'où ils venaient, des évêchés de Marseille, de Paris, de Toulon, même de Lille ! Mais cette caisse-là, *on n'a jamais su* ! Elle faisait, en quelque sorte, partie du débarquement, elle arrivait ici pour conquérir Alger, toute seule, sans le dire à personne. Elle voulait s'introduire dans ce repaire des Barbaresques pour effacer leurs crimes. Alors, je vous le demande à *vous*, monseigneur, fils de notre Église, est-ce que c'est un miracle, oui ou non[1] ?

Mgr Dupuch baptisa Aurèle le 6 janvier 1839. Mais sans la compagnie de vingt orphelins arabes et autant de petits Européens. Il y avait eu plusieurs naissances chez les Espagnols, les Italiens et les Mahonnais et on n'eut pas besoin du jeune Manerville pour que leur nombre égalât celui des enfants de musulmans. « Tant mieux, dit Eugénie, on aurait été trop mélangés, et avec M. le consul comme parrain, ça n'aurait pas été convenable. Bien que, si vous voulez mon avis, pour *un officiel* il est aussi simple que vous et moi. »

Deborah n'avait pu assister au baptême. Elle était toute au bonheur de la naissance du petit Alexander, mais ne s'était pas encore relevée.

Elle ignorait que son gros garçon de huit livres — Aurèle n'en avait pesé que six ! — était affligé d'un pied-bot. On ne lui en avait rien dit, sur les conseils du médecin et du pasteur protestant. Elle avait eu un accouchement difficile, se rétablissait lentement et aurait mal supporté cette révélation.

Elle ne langeait pas l'enfant elle-même et Ulysse s'efforçait de prolonger le séjour de cette ex-cantinière, devenue sage-femme pour les besoins pressants de la ville, et s'acquittant de ce soin, avec une brusquerie du geste qui faisait trembler le pauvre père.

Il avait consenti, sans faire d'objection, à laisser élever son fils dans la religion de Deborah. Assez tiède

---

1. Dans son *Essai sur l'Algérie chrétienne*, Mgr Dupuch suggère que cette statue ait pu être amenée jusqu'au port d'Alger, soit par les Barbaresques, avant la conquête et fut donc une prise des pirates, soit — et il penchait pour cette hypothèse — qu'elle ait été « placée par une main ingénieusement prévoyante sur un des vaisseaux de la flotte qui, première des flottes chrétiennes, devait les dominer sans rivale et vaincre enfin la piraterie ».

catholique, il admettait surtout que les prières étaient l'affaire de la mère. N'était-ce pas elle qui les enseignait la première à l'enfant ? D'ailleurs, il n'eût jamais songé à contrecarrer sa chère Debby en quoi que ce fût et la pensée d'avoir à lui annoncer leur malheur le plongeait dans le désespoir.

Il n'avait pu s'empêcher de dire au pasteur, que Deborah l'avait envoyé informer de la naissance — et qui n'avait encore, en guise de temple qu'une petite chambre faisant partie du collège de garçons —, combien Dieu, qu'Il fût adoré avec ou sans Réforme, l'accablait lui, Ulysse Marchandeau, déjà invalide de guerre.

— Mon bras ne Lui suffisait donc pas ?

— Dieu éprouve ceux qu'Il aime.

Il pleura, le pauvre Ulysse, toute la nuit qui précéda le moment où il fallut bien annoncer à Deborah que son fils boiterait, à elle qui ne cessait de contempler le plus bel enfant du monde. Cette merveille de baby que chacun eût admiré dans les rues de Bath, ce portrait exact du pasteur, son grand-père, lorsqu'il était lui-même un parfait exemplaire de la bonne race anglaise, blonde, rose et bleue.

Mais Deborah ne pleura pas. Elle était, désormais, la mère d'un futur génie de la musique, un Liszt, un Mozart ou peut-être même un Jean-Sébastien Bach, aussi dit-elle :

— L'essentiel est qu'il possède ses deux mains. Et il a, regarde-les, Ulysse, les plus belles qu'on puisse rêver.

Elle avait néanmoins pâli encore un peu plus à l'annonce de la disgrâce de l'enfant. Mais elle était déjà si blanche de fatigue qu'Ulysse ne s'en aperçut guère et ne vit même pas ciller cette femme admirable et qui était la sienne.

Il en remercia Dieu, malgré tout. D'ailleurs, boiter n'avait jamais empêché d'être un parfait cavalier. Et c'est à cheval qu'on juge l'allure d'un homme, sa classe et la noblesse de son maintien. De plus, cet enfant parlerait toutes les langues de ce pays de polyglottes. Qui l'empêcherait alors d'être grand et célèbre quand même ?

Oui... Mais il pleurait, Ulysse Marchandeau.

*
* *

Deborah se regardait, avec complaisance, dans le miroir de sa chambre.

Elle étrennait une robe dont la nuance liqueur d'absinthe diluée était une réussite. Elle y était arrivée, à le dresser, son teinturier kabyle ! Il avait enfin compris qu'elle voulait, pour ses tissus, des coloris rares, de ceux que le commerce ne peut fournir parce que les clientes de bon goût sont rares aussi.

Elle achetait ses lainages et ses soieries aux indigènes qui les fabriquaient ici. Et il était intéressant, ensuite, d'en surveiller les transformations dans ces cuves terrifiantes au-dessus desquelles ces sorciers de la couleur s'agitaient comme diables en enfer.

De la sorcellerie, elle passait à l'horrible en s'aventurant dans le quartier juif — ce cloaque où les israélites pauvres croupissaient — pour y faire travailler l'une de ces couturières d'une redoutable malpropreté mais si habiles qu'elles auraient fait fortune à Bath, alors qu'ici elles ne demandaient que trois boudjoux pour tailler et coudre une robe, digne, précisément de Bath et de ses fashionables ladies. Elle était sûre, si le bonheur de revoir un jour l'Angleterre lui était donné, d'ébahir sa famille et ses amis par une élégance dont elle n'avouerait jamais le coût dérisoire. Si, plus tard, Ulysse cessait de passer une partie de ses nuits à tenter de résoudre ses problèmes financiers pour honorer ses échéances et faisait enfin fortune, elle continuerait à faire travailler son sorcier kabyle et sa souillon juive. Trop de femmes, à Alger, avaient la stupidité de croire, et de dire, qu'une toilette ne venant pas de Paris n'en était pas une. Oui, même riche, elle ne demanderait jamais que peu d'argent à Ulysse pour ses besoins personnels.

A ce point de sa réflexion, elle chercha comment elle allait annoncer à son mari sa décision de ne plus se rendre, chaque jour, chez le peintre romain comme elle le faisait depuis ses relevailles. A cinq francs la séance quotidienne, c'était une rentrée de cent vingt francs par mois — elle avait fermement refusé d'y aller aussi le dimanche — qui leur ferait défaut. Mais elle n'en pouvait plus. Ulysse devrait comprendre combien cet homme était étrange, inquiétant même parfois. Et combien passer, chaque jour, six interminables heures devant un piano, en prenant tout juste une seconde pour boire un verre d'eau et essuyer son front ou ses mains, était épuisant.

En nouant, sur la robe vert pâle, une ceinture assortie au violet sombre de ses yeux — ces deux coloris s'assemblant parfaitement — elle se demanda, tout à coup, si Casilda ne serait pas intéressée par ces séances musicales chez Ludovico d'Ataleta, peintre venu de Rome et installé dans la Régence depuis quelques mois.

Et Casilda fut, en effet, intéressée.

La maison, située à l'angle des rues de la Marine et d'Orléans, offrait la sobre et blanche apparence de beaucoup d'autres et se révélait fastueuse, comme si souvent, dès le portail refermé.

Ici, au style mauresque des patios, et aux colonnades et faïences de Hollande ou d'Italie, s'ajoutait un peuple de statues de marbre. « Ne vous en effrayez pas, avait prévenu Deborah, on s'y habitue... et même à la présence de l'impératrice romaine de la salle où vous jouerez ! Il paraît qu'un cotre a fait la navette, un mois entier, du temps des Turcs, entre Cherchell et Alger pour amener des antiques dans cette demeure qui appartenait à un Anglais avant d'être celle du peintre. »

Casilda les regardait, ces statues, dressées dans les jardins sur fond de bougainvillées pourpres, nichées dans le patio parmi les floraisons de daturas, de jasmins et de roses, les colonnades de marbre et les fontaines de faïence de Delft, ou exposées dans chacune des pièces traversées à la suite d'un chaouch majestueux et muet. Et il y en avait une, en effet, dans la salle où trônait un piano à queue. Cette dame de pierre paraissait attendre sans impatience, mais avec une certaine condescendance, celle qui aurait l'outrecuidance d'imposer son petit talent parmi tant de splendeurs de la Rome antique.

Et Casilda fut laissée là — pouvait-elle dire seule ? — par le chaouch muet.

Tout à fait volubile fut, en revanche, le majordome en habit noir qui vint initier l'arrivante aux rites imposés.

— Madame trouvera là, sur le meuble à partitions de musique, l'indication de ce que Monsieur désire entendre. Une interruption de cinq à dix minutes est permise entre chacune des exécutions *de la même œuvre* tout au long de la journée. La demi-heure pendant laquelle notre maître prend sa collation sera employée aussi par Madame pour se restaurer. Nous lui apporterons son en-cas sur un plateau. Si Madame veut, le soir en s'en allant, préciser ce qu'elle aimerait prendre à ce bref repas, notre chef se fera un plaisir de la satisfaire. Madame ne devra pas s'étonner de ne jamais rencontrer Monsieur. C'est, précisément, pour qu'il puisse travailler — et nous ne le pouvons qu'en musique — que Madame est ici. Je signalerai, enfin, combien mon maître a peu apprécié que Mme Marchandeau ait tenté d'écarter les tentures pour l'observer. Il y a d'ailleurs, entre elles et l'atelier, un triple voilage qui n'empêche pas les sons d'arriver au plus profond de la salle, mais supprime, en revanche, toute possibilité de voir autre chose qu'une vague silhouette de Monsieur.

228

Et le majordome disparut alors sur un : « Madame pourra commencer dès qu'elle se sera mise à l'aise », tenant plus de l'ordre que du conseil.

La seule présence rassurante ici était celle de la mer, aperçue par la petite fenêtre grillée. Parce que le piano lui-même paraissait redoutable dans sa majesté noire et luisante.

« Je ne suis pas une virtuose, vous le savez », avait dit Casilda à Deborah. Mais, superbe, celle-ci avait répondu :

— Ma chère, pour cinq francs par jour vous en donnerez toujours assez ! Au reste, ce monsieur n'écoute pas. Je le soupçonne de ne vouloir de la musique que pour assourdir les bruits de la ville. Faites ce que vous pourrez et ne vous souciez de rien. Moi qui suis...

— Une artiste !

— On peut, je crois, le dire. Eh bien ! moi, ma chère, j'ai souvent joué fort mal, par lassitude, et il ne m'en a point fait la remarque.

— Vous l'avez donc vu ?

— Jamais.

Elle ne le vit pas non plus.

Elle exécuta huit fois, ce premier jour-là, le *Concerto n° 12* de Mozart et rentra chez elle épuisée, mais contente de la pièce d'argent qu'elle avait ainsi gagnée.

Le *Concerto n° 24* de Mozart, le *N° 2* de Brahms et la *Sonate en la majeur* de Schubert, furent tout autant répétés les trois jours suivants sans qu'elle entendît même un froissement de papier dans la pièce voisine. Elle aurait pourtant aimé voir à quoi il ressemblait, cet original personnage, elle se serait sentie plus à l'aise si elle avait su pour qui elle jouait.

Et jouait, en effet, médiocrement. Deborah avait raison de ne pas ébaucher la moindre esquisse de compliment à son endroit. Mais, puisque ce monsieur paraissait se contenter de ses petits exercices, tant mieux. Ce gain inespéré lui permettrait de payer son écot chez Eugénie, bien que cette dernière le refusât avec énergie. La pensée de n'être plus à la charge des Morelli la ragaillardit une fois de plus, et elle fit même, pendant l'adagio de la sonate de Schubert, un clin d'œil amical à la dame de marbre.

Mais, la nuit tombée — comment le peintre travaillait-il encore ? —, il fallait jouer à la seule clarté des bougies du piano et elle ne se sentait pas du tout ravie d'être là. Il lui arrivait alors de se rappeler qu'elle avait, d'un seul coup de fusil en plein cœur, tué le redoutable Brahim Ben-Khouïled et que rien ne pouvait, désormais, l'effrayer. Mais elle savait qu'il y a deux sortes de peurs, celle ressentie face au danger visible, aussi redoutable soit-il, et celle éprouvée devant l'inconnu, le mystère, l'incompréhensible.

Elle adopta, pendant cette période, dite « du peintre romain », un calendrier qui lui était personnel. Elle ne vivait plus le mercredi 5 novembre, par exemple, mais « le jour du *Concerto n° 12* », tant à jouer le même morceau des heures durant, elle en était imprégnée. Et celui qui devait s'appeler « de la grande *Sonate n° 106* de Beethoven » arriva.

L'allegro n'en était qu'à ses premières mesures lorsque, soudain, les rideaux furent ouverts avec violence. Une violence telle que la tringle de bronze se détacha du mur et entraîna la masse de velours rouge dans sa chute.

Mais ni Ludovico d'Ataleta ni Casilda ne parurent prêter attention à ce désastre. Ils étaient, tout entiers, à la surprise de la découverte l'un de l'autre.

Elle le trouva superbe.

Il la trouva sublime.

Et lorsqu'ils se furent, enfin, assez contemplés, toujours sans rien se dire, ils abaissèrent leurs yeux jusqu'au tas de tissu cramoisi écroulé à leurs pieds et ne purent, se regardant à nouveau, que se mettre à rire.

Casilda, la première, se reprit. Avec une exaltation contenue — quelle femme ne se sentirait des ailes en lisant dans le regard d'un homme de qualité combien on la trouve belle ? — elle demanda :

— Et que veniez-vous me dire, monsieur, avec tant... d'énergie ?

Il rit encore. Il avait des dents fort blanches qu'il montrait généreusement.

— Je venais vous signifier que si vos interprétations de Mozart sont à peu près supportables, celle de Beethoven, en revanche, est exécrable.

— Et vous avez bien raison ! Je ne crois pas être faite pour ce genre d'immense œuvre-là. Mais aussi, quel traître choix avez-vous fait ! Parmi ce qu'il y a de plus difficile à exécuter, c'est là le pire. Le maître disait en créant cette *grande sonate*, qu'avant cinquante ans personne n'oserait la jouer en public !

— Celle qui vous a précédée l'a fait. C'est une remarquable pianiste... Voulez-vous que je vous montre comment on doit interpréter cette pièce ?

Sans attendre sa réponse, il se mit au piano.

Il avait plus de talent encore que Debby. Ce fut un moment exaltant.

Il dit en se levant :

— Seuls Liszt et moi avons osé donner la *106* en public, en effet.

— Vous êtes donc peintre et musicien ?

Il haussa légèrement les épaules. Il regardait maintenant vers la mer et ajouta :

— Comme tout est beau ici, entre mer et soleil, entre mer et étoiles...

Elle acquiesça de la tête, sans rien dire.

— C'est beau comme cette sonate, cela pulvérise tout le reste... et comme dans la sonate encore, il y a ici aussi de la démesure, de la nouveauté, de la liberté. Vous aimez vivre parmi cela ?

Elle levait la tête vers lui, se demandant s'il mesurait plus de deux mètres, lorsqu'elle aperçut, dépassant de sa djellaba de velours noir, les socques de bois peintes en rouge et enluminées d'or dont il était chaussé. Hautes d'au moins vingt centimètres, on les utilisait ici dans les hammams pour se rendre d'une pièce à l'autre. Cela retranché, il était encore de fort belle taille.

Il vit son regard et expliqua :

— Je peins en ce moment quelque chose de vastes dimensions et qui atteint presque le plafond.

Et, sans transition, il ajouta :

— Pourquoi venez-vous ici jouer du piano six heures durant ?

— Pour les cinq francs.

— Ah !

— Mon mari est mort. Et j'ai un enfant.

— Per Jove ! Je vous aurais donné seize ans à peine !

— J'en ai dix-huit... bientôt.

— Vous ne valez pas grand-chose pour le piano, mais en revanche, comme modèle, si vous vouliez...

— Je veux. Je posais pour mon père.

— Qui était-il ?

— Aurèle Maurin-Darbière.

Apparemment il ne connaissait pas. Elle ajouta :

— C'était un orientaliste.

— Et il venait chercher l'Orient ici ?

— Oui.

— Nous ne sommes point en Orient dans la Régence, nous sommes à Rome.

— Que voulez-vous dire ?

— Ce que je dis : l'Afrique est romaine avant d'être orientale. Et ils m'amusent tous mes confrères européens qui débarquent ici, endossent le burnous et croient voir s'écouler les heures des mille et une nuits !... Êtes-vous déjà allée à Cherchell ?

— Comment aurai-je pu ? L'armée d'Afrique n'y est pas encore entrée ?

— C'est là que se trouvent les plus belles ruines romaines. Cherchell était l'ancienne Césarée. Séléné, la fille de la grande Cléopâtre et d'Antoine, y a régné...

Voulez-vous poser pour moi, coiffée comme elle du grand épervier d'or ?

— Je crains qu'il n'en soit de cette pose comme de mon interprétation de la *Grande Sonate*. Trop de grandeur dans tout cela... Et d'ailleurs, où irez-vous chercher l'épervier d'or ?

Il avoua, de bonne grâce, que le fameux oiseau serait difficile à trouver. Alors on y renonça en riant.

Il semblait avoir une autre idée.

— Venez, dit-il.

Elle le suivit dans son atelier.

La salle était vaste, tout en longueur et grande ouverte sur ciel et mer confondus.

Comme Casilda s'étonnait de découvrir une pareille baie dans une maison mauresque si pure de style, Ludovico d'Ataleta expliqua aussitôt :

— Il y a, dans la ville, un petit homme, un architecte, dit-on, qui a voulu me tuer — ou presque ! — parce que j'ai abattu un mur entier ici pour y laisser entrer le soleil. Mais c'est lui-même, cet horrible personnage dont la laideur offense ce pays de beauté, qu'il faudrait supprimer !

— Parlez-vous d'Adolphe Muller ?

— Le sais-je ? Ce gnome mérite-t-il seulement un nom ? Croit-il que je pouvais laisser dans l'ombre mon bel Apollon, dieu de la lumière, dieu solaire, symbole de la clarté ?

C'est alors qu'elle découvrit l'unique statue habitant l'atelier, un éphèbe nu de marbre blanc et dont il restait, sur la chevelure bouclée — vestige de la polychromie de jadis, ou coloration plus récente ? — des traces de ce rose tendre et irisé qui, dans l'Antiquité, devait faire contraste avec la pâleur du visage et donner à ce dernier un relief plus saisissant et un éclat plus intense.

Mais ce qui distinguait cette effigie du jeune dieu d'autres statues de lui peut-être aussi belles, c'était son regard. Impressionnant, terrifiant.

A l'emplacement des orbites creusées dans la pierre, étaient incrustés des yeux de topaze. Prunelles dorées qui, dans cette lumière des matins d'Algérie où tout vibrait, où le corps nu du dieu semblait de chair et s'animait, frissonnait presque, elles paraissaient vivre avec une intensité maligne difficilement soutenable.

Casilda s'en détourna, ressentant un malaise. Alors Ludovico, s'avançant jusqu'à la statue, lui effleura le visage, et deux paupières d'or s'abaissèrent sur les gemmes scintillantes.

Il riait, doucement. Elle découvrit qu'il ressemblait à son Apollon. Mêmes traits parfaits, même chevelure bouclée. Mais c'était comme si le marbre eût été le dessin et l'homme le tableau peint et achevé. Les couleurs changeaient tout. L'Italien avait une peau dorée, des cheveux noirs et, fort heureusement, un regard brun chaleureux.

— Il faut, dit-il, que je vous explique cet Apollon victorieux : il vient de tuer le serpent Python qu'il écrase là, sous son pied, et il raconte son combat à la colombe que vous voyez perchée sur ce morceau de branche... à moins que ce ne soit l'oiseau qui félicite le dieu de sa prouesse !... Saura-t-on jamais ? On dit que cette statue appartenait à Juba II, roi de Numidie, Maure converti. On dit encore que le souverain recevait dans la salle du trône où trônait aussi l'Apollon dont les yeux, interchangeables, étaient de pierreries, plus ou moins précieuses selon l'importance du personnage introduit. Lorsque j'ai acquis cette maison et tout ce qu'elle contenait, l'Anglais qui l'habitait s'était déjà ruiné pour une belle esclave russe rachetée au dey. Il lui avait fait monter en diadème les prunelles d'émeraudes et de rubis de sa statue. Je n'ai eu que des rechanges de topaze et d'améthyste, sans doute destinées aux réceptions du menu fretin... Je me suis souvent demandé ce que devait penser celui qui, reçu par le roi Juba, voyait, selon la couleur des yeux de la statue, à quel prix le souverain évaluait sa personne. Il y avait là de quoi vous faire perdre confiance en vous si le regard n'était que de pierres semi-précieuses ou même vous rendre furieux sous l'offense, qu'en pensez-vous ?

— Peut-être l'outrage était-il plus grand encore s'il n'y avait rien dans les orbites, ou que les paupières étaient abaissées ?

— Oui... sans doute !

Il la regarda à nouveau, intéressé. Elle n'était pas sotte. Peut-être accepterait-elle de poser en esclave franque, nue, devant un parterre d'Orientaux la convoitant. La scène se passerait au point culminant des enchères. Des acheteurs, on ne verrait que les dos, burnous ou djellabas immobiles, dans l'attente. Et elle serait de face, offerte, couverte seulement de sa peur, de son humiliation. Tous ses confrères, ou presque, tentés par ce sujet, dissimulaient le visage de la femme sous un voile ou sous son bras replié. Lui la voulait les yeux grands ouverts sur l'horreur de son destin.

Mais saurait-elle avoir ce regard-là, serait-elle assez effarouchée, nue devant lui, pour faire passer dans ses beaux yeux affolement, humiliation et peur ?

Celles à qui il avait essayé de faire jouer ce rôle n'avaient cessé de le décevoir. Les filles faciles, les seules qu'il ait trouvées ici, quelques chanteuses de café concert ou de beuglant, ignoraient la pudeur et ne pouvaient lui offrir ce frémissement apeuré qui devait parcourir leur chair émue. Quant à leur regard, il n'était jamais que provocation ou fausse candeur.

Lui demanderait-il de se déshabiller dès aujourd'hui ? Il craignit qu'elle ne refusât et ne revînt point. Et il ne le voulait à aucun prix. Plus il la regardait, plus il était sûr que c'était elle qui allait, enfin, lui permettre de faire une œuvre de qualité. Ce qu'il voulait tenter de reproduire aussi, c'était ce fréquent désaccord entre les lèvres et les yeux qui crée ce mystère du visage qu'ont seuls su rendre Vinci et Botticelli. L'expression divine des bouches de femme de ces deux maîtres, il voulait essayer de la capter à son tour, et dans un visage effrayé et humilié. Il lui fallait, pour cela, un être pur, sain, neuf. Par miracle, il l'avait là, souriant devant lui. Il en était sûr, sa chance le lui envoyait. Cet insondable secret des bouches de Vinci, il était là devant lui, dans le fameux désaccord entre ce regard un peu moqueur et le charme sensuel et grave à la fois de ces lèvres.

Ce qu'il fallait, c'était ne pas effaroucher cette précieuse créature, l'amadouer peu à peu. Saurait-il ? Et surtout saurait-il, ensuite, faire l'analyse subtile de ce visage dans la situation où il le mettrait ?

L'entreprise lui parut alors insurmontable. Il n'était ni Botticelli ni Vinci...

Découragé, il faillit renvoyer Casilda, mais quelque chose dans son regard le retint. Quelque chose de doux, de tendre, qui lui fit chaud au cœur : *elle le regardait avec amitié*. Et qui, du plus loin qu'il se souvienne, lui avait ainsi porté intérêt ?

Elle est bonne, se dit-il. Belle et bonne à la fois !

— A quoi pensez-vous ? lui demanda-t-il.

— A vous ! A vous et à mon père. Il m'observait, comme vous le faites, lorsque je revenais, tout courant de nos garrigues, et grimpais jusqu'à son atelier. Il me disait : « Reste là, ne bouge plus ! » et il s'affolait à la pensée que le rose de mes joues fouettées par le vent et les brindilles dans mes cheveux et le soleil encore dans mes yeux allaient disparaître avant qu'il ne s'en soit emparé.

— Et que croyez-vous que je veuille, moi, de vous ?

— Peut-être... les reflets de la lumière d'Alger sur mon visage... ou ce qui reste dans mes yeux de la peur qu'y a mis le regard terrible de votre Apollon...

Elle lui souriait. Il lui sourit aussi.

Il se sentait bien auprès d'elle.

Alors, il lui parla de son projet.

Elle ne parut pas effarouchée. Elle demanda seulement, avec encore ce sourire qu'il ne pouvait s'empêcher de trouver de plus en plus moqueur :

— Pourquoi donc voulez-vous peindre une scène d'orientalisme puisque nous sommes dans Rome, d'après vous ?

— Parce que je ne vendrai pas de tableau romain. Ce n'est plus la mode. *Ils* veulent tous, chez moi et chez vous, du bazar oriental.

— N'ont-ils pas raison ? N'est-ce pas beau ?

Il ne répondit pas. Puis il se leva, arpenta l'atelier, et tournant le dos à Casilda, parut contempler le ciel et la mer en disant, comme pour lui-même :

— Mais l'Afrique du Nord, je le répète, n'est que l'ancienne province romaine d'Afrique. Il nous faut écarter le décor islamique et pseudo-arabe qui ne fascine que des regards superficiels. Votre Afrique française d'aujourd'hui, c'est l'Afrique romaine qui continue à vivre... qui n'a d'ailleurs jamais cessé de vivre...

— Malgré les Turcs et les Arabes ?

— Malgré eux. Dès que la France aura pénétré plus avant dans la Régence vous découvrirez mille villes romaines que les musulmans ont cru anéantir mais qui sont encore là, monumentales et *vivantes* ! Vous verrez, vous verrez, en entrant ici, la France vient de récupérer une province perdue à la latinité. Ceux qui vont habiter et travailler ici sont les héritiers de Rome et non de l'Islam. Grattez-la un peu cette petite couche d'influence islamique et vous trouverez vite Rome dessous... Et dites-moi donc ce qu'est la maison mauresque, sinon la villa romaine à peine transformée ?... Ah ! Ne bâillez pas ainsi !

— Je ne bâille pas !

L'écouterait-il seulement si elle lui disait qu'Aurèle avait pleuré toute la nuit parce qu'il perçait une dent et qu'elle n'avait pas fermé l'œil ?

Elle était assise sur le bord de l'immense sofa recouvert de soie jaune d'or qui occupait le centre de l'atelier et sentait qu'elle s'y endormirait avec délice pour peu qu'on l'y autorisât. L'idéal serait de poser pour un peintre en dormant... Et qu'attendait-il, cet homme, pour lui dire ce qu'il voulait d'elle ? Il serait bientôt midi et si elle continuait à ne rien faire qu'à écouter ses tirades romaines, serait-elle payée ?

Pour paraître s'intéresser à sa marotte, elle dit :

— J'ai un ami, officier dans l'armée d'Afrique, qui possède un très beau torse de Vénus.

— Où l'a-t-il trouvé ?

— Il m'a dit l'avoir vu passer, un jour, devant lui perché sur une charrette emplie à ras bord d'un chargement de pierres s'en allant alimenter un four à chaux, et l'avoir acheté au charretier.

— Les vandales ! Donnez-moi le nom de cet homme, je veux lui reprendre sa Vénus. Ce doit être celle de Cherchell, celle de Juba.

— Je ne suis pas sûre que M. de Saint-Hilaire vous la revendra. Il l'aime.

Elle s'arracha à son sofa. Elle risquait vraiment de s'y endormir.

— Alors, que faisons-nous ? demanda-t-elle.

Il la regarda, incrédule. Tous ici tremblaient dès qu'il haussait la voix, et ses gens, dans son domaine ancestral, n'auraient jamais osé même relever leur tête sur son passage ! Et elle, elle était là à rire, à ordonner... ou presque ! Il était bien question d'en faire une chrétienne razziée, une esclave terrorisée ! On n'y arriverait jamais ! Une fière Romaine, son beau visage dressé, bien droit, sur son cou rond comme une petite colonne de marbre, voilà ce qu'il fallait faire d'elle. Et rien d'autre.

Rien d'autre ? Il soupira. N'importe quel homme à sa place, la voyant là, à sa merci, aurait déjà abusé d'elle. A contempler la carnation superbe de son visage on devinait si bien que la posséder serait jouir dans une chair toute pétrie de lis, de roses et de jasmins.

238

Il vint vers elle, la prit doucement par la main, la reconduisit jusqu'au sofa et la fit asseoir à côté de lui.

Elle entrevit son torse, nu et bronzé, par la djellaba noire entrouverte. Elle sentit la chaleur de cette main qui n'avait pas quitté la sienne et sut, à la fois surprise et honteuse, qu'elle voulait que cet homme la prenne dans ses bras.

Elle le laissa la caresser d'abord à travers la fine toile de son corsage, puis dégrafer celui-ci. Elle le laissa effleurer de sa bouche la petite rose de l'un de ses seins et lui aurait laissé faire bien autre chose s'il n'avait dit, aussi doucement qu'il caressait :

— Hélas, nous n'irons pas plus loin, ma jolie... et cela, parce que les Ataleta étaient ennemis des Scalieri, ennemis à mort... Un criminel, Maurizio Scalieri, s'empara du petit Ludovico d'Ataleta et le fit châtrer pour venger une offense dont la pauvre victime ignorait tout...

Il caressait toujours son sein et elle sentit une larme tomber sur lui.

— Est-ce joli, dit Ludovico d'une voix sourde... Ah ! il faudrait peindre cela, une goutte de rosée sur un sein de femme.

Il l'avait senti qu'il pouvait se laisser aller à lui parler... qu'il *devait* lui parler. Elle lui était, dès le premier instant, apparue comme pouvant le comprendre et lui accorder de l'affection. Dieu, parfois, vous envoyait peut-être, ainsi, un ange...

Car elle n'avait pas refermé son corsage dans un geste de vierge outragée, elle n'avait ni rougi, ni pâli, n'avait pas effectué non plus une sortie offensée de grande tragédienne. Et, surtout, ne l'avait pas embrassé sur la joue, comme un frère que l'on console. Elle n'avait rien fait pour l'irriter, le peiner ou l'humilier. Elle était restée contre lui, elle y était encore et disait :

— Comme tout est beau, ici. Rien peut-être ne compte vraiment dans ce soleil et devant cette mer et ce ciel... Si vous rejouiez la *Grande Sonate* ?

239

Il se mit au piano. Mais joua du Mozart. Longtemps. Et elle s'endormit.

Quand il la découvrit, pelotonnée sur le sofa jaune, le soleil était à son plus haut dans le ciel, et elle était une belle fleur posée sur de l'or, et toute dorée, si précieuse...

Il la regarda dormir. Qu'elle était jeune !

Il caressa doucement son front emperlé de gouttelettes. Elle avait chaud. Alors il tira le vélum de toile de soie qui préservait la pièce d'une trop grande luminosité et, son regard rencontrant celui de l'Apollon à la colombe, il dit :

— Aurions-nous désormais une petite sœur pour nous aider à vivre, toi et moi ?

Puis il se rassit devant son piano et joua encore doucement. Et, tout en souriant, il fit le point de la situation.

Elle était venue ici, cette belle créature, faire de la musique pour lui, moyennant cinq francs par jour. Et c'était lui qui jouait pour elle ! Et elle dormait ! Et il adorait la sentir là, affectueuse même dans son sommeil. C'était une étonnante créature !

Elle compta, elle, revenue parmi les siens, trois conclusions à tirer de cette journée :

Elle s'était sans doute fait un ami. Mais elle avait perdu sa rente de cinq francs par jour.

Elle n'avait pas vu l'ombre d'un tableau dans l'atelier de Ludovico d'Ataleta. Peignait-il vraiment ?

Et, enfin — plus difficile à avouer —, elle venait de découvrir qu'elle avait besoin d'un homme dans sa vie. D'un vrai. Son corps, en tout cas, en réclamait les attentions. Elle ne devait ressentir nulle honte à reconnaître cela.

*
* *

— En quelque sorte, disait par un matin pluvieux de décembre Elina à son mari, nous revoilà à la case de départ.

Le consul lisait son *Moniteur algérien* et sut dès lors qu'il n'en achèverait pas, avant une bonne demi-heure au moins, l'éditorial du jour, énième variante, d'ailleurs, sur le thème : La France gardera-t-elle l'Algérie ? *Algérie*, nom désormais officiel des possessions françaises du nord de l'Afrique.

Avec sa courtoisie coutumière, il replia le journal et écouta.

— J'ai remplacé Adriana Tebaldi, déjà future mère de famille, par la fille du sémillant enseigne de vaisseau qui vient de nous arriver. Elle est distinguée et élégante.

Le consul traduisit « laide et, sans doute, sotte de surcroît ». C'était, en général, la signification de ces deux qualificatifs de consolation accordés par sa femme.

— En échange de la cadette du consulat britannique, en voyage de noces à Manchester — la pauvre, en cette saison, déjà si pluvieuse ici ! — j'ai, depuis une semaine, une sculpturale Danoise, presque albinos, mais spirituelle. Je m'étonnerai toujours de voir l'esprit conserver sa légèreté chez un être qui a l'air d'être taillé dans du marbre, pas vous ? Bref, si je considère que j'ai récupéré Casilda, j'ai de nouveau mes douze jeunes filles.

— Mais Casilda est mère de famille !

— Oh ! Si peu !

— Que voulez-vous dire par là ?

— Qu'elle a toujours l'air d'avoir quinze ans, ne nous assomme pas avec la première dent de son fils et ne recherche pas, éperdument, auxquels des Mauron-Darbière ou des Manerville le petit paquet de chair qu'elle a mis au monde doit ressembler par intermittence. Casilda laisse chaque chose à sa juste place. Et même si son fils, et j'en jurerai, a la première place

241

dans son cœur, elle nous épargne les débordements de lyrisme habituels à quatre-vingt-dix-neuf pour cent des mères dans cette situation-là ! J'ai donc, de nouveau, douze jeunes personnes à marier.

— Et vous avez, j'en suis sûr, des épouseurs tout prêts.

— Ah ! Ce n'est pas si facile ! La Régence compte toujours une douzaine d'hommes pour une femme, vous devez le savoir mieux que moi si vous informez fidèlement vos gouvernements divers. Et vous savez aussi que cela ne veut rien dire pour nous *dans la société*. C'est parmi les petites gens, les ouvriers espagnols, et mahonnais ou les émigrants français pauvres, qu'il y a peu ou pas de femmes. Mais qu'ai-je donc moi, je vous le demande, pour mes jeunes beautés ? Des guerriers et encore des guerriers. Qui m'a dit, vous ou Son Excellence, qu'il y a cinquante mille militaires pour douze mille civils dans la Régence ? Et des militaires, en sursis de surcroît, il en meurt tant !

— La France les remplace. Il est arrivé hier en renfort deux régiments magnifiques ! Que sera-ce lorsque Abd el-Kader aura de nouveau déclaré la *jehad*[1].

— Vous ne pensez donc qu'à ça ? Vous m'avez déjà fait une conférence, hier, sur le danger qu'Alger elle-même courait si l'émir se mettait à nouveau en colère. Vrai, vous en parlez comme du Vésuve : se rallumera-t-il ? ne se rallumera-t-il pas ? Bref, je n'ai que mes combattants — qui seront peut-être morts demain ! — à proposer. Et encore faudrait-il qu'ils veuillent bien se marier. La plupart ne songent qu'à comparer les appâts des Juives à ceux des Mauresques. Tenez, si les femmes des consuls devaient faire des rapports, elles aussi, à leurs gouvernements — et pourquoi pas ? — j'expliquerais que la Régence, non, l'Algérie — il faut que je m'habitue à ce nom-là — donc, que l'Algérie nous offre des amants et non pas des

1. Guerre sainte.

maris. Au prochain dîner chez le gouverneur je vais faire de cette vérité le clou de la conversation. Avez-vous remarqué combien le dernier grand *durbar* était ennuyeux ? C'est inquiétant cela, la Régence avec les Français était, jusqu'à maintenant, l'endroit de la terre où on s'amusait superbement et voilà qu'il n'en est plus rien. Que dites-vous, mon ami ?

— Je vous écoute.

— Et vous pensez à Abd el-Kader, évidemment ? A propos d'Arabes, Zulma a des complications avec sa fille Meriem.

— La petite Meriem ? Quel âge a-t-elle donc ?

— Quatorze, quinze ans peut-être.

— Je la croyais mariée.

— Elle l'a été. A un vieil homme qui la battait. Allah a eu le bon esprit de le rappeler à Lui. La jeune femme vit ici depuis deux ans, l'avez-vous oublié ?

— A quel âge a-t-elle donc été mariée ?

— A douze ou treize ans je crois, comme elles le sont presque toutes. J'emploie Meriem à la couture. Elle l'a apprise ici avec le français. Je n'ai pas à me plaindre de son travail. Pourtant Zulma, hier, l'a battue plus encore que le faisait le vieux mari.

Fidèle à son habitude, Elina aborda, sans transition, un autre sujet de conversation.

— Savez-vous où est Alban Davesnes ? Je ne l'ai pas vu depuis fort longtemps.

— Il est passé à Alger, il y a un mois ou deux, et reparti aussitôt pour je ne sais où.

— Que fait-il donc, en vérité ?

— Il est souvent à l'étranger. J'ai su qu'il était allé en Amérique, peut-être voir comment on y traite les Indiens !

Abandonnant déjà Alban Davesnes, Elina demanda :

— Dites-moi donc pourquoi ils se mettent maintenant ici à comparer sans cesse la Régence aux Grandes Indes ou à l'Amérique ? Nous avions un sujet de conversation éternel : « La France gardera-t-elle ses possessions d'Afrique ? » En voici un second : « Qui colonise le mieux ? » Quand je vous disais qu'on va s'ennuyer de plus en plus au palais et dans les salons !... Me conseillez-vous de demander à Zulma pourquoi elle bat sa fille ? Je suis perplexe. Je ne m'étais encore jamais posé cette question : les Arabes à notre service supportent-ils, ou non, qu'on intervienne entre eux et leurs enfants ?

— Lisez donc la vingtaine de livres sur les mœurs des Arabes, des Kabyles, des Juifs et de tant d'autres que vous avez reçus ces derniers mois. Paris, Londres et même Berlin ne cessent d'imprimer des réponses à toutes les questions que vous vous poserez, dit le consul en riant.

— Il vous l'a raconté à vous aussi, le gouverneur, que tous ceux qui séjournent au palais lui barbotent ses exemplaires d'un *Voyage dans la Régence d'Alger* [1] pour en faire un joli plagiat ?

Sans attendre la réponse à sa question, à son habitude, Elina s'en fut brusquement vers quelque obligation dans la direction des communs, puis se ravisa et revint sur ses pas, exécutant ainsi ce que son mari appelait l'une de ses fausses sorties.

— Savez-vous le mot de l'évêque, au lendemain de son arrivée, et en quelque sorte, fruit de ses pieuses réflexions de la nuit ? Ne me dites pas que vous l'ignorez, il court la ville plus vite que l'horrible vent qui démâte les bateaux du port depuis deux jours !

Apparemment le consul l'ignorait, en effet.

— Eh bien, le vieil abbé Pelletan, voyant son prélat compter sur ses doigts, se risqua à lui en demander la raison et Mgr Dupuch, soupirant, lui a répondu : « En plus des Français, croyants ou incrédules, de toutes les provinces de France, il y a ici vingt et une races et

---

1. L'un des premiers ouvrages parus sur la relation d'un voyage à Alger, écrit par l'Américain Shaler et dont la traduction servit d'étude de base aux Français au moment de la conquête.

nationalités différentes ! Ah ! qui me donnera de débrouiller ce chaos ? » J'ai essayé de compter, moi aussi, mais je n'arrive pas au même chiffre. Voyons, nous avons en nombre assez important pour qu'ils vaillent qu'on en parle, Anglais, Belges, Allemands, Polonais, Danois, Russes, Américains, Espagnols, Mahonnais, Maltais, Siciliens, Lombards, Italiens [1], Maures, Bédouins, Kabyles, Biskris, Turcs, Coulough-lis, Nègres, esclaves, cela ne fait que vingt. Qu'ai-je donc oublié ?

— Les Arabes, je crois.

— Tiens, c'est vrai !

Comme un chaouch annonçait la visite de Mme Manerville, le consul et sa femme s'écrièrent en même temps :

— Quelle bonne surprise !

Elle arrivait les bras chargés de roses. Un présent d'Eugénie qui, ayant recensé le jardin du consulat et constaté qu'il n'y poussait pas de *gloire de Dijon*, en envoyait. Les fleurs, en cette saison, n'étaient pas dans leur complète splendeur et elle priait instamment qu'on l'en excusât.

Casilda était vêtue d'une robe de fin lainage blanc. Elle n'imposerait plus à son fils — elle venait de le décider — une vision sombre d'elle-même. Elle était nu-tête. Elle avait résolu aussi de se décharger de tout ce qui l'encombrait, chaque fois qu'elle le pourrait, et surtout des chapeaux.

Elina et son mari eurent l'impression qu'elle habitait la maison et revenait du jardin après y avoir cueilli des roses. Belle et radieuse, ainsi eût pu être leur fille, et ils sentirent combien ils aimaient cette enfant. Alors ils s'inquiétèrent, n'était-elle pas un peu pâle ? Voulait-elle une tasse de thé bien chaud ? Ou, proposait le consul, un verre de porto ? Elle accepta ce dernier, elle qui ne buvait presque jamais de vin, mais elle était,

1. Se rappeler que l'unité italienne ne date que de 1866.

précisément, expliqua-t-elle, à un tournant de sa vie où tout allait changer. Elle avait enfin trouvé à s'occuper vraiment, et, chose amusante, c'était le colonel Changarnier, l'élégant Bergamote, qui lui en avait donné l'idée.

Avaient-ils remarqué la petite cordelière à laquelle était suspendu le gland de soie de sa chéchia ? Et aussi chez les colonels Cavaignac et Daumas ? Non ? Eh bien, aucune n'était réglementaire ! Elle avait, dans la semaine, rencontré ces trois brillants officiers et leur avait demandé — oui, aux trois ! — le pourquoi de cette fantaisie et...

— Les avez-vous vraiment mesurées, ma chérie, vos cordelières ? Toutes les trois ?

— Parfaitement. J'ai rencontré notre beau Bergamote, c'était facile, chez son parfumeur. J'ai eu la chance de croiser le colonel Daumas alors qu'il sortait de la bibliothèque et que j'y entrais. Pour Cavaignac, ce fut plus simple encore, il est venu voir le baron de Vialar alors que j'étais auprès de la baronne.

— Ne me dites pas que vous avez pris alors votre centimètre ?

— Je n'en avais pas. Mais une petite ficelle a fait l'affaire.

— Ils devaient être ravis, ces messieurs, que vous vous occupiez tant d'eux, dit le consul en riant.

— Oh ! Seulement de leurs chéchias ! Mais je leur ai posé la question à tous : pourquoi une cordelière de dix centimètres chez l'un, de huit et demi chez l'autre et à peine de six chez le troisième ?

— Et alors ?

— Eh bien, comme je le pensais : usure et brûlures du soleil. Tout s'abîme ici plus qu'ailleurs et on ne peut pas réparer sur place autant qu'on le voudrait. Ces messieurs s'en désolent. Tout leur vient de France et met du temps à arriver. Et il n'y a pas que les cordelières et les glands de soie des chéchias, il y a les autres passementeries, quantité d'autres — et Dieu sait si elles sont nombreuses ! — sans compter les épaulettes de laine ou d'or. J'ai recensé au moins quarante à cinquante sortes de différents ornements.

— Plus que l'évêque !

— Plaît-il ?

— Rien, ma chérie, je pensais seulement aux soucis de monseigneur et qu'il a comptés, lui aussi. Continuez.

— Donc, je deviens passementière de ces messieurs les officiers supérieurs ! Et des moins supérieurs aussi. J'ai déjà trouvé la soie, Alger en fabrique une fort belle. Et j'ai vu deux teinturiers prêts à me la teindre. Il ne me manque que des ouvrières.

— J'ai la première ! La fille de Zulma. Et voilà qui va bien arranger nos affaires ici. Je n'aurais d'ailleurs pas supporté longtemps que l'on donnât à quelqu'un des coups de bâton sous mon toit. Je vous expliquerai cela en détail plus tard. Sachez seulement que j'aurai une excellente ouvrière pour vous... mais lorsque vous m'aurez dit pourquoi vous voulez travailler ainsi.

Pourquoi ? Casilda sourit. Elina était délicieuse mais ne paraissait pas savoir que le lait, le sucre, les langes, le savon, cela s'achetait et combien un enfant, même si jeune, coûtait à entretenir, pour ne parler que de lui, et que l'hospitalité d'Eugénie ne pouvait être acceptée indéfiniment. Mais elle répondit seulement :

— Eh bien, pour m'occuper.

— Et la boutique ? Je suis très au fait des seuls endroits où elle peut se situer et je sais assez bien en marchander l'achat, dit Elina.

Le consul écoutait sans intervenir. Il avait, peu auparavant, fait un petit pari avec lui-même : Casilda rentrerait-elle en France ou resterait-elle dans la Régence ? Il avait misé sur la première hypothèse et s'apercevait qu'il n'avait aucune chance de gagner. Les femmes sont vraiment imprévisibles, se dit-il. Celle-ci avait perdu père et mari ici, sur cette petite bande de littoral africain, et pourtant elle ne la fuyait pas avec horreur. Alors, imprévisible ou courageuse ? Il rejetait « inconsciente ». Casilda ne l'était pas.

Ce soir-là, avant de s'endormir, dans la béatitude où le laissait son massage, il se demanda si Casilda n'ayant été ni aussi belle ni aussi ensorcelante, il aurait trouvé son projet aussi crédible.

Il s'endormit en souriant à la pensée de la tête qu'avaient dû faire Changarnier, Daumas et Cavaignac quand la jeune femme s'était occupée de leurs chéchias. Il les devinait tout émoustillés. Ah ! pour avoir des clients, elle en aurait ! Il était prêt à parier, et sûr de gagner cette fois, que ce serait rarement les ordonnances qui viendraient passer et enlever les commandes.

Comme Zulma brossait ses cheveux, Elina lui dit :

— J'ai trouvé un emploi pour Meriem. Mme Manerville va ouvrir une boutique de passementerie. Ta fille est bonne brodeuse, elle se mettra vite aux passements. Envoie-la demain à la maison Morelli [1] rue Bab-Azoun. Pourquoi ris-tu ?

— Oh ! pour rien.

Elle rit pour quelque chose, c'est sûr, mais elle ne le dira pas, cette mule, ragea Mme Dynensen.

*
* *

Il pleuvait avec force et constance en ce matin de janvier 1839. La rue Bab-Azoun était une rivière dans laquelle la partie de la population de la ville toujours pieds nus pataugeait avec flegme, alors qu'une autre, babouches à la main et burnous relevés, louvoyait avec philosophie. Quant au reste, les Européens, ils patouillaient dans la boue en maugréant. On avait pourtant

---

1. On désignait fréquemment en Algérie les immeubles par le nom de leur propriétaire-constructeur.

disposé pour eux de grandes planches aux endroits les plus inondés. Mais ces gués précaires, le courant renforcé de paquets d'eau de mer se succédant en rafales giclées par-dessus le môle, les faisait presque naviguer comme les troncs d'arbres dont on confie le transport au courant d'un fleuve.

La tempête se déchaînait sur toute la côte. On aspirait un air mouillé et salé et on regardait dans le port les bateaux démâtés semblant s'être battus entre eux pendant la nuit et gisant, désarmés, ballottés sur des eaux sombres et sales.

Eugénie tenait le petit Aurèle dans ses bras, lui décrivait la fureur des vents et lui en montrait les dégâts d'un doigt accusateur. Seul ce doigt tendu paraissait intéresser le bébé qui tendait aussi sa petite main vers lui en riant.

Ce fut cette joie de son enfant qui accueillit Casilda revenant, trempée, ruisselante, de l'hôpital militaire et apaisa une tempête qui s'était levée aussi en elle et faisait rage dans son cœur.

On lui avait dit que, parfois, mêlés aux blessés ou aux malades ramenés en ville par les ambulances, pouvait se trouver quelque prisonnier évadé et recueilli sur la route. Aussi allait-elle fréquemment assister à ces arrivées de convois militaires en pensant à son Petit-Chabrier.

Elle en revenait, encore déçue, mais furieuse aussi contre les infirmiers auxiliaires dont elle découvrait, chaque fois un peu plus, le manque de capacité, de conscience et d'humanité. Autant les infirmiers militaires étaient capables et pleins de compassion envers ceux qui leur étaient confiés, autant leurs aides, recrutés, hélas, parmi la lie des émigrants, méritaient la corde. Elle avait ce matin-là entendu des cholériques et des dysentériques à peine convalescents et ramenés de Constantine, se plaindre de ces tortionnaires qui leur avaient refusé à boire parce qu'ils s'entêtaient à ne pas vouloir, l'un se séparer de sa montre par miracle encore en sa possession, l'autre de ses lunettes.

Elle avait consolé, réconforté, abreuvé, pendant plus de trois heures, des malades et des blessés, sous les regards goguenards des aides infirmiers. Et, lorsque l'un d'eux s'était approché d'elle la bouche pleine d'obscénités et les mains plus que frôleuses, elle s'était emparée de la béquille d'un amputé et n'aurait pas hésité à s'en servir si le médecin-major et deux religieuses n'étaient survenus.

— Vous n'avez pas eu peur de menacer ces forbans ! Si vous les rencontrez un jour, par la ville, et qu'ils vous reconnaissent ? s'inquiéta Eugénie.

— Peur de ces vautours ? Peur, quand on a vécu un an en Mitidja avec des serpents nageant dans les marécages, des Hadjoutes égorgeant dans la plaine et des fièvres planant dans l'air ? Eugénie, j'ai eu si peur là-bas, que je n'aurai, je crois, plus jamais peur de rien. Et je n'ai pas peur, en tout cas, de demander une audience au colonel Changarnier pour aller lui conter un peu les exploits des bandits des ambulances. J'irai dès demain. J'en ai fait le serment à mes malheureux blessés et malades de ce matin.

Ce fut cet instant, empli d'un gros soupir d'Eugénie dû aux misères de ce monde, que choisit, pour entrer dans la vie de Casilda, Meriem, fille de Zulma, femme de chambre de Mme Dynensen et d'Abdallah Ben-Zouri, jardinier chef du consulat.

Meriem était une jeune veuve de quatorze ans à l'aspect plutôt joyeux. La lèvre rouge et moqueuse, l'œil noir et vif, elle paraissait ignorer superbement inonder les tapis de haute laine de Mme Morelli par l'égouttage de son haïk[1]. Elle se présenta les babouches à la main en disant :

— C'est Mme Manerville que je veux voir.

1. Pièce d'étoffe de laine ou parfois de soie souvent blanche, dans laquelle les femmes musulmanes se drapent comme dans un manteau.

Et, apparemment, le déchaînement des éléments qu'elle avait essuyés en venant, à moins que ce ne fût la vue de la maison si européenne, fleurant la cire et débordant de meubles et d'objets divers, amusait la visiteuse.

Bien qu'elle fût démangée de curiosité, Eugénie décida de se retirer avec son poupon. Elle mettait un point d'honneur, offrant l'hospitalité, à se faire aussi discrète que possible. Néanmoins, elle regarda, en face, cette intruse de la race honnie qui avait le toupet de rire de toutes ses dents, on ne savait pourquoi.

Si, on le savait, se dit à la réflexion Eugénie, serrant le bébé sur son cœur, pressant le petit visage contre sa poitrine pour lui épargner, sans doute, ce spectacle ! Car on la devinait, cette Mauresque, heureuse de la tempête et se disant : « Le grand vent est avec nous, enfants d'Allah, et il casse les bateaux de ces chiens de Roumis. Et, sans eux, c'est en essayant de nager dans les vagues hautes comme nos minarets que vous repartirez, Infidèles, quand Dieu l'aura décidé. »

— Celle-là, ma fille, c'est le diable qu'elle a sous son haïk, dit Eugénie entre haut et bas, en passant près de Casilda.

Ce n'était pas le diable que cachait Meriem dans son lainage blanc ruisselant, mais quelque chose qui fit ouvrir à Casilda des yeux aussi grands que si c'eût été lui.

Toujours riant, la jeune Arabe, de sa main brune luisante de pluie, paume et ongles teintés de henné, tendait soudain une paire de chaussures de satin rose en la tenant par ses rubans de laçage.

— Ma mère veut que je travaille avec toi. Mais maintenant que tu sais que je suis une voleuse, toi tu ne veux pas travailler avec moi, n'est-ce pas ? Alors tu le dis à ma mère. Et aussi à la maîtresse du consulat.

— Assieds-toi, dit Casilda. Il faut que nous parlions un peu plus de tout cela.

Mais Meriem ne voulait pas s'asseoir. Elle dit :

— Pourquoi ? Je t'ai rendu tes chaussures. Je ne les ai jamais mises. Elles sont trop petites. Les bas, je les ai perdus. Mais ils étaient troués.

— Non. Ils ne l'étaient pas.

— Non ? Si tu veux. Alors c'est que des rats les auront rongés là où je les avais cachés. Mais une Roumia, ça a beaucoup de paires de bas.

— Pourquoi ne veux-tu pas travailler avec moi ?

— Je ne veux pas faire des broderies pour les militaires. Ni pour aucun Roumi.

— Tu le faisais bien au consulat.

— Je ne veux plus être toujours assise. Mes jambes ne veulent pas. Elles demandent à courir.

— Quel métier pourras-tu faire en courant ?

Meriem haussa les épaules.

— Dieu le sait ! Il me le dira.

Elles étaient à peu près de même taille. Vêtues de blanc, jeunes et belles toutes deux, et debout de chaque côté d'une petite table ou était posée une paire de chaussures de satin rose, pendant que la tempête heurtait aux vitres et que le ciel était d'une sombre fureur.

Il y eut un silence. Puis Casilda demanda :

— Tu veux boire du thé avec moi, pendant qu'on fera sécher ton haïk ?

Meriem disait non d'un signe de tête. Refusait tout, mais ne partait pas.

— Il était méchant, ton mari ?

— C'était un mari. Il avait le droit de me battre.

Maintenant, elle regardait autour d'elle. Elle restait encore. Par curiosité, semblait-il.

— Comment est-il mort ?

— Parce que je l'ai demandé aux djinns. Ils lui ont déchiré le foie. Les morceaux sont sortis par la gorge et l'ont étouffé. Alors j'ai pris son bâton et je lui ai donné autant de coups que j'en avais reçus.

— On m'avait dit les Arabes courageux. Frapper un mort n'est pas courageux.

Le regard de Meriem disait : « Ce que tu penses ne m'intéresse pas. » Pourtant, elle ajouta :

— Tu veux que je te dise ce que je lui ai fait, pendant que son regard était vivant et méchant comme une hyène ? Tous les jours j'ai craché dans son couscous et dans son eau.

— Devant lui ?

Meriem haussa encore les épaules.

— S'il m'avait vue, c'est moi qui serais morte et pas lui.

— Moi, je l'aurais fait devant lui.

— On m'a dit que les Roumias n'ont peur de rien parce qu'elles portent une croix d'or. Montre-moi la tienne.

— Je ne la montre jamais à personne. Eh bien, adieu Meriem, puisque tu ne veux pas travailler pour moi. Sans doute préfères-tu les coups de bâton de ta mère ?

Pour la première fois, le regard de la jeune Arabe parut vaciller, et Casilda ajouta :

— Tu ne m'as pas demandé combien tu aurais gagné.

— Combien ?

— Cinquante boudjoux par mois.

— Même pendant que j'apprends à les faire, ces choses que tu veux ?

— Même. Dis-moi, pourquoi m'as-tu volé mes chaussures ?

Une flamme de gaieté embrasa les prunelles noires.

— Il venait de mourir, le vieux démon. J'étais contente, je dansais de joie dans le jardin du consulat, j'avais envie de rire, de chanter, de cueillir des fleurs...

— Et tu as cueilli mes chaussures ?

— C'était comme de rire.

— Moi aussi, quand j'étais heureuse je faisais des bêtises.

— Et j'en ai fait d'autres. Ce même jour, j'ai dit à la cuisinière de la maîtresse que c'était un chat et pas un lapin qui cuisait dans sa marmite, que le boucher me l'avait juré, et elle a jeté son tadjin[1]. Ma joie était un djinn qui voulait sortir de moi comme ça.

— Je sais.

La Roumia savait ! Il passa alors quelque chose, comme une douceur, dans les étoiles noires du regard de Meriem.

Et il y eut un silence, tout envahi par le fracas des vagues contre le môle. Puis on entendit une voix qui n'était plus aussi provocatrice qu'auparavant :

— Peut-être, que pour cinquante-cinq boudjoux, je pourrais travailler ici.

— Non. J'ai dit cinquante.

Et voilà ! Ce n'était pas plus difficile que cela. Entre mystificatrices, n'est-ce pas, se dit Casilda.

Meriem voulut tout de même avoir le dernier mot.

— Si je n'apprends pas vite, ça te coûtera des boudjoux pour rien.

— Je sais donner des coups de bâton, moi aussi.

Alors Meriem rit, très fort, et dit, victorieuse :

— Oh non ! ça, je suis sûre que tu ne sais pas. Parce que ta croix ne le veut pas, on me l'a dit.

Puis, elle parut réfléchir et ajouta :

— Ce n'est pas vrai que je l'ai battu quand il était mort, le vieux.

Mais, voyant Casilda sourire, elle précisa, la voix de nouveau provocatrice :

— Seulement parce que j'avais trop peur de lui, même mort.

*
* *

« A l'Épaulette d'or » se tenait rue Bab-Azoun.

Par un hasard dont Casilda se demandait s'il était heureux ou malheureux, la boutique jouxtait l'Entreprise Marchandeau, faisant pendant à la boutique du

---

1. Ragoût.

marchand de nougat espagnol. Le maraîcher qui cédait son local s'y trouvait là trop à l'étroit et allait s'agrandir ailleurs.

L'emplacement était excellent, si la place était mesurée. Et ce qui plaisait le plus à Casilda, c'était le petit appartement du premier étage vendu en même temps. Deux pièces exiguës mais bien suffisantes pour elle et son fils.

Il avait fallu expliquer qu'on ne pourrait indéfiniment encombrer la famille Morelli. Eugénie en avait été désolée. Pour apaiser son chagrin, on décida de ne rien changer avant le sevrage d'Aurèle. Casilda n'irait donc pas en France tant qu'elle nourrirait le bébé et ne s'installerait rue Bab-Azoun qu'après avoir ramené des meubles du domaine de Provence.

La jeune femme rachetait au maraîcher son engagement avec le Maure qui avait cédé son bien. C'était elle, à l'avenir, qui verserait sa rente au plantureux Mohammed Hadj Ben-Youri, selon un contrat à peu près semblable à ceux des viagers de France, et pendant le temps qu'il plairait à Dieu de conserver en vie ce riche négociant en laine, propriétaire aussi de quelques milliers de moutons.

Ce qui restait à Casilda de sa cassette personnelle, joint au cadeau de mariage d'Eugénie — les mille francs qui n'avaient pas eu le temps d'être convertis en mobilier pour Ferme Blanche comme il en avait été question — lui permettrait de faire marcher son commerce pendant les six mois nécessaires à la création d'une clientèle. Et aussi d'attendre la vente du domaine de Provence. Le remboursement de la lourde hypothèque laisserait bien quelque reliquat.

Le problème financier momentanément réglé, on s'occupa des ouvrières.

Elina furetait, de haut en bas de la Casbah, à la recherche d'objets insolites. Elle découvrit ainsi un vieux Maure, Si Kaddour, qui se retirait d'une affaire de confection de djellabas brodées et agrémentées de passementerie, et la laissait à ses deux fils. Il accepta, pour une durée d'un an, de former la main-d'œuvre de « L'Épaulette d'or ». La chance voulut que ce fût un artiste du galon, de la torsade, de la cordelière, du gland et de la frange. Les vieilles mains, déformées pourtant par les rhumatismes, étaient d'une dextérité à confondre le spectateur assistant à la naissance, quasi miraculeuse, d'un bijou de soie à partir d'un simple écheveau de ce matériau et d'un petit morceau de carton.

Casilda craignit, un instant, que cette science lui paraissant s'apparenter à la prestidigitation fût intransmissible à ses filles. Bien au contraire. Elle fut, à nouveau, stupéfaite par le talent d'éducateur de son placide et patient vieux monsieur arabe.

Meriem fut conquise, dès la première journée. Et ses jambes parurent s'accommoder de leur immobilité.

Quant à la seconde ouvrière, passé pour elle la surprise d'avoir à travailler avec des indigènes, elle se mit à tortiller ses soies avec autant de placidité que le chef d'atelier enturbanné.

Elle venait de France, s'appelait Arabelle et jamais prénom n'aurait été plus mal porté.

Maigre, décharnée même, le teint brouillé, la bouche serrée comme si elle craignait que, ne s'ouvrant, elle laissât passer ce qu'il lui fallait sans doute taire, elle était le triste produit d'une maison de rééducation dont le prospectus disait : « Il existe à Montpellier une association charitable qui s'occupe de pauvres filles sans appui et sans famille, qui se laisseraient facilement entraîner à leur perte, si des âmes bienveillantes et éclairées ne venaient les retirer du vice. L'œuvre de Notre-Dame-de-Nazareth recueille, instruit et enseigne un métier aux jeunes filles qui sortent des prisons et l'idée lui est venue d'en faire des épouses futures pour les colons d'Afrique. M. le gouverneur général de l'Algérie applaudit à cette pensée et l'encourage de son suffrage [1]. »

Arabelle était donc arrivée dans la Régence pour s'y marier et faisait partie d'un convoi de cinquante femmes.

Toutes, sauf trois, avaient trouvé preneur. Et Arabelle était parmi ces délaissées. Sa laideur et sa maigreur avaient fait reculer même les plus pauvres et les plus défavorisés des émigrants recherchant une compagne.

Pour comble de disgrâce, la jeune fille avait été tondue pendant qu'elle souffrait d'une fièvre cérébrale consécutive à son emprisonnement, et un petit bonnet de toile blanche dissimulait mal cette calvitie momentanée.

Pour tenter de caser quand même les trois laissées-pour-compte, les religieuses de Saint-Vincent-de-Paul qui les logeaient affichèrent à leur porte les professions de ces demoiselles. Or Arabelle, pendant son séjour à Notre-Dame-de-Nazareth, avait été formée au métier de passementière.

Zulma l'apprit et en parla à Mme Dynensen.

— Expliquez-moi, dit, ce soir-là, Elina à son mari, comment il se fait que les Maures et les Mauresques, qui pour la plupart ne lisent ni ne parlent le français, savent tout avant nous ? Non, ne répondez rien, je crois le deviner, Maures et Arabes sont les habitants les plus potiniers du globe !

Un seul dernier problème, à résoudre dans cette parfaite organisation du petit atelier : Si Kaddour ne comprenait ni ne parlait le français. Casilda décida alors de suivre les cours gratuits de langue arabe qui se donnaient chaque jour dans l'une des salles du musée de la ville récemment créé.

1. *Guide de l'Algérie*, Gomot, 1840.

— Mais vous n'arriverez jamais à tout faire ! gémissait Eugénie. Vous courez après la soie, vous pourchassez les teinturiers, vous dessinez, vous peignez... et vous nourissez le petit !

« Plus on en fait, plus on peut en faire », professait Louis Morelli. Sa femme levait les yeux au ciel, mais était ravie, en secret, du grand nombre des occupations de Casilda, le bébé lui était ainsi entièrement confié. Elle l'appelait « mon Jésus » et affirmait être la seule à savoir le calmer lorsqu'il pleurait. Et c'était sans doute vrai.

Arabelle était une bonne ouvrière. Meriem pourtant la rattrapa vite. Et même la surpassa.

Quand elle commença à comprendre la langue arabe, Casilda entendit Si Kaddour complimenter la jeune Mauresque, avec ce petit sourire tendre qu'il avait parfois pour elle : « Fille, tu es la meilleure plume de mon aile. »

Il fit aussi remarquer, comme il aurait dit le soleil brille ou il pleut, la beauté du regard d'Arabelle. « Deux belles colombes prises au piège », dit-il. On s'aperçut alors, avec surprise, que la jeune fille avait en effet, sous ses paupières si souvent baissées, de grands et doux yeux gris.

Eugénie conseillait sans cesse de s'informer du délit commis par Arabelle à Montpellier, afin qu'on se méfiât. Et, Casilda négligeant de le faire, ce fut M. Morelli, des Établissements Morelli et fils, toiles et bâches, qui écrivit à Notre-Dame-de-Nazareth. La réponse ne tarda guère. On apprit qu'Arabelle Molinier, née le 2 mai 1824, de père inconnu et de mère repasseuse, avait volé à l'étalage une paire de chaussures !

C'était trop beau pour être vrai !

On s'en amusa toute la soirée. Et Eugénie eut le mot de la fin :

— Eh bien ! Mieux vaut être dans la passementerie que dans la cordonnerie avec vos deux friponnes !

Mais Casilda ne rit pas autant que Louis et Eugénie.

Le souvenir du regard traqué d'Arabelle ne faisait pas de son pauvre larcin quelque chose de divertissant. Et le sort de cette malheureuse amenait à penser à celui de Petit-Chabrier, maltraité dans une cruelle tribu au-delà des montagnes, au-delà aussi de ce qu'on appelait la civilisation. Cette fameuse civilisation qui ne faisait pas le bonheur non plus puisqu'une jeune fille de France aurait été aussi malheureuse à Montpellier qu'un jeune garçon prisonnier des Barbares ici.

Et Alexis ? N'avait-il pas été une victime, lui aussi ? Victime d'une famille très civilisée qui l'avait envoyé mourir en terre d'Afrique. Elle se jura qu'Aurèle ne serait victime de personne. Et, comme les époux Morelli la voyant songeuse s'inquiétaient, elle renonça à tenter de leur faire comprendre ses états d'âme, et admit, avec eux, les petites ironies de la vie.

Après la vitrine de l'Entreprise Marchandeau où le piano du caïd trônait toujours, plus gothique flamboyant que jamais, celle de « L'Épaulette d'or » fut pour la ville la curiosité à découvrir.

Casilda, en possession de murs blanchis à la chaux et n'ayant pas un franc à consacrer à la moindre décoration, avait, en revanche, les pinceaux de son père, sa palette et ce qu'elle appelait son « petit talent » de fille d'artiste peintre.

Un zouave et un turco en naquirent, grandeur nature, sur la façade encadrant la porte. Ils étaient impressionnants de vérité, ainsi en sentinelles, dans leurs uniformes éclatants. Bleu, blanc, rouge, le premier, avec guêtres immaculées et turban clair. Tunique azur, pantalon garance et chéchia écarlate enturbannée aussi, chez le second. Pendant qu'elle les peignait, elle eut les encouragements et les conseils du quartier. Lorsqu'ils furent achevés, lorsque poussant un « ouf » sonore, Casilda rangea ses brosses et ses couleurs, Deborah, qui guettait, ouvrit sa porte et joua les marches de chacun des régiments de ses effigies sur un rythme endiablé. On s'amusa beaucoup ce jour-là dans la rue Bab-Azoun.

Les murs intérieurs furent enluminés aussi. Frises de glands pourpres, jetés de galons d'or, gerbes de franges, pluies d'épaulettes, de graines d'épinards, d'aiguillettes et de rosettes, ce fut une apothéose de la passementerie élevée là à la gloire de l'armée d'Afrique.

*
* *

Ce ne fut ni Changarnier, ni Daumas, ni Cavaignac, mais plus superbe encore parmi les colonels, le plus superbe des superbes, qui inaugura « A l'Épaulette d'or ».

Un hasard.

Son Excellence — Yusuf aimait encore à s'octroyer ce titre auquel il avait eu droit en étant bey de Constantine pendant quelques mois — donc, Son Excellence passait à vive allure dans la rue Bab-Azoun, lorsqu'elle vit briller dans le soleil les mots « Épaulette d'or ». Exactement ce que le plus somptueux officier de l'armée d'Afrique recherchait.

Yusuf arrêta sur-le-champ son cheval, le fit se cabrer au grand risque, en pleine rue grouillante de passants, d'en jeter deux ou trois à terre, puis tourna bride et immobilisa à nouveau sa bête, naseaux fumants, devant le zouave et le turco, « dont il eût paru convenable qu'ils saluassent », disait Casilda plus tard, lorsqu'elle racontait cette illustre arrivée, ajoutant que si elle avait pu croire tenir boutique d'art et de luxe, elle eût dû déchanter ce jour-là. L'illustre visiteur ne voulait rien moins, en effet, que de *vraies* épaulettes d'or ! Non pas faites en fil de coton recouvert de fil doré ou en vulgaire oripeau, mais tressées de fils d'or véritable.

Casilda se demanda, tout d'abord, si sa première

pratique se moquait. Ils étaient si nombreux, de par la ville, les officiers qui s'ennuyaient et faisaient les paris les plus extravagants en attendant la réapparition d'Abd el-Kader et la reprise de la guerre ! Mais elle sut vite que celui-ci n'avait rien à parier, sinon peut-être avec lui-même, qu'il allait enfin trouver chez elle ce qu'il cherchait : des épaulettes dignes des perles et des diamants constellant les broderies de son spencer de soie bleue d'azur.

Comme elle ne répondait pas immédiatement, Son Excellence jeta, impatiente :

— Alors ?

— Alors, non hélas. Je ne suis pas Danaé, colonel, il ne me tombe pas de pluie d'or sur la tête et je n'en file point ici.

Que savait Son Excellence d'une princesse légendaire recevant la visite d'un dieu travesti en pièces d'or ? Sans doute rien. Son Excellence, un quart de seconde hésitante et perplexe, ce qui ne lui était jamais arrivé sur aucun champ de bataille, tourna le dos à la plus jolie femme d'Alger sans même l'avoir regardée et lança : « Il me faudra donc aller à Paris ! », du ton dont certaines dames, à toutes les époques, crurent devoir dire : « On n'est vraiment plus servi de nos jours ! »

Fallait-il rire ? L'oserait-elle ? Casilda se le demandait, lorsque Ulysse Marchandeau fit irruption dans la boutique et coupa la retraite du colonel avec le plus déférent et le plus admiratif des saluts d'ex-militaire et de futur premier importateur de pianos de la Régence au plus brave des braves, à l'ange exterminateur brillant comme les étoiles.

Mais une autre étoile, hélas mauvaise, intervint ici. Celle d'Ulysse qui lui souffla l'idée de s'incliner devant Son Excellence en l'honorant d'une longue phrase en arabe.

Le beau et martial visage du colonel fut soudain de pierre. Un éclair jaillit de ses yeux de feu et qui effraya autant que s'il eût dégainé son yatagan au manche constellé de pierreries. On entendit :

— Parlez donc français, monsieur. Nous sommes en France ici désormais. Mais, si vous voulez parler arabe, vous seul devez savoir pourquoi, allez donc l'apprendre un peu plus !

Et il passa, enfourcha son cheval aussi harnaché de velours, de broderies et de gemmes précieuses que celui du prophète, et s'en fut.

Ulysse s'était écarté pour laisser sortir son idole.

Il était d'une pâleur extrême. Casilda aurait voulu s'enfermer dans l'un de ses placards pour que sa présence n'achevât pas de l'humilier. Pourrait-elle jamais faire oublier avoir vu et entendu la condamnation à mort de ce qui faisait la fierté de son brave ami : sa belle connaissance de la langue arabe ?

Elle s'affairait à ranger ce qui n'avait nullement besoin de l'être, lorsqu'elle entendit, à peine murmuré, mais audible à sa fine oreille :

— Sale Arbico !

Ainsi Son Excellence n'avait pas réalisé son rêve de trouver chez elle ses épaulettes en or véritable et aurait perdu, de surcroît, un de ses défenseurs. Désormais, un habitant de plus à Alger jurerait que ce Yusuf, « aussi couvert d'or qu'une danseuse Ouled Naïl [1], n'était qu'un petit interprète turc intrigant, ayant su circonvenir assez de grands personnages dans l'armée d'Afrique pour se hisser jusqu'à son état-major. Que la France se méfie, ce n'était pas avec ces traîtres que l'on parviendrait à garder la Régence ».

Revenu auprès de ses pianos, Ulysse, l'âme à vif, s'en prit au petit Alexander qui, dans l'arrière-boutique, pleurait en attendant son biberon.

1. Femmes des tribus des Ouled Naïl, dans l'Atlas saharien, danseuses et prostituées portant souvent toute leur fortune en sequins d'or sur leur front et leur poitrine.

Deborah nouait le tablier blanc qu'elle mettait toujours avant de s'occuper du bébé. Le nœud en resta inachevé. Avait-elle bien entendu : « Fera-t-on taire ce morveux ? »

Jamais, son père, le digne pasteur de Bath, la plus élégante des villes d'eaux, ne se fût permis d'apostropher ainsi la délicate et distinguée Mrs. Springfrield, jamais.

Morveux ! son fils ?

Pour la première fois depuis qu'elle était Mme Marchandeau, Deborah ressentit un frisson d'inquiétude. Et un lambeau de conversation, surpris un soir au consulat dans la bouche d'Elina, accentua l'émoi de son cœur :... « Ulysse est certainement issu de petites gens de petite ville de province, mais il se fera... »

Que savait-on, de tous ceux qui arrivaient ici, même sous l'uniforme ? Rien, sans doute.

Alexander prenait son lait. Deborah ne le quittait pas du regard et entendait Mrs. Springfield, si délicate, si distinguée, lui dire en français — elle avait reçu une instruction parfaite — l'importance de la bonne éducation et terminer, comme souvent, par l'une de ses plus chères citations : « La politesse est à l'esprit ce que la grâce est au visage, mon enfant, ne l'oublie jamais. »

Le pauvre Ulysse n'avait sans doute pas eu une mère aussi remarquable. La pensée qu'Alexander n'en serait pas privé, lui, réchauffa un peu Deborah. Elle se souvint alors que si son père se permettait un geste d'humeur — oh ! pas plus que de lancer, un peu vivement, son journal ou son livre sur la table, ou de claquer une porte en s'en allant — sa femme, aussitôt inquiète, allait vers lui pour s'enquérir de la raison d'une telle nervosité. Et Ulysse, il fallait le reconnaître à sa décharge, était moins maître de lui depuis qu'il savait la disgrâce de leur enfant.

Alors, ayant recouché Alexander, Deborah s'en fut au-devant de son mari, de la démarche dont les victimes devaient s'offrir en holocauste au Minotaure.

Qu'était-ce d'autre, en vérité, qu'un monstre dévorant et exigeant son offrande propitiatoire de chaque jour que le mariage ? Mrs. Springfield, délicate et distinguée, l'avait compris, sans le dire jamais. Deborah, sa fille bien-aimée, se tairait aussi.

Du petit atelier de « L'Épaulette d'or », pièce attenante au salon de vente, on avait entendu l'arrivée du premier client et, par Meriem qui écoutait à la porte, su qui il était. Et Meriem encore l'avait décrit. Puis, pour tenter d'émouvoir enfin Arabelle, ou plutôt la secouer un peu, la jeune Mauresque s'était hâtée de raconter l'histoire du beau colonel qui courait les rues d'Alger, faisait les délices des conversations de terrasse des dames indigènes et n'était ignorée sous aucune tente du Sahel aux confins du désert.

— Il est plus courageux qu'un lion, plus fier et plus rapide que l'aigle. Il traverse si vite un champ de bataille que les balles ne peuvent l'atteindre. Il ne donnera l'aman[1] à personne mais ne le demandera pas non plus pour lui. Un jour, Dieu a voulu qu'il aime celle qui ne lui était pas destinée, la fille du bey. Un espion l'a su, et l'a dit au maître. Alors Yusuf a dû fuir. Mais, avant, il avait arraché au traître les yeux qui avaient vu et la langue qui avait parlé.

Arabelle, enfin, paraissait s'éveiller et promenait sur ses compagnons des prunelles dilatées, pas vraiment grises en vérité, un peu de mauve s'y mêlait. Il y avait de cette belle couleur-là dans les ciels d'ici lorsque, le soleil couché, le jour se hâtait de finir. Arabelle, non remise de sa surprise, et même de son effroi, regardait maître Kaddour pour qu'il confirmât cette horrible histoire. Mais Kaddour ne disait rien — d'ailleurs elle ne l'eût pas compris ! — et recouvrait ses pensées de son habituel petit sourire.

1. Octroi de la vie sauve à un ennemi vaincu.

Comme s'ils avaient attendu l'ouverture de
« L'Épaulette d'or » avec impatience, ceux qu'Alexis
autrefois, et Eugénie maintenant aussi, appelaient « les
prétendants » passèrent très vite entre les deux sentinelles pour offrir leurs services à leur belle passementière.

Ephraïm paraissait le plus disponible et sans doute
l'était-il, en effet, plus que Romain secondant son père
au domaine, ou Herbert occupé par son service à la
caserne.

Le jeune Israélite était là le premier, le matin, attendant la liste des courses que voudrait bien lui confier
Casilda.

Il lui avait fait échanger son fournisseur de soies
maure contre un Juif de sa connaissance et obtenu ainsi
dix pour cent de réduction sur les prix de chaque achat.
Il se désolait qu'elle refusât de traiter aussi avec un
teinturier qu'il recommandait et qui eût consenti des
arrangements intéressants. Mais elle ne voulait pas priver une famille de Couloughlis du travail qu'elle lui
fournissait. La misère de ces gens, dont les huit enfants
n'avaient d'autre horizon que les énormes cuves où
bouillaient, à longueur de jour et de nuit, des soupes
de garance, d'indigo ou de tournesol, dans des vapeurs
et des émanations prenant à la gorge et soulevant le
cœur, la navrait. A chacune de ses visites dans cet antre
satanique, elle redoutait d'apprendre que l'une des
petites filles ou l'un des petits garçons qui, penché au-
dessus du feu et de la cuve, brassait avec un long bâton
un mélange colorant, était tombé dedans. Et, comme
elle en parlait à Ephraïm, il lui conseillait de ne pas
« s'écouter penser » si elle ne voulait pas arriver à
nourrir les chiens affamés et consoler les bourricots
maltraités de la ville et de la campagne. Elle lui répondait en être déjà là. Alors il levait les bras au ciel avec

désespoir. Parfois, il lui demandait : « Est-ce donc si différent en France ? Tout le monde y est-il heureux ? » Elle lui avouait que, du peu qu'elle en savait, au fond de sa Provence, cela ne devait guère valoir mieux qu'ici. Elle n'y avait jamais vu des enfants touiller des soupes de teintures, mais elle en avait connu d'aussi malheureux.

— Vous voyez, disait-il, rayonnant de satisfaction.

Alors elle le regardait, ce brillant jeune et riche seigneur juif, en habit de soie ou de velours brodés, ses longs yeux de biche brillant d'intelligence dans un visage mat et lisse. Et elle ne pouvait s'empêcher de rire en pensant au nombre d'esclaves qui lui évitaient d'avoir même à lacer ses chaussures, alors qu'il était là, papier et crayon en main, à noter ce qu'il allait faire pour elle au long de la belle, douce et dorée journée à venir.

Quand elle apprit qu'il donnait dix sous à un lointain et pauvre petit cousin pour s'acquitter de ces tâches, elle rit plus encore de sa crédulité. Elle avait su se garder des Hadjoutes et même en tuer un, venir à bout de l'animosité d'espionnes anglaises, accoucher dans des conditions tragiques et arriver à survivre dans le désespoir où l'avaient jetée la mort de son père et celle de son mari, mais elle était encore bien innocente malgré tant d'expériences ! Elle en conclut que ce pays étant celui de la plus grande candeur et de la plus grande rouerie, il était temps qu'elle en prenne conscience.

Romain Deslandis l'amusait moins. Il avait la cour ombrageuse et sombre. S'il annonçait, la veille, son passage pour le lendemain à une heure précise, il était furieux de ne pas la trouver seule. Il lui demandait de l'épouser au moins une fois par semaine. Elle répondait, le plus affectueusement possible, qu'elle ne se remarierait jamais. Il la quittait ces jours-là, claquant la porte à en ébranler le zouave et le turco. Mais il revenait le lendemain, avec toutes les fleurs écloses dans le jardin de sa mère.

Un jour, où il dut rebrousser chemin devant le nombre d'officiers envahissant la boutique, il lança son bouquet en pleine rue, avec rage, et s'enfuit à grandes enjambées, sans se retourner, et sans le voir atterrir sur la pyramide de petits pains à l'anis de la négresse marchande ambulante, postée non loin de « L'Épaulette d'or ». La femme poussa des cris affreux, on s'attroupa. Une bonne partie des petits pains ne fut pas récupérée. Mais pas perdue non plus pour tout le monde.

Le jeune capitaine, Herbert de Saint-Hilaire, procédait autrement. Il passait le matin, en allant au rapport, et disait : « Mon ordonnance est à votre service. » Il revenait, après avoir terminé sa journée en lisant ses journaux à son mess et alors que le canon annonçait l'heure de la retraite. C'était aussi l'heure de la fermeture du magasin et il raccompagnait Casilda jusqu'à la porte de la maison Morelli. Il admettait qu'Arabelle, logée non loin de là, chez les sœurs de Saint-Vincent-de-Paul, leur servît de chaperon et s'occupait d'ailleurs moins d'elle que de son sloughi, une superbe bête au pelage mordoré, nommée Chébli.

Bien qu'il fût aussi jaloux que le jeune colon, il n'en laissait rien paraître et s'était approprié le rôle de confident et de consolateur depuis qu'un soir il avait vu Casilda triste et découragée pour avoir trop pensé à Alexis et fini par admettre la mort de Petit-Chabrier.

Il avait alors employé la même formule qu'Ephraïm et lui avait conseillé de ne pas trop s'écouter penser, sauf, ajoutait-il en riant, si c'était pour mettre de la fantaisie dans sa vie.

Ah ! il ne savait pas si bien dire ! Où était le temps où elle ne cessait d'en mettre, de la fantaisie dans sa vie ? C'était la petite Meriem, maintenant, qu'elle regardait s'épanouir dans le monde exaltant de son imagination.

— Herbert, croyez-vous... je ne sais pas trop comment dire cela... Imaginez-vous que l'on puisse rencontrer un jour, sur un autre continent, né d'une autre race, *un être qui vous ressemble* en tous points.

Il demanda plus de détails. Il était intéressé.

Elle entreprit de lui expliquer ce qu'elle ressentait depuis un certain temps à vivre chaque jour aux côtés de Meriem. Et elle commença par la fin :

— Ce matin je l'ai vue cracher dans les six chéchias du colonel Changarnier dont nous venons de changer les cordelières et les glands. Et je n'ai rien dit parce que je sais, je suis presque sûre, qu'à sa place j'en aurais fait autant.

Elle guettait sa réaction : il ne rit pas, ne fut pas choqué. Elle avait bien choisi son confident. Le seul, de tous ceux qui l'entouraient, à qui elle osait faire cet aveu surprenant : elle se reconnaissait dans la petite Arabe !

Alors, elle remonta jusqu'à l'affaire des souliers de satin subtilisés dans les jardins du consulat.

— C'était le genre de chose dont j'aurais été capable moi-même ! Et lorsque Meriem arrive en retard et me parle de son amie la couleuvre, rencontrée chaque jour en chemin et lui faisant un bout de conduite en lui chuchotant les potins de la ville, je crois m'entendre autrefois ! Moi, c'était un grillon qui me disait tout. Et savez-vous ce qu'elle a fait hier ?...

Il n'écoutait plus tous les « Elle faisait ceci et moi cela... », il la regardait subjugué et ravi. Elle n'avait nulle conscience, se disait-il, du personnage fascinant qu'elle était.

Comme ils arrivaient devant la maison Morelli et qu'Arabelle leur disait bonsoir, un coup de vent fit envoler le petit bonnet de la jeune fille. Le temps de le rattraper et la tête découverte apparaissait non plus tondue, mais tout hérissée d'épais copeaux dorés.

— Que dites-vous de cela ? N'est-ce pas merveilleux, Herbert ? La voilà qui devient belle, pauvre petite ! Avec ses jolis yeux et ses joues plus rondes et plus roses. Je suis contente ! C'est que je la suralimente autant que je peux. Et c'est facile, elle adore tout ce que vend mon voisin, le marchand de nougat espagnol...

Qu'Arabelle embellît et fût en passe de mériter son nom, n'intéressait pas Herbert outre mesure, et il dit, un peu inquiet :

— Casilda, à suralimenter l'une et à tout passer à l'autre, arrivez-vous quand même à gagner quelque argent ?

Elle lui rit au nez. Gagner de l'argent ? Elle n'en savait rien encore. D'ailleurs, Louis Morelli surveillait ses comptes et affirmait qu'il fallait attendre une année entière pour savoir si l'affaire serait rentable ou non. Mais il était optimiste. Elle aussi, bien sûr.

Elle pensait parfois à cette dernière sérénade, qui l'avait accueillie à son retour de Mitidja, essayant de deviner lequel de ses trois chevaliers la lui avait donnée.

Elle finit par leur poser la question.

Ce n'était ni l'un ni l'autre ! Cela avait d'ailleurs peu d'importance, se dit-elle. L'un d'eux mentait, c'était sûr. Romain sans doute, par orgueil !

Elle n'eut guère le loisir d'y revenir. Son succès de passementière était énorme et lui prenait tout son temps, toutes ses pensées. S'il lui arrivait de s'étonner de cette réussite, elle n'avait qu'à sortir sur le pas de sa porte, et, gardée par ses deux sentinelles, ce turco et ce zouave devenus célèbres dans la ville, contempler le flot de militaires coulant dans la rue en se disant : « Évidemment ! il suffisait d'y penser ! »

Un jour où il considérait l'enseigne aux lettres d'or, Herbert lui avait dit, mi-souriant, mi-rêveur :

— Je me demande si vous n'avez pas, en trois mots, tout résumé. Et comme elle levait les yeux vers lui, il avait ajouté : Que venons-nous faire ici, sinon tenter d'y gagner nos épaulettes d'or, en rêvant, sans doute aussi, de bâtons étoilés ? Ces guerres, ces conquêtes, à quoi servent-elles sinon à cela ?

Elle avait mis ce désenchantement sur le compte de l'ennui de l'armée espérant des engagements sérieux qui n'arrivaient pas assez vite.

— Où donc se cache-t-il, votre Abd el-Kader mystérieux et insaisissable ? demanda-t-elle.

— Qui le sait !

— Et vous le croyez capable de fondre sur nous le jour où nous nous y attendrons le moins ?

— Il n'attend, lui, pour cela, qu'une erreur de notre part.

— Laquelle ?

— La moindre petite provocation fera l'affaire. Le traité de la Tafna [1] que nous avons signé avec lui est fort vague quant aux limites de nos territoires respectifs. Un beau matin, il dira : « Ici, c'est chez moi et vous y êtes entrés en ne tenant pas compte de vos pactes d'honneur. » Et il essayera de nous anéantir.

— Peut-il y parvenir ?

— Il n'attaquera que lorsqu'il en aura l'espoir.

Parfois, seule le soir avec le petit Aurèle, elle repensait à cette possibilité d'une victoire de ce troublant et redoutable guerrier arabe dont dépendait leur quiétude et elle se demandait s'il ne vaudrait pas mieux, pour elle et son enfant, regagner la France. Mais elle évoquait ceux qu'elle aimait ici, la solitude qu'elle retrouverait dans sa bastide, ses deux morts ensevelis dans cette terre d'Afrique, et elle se disait que sa place était désormais dans ce pays. Pourtant, il lui arrivait, alors que le sommeil déjà la prenait, de penser encore à cet Abd el-Kader qui les guettait. Inconsciemment, pres-

---

1. Traité signé le 30 mai 1837 entre la France et l'émir Abd el-Kader. Il reconnaissait la suzeraineté de la France dans une partie de la Régence (Alger, Oran, Mostaganem, etc.). Mais restait assez vague quant à la réelle délimitation des territoires dépendant de ces villes. Ce qui offrait matière à contestations.

que endormie déjà, elle étendait le bras jusqu'au berceau en un geste de protection, que, peu à peu, l'ankylose lui ferait abandonner.

A son réveil, dans le soleil et dans le bonheur de contempler le bébé rose et gazouillant, elle oubliait son anxiété de la veille et partait, cœur et pieds légers, vers sa boutique.

Des sourires l'y accueillaient. Éclatants et complices chez Meriem, empreints d'une douceur à la fois noble et malicieuse chez Si Kaddour, hésitants et discrets encore chez Arabelle.

Ces sourires-là, se disait-elle, étaient son œuvre. Elle avait réuni, grâce à une idée bien à elle — signe certain de sagesse qui eût plu à son père —, trois êtres heureux de ce soleil qui s'invitait à leur grande table ruisselante de soie pourpre et d'or accompagné des joyeux bruits de la rue et de l'odeur de la mer, dont elle s'entêtait à trouver qu'elle abolissait toutes les autres. Et bientôt le nègre Aziz leur apporterait les beignets ruisselants de miel qu'elle lui commandait le matin pour leur déjeuner, si c'était le jour des *makroubs*[1] ou alors, la fillette du marchand espagnol livrerait sa petite montagne de gâteaux, si c'était celui des *mantecados*[2]. Si Kaddour, lui, se contenterait de sa tasse de café servie, avec les marques de déférence dues aux vieillards, par le fils du kaouadji dont la fleur de grenade, ou de géranium, piquée entre l'oreille et la chéchia, tempérait le sérieux et la gravité des gestes.

A le regarder, ce jeune garçon, lorsqu'il entrait ainsi dans l'atelier, l'oreille fleurie, Casilda ne pouvait s'empêcher de se dire combien cette petite coquetterie lui donnait de plaisir à voir, mais aussi, parfois, une espèce de malaise. Il lui semblait que l'innocente fleur, faisant un délicat contraste avec la matité de la peau et

1. Beignets de semoule parfumés de miel.
2. Spécialité de gâteaux espagnols faits de farine, sucre et saindoux, saupoudrés de cannelle.

le brillant de l'œil, était peut-être le symbole même de leur excès de confiance à tous ici qui ne voulaient voir là que l'apparence et non la réalité : la race du jeune homme et ce qu'elle recelait de mystérieux et d'inquiétant. Elle aurait dû se dire alors que sa complicité avec Meriem était dangereuse aussi. Mais à cela elle ne pouvait se résoudre. D'ailleurs, finissait-elle par conclure, c'étaient là remarques sans fondement et aussi vaines que celles de Saint-Hilaire prétendant n'élever l'idéal de l'armée qu'à la hauteur d'une quête d'épaulettes d'or.

A l'exception du gouverneur, qui lui dépêcha son épouse, ils vinrent tous « A l'Épaulette d'or », ces messieurs de l'armée d'Afrique. Du plus au moins gradé, car on dut faire aussi des ornements militaires de laine. Et elle en arrivait à se demander, tant l'attitude de ces hommes chez elle était impeccable, si les officiers supérieurs n'avaient pas donné des ordres pour que l'on eût, dans la boutique de Mme Manerville, un comportement aussi irréprochable qu'au rapport ou à l'inspection !

Un rite parut s'instaurer. Il y eut les jours réservés à l'or et à la soie et ceux affectés à la laine. Et un sous-lieutenant n'ayant jamais rencontré chez elle son colonel, elle se demandait comment ils échelonnaient si bien leurs visites.

Il lui arriva de trouver, certains matins, devant la porte de la boutique, de modestes bouquets de fleurs ou de petits paniers de fruits anonymes, timides hommages à celle que tous appelaient « la belle passementière ». Déposés entre le zouave et le turco, et à leurs pieds, ils semblaient être une offrande à ces effigies, et Casilda disait en riant :

— Est-ce pour eux ou pour nous ?

Meriem s'emparait alors du présent et se hâtait de le poser au milieu de leur grande table, comme si elle l'eût arraché aux deux soldats. Dans l'œil de Si Kaddour brillait la petite ironie habituelle, et Arabelle, enfin, osait rire.

Elle ne cessait de se transformer, Arabelle. Avec la croissance, de plus en plus rapide semblait-il, des boucles dorées, un joli rembourrage modelait toute sa personne qui en était si embellie que « ma parole, vous me la copierez, disait Eugénie, si je l'avais rencontrée ailleurs qu'ici, je ne l'aurais pas reconnue ! La nature, ma fille, ce que ça peut tromper son monde !... Mais surveillez-la bien, votre luronne, parce que voleuse et jolie, ça fait beaucoup. Attention aux galants aussi maintenant. Ce n'est pas ce qu'il y a de meilleur sur le port qu'elle va vous ramener ».

— Elle habite chez les religieuses !

— A plus forte raison, elle ne pourra les voir que chez vous, les séducteurs.

Mais Arabelle menait, selon toute apparence, une vie très sage.

Et leur existence était ainsi bien réglée, à « L'Épaulette d'or », lorsque Horace Vernet déclencha une offensive qui devait avoir quelque répercussion.

Le maître entra de son allure martiale et conquérante, non pas s'enquérir du prix d'épaulettes, de glands ou de galons — encore, murmurait-on dans les salons, qu'il eût adoré en porter —, mais voir qui vivait là, gardé par ces deux amusantes sentinelles au sourire gouailleur. Car il débarquait à peine pour son séjour annuel à l'haouch Ben-Koula et la rumeur publique n'avait pas eu le temps de l'informer des changements et nouveautés de la ville et des champs survenus en son absence.

Il découvrit, veuve et passementière, sa jolie mariée de l'année précédente, ne s'encombra pas d'hypocrites regrets sur la disparition du mari et enchaîna immédiatement sur « l'idée de génie » qui venait de s'emparer de lui au débotté : ils se lamentaient, depuis longtemps, ses confrères et lui-même de ne pouvoir pénétrer chez les dames mauresques, arabes, et juives — malgré les mœurs plus souples de ces dernières — afin de prendre notes et croquis dans l'intimité de leurs demeures, mais il venait de trouver la solution miracle à cette situation : *elle* ! Elle qui savait dessiner et peindre. Le temps de chasser le lion demain chez le bachagha Ben-Aallal, les cailles chez les Vialar, le lièvre chez les Saint-Guilhem et on se réunirait ici avant la fin de la semaine pour mettre sur pied un petit projet d'action. Dauzat, Wyld, Frère et Flandin étaient là et ne se tiendraient pas de joie à la pensée, non seulement de la voir elle, l'étoile d'Alger, mais d'avoir enfin une « espionne » chez ces dames indigènes.

Elle n'avait pas placé un mot qu'il était déjà, toujours aussi pressé, reparti au pas de charge.

Il ne chassa sans doute pas comme il l'avait prévu, car il fut là le lendemain matin, dès l'ouverture de la boutique, plus pressé encore que la veille. Il lui fallait d'urgence des détails, *tous* les détails : physique, attitude, comportement et costume de Mauresques et de Juives, jeunes et vieilles. Notes, dessins, et aquarelles. Qu'on ne lui dise pas que c'était impossible ou difficile, entre femmes on se débrouille toujours.

Et il était parti !

Il revint, toutefois, dire deux minutes plus tard :

— A livrer la semaine prochaine. Bien entendu, je paierai ce qu'il faudra.

Et il était reparti.

Elle confia le magasin à Arabelle, et non à Meriem, sa clientèle préférant — elle le déplorait, mais n'y pouvait rien — s'adresser à une Européenne, et s'en fut chez Elina Dynensen demander conseil quant à « l'idée de génie » du peintre orientaliste.

Elina pâlissait d'ennui sur la liste des invités de sa prochaine réception.

— Voyez-vous, ma chérie, tout devient trop difficile. Il nous arrive de plus en plus de visiteurs et de moins en moins de moyens de contrôler leurs identités.

Le grand-duc russe de mon dernier dimanche n'était pas plus duc que russe, mais il avait une telle allure ducale qu'il nous est apparu comme le plus grand duc de tous les Russes. Je dois dire que je n'avais pas réussi à faire assister mon mari à ma soirée et que, peut-être, sa perspicacité nous eût éclairés. Enfin, je dis cela, mais je ne le crois pas vraiment. Bref, pas plus tard qu'hier, j'ai placé en bout de table un petit jeune homme à l'air de rien, qui n'avait même pas su se présenter dans les règles, m'a bafouillé être envoyé par le gouverneur, a écorché son nom — à moins que je ne devienne un peu sourde — et surtout *ne m'a fait aucune impression*. Eh bien, c'était un cousin de Sa Majesté ! Voulez-vous que je vous dise, Alger devient impossible. A propos, quand vous déciderez de sortir de votre deuil, prévenez-moi pour que je puisse compter sur vous à mes raouts. Quoique vous me posiez bien des problèmes aussi. Vous êtes toujours la fille de votre cher père — notre brillant orientaliste —, vous êtes toujours Mme Manerville — honorable famille de France — mais vous voilà passementière ! Personnellement, je trouve que cela vous rehausse encore, c'est on ne peut plus subtil ces quarts de centimètre à respecter ici et là dans des longueurs de cordelières et des épaisseurs d'épaulettes ! Et ces couleurs à assortir ! Je me demande comment vous faites avec vos sorciers couloughlis pour réussir vos teintures ! Bref, je vous admire, mais parmi ces dames de l'état-major, je sais qu'on murmure. Elles vous croyaient perdue en Mitidja, déchiquetée par les lions ou décapitée par les Hadjoutes et vous réapparaissez, superbe, et n'ayant même pas besoin d'être invitée à leurs petites fêtes pour avoir tous les hommes agglutinés autour de vous. Alors, elles disent déjà, j'en jurerais...

— Que disent-elles ?

— Sans doute que vous vous êtes déclassée...

— Qu'ajouteront-elles alors si je travaille aussi pour les orientalistes ?

Informée, Elina émit le petit sifflement qu'elle se permettait parfois quand elle était très excitée. Et elle l'était, le regard brillant et gagnant déjà la porte de son salon.

— Allons en parler avec Sven. Il souffre beaucoup de ses jambes ce matin, cette affaire va l'égayer.

Le consul était assis dans son jardin auprès de ses roses, dans un fauteuil de rotin et Abdallah achevait de poser, avec délicatesse, un plaid sur ses jambes.

Il écouta à la fois attentif et souriant, et déclara :

— Les dames qu'il vous faut voir sont, chez les Israélites, Mme Solal, chez les Maures, Lalla Aïcha, sans hésitation.

— Nous allons envoyer un chaouch avec un mot chez chacune d'elles, dit Elina. Et elle ajouta, en souriant : Elles ne refusent rien au consul de Suède qu'elles ont connu bien avant moi !

Et comme Casilda paraissait surprise, Elina ajouta :

— Évidemment Sven ne rencontre plus Lalla Aïcha depuis des années. Dès qu'elle a porté le haïk et caché son visage, il n'a plus été admis auprès d'elle, mais moi je la vois parfois. Quant à Séphora Solal, elle est une vieille amie.

Dès qu'il apprit sa prochaine visite dans sa famille, Ephraïm se précipita chez Casilda. Il devait lui parler de toute urgence :

— Vous allez trouver ma mère et mes sœurs dans le plus grand désarroi. Hier, mon père, qui revenait à peine de France et d'Angleterre, nous a réunis pour nous dire des choses graves ; et il faut que vous les connaissiez afin d'éviter de faire plus de peine encore aux femmes de ma maison qui ont déjà pleuré la nuit entière. Ma grand-mère a dû distribuer son infusion calmante d'eau de fleur d'oranger sans discontinuer à toutes, parce que les petites filles et les servantes, sans comprendre de quoi il s'agissait, pleuraient aussi. Un beau chaos ! Alors ma grand-mère, après l'eau de fleur d'oranger, a dit, frappant le parquet de sa canne (elle a quatre vingts ans et des rhumatismes) : « Et puis ça suffit ! Préférez-vous que nos hommes reçoivent coups de bâton et de yatagan, comme autrefois ? Préférez-vous être violées par les Turcs, bourriques, que vous êtes ? Toi, Hanifa — c'est ma petite sœur —, cesse de gémir que les Roumis vont semer le malheur parce qu'on te demande d'évoluer un peu. E-VO-LU-ER, tu comprends ce que ça veut dire, tête de mule ? Ça veut dire profiter de ce que vous a apporté, amené sur des bateaux si grands qu'on aurait cru rêver, la première armée du monde. Et elle s'est battue, cette armée, pour faire fuir les Turcs afin que les fils d'Israël d'ici ne soient plus tant et tant malheureux, traités comme moins que des chiens par ces porcs de janissaires. Un grand cadeau que le roi de la France il nous a fait là ! » « Tu vas pas nous faire croire qu'il a envoyé ses bateaux et son armée pour nous, le roi, et qu'on lui doit tout », a dit ma petite sœur, qui veut toujours avoir le dernier mot. Mais on ne l'a jamais avec ma grand-mère. Jamais. Elle a dit : « Tu as la tête aussi dure qu'un *kabkab*[1], ma fille. De ce cadeau tu as pas à remercier parce que c'était pas pour nous, qu'il con-naissait même pas, le roi, qu'il a pris Alger bien sûr, *mais on en a profité*. Pour avoir été libéré des Turcs, toute sa fortune qu'il aurait donnée mon fils, ton père, et c'est GRA-TUIT ! Juste on te demande d'évoluer un peu. »

« Mon père, par respect pour ma grand-mère, la lais-sait parler, mais là, il est intervenu, il a dit : « Vous mélangez tout ! Vous n'avez rien compris. Que l'Éter-nel nous préserve des cervelles et des langues des fem-mes ! Ce ne sont pas les gouvernements, ni d'ici ni de France, qui exigent ce que je vous ai demandé, c'est *moi*. Je vais recommencer à vous expliquer, pour que, peut-être, vous compreniez : à Paris et à Londres, d'où

1. Sabot de bois.

j'arrive, j'ai vu ceux du haut rabbinat et les membres les plus importants des consistoires de ces deux villes. Nous avons parlé de nos coreligionnaires d'ici. Ils sont d'accord avec notre consistoire d'Alger : il faut nous efforcer de ressembler aux Français si nous voulons avoir un jour leur nationalité. Peu à peu, n'ayez pas peur, cela se fera doucement. Vous, femmes, cesserez de ne parler que l'arabe et l'hébreu, vous apprendrez toutes le français et vous vous habillerez comme les dames européennes. »

« Ma mère s'est à moitié évanouie quand elle a vu que c'était sérieux, qu'elle devrait désormais marcher avec de vraies chaussures — elle n'aime que ses petites mules sans talon —, ne plus porter de çarmah et tant et tant de choses qui la désespèrent... Voilà ! Vous allez arriver chez nous en pleine révolution. Pour vous dire la vérité, les femmes de ma famille ne voulaient pas vous recevoir. Enfin pas avant d'être... d'être résignées. Mon père, lui, a sauté sur l'occasion. Il a dit : « Vous allez commencer, dès aujourd'hui, en regardant bien ces deux dames et essayer de comprendre comment vous devez être à l'avenir. »

« Voyez-vous, continuait Ephraïm, ma mère, mes tantes et mes sœurs ont trouvé excellent qu'un esclave chrétien, ancien précepteur parisien, capturé il y a une quinzaine d'années, vienne tous les jours me donner des leçons de français, d'anglais, de latin même. Le futur chef de leur clan n'en saura jamais trop, disent-elles. Mais elles ajoutent que renoncer ne serait-ce qu'à leurs coutumes vestimentaires va les tuer. Seule, ma terrible grand-mère paraît entrevoir ce que veut son fils. J'ai essayé, pour ma part, de donner l'exemple, j'ai porté un costume européen pendant quelques semaines. Ma mère, mes tantes, mes sœurs se sont d'abord moquées, puis elles ont pleuré. Enfin, elles ont imaginé de détériorer ces vêtements. Je leur découvrais chaque jour un trou ou une tâche indélébile supplémentaires qui les ont rendus, peu à peu, importables.

Il souriait, Ephraïm. Et Casilda était sûre qu'il était assez fier, au fond de lui, de la rouerie de ces conspiratrices.

Et n'avaient-elles pas raison, ces dames Solal ? Il était bien beau leur futur chef de clan dans son costume à la mode turque, de velours brun brodé d'or. Et, comme elle l'admirait, avec un certain attendrissement, Casilda rencontra son regard. Il disait beaucoup de choses ce regard, des choses qui n'avaient, soudain, plus rien à voir avec le désespoir d'une mère ou d'une sœur. Et qu'elle ne voulait pas comprendre. Aussi prit-elle le parti de rire.

— Je ne crois pas que je vais servir la cause de votre père. Je vais beaucoup trop admirer les femmes de votre famille dans leurs atours ancestraux.

Comme s'il n'avait pas entendu, Ephraïm murmura dans un soupir :

— Ce n'est pas tout. Mon père a décidé de me fiancer à ma cousine Bnina.

Ils étaient assis auprès de la grande table de l'atelier. Les trois ouvriers étaient partis. La retraite sonna dans le silence. Casilda posa doucement sa main sur celle du jeune homme.

— Parlez-moi d'elle.

— Non !

Il était très pâle et un grand désarroi habitait ses yeux embués. Il dit, sur un ton presque suppliant :

— Il faut que je parte.

Ce fut près de la porte qu'il ajouta, comme s'il revenait de très loin :

— Ah ! Puis-je vous demander de ne pas trop les... comment dire ?... les effaroucher ?

Effarouchées !

Personne n'eût pu l'être moins que ces dames juives — une bonne vingtaine — en grandes toilettes, or, perles et pierreries jetant des feux qui excitaient le soleil à en faire, murmura Elina, une fantasia d'étincelles.

On était reçu sur une vaste terrasse, face à la mer,

sous un ciel aussi soyeux que les satins des robes et on s'y trouvait comme en suspens entre l'air et l'eau.

Sur des poufs, des tabourets ou des coussins de velours, répandus sur des tapis de Perse, elles étaient posées comme des idoles sur un présentoir.

Des colombes et deux gazelles familières accueillaient aussi.

Accueil de joie, de cris, de rires, et de gazouillis d'oiseaux venus d'une grande cage dorée auprès de laquelle était posé un bouquet de jeunes enfants chatoyants, maintenu serré par quatre négresses en constante alerte.

L'impression première était une explosion de la magnificence orientale.

Et Casilda s'imagina soudain transportée sur un immense plateau où était rassemblé ce qu'il y avait de plus beau, de plus coloré, de plus rutilant au monde en une offrande au ciel, à la mer, au soleil et à cette terre du refuge. Parce que, se dit-elle, subjuguée, ces femmes — et leurs ancêtres, bien sûr, avant elles — avaient dû ressentir l'envie d'assortir leur personne aux fééries de la nature en un éclatant mimétisme et peut-être même un inconscient hommage.

Pour l'heure, ces dames en falbalas vivaient dans une joyeuse rébellion.

Passé la surprise de la veille due à ces ordres incongrus donnés à son retour de voyage par le chef du clan, on avait décidé de dire « oui », tout en pensant « non ». Et pourquoi s'inquiéter ? Les hommes parlaient, parlaient — bien plus que les femmes, en vérité —, il suffisait de les écouter, de laisser passer l'averse et de s'efforcer de s'exprimer en français, ce qu'elles savaient déjà presque toutes, sans l'avoir tellement ébruité. Les hommes s'imaginaient-ils qu'elles n'avaient pas envie de les comprendre, ces vainqueurs, depuis qu'ils avaient débarqué ?

Cet optimisme s'était levé avec le soleil et brillait toujours, nourri de plaisanteries que chacune, à tour de rôle, lançait en riant et que les autres accueillaient par des you-you stridents. L'arrivée des dames françaises n'avait pas interrompu cette joie, la terrasse vibrait d'une grande gaieté et on entendit de sonores « Bienvenues mesdames ».

La maîtresse de maison, Mme Mardochée Solal, mère d'Ephraïm, était une sculpturale créature au teint de fleur de magnolia et aux yeux de diamant noir que l'on aurait pu dire semblables à ceux de son fils si l'éclat n'en eût été fréquemment voilé. On disait encore d'elle « la belle Séphora » et on le dirait sans doute longtemps car elle paraissait, dans son immobilité et sa gravité, une indestructible statue. Il lui arrivait pourtant d'esquisser un sourire, à entendre, sans les écouter vraiment, celles qui l'entouraient.

Car on apercevait vite, parmi ces exubérantes personnes, deux d'entre elles ne s'associant pas à la bonne humeur générale : Séphora paraissait rêver et la vieille Rébecca, l'indomptable grand-mère, bouillait, lançant, par instants, de petits jets de vapeur sous la forme d'imprécations, malheureusement inaudibles, regrettaient Casilda et Elina placées trop loin d'elle.

Deux servantes mauresques, celles qui avaient emporté les ombrelles et les châles des visiteuses, réapparurent avec de grands plateaux d'argent où les confitures, dont la dégustation devait, selon le rite, être offerte en bienvenue, tremblotaient dans leurs coupes de vermeil.

Après ces dames et demoiselles, rien n'était plus ravissant à voir que ces flaques de couleurs serties d'or et d'argent.

Il fallait les goûter toutes — peut-être de vingt ou trente sortes différentes — avec de minuscules cuillers. Et les dames Solal riaient, comme des fillettes jouant aux devinettes, si les visiteuses interrogées répondaient fraise et non arbouse, framboise et non grenade, abricot et non melon avant d'apprécier les saveurs de ce qui était rose, rouge ou doré.

On promit de faire visiter l'officine où, au rythme de l'apparition des fruits que l'Éternel donne à profusion, frémissaient sur des feux jamais éteints les gelées parfumées.

On promit aussi de poser autant qu'il le faudrait pour cette dame qui peignait et s'intéressait aux beaux atours. Qu'aimait-elle le plus, les *jobbas*[1] de damas, de velours ? Les *ghlîlas*[2] brodées ? Mais, surtout, que pensait-elle des çarmas ? C'était dans leur famille qu'elle verrait les plus belles. On souligna, au passage, que du temps des Turcs, seule Mme Bacri, la femme du plus opulent des marchands et banquier du dey, avait l'autorisation, par faveur toute spéciale, de coiffer la çarma d'or réservée aux musulmanes. Alors, inévitablement, on en revint à la grande affaire : pourquoi faudrait-il renoncer à ces belles choses presque aussi immuables que les tables de la Loi ? Pour pouvoir devenir française ? Et quel besoin avait-on, sans vouloir offenser le moins du monde la dame qui peignait, de devenir française ? Surtout maintenant, puisque grâce au roi de France qui n'interdisait rien, elles avaient *toutes* droit à la çarma d'or ?

On vit bondir soudain du tabouret où elle était assise la vieille grand-mère Rébecca. Elle s'avança jusqu'au centre de la terrasse.

Elle brandissait sa canne et en donna deux coups furieux dans les deux çarmas qui se trouvaient le plus près d'elle.

On entendit résonner le métal, par deux fois, comme deux sons de cloches mêlés aux hurlements des dames agressées. On entendit aussi :

— Taisez-vous ! J'ai à parler. Vous n'avez rien compris.

1. Ample robe sans manche à l'échancrure encadrée d'un plastron brodé.
2. Veste longue de drap fin, de satin, de velours ou de damas, au col très échancré découvrant largement la poitrine et tenue fermée par des boutons d'or, d'argent ou de pierreries.

Elle s'exprimait en arabe, comme cela se faisait ici depuis des siècles chez les Juifs. Comme la vieille dame levait encore sa canne, le vide se fit autour d'elle. Seules ne s'éloignèrent pas celles qui ne craignaient rien, les jeunes filles, n'ayant droit, en leur état de vierge, qu'à une calotte de soie ou de velours sur leurs longues chevelures rougies au henné [1].

— Cette canne, voilà l'unique cadeau que je me suis autorisée à accepter de la France au lendemain de notre libération. L'avez-vous donc oublié, que même aider sa marche d'un bâton nous était interdit ? L'avez-vous déjà oublié ce temps-là, femmes sans mémoire ? Regardez-moi, je suis toujours vêtue de noir et ma çarma est voilée de noir aussi. Il y a huit ans à peine, c'était la seule couleur permise ici aux enfants d'Israël, mais cela encore, vous l'avez oublié. Et je vous regarde, aujourd'hui, toutes multicolores, perruches que vous êtes, et écervelées aussi, ne pensant qu'à l'apparence, et je vous dis : Malheur à vous si l'Éternel décide de nous mettre à nouveau sous le joug des musulmans qui seront plus féroces que jamais.

Elle était impressionnante, la vieille Rébecca, Jésabel en furie, scandant chacune de ses imprécations d'un coup de canne sur le tapis persan et le marbre qui était dessous.

— Si, parce que nous avons péché, le Seigneur punit encore et ramène la domination turque ou arabe, il vous faudra les abandonner, vos coquetteries inutiles.

— Eh bien, nous en aurons au moins profité ! coupa une voix jeune. Celle d'une nouvelle mariée dont la coiffure de métal ne ceignait le front que depuis peu de temps. Çarma d'or incrustée de rubis, voilée de gaze rose assortie de couleur au damas de sa jobba, et qui était, en ses nuances d'aurore naissante, comme le

---

1. Poudre d'écorce d'un arbuste des régions tropicales, utilisée en Orient pour la teinture en rouge ou jaune des cheveux, des mains et des pieds.

reflet de la jeunesse et de l'innocence de celle qui la portait.

Le regard de Casilda allait de l'une à l'autre de ces deux femmes, de l'adolescente jaillissant de ses falbalas comme une fleur dans le soleil, à l'ancêtre ensevelie dans le sombre de ses draperies et de sa peur ancestrale, mais luttant avec l'acharnement indestructible de sa race.

Dans le tumulte général, Casilda ouvrit son carnet de croquis, prit son crayon, et écouta en dessinant.

— Noir, tout était noir pour nous. De la tête aux pieds. Qui aurait osé porter des chaussures qui n'eussent pas été noires aurait été battu ou même tué[1]. Et je vois vos pieds aujourd'hui, et je sais combien, dans vos coffres de femmes futiles, vous attendent de douzaines et de douzaines de mules aux couleurs d'arc-en-ciel. Alors je vous le dis : prenez garde, pensez à ces jours de malheur fatal où beaucoup ayant, comme vous, oublié les interdits, recevaient trois cents coups de bâton sur la plante des pieds !

Elle radotait ! Cela, c'était de l'histoire ancienne ; femmes, enfants, esclaves, et même gazelles et colombes, tous le savaient. Mais la bienséance et le respect dû à son grand âge fermaient les bouches.

Alors elle continuait, et c'était comme si tout ce qui avait tant fait saigner son cœur autrefois rejaillissait à la faveur de ce que son fils exigeait aujourd'hui de ceux de son clan. Sans doute mélangeait-elle, en effet, ce qui avait été de ce qui devait être désormais et, à grands coups de canne, elle psalmodiait : « Interdiction de monter à cheval, l'animal était, disaient-ils, trop noble pour les Juifs... Interdiction de remplir la cruche à la fontaine avant que tous les musulmans aient rempli

---

1. « Qu'ils ne leur prennent pas fantaisie de porter des souliers qui ne seraient pas noirs ! Cela leur est défendu, sauf, toutefois, paiement préalable d'un énorme tribut » (*Les Juifs algériens*, par C. Fréguier, président du tribunal de Sétif, membre de la Société historique d'Alger, 1865).

les leurs, et ne boire enfin que s'ils le voulaient bien...
Interdiction d'avoir des lanternes la nuit dans les rues,
donc de sortir... »

Et, comme si une image plus forte qu'une autre et
de résonance plus profonde s'imposait soudain à elle,
elle dit doucement :

— Votre grand-père, un jour, parce que les janissai-
res avaient vu qu'il boitait et, sans aide de canne, tenait
mal sur ses jambes, l'ont obligé à se prosterner devant
eux. Ils lui avaient dit : « Nous sommes trois, tu feras
un salut à chacun de nous. » Mais sans cesse ils se
déplaçaient, le premier prenant la place du dernier et
disant toujours : « Moi, tu ne m'as pas salué ! » Toujours, toujours... Des heures durant... Et je regardais
derrière la porte longtemps, si longtemps... Après ils
l'ont battu et battu...

Elle paraissait soudain presque assoupie dans sa
douleur. Il y eut un temps de répit. On entendit chanter
les oiseaux. Mais brusquement, un autre souvenir l'assaillit, elle s'écria :

— Et les sauterelles, en 1815 ? Jour et nuit, nous
devions monter la garde dans les jardins du dey pour
les écraser. Jour et nuit sans dormir. Les deux cents
Juifs choisis écrasaient, écrasaient... Votre oncle Eli-
haou et son fils Yossef étaient de ceux-là... On les
piquait à coups de yatagan pour qu'ils ne s'endorment
pas...

Il semblait qu'elle se tût enfin. Et, dans le silence
revenu, la jeune femme en rose, si nouvelle arrivée
dans la famille, s'écria :

— Mais c'est fini ! Tout cela est fini. Les Français
sont là !

Rébecca n'écoutait pas. On l'entendit encore :

— Je vous le dis, femmes Solal, il ne faut jamais se
laisser aller à oublier, se laisser aller à en faire trop.
Nous autres Juifs devons rester dans l'ombre, la
lumière nous montre du doigt, et alors c'est le progrom. Avez-vous oublié celui de 1805, le terrible ? Où

l'oncle Neftali Busnach fut assassiné, les synagogues et les maisons pillées ?... Et les viols ? Et la tuerie de plus de cinq cents d'entre nous ?...

— Cela est fini, FINI, dirent encore plusieurs voix. Les Français ne partiront jamais d'ici.

Rébecca Solal parut alors émerger du passé. Elle dit, triomphante, dans la résonance d'un terrible coup de canne.

— Il faut plus, *il faut devenir français*, alors, les musulmans ne pourront rien contre nous. Et pour cela, femmes, il faut évoluer, É-VO-LU-ER !

Toutes riaient, soulagées. L'affreuse évocation s'envolait, on en revenait à cette plaisanterie qui voulait que l'on renonçât à ce qui était enfin acquis et ne nuirait à personne maintenant.

Seule Séphora ne s'égayait pas. Elle connaissait l'inébranlable volonté de son mari. S'il avait dit que cela devait changer, cela changerait. Et elle promena, sur ce qui l'entourait, un regard empreint d'une grande mélancolie. Casilda le surprit. Sans doute, pensa-t-elle, est-ce ainsi qu'il faut comprendre le présent de cette race, une libération de servitudes odieuses, mais l'obligation, désormais, de tourner une page de son histoire.

Les portes de la maison Solal, lui dit-on, au moment du départ, seraient toujours grandes ouvertes pour elle et on l'attendrait avec joie.

Femmes, enfants, gazelles, et colombes les accompagnèrent jusqu'à leur voiture.

Sauf, semblait-il, Séphora qui ne franchissait pas le mur de clôture du jardin avec les autres et restait un peu en arrière, comme indécise, puis soudain, s'avançait aussi jusqu'à la calèche en disant avec son séduisant demi-sourire :

— J'hésite toujours à sortir. Est-ce bête, puisque tout nous est permis désormais. Mais j'ai du mal à oublier parce que, si nous étions habillées ainsi, comme aujourd'hui, pour notre plaisir caché, à l'intérieur de nos maisons, il ne fallait pas que les Turcs, au-dehors, le sachent...

La jeune femme en rose, l'une de ses nièces, vint la rejoindre, lui prit le bras et lui dit tendrement :

— Oubliez, tante Séphora, oubliez, la vie est belle maintenant !

Sur le chemin du retour, Elina, pensive, disait :

— Certaines d'entre elles, n'oublieront jamais — et elle ajouta : Sven vous le racontera, il fut terrible ce progrom de 1805. Un navire suédois sauva deux cents personnes, dont la famille Busnach[1]. Mais les autres, ah ! les autres... Non, Sven, à la réflexion, ne vous en parlera pas. Le souvenir du désespoir, des cris et des gémissements de ceux qu'on ne put embarquer est un affreux moment auquel il veut essayer de ne plus penser.

Meriem vit les croquis de Casilda.

Meriem voyait et savait tout. Elle dit :

— Pôh, chez les riches Mauresques c'est bien mieux ! Tu verras Lalla Aïcha, une *malika*[2], la fleur d'Alger. D'elle tu feras des dessins beaux comme le soleil.

— Comment sais-tu que j'irai chez Lalla Aïcha ?

— *Ils* le savent.

Rarement Meriem disait « je » en racontant. Elle paraissait détenir son savoir d'une imprécise et mystérieuse multitude informée de tout. Nul, parmi ces « ils », ne lisait, n'écrivait, ni ne se souciait d'un journal. Pourtant, nombreux étaient ceux qui eussent pu dire ce qui se passait à Oran, à Bône ou à Alger, et même dans chaque maison de la ville et dire aussi la position des plus lointaines tribus qui leur était aussi connue que le dernier potin du quartier.

1. Célèbre famille juive. Neftali Busnach assassiné par les Turcs était associé de Bacri dans la fameuse affaire des blés vendus au gouvernement français et qui décida, pour une grande part, la France à déclencher son expédition de 1830.
2. Princesse.

Meriem arrivait, certains matins, la tête et la bouche débordantes de nouvelles. Elle disait :

— Tu sais, ce commandant — elle était très fière de savoir lire les grades sur les uniformes — ce blond aux yeux qui caressent, celui qui a fait remplacer tous ses galons — même pas usés — ils disent que sa femme, une au long nez et aux cheveux qui veulent pas rester accrochés aux épingles, est prête à rentrer dans ton pays. Ici, elle pleure trop. A cause de toi.

— Tu ne vas pas me faire croire que c'est parce que le commandant Lafaurie est venu trois fois ici...

— Quatre.

— Admettons, quatre. Ce n'est pas cela qui fait réembarquer cette dame.

Partagée entre le désir d'avoir elle-même tressé des galons d'or au pouvoir dévastateur et la satisfaction d'être informée complètement, Meriem ajoutait :

— Il va aussi chez celles de la « Maison des balcons [1] ».

Trois dames, dites « artistes lyriques, se produisant au « Café de la perle » — café chantant — et réputées ne pas avoir seulement de belles voix mais beaucoup d'autres charmes, habitaient cette maison.

Et Casilda apprenait aussi bien qu'il était arrivé au palais du gouverneur de nouvelles robes pour Son Excellence la générale Vallée, que le changement d'un chef de Bureau arabe à Miliana.

— Meriem, tu dois savoir aussi où se trouve l'émir Abd el-Kader ?

La question ne l'embarrassait guère.

Elle avait des réponses toutes prêtes : « Il faudrait être l'oiseau qui survole les montagnes pour le savoir » ou : « Il est sur la selle d'un coursier rapide qui suit les armées de Dieu. » Et elle riait. Parfois, elle ajoutait,

---

1. Immeuble d'Alger ainsi nommé parce qu'il avait la particularité, rare à cette époque, d'avoir des balcons sur ses deux façades, côté mer et côté ville.

peut-être pour se faire elle-même un rappel à l'ordre :
« Ceux qui parlent trop méritent le *falaga*[1]. » Parfois
aussi, elle concluait, avec un petit éclair de tendresse
dans l'œil : « N'aie pas mal au foie[2], garde de la
lumière plein les yeux, l'émir des Croyants ne viendra
pas détruire la ville, il a le cœur trop blanc et trop
généreux. »

Mais elle ne pouvait s'empêcher de tenter de terrori-
ser Arabelle. Elle lui murmurait :

— Parce que, s'il venait ici, ce serait terrible, vous
seriez tous, tête tranchée, jetés aux vautours, aux chacals ou aux poissons.

L'impassibilité de la jeune Française la déroutait.
Alors, elle haussait les épaules et se mettait à chanter
jusqu'à ce que, une difficulté survenant dans son travail, elle se taise, appliquée et tout à lui.

Elle habitait toujours le consulat de Suède où son
père et sa mère disposaient d'une petite maison au fond
du jardin. Souvent, en traversant la roseraie, tôt le
matin à l'heure où les jardiniers arrosaient, elle cueillait une fleur. Elle la mettait dans un verre sur la grande
table de l'atelier, devant la place de Casilda.

Et Casilda savait, pour en avoir fait l'expérience,
qu'elle devait éviter de remercier si elle ne voulait pas
rencontrer un regard chargé d'indifférence et disant à
peu près : « Cette rose ? oh ! c'est bien par hasard
qu'elle se trouve là ! »

Et Si Kaddour, paraissant toujours ne rien voir, souriait.

*
* *

Les Ben-Slimane, Maures chassés d'Espagne au
XVIe siècle, s'étaient réfugiés dans la Régence. Leurs

1. Coups de verges sur la plante des pieds.
2. La croyance populaire fait du foie — *kalida* — le siège de l'affection.

descendants ne la quittèrent pas en 1830 à l'arrivée des Français.

Riches négociants commerçant dans tout le bassin méditerranéen et y possédant plusieurs comptoirs, ils attendirent, avant de s'exiler, de voir comment le royaume de France traitait ses adversaires vaincus. Très vite rassurés, ils continuèrent leurs affaires, sûrs de pouvoir s'en aller s'ils le désiraient un jour — l'humeur de l'occupant étant sujette à changement, ce qu'ils savaient par expérience — vers d'autres rivages où ils vivraient de ce qu'ils y avaient précautionneusement entreposé. S'il était possible de sauver les propriétés d'Alger, pourquoi ne pas le tenter ? Beaucoup étaient partis trop tôt, vendant leurs biens à perte, ce qui n'était pas à imiter.

Ainsi pensaient les deux fils de Lalla Aïcha Ben-Slimane, veuve depuis cinq ans.

Leur maison d'El-Biar, non loin de celle des Solal, était une demeure qui eût pu rivaliser d'élégance et de somptuosité avec les plus belles réalisations mauresques de Grenade. Construite au XVIIe siècle, agrandie au XVIIIe, elle ravissait l'architecte Adolphe Muller.

D'énormes jarres hollandaises de faïence bleue et blanche, plantées de lauriers roses hauts de plus de trois mètres, ponctuaient les deux côtés de l'allée traversant les jardins et menant au patio, tout bleu et blanc lui aussi de carreaux de Delft.

Si l'on s'aventurait à dire à M. Muller combien les maisons mauresques se ressemblaient, il rugissait que personne n'était digne d'habiter ce pays aux raffinements d'architecture exquis. Et si on avait le malheur d'ajouter : « Mais les plans de ces maisons sont tous les mêmes », il hurlait de plus belle, puis se délectait à raconter « sa petite histoire chérie », disait Elina :

— On demandait, un jour, à un maître maçon musulman construisant une habitation d'en montrer le plan. L'artisan répondit : « Eh ! comment veux-tu que je te montre le plan ? La maison n'est pas finie. » Et,

ajoutait Adolphe, ce fut un palais de prince qu'il cons-
truisit ainsi, *sans plans*. Ouvrez vos yeux, destructeurs
de villes, aveugles qui ne voyez rien, et vous découvrirez peut-être alors combien, en leurs subtilités de raffinements, ces maisons sont dissemblables. Dans des
étuis qui peuvent apparaître identiques aux profanes,
se cachent mille splendeurs d'une infinie diversité.

Les Ben-Slimane, entre autres merveilles, possédaient un salon jaune et blanc radieux, lumineux même
aux jours d'ombre et de pluie. En y pénétrant, Casilda
pensa qu'il était aussi éblouissant que la robe « couleur
de soleil » de Peau d'Ane. Les féeries orientales la
ramenaient toujours aux contes de son enfance.

Sur un décor de bois sculptés dans la plus grande
délicatesse, et de carreaux de majoliques italiennes aux
tons de citron, de jonquille, de safran et d'or, trois
dames les attendaient. Impression première évoluant
vite. Il y avait là une dame et ses deux... Ses deux
quoi ? Comment fallait-il les appeler ? On avait envie
de dire : ses deux suivantes, tant la première avait de
majesté.

Elles portaient des costumes d'intérieur avec lesquels il était de bon ton de se recevoir entre femmes.
Un pantalon bouffant s'arrêtant au-dessus du mollet,
une chemise de mousseline à larges manches et une
ghlîla de brocart.

Lalla Aïcha Ben-Slimane était vêtue dans des coloris
effacés de gris, de mauve et de blanc. Des boutons
de diamant fermaient sa *ghlîla*, et *l'aciçba gahla*[1] la
coiffait.

Ses deux compagnes étaient l'une en rose, l'autre en
vert. L'une faisant tinter beaucoup de bijoux d'or, l'autre mains, cou et chevilles nus. Une petite chéchia de
soie recouverte du *mharma*[2] assorti aux tons de leurs

1. Foulard noir porté surtout par les femmes âgées et les veuves.
2. Foulard de soie de couleur.

toilettes cachait leurs chevelures. Toutes trois se chaussaient de mules de velours brodées.

Les Mauresques en vert et en rose se levèrent à l'arrivée de Casilda et d'Elina. Lalla Aïcha ne bougea pas de la grande banquette recouverte de tapis et de coussins où elle pria les visiteuses de s'asseoir aussi et d'étaler leurs jupes d'indienne fleuries.

Les Mauresques en vert et en rose restèrent debout. Et, le décor étant ainsi planté et les personnages en scène, Lalla Aïcha, dont les yeux de jais étincelaient d'intelligence et d'ironie, opéra son petit coup de théâtre. Dans un français remarquable, elle s'adressa à Casilda :

— Il vous sera peut-être agréable, madame, de retrouver ici aujourd'hui deux de vos compatriotes, Mlles Rosette Vannier et Herminie de Noirpont.

Les Mauresques en rose et en vert.

Et en très peu de mots Lalla Aïcha avait raconté.

Elles avaient été razziées un jour de mai 1819 où la frégate *Cérès*, venant de Marseille et allant à Barcelone, avait été capturée par les Barbaresques.

Elles avaient à l'époque dix-huit et vingt ans et, reconnues instruites, avaient été mises en vente comme « savantes ».

Or, le père de Lalla Aïcha voulait que sa fille reçoive une éducation semblable à celle des demoiselles des grands négociants européens qu'il fréquentait. Herminie de Noirpont était institutrice, Rosette Vannier lectrice. Toutes deux attendues dans des familles espagnoles pour y prendre possession de leurs fonctions.

Comme elles se tenaient serrées l'une contre l'autre — Lalla Aïcha évita de préciser « entièrement dénudées », mais Casilda et Elina l'imaginèrent sans peine — et paraissant ne pas vouloir se quitter, Abdul Hadj Ben-Slimane, qui avait bon cœur, acheta cette paire d'esclaves.

Et depuis vingt ans ces trois femmes ne s'étaient pas

quittées. Herminie avait éduqué et instruit l'héritière des Ben-Slimane. Rosette l'avait divertie. Lorsque Lalla Aïcha s'était mariée, elle avait fait des lectrices de ses deux amies. Ce qu'elles étaient encore.

On entendit alors Rosette Vannier ajouter, d'une voix plutôt aiguë :

— Herminie lit les grands classiques et moi les romans modernes.

Herminie n'intervint pas, n'ayant sans doute rien à ajouter.

Ce fut Lalla Aïcha qui précisa combien il était agréable d'avoir à sa disposition deux voix bien différentes pour goûter pleinement des œuvres aussi opposées.

Et l'on parla, dans cette maison mauresque, en ce bel après-midi de juin 1839, avec les mots les plus choisis de la langue française, du dernier ouvrage de M. de Balzac, de la pièce de M. Alexandre Dumas jouée à Paris en ce moment et des programmes de l'année au Théâtre-Français. Toutes informations données par les « dames mauresques », Lalla Aïcha étant abonnée aux principales revues parisiennes. Puis on s'intéressa à ces histoires d'épouvante, les *Tales of Terror* de cette Anglaise, Mme Radcliffe, qui paraissaient faire les délices de Rosette et être vaillamment supportées par Lalla Aïcha. Bref, on parla de beaucoup de choses, sauf de celle qui intriguait le plus. Celle qui flottait dans l'air doré du salon jaune autour de ces dames buvant du café et savourant des patisseries au miel. Celle qui teintait d'ironie à peine voilée le regard de Lalla Aïcha et d'interrogation ceux de Casilda et d'Elina : pourquoi ces esclaves n'avaient-elles pas été libérées puisque les Français avaient aboli l'esclavage dans la Régence ?

On convint de revenir, dès le lendemain, pour faire des esquisses. Ce fut au moment du départ qu'Herminie, ayant à peine ouvert la bouche depuis l'arrivée des visiteuses, demanda l'autorisation de dire quelques mots.

293

Lalla Aïcha, paraissant toujours jouer un rôle dans une pièce au déroulement bien gradué, acquiesça d'un signe de tête.

Herminie de Noirpont avait une belle voix grave, s'accordant avec la dignité qui se dégageait de sa personne. Et un léger tremblement, dû sans doute à l'émotion, donna à son court récit un accent pathétique.

En très peu de mots elle aussi — et on sentait à l'écouter, ayant encore dans l'oreille le petit exposé de Lalla Aïcha, l'influence du maître sur l'élève —, elle dit la discrétion de leur bienfaitrice qui avait omis de souligner avoir affranchi ses deux esclaves. Or, celles-ci n'avaient pas voulu de leur liberté. Et pourquoi ? De cela encore Mme Ben-Slimane avait tu les raisons et il fallait réparer cet oubli dicté par une grande noblesse d'âme.

Si Rosette Vannier et Herminie de Noirpont n'avaient pas quitté la famille Ben-Slimane, au lendemain de la conquête de la Régence par les Français, c'était *parce qu'elles ne l'avaient pas voulu*. Elles aimaient Lalla Aïcha et ne se sépareraient plus jamais d'une famille qui leur avait ouvert les portes de sa demeure et de son cœur.

Là, Herminie marqua un temps d'arrêt et, une coloration rose fardant soudain ses joues sans teint et déjà griffées par l'âge, ajouta, décidée à tout dire de ce que deux pauvres captives vouées à un sort fatal avaient évité grâce à une belle demoiselle musulmane que son père voulait instruite.

— Nous ne rendrons jamais assez grâce à notre bienfaitrice de nous avoir épargné le... le harem.

— Oh ! ma chère, n'exagère pas, dit Lalla Aïcha.

Son regard étincelait. Et on se demandait si elle entendait là ne pas mériter tant de gratitude ou douter que ses deux esclaves aient pu avoir, jadis, des corps et des visages dignes d'être acquis pour le plaisir des nuits d'un riche seigneur arabe.

Elina avait conclu, en quittant la veille les dames juives :

— Malgré les vieilles Rébecca atrabilaires, malgré les Séphora mélancoliques, je ne donne pas dix ans avant que ces gens-là ne soient aussi européens que vous et moi.

En descendant, à nouveau, les pentes d'El-Biar où les chevaux de Manolito s'élançaient sur les chemins pierreux et chaotiques bordés de lauriers roses et d'aloès, elle dit :

— Celle-là ne changera jamais. Malgré toutes les Rosette et toutes les Herminie de la terre.

— Lalla Aïcha est pourtant éduquée et cultivée comme une Européenne.

— C'est une façade. Elle a parlé beaucoup et de n'importe quoi. Mais cela revêtait un orgueilleux silence. Ce grand silence de ceux qui ne désespèrent pas et savent attendre.

Et comme Casilda soupirait, Elina ajouta :

— Eh oui, ma chérie, c'est comme ça... Et les deux Françaises, qu'en pensez-vous ?

Casilda sourit en disant :

— Leur reconnaissance envers Lalla Aïcha est touchante.

— Hum ! Si l'on veut. Mais, croyez-moi, elles sont ravies, enchantées, de rester là, allongées tout le jour à picorer des douceurs et à lire.

— Pour la petite boulotte, Rosette, vous avez sans doute raison. Mais l'autre ?

— Ah ! l'autre ! A tant ressasser les classiques elle se prend pour une héroïne de tragédie. La pensée qu'elle aurait pu être enfermée dans un harem à la disposition d'un beau seigneur arabe — on peut toujours rêver ! — doit illuminer sa vie. Elle est si laide, la pauvre femme.

— Elle ne rentrera pas en France. Elle n'osera jamais dire là-bas son ex-condition d'esclave en Méditerranée. Immédiatement on supposerait le pire.

— Que l'on supposât ce pire l'aurait ravie ! Elle a dû s'imaginer favorite toute-puissante, Shéhérazade pour le moins.

Après un silence, qu'elle utilisa à réfléchir, Elina conclut :

— Je me demande comment il se fait que j'aie pu ignorer l'existence de ces deux esclaves françaises ?

Cette visite bousculait sa conviction d'être l'Européenne la mieux informée de la Régence, et l'aurait affectée si elle n'eût été sûre, à la réflexion, d'avoir remarqué plusieurs petites choses anormales dans le comportement des deux Françaises qui, inévitablement, un jour ou l'autre lui auraient fait découvrir la nationalité de la Mauresque rose et de la verte. Et elle dit péremptoire :

— Malgré vingt ans de port de pantalons, de chemises arabes, de *ghlîla* et de haïk, il reste en elles des traces indélébiles d'européanisme. Rosette ne sait pas marcher avec ses *rdîfs*. Les vraies indigènes, elles, ne cognent pas celui de la cheville droite à celui de la cheville gauche, elles ont pour cela une adresse ancestrale. Quant à Herminie, elle ne parviendra jamais à être élégante dans ses saraouals, elle y est aussi mal à l'aise que si elle les portait pour la première fois de sa vie, à un bal costumé. Ah ! à propos de bal, le prochain, donné au palais par Leurs Excellences, est fixé au 2 octobre. J'espère que le programme d'évolution des grands Juifs d'Alger ne sera pas encore déclenché à ce moment-là pour ne pas nous priver du spectacle éblouissant que ces dames donnent ce soir-là.

*
* *

Les croquis et aquarelles étaient terminés. Une vingtaine, exécutés dans chacune des deux communautés visitées. Documents fort exacts sur vêtements et colifichets, mais nullement des portraits de ces dames juives et arabes.

Casilda convoqua Horace Vernet et ses amis.

Elle avait résolu de les faire venir, sa journée de travail terminée, dans l'appartement du premier étage communiquant avec sa boutique, non meublé encore, mais dont le sol serait, pour la circonstance, recouvert de tapis et de coussins arabes qu'elle louerait. Tout se louait à Alger.

Elle fit du thé à la menthe et attendit ses peintres. Ils arrivèrent ensemble et ne passèrent pas inaperçus dans la rue Bab-Azoun.

Ils parlaient et riaient haut et, à l'exception d'Horace Vernet en strict frac, rosette à la boutonnière et allure plus militaire que jamais, les trois autres coiffés de chéchias et burnous au vent portaient des costumes arabes assez fantaisistes.

Ils étaient à eux quatre une bonne partie de la fleur de la peinture orientaliste.

Il y avait William Wyld, ami anglais d'Horace Vernet, entraîné ici à sa suite, Théodore Frère et Eugène Flandin, à peine revenus de Constantine où ils étaient avec Théodore Leblanc et Aurèle Maurin-Darbière en mission de peintres du ministère de la Guerre.

En France, on rêvait, depuis déjà plusieurs Salons, sur leurs évocations orientales. Et ils faisaient partie de ceux qui venaient « apprendre le soleil » sur place et ne se contentaient pas de récits ou de documents de voyageurs revenant d'Afrique ou d'Egypte. Aussi leur déception était-elle grande de ne pouvoir visiter aucun appartement de femmes et de n'arriver jamais à voir une Mauresque ou une Arabe dévoilée. Ils avaient espéré être aussi favorisés que Delacroix, qui peu d'années auparavant, avait obtenu de pénétrer dans le harem du raïs [1] du dey. Ils n'avaient pas eu cette chance et la seule qui leur restait, désormais, de connaître le

1. Commandant de vaisseau des corsaires barbaresques.

mystère féminin d'Alger était là, devant eux, une femme plus belle encore, se dirent-ils, que les plus belles enfermées à triple tour par leurs jaloux propriétaires.

Comme elle était aussi la fille de leur confrère si récemment décédé en service commandé, ils se demandèrent quelle attitude avoir devant elle. Fallait-il éviter de parler de la guerre ?

Ce fut elle qui les mit à l'aise en évoquant les peintres en mission et le siège de Constantine. Soulagés, ils furent très bavards. William Wyld raconta l'épopée de son confrère et compatriote l'orientaliste David Roberts qui venait de traverser le désert du Sinaï avec vingt et un chameaux, deux douzaines de serviteurs, la panoplie la plus complète d'accessoires antisoleil et des provisions suffisantes pour soutenir un siège d'un an au moins.

Comme Casilda riait, ils voulurent la faire rire plus encore, lui faire oublier que deux d'entre eux avaient vu mourir son père sous leurs yeux. Alors ils firent jaillir de leurs souvenirs ce qui était pittoresque dans le comportement, déjà légendaire, de certains peintres voyageurs. Ils parlèrent de celui qui ne s'était jamais séparé de sa théière, même dans les moments les plus difficiles d'un passage d'oued en crue ou sous le lancer de pierres de musulmans furieux que l'on prît des croquis de leurs personnes, moins soucieux, disait-il, du torrent ou des projectiles que de ne pas avoir son thé quotidien. Ils citèrent le cas de cet autre qui, parti de chez lui au printemps, pensa à emporter son pudding de Noël pour être sûr du bon rituel de sa fin d'année en Afrique. Et ils n'osèrent sans doute pas évoquer les ombrelles roses de son père. La dernière avait préservé des pluies diluviennes, à Constantine, un chirurgien amputant à raison de quatre bras ou jambes à l'heure.

Alors, ils discutèrent de ce qui parut à la jeune femme être une question souvent débattue et jamais résolue : comment arriver à dessiner à cheval ? Ils défiaient bien quiconque d'y parvenir aisément. La destinée de l'artiste peintre itinérant, disaient-ils, est ainsi faite qu'il voit toujours le motif à saisir et à reproduire lorsqu'il ne peut arrêter sa monture, soit parce que l'endroit est dangereux, soit parce que le temps presse. Il lui faut alors lâcher les rênes, au moins d'une main, et tenter de dessiner de l'autre, exploit à peine réalisable et qui devient prodige s'il faut, aussi, tenir parapluie ou ombrelle. Ils pensaient suggérer à quelques maîtres de manège d'étudier la question et d'y trouver une solution miracle. On en vint à parler de ceux qui, en revanche, se plaignirent le moins des incommodités rencontrées par les peintres de guerre. Ceux qui avaient assisté, en 1830, à la prise d'Alger et parlaient avec enthousiasme du « confort superbe » des débarquements en terre étrangère.

— Ils n'en revenaient pas, dit Horace Vernet, d'avoir fait, en pleine bataille de Sidi-Ferruch, les meilleurs repas de leur vie ! Un restaurateur de Nantes, suivant l'armée à ses frais, avait nolisé un brick chargé des victuailles les plus fines. Terrines de Nérac et d'Angoulême aux truffes du Périgord, huîtres de Marennes et pâté de Chartres avaient glorieusement touché le sol d'Afrique eux aussi. Sous une voile de navire étalée en guise de tente, on servait foie gras, ortolans et vol-au-vent financière à ceux qui avaient le gousset bien garni...

Ils amusèrent encore Casilda en lui contant que les peintres faisant partie de l'armée d'Afrique avaient, au camp de Sidi-Ferruch, fortement apprécié l'intendant général non seulement parce qu'il approvisionnait l'état-major de vivres délectables et de vins fins arrivés dans des caisses étiquetées « Chlorure désinfectant ou Crésyl », mais encore parce qu'il était divertissant à regarder vivre, éternellement suivi de son valet de haut style. On ne le quittait guère de l'œil, le caricaturant dans sa robe de chambre blanche à ramages rutilants qui en faisait une cible de choix pour l'ennemi. On faisait des esquisses de ses attitudes, alors qu'il passait son habit brodé, ceignait son épée, échangeait sa toque de velours rouge à gland d'or contre un extravagant chapeau militaire, tout en savourant un verre d'un grand cru de Bordeaux.

En guise de vin prestigieux, ils burent ce soir-là, rue Bab-Azoun, leur thé à la menthe. Puis ils étudièrent avec attention les croquis et les aquarelles de Casilda, se les communiquèrent, firent des commentaires où éclatait leur satisfaction. Et, lorsqu'ils eurent épuisé remarques et questions de détail, ils demandèrent :

— Et maintenant, racontez-nous tout.

— Tout quoi ?

— Ce qu'ont dit ces dames, ce que vous supposez qu'elles pensaient. Dites-nous jusqu'aux plus petites choses qui aideront à recréer l'atmosphère de leur maison et éclaireront leurs personnes.

Elle les regarda. Ils attendaient, curieux, attentifs.

Qu'espéraient-ils ? Croyaient-ils qu'elle allait révéler ce qu'elle avait vu et entendu chez les Solal comme chez les Ben-Slimane ? Il n'avait jamais été question d'indiscrétions de ce genre.

Elle eut soudain une petite angoisse au cœur. Ne jouait-elle pas un assez vilain rôle en pénétrant chez ces femmes, soi-disant pour faire quelques croquis *pour elle*, et en les communiquant à ceux qui, d'après des croyances et des règles de vie à respecter chez un peuple envahi, ne devaient pas les connaître ?

Comme ils la supposaient hésitante, ne sachant peut-être par où commencer, ils la guidèrent.

— Dites-nous pourquoi la dame en noir est en noir et ce qu'elle disait. Décrivez-nous mieux celle en rose et celle en vert, car vous n'avez dessiné que les costumes et non les visages.

Elle eut envie de rire. Croyaient-ils, vraiment, qu'elle allait trahir ces familles qui lui avaient si largement ouvert leur porte ?

Alors, sans avoir besoin de fermer les yeux pour se croire dans ses garrigues, courant nez en l'air dans le vent léger de son imagination, comme elle l'eût fait autrefois, elle inventa :

— Chez les dames juives, celle en rose, belle comme une étoile filante, poursuivait sans cesse des colombes. Elle ne parvenait pas à en attraper, et elle riait. La dame en bleu la regardait, attendrie, et peut-être pensait-elle au temps de sa jeunesse où elle aussi aimait les colombes. Alors est arrivée une négresse qui a crié : « Le malheur est sur nous, les confitures sont brûlées ! » Car le petit Arabe préposé à la surveillance des feux était parti jouer aux osselets avec le fils du jardinier ! La vieille dame en noir, l'ancêtre, habillée de sombre, pour bien se démarquer de la jeunesse turbulente, est très gourmande, aussi a-t-elle dit, furieuse : « Les confitures d'abricots sont perdues ? Les meilleures, celles que mon estomac préfère ? Maudit Achmet ! » Et elle a levé sa canne dans sa direction en se précipitant, vengeresse, à la recherche de l'enfant fautif...

Il ne lui fut pas difficile de continuer à les intéresser par ses petites histoires. Elle inventa aussi celle d'une négresse charmeuse d'oiseaux venue donner spectacle à la famille Solal et qui, postée au bord de la terrasse, chantait en d'étranges mélopées les noms de quantité de volatiles. Ils répondaient à cet appel et venaient, les uns après les autres, se poser sur ses mains, ses épaules et parfois même sa tête. Les enfants, qui jouaient non loin d'elle, s'étaient rapprochés et rien n'était plus étonnant et ravissant à voir que cette grande femme noire entourée d'oiseaux pépiant et de petits garçons et petites filles, muets, eux, d'étonnement.

Elle n'affabulait pas vraiment. Elle transposait. Elle avait vu la même scène sur une place de la ville. Seule différence, les enfants des rues, arabes, juifs et maures qui se pressaient autour de la charmeuse, n'étaient couverts ni de soie ni de velours comme ceux de la terrasse, mais de loques informes. Les yeux éblouis et les sourires radieux, elle en était sûre, étaient les mêmes. Et mêlant ainsi ses deux visions, le tableau à peindre elle le voyait, et eux aussi.

De la grande dame arabe intelligente et cultivée qui avait bien voulu la recevoir, elle ne pouvait leur dire grand-chose. Ils l'avaient bien lu, eux aussi n'est-ce pas, dans le regard des hommes, ce silence hautain de l'Islam face aux Roumis.

La soirée fut très joyeuse. Ces messieurs firent une cour discrète à leur hôtesse. Cette petite personne, si jolie, les rajeunissait, les ramenait, par instants, à leur condition première de rapin en quête de bonne fortune. Ils rêvèrent beaucoup et même chantèrent. L'un d'eux suggérant, de temps à autre, qu'un verre de l'anisette locale eût peut-être avantageusement remplacé le thé à la menthe. Inévitablement, on aborda le sujet aussi brûlant que le soleil : garderait-on la Régence ? Et on en vint, aussi inévitablement, à évoquer l'émir. Chacun avait fait au moins deux ou trois portraits d'officiers de l'état-major, mais que n'aurait-on donné pour y ajouter celui d'Abd el-Kader ! Ils en parlèrent, comme on parle de ces mystères jamais dévoilés et dont l'évocation donne un petit frisson. Et ils étaient unanimes à reconnaître qu'il fallait guetter la venue ici de son fameux secrétaire français, Léon Roches, qui n'ignorait rien de cet insaisissable Commandeur des Croyants dont les uns disaient le regard bleu, les autres noir et tous la pâleur aristocratique du visage et la finesse de la main égrénant le chapelet d'ambre.

On se sépara très tard.

Le lendemain, à l'heure de cette sieste africaine qui prenait le chemin de devenir une institution, deux dames trop empanachées pénétrèrent dans la boutique de passementerie.

Elles allèrent droit au but : elles ne venaient rien

acheter, mais plutôt proposer, en quelque sorte, une entente. Ou peut-être même une association.

Casilda, surprise, les fit asseoir et les écouta.

Voilà, elles étaient artistes lyriques, de Paris — ici léger temps d'arrêt, il fallait laisser apprécier ce de Paris — et se produisaient chaque soir au « Café de la perle ». Établissement, comme on le savait, très bien fréquenté. Tous ces messieurs les militaires, tous, y venaient.

Pendant qu'elles décrivaient leur talent, leur répertoire et les ovations, les fleurs et les confiseries dont ces messieurs les gradés les couvraient, et aussi le grand soin que l'on prenait de les bien traiter dans cette maison, Casilda les regardait. Celle qui s'appelait Iris Deschamps avait dû être une blonde, dite capiteuse, quelques années auparavant. De l'autre, Belle de Mars, on devait pouvoir employer la formule consacrée de « brune piquante », mais, comme aurait dit Louis Morelli qui avait parfois le mot sévère, « elle ne devait plus piquer beaucoup ». Leur maquillage généreux, trop visible dans le soleil, faisait sans doute illusion aux chandelles.

Elles nommèrent une troisième amie avec laquelle elles formaient le célèbre « Brelan de dames » du « Café de la perle », Lys de Florence, italienne d'origine, mais parisienne aussi, et aussi rousse qu'elles étaient blonde et brune. Cet assortiment de couleurs de cheveux paraissait, apparemment, leur plaire beaucoup, car elles en souriaient avec une fierté qui leur faisait dresser le cou... à moins que ce fût pour effacer, quand elles se souvenaient soudain d'en avoir un, leur double menton.

Ainsi, d'elles trois, dirent-elles, dépendait le succès actuel du grand café chantant de la Perle. Succès qui n'avait cessé de croître et de dépasser, de très loin, les établissements indigènes de la Casbah où seuls la troupe et quelques originaux s'aventuraient.

Or, depuis l'ouverture de ce magasin de... passementerie (il fut marqué un temps d'arrêt suffisant pour que soit notée l'hésitation à employer ce dernier mot et le doute qu'il soulevait), donc, depuis que leur clientèle du soir était celle de la journée dans ce magasin, un léger, oh ! très léger, comment dire ?... malaise ? oui c'était le mot, s'était installé chez les habitués de la Perle. Car ces Messieurs parlaient beaucoup, beaucoup trop de Mme Manerville. En bonnes chanteuses, elles avaient l'ouïe fine et, certain soir, un refrain accompagnait leur exhibition. On entendait : « L'avez-vous vue aujourd'hui ? Elle avait changé de coiffure... Non c'est toujours la même, Croyez-vous ? Il m'a pourtant semblé... Elle est encore en blanc, ce qui lui va à ravir... Ce terrible Bergamote l'a-t-il assez tracassée hier avec ses nouvelles épaulettes !... » Bref, Mme Manerville était là, et bien plus que si elle fût assise à l'une des tables, ou montée sur scène. Mais on n'en avait pas trop pris ombrage, jusqu'à hier au soir où...

— Enfin, en toute franchise, combien y avait-il d'hommes chez vous cette nuit, à 1 heure du matin, madame Manerville ?

C'était donc cela !

On la supposait faire de la concurrence !

Elle eut envie de rire, mais se contint. Elle ne voulait pas vexer ces dames qui n'étaient pas mécontentes de s'être crues perspicaces.

Alors elle s'expliqua. Si les apparences pouvaient prêter à quelques amusantes interprétations, la vérité était bien anodine : elle se contentait de diriger un petit atelier de passementerie. Que messieurs ses clients militaires aient la galanterie de s'intéresser un peu à elle ne pouvait que la flatter, mais il fallait mettre leur attitude sur le compte de la nouveauté. D'ici quelque temps on ne parlerait certainement plus d'elle. Quant à la soirée d'hier, elle était exceptionnelle et n'avait aucune chance d'être renouvelée jamais. Elle en expliqua la raison.

Elle croyait les avoir rassurées. Il n'en était rien. La

déception se lisait sur leurs visages qui ne gagnaient pas en jeunesse à être assombris.

Elles se regardèrent, se consultèrent du regard et avouèrent :

— Nous pensions, nous espérions, surtout, qu'une association serait plus agréable et plus profitable pour vous et pour nous. Nous rêvions d'un carré de dames remplaçant notre brelan.

Là elles allaient un peu loin ! Avaient-elles vraiment espéré une quatrième « artiste lyrique de Paris » à mettre à leur programme ?

Casilda restait souriante et aimable, bien qu'un fou rire intérieur la gagnât. Elle s'efforça d'expliquer encore n'avoir aucun talent à exhiber sur scène et ne posséder qu'un filet de voix, sans plus. Elle était, toutefois, très reconnaissante qu'on ait songé à elle.

Elle avait hâte de les voir partir pour rire à son aise. Mais elles ne partaient pas. Elles inventoriaient maintenant la boutique en digérant leur déception, risquant encore, avec une lueur d'espoir dans le regard :

— Ce doit être un métier dur que le vôtre. Le nôtre est si délicieux. Rien à faire dans la journée, et, seulement le soir, divertir en se divertissant soi-même...

Quand elles virent leurs efforts infructueux et, sans doute pour ne pas repartir les mains vides, elles commandèrent deux paires de jarretières en fil d'or, celui avec lequel on faisait les fameuses épaulettes.

— Ce sera notre manière à nous de porter les couleurs de nos chers militaires !

Comme Casilda refermait la porte sur les deux visiteuses, Meriem ouvrit celle qui communiquait avec l'atelier, marcha droit vers le crachoir, empli de sciure de bois et disposé près de l'entrée, l'aspergea de trois jets de salive ostentatoires, repassa la porte de l'atelier et regagna sa chaise, sans avoir dit un mot.

A la même heure le lendemain, ce fut un couple, un grand monsieur d'un certain âge à l'air fort sérieux dans son frac haut boutonné et une petite vieille dame rabougrie vêtue de sombre aussi, et l'air non moins sérieux que son compagnon, qui demandèrent à parler à Mme veuve Manerville.

Casilda les fit asseoir et les écouta.

Avec une gravité dont ils ne se départirent pas un instant pendant la durée de leur visite, ils s'expliquèrent.

Ils étaient membres de la Société charitable de Saint-François-Régis, récemment créée par Mgr Dupuch, évêque d'Alger. Société ayant pour but de veiller à la réhabilitation du mariage dans cette ville, et à faire reconnaître par leurs parents les enfants illégitimes. En bref, à inviter les nouveaux arrivés dans ce pays à vivre selon les règles de l'Église et à rappeler à ceux qui ne paraissaient pas y songer suffisamment que l'union de deux êtres, bénie par Notre Seigneur, était la base de toute société chrétienne. Et, enfin, à demander à la population européenne de donner aux indigènes l'exemple d'une moralité parfaite.

De plusieurs côtés, ils avaient le regret de le dire, leur étaient parvenues des « remarques » — il fallait bien noter qu'ils ne disaient pas « plaintes », pas encore — concernant le comportement de Mme veuve Manerville. Tout en respectant son malheur, tout en sachant qu'une honorable famille de la ville veillait sur elle, on se permettait d'émettre le vœu que Mme veuve Manerville montrât un peu plus de discrétion dans sa conduite. On admettait qu'il lui était difficile de ne pas recevoir ces messieurs les officiers, puisque son commerce s'adressait à eux, mais on conseillait plus de rigueur dans la tenue. On l'avait vue bavarder et rire trop longuement avec ses pratiques. Or, pour l'édification d'un peuple vaincu auquel le vainqueur devait se montrer sous son meilleur jour, l'assemblée de la Société charitable de Saint-François-Régis se permettait de recommander plus de réserve dans les manières. Quant à la soirée de la veille, la même assemblée émettait l'espoir qu'il s'en donnerait le moins possible de semblables.

Le vieux monsieur avait continué à parler seul, rarement interrompu par sa compagne qui se contentait, le plus souvent, d'opiner du bonnet, une capote de drap noir en l'occurrence.

Casilda, pendant ce petit discours, se demandait l'air fort sérieux et même recueilli elle aussi, ce qu'elle allait bien pouvoir objecter sans se faire d'irréductibles ennemis. Ces deux-là, se dit-elle, ne seraient satisfaits qu'en la voyant contrite et repentante. Leur ferait-elle ce petit plaisir ? Le méritaient-ils ? Et d'où pouvaient bien sortir ces malheureux fossiles ? Elle avait accordé si peu d'importance à leur réquisitoire qu'elle l'oublia tout à fait et ne put s'empêcher, au lieu de répondre à ces gens, de leur demander d'où ils étaient originaires et ce qu'ils étaient venus faire ici.

Ce fut comme si on leur avait soudain enlevé un masque. Leurs visages perdirent de la rigidité, se détendirent pour s'affaisser aussitôt et laisser deviner un grand désarroi.

A son tour, la vieille dame prit la parole, les yeux embués.

Ils étaient là depuis deux mois à peine, pour faire enterrer chrétiennement leur unique petit-fils venu faire la guerre ici. Ils avaient tant désiré, lorsque le tirage au sort l'avait désigné, le racheter ! Ils n'étaient pas très riches, mais l'eussent fait de grand cœur. Or le petit — il s'appelait Lucien, madame, Lucien Victor Henri, n'avait rien rien voulu savoir. Il était fou de militaires, d'armée, de batailles, on n'avait pas pu le retenir. Il était parti. Et il était mort, ici même, de dysenterie ou peut-être du choléra, on n'avait pas pu leur préciser. Comme ils n'avaient que lui et ne possédaient plus que sa sépulture, ils étaient venus vivre à Alger. Ils voyaient au moins où l'enfant avait vécu sa dernière année et on pouvait mettre des fleurs sur sa tombe. Mgr Dupuch avait été admirable pour eux, et comme ils n'avaient pas grand-chose à faire, quand ils n'étaient pas au cimetière, ils participaient de leur mieux aux œuvres de l'Église.

Ils partirent, courbés sous leur chagrin dans le soleil radieux. Sentaient-ils seulement s'il réchauffait leurs vieux os ? Voyaient-ils la splendeur du ciel ? Humaient-ils la mer si proche... et cette bonne odeur des brochettes de mouton grillé que le nègre Aziz devait retourner sur les braises de son *kanoun*[1], à deux pas d'eux ?

Elle les regarda s'éloigner, heurtés, bousculés dans le flot ininterrompu des passants de toutes races, perdus dans les rues de cette ville étrange, peuplée de jeunes femmes comme elle, dénuées, devaient-ils croire, de sens moral, conversant et riant avec, au moins, vingt à trente militaires par jour !

Pauvres vieux moralisateurs d'occasion ! Ils lui apparurent comme deux épaves échouées sur les rives d'une nouvelle Babylone où tout devait les choquer et les heurter. Si elle en avait eu le temps, elle aurait cherché à savoir où ils vivaient et les aurait aidés un peu. Le temps ? Elle venait d'en perdre à les écouter et son fils l'attendait pour leur promenade quotidienne ! Une heure volée à son travail pour aller chercher le petit Aurèle et l'emporter respirer l'odeur de la mer le long du môle.

C'était son meilleur moment de la journée. Ils riaient l'un et l'autre dans le vent et les embruns, ou devant l'immensité bleue et son doux ressac, selon l'humeur de l'eau. Et elle lui disait, en embrassant son petit cou chaud et si doux, combien il avait de la chance d'être né et d'habiter ici.

*
* *

1. Petit fourneau en terre cuite.

Il était bien possible, se disait souvent Arabelle le dimanche matin, que Dieu, même si vous l'aviez offensé, vous accordât des récompenses. Sœur Félicité, d'ailleurs, le disait, Dieu n'était que bonté et comprenait tout.

Comme elle entendait, à 6 heures, la messe basse des religieuses de Saint-Vincent-de-Paul qui la logeaient toujours, Arabelle était libre ensuite de faire ce qu'elle voulait jusqu'au moment des vêpres. Une grande matinée rien qu'à elle. La plus belle des récompenses.

Sœur Félicité, qui l'aimait bien, lui accordait un déjeuner dominical au réfectoire, mais Arabelle préférait n'accepter qu'un morceau de pain et un fruit qu'elle emporterait dans son repaire — elle disait aussi « son château » — niché dans l'anfractuosité d'un gros rocher en bordure d'une minuscule plage, découverte un jour par hasard, et que personne encore ne semblait vouloir fréquenter avec elle. Elle emportait aussi un couteau et des allumettes pour son festin de coquillages et de crabes grillés sur des brindilles.

Peu lui importait le temps. Qu'il fasse chaud ou froid, qu'il vente ou pas, elle était heureuse là, *chez elle*.

Heureuse surtout parce qu'elle avait découvert la mer.

Étrangement, s'être embarquée à Toulon, avoir vécu la traversée jusqu'à Alger l'avait, certes, impressionnée, mais pas subjuguée encore. Un coup de passion l'avait atteint au cœur à son premier dimanche de repos, où, se promenant le long du môle, elle s'en était éloignée peu à peu et avait fait la connaissance de son rocher dans l'air acide encore d'un jour d'avril. Et la mer s'arrêtait juste là, au bord de la petite plage dorée. Pourquoi s'arrêtait-elle à cet endroit précis ? Qu'était-ce donc qui la faisait finir soudain ? Elle arrivait de tout là-bas, où elle touchait le ciel, de tout là-bas où elle était presque noire pour devenir peu à peu, bleue et puis verte et puis dorée là où elle laissait deviner son sable. Enfin, comme un beau vêtement, elle se bordait de dentelle. Qu'était-ce donc la mer, sinon un miracle ?

Il avait suffi aussi qu'une vague vînt mouiller ses chaussures et ses bas, qu'elle se déchaussât et s'aventurât à faire quelques pas dans l'eau fraîche, pour ressentir alors l'amicale présence de cette eau qui venait mourir en broderies et en festons à ses pieds. Depuis, elle appelait la mer « sa grande compagnie », la disait, selon les jours, peu ou très bavarde, joyeuse ou en colère et lui parlait à son tour, tout bas, ou très haut et très fort, selon le temps aussi.

Et que de cadeaux reçus d'elle ! Des boîtes entières de coquillages découverts et ramassés avec des cris de joie.

Elle apporta, peu à peu, dans son repaire un petit matériel qu'elle cachait, jusqu'au dimanche suivant, dans une caisse enfouie sous le sable, au fond de la grotte. Elle redoutait, parfois, qu'un promeneur ou un pêcheur ne la découvrît et il lui arrivait de s'éveiller en sursaut, certaines nuits, la crainte au cœur. Ce n'était pas la valeur de son trésor — un coussin, deux boîtes en fer, un canif — qui lui importait le plus, mais qui le découvrirait s'emparerait alors sûrement de son château.

Par chance, personne, et elle en remerciait Dieu dans ses prières, n'était jamais venu dans le fond de sa grotte et elle se laissait aller à un rire joyeux en y arrivant, chaque dimanche, quand elle découvrait le sable bien lisse du tapis de son château.

A Casilda, qui lui avait demandé ce qu'elle faisait de son jour de repos, elle avait répondu :

— Je me promène.

— Où donc ?

— Au bord de l'eau.

— Toute seule ?

Là, elle avait hésité avant de dire oui, car c'était mentir, elle n'était pas seule, elle était avec la mer.

Mais la maîtresse aurait-elle compris si elle lui avait dit qui était « sa grande compagnie » ? Pourtant, c'était à elle seule qu'elle aurait aimé parler de toute cette eau qui lui avait pris le cœur. Et lui dire ce qu'elle découvrait chaque dimanche, entre 7 heures du matin et 2 heures après midi, à longueur de mois, de toujours nouveau, toujours plus beau, dans son rocher, ou sur la plage, ou entre les franges mousseuses des vagues qui l'approchaient en chantant.

Aurait-elle dit à Casilda, comme le disait sœur Félicité — toujours inquiète pour la voilure blanche de sa cornette, lorsqu'elle se préparait à partir en tournée de charité —, qu'on ne savait rien, jamais, des humeurs à venir du ciel et du soleil et qu'il fallait s'en méfier autant que de celles de sœur Marcelline préposée aux cuisines et réputée pour sa mauvaise tête ? Aurait-elle ajouté combien ces surprises du temps étaient des fêtes, parce que rien n'était plus distrayant, plus beau aussi, que ces changements, ces bouleversements même, parfois, de son univers dominical, quand il passait du silence au bruit, de la gaieté à la fureur. C'était exactement comme une personne qui, tout d'un coup, se mettait à crier, à hurler, sans qu'on sache ce qu'on lui avait fait pour cela. Ou alors, elle dormait. Qu'elle était belle à voir dormir dans sa soie bleue, verte et dorée ! Arabelle était sûre que, de tout ce qu'il avait créé, c'était de la mer que Dieu devait être le plus fier.

Mais l'aurait-elle crue, la maîtresse, si elle lui avait dit que parfois dans le soleil, tout ce qui était si bleu, si vert, si doré, devenait noir, ou rouge, ou blanc comme l'argent et qu'il fallait fermer les yeux pour ne pas risquer, comme cela lui était arrivé une fois, d'être aveugle quelques instants ?

Et elle pensait, un matin en s'acheminant vers son rocher, avoir besoin de sa vie entière pour connaître tous les mystères de tant d'eau et de tant de couleurs et de millions de grains de sable et de coquillages, lorsque la catastrophe se produisit.

Le dimanche 20 juin 1839, à 7 h 30 du matin, le château d'Arabelle était habité !

Lorsque, après avoir baissé la tête pour pénétrer jusqu'au fond de la grotte, elle la releva, elle vit un homme qui la regardait comme s'il eût été là chez lui et ne fut — c'était complet ! — pas content de la voir arriver !

Elle en tomba à genoux de saisissement et regarda l'intrus avec désespoir. Tout recommençait ! On allait lui prendre encore de sa vie comme on lui en avait pris à Montpellier en l'enfermant dans la prison. Elle en aurait pleuré s'il n'eût été, *lui*, soudain souriant. Et c'était là un monsieur, à n'en pas douter.

Curieusement, ce fut de le découvrir assis à l'emplacement même où était enfouie sa caisse au trésor, et qu'il l'ignorât, qui la calma. Et même la fit soudain sourire aussi et conclure que cet intrus ne faisait que passer, il allait partir et on ne le reverrait plus.

Et comme s'il allait disparaître dans l'instant, elle le regarda, bien en face. Il lui faudrait se souvenir de son visiteur d'un matin, cela ferait partie de l'histoire de son château.

Il était assis sur ses jambes croisées et il tenait une pipe à la main. Il portait un costume de pêcheur en grosse toile bleue, mais on voyait, précisément en regardant la main soignée qui tenait la pipe, que c'était seulement pour s'amuser qu'il avait mis ce costume-là. Ils étaient tous, ici, à vouloir les vêtements des autres. Ils avaient tous envie de changer !

— Je m'appelle Martial Morelli, dit-il soudain. Et vous ?

— Je suis Arabelle. De « L'Épaulette d'or ».

— Arabelle-de-l'Épaulette-d'Or ! Quel joli nom !

Elle eut envie d'ajouter « et vous êtes dans mon château ». Mais elle n'osa pas. Il était donc le fils de Mme et M. Morelli. Toute la ville nouvelle s'abritait sous des stores et des bâches de leur fabrication, et l'armée d'Afrique, entière, couchait sous leurs tentes !

C'était des gens si riches qu'ils ne devaient pas savoir de combien ils l'étaient.

Mais il ne parlait pas de partir. Il disait :

— Vous venez souvent ici ?

Elle fit claquer sa réponse, qui résonna entre les parois de la grotte.

— Tous les dimanches !

Il ne paraissait toujours pas comprendre. Alors elle décida de le transpercer d'un violent coup d'épée :

— Et vous êtes assis sur ma batterie de cuisine et mon coussin !

Le coup porta, il sursauta et se souleva :

— Où donc ?

— Dans un trou dans le sable, juste sous vous.

Maintenant il riait et disait :

— Mais alors, je suis chez vous ?

Elle acquiesça, d'un petit mouvement de tête à la fois sérieux et charmant qui l'amusa. Elle était la plus mignonne propriétaire de grotte qu'il ait jamais vue. Et elle avait des yeux où passait toute la douceur du monde... quand on n'attaquait pas sa propriété.

— Je vais vous aider à dégager vos affaires.

— Non. J'aime le faire seule. Mais...

— Mais je vous gêne ?

De fait, il y avait difficilement ici place pour deux.

— Eh bien, je crois qu'il faut que je sorte.

Enfin ! Elle acquiesça à nouveau d'un bref mouvement de tête. Mais son bonnet chavira, puis tomba et, avant d'entreprendre de se couler hors de la grotte, Martial entrevit la couleur argentée de ses boucles. Il emporta au bord de l'eau, où il alla s'asseoir, la vision d'un être gracile et blond aux yeux d'une nuance tendre et changeante de gorge de tourterelle et aux traits délicieusement chiffonnés. Elle lui rappelait un chiot qu'il avait adoré et que la charrette du boulanger avait écrasé. Elle avait les mêmes petites dents pointues que lui.

Il ne partit pas.

Elle partagea son pain avec lui, après qu'il l'eut aidée à pêcher ses crabes et ses coquillages. Ce fut lui qui alluma le feu de brindilles. Il voulut même la servir, enleva sa veste pour qu'elle s'assoie dessus hors de la grotte, le dos appuyé au rocher. Il rit, chanta, fit tant et tant qu'elle ne vit guère passer les heures.

Il lui raconta qu'il venait d'arriver, qu'il aimait aller à la pêche et qu'il avait fui les ennuyeuses demoiselles que ses belles-sœurs voulaient lui voir épouser à Marseille.

Qu'allait-il arriver si elle n'allait pas à vêpres ? Rien sans doute. Alors ils restèrent assis devant la mer, tantôt parlant, tantôt somnolant au soleil, comme s'ils s'étaient toujours connus.

Au soir, lorsqu'il lui proposa d'aller écouter le concert des zouaves, place du Gouvernement, elle dit :

— Oh ! non. Je n'y vais jamais !

— Vous n'aimez pas la musique ?

— Je n'aime pas... les gens, tous ces gens, là-bas. J'aime être seule.

— Vous serez seule avec moi. Nous ne regarderons pas les autres. Vous fermerez les yeux et vous écouterez les beaux airs d'opéra.

Elle rit. Comme si c'était possible ! Les gens étaient partout, partout, elle le savait bien.

Il insista, mais elle voulut rentrer chez elle et lui échappa. Elle courut même, tout le long du chemin, ne sachant trop ce qu'elle fuyait.

En s'endormant, ce soir-là, elle remercia la mer et ses vagues et leur dentelle, de lui avoir envoyé le « Prince des eaux profondes ». Il aurait dû avoir, se dit-elle, les yeux bleus, mais il les avait noirs. Peut-être, tout au fond des eaux, là-bas au loin, tout était-il noir ?...

Arrivé seulement l'avant-veille, Martial Morelli, s'il avait déjà été présenté à Casilda, ne savait rien encore

314

de « L'Épaulette d'or ». Il apprit tout, ce dimanche soir-là, du pauvre secret d'Arabelle. «Une petite voleuse», avait dit sa mère à qui il en voulut de parler ainsi de son elfe blond.

Il revint au *château* le dimanche suivant. Et plusieurs autres.

Il apportait, dans un panier, un déjeuner plus substantiel que la collation de crabes et de coquillages. Des gâteaux, surtout, dont elle aimait à essayer de deviner la nature en scrutant le paquet en forme de cône. Ce fut pendant qu'à genoux dans sa grotte elle défaisait la ficelle de l'un d'eux, que Martial, un jour de mai, se pencha vers elle et lui donna un léger baiser dans le cou. Elle tressaillit, pâlit, puis rougit et dit :

— Monsieur Martial, il ne faut pas ! oh ! non, il ne faut pas !

Il la vit si bouleversée qu'il n'alla pas plus avant.

Elle se reprocha, ce soir-là, de n'avoir pas eu le courage de lui dire ce qu'elle était, d'où elle venait et surtout, pourquoi elle ne serait jamais digne d'intéresser un monsieur comme lui, ailleurs qu'en la grande compagnie de la mer, du soleil, des crabes et des coquillages.

Mais elle continua à l'accueillir chaque dimanche avec un sourire joyeux qui argentait le gris de ses yeux.

Il lui venait, parfois, l'envie d'aller écouter avec lui le concert des zouaves, place du Gouvernement. Ce serait, pensait-elle, aussi merveilleux d'être dans la musique avec M. Martial que dans la grotte. Mais il ne fallait pas. Elle savait qu'elle aurait peur des regards des gens. Qu'elle en aurait toujours peur, ailleurs qu'auprès de l'eau, sous le ciel bleu et le soleil.

*
* * *

Casilda posa pour Ludovico d'Ataleta.

Elle le vit peindre enfin. Et jugea-t-elle, d'étrange manière. Il lui semblait différent des autres dans la conception de son art. Elle aurait aimé avoir l'avis de ses amis orientalistes à son sujet, mais elle savait qu'il ne montrait son travail à personne ici. Elle se contenta donc de sa propre opinion et décida que son original nouvel ami était très en avance sur son temps.

Il fit d'elle un étonnant portrait. Il avait voulu tenter, lui dit-il, de rendre l'éclosion de toute la fraîcheur de sa chair en la juxtaposant à la froide pierre de la statue d'Apollon. Mais, comme il disposa ses deux modèles dans le soleil, le marbre semblait vivre lui aussi. Et, ce qui donnait de l'extraordinaire à la composition, c'était le beau regard de Casilda grand ouvert sur la vie, et l'or des paupières de la statue fermées sur son mystère.

Casilda n'avait eu nulle hésitation à poser presque entièrement nue. Elle était, comme elle l'expliqua à Ludovico, en bonne entente avec son corps et n'en avait pas honte. Et Ludovico avait ajouté :

— Mais il a envie d'un bel homme ton corps ! Qu'attends-tu pour lui en donner un ?

Elle riait et disait qu'il en arriverait bien un, un jour.

Vénus et Apollon était terminé et Ludovico projetait une autre composition avec elle, lorsqu'un matin Casilda reçut, des mains du chaouch du peintre, un petit mot. Il disait :

« Cara mia,

C'est Alfonso, mon majordome, qui m'a donné cette feuille de papier, parce que je me suis aperçu n'en pas avoir n'ayant, en fait, jamais à écrire à personne. Tu es ma seule amie, bellissima, et il n'y a qu'à toi que je peux dire ce qui m'arrive. Par le dernier courrier de Southampton, il m'est tombé dessus un Anglais, élève du physicien Talbot, qu'un ami italien m'envoie pour que je le loge. Peut-être ne sais-tu pas qui est Talbot. C'est l'homme qui a fait mieux que votre Daguerre et

316

ses daguerréotypes, il reproduit ses images *sur du papier* et cela devient une *photographie*, c'est là le mot nouveau. Veux-tu me dire, alors, pourquoi peindre ? Peut-être que demain nous ne servirons plus à rien, nous les peintres... susurre cela à M. Vernet, il en frémira.

J'ai convaincu mon hôte de venir avec moi prendre des images des antiques de Cherchell. Nous frétons un yacht et nous partons demain.

Ne pleure pas, Abd el-Kader ne me coupera pas la tête. Je ne suis pas un Français. Il n'en veut qu'à vous. Et puis c'est un Anglais qui m'accompagne et il les aime ceux-là, dit-on.

Donc, je reviendrai, alors garde-moi une place dans ton cœur si chaud.

Et si l'homme que tu attends arrive pendant que je m'en vais faire l'imbécile dans les ruines, ne me le dis pas... pour que je ne reparte pas encore plus loin... »

7.

Son héritage, Casilda le savait, n'aurait rien de fabuleux. Le plus raisonnable, lui avait écrit le notaire de sa famille, serait de vendre le domaine et de rembourser l'hypothèque. De celle-ci, son père lui avait dit un jour — et sans avoir l'air d'attacher à ses paroles plus d'importance qu'au verre de vin qu'il tenait alors dans sa main — qu'elle était aussi grosse et aussi lourde à porter que la croix de Notre-Seigneur et qu'elle l'écraserait sûrement... à moins...

— A moins ?

— A moins que tu ne fasses un riche mariage. Ou que je sois le triomphateur du prochain Salon de Paris !

Elle décida de partir pour France[1] dès le sevrage d'Aurèle.

Son intention était de confier l'enfant, pendant ces deux mois d'absence, à l'affection d'Eugénie, prodiguée sans mesure, et aux balancements de berceau d'Ourida — promue berceuse — et dispensés avec une fantaisie non dépourvue d'éfficacité.

Aurèle aimait la jeune Arabe, riait dès qu'elle s'approchait de lui et paraissait ravi des oscillations de sa nacelle. Parfois, on entendait Ourida chanter. Mais seu-

1. Expression de l'époque.

lement pour lui. Dès qu'il y avait une autre présence dans la chambre, elle redevenait silencieuse, tirant sur la cordelette qui permettait le va-et-vient de la couche d'osier, le regard perdu au loin.

Un seul problème, et il n'était pas négligeable : la mésentente totale entre Mme Morelli et Ourida.

Dès les premiers jours où le bébé passa du lait de sa mère à celui d'une vache hollandaise, choisie par Eugénie, et avec laquelle on entra dès lors en relations suivies, la petite khammes fut accusée de ne jamais laisser le bébé finir son biberon. Et de le finir elle-même.

Ce forfait avait lieu fréquemment. On guettait Casilda et, dès son retour de l'atelier, on attendait qu'elle sévît, l'œil dur.

— Mais, Eugénie, l'avez-vous vue faire, *vraiment* ?

— Vous n'allez pas mettre en doute la parole de Mme Morelli face à celle d'une mendiante arabe !

Ourida comprenait-elle ces accusations ?

Elle commençait à s'exprimer en français, mais n'eût-elle pas saisi le sens des phrases, qu'elle eût perçu celui des gestes. Elle n'en laissait, toutefois, rien paraître.

Casilda contemplait son gros poupon. Il ne lui semblait pâtir d'aucun manque de nourriture. Puis elle regardait Ourida au petit corps toujours aussi gracile et ne lui paraissant pas en état de suralimentation. Restait alors le seul problème Eugénie, et sa certitude inébranlable : « Les Arabes sont des voleurs et des menteurs. »

Afin de partir tranquille, Casilda donna tout pouvoir à Eugénie qui... offrit chaque jour un grand bol de lait, deux même parfois, à Ourida !

— J'aurais dû y penser plus tôt, avoua-t-elle, j'avais une tante dans le commerce de la pâtisserie. Elle disait aux nouvelles vendeuses arrivant chez elle avec des yeux plus gros que leur ventre : « Mangez tout ce que vous voudrez, mes filles, je suis sûre que ça ne durera pas longtemps, vous vous lasserez avant que mes pratiques ne se lassent de venir chez moi ! »

Le 2 septembre 1839, Casilda s'embarqua à bord du trois-mâts *Le Conquérant*, et arriva soixante-douze heures après à Marseille, résignée à purger sa quarantaine de dix jours au lazaret. Captivité aux règlements sévères édictés pas la marine française et par l'Intendance sanitaire de la ville.

Elina lui avait dit à ce sujet : « On reconnaît le véritable amateur de voyages à sa résistance aux éternels séjours dans les lazarets. La France a les plus beaux. Celui de Marseille dépasse en confort et agrément tous les autres et j'aimerais que l'Angleterre nous en instituât d'aussi distrayants. »

Casilda connaissait bien son Elina maintenant. Aussi ne fut-elle guère étonnée par l'aspect rébarbatif qu'offrait, à première vue, le lazaret si vanté.

Il s'élevait à une portée de canon de la ville, sur un territoire s'inclinant vers la mer. Si c'était le plus grand, le plus beau lazaret du monde, on n'en avait pas moins l'impression d'entrer en prison, dès que mené à terre dans l'une des chaloupes faisant des navettes constantes entre bombardes, bricks, goélettes, trois-mâts, bâtiments de guerre ou bateaux à vapeur, arrivant du monde entier. Des grandes Indes, des Échelles du Levant, des Amériques ou de l'ancienne Régence d'Alger.

Une double enceinte de très hauts murs clôturait cette résidence posée au bord de la rade. D'immenses magasins pour les marchandises allant des balles de coton aux babouches, en passant par les blés, les bêtes féroces pour les zoos, et l'essence de rose, jouxtaient les locaux destinés aux quarantenaires : chambres, chapelle, hôpital, restaurants et petites boutiques.

Plusieurs centaines de voyageurs et deux ou trois régiments d'infanterie ou de cavalerie pouvaient y bivouaquer ensemble. C'était une ville dans la ville.

Ville sanitaire où, pour son bien et le bien de tous, hommes, bêtes et marchandises devaient séjourner. Général ou amiral, fantassin ou matelot, duc et pair ou roturier, chacun y faisait son temps d'épuration.

Une passerelle reliait le quai de débarquement à l'entrée des bâtiments. Elle avait été baptisée « le pont des soupirs » par quelque quarantenaire plus mélancolique encore que les autres.

On soupirait beaucoup, en effet, à la perspective de passer de cinquante-cinq jours — temps maximum pour qui (homme, femme, chien ou manoque de tabac) arrivait des Grandes Indes — à dix jours, durée minimum, pour qui venait de la Régence d'Alger.

Le trois-mâts *Le Conquérant* avait fait entrer Casilda dans le port de Marseille, la chaloupe *Fleur de magnolia* la déposa au pont des soupirs où elle attendit son garde de santé[1].

Aussi longue que la file des quarantenaires ne cessant de s'allonger au fur et à mesure des arrivées des chaloupes, était celle des fameux gardes de santé.

Elina avait bien précisé : « Choisissez le vôtre avant qu'il ne vous choisisse. Repérez le plus propre, le plus avenant car il ne vous quittera que pour vous laisser, la nuit venue, seule enfin pour dormir. »

C'était bien là recommandation fantaisiste de Mme Dynensen ! Allez donc savoir à qui se fier parmi cette horde vous guettant, vous évaluant, calculant ce que vous alliez faire passer de votre escarcelle dans la sienne ?

Casilda Manerville fut choisie par Valentin Bigarasse dit Bon-Secours, plus rapide qu'elle. Elle avait failli être « gardée » par Jules Lespinois, dit Beau-Jules

---

1. Fonctionnaire chargé par l'établissement de surveiller tous les mouvements de la personne à laquelle il était attaché et moyennant une gratification sur laquelle il compte, servant de domestique à celle-ci. (*Guide du voyageur en Algérie*, 1836.)

ou par Fernand Rouquier, dit Grand-Fernand. Mais Bon-Secours avait su donner deux sérieux coups de pied dans les tibias de ses concurrents et enlever ainsi la plus belle passagère entrée ici de mémoire de garde de santé.

Alban Davesnes, arrivé d'Amérique depuis trois semaines, et venant acheter des cigares « Au Bon Tabac du lazaret », vit le manège des trois hommes et reconnut celle grâce à qui deux forbans se massaient la cheville en jurant.

Il alluma un havane et décida d'assister, le plus discrètement possible, mais prêt à intervenir si besoin était, aux préparatifs d'installation de la seule femme qui ait fait battre son cœur plus vite.

Il voyageait souvent et subissait ces quarantaines obligatoires plusieurs fois par an. Aussi n'ignorait-il rien de cette frange peu recommandable de l'armée des gardes de santé guettant les jeunes esseulées à exploiter, malgré la surveillance du Directeur du lazaret, ancien officier de l'armée d'Afrique, réputé pour la fermeté avec laquelle il faisait respecter sa discipline et tenait sa police.

Ces trois compères qui avaient vite repéré leur proie, Alban les avait vus à l'œuvre, avec quelques autres de leur acabit et qui, parfois, disparaissaient, partis pour un autre genre de prison que celle-ci. Le fameux Bon-Secours, au surnom entier de Bon-Secours-des-Dames — Alban le connaissait bien. Il tendit l'oreille.

— Le concierge va louer à Madame un lit de sangle pour quinze centimes par jour et un fauteuil de paille pour le même prix. Moi, Bon-Secours, je ne vois pas Madame, qui est une princesse, coucher sur des sangles et s'asseoir dans de la paille. Pour un peu plus à peine, je propose un matelas de vraie laine et un fauteuil rembourré.

Alban entendit une voix moqueuse répondre :

— Merci. Les sangles et la paille me suffiront !

— Et les murs ? Madame ne va pas les garder nus ? Il y a un tapissier de mes amis qui...

— Nous laisserons les murs tels qu'ils sont.

— Madame ne s'intéresse donc qu'à la bonne chère ? Je peux faire livrer ici les meilleures spécialités du meilleur traiteur de Marseille.

— Le restaurant du lazaret me suffira. On le dit excellent.

C'est alors que Bon-Secours commit son erreur :

— Si c'est, pour Madame, une question d'argent, je peux moi, Bon-Secours-des-Dames, trouver ici un riche seigneur qui sera heureux d'offrir à Madame tout ce qu'elle se refuse.

Casilda, un instant interdite, n'avait pas encore fourbi sa cinglante réponse, quand Alban Davesnes s'avança après avoir jeté et écrasé son cigare.

Comme elle le regardait, se demandant sans doute, se dit-il, contre qui elle allait encore avoir à se défendre, il se hâta de se présenter avec la référence de leurs amis communs, les Dynensen.

Il ne fut jamais sûr qu'elle lui ait été reconnaissante alors de lui avoir épargné d'étriller Bon-Secours à sa façon. Elle s'en serait certainement bien tirée seule et sans coup férir. Et, même eût-il fortement réagi, qu'elle l'eût estoqué en deux minutes à peine. Elle n'avait rien d'une jeune femme en perdition et il la sentait amusée à la pensée de livrer bataille. Peut-être allait-elle lui en vouloir de l'avoir privée de ce plaisir ?

Elina fut une mise en confiance parfaite. Il n'est rien de meilleur qu'une amie originale, voire excentrique, pensèrent-ils tous deux, pour faciliter une conversation de première rencontre. Ils ne risquaient guère d'être en peine de matière à discourir, ni de venir à bout de la personnalité d'Elina en cette seule matinée de quarantaine !

Par-dessus le toquet de laine bleue houppé de rouge de Bon-Secours, voleta un gai bavardage éloignant à jamais un espoir d'accommodement avec la belle voyageuse. Elle était trop puissamment protégée.

Alban fut bon prince, il lança une pièce d'argent en disant :

— Trouve Fra Pinturo. Envoie-le-moi et, toi, va donc attendre l'arrivée du prochain navire.

Bon-Secours-des-Dames n'insista pas et s'éloigna en faisant sauter son écu dans sa main avec une désinvolture apparente tendant à sauver la face. N'allait-il pas, dans cette affaire, perdre aussi son titre de roi de la camarilla des gardes de santé du plus célèbre lazaret de l'univers ? Il vit, à cet instant, passer Beau-Jules escortant une bourgeoise apparemment fort argentée et si facile à plumer — c'était écrit sur le visage affolé et ahuri de la vieille femme — qu'il fut écœuré par l'injustice du sort.

Ils évoquaient la santé déclinante du consul, Casilda disait être allée faire ses adieux et avoir été attristée par la mauvaise mine de leur ami, lorsque Fra Pinturo accourut.

C'était un petit vieillard si dodu et si rond qu'il parut rouler vers eux. Barbe blanche au vent et toquet pointu, enfoncé jusqu'à ses épais sourcils, il avait tout d'un vieux lutin facétieux.

— Tu te souviens de M. Maurin-Darbière ? Madame est sa fille !

S'il se souvenait ! On ne pouvait plus l'arrêter.

Il avait, par hasard, été garde de santé de M. Delacroix et de trois ou quatre de ces messieurs artistes retour d'Orient qui s'étaient ensuite recommandé entre eux sa probité, sa gentillesse et son amour de leur art.

Admirateur inconditionnel de tous ceux qui vivaient fusains et pinceaux en mains, il veillait sur eux comme l'archange Gabriel sur Tobie dans les tableaux du Pérugin ou du Titien et avait reçu, très honoré, son surnom de « frère peintre ».

Son numéro d'accueil était au point. Il commençait par dire :

— Soyez rassurée, madame, vous n'avez que peu de jours à passer ici. Ce n'est pas comme ce pauvre M. le peintre Théodore Gudin qui nous a fait, venant d'Alger, un temps de quarante jours ! Et il le finissait à peine, que M. notre Directeur recevait l'ordre de ne garder les voyageurs arrivant de la Régence que dix jours ! Ah ! Il en a presque fait une maladie, M. Gudin. J'ai dû lui dire : « Cramponnez-vous, monsieur, ne nous tombez pas malade ou on va vous garder ici ! » Vrai, c'est ce qui l'a guéri, il m'a dit : « Sacrebleu Hippolyte — c'est mon vrai nom, madame —, sacrebleu, boucle mes bagages en vitesse. Je m'élance vers Paris avant que ton directeur — sait-on jamais ! — n'annonce des ordres encore différents et qui me feraient rester ici quarante jours de plus. » Mais il était injuste, M. Gudin, parce qu'il en avait recueilli des renseignements et des documents sur les batailles d'Afrique pour ses tableaux, pendant son séjour forcé ! Parce qu'il faut que je vous dise aussi qu'avec tant de militaires qui passent ici...

— Plus tard, Fra Pinturo, plus tard, intervint Alban Davesnes. Installe Madame chez elle et fais-le au mieux.

Puis, se tournant vers Casilda, il l'invita à dîner. Elle accepta.

Elle était parvenue à calmer la prolixité de Fra Pinturo et ses rabâchages sur les nombreux artistes quarantenaires qu'il avait surveillés « comme des enfants, il ne faut pas les tenir éloignés de l'œil une seconde, madame, ils sont si peu ici-bas avec nous et tellement là-haut, dans le soleil de leurs peintures ou de leurs dessins ! » Et elle réussit, enfin, à le faire redescendre de sa condition d'ami des peintres à celui de simple garde de santé dont elle réclamait les conseils. Elle avait lu sur le tableau affiché dans le hall ce qui était interdit, mais avait besoin de petites explications.

— J'ai bien compris que je ne dois m'approcher de personne dans la grande galerie, dite parloir, ou sur l'esplanade-terrasse qui domine la mer. Mais si, malgré moi, je suis bousculée et si je me heurte à quelqu'un venu des Grandes Indes, par exemple, suis-je condamnée à rester, comme ce voyageur-là, cinquante-cinq jours ici et non plus dix ?

— Exactement !

Incrédule, elle riait :

— Ce n'est pas possible ! Ce sont là choses qui peuvent arriver ?

Sérieux comme si on avait critiqué les Évangiles, Fra Pinturo répondit :

— Ce sont, madame, choses courantes. Mais, grâce à Dieu, nous sommes là, nous, gardes de santé, pour essayer d'empêcher les complications.

— Essayer seulement ?

— Ma chère dame, vous la voyez ma gaffe, avec son crochet au bout ? Je vais, le temps de vos promenades et de vos achats dans les boutiques, vous suivre avec elle et, foi d'Hippolyte Josse, il ne vous arrivera rien. Je n'ai jamais raté ma cible. J'ai trente ans de service et je vous accroche mon voyageur en faute à tous les coups.

— Mais ne risquez-vous pas de les blesser, avec votre crochet ?

— Madame ! On ne vise pas la tête, comme chez guignol ! On vise la ceinture, le crochet s'y glisse très facilement.

— Il n'y a pas toujours une ceinture ?

— Oh ! Il y a toujours quelque chose que le croc peut attraper ! Les fines tailles de ces dames, nous ne les ratons presque jamais.

— Mais on doit détester ça !

— Pas autant que de prolonger le séjour ici !... Le mois dernier, nous avions une dame anglaise et sa fille qui m'ont donné bien du souci. Elles n'arrêtaient pas de bouger. Elles reconnaissaient des gens, elles essayaient d'aller les voir, elles voulaient tout acheter, elles laissaient leurs voiles, leurs chapeaux, leurs gants s'envoler et elles leur couraient après. C'était à n'en plus pouvoir de tenter de rattraper tout ça ! Pour le malheur du pauvre Fra Pinturo elles n'avaient voulu qu'un seul garde, moi, parce que c'était M. le peintre William Wyld qui m'avait recommandé à elles. Ah ! Il n'est pas toujours facile notre métier, madame, mais je vais vous dire un secret, pour vous rassurer : le bon joueur de boule, celui qui pointe bien, c'est aussi un bon lanceur de crochet. Et je suis assez réputé, sans me vanter, dans ces deux exercices.

— Personne ne tente jamais de s'évader ?

— Seuls ceux qui veulent mourir, madame ! Vous les avez vus nos factionnaires ? Ils entourent l'établissement de dix mètres en dix mètres. Leurs armes sont chargées et ils ont ordre de tirer sur tout individu qui tenterait de quitter le lazaret ou même, écoutez bien ceci et ne l'oubliez pas : de faire passer hors les murs quelque chose frauduleusement.

Fra Pinturo avait, pour ponctuer ses informations en forme d'injonctions, une façon majestueuse de frapper le sol de sa gaffe qui faisait trembler les vitres de la chambre et surpassait en noblesse le geste des hallebardiers qu'elle venait de voir au théâtre d'Alger dans un mélodrame indigeste mais grandiose.

Elle arriva chez Alban Davesnes, suivie à trois pas, comme d'un domestique de bonne maison, d'Hipolyte imperturbable et vigilant. Comme elle pénétrait dans l'appartement, il avisa l'un des bancs, disposés là, à la porte, à l'usage des anges gardiens se dit-elle, et s'assit à côté de ses confrères. Il l'attendrait, précisa-t-il, le temps nécessaire. Qu'elle ne se presse pas, il ferait son petit somme habituel dans ce bon rayon de soleil qui caressait le couloir où donnaient les plus belles « prisons » du lazaret.

Elle avait encore le regard amusé par le spectacle que venait de lui donner ce personnage de comédie, aussi fut-elle, pour ceux qui étaient conviés à ce dîner [1], l'apparition de la jeunesse, de la beauté et de la gaieté. Et c'était une si saisissante apparition qu'il y eut un temps d'arrêt dans la conversation.

Les personnes réunies là bénéficiaient de ce qui était appelé au lazaret un « contact de demi-séjour ». Le règlement permettait, en effet, lorsque l'état sanitaire de certains pays lointains à grands risques de maladies contagieuses était signalé satisfaisant, de faire une moitié de son temps dans l'isolement total, assigné à son logement sans en sortir, et l'autre avec autorisation de côtoyer les reclus de petites quarantaines. Ainsi, Alban Davesnes revenu d'Amérique, le peintre Auguste Raffet [2] de Russie septentrionale en passant par la Grèce, et deux dames — la mère et la fille — des Échelles du Levant, pouvaient se permettre, ce matin-là, de dîner avec Casilda Manerville, arrivant d'Alger, sans lui faire courir le moindre danger. Toutefois, le directeur du lazaret recommandait de rester vigilant et d'éviter de boire, par inadvertance, à plusieurs dans un même verre, de finir le pain de son voisin, ou même de se donner la main.

Les hommes s'inclinèrent, les femmes se sourirent, et il n'y eut aucun « attouchement » déconseillé par le règlement.

A l'exception de Casilda, ceux qui se trouvaient là étaient, par la fréquence de leurs déplacements, familiarisés avec ces précautions sanitaires et paraissaient les admettre avec insouciance. Il semblait même qu'il y eût chez les deux dames — femme et fille d'un consul — une petite outrance dans la désinvolture tendant à prouver leur condition de grandes voyageuses rompues à ces servitudes.

1. Nom du déjeuner au XIXe siècle.
2. Denis Auguste Marie Raffet (1804-1860) peintre graveur et dessinateur français, spécialiste de dessins de bataille.

Casilda reconnut le chef d'escadron de Richepanse. Il avait fait le voyage avec elle et lui présenta Auguste Raffet, ajoutant en riant :

— Vous qui êtes, madame, familière des peintres et de leurs œuvres, regardez bien celui-ci, il est exceptionnel en son genre. *Il n'aura jamais posé un pied sur le sol de l'Algérie et c'est à lui que nous devrons les meilleures gravures des batailles de la conquête.*

Et comme Raffet, modeste, protestait, riant aussi et affirmant qu'il était loin d'être aussi le seul à travailler sur documents et notes fournis par d'excellents témoins, Alban intervint pour soutenir le capitaine et convenir avec lui de l'étonnante faculté de l'artiste à évoquer ce qu'il n'avait jamais vu.

— Et le temps passant, plus personne n'étant là, ajouta-t-il, pour préciser cette vérité, la postérité en contemplant vos œuvres, mon cher, affirmera que vous étiez à Alger ou à Constantine en première ligne [1].

Comme on riait, le capitaine de Richepanse ajouta, en regardant Casilda :

— Cette quarantaine-ci va être, pour Raffet, doublement bénéfique. Je vais lui dire tout ce qu'il me demandera, mouvements de troupe, paysages, conditions climatiques et que sais-je encore. Mais, pour les détails des uniformes, il en aura plus de précisions encore avec Mme Manerville qui s'y connaît mieux que moi.

Les dames du Levant, qui ne paraissaient pas se réjouir intensément de l'arrivée de Casilda, s'étonnèrent. La plus âgée s'exclama :

— Mieux que vous, capitaine ?

On expliqua le métier de Mme Manerville.

— Ainsi, madame, vous n'avez qu'une clientèle de messieurs ? Et quels messieurs ! ajouta la plus jeune.

---

1. Alban Davesne ne croyait pas si bien dire. Certains dictionnaires actuels signalent les voyages de Raffet en Algérie.

329

L'intonation était ironique et déplaisante. Suave, Casilda répliqua :

— Pas seulement. J'ai aussi des commandes émanant de femmes. Tout dernièrement, trois belles personnes m'ont fait exécuter un modèle superbe de jarretières. Des jarretières en fil d'or.

— En fil d'or ?... Mais ces dames sont... enfin, n'étaient pas *des dames* ?

— Ai-je dit qu'elles l'étaient ?

Casilda avait l'air étonné et confus, paraissait s'excuser d'avoir, par mégarde ou distraction, avancé quelque chose d'inexact et ajoutait :

— Elles sont artistes lyriques.

— Ainsi, vous travaillez et pour l'armée et pour ses... divertissements ?

— En quelque sorte, oui, mesdames, dit Casilda imperturbable. (Et, avec un sourire sublime qui irrita ses interlocutrices mais subjugua les messieurs, elle conclut :) Qui fera jamais assez pour récompenser notre belle armée d'Afrique ?

Comme jaillissant d'un rêve, Raffet qui n'avait rien écouté, demanda, papier et crayon en main, au capitaine :

— M'avez-vous dit que le colonel Lamoricière, lors de l'attaque de Constantine, portait, devant la brèche, une capote, un caban bleu doublé de rouge, et, sur la tête, le tarbouche ?

— Oui, et il tenait une canne à la main.

— Cette canne, murmura Raffet, cette canne, que vais-je en faire ?

— Ce qu'il en faisait. Des moulinets.

— Avant la bataille ?

— Avant la bataille.

Alban écoutait peu, regardait Casilda et se demandait ce que ses grands beaux yeux débordant d'innocence attendaient de la vie. Il avait l'étrange impression d'avoir toujours connu cette femme et en même temps de la voir pour la première fois. Elle était pour lui comme un rêve et le soudain éclatement de ce rêve en réalité, ce qui avait quelque chose de merveilleux et de troublant.

Il essaya de résumer ce qu'elle venait de montrer d'elle depuis son arrivée ici : elle était frondeuse, espiègle, mais son regard, se répéta-t-il, était tout innocence. Et comme elle était jeune ! Elle le paraissait aujourd'hui plus encore qu'à leur première rencontre au consulat de Suède, près de deux ans auparavant.

Et qu'elle était belle ! Plus encore, aussi, que ce soir-là, où déjà il avait emporté d'elle un souvenir ébloui. Un souvenir qu'il avait promené à travers les rues de la ville et, il se le rappelait parfaitement, alors que le canon sonnait l'heure de la retraite et ébranlait aussi quelque chose en son cœur. De cette vision qu'il gardait d'elle il avait voulu la remercier. Anonymement. Des fleurs sans carte ? Il fallait trouver moins banal, plus à la mesure de ce qu'elle était. C'est alors qu'il avait eu l'idée de la sérénade pour en avoir entendu une, peu auparavant dans la ville, au quartier espagnol de la Cantère où elles étaient fréquentes. Elles étaient plus rares, sinon inconnues, dans la partie d'Alger habitée par les « gens bien » installés entre la mer et les rues Bab-Azoun et Babel-Oued. Il s'était souvenu alors du maestro Arturio Ricardi aperçu au « Café de la perle ». Il serait facile au chanteur d'obtenir de la tenancière de l'hôtel l'indication de la fenêtre de la chambre de la jeune fille.

Il avait renouvelé cet hommage lorsque son retour à Alger avait coïncidé avec le sien. Il avait aperçu la jeune femme alors même qu'elle arrivait de Mitidja et traversait la ville en calèche. Puis, il avait encore dû repartir pour de longs voyages et ne l'avait plus revue. Les Dynensen lui avaient appris qu'elle était veuve et vivrait désormais en Algérie.

Il la regardait toujours — l'ayant placée en face de lui à table — se demandant si cet envoi de chansons l'avait intriguée. Et il ressentit un plaisir à la fois enfantin et subtil à sentir qu'il y avait un petit secret entre eux bien qu'elle n'en sût rien. Du silence du ténor il était à peu près sûr, il l'avait acheté très cher.

Casilda savourait avec un réel plaisir le très bon repas venu de Marseille et amené dans des paniers profonds suspendus aux bâts de deux mulets. Paniers capitonnés de plusieurs épaisseurs de toile de jute qui maintenaient les aliments au chaud. Il y eut, entre autres plats provençaux, un gratin d'aubergines qui était aussi savoureux que ceux de son enfance. Elle le dit à Alban. Ils parlèrent de la Provence, mais il ne lui révéla pas de quelle région il était originaire lui-même. Il se livrait peu et elle ne posa pas de question. Il n'était sans doute pas homme à les aimer. Elle se demandait d'ailleurs quel genre d'homme il était. Ceux qu'il conviait ce jour-là à sa table, amis semblait-il d'assez longue date, paraissaient le tenir en belle estime. Chez les dames du Levant, il était clair que l'on espérait plus encore que de l'amitié. La fille ne dissimulait pas une inconditionnelle admiration encouragée par la mère. Casilda conclut à quelque espoir matrimonial caressé par la famille du consul au Levant. Mais rien n'indiquait une réciprocité chez Alban Davesnes qui continuait son aparté avec Casilda. Celle-ci croisa alors le regard bleu pâle de la jeune fille, devenu un faisceau de lueurs d'acier. La supposait-on rivale à redouter ? M. Davesnes était, certes, un beau monsieur qui devait plaire aux femmes. Lui plaisait-il ? Lorsqu'il l'avait sauvée du crochet de Bon-Secours elle ne l'avait pas beaucoup regardé. « Je dois avoir la vue faussée par mes militaires, se dit-elle amusée, et ce qui ne porte pas l'uniforme me paraîtrait-il désormais sans prestige ? »

Comme elle souriait, malgré elle, à ses pensées, et qu'il vit ce petit sourire, Alban lui demanda :

— Est-ce l'effervescence de Raffet qui vous amuse ? Avez-vous remarqué qu'il s'est à peine nourri et n'a pas cessé de questionner Richepanse ?

Elle avait vu et répondit supposer le départ du capitaine très prochain et que le peintre n'avait de ce fait pas de temps à perdre.

— Nullement ! Mais il leur faudra bien dix jours de cohabitation pour épuiser tout ce que l'un a à dire à l'autre.

Il avait un sourire très doux, se dit-elle, un demi-sourire plutôt et, l'espace d'une seconde, elle perdit son regard dans le sien. Pourquoi rougit-elle soudain ? Son déplaisir à ne pouvoir maîtriser ce brusque fard de ses joues l'empêcha de trouver une réponse à sa question. Alors, elle décida de savourer son entremets, qui d'ailleurs le méritait. Et aussi de détailler un peu ce qui l'entourait.

Dans chaque appartement, tout au long et tout en haut des murs, des tringles de cuivre permettaient qu'on y fît tendre par un tapissier, et selon son goût, des velours, des brocarts, ou des toiles, un peu à la manière des draperies de l'Antiquité. Le choix d'Alban Davesnes s'était porté sur un tissu de lin de couleur ocre qui ensoleillait ses trois pièces — salon, salle à manger et chambre — et la sobriété du mobilier empire en acajou faisait son habitation passagère à la fois stricte et distinguée. Exactement comme lui, se dit-elle.

— Avez-vous aimé les Amériques ? demanda-t-elle, sans trop savoir ce qu'elle disait, un peu nerveuse, tout de même, sous le regard de plus en plus dur des dames du Levant et celui de plus en plus attentif d'Alban Davesnes.

Il rit légèrement avant de répondre, hésita un peu à parler, puis se décida :

— J'avais encore dans l'esprit la Déclaration de l'Indépendance américaine lorsque je m'embarquai pour la première fois, il y a déjà une quinzaine d'années. Elle est édifiée, cette déclaration, sur les principes suivants : « Nous tenons ces vérités pour évidentes que tous les hommes ont été créés égaux ; qu'ils sont dotés, par leur Créateur, de certains droits inaliénables ; qu'au nombre de ces droits sont la vie, la liberté, la poursuite du bonheur. »

« Rien ne me paraissait plus juste, plus humain et plus idéaliste aussi. Cet appel, communiqué au monde entier, avait de quoi séduire et même émouvoir. Ce fut Thomas Jefferson, troisième président des États-Unis, qui substitua au mot « propriété », venant après « vie et liberté », ceux de « poursuite du bonheur ». J'étais très jeune alors et ces mots-là me firent rêver. Celui qui en était l'auteur plus encore. Cet homme me fascinait. On le disait admirateur de Diderot et de Rousseau, ce Virginien libéral, optimiste et bienveillant. Et j'avais envie aussi d'aller étudier un peuple ne craignant pas d'affirmer, si simplement, qu'il fallait tendre à se saisir de cette chose réputée insaisissable qu'est le bonheur. Ainsi j'avais vingt ans et sans doute autant d'idéalisme au cœur que Thomas Jefferson lorsque je vis ce pays pour la première fois. Et j'ai dû m'apercevoir, très vite, que tous les hommes n'avaient pas été créés égaux en Amérique, comme le prétendait la Déclaration de l'Indépendance. Les esclaves noirs et les Indiens ne paraissaient pas avoir le droit de « poursuivre le bonheur » eux aussi. Et beaucoup parmi les Blancs, sans doute pour l'atteindre plus rapidement, ce fameux bonheur, n'hésitaient pas à risquer de le supprimer à leurs concurrents. Et pourtant ! Et pourtant j'étais séduit, subjugué même par le bon sens, la puissance de travail et par cette grande et belle ambition de la création continue plus vraie, plus séduisante pour ces Américains — j'en étais sûr — que l'amour de l'argent. Certes, ils pensaient davantage à l'atteinte de leur but qu'aux souffrances des Indiens et des Noirs, mais je regardais à ce moment-là déjà, comme tout le monde, non plus les hommes, mais l'œuvre, et je la trouvais prodigieuse. Et je peux vous assurer, aujourd'hui, que si, un certain matin, il m'arriva de trouver le ciel de France moins bleu que de coutume, la terre moins légère qu'à l'habitude et peut-être aussi le regard des femmes moins brillant que dans mes rêves, bref si un matin d'âme grise, je décidai de partir pour l'Afrique, ce fut en pensant à ce Thomas Jefferson et à sa fameuse poursuite du bonheur que je pris ma décision.

Alban se tut, comme étonné soudain d'en avoir tant dit. Et Casilda s'aperçut qu'il ne s'était adressé qu'à elle, et ne l'avait pas quittée du regard en parlant.

— Mon cher, dit la dame aînée du Levant, je ne vous ai jamais vu aussi bavard ! Que vous arrive-t-il ?

Sa voix était, comme aurait dit Eugénie, aigre à faire cailler du lait.

Sans pouvoir sans doute s'empêcher d'avoir un ton acide elle aussi, la fille ajouta :

— Cela, c'était dans votre jeunesse, j'imagine que maintenant vous êtes moins idéaliste. Pensiez-vous autant à votre cher Thomas Jefferson à ce voyage-ci ?

— Ce voyage-ci était réservé à l'étude de la culture du coton. Je voudrais en planter dans la Régence et j'ai rapporté une machine pour le *ginner*. Elle purge sa quarantaine elle aussi, là-bas, sous les hangars à marchandises.

— Et qu'est-ce donc que ce « ginnage », demanda Raffet qui paraissait avoir épuisé, momentanément, les séries de questions à poser au capitaine de Richepanse.

— La séparation des fibres textiles de la graine du coton, dit Casilda, voyant qu'Alban, rêveur, ne répondait pas.

Il n'avait pas répondu, mais il entendit l'explication donnée par la jeune femme et se tourna vers elle en demandant :

— Avez-vous cultivé du coton en Mitidja ?

Dès lors ils parlèrent culture tous les deux.

Les dames du Levant, atteignant sans doute la limite du supportable, donnèrent le signal du départ.

— Nous nous retrouvons tout à l'heure au concert des portefaix, n'est-ce pas ? dit la jeune fille. Rien n'est plus délicieux que d'entendre, en contemplant les étoiles, ces belles voix dominant le doux accompagnement du ressac.

Alban s'inclina en souriant. Ce qui, pensa Casilda, ne voulait dire ni oui ni non.

Les dames disparues et alors qu'elle allait retrouver Fra Pinturo, Alban lui dit :

— Il faut absolument, en effet, écouter le concert vocal que nous donnent chaque soir les portefaix du lazaret. Puis-je passer vous chercher vers 9 heures ?

Elle accepta, comme elle avait accepté le dîner, presque sans réfléchir. Cela allait sans dire.

Elle avait échangé sa robe d'indienne du matin contre une autre, de mousseline blanche, et jeté sur ses épaules un châle léger, blanc aussi. La nuit étant claire, elle apparut à Alban, ainsi vêtue, liliale et superbe. Il murmura, se penchant vers elle — il était tellement plus grand : « Nous allons essayer de ne pas rencontrer mes invitées. »

C'était rêver. Car ils entendirent immédiatement un : « Le voilà ! Il est là, sur la terrasse. »

De cette immense terrasse en terre battue surplombant la mer et où se groupaient, dès la nuit tombée, ceux qui avaient le droit de circuler dans tout le territoire du lazaret, on dominait le petit débarcadère où s'assemblaient les portefaix chanteurs. Ceux-ci formaient un cercle au milieu duquel se trouvait le *président* — chaque soir en voyait l'élection d'un nouveau — qui dirigeait le concert, proposant le programme, faisant régner la bonne entente parmi les artistes, désignant l'ordre dans lequel chacun devait chanter et marquait la mesure. Il y avait eu aussi, certaines années, selon un recrutement de portefaix plus ou moins heureux, des musiciens guitaristes, mandolinistes ou joueurs de castagnettes. On avait même eu, une fastueuse saison d'été restée célèbre, un violoniste de talent échoué parmi ces porteurs par on ne savait trop quel méchant coup du sort et qui en fut un heureux pour les quarantenaires mélomanes.

— Nous ne leur échapperons pas, murmura Alban à Casilda, en soupirant légèrement.

Les dames furent très vite à leur côté en effet et malgré la nuit si claire, la jeune fille, prétendant qu'on n'y voyait goutte, écrasa avec une force égale à l'intensité de sa jalousie le pied de sa rivale sous le sien. Et c'était un spectacle intéressant, se dit Casilda qui ne broncha pas, malgré sa douleur, que de voir chez la même personne le pied attaquer, féroce, et la bouche sourire, suave.

On leur donna ce soir-là, comme à l'habitude, des morceaux d'opéras. Du *Guillaume Tell*, du *Fra Diavolo* et de *La Dame blanche* s'élevèrent dans la nuit. Les voix étaient pures et profondes et la beauté du spectacle égalait celle de la musique. Ces hommes, tout au long du jour semblables à des bêtes de somme, apparaissaient soudain là comme des divinités. Lorsque le *président* désignait l'un d'eux, on voyait celui-ci se dresser, haut, large d'épaules, le cou puissant, l'allure digne et même fière. Il retirait son bonnet, et tête nue et levée vers les étoiles, il semblait chanter pour elles.

Comme s'achevait la douce romance de *La Dame blanche*, on entendit la demoiselle du Levant :

— Que ces brutes s'expriment avec tant de délicatesse, cela, vraiment, est à nous confondre !

— L'être humain doit être ainsi fait, répondit Casilda, qu'une brute peut avoir des moments de délicatesse et une personne des plus civilisées, des plus raffinées, ses instants de grande brutalité.

Ces dames se retirèrent alors, ressentant soudain la fraîcheur de la nuit.

Les chanteurs se désaltéraient en faisant circuler les pichets de vin qui étaient disposés au centre de leur cercle et le public jetait des pièces de monnaie dans une coupe de bois remplie d'un vinaigre purificateur et mise en évidence non loin d'eux.

Le jeu de lancer ces piécettes faisait partie du spectacle et, comme Casilda se penchait trop au-dessus de la balustrade, ne voulant pas rater la cible, Alban la retint par la taille, profitant de ce que Fra Pinturo avait le regard ailleurs.

Elle sentait la chaleur de ses mains à travers la large ceinture de soie de sa robe et, se penchant un peu plus encore, continuait à envoyer ses projectiles, s'y complaisant jusqu'à ce que le petit tas d'argent qu'Alban avait mis sur le rebord de la balustrade soit épuisé. Comme elle se redressait enfin, alors qu'il la retenait toujours, elle sentit le parfum de ses cheveux drus et noirs. Mélange d'une discrète eau de Cologne et de chébli, cette fleur des tabacs d'Algérie au goût de miel...

Le restaurateur du lazaret envoyait des serveurs vendre de la limonade sur la terrasse et aussi des sorbets et un fameux granité au citron ou à l'orange dont certains habitués, grands voyageurs, se complaisant à tout comparer entre Constantinople et Paris, Tanger et Rome, Alger et Londres, les affirmaient admirables et méritant même, plaisantait-on, une quarantaine supplémentaire pour en continuer la cure ! Casilda fut de cet avis.

Dès le lendemain, Alban lui fit porter un mot par Fra Pinturo pour qu'elle lui réserve sa soirée, souper concert et... granité.

Et le temps passait ainsi à folle allure. Elle s'éveilla un matin en se disant : « Plus que trois jours ! »

Elle en ressentit une telle mélancolie qu'elle s'assit sur son lit, ses mains entourant ses genoux, pour réfléchir. S'était-il passé quelque chose entre elle et Alban Davesnes ? Apparemment rien. Mais ils se voyaient sans cesse, se souriaient, se parlaient, et il lui semblait que personne, jamais, ne lui avait souri et parlé de la sorte. Que se disaient-ils ? Rien de bien troublant. Ils s'entretenaient de la Régence et encore de la Régence. Au point que la veille elle lui avait dit :

— Je suis comme Raffet ! Je ne cesse de vous poser des questions. Seulement je n'ai pas l'excuse de notre ami peintre qui se documente sur ce qu'il ignore. Moi, j'ai vécu à Alger et il me semble, à vous écouter, que je n'en connais rien. Tout ce dont vous me parlez, j'aurais dû le voir et je ne l'ai pas vu !

Alors, il racontait encore ce pays, le leur désormais — elle aimait être englobée dans ce possessif avec lui —, ses collines enchanteresses, ses jardins miraculeux et sa mer amoureuse de rives qu'elle caresse en chantant. Il en évoquait le soleil, éternellement changeant, ses flèches d'or fondues dans tant de roses et de rouges dans la dernière incandescence de fin du jour. De cette mort de la lumière, il disait en souriant : « Il faudrait demander à ceux qui arrivent à Alger et veulent y vivre, s'ils sont capables d'en apprécier les divins crépuscules, s'ils ont compris le doux et mélancolique regret qui caresse alors le cœur... et s'ils savent aussi accueillir avec joie et reconnaissance l'aube nouvelle, le matin béni des Dieux qui va naître pour eux. » Les indifférents à ces présents fastueux méritaient, selon Alban, d'être renvoyés là d'où ils venaient. Et il lui parlait aussi d'un vieux maître en islam, Abdul Ben-Azoual, vivant dans la Casbah et l'initiant aux charmes d'un mysticisme qu'il faisait pour lui à la fois discret et prenant.

Le petit vieillard avait d'abord demandé : « Explique-moi qui tu es et quelle face de toi Dieu éclaire, je pourrai ainsi mieux t'enseigner. »

— Et, disait Alban, comme je lui récitais des passages de *La Cité de Dieu*, de notre saint Augustin, mon ami arabe m'a dit : « Fils, tu dois te tromper, c'est un musulman qui a écrit ce livre ! » Je vous mènerai à lui. Il aimera la lumière de vos yeux.

Comme elle était émue, elle s'efforçait de rire en disant :

— Il faudra aussi me faire goûter les huîtres de Sidi-Ferruch. Comment n'ai-je pas su qu'on en élevait là-bas ? Mais je vous laisse vos viandes de panthère. Je n'irai pas rampe de la Pêcherie en manger des brochettes !

Parfois, Raffet venait vers eux et demandait :

— Madame, je n'arrive pas à faire préciser à Richepanse comment nos officiers agrafent ou attachent leurs burnous.

Elle répondait, mi-sérieuse, mi-moqueuse :

— Voilà l'un des exemples des fantaisies auxquelles se complaisent parfois nos messieurs de l'état-major. Ainsi, le général Duvivier et le commandant Daumas nouent le leur par deux petits pans bordés d'une épaisse frange, presque une houppe de laine, qui leur met au cou une sorte de jabot. Le colonel Changarnier trouve cela « engonçant » et ne veut qu'une agrafe dissimulée sous sa cravate de soie. Quant au colonel Yusuf, il a exigé une fermeture en forme de brandebourg et en or.

Alors Raffet, levant les bras au ciel, disait :

— Cette armée d'Afrique est plus coquette qu'une lorette du Boulevard !

Parfois, le peintre montrait quelques-uns de ses croquis. Et on lui en faisait compliment. Il protestait, jamais content de son travail, disant toujours : « Ce n'est pas encore ça, pas encore. » Il était modeste au point d'être accusé par ses confrères d'avoir pris toute la modestie de sa corporation, n'en laissant pas l'ombre d'une trace pour Horace Vernet.

Alban disait de ces esquisses qu'il étudiait avec intérêt : « Et avec des documents glanés ici, il sera, une fois de plus, extraordinaire dans l'improvisation de ce qu'il n'a pas vu ! »

Un soir, à l'heure du granité, Raffet arriva furieux, lui si indulgent à tous. Il avait, dans la journée, confié une lettre à la poste du lazaret pour ses éditeurs de lithographies, leur demandant de préparer des pierres pour son retour afin qu'il ne perdît pas de temps et puisse se mettre au travail dès son arrivée. Il avait joint quelques dessins à ce courrier. Or, on venait de le lui rapporter pour qu'il récrive l'adresse de ses correspondants, le vinaigre dans lequel on avait désinfecté sa missive l'ayant effacée. Et il s'écriait :

— Ils m'ont demandé de refaire l'adresse ! Mais c'est toute la lettre qui est illisible, et mes dessins perdus ! Ah ! Les barbares !... Y croyez-vous à leurs désinfections destructrices ? C'est comme ce séjour ici, bien inutile à mon avis, si la peste veut passer elle passera, même dans un flot de vinaigre, si le choléra veut monter à Paris il y montera, quarantaines ou pas. Les miasmes se moquent des lois sanitaires !

Les dames du Levant, Marie-Caroline de La Morène et sa mère, se faisaient plus rares. Mais, lorsqu'elles avaient décidé d'être là, elles y étaient bien. Et comme elles connaissaient Alban depuis au moins deux ans — laissaient-elles entendre —, elles parlaient sans relâche de sujets et de personnes inconnus de Casilda. Avec autant de constance, Alban les ramenait à une conversation plus générale. Et, pour éviter d'être à leurs côtés à l'heure du concert et du granité, ils faisaient, Casilda et lui, une petite promenade afin d'arriver en retard et alors qu'elles étaient déjà installées près des quarantenaires de leurs relations.

Mais libérés à droite, ils étaient attaqués à gauche. Les Possessions françaises du nord de l'Afrique intéressaient beaucoup. De nombreux négociants, commerçant dans le bassin méditerranéen, les abordaient et s'efforçaient d'obtenir d'eux des réponses aux questions qu'ils se posaient sur les chances offertes par ce nouveau morceau de la France. Casilda était fréquemment la proie de femmes plus ou moins boutiquières, désireuses de savoir ce qui manquait à Alger et ce qu'elles pouvaient espérer y faire ou y vendre. L'une d'elles, assez sotte, mais particulièrement opiniâtre, la guettait sans cesse. Un matin où elle en avait assez d'avoir été abordée trois fois déjà pour de telles demandes, Casilda répondit, excédée, à la dame abasourdie :

— Eh bien, ce pays est très surfait ! Les légendes n'y sont pas respectées. Je peux vous dire que sur cette terre où se situa jadis le jardin des Hespérides, le jardin miraculeux aux pommes d'or, il n'y a pas une seule pomme ! Il n'y pousse que des figues, des dattes, des jujubes et des arbouses. Venez donc y planter des pommes !...

Et elle allait continuer sur ce ton, lorsqu'elle s'arrêta net, se demandant pourquoi elle était soudain si nerveuse, et même irascible.

— Quelque chose ne va pas ? interrogea Alban qui riait.

Quelque chose ne va pas ! C'étaient bien là les hommes ! Ils vous faisaient une vie exquise pendant des jours de rêve, vous offraient des dîners, des soupers royaux, des granités à tous les parfums, vous promettaient des huîtres de Sidi-Ferruch, et des grillades de panthère, vous prenaient par la taille, vous caressaient le cou de leurs moustaches — lorsque le garde de santé avait le dos tourné ou qu'il faisait sombre —, vous préféraient aux dames du Levant et d'ailleurs, vous faisaient miroiter l'amitié de délicieux vieux professeurs en islam et, au moment où tout cela allait, hélas, finir, au moment où vous vous sentiez seule et désemparée face à votre triste destin, ils vous demandaient, étonnés, ce qui n'allait pas !

Elle tenta alors de faire le point de sa situation un peu oubliée pendant ce séjour. Rien, dut-elle reconnaître, n'y était à déplorer. L'enfant était en belle santé, les passementeries aussi. Elle avait de bons collaborateurs et de bons amis et allait recueillir son héritage qui, aussi modique soit-il, suffirait à ses goûts et ses besoins en attendant que son travail fût vraiment rentable. Alors ?

Alors, tout allait presque bien, et pourtant, elle était

mélancolique et en voie de devenir acariâtre. Parce qu'elle quittait ce lazaret que quatre-vingt-dix-neuf personnes sur cent détestaient et qu'elle aimait ? Parce qu'elle ne verrait plus désormais, chaque jour, un homme qui devait rester ici encore une semaine et partirait ensuite à travers le monde selon ce qui paraissait être son habitude ? Elle fut assez franche avec elle-même pour reconnaître détester laisser Alban Davesnes à ces dames venues du Levant et à d'autres venues d'ailleurs. Elle décida, dans un grand élan de ce qu'elle appela sa lucidité retrouvée, qu'il était temps de quitter cet endroit maléfique où de petites distractions quotidiennes et charmantes faisaient oublier la vraie vie. Elle se promit de se reprendre et fit, à cet effet, porter par Fra Pinturo un mot à Alban Davesnes. Elle s'y excusait de ne pouvoir souper en sa compagnie et se condamna à préparer ses bagages pendant qu'il savourerait, lui, les perdreaux farcis annoncés au menu du restaurant du lazaret. C'était d'ailleurs effrayant, en y réfléchissant, d'avoir fait tuer tant de pauvres volatiles — des centaines et des centaines — pour satisfaire ces quarantenaires affamés !

Peut-être penserait-il à elle en jetant les quelques pièces de monnaie, montant de son addition, dans la coupe emplie de vinaigre déposée à la caisse, sous l'œil suspicieux de la dame caissière guettant l'escroquerie de ceux qui, lui montrant la somme due, ne la laissaient pas toujours entièrement tomber dans la coupe désinfectante.

Son billet informait, néanmoins, qu'elle irait au concert. Elle s'y rendit dans la robe de toile blanche revêtue dès le matin. Elle ne ferait plus aucun frais pour ce monsieur qui, tout compte fait, se serait gentiment distrait avec elle, sans plus, comme il venait de souper agréablement en dégustant son perdreau.

Il l'attendait à l'entrée de la terrasse. Ce qui lui fit, quand même, plaisir. Des extraits des *Huguenots*, du

Domino noir et de *Robert le Diable* achevèrent de chasser ses humeurs sombres. Elle se sentait calme, raisonnable et très, très courageuse, lorsqu'un chanteur-portefaix, celui dont elle aimait la belle voix de ténor, un Italien nommé Giacomo, entonna *Di tanti palpiti*.

Pourquoi fallait-il que, précisément ce soir, cet air vînt lui rappeler sa première si délicieuse mais si lointaine soirée au consulat de Suède et cette sérénade offerte par Alexis, et l'autre ensuite que le petit Aurèle ne voulait pas lui laisser écouter... Alors les morts de son père et de son mari, et la disparition de Petit-Chabrier qu'elle avait tenté d'oublier pendant ces derniers jours, lui firent saigner le cœur.

Comme elle sentait les larmes envahir ses yeux, elle demanda à Alban, sans trop le regarder, de l'excuser. Elle était fatiguée. Cette préparation au départ, tous ces bagages, sans doute...

Et elle s'enfuit. Suivie de Fra Pinturo bouleversé. Il l'aimait bien, sa petite dame si jolie et si gaie toujours. Pourquoi donc, ce soir, était-elle triste ? Et, comme elle courait, il se mit à courir lui aussi, sa gaffe à crochet tressautant sur son épaule.

Elle ne pouvait s'endormir. Le lazaret restait longtemps bruyant, surtout les soirs de grand clair de lune comme celui-ci où, sur la terrasse et dans le parloir, les voyageurs ne cessaient d'aller et de venir, au grand désespoir de leurs gardes tombant de sommeil.

On chantait encore ici et là. Il n'était pas rare que certains quarantenaires demandent aux portefaix, moyennant une légère rétribution, d'ajouter pour eux quelques romances supplémentaires à leur programme. Comme il n'était pas rare que l'on demandât au *président* de faire exécuter, pendant le concert, un morceau auquel on tenait particulièrement. Un fils de maharadjah, venant de ses Grandes Indes natales et se rendant en Angleterre achever ses études, ne cessait de décolérer, affirmant être traité ici comme un homme de la plus basse classe de son pays, un vulgaire intouchable, et ne s'humanisait qu'en se faisant chanter et rechanter *Le Barbier de Séville* qu'il avait en particulière affection, tout fier et hautain guerrier mahratte qu'il fût. Et chacun souriait lorsque s'élevaient les premières notes d'un air de cet opéra, sachant que celui-ci serait chanté deux ou trois tons plus haut pour que Son Altesse pût l'entendre de ses appartements. A se souvenir du bel hindou, Casilda sourit un peu. Le jeune homme lui lançait, de derrière la grille qu'il ne pouvait franchir encore, des regards à la fois langoureux et flamboyants qui faisaient dire à Alban : « Votre amoureux est triste, aujourd'hui » ou « Il est furieux, il ne vous a pas aperçue hier ! » Et il avait ajouté ce matin : « Les portefaix en ont un peu assez du *Barbier*. Ils ont proposé au prince, par l'intermédiaire de ses gardes de santé, d'autres œuvres de Rossini, de *L'Italienne à Alger* à *La Pie voleuse* en passant par *La Dame du lac*. Son Altesse n'a rien voulu savoir, elle n'aime que *Le Barbier*. »

Et soudain, Casilda, au souvenir de cette conversation, se redressa et s'assit dans son lit, comme si cette position lui permettait de mieux réfléchir.

Parce qu'elle fut, tout à coup, persuadée qu'Alban avait demandé que l'on chantât pour elle cet extrait de *Tancrède* : « Di tanti palpiti ! » Peut-être pour lui rappeler cette soirée où il l'avait vue pour la première fois, sans qu'elle le vît, elle ? Oui, elle était sûre que l'attention venait de lui, et comme dans la chanson, son cœur battit soudain plus vite.

Il était trop tard pour qu'elle se rhabille et aille s'excuser d'être partie si précipitamment. Alban était peut-être confus de l'avoir peinée, elle s'excuserait demain, en lui faisant ses adieux. Elle s'endormit en pensant au regard qu'il posait si souvent sur elle. Affectueux, ce regard, et peut-être même, parfois, plus que cela...

A la pointe du jour, Fra Pinturo heurta à la porte et pénétra dans la chambre de Casilda après avoir lancé un énergique « Madame, il est temps ! »

Il tenait d'une main une espèce de poêle à demi pleine de sel marin plus quelques autres ingrédients, et de l'autre, une bouteille d'acide sulfurique dont il versa cinq ou six gouttes dans la poêle après avoir fermé portes et fenêtres. Une fumée épaisse s'éleva qui fit tousser Casilda et Fra Pinturo comme s'ils fussent soudain atteints de coqueluche.

— Vous le voyez, dit le pauvre homme avec résignation et entre deux quintes, on ne s'habitue pas !

Cinq longues, longues minutes dans cet enfer mais qui permirent, pendant une reprise de respiration, de faire avouer au petit garde barbu qu'il avait, sur l'ordre de M. Davesnes, demandé aux portefaix de chanter *Di tanti palpiti*.

— Et voilà, madame, vous êtes purifiée et libre ! Ces pauvres MM. Davesnes, Raffet et Richepanse ne le sont pas, eux. Alors, une dernière recommandation, madame, à partir de cet instant où vous êtes rendue *à la libre pratique*, vous n'avez absolument plus le droit d'offrir même une poignée de main à vos connaissances qui restent ici.

Même pas une poignée de main !

Elle pourrait tout juste lui dire merci de loin, et s'excuser aussi de sa sotte attitude de la veille.

Il s'avançait vers elle, le regard grave lui semblait-il, mais le soleil frappait de son côté et elle voyait mal.

Elle dit, en s'arrêtant à deux pas d'Alban, comme le recommandait dans son dos Fra Pinturo :

— M'excuserez-vous ? J'ai mis du temps à comprendre...

— C'est à moi de m'excuser. Je crois bien n'avoir pensé qu'à moi dans cette affaire ! Dès le premier soir, j'aurais dû sentir que je ne pouvais que vous troubler avec des sérénades anonymes.

Des sérénades !...

Elle ferma une seconde les yeux, ce que le soleil qui les visait pouvait justifier et les rouvrit pour regarder cet homme, celui qui depuis si longtemps s'occupait ainsi d'elle. Pouvait-on être aussi dépourvue de perspicacité qu'elle l'avait été ?

Qu'Alexis lui ait menti pour cela aussi l'étonnait à peine, il lui avait toujours paru gêné lorsqu'elle lui parlait de sérénade. Mais elle ne s'attarda guère à cette révélation-là. Découvrir que celui qui la regardait maintenant, avec de si belles choses à déchiffrer dans ses yeux, pensait à elle depuis plus de deux années la bouleversa bien autrement. Comme son visage pâlit à cet instant, Alban fit un pas vers elle, mais Fra Pinturo s'interposa :

— Non, monsieur, madame est purifiée !

Alors, Casilda se mit à rire. Un rire qu'elle eut du mal à arrêter. Elle était *purifiée*, en effet ! Fra Pinturo ne croyait pas si bien dire. Et même neuve, et même autre. Et même...

Ce qui se passa ensuite fut si rapide, si inattendu, si imprévisible que Fra Pinturo, garde de santé émérite et éprouvé, ne s'expliqua jamais comment il avait pu être empêché d'intervenir. Sa voyageuse s'élança vers M. Davesnes et l'embrassa sur les deux joues avant que lui ait seulement pensé à lancer sa gaffe pour saisir dans son crochet la fine taille de Mme Manerville.

— Et maintenant, Fra Pinturo, dit-elle en se tournant vers lui, je viens d'en prendre, je crois, pour dix jours de plus ?

A mi-voix, elle ajouta faisant face de nouveau à Alban :

— Dix jours ici. Avec vous !

Dans ce singulier endroit, cette halte en marge de la vraie vie, tout lui avait soudain paru possible. Et elle avait eu, fulgurante, la certitude d'être au plus grand et au plus beau moment offert par son destin. Et qu'il fallait savoir ne pas le laisser s'enfuir.

Il était une fois, se dit-elle, cet homme qui est là en face de moi, si près, plus près que ne sera jamais aucun autre homme parce que dans son cœur j'ai ma place depuis longtemps. Et il était une fois moi, qui le rencontre enfin.

Alors qu'allait-il arriver ?

Une onde de bonheur, une espèce de joie folle, sauvage, la parcourut et elle leva les yeux vers lui.

Il avait un regard qu'il lui avait caché jusqu'à maintenant. Un regard bouleversant, un regard qu'il avait dû garder depuis toujours pour cet instant-là. Et se pouvait-il qu'il y eût, dans ce temps qui courait si vite, si inexorablement, un arrêt comme celui-là qui n'était qu'amour ?

Lui se disait que lorsque d'une exaltante minute, qui ne se présentera peut-être plus jamais, dépend votre bonheur, on doit tout oublier et se laisser mener.

Alors, ils ne parlèrent plus, se prirent par la main et s'en furent à pas lents sur la terrasse ensoleillée, sourds et aveugles à ce qui les entourait.

Fra Pinturo les suivait, sa gaffe tressautant toujours sur son épaule et un sourire attendri enfoui dans sa barbe blanche.

Dix jours de plus enfermés au lazaret mais aussi dans leur amour, et sans avoir à penser à autre chose qu'à lui, se dit Casilda.

Dix jours de sursis, où pour la première fois peut-être il allait oublier, se dit Alban. Il acceptait ce fastueux présent du sort. Il savait qu'il n'y avait pas droit, mais il n'avait pas non plus la force de le refuser.

Dix jours pour apprendre à se connaître.

Mais dix nuits aussi. Dès la première, Casilda comprit qu'Alexis et elle avaient tout juste effleuré, frôlé ce qui s'appelle aussi l'amour et où le cœur perd par instants son premier rôle qu'il laisse à la peau. Cet enchantement qui fait découvrir ces forces étranges qui nous habitent et sortent tout à coup de nous comme si un autre corps que le nôtre venait soudain cohabiter avec lui.

Nuits irréelles, fenêtres ouvertes sur les scintillements du ciel et de la mer qui se confondaient et s'épousaient eux aussi, où elle découvrit qu'elle était désormais une autre femme, ou même parfois seulement une bouffée de désir qui demandait joie et apaisement au seul homme qui aurait désormais le pouvoir de les lui dispenser.

Au long des jours qui suivirent, elle lui avait tout dit d'elle, ce qu'elle aimait et détestait, ce qui la faisait joyeuse ou triste. Elle lui avait parlé de son fils, de Meriem et d'Arabelle convenant alors qu'elle avait trois enfants. Elle lui racontait aussi ses militaires, ses peintres et ses amis. Et quand il lui dit : « En fait, vous êtes très entourée, très heureuse ? », elle le regarda incrédule et répondit :

— Pas du tout ! Il me manquait l'essentiel : vous !

Il décida alors de lui parler, il le fallait. Il ne pouvait plus attendre, déjà il était bien tard.

Il choisit de le faire un matin où, éveillé le premier à son habitude, il la regardait dormir et apparaître peu à peu émergeant de l'ombre puis de la pénombre où ses traits s'ébauchaient puis se dessinaient jusqu'à ce que la lumière leur donnât vie entière. Il adorait voir se recréer ainsi la ligne si pure et si fine de son nez, le savoureux charme de sa bouche et cette petite fossette qui faisait son bonheur. Et la seule ombre que la lumière du jour ne faisait pas disparaître était celle de l'épaisseur de ses cils sur ses joues.

— Il faut que vous m'écoutiez, dit-il, un moment après qu'elle fut éveillée à son tour. Je dois vous dire ce que j'aurais dû avouer avant...

— Avant de m'aimer ?

— Oui.

— Et cela aurait pu empêcher que vous m'aimiez ?

— Oui. Cela aurait dû.

— Alors je ne veux pas le savoir.

— Il le faut pourtant.

Ele se serra contre lui, mit ses bras autour de son cou et lui dit en riant :

— Eh bien, parlez. Après tout, auriez-vous même tué que cela ne changerait rien pour moi.

— Précisément, j'ai tué.

Elle ne desserra pas son étreinte. Il ne sentit ni un recul, ni même une surprise courir le long des deux bras frais et ronds qui l'emprisonnaient.

— Et qui avez-vous donc tué ? demanda-t-elle.

— Un homme. J'avais vingt ans.

Elle l'écouta sans l'interrompre et se tenant toujours serrée contre lui pour qu'il comprît plus encore que ses aveux, aussi terribles pussent-ils être, ne l'impressionnaient en rien sauf à lui faire partager son tourment et à l'aider à s'en guérir.

L'histoire tenait en peu de mots. Lorsqu'elle la sut tout entière, elle se détacha de lui, le regarda avec une gravité tendre et la répéta, comme pour bien s'en pénétrer, mais en fait pour la rendre plus banale en la faisant passer par sa bouche. Il lui semblait que ce qui paraissait si tragique pour lui perdrait ainsi de sa force. Du moins est-ce ce que son cœur lui dicta. Elle dit doucement :

— Ainsi, vous adoriez votre père et votre mère lui était infidèle. Son amant était le meilleur ami de votre famille. Un soir vous avez entendu votre père et cet homme se quereller. Vous avez écouté et tout appris. Lorsque vous avez compris qu'ils se battaient, vous êtes intervenu. Vous les avez séparés car vous étiez le plus fort des trois. Si fort qu'en repoussant l'homme qui s'acharnait sur votre père moins vigoureux que lui, vous l'avez projeté contre le manteau de marbre de la cheminée où il s'est fracassé le crâne. Ce fut un accident. Et l'on vous acquitta.

Lui souriant plus tendrement encore, elle ajouta :

— En quoi, je vous le demande, cette bien triste mais si lointaine affaire, aurait-elle pu vous empêcher de m'aimer ?

— Il y eut scandale. Et je quittai la France.

— Je ne vois quand même pas...

— Croyez-vous que nous vivrons toujours dans cette Algérie dont personne ne sait encore si nous la garderons, en admettant qu'Abd el-Kader nous la laisse ? Alors où devrai-je vous emmener, vers quel autre exil ? J'ai rompu avec ma famille, mon milieu, et je ne veux pas faire de vous une femme mise au ban de la société par ma faute.

— Vous y tenez, vous, à en être de ladite société ? Non, n'est-ce pas ? Et puis croyez-vous être le seul à avoir tué un homme ? Moi aussi, j'en ai tué un. Un bandit arabe qui m'aurait coupé la tête si je n'avais pas été plus rapide que lui.

Elle n'obtint pas le succès espéré par cet atout qu'elle avait gardé pour le jouer au bon moment. Alban ne paraissait pas y attacher beaucoup d'importance. Elle en eut un peu de dépit.

Elle décida alors de lui dire qu'il était temps d'oublier tout cela... et aussi de réapparaître sur la terrasse du lazaret. Ils n'avaient pas bougé de leur appartement depuis cinq jours. Ce n'était pas qu'elle désirât retomber dans la société des quarantenaires dont elle ne se souciait pas plus d'ailleurs que d'entrer dans celle de Paris, mais... elle avait envie de granité. Et puis ce pauvre Fra Pinturo devait s'ennuyer. Et les dames du Levant ? Elle ne serait pas fâchée de leur faire comprendre qu'elles ne devaient plus caresser de fols espoirs en ce qui concernait M. Davesnes.

Elle se tut, un peu essoufflée et surtout inquiète. Elle n'était pas sûre d'avoir dit ce qu'il fallait, ni d'avoir eu l'attitude qui convenait. Alban n'était pas Alexis, presque aussi jeune qu'elle et bien peu expérimenté, elle le savait maintenant, Alban était un homme qui l'intimidait encore. Elle se reconnaissait un certain fragile pouvoir mais ne s'imaginait guère capable de faire tout ce qu'elle voudrait de lui. Il serait le maître, c'était sûr, et d'ailleurs elle le souhaitait, cela devait être.

Et elle était d'autant plus anxieuse qu'elle avait attendu une suite au récit de ce drame et ne l'avait pas eue. Pourquoi avait-il tu la réaction de sa mère ? Si elle avait aimé son amant, la tragédie à ce niveau-là devait être pire encore. Que pense, que fait une femme lorsque son fils tue l'homme qu'elle aime ? Elle souhaita, ardemment, que par miracle il n'ait pas eu à souffrir de la souffrance de sa mère. Elle en pria Dieu à cet instant-là si intensément qu'elle ne s'étonna presque pas d'être exaucée. Car Alban n'ajouta rien à son récit. C'est qu'il n'y avait donc rien à y ajouter. Et, comme s'il sortait d'un rêve pénible, mais en sortait quand même, se dit-elle avec soulagement, il lui dit en souriant :

— Ce soir même, ma chérie, vous aurez vos granités !

Alors elle s'inquiéta d'autre manière : qu'avait-elle besoin de parler de ces stupides sorbets ? La jugeait-il trop enfant pour lui faire le plus important de sa confession ?

Et bien avant d'être prêts à affronter la curiosité de cette communauté jacassante, de ce microcosme de société, Casilda en eut un avant-goût.

Alban était à sa toilette et elle était seule dans la pièce qui leur servait de salon, quand Fra Pinturo apporta une lettre. L'enveloppe avait mal subi l'épreuve du vinaigre et on y lisait difficilement le :

A Madame,
Madame Veuve Manerville
appartement 206
Grand Lazaret de Marseille.
Quant au billet plié à l'intérieur, l'encre n'en était

pas la plus vinaigrée. Le texte l'était bien plus. Une ligne seulement, mais très acide :

« Ne triomphez pas si vite ! demandez à M.A.D. pourquoi il a dû quitter la France. »

Sans signature, bien sûr.

Elle décida, dans l'instant, qu'Alban ne saurait jamais rien de cet envoi. Elle le déchira et en fit vivement disparaître les morceaux.

Ils ne reparlèrent plus du drame jusqu'au départ. Et elle comprenait qu'il ne lui proposerait rien lui-même quant à leur avenir, ne s'en reconnaissant pas le droit. Elle le supposa réfléchissant encore et attendant la fin de ce séjour. Elle résolut alors de vivre ces derniers instants de lazaret entre rêve et réalité, oubliant tout, revenant à cet état permanent d'enchantement qui faisait reculer, très loin, les contingences habituelles de la vie.

Il y eut deux jours de tempête et les éléments déchaînés lui semblèrent aussi violents que les rafales de bonheur qui les assaillaient.

Au matin de leur départ, la petite cérémonie de purification leur fut donnée par Fra Pinturo à tous deux en même temps, comme aux autres couples en séjour au lazaret.

Elle toussait plus encore que la première fois, debout à deux pas d'Alban. Il s'avança alors vers elle, dans le nuage de fumée, et la prit dans ses bras. Elle posa sa tête contre son épaule.

Après une quinte particulièrement pénible pour elle, alors qu'il toussait à peine, elle parvint à lui dire, à mi-voix, pour ne pas être entendue du garde de santé :

— Je vais sans doute mourir étouffée. Ne me demanderez-vous pas de vous épouser avant qu'il ne soit trop tard ?

Il la serra plus fort encore contre lui, mais ne répondit pas.

Ce ne fut qu'en la conduisant à la diligence de Brignoles qu'il lui dit :

— Vous allez passer un mois seule, à régler vos affaires, mais vous aurez le temps de réfléchir. Si vous vous sentez la force d'affronter à mes côtés les hypocrisies et les jugements de la société dont malheureusement nous dépendons, alors rien ne pourrait me rendre plus heureux que de vous épouser. Mais, je vous en supplie, réfléchissez bien. Il n'y aura pas que des petits billets comme celui de Mlle de La Morène, on saura un jour, à Alger, ce qui m'a fait quitter la France et vous en souffrirez sûrement.

Diable d'homme ! Comment avait-il su la méchanceté de la demoiselle du Levant qu'elle lui avait si bien cachée ?

Elle le rassura à nouveau, la société, elle s'en moquait. D'ailleurs, y en avait-il déjà une à Alger ?

Elle le regardait pour garder de lui une image nette. Quel était le plus beau de lui à conserver au fond de son cœur ? Elle choisit son regard bleu foncé, si foncé qu'il était parfois noir, et où elle lisait tant d'amour en cet instant. Elle se jura qu'elle saurait, un jour, rendre ces yeux-là joyeux, et le laissa aller.

8.

La vieille Azalaïs était stupéfaite. Elle en resta
d'abord sans voix. Et tout ce qu'elle put dire ensuite
fut un « Eh bien ! » répété à chaque nouveau sursaut
de son ébahissement. Mais, comme il lui fallait avoir
le dernier mot, même dans la joie de cette belle surprise que lui faisait sa pitchoune, elle entama ses récri-
minations. On prévenait quand on savait écrire. La
petite du baïle la lui aurait lue, la lettre, autant de fois
qu'il aurait fallu pour le plaisir. Sans compter que ce
plaisir-là annoncé aurait été un plaisir doublé. Même
que ça aurait peut-être été meilleur avant.

— Parce que tu vois, maintenant, déjà, je te hous-
pille, et dans mon bonheur de t'attendre j'aurais fait
que te bénir. Et puis, mal an de sort, les bonnes nouvelles on doit pas les garder pour soi. Ah ! la mort de
ton pauvre père tu me l'as claironnée, mais ta venue,
peuchère, tu te l'es gardée... Bon, dis-moi comment il
est ton jésus. Il te ressemble au moins ? Et tu n'as pas
honte de l'avoir laissé derrière toi, si loin, chez les
sauvages ?

Les conversations ne varièrent guère pendant la première semaine. Seul le ton changea, il devint plus lar-
moyant lorsque Azalaïs sut la date du départ de
Casilda. Elle-même allait regagner sa ville de Dragui-

gnan, tant regrettée pendant les vingt années passées ici, et elle en était heureuse mais se serait fait couper la langue plutôt que d'en convenir.

— Dans quel état je vais la retrouver ma petite maison, là-bas, quand mes locataires me montreront leurs talons, je te le demande ?

La vente du domaine se régla rapidement. Le comte de Beaussant avait toujours voulu cette terre faisant autrefois partie de son fief. Il l'acquit sans en discuter le prix demandé par le notaire des Maurin-Darbière, ce qui, l'hypothèque remboursée, laissa à Casilda un peu plus qu'elle n'espérait. Le même notaire avait aussi organisé pour elle le transport du mobilier à envoyer en Algérie. Il ne lui restait plus que ses adieux à faire au baïle, à sa famille et aux ouvriers qui, pour apprécier de dépendre désormais de M. le comte, n'en ressentaient pas moins un chagrin à la voir quitter le pays. Elle avait demandé à sa tante Toussainte de venir l'aider à préparer les gratifications à remettre avant son départ. La sœur de son père avait jadis dirigé ce domaine et en connaissait tous les gens.

Née à Brignoles, Toussainte Maurin-Darbière n'en était sortie que pour aller à Draguignan, Aix et Marseille. Elle avait cinquante ans maintenant, mais n'en avait que quinze le jour où ses parents se tuèrent tous deux en essayant la nouvelle paire de chevaux de leur cabriolet. A sa mère, morte sur le coup, son père survécut les deux heures nécessaires pour faire venir un notaire et instituer Toussainte tutrice de son frère Aurèle grièvement blessé lui aussi pour avoir été éjecté de la voiture et violemment projeté contre un mur lorsque les bêtes s'étaient emballées.

La jeune fille sortit de son couvent pour s'occuper de l'enterrement et veiller à ce que la bonne douzaine de fractures dont souffrait son cadet ne le laissât pas infirme à vie. Elle changea par trois fois de médecin, n'admettant pas les « hélas » dont ces praticiens nourrissaient leur incompétence. Une nuit, où Aurèle n'avait même plus la force de se plaindre, elle l'installa sur un brancard et le fit porter, par deux valets de la ferme, chez un vétérinaire renommé pour n'avoir pas achevé d'une balle dans la tête son cheval à la jambe cassée et être parvenu à le remettre sur pied. Elle aurait pu faire venir l'homme au domaine, mais elle préféra l'impressionner en arrivant chez lui précédée de flambeaux éclairant la face blême de son frère.

Et, non seulement le vétérinaire sauva Aurèle, mais il voulut épouser cette extraordinaire personne qu'il avait vue veiller son malade près de soixante nuits sans se plaindre, sans paraître jamais fatiguée, exécutant et prévenant même parfois les soins qu'il inventait au jour le jour. Lorsque après ce succès on lui demandait d'intervenir encore dans un cas difficile, il hochait la tête avec mélancolie, disant : « Sans elle, voyez-vous, c'est impossible », tout prêt de croire qu'aux trois grandes divisions de la nature s'en ajoutait une quatrième, celle de créatures, fort rares, les Toussainte Maurin-Darbière.

Elle refusa cent fois de l'épouser. Il le lui demandait chaque semaine. Lorsqu'elle sut qu'il allait mourir du tétanos, elle sella son cheval et accourut à son chevet suivie d'un prêtre pour les marier. Il était trop tard.

Elle disait souvent : « Je n'ai eu de l'amour que le bon côté, un homme qui pensait à moi chaque soir en s'endormant, mais que je n'ai jamais vu mettre son bonnet de nuit. »

Elle dirigea le domaine familial pendant qu'Aurèle apprenait à peindre en voyageant. Et, lorsque son frère se maria, elle céda immédiatement la place à la nouvelle maîtresse. Ses ballots chargés en quelques heures sur quatre charrettes, elle s'en fut habiter la maison de Brignoles achetée sous Louis XIV par leur ancêtre, un savonnier de Marseille.

C'était une grande demeure, haute, large et rébarbative, dont elle disait qu'elle lui ressemblait. Mais la demeure n'avait pas la noblesse d'allure de Toussainte qui était, comme disait Mme la présidente de l'ouvroir de Brignoles — dont Mlle Maurin-Darbière n'avait d'ailleurs jamais accepté de faire partie — « superbement disgracieuse ». Et c'était vrai. Si son long visage osseux manquait de charme, sa façon de le dresser, sur un cou solide, était d'une impératrice. Elle n'était pas mécontente de ses grandes dents blanches, dont elle savait que ses adversaires politiques les disaient capables de croquer du monarchiste à chaque dîner. Elle tirait aussi quelque orgueil de son épaisse chevelure, d'un brun mêlé de roux et ne blanchissant pas encore. Comme la véhémente bonapartiste qu'elle était ne tolérait pas qu'on appelât « anglaises » les longues boucles encadrant ses pommettes couperosées, elle les avait surnommées ses « caroubes ». Le mot était devenu célèbre dans Brignoles et il n'était pas rare d'entendre une dame de la ville dire à une autre qu'elle était bien « caroubée ».

Lorsque la nouvelle du retour de sa nièce lui parvint, Toussainte s'attablait devant un solide souper. Cette nouvelle, pourtant inattendue, ne lui coupa guère l'appétit. Elle se contenta de demander, entre son potage au lait et son veau à la casserole, à la domestique qui la servait :

— Tu te souviens du jeu des Maurisques, ma fille ?

— Pardine, mademoiselle ! Si j'y ai joué cent fois, j'y ai pas joué une !

— Et tu te la rappelles, la chanson ?

— Comme si je l'avais apprise hier, mademoiselle, vu que les enfants la chantent encore :

Qu'est-ce qu'ils te font les Maurisques, les Maurisques ?
Qu'est-ce qu'ils te font, ma belle ?
Eh ! tu voudrais bien les voir arriver encore, les Maurisques, les Maurisques.

*Eh ! tu voudrais bien voir leurs grands yeux noirs
brillants comme leurs yatagans...*

— Et ça veut dire quoi, les Maurisques, pour toi ?

— Comme pour tout le monde, mademoiselle, pardine ! ça veut dire le temps où les Sarrasins venaient
nous razzier. Qu'est-ce que ça pourrait vouloir dire
d'autre ?

— Tu n'as pas entendu raconter que la France
s'était emparée du pays des Maurisques ?

— Eh que si ! Le fils Riquier et les deux fils Ballard
y sont même morts pour ça ! Peut-être alors qu'on ne
reverra plus les Maurisques de par ici ?

Toussainte ne se coucha pas. Elle but son infusion,
comme à l'habitude, assise dans son fauteuil, devant la
cheminée où l'on faisait toujours une flambée le soir,
sauf dans les mois de juillet et d'août. Mais, au lieu de
gagner sa chambre au premier étage lorsque l'horloge
du vestibule sonna 9 heures, elle resta assise, longtemps, jusqu'à ce qu'elle entendît s'égrener dans la
maison silencieuse les quatre coups annonçant l'aube.
Alors elle appela sa servante qui accourut en camisole
et bougeoir à la main. Et, dix minutes plus tard, son
cheval sellé et vêtue de son amazone, Toussainte traversait Brignoles et prenait la route à bonne allure.

— Vous voulez du café, ma tante ? demanda
Casilda.

— Et un grand bol !

Elles burent en silence.

Puis on entendit :

— C'est comment la Barbarie, petite ?

— Je suppose que vous n'avez pas couru la route
aux aurores juste pour me poser cette question, ma
tante ?

Casilda souriait.

— Non, dit Toussainte la tête bien droite, les caroubes impeccables et le regard sérieux, seulement pour te demander *quand et comment nous partons*.

Plus tard, Casilda s'était dit, qu'au fond ça ne l'avait pas tellement étonnée. Mais, sur le moment, elle en resta muette. Puis elle vint prendre la main de sa tante et la baisa.

— Non, ma fille, embrasse-moi sur les deux joues, c'est ça dont j'ai besoin parce que, tout de même...

— Oui, tout de même !...

Et Toussainte ajouta :

— Ma parole, nos anges gardiens doivent être en ébullition !

Puis elle redemanda du café.

— Dis qu'on nous donne aussi des tartines. Il me semble loin déjà mon souper !

Et, comme Casilda allait vers la cuisine, elle dit en élevant la voix pour être entendue :

— C'est avec le fusil ou avec le rameau d'olivier qu'on part là-bas ?

— Avec les deux.

— C'est ce que je pensais. Et c'est pour ça que j'y vais aussi. Vous aurez besoin de moi, le petit et toi.

Toussainte paraissait avoir compris ce qui se passait en Algérie. Toutefois, elle persistait à parler de Turcs et non d'Arabes. Casilda, avant de renoncer à la contredire, insista encore :

— Ma tante, les Turcs avaient colonisé ce pays habité par les Berbères et les Arabes. Les Français ont chassé les Turcs. Il ne reste que les deux autres... plus quelques autres encore.

— Et qu'est-ce qu'ils disent, ceux-là ?

— Rien. Ils laissent parler leur poudre. Quand ils n'en auront plus...

— Et les lions ? Y en a-t-il ? Ça ne me déplairait pas qu'il en reste quelques-uns. Tu ne peux pas te souvenir de ce taureau furieux qui faisait peur à tous ici — tu n'étais pas née en 1818 —, c'est moi qui l'ai abattu, d'une balle entre les deux yeux. Et je ne pars pas sans mes armes.

— Ma fille, dit-elle un peu plus tard, je voudrais bien marcher jusqu'au potager. Du temps où tu n'étais pas encore née et où c'était moi qui le faisais cultiver, il donnait les plus belles tomates et les plus beaux poivrons rouges de la région. La douairière de Laubardemont — encore jeune à l'époque, le cou enserré par son lacet cramoisi en souvenir de la décollation de Marie-Antoinette et recherchant déjà le Dauphin — en grinçait de jalousie parce que les légumes poussaient moins bien chez elle : « Ceux de votre père ne vous suffisent donc pas [1] ? » me disait-elle. Parce que ton grand-père n'était pas peintre, lui, mais colonel de l'Empereur. Viens, emmène-moi voir ce qui pousse là aujourd'hui.

Arrivée devant les plans d'artichauts, elle demanda :

— Alors, est-ce que ça te plaît de repartir ?

— Oui.

— Eh bien, tu n'es pas bavarde ! C'est tout ? Ça te plaît et rien d'autre ? Tu pourrais au moins me dire ce qui pousse là-bas. D'aussi beaux artichauts ?

Comme si elle n'avait pas entendu, Casilda, rêveuse, demanda :

— Vous êtes certaine, ma tante, que le climat de l'Afrique vous conviendra ?

— Quand ton père est parti la première fois, je me suis fait envoyer d'Aix *Le Manuel du voyageur en Algérie*, pour savoir un peu ce qui pourrait arriver à mon fou de frère de pire encore que l'extravagance de planter des pruniers à la mauvaise saison contre l'avis de tous. L'auteur est un médecin. Il a écrit, en toutes lettres, que ceux à qui le climat de l'Algérie convient

---

1. Allusion aux décorations de Légion d'honneur appelées souvent alors la « tomate » ou le « poivron ».

le mieux sont les Provençaux. Je suis une Provençale, et solide. L'Afrique ne me fait pas peur !

On pouvait en être sûr. Qui donc effraierait jamais la tante Toussainte ?

— Dans mon manuel, il est recommandé, à ceux qui ne sont pas nés en Provence, ou n'y vivent pas, d'y faire au moins un séjour d'un mois avant leur départ pour Alger. Moi, j'en ai fait un de cinquante ans, si c'est pas une belle préparation, ça !... Dis-moi, petite, ne rusons pas, ce n'est pas digne de nous. Quand tu me demandes si le climat me conviendra, cela signifie qu'à la réflexion tu te demandes à toi-même si tu as envie que je te suive là-bas. Pour te rassurer, je vais te dire ce que tu n'as jamais su de moi. Ou plutôt, ce que ton père n'a jamais compris. Il a cru, le pauvre innocent — si tu savais comme les hommes sont benêts parfois — bref, il n'a jamais soupçonné une seconde que c'était par discrétion et par grande affection pour lui que j'ai cédé la place ici dès l'arrivée de ta mère. S'il avait eu un tant soit peu de jugeote, il aurait saisi qu'il ne doit pas y avoir une direction de maison à deux têtes et il m'aurait remerciée à genoux de mon départ. Alors que ce pauvre cher dadais — Dieu ait son âme ! — a cru que je ne pensais qu'à m'en aller ronronner égoïstement seule et tranquille. Une chose découlant d'une autre, il m'a ôté la joie de te voir vivre et grandir, parce que je peux dire que, ses invitations à venir ici, il me les a comptées en avaricieux. Et maintenant, je vais te dire aussi ce que je n'ai jamais confié à personne, et tu te souviendras un jour de mon aveu devant le carré d'artichauts : je ne me suis pas pardonnée d'avoir refusé d'épouser mon Vincent vétérinaire. Quand je l'ai vu mort, je me suis dit que plus jamais je ne laisserais passer une bonne occasion. Il s'en présente une de me faire une nouvelle vie, de tout recommencer, en quelque sorte, alors je la saisis celle-là, à pleines mains.

Assises toutes deux sur un pan de mur à demi

écroulé, elles croquèrent des artichauts bébés, dits
« poivrades ». Toussainte avait détaché de la chaîne
d'argent qui pendait sur sa jupe, accroché là avec
ciseaux et clefs, un bon couteau de paysan dont elles
se servirent à tour de rôle pour découper leurs légumes.
Un petit soleil leur chauffait le dos, l'air était pur et
doux, et elles évoquèrent Alger, longtemps.

Après le souper, et alors qu'elles faisaient griller des
châtaignes dans la cheminée, Casilda décida de parler
d'Alban.

En triant les livres qu'elle voulait emporter, elle
avait retrouvé des romans de George Sand. Deux longues soirées et une partie des nuits qui les suivirent
furent passées à relire *Indiana* et *Lélia*, et ce qui ne
l'avait pas tellement impressionnée à la première lecture, trois ou quatre ans auparavant, lui sauta alors aux
yeux et au cœur : la passion ! La passion, avouée,
reconnue, justifiée, anoblie, voilà ce que ces livres,
dont on savait l'origine autobiographique, démon-
traient et clamaient très haut. Eh bien, si Alban ne se
reconnaissait pas le droit de l'épouser, si elle n'arrivait
pas à le convaincre, elle vivrait avec lui sa belle aventure en marge de ce qu'il était si sottement admis d'appeler le monde. D'ailleurs, dans l'ancienne Régence,
dans le nid encore chaud des Barbaresques, rares
étaient ceux qui pourraient se reconnaître le droit de
critiquer... hormis les deux malheureux vieillards de la
Société de Saint-François-Régis, tristes épaves veillant,
clopin-clopant, sur les bonnes mœurs de la ville !

Tante Toussainte n'était pas une lectrice de
Mme George Sand, ignorait ses liaisons tapageuses,
ignorait peut-être la dame elle-même. Mais elle n'avait
guère besoin, toute demoiselle qu'elle fût, d'un exemple ou d'un guide pour admettre l'existence des passions, pudiquement baptisées par elle inclinations du
cœur, et les légitimer. L'erreur de sa vie, le regret
qu'elle en avait pour elle-même et la conscience d'une
grande culpabilité envers son pauvre vétérinaire la

conduisirent à une compréhension totale et immédiate de la confession de sa nièce que les dames de Brignoles ou de Draguignan n'auraient pas manqué de juger du plus haut coupable. Alors, dans la ligne de la ferme résolution qui avait découlé de ce qu'elle nommait son « gâchis » de jadis et qui tenait en ces cinq mots : « ne plus rien rater, jamais », elle dit :

— Si tu l'aimes et s'il t'aime, petite, aimez-vous. De quel droit n'aurait-on pas, précisément, le droit d'être heureux comme on veut ? (Et, sans deviner qu'elle concluait à peu près comme sa nièce, elle ajouta :) D'ailleurs, là-bas, chez les Turcs !...

L'affaire, néanmoins, la préoccupant un tantinet, elle demanda soudain, dans la soirée qui suivit cette conversation, et sans avoir besoin de préciser plus :

— Est-il beau, au moins, celui-là ?

Et l'image conjuguée de celle qu'elle nommait dans son cœur son bijou et d'un homme superbe l'émoustilla agréablement.

— C'est tout de même bon la vie, n'est-ce pas, petite ?

Alban se souciait de savoir Casilda seule, au retour, sur la route de Marseille trop souvent infestée de brigands ; mais elle l'avait rassuré, son baïle la conduirait jusqu'à l'embarcadère. Toussainte supprima cet accompagnateur, elle était là et avec son fusil. Son vieux cocher, qui ramènerait la voiture et les bêtes au domaine, suffirait comme escorte.

La berline s'engageait sur la grand-route et les deux femmes étaient très gaies parce que Toussainte venait de dire :

— Ma fille, je ne peux pas m'empêcher de jubiler en pensant au nouveau procureur du roi et à sa femme qui viennent d'arriver. (Elle leur avait loué sa maison de Brignoles.) C'est pas possible qu'ils dorment bien dans la chambre d'une terrible bonapartiste comme moi, eux plus monarchistes que le roi lui-même. Sûr que mes murs et mes meubles et même les fleurs de mon jardin sont tellement imprégnés de moi qu'ils vont tous titiller mes locataires de belle manière. Sûr que j'ai laissé derrière moi quelque chose comme une présence hostile, tu ne crois pas ?

Toussainte et Casilda riaient encore lorsque le cocher stoppa net son attelage devant un calvaire dressant sa croix de pierre grise tigrée de lichens d'or. Un homme et un enfant, assis à son pied, encadrés de ballots, l'un rouge, l'autre bleu, s'étaient levés et élancés jusqu'au milieu de la route pour faire arrêter la voiture. Le cocher dut freiner brutalement, en jurant. Les chevaux se cabrèrent et la vieille berline eut un hoquet.

L'homme et l'enfant étaient en habit du dimanche, blouses de toile grise et raide, hautes guêtres provençales, et chapeaux ronds à la main. Ils s'avancèrent. On les reconnut, c'était Roustan Jouvel dit Grand-Calanquais, le chargeur[1] du domaine, et son fils Louiset.

— Eh bien, Jouvel ? demanda Toussainte.

Un instant l'ouvrier parut décontenancé. Dans l'encadrement de la portière, la tête couronnée de belles caroubes, le regard impératif, les sourcils froncés et la bouche ferme l'impressionnèrent. Il se reprit vite. Sa réponse, prête sans doute, il la débita le visage levé vers les deux femmes. Il parla avec l'assurance des êtres simples pour qui la vérité, parce qu'elle est vérité, s'énonce sans détour :

— Cette nuit, malan de sort, je l'ai mûrie, ma douleur ! Et elle me faisait crier le cœur. Le petit et moi, on a entendu sonner toutes les heures. On se répétait que ça ne pouvait pas aller comme ça et qu'il vous fallait un chargeur. Parce qu'on nous l'a dit, il y a de beaux foins en Afrique aussi. De toute la région, vous le savez, maîtresses, je suis le meilleur. Alors, si vos

---

1. Ouvrier agricole qui chargeait le foin sur les charrettes en Provence.

luzernes, là-bas, doivent être aussi belles que celles d'ici, c'est moi qu'il vous faut. Et le pays où sont mes maîtres est mon pays. Les Jouvel chargent pour vous depuis cent cinquante ans. Personne d'autre ne peut nous remplacer. C'est le petit qui l'a compris avant moi, il a dit : « Vaï, il faut partir, qui d'autre leur ferait les voyages ? » Nous voilà prêts, maîtresses, vu que la Roustane nous a quittés depuis déjà deux printemps et que le petit en est toujours douloureux. On s'en va vous les faire vos beaux chargements, les plus beaux de tous !

Devant les yeux de celles qui écoutaient défilèrent alors les fameux et superbes « voyages » de fourrage du Grand-Calanquais. Des édifices miraculeux, d'une conception si hardie, d'une architecture si audacieuse, si belle, que tous ceux qui les voyaient disaient qu'ils ne montaient pas vers le ciel mais en descendaient, échafaudés là-haut. Et on applaudissait, dans les rues de Brignoles, au passage de ces chefs-d'œuvre de charrettes de foin montées comme des croquembouches. Qui n'aurait voulu avoir les Jouvel pour rentrer ses fourrages ? Mais ils n'avaient été qu'aux Maurin-Darbière. La veille, aux adieux, l'enveloppe de Roustan contenait le double de celles des autres. Laboureurs, tailleurs de vigne, faucheurs, tous le savaient, ce n'était pas une gratification plus forte, c'était un hommage rendu à l'artiste.

— Vaï, notre maîtresse, là où est votre luzerne, là où sont vos fourrages, là est le pays des Jouvel et nos baluchons sont faits.

Casilda et Toussainte ne s'y trompaient pas, Roustan ne quémandait pas, il offrait. Et si innocemment sûr de lui qu'il n'envisageait même pas que l'on n'eût guère besoin de chargeur là où on allait.

Le silence, dans la berline où quelques instants auparavant on riait, parut d'autant plus poignant.

Toussainte regarda le garçonnet qu'il faudrait, si elle se décidait, emmener aussi. Deux bouches de plus...

Louiset était un être chétif, mais il était là tout redressé et fier d'être le fils de la gloire du pays, du grand Jouvel qu'on acclamait quand, de tout en haut de son char, il saluait ceux qui n'avaient jamais vu si bel édifice de luzerne, ni sous le soleil, ni sous la lune.

Les yeux de Casilda se portèrent sur la légère bosse du dos de Louiset. Il passa alors dans le regard de l'enfant, qui avait suivi celui de la maîtresse, une soudaine épouvante. « Si nous les rejetons, pensa-t-elle, toute sa vie le petit s'accusera d'avoir empêché son père de partir faire les plus beaux voyages de fourrage d'Afrique. »

Elle s'inquiéta. Jusqu'où irait le désespoir de Louiset si on les refusait. On en avait vu se jeter dans une roubine pour moins que cela ! Le regard de Toussainte fut traversé par la même crainte. Et la vieille demoiselle, se rappelant combien Casilda avait souligné le manque, là-bas, d'hommes courageux et capables, émit un gros soupir, avant de dire :

— Monte, près du cocher, Jouvel.

— Toi, Louiset, viens près de moi, ajouta Casilda, qui elle, s'était dit : Tante Toussainte veut acheter un domaine pour commencer sa seconde vie, ce nouveau départ depuis longtemps souhaité, ce retour à la terre tant regrettée depuis le jour où elle avait laissé celle des Maurin-Darbières à son frère. Il faudrait donc un chargeur pour les beaux foins de la Mitidja de demain. Et il serait facile, plus tard, d'obtenir une concession pour le Grand-Calanquais qui ferait alors un fier colon ! Le seul point noir — et il était de taille — les Hadjoutes. Mais Saint-Hilaire affirmait qu'il n'en resterait plus un seul avant six mois.

— C'est peut-être sa chance, dit pensivement Toussainte. Devions-nous le laisser la rater ?

— Sa chance, ou son malheur, qui le sait ? Mais puisqu'il veut partir, répondit Casilda.

Elle se promit néanmoins de parler sérieusement à Jouvel, dès l'arrivée à Marseille, de ce qu'il risquait.

S'il persistait dans son idée malgré le tableau qu'elle lui ferait de la Régence alors... Comme elle aurait aimé demander conseil à Alban ! Mais où était-il ? Chaque tour de roues les rapprochait-il ou les éloignait-il l'un de l'autre ? Il avait dit : « Dès le mois prochain je rentre à Alger. » Y serait-il quand elle y arriverait ?

Lorsque *Le Tartare* s'éloigna du quai de Marseille, elle ne quittait pas seulement la France à jamais, elle allait aussi, et pour toujours, vers l'homme qu'elle aimait.

Roustan et son fils décidaient, malgré les risques, de s'expatrier eux aussi.

— Dans le pays où notre jeune maîtresse peut vivre, nous pouvons vivre aussi.

*
* *

Le duc d'Orléans avait la nostalgie de l'Algérie dès qu'il restait longtemps éloigné d'elle. Il y revint le 23 septembre de cette année 1839, en passant par Oran. Il prit pied à Mers el-Kébir où ni le gouverneur ni le lieutenant général n'étaient là pour l'accueillir. Une bourrasque de nord-ouest avait empêché le navire de Son Excellence de quitter Alger et le lieutenant général était malade !

Lorsque, la semaine suivante, le prince arriva en vue d'Alger à bord du *Phare*, les contretemps ne firent que croître. L'homme de vigie n'était pas à son poste et le maréchal comte Vallée fut prévenu trop tard pour se porter au-devant de Son Altesse.

De la fenêtre de sa chambre Eugénie guettait depuis deux jours. Le *Moniteur* avait annoncé la visite du prince à Oran et sa très prochaine arrivée à Alger.

Ce matin-là, elle s'étonna de ne pas avoir vu — et elle vérifia avec ses jumelles — celui qu'elle appelait « le Petit Roussiau » et dont c'était le jour de vigie. Elle connaissait, et avait baptisé à sa façon, tous ceux qui de près ou de loin avaient à faire au port. Et lorsqu'elle *sentit* que le navire aperçu au loin était le *Phare* portant Son Altesse, une intense excitation s'empara d'elle. Confiant Aurèle à Ourida, elle dévala jusqu'au débarcadère, non sans avoir mis son meilleur chapeau garni de plumes bleues et cueilli ses plus belles roses qu'elle papillota d'un mouchoir de dentelle.

Elle arpentait le quai, entourée de badauds de toutes races et d'enfants indigènes, lorsque le *Phare* accosta.

Comme elle était d'imposante allure, plumes en tête et fleurs en main, on s'écarta devant elle et, aucun personnage officiel ne l'empêchant d'approcher Son Altesse, elle s'avança, téméraire et fière, dans la gloire de la plus belle journée de sa vie.

Le duc, son aide de camp et les personnes de sa suite, surpris d'être, à nouveau, si peu protocolairement accueillis, considérèrent, de plus en plus surpris, cette étonnante grosse dame réjouie, emplumée et diserte. Car elle parlait aussi. Elle expliqua la situation. Le Petit Roussiau — elle s'excusa de ne pas connaître le nom de l'homme de la vigie du port —, donc, le Petit Roussiau avait dû avoir un empêchement. Il fallait que Son Altesse soit indulgente, elle le voyait régulièrement, ce jeune homme, il était la ponctualité même. Sûr, il lui était arrivé quelque chose de fâcheux, ce qui expliquait l'absence de Son Excellence le gouverneur car du manquement de l'un découlait, forcément, l'ignorance de l'autre, n'est-ce pas ? Et de là-haut, du palais, on ne pouvait pas voir, comme elle, Mme Morelli, qui en quelque sorte vivait sur le port, les arrivées des navires. Mais que Monseigneur se rassure, elle venait d'envoyer son cocher, un Marseillais auquel on pouvait se fier, alerter le maréchal comte Vallée.

Elle avait eu bien envie d'ajouter qu'elle se réjouissait de ce contretemps, mais parvint à garder cette réflexion pour elle. Comme elle tut aussi n'être pas trop mécontente de ce qui arrivait au gouverneur. Elle lui avait toujours trouvé l'air hautain et même dédaigneux, ce qui n'était pas le cas de son cher prince, qui pourtant, en fils de roi, aurait pu se permettre d'être fier et distant, alors qu'il lui faisait l'honneur de la regarder en souriant de si merveilleuse manière.

Donc, elle parlait. Elle avait tant à raconter à son cher duc ! Tout ce qui s'était passé ici depuis sa dernière visite. Et on pouvait dire qu'Alger était la ville où chaque jour était marqué par dix, pour ne pas dire cent, nouvelles ou nouveautés.

Pendant les quelques instants où le prince royal chercha, d'un rapide coup d'œil, le déploiement d'égards et de fastes qu'il était en général habitué à trouver partout où il arrivait, elle put placer que les arcades de la rue Bab-Azoun étaient enfin terminées. Monseigneur ne pourrait être qu'heureusement surpris de leur bonne allure.

Et alors que le duc d'Orléans se mettait en marche vers la ville, espérant son arrivée enfin signalée et un véhicule en route au-devant de lui, elle débita, en vrac, que Mgr l'évêque avait inauguré l'église Saint-Philippe, qu'il y avait désormais douze mille civils vivant ici et enfin que les arrivages de veau de France, ce beau veau blanc que l'on ne savait pas encore élever en Afrique, devenaient fréquents.

Elle n'avait pas l'intention d'attrister le prince en lui apprenant que, sur les cinq cents marronniers envoyés de Toulon, quatre-vingts seulement avaient pu être plantés, les autres étant morts avant que d'être mis en terre, ni l'informer du faible espoir des jardiniers de la ville que ces quatre-vingts survivants se plaisent ici. Elle se décida, néanmoins, à dire la vérité. Un fils de roi devait tout savoir. Dans la foulée, elle fit part aussi de son inquiétude au sujet de la croissance exemplaire — ce n'était pas comme pour les pauvres marronniers ! — de ceux que l'on appelait ici les « fricoteurs ». Monseigneur savait-il ce que ce vilain mot voulait dire ? Monseigneur savait. Et pensait que ces affreux personnages qui trafiquaient sur toutes les denrées, élevant ainsi démesurément les prix des lacets de chaussures à ceux des immeubles, en passant par le fameux veau blanc, étaient une race qui allait disparaître. Eugénie s'apprêtait à demander quelle panacée Son Altesse avait miraculeusement trouvée pour combattre ces parasites, lorsque arrivèrent, au grand galop, officiers, chevaux et calèches venant du palais.

Il ne restait sans doute qu'une minute de grâce à Eugénie Morelli, des « Comptoirs Louis Morelli et fils, toiles et bâches », pour marquer du cachet de sa maison cette inoubliable entrevue, elle se hâta de dire :

— Son Altesse permettra-t-elle à M. Morelli de lui offrir, pour ses prochaines campagnes ici, la nouvelle tente qu'il vient de mettre en fabrication dans ses ateliers ? Elle est fort ingénieusement conçue et dix chirurgiens peuvent y opérer de conserve.

Monseigneur accepta avec une grande simplicité qui n'étonna pas Eugénie. Elle savait combien il attachait de prix à faire disparaître — tout autant que les fricoteurs — le déplorable état des ambulances et hôpitaux.

M. l'aide de camp fut chargé de noter le nom et l'adresse de cette dame généreuse, le duc d'Orléans remercia en saluant avec une suprême courtoisie, et ces messieurs partirent qui à cheval, qui en calèche en direction du palais.

La poussière soulevée par la cavalcade fut le rideau tiré sur cette féerie. Alors seulement Eugénie s'aperçut qu'elle avait oublié de remettre les roses à Son Altesse ! Elle en fut, pendant un instant, très affectée. Puis réfléchit. Ces fleurs, tenues toujours bien serrées dans sa main, avaient assisté à cette mémorable entrevue et en resteraient des témoins à conserver religieusement. N'était-ce pas ainsi que l'on amassait des trésors pour ses descendants ? Il y avait là de quoi faire au moins dix sachets de pétales séchés à distribuer à ceux des siens qui le mériteraient. Et elle flottait si haut dans le ciel bleu de son bonheur et de sa gloire qu'elle envisagea même d'en envoyer à ses brus à Marseille. Elle y renonça, ayant assez vite compris que les deux jeunes femmes ne manqueraient pas de se gausser. Elle ne voulait à aucun prix les deviner disant : « Et cette sotte a oublié de donner ses roses à Son Altesse Royale ! »

En remontant du port, Eugénie se tracassa un peu. Elle avait disposé d'une tente que Louis venait tout juste de mettre au point, et qu'il n'était sans doute pas dans ses intentions d'abandonner ainsi sans profit.

La rampe de la Marine étaient assez fatigante à gravir. En soufflant un peu, Eugénie décida que si Louis renâclait à honorer la promesse de sa femme envers le fils du roi, elle offrirait cette salle de chirurgie de campagne sur ses propres deniers. M. Morelli devrait alors se rappeler qu'il n'avait pas épousé une Brignolaise sans fortune. C'était bien la première fois de sa vie qu'elle osait faire un tel raisonnement. Elle en fut presque aussi effrayée que de s'être laissée aller à être généreuse de ce qui ne lui appartenait pas.

Casilda et Toussainte débarquèrent le lendemain du jour de gloire d'Eugénie. Cette dernière, à déverser sans retard la énième version de son récit, n'aperçut pas immédiatement Mlle Maurin-Darbière. Mais, dès qu'elle la vit, une crispation du cœur lui ternit sa joie. En voilà une, se dit-elle, qui ne manquerait sûrement pas de lui ravir son petit Aurèle.

A entendre tant de « Son Altesse ou le prince royal par-ci, le duc d'Orléans ou le fils du roi par-là », Toussainte la bonapartiste ressentit quelque irritation. De part et d'autre, on s'étudia. On ne se plut qu'à demi. L'arrivée d'Elina Dynensen n'améliora rien quant aux jugements de Toussainte. Encore une qui parlait beaucoup trop ! se dit-elle.

— Tes amies me paraissent un peu excitées. C'est sans doute le climat. Il y a des gens que l'air de la mer énerve.

Casilda écoutait d'une oreille distraite. Aurèle dans ses bras, elle n'avait pourtant pas le cœur aussi réjoui qu'elle l'aurait souhaité. Personne n'avait entendu parler d'Alban. Il n'était pas à Alger. A Oran, peut-être ? Ou ailleurs ? Dieu seul devait savoir où.

L'installation se fit rapidement et sans complication.

L'un des rêves de Toussainte était de vivre à l'hôtel, Elle le réalisa. Sa chambre à « La Régence », avec vue sur la mer, la combla d'aise. On logea Roustan Jouvel et le petit Louiset dans les communs du consulat de Suède. Ils aideraient les jardiniers pendant le temps nécessaire à Toussainte pour trouver l'haouch qu'elle voulait acheter et allait rechercher au plus tôt. Les économies faites dans sa première vie, disait-elle, lui permettraient ainsi l'entrée dans la seconde. On espérait qu'alors la plaine serait purgée de ses Hadjoutes. Saint-Hilaire avait précisé combien, chaque jour, des détachements de chasseurs d'Afrique, de Turcos ou de zouaves patrouillaient et faisaient fuir ces brigands qui ne tarderaient pas à cesser de prendre la Mitidja pour principal champ d'action.

*
* *

Casilda venait de quitter l'atelier pour aller faire sa promenade quotidienne avec son fils, lorsque le chaouch du consulat britannique apporta pour elle un pli de M. Saint-John.

Et, comme l'indigène ajoutait que la réponse était demandée de toute urgence, Arabelle s'élança vers la maison Morelli. La maîtresse y était peut-être encore.

Nafissa, l'une des Mauresques au service d'Eugénie, fit attendre la jeune fille dans l'entrée pendant qu'elle allait se renseigner.

Elle revint, peu après, dire Casilda déjà partie avec Aurèle, mais elle ne trouva plus personne. On avait disparu, sans attendre la réponse. Et même sans avoir refermé la porte !

Nafissa haussa les épaules. Ces Français, toujours à vivre dans l'impatience !

Comment aurait-elle pu deviner que, venant de la pièce voisine, Arabelle avait entendu la voix de M. Morelli disant :

— ... et je m'étonne que tu ne penses pas aux conséquences que pourra avoir sur ton avenir cette fréquentation qui s'éternise avec ta petite ouvrière... voleuse de surcroît !

Elle courait. Les larmes l'aveuglaient, mais elle s'en allait chez elle, et point n'était besoin de voir le chemin, elle le connaissait si bien !

Quand elle fut assise dans sa grotte, elle décida de sécher ses larmes. Elle n'avait jamais été malheureuse ici, elle ne devait donc pas l'être, même aujourd'hui, même maintenant que tous connaissaient son secret.

Comme elle avait eu raison de ne pas vouloir les voir ces gens de la ville ! Et elle aurait dû deviner qu'ils savent tout ! Et *lui* ? Chaque dimanche il avait su ! Elle se mordit les lèvres pour ne pas recommencer à pleurer. Et la colère la submergea soudain. On lui avait menti ! Les bonnes sœurs de Saint-Vincent-de-Paul aussi. On lui avait dit : « Tu vas partir là-bas, dans ce pays d'Orient où on est libre, où personne ne sait rien de toi, où tu vas vivre sans souci. Là-bas où les plus belles fleurs poussent comme l'herbe des chemins chez nous, là-bas où les plus pauvres, les plus poursuivis par le malheur, vivent comme elles au soleil, sans penser à rien... »

Tout était faux. Tout était mensonge... Même pour les engelures, on lui avait menti ! « Là-bas il fait chaud, on n'a jamais froid aux mains », lui avait-on dit encore. Mais elle les avait vus grelotter, les petits Arabes tout nus sous leur chemise déchirée. Ici aussi les pauvres avaient froid...

Pourquoi sœur Félicité avait-elle menti ? Pourquoi avait-elle dit : « Pars là-bas petite, personne ne saura rien de toi. » Ce n'était pas vrai, tous savaient ici que le juge avait dit : « Six mois de prison ferme à la fille Arabelle Marie Elisa Monestier, pour vol à l'étalage... »

Vol à l'étalage... Vol à l'étalage... Elle n'avait pas compris ce que cela voulait dire... ni oser demander à quelqu'un de le lui expliquer.

Il y avait tant de choses qu'elle ne saurait jamais et qui n'étaient pas pour elle... Elle n'était faite, elle, que pour vivre avec sa grande compagnie, avec toute cette eau si belle qui mourait en dentelle blanche sur de l'or.

Elle prit la peine de se déchausser. Et aussi d'enlever son petit bonnet qu'elle laissa sur la plage.

Ses cheveux, argentés dans le soleil, presque blancs, flottaient sur ses épaules.

Et qui eût vu cette petite fille en tablier bleu marcher dans l'eau claire, droit devant elle, aurait cru voir un ange tombé à l'eau et s'en allant tout là-bas, vers la ligne sombre où la mer rejoignait le ciel et où il arriverait chez lui...

On la chercha. Comme il n'y avait eu ni vent ni fortes vagues, on retrouva son petit bonnet et ses chaussures. Mais rien d'autre, jamais.

Martial reconstitua sans peine, au récit de Nafissa, ce qui avait dû se passer. Et il ne cessait de répéter à Casilda :

— Si seulement elle en avait entendu un peu plus !... Je suis sûr qu'elle n'a écouté que le début de notre conversation... Parce que, alors, elle aurait su ce que j'ai dit à mon père, qu'elle seule comptait pour moi...

Mais Casilda savait que sa petite Arabelle n'aurait jamais accepté d'être admise du bout du cœur dans une famille... Sa petite Arabelle était morte le jour où elle avait été condamnée pour un vol de moins de dix francs.

Louis Morelli pleurait. Martial, pâle, les mâchoires serrées, lui tournait le dos et regardait vers la mer. Et Eugénie, en sanglotant, leur disait :

— Ce n'est pas notre faute, n'est-ce pas ? Le bon Dieu le sait, que ce n'est pas notre faute ?

Dans la belle maison de pierre de taille, construite à l'européenne, avec de si belles fenêtres donnant sur le port et de si beaux meubles sentant la cire, et de si beaux tapis bien battus tous les jours, c'était désormais comme si on avait jeté un voile noir qui ternissait tout.

Et c'était Harriet Willougby, qui avait été l'instrument du destin décidant du suicide d'Arabelle.

Le consul d'Angleterre, en écrivant à Mme Manerville, lui demandait d'accéder au désir d'une demoiselle anglaise qu'un détachement du 2e léger venait de conduire chez lui, découverte mourante au bord d'un chemin...

Cette personne, disait M. Saint-John, sans doute avec un peu d'embarras — il n'avait jamais vraiment voulu admettre que son pays dépêchât ainsi ces encombrantes diaconesses ici — cette personne, donc, se disait connue de Mme Manerville et demandait à la voir.

Harriet vivait encore, lorsque, deux jours après le drame, Casilda se rendit à son chevet.

Justicia était morte, d'une phtisie galopante, et Harriet s'éteignait d'épuisement. Mais elle eut la force de dire à Casilda :

— Je voulais vous faire savoir que je l'ai vu... le jeune homme... votre valet. Il est vivant.

— Petit-Chabrier ?

— Lui-même. Il est avec une trentaine de Français au camp de l'émir. On parlait d'un échange de prisonniers... Renseignez-vous, écoutez ce qui se dit et, peut-être, le verrez-vous revenir un jour... Je n'ai pas pu l'approcher d'assez près, mais on m'a dit qu'il se portait bien... Je voulais vous dire aussi... vous demander comment va le bébé ? Vous savez, ce n'est pas seulement Justicia qui l'a mis au monde, moi aussi j'ai aidé... Est-il beau ? Lui raconterez-vous un jour que deux vieilles Anglaises l'ont entendu crier les premières ?

Harriet eut encore la force d'essayer de rire. Sans doute à la pensée que ce n'était pas précisément pour mettre au monde de bons Algérois que son pays l'avait expédiée en Afrique...

Elle mourut en souriant. Casilda lui tenait la main. Une pauvre main, si décharnée.

Elle avait demandé à être ensevelie dans un drapeau anglais. Mais M. Saint-John n'en possédait que deux. L'un déjà au fronton de son immeuble, l'autre mis en réserve pour le remplacer lorsque les vents, l'humidité et le soleil l'auraient endommagé. Mais il avait un stock de portraits gravés de la jeune reine Victoria. Il consentit à en donner un à Casilda qui le déposa, avec deux roses rouges cueillies dans le jardin du consulat, près des mains croisées de sa vieille amie.

*
* *

Harriet Willougby avait dit vrai. Petit-Chabrier était prisonnier d'Abd el-Kader et il partageait cette captivité avec trois personnes que son destin avait décidé de lui faire rencontrer.

A peu près dans le même temps où quatre guerriers hadjoutes s'emparaient de lui, à une lieue de Bou-Farik, une dizaine d'autres prenaient d'assaut la diligence des « Messageries du Sahel » reliant Alger à Blida.

L'attaque avait eu lieu non loin du relais de Beni-Mered où les chevaux venaient d'être changés.

Le cocher, le postillon et un jeune voyageur furent tués. Deux cavaliers hadjoutes remplacèrent à leurs postes les deux premiers dont les corps, ainsi que celui du passager, furent abandonnés au bord du chemin. Et la petite troupe d'Arabes emmena voiture et occupants restants.

Il avait été, jusqu'à maintenant, assez rare que les Hadjoutes fassent des prisonniers. Ils ne se livraient à ces captures que depuis peu de temps. Depuis que l'émir avait décidé d'avoir un moyen d'échange pour récupérer des hommes à lui envoyés en captivité à Marseille ou internés à Alger.

Le prisonnier roumi étant désormais beaucoup mieux payé que sa tête, les Hadjoutes commençaient à en décapiter moins et à en capturer plus.

Il était inhabituel aussi de s'emparer d'une diligence, mais l'acheminement de ces otages jusqu'aux environs d'Oran où se trouvait le camp de l'émir serait long — près de cinquante lieues — et les ravisseurs craignaient que leurs victimes, surtout les femmes, ne périssent avant d'arriver. Ils avaient donc décidé, après de bruyantes palabres, d'emmener la berline. Celui qui avait pris la place du postillon s'était aussi emparé de son cor et s'amusait à en tirer les sons les plus inattendus qui couvraient les cris et les gémissements des occupants de la diligence.

Attirés par ce bruit, les cavaliers hadjoutes, qui gagnaient aussi Tagdemt avec Petit-Chabrier, s'approchèrent. On se raconta, avec force gestes et cris, ses exploits réciproques.

Inanimé — il avait reçu un coup de crosse sur le crâne —, Petit-Chabrier fut jeté dans la berline, après accord entre tous les Hadjoutes et tomba, comme un énorme paquet, au milieu des voyageurs.

Il n'entendit pas les cris d'effroi qui accueillirent son arrivée et il fut allongé à même le plancher du véhicule. Ce fut seulement plusieurs heures plus tard — il faisait à peine jour — que les sons du cor du postillon de fortune, qui ne se lassait pas de se distraire avec son instrument, lui parvinrent. Lointains tout d'abord, puis de plus en plus nets. Il ouvrit les yeux et se demanda où il pouvait bien être, son horizon étant bouché par deux jupes de drap et deux paires de bottines avec, sans doute, des pieds dedans.

Malgré les sons du cor, il perçut un : « Il s'éveille ! » Il referma les yeux, les rouvrit, les referma encore et, enfin, put regarder, s'habituant peu à peu aux douleurs qui lui labouraient la tête. Il compta trois personnes, sut qu'il était dans une voiture et, considérant qu'il pouvait se redresser sans mourir de douleur, se redressa.

Le spectacle qui lui fut offert n'avait rien de séduisant. Deux femmes échevelées, hagardes, les joues noircies de terre ou de poudre avec de longues traînées plus claires tracées, sans aucun doute, par des larmes, le regardaient, et un homme, assez âgé, aussi pâle qu'un mort, esquissait un sourire en lui disant :

— Bonjour, jeune homme et, si je puis dire, bienvenue parmi nous !

Petit-Chabrier essaya de parler, mais ne le put, sa bouche endolorie s'y refusait.

— Voulez-vous un peu d'eau ? ajouta alors le voyageur.

De l'eau ? Il agita sa tête plusieurs fois pour que l'on comprît bien qu'il répondait oui. Et lorsqu'il eut bu, avec beaucoup de peine, il s'évanouit à nouveau. Ce fut le soleil, haut levé, qui lui fit reprendre ses esprits.

Ceux qui l'entouraient n'étaient plus tout à fait les mêmes maintenant. Les femmes avaient un peu arrangé leur coiffure et leur visage. Et elles parlaient entre elles à mi-voix. L'une d'elles, rencontrant le regard de Petit-Chabrier, sursauta — ce qui dans la diligence où l'on ne cessait d'être secoué, passa inaperçu — et dit :

— Il est réveillé !

Ce fut cette voix de femme, lui rappelant celle de Casilda, qui soudain déclencha en lui le souvenir complet de ce qui lui était arrivé. Il se revit dans l'incendie, puis galopant vers Bou-Farik et, soudain, face à des cavaliers hadjoutes jaillissant d'un fourré. Il se souvint de cette laine des burnous sentant le suint et l'étouffant, et plus rien...

Le vieux monsieur souleva son chapeau de soie noire et haut de forme, et, s'inclinant légèrement vers Petit-Chabrier, lui dit :

— Je vous souhaite à nouveau, jeune homme, sans faire d'ironie déplaisante, la bienvenue parmi nous. C'est bien triste pour vous aussi d'être prisonnier, mais, puisque cela est, permettez-moi de vous dire que nous nous félicitons d'avoir un homme de plus avec nous de ce côté-ci de la scène.

« Je me présente, Horace Parmelin, directeur de la troupe des tournées Parmelin dites « Les Galas Parmelin » et premier rôle de drame. Et voici Mme Parmelin, de son nom de théâtre Léocadia de Fleurmay, premier rôle féminin. Et voici encore Mme Versellières-Aînée, second rôle dramatique.

« Nous pleurons, hélas, notre jeune premier tué en même temps que nos malheureux cocher et postillon.

« Nous venions de terminer nos représentations au théâtre Mayeux d'Alger, place du Gouvernement, et nous nous rendions pour une autre saison à Blida, lorsque la mort qui attendait notre cher compagnon, au lieu dit Beni-Mered, nous a frôlés aussi. Ce ne devait pas être notre heure et nous devions avoir le plaisir de faire votre connaissance...

Qu'avait-il de comique cet homme, se demanda Petit-Chabrier, tout en l'écoutant ? Il lui fallut quelques instants pour comprendre : ce monsieur ne possédait qu'une moitié de barbe ; l'autre avait disparu. Ce qui conférait au visage un étonnant aspect.

Voyant où se portaient les regards du jeune garçon, Horace Parmelin tenta d'expliquer ce qui lui était arrivé ce matin.

— Je ne sais si celui qui m'attaqua en voulait à ma tête elle-même ou seulement à mes poils ! Mais heureux de tenir encore mon chef sur mes épaules, je ne dois pas trop regretter ma demi-barbe envolée... « Le coup passa si près que... la barbe tomba ! »

— Comment pouvez-vous plaisanter de la sorte dans la situation où nous sommes ? gémit Versillières-Aînée.

Malgré la douleur qu'il en éprouvait, Petit-Chabrier tourna la tête et regarda dans la direction de la dame qui venait de parler. C'était une ronde personne. Très ronde. Elle eût été fort appréciée dans un harem. Mais n'eût sans doute point apprécié elle-même d'y être. Car elle ne cessait de traiter leurs ravisseurs de bandits, sagouins et monstres d'Arabes. Quand elle changea de refrain, ce fut pour s'en prendre à Horace Parmelin qu'elle accusa d'imprévoyance, d'incurie, de légèreté et de beaucoup d'autres incompétences.

Quant à Mme Parmelin, dite Léocadia de Fleurmay, elle était la seule à paraître maintenant calme et résolue. Elle demanda :

— Voulez-vous encore boire, jeune homme ? Il nous reste un peu d'eau. Je pense — et elle regarda ses deux compagnon, quêtant leur approbation — que nous sommes d'accord pour donner une autre rasade du précieux contenu de notre gourde à un compagnon de captivité.

— Cela va de soi ! dit le directeur des Galas Parmelin. Mais c'est bien la seule chose que nous pourrons lui offrir ! Nous n'avons rien mangé depuis deux jours et, si ces messieurs hadjoutes ne se montrent pas plus généreux, il ne nous restera que le vieux cuir des banquettes de notre véhicule à mâcher !... Vous rappelez-vous, mesdames, la première scène de *Pour l'amour de la reine* où vous découpiez, derrière les remparts de La Rochelle, et dans les souffrances du siège de la ville des lanières de semelles de chaussures avant de les plonger dans une marmite pour en faire une soupe ?

— Taisez-vous ! je ne peux pas entendre ça, dit Versillières-Aînée en pleurant. Comme nous étions heureux avant de venir dans ce pays ! Ah ! Je savais bien pourquoi j'avais une appréhension, pourquoi j'hésitais tant à m'embarquer. Je le sentais que nous allions mourir dans... dans cet Orient maléfique.

— Que parlez-vous de mort ! Si on avait dû nous tuer, ce serait déjà fait. Non, ma chère, dit Horace Parmelin, nous allons vivre et jouer la plus belle, la plus vraie pièce de notre répertoire.

— Taisez-vous, vous n'êtes qu'un fou !

— Si nous demandions à ce jeune homme qui il est, proposa Léocadia de Fleurmay, d'un ton calme et apaisant.

— Et qui êtes-vous donc, mon ami ? dit Horace Parmelin.

L'accent de Petit-Chabrier, qu'un coup de crosse reçu aussi sur sa mâchoire n'améliorait guère, fit s'écrier aux trois acteurs :

— Mais quelle langue est-ce là ?

Plus tard, ils parlèrent de l'Auvergne. Les Galas Parmelin n'en avaient pas un mauvais souvenir.

A Saint-Flour, à Saint-Flour,
Nous n'avons pas fait de four !

chantonna Horace.

Léocadia restait grave. Versillières-Aînée haussait les épaules avec de brefs sanglots.

Petit-Chabrier ne pensait pas trop. Il avait faim.

Ils eurent de la bouillie d'orge le lendemain, présentée sur une raquette de figuier de barbarie. C'était, dirent-ils, une nourriture pour bestiaux, mais ils la mangèrent. Il s'agissait de subsister.

Au quatrième matin, ils vivaient toujours cette course éperdue sur des chemins non carrossables et même à peine tracés, où ornières et fondrières ne se comptaient plus, cahotés sans répit et agités comme dés dans un gobelet à chaque tour de roues. Versillières-Aînée crut résumer leur situation en déclarant, entre deux sonneries de cor, que le délabrement de leur personne n'avait d'égal que celui de leur âme. Ce à quoi Horace Parmelin, que la faim affaiblissait, répondit sans élever la voix :

— Réjouissez-vous, ma chère, de n'être point à marcher sur ces cailloux pointus, vous seriez déjà ensanglantée, usée jusqu'à l'os et décidée à vous laisser mourir.

Des sons plus discordants encore leur parvenant alors, on s'aperçut que l'Hadjoute qui avait pris la place du cocher voulait essayer à son tour de jouer du cor. Léocadia de Fleurmay, qui avait si bien su garder sa dignité jusqu'à maintenant, murmura dans un sanglot :

— Il est si gai, si joyeux chez nous, en France, le son du cor des postillons quand on traverse les villages...

A l'arrêt suivant, près d'un douar de tentes de laine où des chevaux à l'entrave furent échangés contre ceux de la berline, des enfants jetèrent des pierres aux « chiens de Roumis » qu'ils aperçurent à travers les vitres et brisèrent celles-ci, sans, fort heureusement, blesser personne. Mais il s'ensuivit une bagarre entre Hadjoutes et habitants des tentes. Petit-Chabrier profita de l'effervescence et du tumulte pour se glisser hors du véhicule. Il revint, peu après, avec une espèce de gonflement de sa blouse qui se révéla être une poule. Il se hâta de l'étrangler avant qu'elle ne signale sa présence dans la voiture aux cavaliers d'escorte qui surveillaient constamment les prisonniers par les fenêtres des portières.

— Mais que ferez-vous de cette pauvre bête ? demanda Horace Parmelin.

— Dame, on va la manger !

— Et où la cuirez-vous ? ?

— Dans mon estomac !

— Ce jeune homme est un Barbare, dit Versillières-Aînée en soupirant.

Ledit Barbare s'installa de manière à ne pas être vu

par l'ennemi et se mit à plumer sa volaille avec grand soin. Il enfouissait chaque plume dans un trou du capiton de la banquette.

— Que ferez-vous des entrailles ? demanda Horace Parmelin, intéressé.

Petit-Chabrier lui adressa un clin d'œil, et, se pencha à la portière dans la position de celui dont l'estomac n'en peut vraiment plus et rejette tout ce qu'il contient. On entendit rire les Arabes que cet incident distrayait.

— Jeune homme, dit Horace Parmelin, vous êtes astucieux. Mais j'aimerais bien savoir comment vous allez cuire votre bestiole.

Sans répondre, Petit-Chabrier détacha une cuisse de la poule et tout en mordant dedans, tendit le reste de l'animal à ses trois compagnons.

— Comme ça ? Même pas cuite sous la selle, comme Attila ? dit Horace.

Et, devant l'air interrogateur de Petit-Chabrier, il ajouta :

— Les Huns ? Cela ne vous dit rien ? Vous êtes astucieux, jeune homme, mais vous me paraissez d'une totale inculture... Ma foi, à la guerre comme à la guerre !... Et pourquoi ne mangerait-on pas du poulet cru ? Je me suis laissé dire que des peuples asiatiques croquaient ainsi leurs poissons.

Ces dames hésitaient. Le « Ma parole, il est encore chaud ! » d'Horace faillit bien les faire renoncer. Mais leur faim fut la plus forte. Et elles s'y mirent aussi.

Une seule chose comptait, comme le disait Parmelin : ne pas mourir tant qu'il y avait un espoir d'être sauvé. Et cet espoir portait plusieurs noms : intervention miraculeuse de l'armée d'Afrique, évasion, échange de prisonniers, clémence d'Abd el-Kader...

Au sixième jour de voyage, hormis un bol d'eau trouble et la raquette de figue de Barbarie recouverte de bouillie d'orge, il n'y eut guère de supplément au menu et la poule était digérée depuis longtemps. Mais Petit-Chabrier eut le bonheur, pendant un autre relais, de cueillir six oranges alors que leurs geôliers malmenaient avec force cris et menaces le paysan espagnol qui tenait une espèce d'épicerie-buvette et avançait qu'il perdait au change en acceptant des chevaux squelettiques contre les siens en bon état.

Hélas, elles étaient amères, les oranges. Ils les mangèrent pourtant, avec la conviction que tout ce qui allait leur arriver désormais le serait plus encore. Et lorsqu'ils virent décapiter sous leurs yeux le pauvre Espagnol et son commis, ils ne purent que détourner la tête, pour vomir...

Trois jours encore de route.

Ils n'avaient rien mangé depuis quarante-huit heures, lorsqu'un petit oiseau — un engoulevent — pénétra dans la diligence par la portière sans vitre.

— Oh ! Non, pas le petit oiseau... non, pas lui, dit faiblement Léocadia.

Mais Petit-Chabrier l'avait déjà attrapé, étranglé, et commençait à le plumer...

Lorsque le jeune homme se douta que l'on approchait de la destination finale, à plusieurs allusions faites par leurs geôliers et qu'il put traduire à peu près, grâce à ses six mois de Mitidja et à ses contacts avec les khammes de Ferme Blanche, il prévint Horace Parmelin. Il hésitait encore à s'adresser directement aux deux femmes qui l'intimidaient. Il faudrait, dit-il alors, prendre certaines précautions s'ils voulaient garder avec eux le peu que les Arabes leur avaient laissé en les capturant. Lui-même, hélas, n'avait plus rien sur lui qu'un sifflet et quelques sous habilement dissimulés. Mais il lui avait semblé que ces dames étaient encore en possession de vêtements de rechange et d'objets de toilette à sauver. Il conseillait donc de cacher tout ce qui pourrait l'être sous jupes et jupons, car il était probable qu'en les éjectant de la diligence, à l'arrivée, on ne leur laisse rien emporter.

Horace Parmelin jugea ce raisonnement pertinent et

ses compagnes s'affolèrent. Les bandits leur avaient saisi sacs et malles et s'étaient partagé leur contenu avec, d'ailleurs, force contestation et disputes entre eux. Et on leur prendrait encore le peu qui leur restait !

Petit-Chabrier fit admettre que crier et pleurer ne servirait à rien. Il valait mieux s'ingénier à dissimuler ce à quoi on tenait le plus, et, comme il l'avait dit, le cacher sous les jupons.

— Avez-vous donc déjà vécu une situation semblable ? Avez-vous déjà vu ces Hadjoutes opérer ainsi, jeune homme ? demanda Horace Parmelin.

— Non. Mais c'est ce que je ferais, sans doute, si j'étais eux...

Ils arrivèrent dans une vallée entourée de hautes montagnes, à l'heure de la quatrième prière, dite « Maghreb », ou du coucher du soleil.

Des murailles et des tours en ruine encerclaient des centaines et des centaines de tentes de toile, de laine ou de peaux de chèvres. C'était, comprirent-ils, un des camps de l'émir et de son armée. Et le spectacle était saisissant.

— Un beau lever de rideau ! dit Horace Parmelin. Il y a là des milliers de figurants. Si la pièce est bien mise en scène, nous n'allons pas tarder à voir arriver le grand premier rôle, le Commandeur des Croyants lui-même, chargé de nous éblouir plus encore.

— Taisez-vous, murmura Léocadia. Taisez-vous donc, ces hommes sont en prière.

De fait, de la diligence, arrêtée à l'entrée du camp, on pouvait voir tous les Arabes prosternés à terre, face à l'Orient.

— J'ai peur, dit Versillières-Aînée épuisée, au bord de l'évanouissement, prête à se coucher là, près de cette multitude d'ennemis, dans la solennité terrifiante de l'heure, et pour ne plus se relever jamais.

Comme ni l'un ni l'autre de ses compagnons de

théâtre ne lui répondaient, sans doute aussi effrayés qu'elle, ce fut Petit-Chabrier qui lui murmura :

— Il ne faut pas avoir peur. Je suis là.

Alors Élodie Pinot, dite Versillières-Aînée, regarda le jeune Auvergnat sur lequel tombaient les derniers rayons du couchant.

Quel âge avait-il ? Quinze ? Seize ans ? Dans un mouvement maternel instinctif, elle tendit une main vers son visage qu'elle effleura d'une rapide caresse. Et, brusquement, l'actrice se remit à pleurer. Elle ne savait plus si c'était la jeunesse de ce garçon qui l'émouvait ou le sentiment que leur fin à tous quatre était proche.

La beauté du paysage, cette ombre bleue qui tombait maintenant sur les ruines et la multitude de petits cônes gris que, çà et là, des feux commençaient à éclairer, lui parut d'une bien sinistre beauté.

C'est alors qu'une odeur de mouton grillé atteignit ses narines.

Avoir horriblement faim et vouloir mourir à la fois ! Versillières-Aînée ne put s'empêcher de penser qu'elle tenait là un excellent rôle de composition. Aussi, avec tout le sublime pathétique de son jeu dans *Marie Stuart*, au moment des adieux à la souveraine bien-aimée qui lui donne son mouchoir en dernier souvenir avant de poser sa tête sur le billot, elle dit :

— Merci, jeune homme !

Comme elle disait, aux temps heureux des Galas Parmelin : « Merci, ma reine. »

Puis elle s'empara de la main de son compagnon et la garda dans la sienne. Ce chaud contact la rassurait.

Lui avait d'abord rougi, heureux que l'ombre les enveloppât, et, son fard s'effaçant peu à peu, se disait qu'il lui faudrait s'occuper beaucoup de ses trois amis et les aider à vivre ici, ce dont il les jugeait incapables sans son aide. Il décida, sa main toujours dans celle de Versillières-Aînée, de tenter, au plus tôt, une reconnaissance du camp pour savoir au milieu de qui et de quoi ils étaient prisonniers.

Il sut, dès le lendemain, qu'ils se trouvaient dans la plaine d'Eghris, au sud-est de la ville de Mascara, au camp de Tagdemt. Là, jadis, s'élevait une grande et célèbre place forte arabe. Il sut aussi qu'une trentaine de prisonniers français étaient parqués très loin d'eux, à l'autre extrémité de cette agglomération de tentes, d'arsenaux, de magasins de vivres et d'entrepôts de marchandises les plus diverses.

Il regagna sa prison un peu éberlué. Il régnait ici un va-et-vient et un tumulte constants, étourdissants, ahurissants.

La promenade de reconnaissance de Petit-Chabrier s'était effectuée presque avec facilité. Les prisonniers pouvaient librement circuler dans le camp tant les portes en étaient bien gardées et l'évasion impossible, se dit-il. Mais il recommanda à Léocadia et à Versillières-Aînée de ne pas l'imiter et de rester cachées sous leur tente, sauf, à la nuit tombée, pour prendre un peu d'exercice et en essayant de passer inaperçues. Les autres prisonniers français qu'il avait pu approcher — des colons de Bou-Farik — déploraient l'enlèvement de trois de leurs femmes dont ils étaient sans nouvelles depuis six mois.

— Comment sont traités ces pauvres gens ? demanda Horace Parmelin.

— Mal. Ils ont faim et sont vêtus de loques.

— C'est donc ce qui nous attend !

— Nous aurons peut-être plus de chance qu'eux, dit Léocadia. Et on s'habitue à être peu nourri. Racontez-nous ce que vous avez vu, mon ami, cela nous distraira.

Ce qu'il avait vu ? Les milliers et les milliers de réguliers d'Abd el-Kader, les arsenaux travaillant jour et nuit, les convois d'armement arrivant du Maroc, les déserteurs européens mettant leur savoir au service de l'ennemi ? Il jugea que tout cela leur ferait peur. Il décida de décrire la tente du sultan. Il ne l'avait vue que de l'extérieur, mais le colon Laurent, qui y était entré, lui en avait décrit l'intérieur.

Ils surent alors qu'elle était haute d'eau moins quinze pieds et faite de laine grossière. Devant elle étaient plantés les six drapeaux qui accompagnaient toujours l'émir. Ils étaient de satin vert, jaune, rouge, avec broderies d'or et de soie retraçant les versets du Coran. Des boules et des croissants d'argent surmontaient les hampes. Et derrière ces drapeaux, étaient rangés les chevaux d'Abd el-Kader, attachés par les paturons et maintenus par les longes de leur licol.

— Les beaux chevaux ! soupira Petit-Chabrier.

Il ajouta que le plus intéressant était ce que lui avait dit le colon Laurent : l'intérieur de la tente était tout en reprises et en rajouts de bouts de tissus.

— L'émir est donc si pauvre ? demanda Versillières-Aînée.

Peut-être pas, mais lorsqu'il avait perdu la bataille contre le maréchal Clauzel et le duc d'Orléans, sa tente avait été détruite. Il avait pu en retrouver des morceaux et, pour se souvenir, toujours, de cette première défaite devant les Français, il avait fait coudre ensemble les débris de la vieille tente à l'intérieur de la nouvelle.

— Voilà un geste de Romain ! dit Horace Parmelin. Croyez-vous que nous le verrons cet émir ? Il me plairait assez de m'entretenir avec lui.

— Ne parlez pas si fort, dit Léocadia. Ne nous signalons pas trop à tous ces gens qui nous entourent et doivent nous haïr.

Petit-Chabrier raconta encore que le sultan n'était presque jamais ici et toujours à galoper sur les routes pour aller visiter les tribus qu'il voulait rallier à sa cause.

Un matin, pourtant, ils crurent bien qu'ils le verraient. Ils étaient au camp depuis un mois déjà, à peine nourris d'une quotidienne et parcimonieuse écuelle de cette bouillie appelée *couscoussou*, flanquée d'une ration d'eau insuffisante, lorsque entrouvrant leur tente, fiévreux, faibles, vacillants, ils surent qu'il se passait quelque chose d'inhabituel.

C'était le temps de la petite pâque, dite fête de l'Aïd-el-Seghir et c'était l'heure de la première prière dite « de l'aurore ».

Il y avait eu un grand remue-ménage au camp, la veille au soir, et ils comprirent, à voir la multitude plus grande encore d'Arabes circulant autour d'eux, que de nombreuses fractions de tribus étaient venues assister à cette solennité.

Mais ils ne purent rien voir, du côté de l'*outak*[1] prin-cière, ils furent bousculés et repoussés vers leur tente avant d'avoir fait dix mètres.

S'ils ne virent rien, ils crurent bien entendre. Car, à l'instant où les premiers rayons du soleil jetèrent une clarté d'argent sur le camp, l'émir tout là-bas au loin, petit point émergeant de cette mer de burnous proster-nés, se dressa, et s'écria :

— *Allah ou ekbar !* (Dieu est le plus grand !)

Ainsi ils avaient entendu sa voix ? Oui. S'ils n'avaient pas rêvé ou si leurs oreilles n'avaient pas plus tinté que d'habitude, tant ils étaient affaiblis.

Des dizaines d'hommes se levèrent lorsque le Com-mandeur des Croyants se tut, et répétèrent à leur tour :

— Dieu est le plus grand !

Cette immense acclamation, au milieu du silence qui avait suivi la parole d'Abd el-Kader, le hennissement de milliers de chevaux richement caparaçonnés et diffi-cilement maintenus, les génuflexions de cette foule se prosternant, frappant la terre de son front, se redres-sant, élevant les bras vers le ciel, tout cela dans une aube aux couleurs de perle et dans le soleil montant peu à peu à l'horizon comme pour montrer le chemin du ciel, tout cela, la petite troupe des Galas Parmelin et Cie se dit qu'elle ne l'oublierait jamais.

1. Tente de l'émir.

Ce fut ce jour-là où, le cœur oppressé par la grandeur de l'Islam qu'ils venaient d'entrevoir, les trois acteurs décidèrent pour oublier le présent, passer le temps, éclairer leur âme et remercier, surtout, un jeune homme qui risquait sinon sa vie du moins la bastonnade en volant pour eux un fruit ou un bol de lait de chèvre, d'instruire et d'éduquer Petit-Chabrier.

Et, tout d'abord, de lui donner une vraie identité.

— Vous avez un autre nom ? Un vrai ?

— J'sais point.

— Enfin votre père, votre mère, comment s'appelaient-ils ?

— Le Grand-Chabrier et la Marie.

— Sans plus ?

Sans plus, apparemment. Alors on décida du baptême.

On hésita entre Géraud et Odilon, deux saints auvergnats dont Petit-Chabrier, en cherchant beaucoup, se rappela avoir entendu parler dans son enfance. Mais Léocadia n'aimait ni l'un ni l'autre.

— Regardez-le, regardez-le bien, disait-elle, étendue sur la natte d'alfa, son bras soutenant sa tête pâle aux cheveux blanchissant déjà. Non, il ne peut s'appeler ni Géraud ni Odilon.

— Mathias ! dit Versillières-Aînée, qui suçait à longueur de journée un bouton de corozo auquel elle trouvait un goût de caramel. Mathias, voilà ce qui lui va. Admettez-le, il n'a pas les traits fins, ses cheveux sont mal plantés, quoique joliment bouclés, il a le sourcil trop épais et l'oreille plébéienne. Donc, Mathias. C'est un nom bourru, un nom mi-paysan, mi-artisan. Mathias, vous dis-je.

Horace et Léocadia convinrent que cela méritait réflexion, en effet.

Et cela fut adopté.

— Donc, Mathias Chabrier, quand êtes-vous né ?

Il n'en savait rien. Il riait. Tout cela l'amusait. Et il était content parce qu'il avait pu, avec les deux sous si bien dissimulés aux Hadjoutes, acheter chez un kaouadji du camp un morceau de pain de sucre. Quand ses amis le verraient, ce soir — il gardait sa surprise pour la veillée —, ils en pleureraient de joie. Ils pleuraient, les pauvres, chaque fois qu'il trouvait ou volait pour eux une petite douceur. Et Horace Parmelin, avec sa demi-barbe qui repoussait blanche à côté de l'autre moitié noire, Horace Parmelin, redressant le buste, lui dirait : « Celui qui a joué dans *Hamlet*, devant le roi, en 1831, celui-là, jeune bienfaiteur, vous dit merci. »

Pour l'heure, l'homme à la barbe bicolore, le haut-de-forme vissé sur la tête parce qu'on n'en finissait pas de s'enrhumer dans cette tente à courants d'air, lui disait :

— Ils ont dû vous demander votre âge, ceux qui vous ont employé en Mitidja ?

— Ils ne voulaient pas de mes chèvres et ils croyaient que j'avais quatorze ans. Je savais que j'avais plus, peut-être seize déjà, mais j'étais guère haut de taille, alors, comme je voulais qu'on emmène mes chèvres...

— Vous êtes un drôle de pistolet ! Bon, disons donc que vous avez dix-sept ans maintenant, peut-être même dix-huit. Vous seriez donc né en 1823, tâchez de vous en souvenir ; quand on a décidé de sa date de naissance, il ne faut pas en changer tout le temps si on veut être cru. (Ici un discret coup d'œil dans la direction de Versillières-Aînée.) Donc, Mathias Chabrier, venu du pays d'Auvergne et ne sachant, en ce jour de septembre 1839 à l'heure de la deuxième prière, ni lire ni écrire, vous allez, désormais, commencer à apprendre ce que les hommes qui vous ont précédé ont préparé pour vous.

— Je pense que c'est moi qui m'occuperai de son accent, dit Versillières-Aînée, suçant toujours son corozo, il est affreux !

Sans l'écouter, Horace Parmelin continua :

— Un homme que je vénère a fait dire à l'un de ses

personnages, dans le plus beau roman du monde, deux vérités qui serviront de prélude à vos études : « Que sais-je de plus du cheval parce que je sais qu'en latin il s'appelle *equus* ? » et « Si tu n'es pas hypocrite, tu deviendras un homme [1] ». Donc, je ne vous enseignerai pas le latin, que j'ignore. Et, malgré les autres connaissances que je vous inculquerai, je vous empêcherai de devenir hypocrite.

— Je ne vous comprends pas bien, monsieur.

— Je veux dire qu'il ne faut pas que le savoir étouffe en vous ce qu'il y a de jeune, de frais, de naturel. Je veux que vous restiez tel que vous êtes et agissiez toujours dans la simplicité et la vérité... J'ajouterai, même si c'est un conseil un peu dangereux : suivez toujours les mouvements de votre cœur, dites ce que vous avez envie de dire et ne vous faites jamais passer pour ce que vous n'êtes pas. Nous allons tenter de vous apprendre le peu que nous savons de la vie et des usages du monde. N'en tirez pas vanité. Ce n'est rien que du théâtre, le vrai est en vous.

Et Horace Parmelin retira son chapeau et en lissa la soie. C'était un geste qui lui devenait familier depuis qu'il portait une attention particulière et navrée à l'usure inexorable de son couvre-chef. C'était aussi un geste derrière lequel il tentait de dissimuler ses émotions.

Léocadia n'avait encore rien dit de la part qu'elle prendrait à l'éducation de Mathias. Léocadia de Fleurmay entretenait, au fond de son cœur, bien cachée derrière des apparences de femme froide et distante, une bouillante passion pour un poète qu'elle n'avait vu qu'une fois. Et cet amour secret l'aidait à supporter Parmelin et la médiocrité des galas du même nom. Et l'aidait aussi, maintenant, à endurer leur tragique aventure africaine.

1. Stendhal : il s'agit des opinions de l'abbé Blanès dans *La Chartreuse de Parme.*

Ce poète, beau, jeune, blond, illustre déjà, était Alfred de Musset et Mme Parmelin, pas très belle, vieillissante, et résignée à n'être jamais célèbre, vivait avec lui à travers ses œuvres qu'elle connaissait si parfaitement qu'elle aurait pu les jouer au pied levé. Si, toutefois, les *Comédies et Proverbes* de ce précoce génie eussent été mises en scène. C'était le désespoir de Léocadia que Paris n'ait encore monté aucun de ces petits actes si délicieusement élégants.

De son préféré, *Un caprice*, elle projetait de donner des représentations au cours de leurs tournées et l'avait répété avec Parmelin et Versillières-Aînée. Elle avait même avec elle un exemplaire de cette œuvre, qui ne la quittait pas, paru dans *La Revue des Deux Mondes*. Aussi, lorsque Parmelin s'écria, soudain, se frappant le front : « Mais nous n'avons ni livre, ni papier, ni crayon ! », lui tendit-elle sa brochure.

— Nous sommes sauvés, jeune homme ! Et vous serez peut-être le seul être au monde à devoir votre instruction à l'exercice littéraire et mondain d'un poète joli garçon.

Car pour Horace Parmelin, qui avait joué dans *Hamlet* devant le roi en 1831, les *Comédies et Proverbes* de l'élégant M. de Musset n'étaient que bluettes de salon avec ronds de jambes et de cœurs.

Pour Léocadia et Versillières-Aînée, c'était surtout de pertinentes études d'âmes féminines, d'une exquise délicatesse et d'une vérité psychologique certaine. Mathias ne pouvait que gagner à s'en imprégner.

A l'heure où, dans le camp, le plus grand tumulte de la journée cessait soudain parce que s'annonçait la troisième prière, dite « El-Asser », ou du milieu de l'après-midi, la troupe Parmelin décida de donner à son élève, en prélude aux leçons futures, *Un caprice*, de M. Alfred de Musset.

C'était une pièce en un acte qui n'avait pas obligatoirement besoin d'un décor, et se jouait à trois personnages pouvant, à la rigueur, rester assis sur une natte d'alfa sous une tente de laine déchirée et crasseuse.

A l'heure de la dernière prière, dite « El-Acha », ou du soir, le rideau tombait sur *Un caprice*.

Et Mathias Chabrier était perplexe.

Qu'est-ce que tout cela voulait dire ?

— Alors ? demanda Léocadia un peu essoufflée, mais radieuse. Étions-nous prêts, oui ou non, à donner cet acte dans nos tournées ? Nous le répétions depuis deux mois avant de quitter Paris et il me semble que nous les savons joliment, nos rôles !

— J'aimerais bien savoir, moi, comment notre jeune homme va nous résumer cela, dit Horace.

Il n'avait aucune envie de résumer quoi que ce soit, le jeune homme. Il avait eu un mal fou à ne pas s'endormir pendant les deux interminables heures où les trois acteurs lui avaient paru si heureux de se renvoyer sans cesse entre eux tant de mots incompréhensibles ! Et puis il était tard, les gardes avaient déjà crié, par tout le camp, qu'aucun soldat, aucun habitant, aucun visiteur n'avait plus le droit de franchir les portes de Tagdemt jusqu'au lendemain matin. Et aussi, il voulait offrir son beau morceau de sucre. Il avait gardé sa ration d'eau de la journée pour confectionner un liquide sucré de sa composition qui les fortifierait tous. Et enfin, il attendait, avec impatience, qu'Horace, Léocadia et Versillières-Aînée dorment, pour aller à son rendez-vous.

Pourtant, comme ils insistaient, il lui fallut en passer par où ils voulaient. Et il leur débita, d'une traite, ce qu'il avait compris de leur galimatias.

Une dame, qui s'appelait *Mathilde*-Léocadia, brodait une bourse rouge pour son mari *le comte*-Horace Parmelin qui ne l'aimait plus beaucoup et avait déjà accepté une bourse bleue donnée par une autre dame qu'il aimait mieux. Cette dame-là, on en parlait, mais on ne la voyait pas, Une troisième dame, *Mme de Lhery*-Versillières-Aînée, amie de *Mathilde*-Léocadia, voulait que *le comte*-Horace Parmelin jette la bourse bleue dans le feu et garde la bourse rouge de sa femme. Et comme elle était finaude, elle y arrivait. Voilà !

— Notre élève est entièrement dénué de tout sens poétique, dit Versillières-Aînée en soupirant et en se remettant à sucer son bouton de corozo.

— Mais pas de bon sens, remarqua Horace-Parmelin. Vous conviendrez, mesdames, qu'il dégage l'essentiel de l'action... Et maintenant, nous allons apprendre à lire tout cela !

Mathias aurait préféré étudier dans un livre parlant de chevaux. C'était avec un bel alezan-brûlé qu'il avait rendez-vous à l'autre bout du camp. Il s'approchait de lui, parqué dans l'enclos réservé aux bêtes, et lui parlait pendant un long moment. Ce soir, il s'approcherait un peu plus. Il ne fallait pas effaroucher l'animal et il faudrait encore bien du temps avant d'en arriver à le caresser et à devenir vraiment son ami. Mais Mathias se savait patient. Et qu'existait-il de plus beau au monde que ces chevaux arabes ? Un jour, il en aurait un à lui, il en était sûr, et il ferait de l'élevage de pur-sang.

Ils burent enfin leur eau sucrée. La valeur de trois à quatre cuillerées chacun. Une liqueur divine !

— Je n'ai jamais savouré pareil nectar, dit Horace Parmelin. Cela redonnerait des forces à un mourant.

Ils ne pleurèrent pas, cette fois-ci, bien qu'ils fussent fort heureux de cette douceur imprévue. Alors Mathias sentit que ce théâtre avait, en quelque sorte, fait du tort à sa surprise. Ils étaient comme ivres d'avoir tant raconté ces petites histoires. Peut-être les aimaient-ils, ces phrases, comme lui les chevaux ? Il leur ferait donc le plaisir d'apprendre à les lire. Il ne pouvait pas leur refuser ça. Ils seraient humiliés s'il avouait combien ce charabia l'ennuyait. Et ils étaient déjà si humiliés d'avoir à tant se gratter à cause des poux et des puces, de manger avec leurs mains, de ne pas pouvoir se laver. Et si désespérés aussi, de voir leurs vêtements devenir des loques. Et jusqu'au chapeau de M. Parmelin qui perdait son fond...

*
* *

La natte enlevée, on tassait la terre. Sur sa surface lissée, Mathias sut écrire un jour, avec un petit bâton :

SCÈNE PREMIÈRE.
Mathilde, seule dans son salon, travaillant au filet à faire une bourse.
— Absolument sans faute ! s'écria Horace, joyeux.

Ils s'aperçurent, un jour, en subissant l'inspection désagréable et inquiétante de leur tente par celui qui leur parut être un nouveau geôlier, qu'ils avaient eu bien de la chance avec le précédent, un Turc renégat auquel leurs ravisseurs hadjoutes les avaient remis.

Cet inconnu jouait du bâton pour un rien et paraissait d'une méfiance extrême. Le précieux exemplaire de *La Revue des Deux Mondes* faillit leur être enlevé. L'homme le tournait et le retournait dans ses mains sales. Il finit par le jeter, avec un geste de mépris, tout au fond de la tente et, ne voyant rien d'intéressant à emporter, donna un furieux coup de matraque sur les mollets de Mathias.

Ce fut le lendemain que Versillières-Aînée disparut.

Elle était sortie, comme chaque soir après la dernière prière et au moment où le camp s'endormait. Elle ne faisait que quelques pas, dans le noir, autour de leur abri et toujours avec Léocadia. Elles se séparaient à peine un bref instant pour satisfaire un besoin d'intimité. C'était sans doute à ce moment-là que l'actrice avait été enlevée. Le rapt fut imprévisible et rapide, sans un appel, sans un cri.

Comme un fou, Mathias s'élança à travers le camp.

Il courut jusque chez les prisonniers de Bou-Farik qui ne purent pas plus expliquer cette disparition que celles de leurs femmes. L'un d'eux avança, pourtant, que les harems marocains s'approvisionnaient souvent dans la Régence.

Horace Parmelin pleurait, et disait entre deux sanglots :

— Elle avait beau avoir beaucoup maigri, elle était encore trop gironde, la pauvre et ils en ont eu envie.

Elle avait laissé, l'infortunée Versillières-Aînée, son bouton de corozo posé sur ce lambeau de mouchoir qu'elle mettait sur ses yeux pour les protéger des rais de lumière passant par les déchirures de la tente. Personne n'eut le courage d'y toucher pendant plusieurs jours.

Dès la disparition de son amie, Léocadia, si calme, si résignée, se mit à trembler pour tout. Le moindre cri d'un Arabe la faisait sursauter. Et Dieu sait s'il y en avait des cris et des vociférations dans le camp ! Puis elle perdit le sommeil. Et, comme elle n'arrivait à dormir un peu que si Mathias tenait sa main dans la sienne, il renonça à ses rendez-vous avec son beau cheval.

Mathias s'aperçut, un matin, qu'il ne pouvait plus mettre ses vieux brodequins sans hurler de souffrance tant son pied avait grandi. Lui-même avait, d'après Horace Parmelin, pris au moins vingt centimètres de taille.

Les leçons continuaient. Et surtout parce qu'elles seules arrivaient à distraire Léocadia.

Horace Parmelin considéra qu'un grand pas était fait dans l'instruction de son élève lorsqu'un matin, à l'heure de la prière de l'aurore, Mathias lui dit :

— Je sais qui était Shakespeare et qui était Hamlet, monsieur, mais point quel rôle vous teniez dans ce drame lorsque vous l'avez joué devant le roi.

Horace, dont la barbe resterait décidément mi-noire mi-blanche, la caressa le temps d'une courte mais courageuse réflexion, et, avec la fougue que tant de mois de captivité et la perte de Versillières-Aînée n'étaient pas parvenus à émousser, s'écria :

— Que voilà une bonne question ! Nous allons en dégager une excellente leçon de français. Eh bien, mon jeune ami, dans *Hamlet*, de Shakespeare, le 3 mai 1831, devant Sa Majesté Louis-Philippe, je jouais les *utilités*.

« Ah ! Ah ! Voilà un mot que nous n'avons encore jamais prononcé et encore moins expliqué, me direz-vous.

« *Utilités*, toujours au pluriel lorsque cela concerne le théâtre, veut dire un emploi d'acteur simplement utile et, je l'avoue, assez subalterne.

« Ainsi dans l'acte IV, scène VI je n'étais, mon cher, que *le premier matelot*, mais ce personnage est absolument utile au déroulement de l'action. C'est moi qui dis à Horatio : « Voici une lettre pour vous, monsieur, elle vient de l'ambassadeur qui s'était embarqué pour l'Angleterre, si votre nom est Horatio, comme je me le suis laissé dire » (et je tendais la lettre).

« Et dans l'acte V, scène II, je suis aussi l'ambassadeur. Hamlet est mort et je dis : « Elle est maintenant insensible l'oreille qui devait nous donner audience... » Voilà donc ce que sont les utilités, mon ami. Très utiles. Eh oui ! Songez un peu, si je n'avais pas remis la lettre à Horatio, quel drame !... Et en ambassadeur j'étais indispensable et superbe. Six lignes de texte seulement, mais quelle présence ! On ne voyait que moi. J'étais... j'étais l'Angleterre, en quelque sorte !

Ils espéraient toujours un retour miraculeux de Versillières-Aînée. Parfois, dans le tumulte du camp, ils croyaient entendre sa voix. Mathias se précipitait hors de la tente. Il n'y avait, hélas, que les milliers de réguliers d'Abd el-Kader, leurs chevaux et tout ce peuple de tribus ralliées qui les suivaient.

Alors, on reprenait le travail. Quelques lignes d'Alfred de Musset à lire, expliquer, copier.

« — Une tasse de thé, comte ?

« — Je vous rends grâce, madame, je n'en prends jamais. »

*
* *

Ce fut un matin de juillet, après la prière de l'aurore, qu'ils se mirent en marche.

L'homme qui leur apportait chaque jour leur couscoussou était brusquement entré chez eux, les avait fait lever à coups de bâton et poussés devant lui comme du bétail. Et ils n'avaient rien pu emporter de leurs trésors. Ni l'exemplaire de *La Revue des Deux Mondes*, ni les petits bâtons si bien taillés avec un silex et qui étaient les crayons de Mathias, ni le bouton de corozo de Versillières-Aînée qu'ils gardaient avec le fol espoir qu'elle reviendrait un jour et serait heureuse de le retrouver.

Ils atteignirent l'autre extrémité du camp où les trente prisonniers de Bou-Farik étaient rassemblés. Ils furent donc trente-trois à suivre une vingtaine de cavaliers arabes, mais ils ignoraient absolument où ils les mèneraient.

— Je ne pourrai jamais marcher, dit Léocadia, je mourrai en chemin. Et vous, Mathias, qui n'avez plus de chaussures.

— Nous sommes pieds nus aussi, dirent les colons, on s'y fait.

Comme il croisait le regard affolé de Léocadia, Mathias dit, avec tendresse et un sourire complice :

— Souffrez, madame, que je vous offre mon bras.

Alors, les larmes aux yeux, elle s'appuya sur lui et en s'efforçant de lui sourire aussi :

— Je vous rends grâce, monsieur, dit-elle.

Pour ne pas être en reste, Horace Parmelin lança :

— Belle journée, mes amis, pour découvrir du pays !

Et ils partirent.

*

* *

Alger était en effervescence.

Militaires et civils paraissaient surexcités. Était-ce la présence de Son Altesse le duc d'Orléans ? Ou la perspective du déclenchement d'une affaire sérieuse ? Le général comte Vallée, gouverneur de l'Algérie, préparait-il quelque chose en grand mystère ? On savait le vice-roi très défiant, sachant garder un secret et le gardant bien, l'air renfrogné et sévère. On l'avait surnommé « Vieux Louis XI ».

Les officiers envahissaient le magasin de Casilda — où, disait Si Kaddour à ses femmes, on n'avait plus le temps de parler inutilement —, car ils se voulaient tous impeccables si « quelque chose », comme ils disaient pudiquement, survenait. Et il semblait que les rues fussent plus bruyantes et plus joyeuses qu'à l'habitude.

— Quand je pense au nombre de décennies pendant lesquelles je me suis morfondue à Brignoles, s'exclamait Toussainte en riant. Ah ! si j'avais su l'allant et la gaieté de cette ville, j'aurais proposé à mon frère de l'accompagner dès son premier voyage !

Quant aux colons, c'était pour leurs haouchs qu'ils montraient de la coquetterie, Son Altesse visitait les plus beaux. MM. de Vialar, de Tonnac, de Franclieu, de Montagu, de Saint-Guilhem, les montraient avec autant de fierté qu'ils l'eussent fait d'enfants prodiges.

Et, brusquement, on fut informé : Son Excellence le

gouverneur et Son Altesse le duc d'Orléans prenaient la tête d'une expédition. Certes, on ne savait pas encore tout et, en particulier, le but exact de cette opération militaire, mais elle ne pourrait être que glorieuse. Alors on se remit, en ville, à parler d'Abd el-Kader. Caravaniers, Arabes du désert ou chefs de tribus arrivant à Alger, le disaient partout à la fois dans la Régence, et que ses apparitions tenaient du merveilleux, tant il se déplaçait à folle allure. De dix, cent endroits différents et à l'opposé les uns des autres, on affirmait avoir vu, le même jour, son noir cheval fougueux et son burnous violet. Et Saint-Hilaire racontait à Casilda que ce fameux burnous paraissait faire sur son peuple le même effet que la capote grise de Napoléon sur le nôtre. De grands Arabes ralliés avaient du rêve dans le regard en contant avec quelle rapidité l'émir allait de tribu en tribu, buvait un bol de lait, mangeait deux dattes et repartait souffler la guerre et la haine sauvage contre l'envahisseur. On disait aussi qu'il infligeait la mort à ceux qui vendaient aux Français les chevaux dont ils avaient un si grand besoin. Dès lors, on fut sûr que les troupes qui se préparaient à partir allaient au-devant du burnous violet. L'arrivée de trois régiments, les 15e léger, 22e et 24e de ligne, venant combler les vides causés par la dysenterie, le typhus et les fièvres, confirmèrent, enfin, le commencement des opérations attendues depuis si longtemps.

Les peintres aussi se préparaient. Il y avait même un nouvel arrivé, Adrien Dauzats[1], faisant partie de la suite de Son Altesse. Il avait planté son parasol blanc, tout en haut de la Casbah, et il essayait de travailler, cerné par une multitude de petits yaouleds auxquels il avait commis l'imprudence de distribuer des bonbons. Comme on n'ignorait pas qu'il habitait le palais du gouverneur, avec Monseigneur, les badauds tentaient de savoir par lui ce qui se préparait. Mais il faisait,

1. Adrien Dauzats, peintre français (1804-1868).

avec grande gentillesse, et à tous ceux qui l'interrogeaient, à peu près la même réponse :

— A nous, les peintres, on dit seulement : « Prenez vos crayons, vos pinceaux et vos couleurs et suivez-nous. » Parti de Paris, j'ai suivi et, pour le moment, je suis à Alger. C'est tout ce que je sais. Où irons-nous demain ? Je l'ignore ; mais ce pays est si beau qu'ici ou là, que m'importe.

Toussainte fit connaissance avec les *prétendants*. Ils prirent l'habitude, voyant Casilda trop occupée par ses militaires, de venir parler d'elle avec sa tante dès qu'ils avaient un moment de liberté, ce qui leur arrivait souvent.

Elle tenait salon à son hôtel où ils étaient sûrs de la trouver tous les jours de 3 à 6, quand elle revenait de ses longues promenades à travers la ville. Elle trônait sur son sofa de peluche rouge, à l'abri du plus épais des palmiers en pot, les caroubes bien nettes, et les chaussures fort poussiéreuses car elle ne circulait qu'à pied, ce qui était bien le seul moyen, disait-elle, de tout voir. Pour être à son aise elle portait des brodequins solides, œuvre de son cordonnier de Brignoles et des jupes écourtées à dix centimètres du sol afin de n'avoir pas à les relever en marchant. Cela manquait d'élégance, mais elle s'en souciait peu.

Il ne lui avait pas fallu plus d'une semaine pour être au mieux avec les gens de l'hôtel, ceux des rues Bab-Azoun et Bab-el-Oued et ceux du port. On l'appelait « la dame à la canne », car elle ne sortait jamais sans cet attribut. Non pas qu'elle en eût besoin pour marcher, mais parce qu'elle prétendait qu'il n'y avait pas meilleure arme. Cinq petites entailles rappelaient le nombre de têtes de vipères écrasées par ce solide gourdin dont quelques malandrins devaient se souvenir sans plaisir.

Ce fut elle qui sut, l'une des premières, le départ du gouverneur et du prince royal à bord du *Phare* devant les conduire à Philippeville. Où iraient-ils ensuite ?

Cela personne ne put le deviner. Herbert de Saint-Hilaire, qui embarquait avec le colonel Changarnier sur le *Cocyte*, l'un des deux navires escortant le *Phare*, affirmait lui-même ne rien savoir de leur destination finale. « Vieux Louis XI » et le duc étaient les seuls à connaître leur vraie destination.

Le 6 octobre 1839, tout était pavoisé sur terre et sur mer pour fêter ce départ avec faste.

Les uniformes rutilants, les musiques, les cris de la foule et les you-you descendus des terrasses, voilà qui était, dit Eugénie, un spectacle que le petit Aurèle devait voir. Aussi était-il là, dans ses bras. Et elle appréciait que Mlle Maurin-Darbière n'en fût pas jalouse et ne tentât pas de le lui enlever. Il aurait été facile en effet à Toussainte de dire qu'elle était plus haute qu'Eugénie d'une bonne tête et que l'enfant verrait mieux avec elle. Mais elle s'abstint. Elle avait impérialement décerné un satisfecit à Eugénie : « Ta Morelli, avait-elle dit à Casilda, n'est pas très maline, mais elle est brave et ce qu'il nous faut ici, ce sont de braves gens. »

Ce « nous » fit tendrement sourire Casilda. L'intégration si rapide de sa tante l'étonnait à peine, elle était bien dans la ligne du personnage. Mais, surtout, son attitude avait quelque chose d'émouvant dont la jeune femme se découvrit ce matin-là assez fière. Il y avait dans ce pays, se dit-elle en regardant les navires s'éloigner aux sons des musiques et des salves d'artillerie, quelque chose de difficile à définir mais qui donnait l'envie de bien faire, d'agir dignement et avec cœur. Et elle fut reconnaissante à Toussainte de l'avoir déjà ressenti. Elle appréciait sa façon très personnelle d'aider les gens. Elle disait : « Ne me parlez pas de ce genre de charité qui humilie, celle que pratiquent ces dames qui vont en calèche jeter quelques nourritures à de pauvres hères, ou papotent dans les ouvroirs tout en leur tricotant des couvertures ou des bonnets toujours gris comme si les belles couleurs de la nature étaient interdites aux pauvres. Non, ma méthode à moi c'est : "Je t'aide, mais en retour, tu en aideras un autre. Il y en a toujours un autre à aider." » Elle avait exposé ces idées-là, bille en tête, à Mgr Dupuch auquel elle avait fait visite. Elle était revenue assez contente de son entrevue et disait : « Je crois que j'ai élargi son horizon. Seulement, je n'ai pas marché pour être enrôlée dans ses légions. Monseigneur, lui ai-je dit, il y a des gens pour cela et bien plus compétents. Je verserai mon obole consistante — j'ai appuyé sur *consistante* pour qu'on ne regrette guère de ne pas me compter parmi les dames charitables — et ajouté : Moi, j'ai autre chose à faire. »

L'évêque m'a fait l'honneur de me demander où se situait cet autre chose et je lui ai dit la vérité.

— Et quelle est-elle, ma tante ?

— Je suis curieuse de l'humanité, petite. Et je n'aurai pas assez du temps que me laissera l'exploitation de mon domaine pour la découvrir. J'ai idée que ce pays est d'une belle richesse humaine... A propos, qui n'a rien d'à propos d'ailleurs, où est donc l'homme de ta vie ?

— Si je le savais ! Peut-être étudie-t-il l'humanité quelque part, lui aussi.

*
* *

— C'est tout à fait certain, dit le consul, le gouverneur et le prince tentent quelque chose d'important. Et il est non moins certain que seule la surprise, et donc le secret de l'opération bien gardé, en permettra le succès.

— Et vous n'avez aucune idée de ce qui va être tenté ? demanda Elina.

— Si je l'avais j'en serais fort ennuyé car alors l'émir l'aurait sûrement. Nous ne pourrons gagner que si...

— Ah ! Vous l'avez dit ! Vous avez dit vous aussi

nous comme si nous étions français ! Imaginez-vous que je ne m'étais jamais aperçue que nous parlions ainsi — et depuis si longtemps ! — avant que cette étonnante personne, la sœur de Maurin-Darbière, la tante de notre Casilda, ne m'en fasse la remarque. « Voyons, m'a-t-elle dit, vous êtes anglaise d'origine et suédoise par votre mariage et ici nous sommes désormais en France... Votre "nous" veut-il dire : nous, Européens ? » Nous avons eu alors une bonne petite conversation sur cette colonie conquise par son pays, ouverte à tous et qui est, en quelque sorte, c'est vrai, une belle extension offerte à l'Europe. De là, nous avons fait des comparaisons avec les autres manières de coloniser et Mlle Maurin-Darbière a conclu avec une évidente satisfaction : « Nous ne tuons pas tous les Indiens comme aux Amériques, et nous avons aboli l'esclavage. Nous ne pensons pas seulement à nos bénéfices commerciaux comme aux Indes. Nous n'obligeons pas à ce terrible régime des "cultures forcées" comme aux colonies néerlandaises. Bref, nous sommes, ici, un exemple unique. »

— Si *nous* le conservons ! dit le consul.

— Vous êtes toujours pessimiste !

— Il y a de quoi. Nous venons d'apprendre qu'Abd el-Kader a encore installé de nouvelles fabriques d'armes à Saïda. Et des fusils, des barils de poudre, du soufre, du plomb, du fer, envoyés de Gibraltar et de Tanger, arrivent en longs convois des frontières du Maroc à Tlemcen.

D'un air songeur, Elina dit alors :

— J'ai vu, aujourd'hui, Deborah et son petit Alexander. C'est pitié de regarder ce pauvre enfant apprendre à marcher en boitant...

A son habitude, elle venait de changer de conversation. Mais, cette fois-ci, le consul n'était pas sûr que ce fût dans l'une des envolées de sa pensée. Elina ne devait pas apprécier que l'Angleterre laissât partir de Gibraltar des armes pour Abd el-Kader. La veille, il avait vu le consul de Grande-Bretagne qui n'en était pas très fier non plus. A preuve, M. Saint-John, depuis quelque temps, s'abstenait de citer le duc de Wellington et sa trop célèbre phrase : « Les Français sont fous, un revers effroyable les attend sur la côte d'Algérie tôt ou tard. » Il se taisait prudemment.

Mais le consul ressentait l'envie de reprendre cette conversation avec sa femme. Ce qui se passait ici en ce moment l'intéressait et aussi l'inquiétait. Il aimait ce pays et il espérait qu'on allait cesser d'y répandre le sang et y vivre enfin sereinement tout en sachant son espoir démesuré. Le patriotique raisonnement de Mlle Maurin-Darbière avait peu de poids au regard du problème énorme que chacun se cachait plus ou moins. Il reprit la phrase de la vieille demoiselle ! *Nous sommes ici un exemple unique.* C'était vrai. Mais pas comme elle le croyait. Les nations qui avaient fondé des colonies de peuplement les avaient faites dans des contrées inhabitées ou à très faible densité de population. La France, au contraire, avait pris possession, en 1830, d'une terre occupée, cultivée et férocement défendue par un peuple de vieille civilisation, établi là depuis des siècles et possédant un sentiment élevé de son identité. Et la religion de ce peuple, qu'en pensait Mlle Toussainte ? Une religion hautement spiritualiste et qui, par la simplicité et la netteté toute philosophique de sa doctrine, par la pureté de ses enseignements, est douée d'une force défensive qu'au point de vue humain on peut qualifier d'insurmontable. Mais, une fois de plus, le consul se tut. Elina, il le savait, avait depuis longtemps compris tout cela. Et il savait aussi combien elle détestait les mauvaises nouvelles. Et celle-ci en était une... éternelle !

*

* *

Lorsqu'ils revinrent tous, par la terre, et non par la mer, lorsqu'ils eurent, par une marche de cent vingt lieues, dont plus de la moitié à travers les hasards d'un pays inconnu et impénétrable, atteint leur but, le duc d'Orléans déclara que « cette entreprise apparaîtrait toujours comme une heureuse témérité, c'est-à-dire un exemple à citer mais jamais à imiter ». Car si cette expédition réussit à miracle, elle aurait pu, aussi bien, avec un rien de malchance, être une mémorable catastrophe.

Ils revinrent donc le 2 novembre 1839, à midi.

A Alger, le ciel était dans le grand éclat de ses bleus et de ses ors les plus joyeux et l'air sentait ses bonnes odeurs de friture et d'épices habituelles.

On avait, tout d'abord, prêté l'oreille et cru entendre des musiques militaires et maintenant, on en était sûr, on commençait à reconnaître les marches de différents régiments. Alors, la foule des rues, cet amalgame bigarré de tant de gens aux vêtements bariolés et chamarrés, qui à cheval, qui à pied, dans le sillage d'une nuée d'enfants de toutes races, se porta place du Gouvernement où, toujours, aboutissait un retour de troupes parties en expédition.

Dans le port où l'on attendait chaque jour l'arrivée du *Phare*, du *Cocyte* et du *Crocodile*, on n'y comprenait rien.

Eugénie persistait encore à guetter les navires qui devaient lui ramener son cher duc, alors que Son Altesse Royale pénétrait déjà dans la ville par la porte Bab-Azoun, montée sur son cheval noir ! Mme Morelli en fut si stupéfaite, et si déconfite, qu'elle eut, par la suite, tendance à minimiser ce qui fut la grande affaire de cette année 1839.

Et, peu à peu, on sut la superbe aventure.

Elle se répandit dans la foule, s'étendit, se gonfla, éclata : *L'armée d'Afrique avait franchi le passage des Biban*, dit des *Portes de Fer* ! Un exploit que les Romains eux-mêmes n'avaient jamais osé tenter !

Ainsi, les Français avaient, pour la première fois, relié Constantine à Alger par la terre en empruntant le plus redouté des chemins ! Et sans avoir eu un seul coup de fusil à tirer, car l'affaire avait été si bien préparée, si bien tenue secrète et si astucieusement menée, que les troupes de l'émir, trompées par une manœuvre de diversion du maréchal Valée, n'avaient pu intervenir et tailler en pièces ces quelques milliers d'hommes traversant son territoire.

On apprit, dans la soirée, que les guides sans lesquels cet exploit eût été impossible étaient les cheikhs mêmes des tribus maîtresses des Biban, dits « Gardiens des Portes de Fer ». Et l'évocation de ces farouches sentinelles, par une association d'idées avec des portes de l'enfer, fit rêver. On vit aussi, avec bonheur, dans la soumission de ces tribus, jusqu'alors fidèles à l'émir, un gage de paix et le grand espoir d'une suite heureuse à cette aventure. On vit, enfin, dans l'exemple de folle témérité que représentait cette audacieuse performance, une leçon de courage que les Arabes ne sauraient manquer d'admirer. Car la traversée de cette mer immense de masses rocheuses, puis le passage entre des murs de granit s'élevant au-dessus d'elle à des hauteurs gigantesques, par des défilés si encaissés, si étroits — un mulet chargé normalement ne pouvait s'y engager et il avait fallu diminuer son fardeau, pour que les neuf cents bêtes puissent, une à une, parcourir six kilomètres d'un angoissant trajet —, ce passage, donc, avait toujours été considéré par les Arabes comme impossible à réaliser par des Européens. Et voilà que c'était fait !

La foule des rues était enthousiaste et ses cris d'une force et d'une constance rarement égalées. Alors, venus des terrasses couvertes de femmes, de stridents you-you s'y ajoutèrent. Ce qu'entendant, ceux de la rue redoublèrent leurs acclamations. Aussi, pendant que les troupes continuaient à traverser la ville pour gagner la place du Gouvernement, les musiques des régiments furent à peine audibles. Et cela, dit le colonel Changarnier défilant à la tête de son 2e léger, aussi impeccable dans sa tenue que s'il sortait de son club, cela c'était le signe éclatant du triomphe.

Le peintre Adrien Dauzats, rencontré par Casilda ce jour-là, lui décrivit, avec encore de l'effroi dans la voix, l'épouvante ressentie par tous à la vue de ces roches terrifiantes, quasi impénétrables, barrant la route de Constantine à Alger. « Je peux dire, sans honte, que j'ai eu peur ! » ajouta-t-il.

Le gouverneur général décida que diverses festivités célébreraient ce passage triomphal des Portes de Fer. La plus prestigieuse serait un bal au palais

Dès le lendemain du retour de l'expédition, les chaouchs de Son Excellence se répandirent par la ville et sa proche campagne pour déposer leurs invitations aux habitants priés à la soirée donnée en l'honneur de Son Altesse Royale le duc d'Orléans. Les huissiers arabes galopaient, le burnous au vent et la sacoche de cuir rouge brodé d'argent gonflée des beaux plis d'un blanc glacé timbrés aux armes royales.

Casilda figurait sans doute sur la liste de plusieurs des officiers supérieurs sollicités de soumettre quelques noms au gouverneur, aussi reçut-elle six cartons d'invitation. Elle pensa immédiatement à en porter un aux Marchandeau. Elina avait eu la même idée, elles se retrouvèrent toutes deux devant leur boutique.

Assis sur le tabouret gothique du « piano du caïd » Ulysse avait, enfin, en main ce qu'il désirait depuis si longtemps recevoir et il lisait, pour la quatrième fois, son nom et celui de sa femme se détachant en lettres de ronde au-dessous de la couronne royale de France. Alors, Elina et Casilda dissimulèrent au mieux leurs enveloppes pour qu'Ulysse ne sache jamais combien on les obtenait facilement. Les tenanciers des trois meilleurs hôtels de la ville en avaient reçu une dizaine chacun, à distribuer aux clients jugés par eux les plus dignes de les recevoir.

Elles se retirèrent très vite, alléguant chacune de

pressantes occupations, mais Ulysse prêta à peine attention à leurs excuses. Il était tout à la félicité suprême d'être enfin compté parmi les invités du palais.

Le bal devait avoir lieu trois jours plus tard à peine, et les dames de la ville se plaignaient du délai trop bref accordé à la préparation de leurs toilettes. Les perruquiers furent pris d'assaut. Et les joailliers juifs, qui louaient des parures du soir en or et pierres précieuses, décidèrent, de concert, vingt pour cent d'augmentation de leurs tarifs. Quant aux fleuristes, ils passèrent deux nuits entières à confectionner les bouquets que chacune voulait avoir au corsage, à la ceinture ou à la main.

Cette soirée sans Alban n'intéressait guère Casilda. Elle décida de « rafraîchir » sa robe de mousseline rose et de cueillir deux camélias dans le jardin d'Eugénie. Elle les piquerait dans ses cheveux et reconstituerait ainsi, grâce aux chaussures retrouvées, sa tenue du soir inaugurée au consulat de Suède deux ans auparavent.

Comme il allait être l'heure de fermer son atelier, elle y vit entrer Iris Deschamps, l'une des trois dames de la « Maison des balcons », l'une des trois « artistes lyriques » du « Café de la perle ».

Sans autre préambule qu'un bref bonsoir, accompagné d'un vague sourire, Mlle Deschamps attaqua aussitôt. C'était sa manière, dont elle disait : « Pourquoi perdre du temps ? Les rides arrivent si vite ! »

— Madame Manerville, je vous fais juge : ce matin, jour du départ du navire à vapeur pour Toulon, Mme la marquise de Valensi, *la fausse,* s'est embarquée, sur l'ordre de M. le marquis de Valensi, parce que Mme la marquise de Valensi, *la vraie,* est arrivée ici hier ! Que M. le colonel marquis ait une vraie et une fausse femme ne me concerne pas, chacun est libre... enfin, presque. Parce que le pauvre colonel ne l'est pas tout à fait. Sa vraie femme exige le départ immédiat de la fausse, que nous croyions, nous, être la vraie depuis au moins trois ans ! Bref, cette histoire m'importerait peu si je ne savais que Mme la marquise de Valensi la fausse, supposée être en mer, a simplement simulé un départ, puis est revenue ici dans la barcasse d'un pêcheur. Elle sera au bal mercredi. Elle me l'a dit. Parce que c'est chez moi qu'elle s'est réfugiée. Cela posé, dites-moi, madame Manerville, vous qui êtes une femme honnête, ce qu'est Mme la marquise de Valensi, la fausse, sinon une cocotte ? Or, cette cocotte ira chez le gouverneur. Alors, je vous le demande : pourquoi pas moi ?

— En effet, pourquoi pas vous ? dit Casilda en souriant.

Elle sortit alors de son tiroir les invitations qu'elle n'utiliserait pas. Et, de sa plus belle plume de ronde, celle qui lui servait à écrire le nom des clients sur ses factures, elle traça celui d'Iris Deschamps. Cela fait, elle demanda, le regard brillant de malice :

— Et comment s'appellent vos deux amies ?

Stupéfaite et les larmes aux yeux, Iris murmura :

— Elles aussi ? Vous feriez ça, madame Manerville ? Ah ! ni elles ni moi ne l'oublierons jamais ! Et... iriez-vous jusqu'à permettre que je vous embrasse ?

Comme la chanteuse allait se retirer, Casilda lui demanda :

— Mais comment saviez-vous que j'avais des invitations inutilisées ?

— Eh, madame Manerville, à quoi ils nous serviraient nos balcons, sinon à regarder ce qui se passe dans la rue ? J'ai vu les chaouchs du palais s'arrêter au moins six fois chez vous. Je me suis même dit qu'avec cette victoire des Portes de Fer il y avait bien de la pagaille chez le chef du protocole où on n'avait pas dû voir que vous étiez sans doute inscrite sur plusieurs listes !

Eugénie venait d'essayer la robe qu'elle porterait au bal du gouverneur. C'était celle du mariage de l'un de ses fils. Elle se demandait si ce velours corinthe, garni d'un col de dentelle de Malines, était « assez riche pour une si belle fête », lorsque l'une de ses domestiques mauresques vint lui dire qu'un monsieur avait frappé et qu'il attendait à la porte.

— Demande-lui ce qu'il veut.

— Il veut entrer.

— Mais qui est-ce ?

Aïcha haussa les épaules.

Alors Eugénie, agacée, alla voir de quoi il s'agissait dans sa robe de velours corinthe à col de Malines.

C'était le duc ! Le duc d'Orléans lui-même, attendant sur le perron qu'on veuille bien lui ouvrir.

Franchement, disait-elle plus tard, elle n'avait pas été intimidée. Pas du tout, elle avait été attendrie. Et pourquoi ? Parce qu'il avait si mauvaise mine, le pauvre enfant du roi ! Quel besoin avait eu ce vieux maréchal gouverneur dur à cuir de tant fatiguer ce jeune homme de santé délicate ? Est-ce que c'était nécessaire de lui faire faire ces cent vingt lieues au milieu de cailloux, de pierres et de murailles de roches noires ?

Elle avait prié le prince royal de s'asseoir. Et, pour qu'il reprenne un peu de couleur, lui avait offert du vin et des biscuits. Il avait bu et mangé ; il avait soif et faim, le pauvre. Et il avait raconté aussi et dit combien c'était affreux l'état dans lequel il avait trouvé les blessés et les malades de Philippeville — visités juste avant la balade dans les Biban. Ah ! Comme il était content d'avoir reçu la tente de chirurgie de Mme Morelli !

Eugénie avait essayé, pour que le duc se repose un peu, de l'empêcher de trop parler, mais sa mère la reine devait lui manquer n'est-ce pas, alors ça lui avait fait du bien de s'épancher auprès de Mme Morelli. Parce que c'était horrible, vraiment, l'état de ces pauvres soldats là-bas, agonisant couchés sur le sol, sans même la paille qu'on donnerait aux chevaux. Et râlant et demandant à boire. Ces horribles aides-infirmiers, toujours eux, ne les écoutaient pas et jouaient aux cartes pendant qu'on mourait à leurs côtés. Maintenant elle savait d'où ils venaient ces monstres, c'était de lâches personnages qui ne voulaient pas faire la guerre et se portaient infirmiers volontaires. Le duc allait rondement les faire expulser, mais se tracassait à la pensée que, ceux de Philippeville disparus, il en resterait sans doute encore dans chaque camp d'Algérie. Ce n'était pas bon pour ce pauvre prince tous ces soucis.

Et qu'avait dit Son Altesse Royale en partant et remerciant à nouveau pour la tente ? Elle avait dit :

— A demain, au bal, n'est-ce pas, madame ?

C'était le bon Dieu qui lui avait conseillé d'essayer sa belle robe, juste ce matin-là. Parce que sans ça, comment l'aurait-elle reçu, le duc ? Dans la vieille camisole de droguet qu'elle portait pour aller à la pêcherie acheter son poisson ?

Le gouverneur, véritable vice-roi d'Algérie, avait un beau palais, une ancienne demeure du dey, qui avait, de l'extérieur, une apparence presque modeste. Mais cette simplicité, disait Elina, était une coquetterie de jolie femme cachant la plus somptueuse de ses robes sous un simple burnous blanc.

Casilda n'y était encore jamais entrée. Elle y arriva, dans son nuage de mousseline rose, encadrée d'Eugénie en sa toilette de velours corinthe, de Toussainte en taffetas bleu de France et de Louis Morelli en habit noir. Et, bien qu'elle eût fêté ses dix-huit ans il y avait à peine trois mois, elle n'avait guère l'air d'être plus âgée qu'à sa première soirée algéroise au consulat de Suède.

La calèche qui suivait immédiatement celle des Morelli était la voiture de louage d'Iris Deschamps et de ses amies. Elles en descendirent dignes et discrètes, dans des tenues si sobres que les badauds assistant à l'arrivée des invités les applaudirent peu. Deborah, en robe rouge et plumes blanches dans les cheveux

— chez quelle revendeuse avait-elle déniché cette tenue-là ? —, avait eu, en revanche, un franc succès.

On arrivait devant la porte-véranda décorée de bouquets de palmiers et de bananiers. Les turcos, en grande tenue bleu-pâle, et les spahis, drapés dans leur burnous écarlate, faisaient la haie. Puis on parvenait au bas des escaliers où il semblait que toutes les fleurs, tout le contenu des serres et des jardins de la ville eût été déversé. Et, cette année, le naturaliste de l'armée ayant réussi de fort beaux empaillages, on inaugurait une décoration nouvelle : des tigres, des lions et des panthères se promenaient parmi les plantes et les fleurs.

A l'entrée de la grande cour, abritée sous un ciel de pavillons aux couleurs des pays européens — barres d'Angleterre, aigle d'Autriche, étoiles américaines, croix des cantons helvétiques, aigle de Russie et clefs de Rome —, les maîtres de maison recevaient.

Devant le maréchal comte Valée et la maréchale, lui dans son uniforme bleu de nuit brodé d'or, elle dans une grande robe de soie amarante garnie de point d'Alençon et sobrement parée de perles, tous s'inclinaient, toutes faisaient leur révérence. Et, de là, on passait sous les immenses guirlandes vertes mêlées de fleurs de lauriers roses qui reliaient entre elles les colonnes de marbre encore surmontées du croissant doré des Turcs. Ces guirlandes se rattachaient aux quatre angles de la cour d'honneur à des faisceaux de fleurs de lis fort joliment assemblés par les décorateurs habituels du palais, des marins de l'escadre, reconnus les plus artistes en ce genre de travail. Il arrivait, disait-on, que, certains parmi les meilleurs de ces spécialistes étant en mer au moment d'un bal, le vice-roi et la vice-reine en fussent fort affectés.

Quadrilles, polkas, galops, deux orchestres aux extrémités opposées des deux salles de danse où l'on accédait enfin, en répandaient les accords. Et l'on découvrait alors toute la splendeur de l'Orient s'épa-

415

nouissant soudain dans les lumières et la musique. Ce qui se pouvait imaginer de plus enchanteur en fait d'évocation des Mille et Une Nuits était là.

Les faïences qui paraient les murs, comme des bijoux les gorges des femmes, étaient des arabesques d'or que l'éclairage des bougies faisait vibrer et scintiller en des millions de paillettes reculant les limites de ces pièces dans un espace de rêve où vibrait un monde de soies, de broderies, de fleurs, de dentelles, de perles, de pierreries et de sourires.

— Tu vois, petite, murmura Toussainte, il fallait que je contemple ça avant de mourir. Et c'est sûrement un avant-goût du paradis, parce que, vrai, ça ne doit pas pouvoir être plus beau là-haut.

— Oh ! dit Eugénie, son regard perçant cherchant à découvrir le duc d'Orléans, ce doit être encore plus grandiose aux Tuileries !

— Non, madame, dit Horace Vernet qui venait de monter l'escalier de marbre comme il aurait gravi le glacis de Constantine au matin de l'attaque de la ville, au pas de charge, non, madame, rien ne peut être plus superbe que ce que vous voyez là. Son Altesse Royale, elle-même, me le disait à l'instant. Il y a ici quelque chose en plus que vous ne verrez nulle part.

Et, prenant Casilda par la main, comme il l'aurait fait d'une petite fille en robe de mousseline rose à qui on va montrer une vitrine de jouets, il l'entraîna et lui expliqua, avec la même fougue qui menait son pinceau :

— Ouvrez bien vos yeux, ma belle, le spectacle est digne de vous et vous êtes digne de lui. J'aime que les belles choses soient regardées par des êtres beaux, je prétends qu'il s'instaure alors une complicité à la plus forte puissance, une quintessence de la beauté. Il passe un fluide, un courant qui exalte. Et celui qui regarde tout cela, *moi* en l'occurrence, est alors bien près de toucher de la main la perfection. Maintenant, admirez cette salle. C'est un tableau. « Un tableau est un carré, un rectangle, un plan de l'espace dans lequel l'assemblage humain fait un édifice. » J'y lance les grands traits du quadrillage où je vais organiser mon dessin. (Il fit mine de tracer une immense croix et parut bénir largement l'assistance.)

« Au centre rien. Rien et tout. Je veux dire, selon ma formule, pas de héros ou d'héroïne, néanmoins, le cœur du spectacle : visages éblouis, épaules laiteuses, perles et pierreries, somptueuses chevelures fleuries ou enrubannées, soies et dentelles mêlées aux chamarrures et à la rutilance des uniformes à épaulettes d'or. Mais l'essentiel de la composition n'est pas là, ou plutôt serait banal sans ce qui le ponctue en ses quatre coins. Tout l'accent de l'œuvre, dès le premier bal qui se donna ici, fut mis par la foule des invités elle-même qui, à l'entrée de cette salle, se divisa comme un fleuve en quatre branches d'un delta. Maintenant regardez là, à notre droite : amas de burnous neigeux ou rouge sang barrés de décorations, turbans immaculés, bottes écarlates. C'est le clan des grands Arabes ralliés, aux regards à la fois tristes, impérieux et, parfois, méprisants. En diagonale, et le plus loin possible d'eux, les Juifs de la haute banque et du haut négoce — sentez-vous passer le souffle haineux qui sépare les deux groupes et en même temps les assemble, les premiers n'ayant jamais su se débrouiller en affaires sans les seconds ? Il y a ici, chez les hommes, encore quelques costumes semblables à ceux des Maures, de drap ou de velours brodés d'or, mais déjà beaucoup d'habits noirs. Dommage, c'était plus beau autrefois. En revanche, les épouses juives sont encore, à ce que je vois, fidèles à leurs vêtements ancestraux. Les hautes çarmas d'or constellées de pierreries sont le symbole de l'or et de l'argent qui roula et roulera encore dans ce pays. Surmontant les visages si pâles aux grands et beaux yeux un peu tristes de ces femmes, luisent les précieux souvenirs des courses barbaresques et des prises fabuleuses rapportées. Les dames-ancêtres de ces belles dames-là furent couronnées de l'or que les butins turcs laissaient au passage dans les mains de leurs pères et maris changeurs. La splendeur de ces coiffures, les éclats du métal, le scintillement des pierreries est le point le plus lumineux du tableau.

« Ces deux groupes-là sont ce qui existait *avant*. Avant nous. Et nous, nous sommes l'autre diagonale : là, l'état-major de l'armée d'Afrique, aussi fier, aussi brillant que la noblesse arabe. Tons sombres pointillés d'or et d'argent. En face, les fonctionnaires et les civils. Le clan le plus gris, malgré les uniformes brodés.

« Et voilà ! Savez-vous comment notre amie Elina l'appelle, ce tableau ? *Le jeu des quatre coins*. Je vous souhaite, ma belle, longue vie et fréquents bals ici, et peut-être, vous qui êtes si jeune, verrez-vous les quatre coins se confondre et le tableau devenir banal. Moi, qui suis un artiste égoïste, j'aimerais que cela restât ainsi toujours, parce que c'est ainsi que c'est original, beau et vrai... Regardez encore : au croisement des deux diagonales, on danse, on ne pense à rien. Autour, on se guette sans pitié et même avec haine. Et là, dans ce coin, à gauche, luit l'or qui domine tout, en ces pointes hérissées des çarmas des dames juives. Ce tableau je l'appelle... Mais comment donc le nommeriez-vous, vous ?

— Je crois que je dirais : « Tant de beauté... N'est-ce pas trop ! »

— Ah ! Jamais ! Jamais trop ! Comment vivrions-nous sans la beauté ? Comment oublier la mort, sans elle ?

— Seriez-vous, maître, comme ce peintre qui ne voulait pas partir pour toujours sans un bel objet sous les yeux, vous rappelez-vous ?

— Non, lequel ?

— Un élève de Verrocchio, je crois, à qui on présenta, à son agonie un crucifix quelconque et qui le refusa, en réclamant un de Donatello sans lequel il mourrait désespéré.

— D'où tenez-vous cette histoire que je ne connaissais pas ?

— J'avais une vieille institutrice qui aimait la beauté elle aussi. Elle me demanda une rose, pour s'éteindre en la regardant...

— Comme vous êtes sensible, vous avez les larmes aux yeux en pensant à elle !

Était-ce à la chère Mlle de Lussan qu'elle pensait vraiment, ou à cet homme apparu soudain dans sa vie et disparu si vite ? Il lui disait qu'elle était belle... Où était-il, se demanda-t-elle pour la centième fois pendant que le maître lui prenait la main, la baisait et disait :

— Allons, allons, il faut sourire ce soir. Je regrette de ne pas pouvoir rester plus longtemps auprès de vous à vous divertir. Je vous aurais conté mille sornettes pour vous égayer, mais vous voyez cette dame, là-bas, qui a l'air d'une impératrice romaine telle qu'on se les imagine, belles, dignes, raides, et même un peu ennuyeuses dans les plissés et les drapés de leurs tuniques. C'est la baronne de Bondurant. Elle se considère comme la première dame d'Alger. Pas par le rang, elle sait bien que l'épouse du gouverneur passe avant elle, mais longtemps elle fut la seule femme, la seule *dame*, veux-je dire, d'Alger. La première qui ouvrit un salon, y reçut et, en quelque sorte, créa la société ici. On lui doit des égards. Si je m'y soustrayais, je me ferais une ennemie de plus, et j'en ai déjà bien assez comme cela. Après j'irai voir Mme de Rigodit, la femme de l'amiral. Elle a eu le deuxième salon, tout en considérant, à part elle, que c'était le premier en qualité. Et ainsi j'en aurai fini avec mes politesses de la soirée, et je vous reviendrai, ma belle.

Il s'en fut, de son allure martiale, comme s'il allait attaquer le palais. Casilda souriait encore à le regarder s'éloigner, lorsque Saint-Hilaire, qui avait attendu le départ du peintre, s'approcha d'elle. Il n'avait pas l'air content. Et il disait, en parlant un peu trop vite, parce qu'il était ému :

— La prochaine perruche que j'entends appeler *Bergamote* le colonel Changarnier, sans savoir ni ce qu'elle dit, ni de qui elle parle, je la...

— Vous ne pouvez ni la souffleter, ni la provoquer en duel. Donc, vous ne ferez rien. Quelle importance d'ailleurs ?

— Je n'aime pas qu'un si beau guerrier, si courageux, si ardent, soit ridiculisé par qui n'a jamais vu sa splendide attitude au feu. A-t-il été assez crâne dans les Biban !

— Je croyais que l'affaire s'était passée sans un seul coup de fusil ?

— On ne le raconte pas, mais il y a eu tout de même un engagement pendant cette expédition, et le colonel a eu son cheval tué sous lui. Il est le premier à le taire et à dire que cette fois-ci le pire à redouter n'était pas un combat — encore que nous eussions été écrasés s'il y en avait eu un sérieux —, l'ennemi était la nature. Peut-être ne vous a-t-on pas encore dit que la sombre horreur de ce défilé des Biban dépassa, et de beaucoup, l'idée que nous avions pu nous en faire. Pendant six kilomètres, un ruisseau, filet d'eau que deux heures de pluie élèvent à huit ou neuf mètres, circule entre deux parois de granit absolument nues, exactement verticales et dont la hauteur varie de cent à deux cents mètres, et si rapprochées l'une et l'autre qu'il nous a fallu décharger les mulets. Avec le beau temps, sept heures furent nécessaires à notre petite colonne pour franchir ce parcours de six kilomètres. Si l'orage, qui nous a inondés une demi-heure après notre sortie, nous était tombé dessus pendant que nous défilions sur un seul rang entre les impitoyables parois, nous aurions tous été noyés. Car la pluie déversée pendant que nous quittions ces lieux sinistres a laissé un limon de trente mètres de hauteur !

— Mais c'était folie de faire une chose pareille !

— C'était folie, dit Herbert en riant. Mais que sommes-nous, tous dans ce palais, à part quelques vieux crabes endormis sur les sofas, là-bas, sinon de jeunes et beaux militaires tout près d'être fauchés dans notre fleur ? Nous attendrissons les jolies dames et demoiselles. Celles qui me donneront ce soir une rose de leur bouquet pensent que peut-être demain les autres pourront servir pour mon cercueil. Savez-vous ce que l'une de ces belles m'a dit un jour ? « Quand je vous regarde, M. de Saint-Hilaire, pendant que nous dansons, c'est affreux, mais je ne peux pas m'empêcher de vous voir décapité. » Casilda, ma chérie, me voyez-vous aussi, sans tête, et courant, malgré cela, comme un canard auquel on a tranché le cou ? Et ne m'accorderez-vous, ce soir, rien de plus que l'un de vos sourires ? J'attends depuis si longtemps autre chose. J'attends depuis ce premier bal où, toute semblable, toute rose comme la plus belle des roses, vous m'êtes apparue, pieds nus et souriante. Casilda, quand m'aimerez-vous un peu ?

— Mais je vous aime beaucoup, Herbert, beaucoup.

— Cela, c'est trop !

— Merci d'être revenu de vos Portes de Fer, merci d'être là, et, je vous en supplie, ne vous laissez pas couper la tête, j'en aurais trop de chagrin.

— Je vous le promets, dit-il en soupirant et en prenant ses deux mains qu'il baisa.

— Ah ! je vous cherchais ! dit Ephraïm, qui poussa, lui, un soupir de contentement.

— Qui ne cherche Casilda ? dit Saint-Hilaire en s'éloignant.

— Vous allez venir nous voir ? demanda Ephraïm. Nous sommes là-bas. (Et il désigna le coin de la salle où, sous des brassées de lis, étaient, debout, hiératiques, les femmes de sa famille et quelques autres. Il ajouta :) Elles veulent vous voir, elles vous aiment. Et vous allez peut-être les calmer, parce qu'elles étaient encore en révolution.

— Pourquoi donc ?

— Comment, pourquoi donc ? Mais toujours pareil, parce qu'elles ne veulent pas évoluer !

Il était difficile, se disait Casilda, de s'empêcher de sourire, mais il fallait garder l'air très sérieux, Ephraïm avait l'air, lui, si soucieux et si désolé. Et une grande bouffée du souvenir de ces après-midi passés à El-Biar, chez les Solal, lui monta du cœur. Parfums de fleurs et de confitures, cris d'enfants, imprécations de la vieille dame, provocations des jeunes et, sur tout cela, des chants d'oiseaux et le ciel bleu et le soleil, et là-bas, au loin la mer, scintillant comme un saphir...

— C'est que vous ne savez pas tout le *broumitch* que ça a été depuis le passage des Portes de Fer, enfin depuis qu'on a reçu les invitations, avec un mot de la main même de Son Excellence disant qu'elle comptait sur nous tous ! Parce que même ma grand-mère est là, elle adore notre gouverneur. Elle adore, d'ailleurs, tous les gouverneurs et leur offre des confitures à tous ! Elle en a fait porter, un jour, au maréchal Valée et celui-ci lui a renvoyé, en remerciement, un petit morceau de drapeau à fleurs de lis — oh ! cinq centimètres carrés ! — celui qui a été déchiqueté à Sidi-Ferruch. Il faut dire que ma grand-mère présente toujours ses gelées d'arbouses ou de melons dans des confituriers de vermeil ; elle adore aussi le vermeil ! Et celui du maréchal était du XVIIe siècle, un joyau. Pourquoi a-t-elle plus gâté « Vieux Louis XI » que les autres qui n'ont eu droit qu'à un poinçon moderne ? On ne le saura jamais vraiment. Avec ses envois de sucreries et d'argenteries, elle leur écrit à tous à peu près la même chose. Elle les remercie d'être là, d'être la France, et de veiller sur les Juifs qui ont tellement souffert avant l'arrivée de l'armée d'Afrique. Elle ajoute qu'elle prie pour que l'Éternel, à son tour, veille sur lui, Maître de ce pays. Mais nous ne savons pas ce qu'elle a pu rajouter dans la lettre au maréchal Valée, elle ne nous l'a pas montrée. Ma mère suppose qu'elle a été plus généreuse avec lui parce qu'il ressemble physiquement à mon grand-père. Et elle est bien capable de le lui avoir dit ! Bref elle est là, d'abord pour faire plaisir à son maréchal, mais aussi pour surveiller que toutes ses filles, nièces et cousines se tiennent bien, dressées sur leurs escarpins à talons... et ne les enlèvent pas. Parce que j'ai eu le malheur de leur raconter votre aventure, à la soirée chez le consul de Suède, et elles ont toutes dit que si elles avaient mal aux pieds elles se débarrasseraient de leurs chaussures. Les pauvres, c'est la première fois qu'elles en mettent, des souliers européens, pour obéir à mon père. Si vous saviez le hourvari que ça a fait quand il a dit que les femmes de sa maison ne porteraient plus ni mules, ni çarmas !... Après quatre jours entiers de révolution, mon père a cédé. Pour ce bal-ci encore elles pourraient mettre leurs costumes habituels mais elles se chausseraient à la française. Les pauvres, venez les voir, elles vous attendent.

— Allons-y !

— Ah ! Merci.

Et Ephraïm, se saisissant des deux mains de Casilda, les baisa.

Elle le regarda, attendrie. Il était beau dans son habit noir bien coupé, le plastron de sa chemise piqué de diamants. Mais il était tellement plus superbe encore dans ses anciens costumes maures brodés.

Lorsqu'elle parvint à s'arracher aux resplendissantes dames Solal dont les robes d'apparat, vues de près, étaient des œuvres d'art parsemées de pierreries et les parures de diamants — pas louées celles-là ! — dignes de reines, elle fut immédiatement rejointe par Romain Deslandis piaffant et ne cessant de mettre son doigt entre son cou et son col tant il semblait souffrir de chaleur et d'impatience.

— Cette danse-ci est-elle, enfin, pour moi ? Il faut que je vous parle.

Elle se laissa entraîner vers le galop qui commençait, mais Romain s'arrêta en chemin :

— Réflexion faite, c'est une danse parlée que je préférerais, allons sur la terrasse.

Elle y alla. Il faudrait bien, un jour ou l'autre, lui dire qu'il n'attende plus, qu'elle ne l'épouserait pas.

Il était bien question de cela ! Il se mariait !

Elle en fut si soulagée qu'elle le saisit aux épaules et l'embrassa sur les deux joues. Il sentait bon le savon fin et un peu l'orange, comme s'il se fût frotté à l'un de ses arbres avant de venir. Il sentait bon aussi le bon garçon simple, droit, honnête qui rentrerait le soir de ses champs crotté ou poussiéreux selon le temps, s'étrillerait en chantant — faux, sûrement — dans son tub de zinc et ferait six beaux enfants à sa femme. Elle le regarda avec tendresse. Avait-elle laissé passer le bonheur simple et chaud dans une grande maison claire en laissant ce beau garçon aller vers une autre ? Peut-être bien.

— Parlez-moi d'elle.

— Elle vous ressemble. C'est d'abord pour cela que je l'ai aimée. Et, maintenant, je l'aime pour elle.

— A la bonne heure !

— Et j'ai obtenu de mon père un haouch en Mitidja. Il a d'autres fils pour son domaine de Chéraga. Moi, je veux être chez moi. Je pars après-demain visiter mes terres et j'emmène Julie.

— Ne sera-ce pas trop dur pour elle de vivre là-bas ?

— Elle est aussi courageuse que vous.

— Quand me la présentez-vous ?

— Elle est ici. Je vais la chercher.

Mais la future Mme Deslandis ne fit pas connaissance ce soir-là avec Casilda. Comme celle-ci se penchait par-dessus la balustrade de chêne, ouvragée comme une dentelle, pour apercevoir en dessous d'elle la longue galerie où, sur de hautes stèles de marbre, les huit gouverneurs qui avaient précédé « Vieux

Louis XI » étalaient leurs torses couverts de médailles, elle sentit sa taille enserrée entre deux mains à la fois douces et fermes et elle sentit aussi ce parfum d'eau de lavande et de chébli qu'elle n'avait pas oublié.

Elle n'osait pas tourner la tête vers Alban. Et elle se disait, tout à la fois : « Il est là ! Il est là enfin », et : « Toujours je me souviendrai de la tête du maréchal Drouet d'Erlon sur sa stèle, flanqué d'un tigre et d'une panthère noire empaillés qui paraissaient trouver son buste trop haut perché pour oser l'attaquer. C'est en regardant cet étrange spectacle que je me disais : "Il est revenu". »

Alors seulement elle tourna son visage vers le sien.

— Comme la première fois ! murmura-t-il. Vous êtes toute semblable à la première fois, et jusqu'à votre petite fossette, là...

— Et d'où sortez-vous ?

— Dites-moi plutôt à combien d'hommes vous auriez donné ce soir vos mains à baiser et combien de vos danseurs vous aviez décidé d'embrasser si je n'avais pas décidé, moi, que cela suffisait. Je vous regarde depuis votre arrivée ici et je me demande qui n'est pas venu vous offrir son cœur ! Mais je vous annonce que je me suis juré de vous enlever et devant toute l'assemblée présente ici.

Les trois dames artistes lyriques qui n'avaient jamais laissé entre Casilda et elles un trop grand espace, assez inquiètes à la pensée qu'il pût y avoir un contrôle supplémentaire des invitations, et supposant que leur bienfaitrice les aiderait mieux de près que de loin, entendirent Alban, qui d'ailleurs n'avait pas baissé le ton. Un enlèvement ! Elles venaient pour la première fois à un bal au palais et il allait y avoir un enlèvement ! Celui de leur jolie protectrice, et par ce beau M. Davesnes qu'elles avaient vu, un soir, parmi l'assistance du « Café de la Perle » et jugé aussi inaccessible, s'étaient-elles dit tout de suite, que ce désert du Sahara dont on parlait beaucoup mais que l'on n'approcherait certainement jamais.

Alors, les trois chanteuses oublièrent leurs bonnes résolutions de ne pas se faire remarquer et d'être aussi parfaites que des images d'église, et elles s'écrièrent, avec un ensemble qui devait leur être habituel lorsqu'elles entonnaient un de leur refrain à trois voix : « Bravo ! Bravo ! Enlevez-la, vous ne trouverez jamais mieux ! »

Par une synchronisation fortuite mais parfaite, comme le hasard s'amuse parfois à en régler, ce fut à cet instant que la vraie marquise de Valensi découvrit la fausse. C'était là ce que tous ceux qui savaient le scandale attendaient depuis le début de ce bal. Le départ de Casilda et d'Alban passa inaperçu.

Seules, Elina et Toussainte qui les avaient vus se rejoindre les regardèrent, intensément intéressées, s'éloigner ensemble. Elles reprirent ensuite leur conversation un instant interrompue, mais le sujet en fut différent.

— Où allons-nous ? demanda Casilda.
— Nous allons chez nous. A Mustapha. Nous y avons la plus belle vue du monde et nous regarderons briller les étoiles...

Plus tard, il leur arriva souvent de dire, lorsqu'ils se sentaient très amoureux l'un de l'autre et désiraient ardemment être seuls : « Si nous allions regarder briller les étoiles ? »

*
* *

Le 5 novembre, le duc d'Orléans donna un dîner en plein air sur l'esplanade de Bab-el-Oued, à toute sa division.

Le gouverneur et les principales autorités civiles et

militaires assistèrent à ce repas frugal et gai. Au dessert, le prince, monté sur la table pour se faire mieux entendre, prononça un discours. Il prophétisa à l'Algérie « une longue paix assurée par notre récente opération aux Portes de Fer ». Le colonel Changarnier dit alors, à mi-voix, à chacun de ses voisins, le maréchal de camp Rostolan et le colonel de Bourgon : « Non, nous aurons la guerre dans quinze jours ! »

Le 11 novembre au matin, Ulysse, encore dans le bonheur de sa soirée au palais, annonça à Deborah qu'il leur fallait aller à La Rassauta, chez le prince de Mir, y apporter la pièce qu'il avait reçue de France afin de réparer le merveilleux clavecin du XVIIIe siècle.

Deborah aurait préféré que l'on remît cette petite expédition, Alexander était enrhumé. Ulysse précisa alors combien le prince avait d'ennuis en ce moment. Son exploitation marchait mal et le gouvernement parlait de lui retirer la jouissance de cette énorme concession de deux mille hectares. M. le général de Mir avait toujours été parfait pour eux, il serait désobligeant de le faire attendre en cet instant précis où il pourrait croire que son bateau étant prêt de couler les rats le désertaient. D'ailleurs, lui, Ulysse, ne croyait pas à l'effrondrement de La Rassauta. Un homme comme le prince qui avait débarqué sans avoir en poche de quoi payer les portefaix qui transporteraient ses bagages — il était de notoriété publique que le Trésor avait réglé pour lui jusqu'à cette dépense infime — et qui, parti de moins que rien, avait étonnamment réussi, s'en tirerait encore cette fois-ci. Il fallait donc être à ses côtés en cette heure difficile. Et Ulysse proposa d'y aller seul. Mais Deborah voulut l'accompagner. Elle laisserait Alexander chez Eugénie Morelli et Ourida bercerait les deux bébés.

Ils partirent donc, de bon matin, alors que le brouillard n'était pas encore levé, mais avec la promesse d'une belle journée. Ils dîneraient à La Rassauta et y coucheraient, après avoir donné un petit récital au prince qui ne résisterait pas au plaisir de leur en demander un. Ils rentreraient dès le lendemain.

Ils partirent confiants. Le prince royal qu'ils avaient écouté le jour du banquet de l'esplanade Bab-el-Oued, avait donné espoir à tous, la paix était là, consolidée par cet exploit de l'armée. Ils étaient plus inquiets, en fait, du sort du prince de Mir qui, à y bien réfléchir, paraissait avoir vu trop grand. Mais ils étaient contents d'aller lui manifester leur sympathie. Il fallait s'entraider dans les mauvais moments. Ils n'étaient pas mécontents de leur attitude chevaleresque et, même, s'en félicitaient, lorsque les deux premiers cavaliers hadjoutes apparurent au détour d'un chemin, puis d'autres et d'autres encore...

Tout fut d'une effarante rapidité. Ulysse eut le réflexe de faire faire demi-tour à son cheval — il était moins loin d'Alger que de La Rassauta —, et de mettre sa bête au grand galop. Mais il fut immédiatement rejoint et dut à peine apercevoir l'éclair de la lame du sabre tournoyant vers lui avant d'être décapité. Le sabre du célèbre Djilali Ben-Dououdad dont la réputation, survolant plaines et montagnes, disait qu'il n'avait pas son pareil pour détacher avec précision et élégance une tête d'un corps.

Deborah, dans un hurlement, déchargea son fusil sur l'Hadjoute avant d'être à son tour, non pas décapitée — les têtes de femmes n'étaient pas de nobles trophées —, mais atteinte par le yatagan de l'un de ceux qui rejoignaient leur chef. Elle avait eu le temps, avant de s'évanouir, de voir Djilali Ben-Dououdad, blessé au bras par elle, lâcher la tête sanglante de son mari qu'il tenait par les cheveux.

En s'enfuyant avec son fusil et le cheval, les assaillants la laissèrent pour morte dans le fond du cabriolet.

Elle fut découverte, le soir même, par un détachement de colons qui patrouillaient et amenée à l'ambulance de Bou-Farik où la sœur du baron de Vialar la jugeant à toute extrémité lui fit donner les sacrements par l'aumônier tremblant de fièvre.

On sut qui elle était par la plaque, au nom de l'entreprise Marchandeau, qu'Ulysse introduisait sur la paroi du cabriolet dans deux glissières lorsqu'il partait en déplacement d'affaires. On prévint les Dynensen.

Deborah fut soignée et veillée par Mlle Emilie de Vialar pendant plus d'un mois.

Lorsqu'elle fut transportable et conduite chez Alban et Casilda où l'attendait le petit Alexander, on s'aperçut qu'elle n'avait pas recouvré la raison, et il y avait de fortes chances pour qu'elle ne lui revînt jamais. On découvrit alors, à écouter le bavardage monotone et quasi ininterrompu de la pauvre folle, qu'elle se croyait la femme du gouverneur général de l'Algérie et s'inquiétait qu'on ne sût sa nationalité d'Anglaise. Elle répétait sans cesse que la cour de Saint-James lui avait ordonné de la dissimuler et recommandé de se méfier du consul de Grande-Bretagne qui la connaissait.

*
* *

Le lendemain de l'assassinat d'Ulysse Marchandeau, et l'ignorant encore, Romain Deslandis décidait de visiter l'haouch que son père acceptait — sans plaisir — de lui acheter en Mitidja.

La jeune Julie, sa fiancée, devait aller avec lui découvrir son futur domaine. Mais ses parents, au dernier moment, voyant que leur futur gendre ne s'était fait accompagner d'aucun chaperon, ne purent laisser ainsi partir leur fille avec un homme sur les routes de cette Algérie où il y avait, certes, encore peu de leurs connaissances, mais où une rencontre avec une personnalité de la ville était néanmoins possible. Ce fut ce souci de sauvegarder les convenances qui sauva la vie à Julie Barrière. Romain fut attaqué par le fameux Hadjoute Brahim Ben-Khouiled, celui qui excellait dans l'art de prendre les apparences les plus diverses. Celui que Casilda croyait avoir tué et qui n'avait été que blessé.

Ce matin-là — ses partisans dissimulés derrière des palmiers nains —, Brahim était un pauvre marabout aveugle posté au bord de la route de Bou-Farik et tendant la main pour recevoir l'aumône sacrée.

On retrouva le cadavre du jeune homme, décapité, trois jours après, derrière un agave.

*
* *

Lorsqu'il avait appris la traversée des Biban par un détachement de l'armée d'Afrique, le 31 octobre dans son camp de Tagdemt, Abd el-Kader s'était écrié : « Louanges à Dieu ! L'Infidèle s'est chargé de rompre la paix ; à nous de lui montrer que nous ne craignons pas la guerre ! »

Alors il adressa, au gouverneur de l'Algérie, sa déclaration :

« Je t'ai déjà dit que tous les Arabes sont d'accord pour faire la Guerre sainte. J'ai employé tous mes efforts pour changer leur idée ; mais personne n'a voulu la durée de la paix et je suis obligé de les écouter pour être fidèle à notre sainte Loi. Ainsi, je me conduis loyalement avec toi et je t'avertis de ce qui est... Avec tous les croyants, je choisis la guerre. »

Les Hadjoutes n'avaient pas attendu la déclaration de l'émir. Dans leur impatience, ils le précédaient de quelques jours et attaquaient la Mitidja.

Avec une force égale à celle de l'enthousiasme qui avait accueilli le retour des Biban, la panique s'empara d'Alger. L'émir, pour affirmer son pouvoir, voudrait sûrement conquérir la ville.

On eut beau dire, comme du temps des Turcs, qu'Alger s'appelait « La bien gardée », on s'effraya et beaucoup de pessimistes tentèrent de vendre leurs biens à quelques optimistes.

Vitalis Bernardini faisait partie des premiers, Toussainte Maurin-Darbière des seconds. Contre ce qu'elle appela « une poignée de prunes », en pensant à son frère, elle acquit Ferme Blanche en disant : « Même si je n'ai acheté que la tombe de ce neveu que je n'ai pas connu, ce n'est pas cher ! »

9.

— Peut-être me direz-vous ce qui vous éloigne si souvent d'Alger ?

— Certes. Mes affaires.

— Quelles sont-elles ?

Voyant qu'Alban ne répondait pas immédiatement, Casilda ajouta :

— Si, toutefois, il n'y a rien là d'indiscret.

— Nullement. Mais ce ne sont que tractations dont les détails vous ennuieraient.

— Ah !

Ils rirent tous deux.

Casilda, parce qu'elle l'avait là, tout contre elle, son bien-aimé, et se souciait en fait assez peu de ses secrets. Alban, parce qu'il s'amusa de ce « Ah ! » où il crut percevoir toute l'étendue d'une curiosité très féminine, très déçue, mais très héroïquement contenue.

— Mon cœur, je peux vous jurer qu'il n'y a, dans ce genre d'affaire-là, aucune femme.

Qu'allait-il donc penser ? Elle se redressa — ils étaient couchés tous deux — et le regarda, se disant : « Voilà l'homme que j'aime, dont je ne sais encore presque rien, et qui ne me connaît pas plus. » A ce stade de sa réflexion — et toujours les yeux dardés sur lui — elle s'interrogea, « à fond » comme elle disait,

432

pour conclure que, décidément, non, elle n'était pas jalouse et ne le supposerait jamais offrant des sérénades à une autre.

— A quoi pensez-vous, ma chérie ?

— A cet éternel problème des rapports entre humains.

Ce fut à son tour de dire, avec un air faussement sérieux :

— Ah !

Et il se redressa aussi.

Il avait une poitrine large et musclée dont la peau brunie laissait supposer de fréquents exercices physiques au soleil, torse nu, mais où et quand ? Alors, elle s'interrogea à nouveau : « Que faisait-il de sa vie lorsqu'il quittait la Régence ? Et où vivait-il en France ? Il faudrait bien qu'il le lui dise un jour. Il était, quand même, assez irritant — toute jalousie exclue — de ne rien savoir de sa vie. »

— Eh bien, essayons donc de nous comprendre. Par où commençons-nous ? demanda-t-il en souriant.

Elle aimait son sourire. Peut-être parce qu'il ne le prodiguait pas, se dit-elle, oubliant, sous le regard bleu de mer profonde, ses questions sans réponses.

Comme le soleil déjà haut atteignait leur lit, ils eurent soudain une vision d'eux-mêmes dorée et scintillante.

Chacun vit l'autre somptueusement offert à cette lumière neuve du matin, en eut de l'émerveillement et fut conscient, en cet instant, qu'ils étaient bénis des dieux.

Il y avait des tourterelles dans le patio. Elles roucoulaient à n'en plus finir et ils s'aimèrent encore une fois dans leur chant et dans l'entêtant parfum d'un vieux massif de daturas complice aussi. Plus tard, ce fut Alban qui rompit le silence ensoleillé dans lequel ils somnolaient et demanda, doucement, tendant son doigt jusqu'à la petite fossette de sa joue :

— Quand nous marions-nous ?

— Tout de suite.

Ce ne put vraiment être si tôt, mais ce fut très vite. Et avec la plus grande discrétion, car leurs amis et euxmêmes étaient tout à la tristesse de la mort de Romain et d'Ulysse et, sur la ville, arrivait, comme ces énormes vagues de fond qui ne frappent pas encore mais terrifient par leurs monstrueuses dimensions, la peur d'une attaque imminente de l'émir.

Mgr Dupuch, à la demande du gouverneur — Alban connaissait donc Son Excellence intimement ? —, bénit leur union un matin, devant Toussainte, les Morelli et les Dynensen.

Même sans cérémonie, il faudrait bien dîner, avait dit Eugénie, et on alla chez elle en quittant l'églisemosquée, prendre, comme elle le proposait, « un petit quelque chose ». Qui fut d'ailleurs — elle l'avait préparé en secret — d'une exquise délicatesse. Il s'agissait là, expliqua plus tard la maîtresse de maison, d'un menu qui n'offensât en rien les peines alourdissant les cœurs, mais fêtât néanmoins le bonheur de Casilda. Cela avait exigé de la subtilité et l'idée maîtresse de ne garder que l'excellence des matières premières et de refuser l'ostentation d'une préparation savante. Le tact était là. Autrement dit, les soles étaient superbes de fraîcheur et de charnu, mais seulement grillées, ainsi que les poulets de grain, et toutes savantes sauces rejetées comme déplacées. Quant au dessert, la tarte est, n'est-ce pas, le moins « habillé » qui soit ? Mais le feuilletage de la pâte avait l'épaisseur d'une aile de libellule.

Alban n'avait pas encore beaucoup vu la brave Mme Morelli, mais Casilda lui avait parlé de ses passions. Aussi leur offrit-il, au moment de l'entremets, la douceur la plus savoureuse qu'elles puissent goûter :

— Mgr le duc d'Orléans part de France ces jours-ci et nous arrivera très prochainement.

— Ah ! je le sentais ! s'écria Eugénie. Le cher prince ne pouvait nous laisser seuls dans le malheur qui nous guette !

— Ce n'est pas tout. Son jeune frère d'Aumale l'accompagne. Il fera ses premières armes sous les ordres de son aîné.

Cela laissa Eugénie sans voix un instant. Encore un prince ! Elle avait déjà eu ici Nemours, Orléans et Joinville et voilà qu'Aumale arrivait aussi ! Enfin, elle put dire, la main posée sur son opulent corsage, juste à la place du cœur :

— Seigneur Jésus, quelle belle journée !

Or il pleuvait à verse, et l'on pleurait Ulysse Marchandeau et ce jeune et beau Romain Deslandis, et la folie de la pauvre Deborah était horriblement présente à tous et Abd el-Kader ébranlait presque déjà les portes de la ville !...

Alors, malgré la tristesse et la gravité de l'heure, on ne put que rire.

Eugénie s'en aperçut à peine. Le roi avait cinq fils — Montpensier sans nul doute arriverait bien ici aussi, un jour, se disait-elle. Et ils aimaient tous l'Algérie ! Même, ils se la disputaient presque. Que pouvaient craindre les Français avec ces vaillants et superbes défenseurs ? Que pesait l'émir face à ces brillants et courageux princes ? Cette discrète, et même falote, reine Marie-Amélie, vraiment, quelle belle constance elle avait eue de donner ces cinq valeureux chevaliers à son royaume et donc à l'Afrique ! Nul doute que les Arabes, n'appréciant que les enfants mâles, n'admirent cette souveraine « au ventre généreux », selon leur expression qui valait ce qu'elle valait, mais disait bien ce qu'elle voulait dire. Eugénie eut envie de dire à son tour combien, plus elle avançait dans la connaissance de ces musulmans, plus elle était frappée par leur surprenante, mais néanmoins logique, façon de s'exprimer. D'ailleurs, qu'avait suggéré le duc d'Orléans, un matin, en croquant des petits sablés dans son salon ? Il avait murmuré, rêveur : « Nous gagnerions beaucoup à savoir les écouter. » Et cela, elle ne devait pas l'oublier. Elle ne devait oublier aucune de ses paroles. Elle eut grande envie de rappeler ici ce mot du prince, mais s'arrêta à temps. On s'inquiétait du sort de la pauvre Deborah. Ce serait mal venu.

Leur maison, à Mustapha, était belle et vaste. C'était l'une de ces demeures mauresque jaillissant comme une fleur blanche d'un bouquet de feuillages verts.

Elle s'appelait *Dar Malika* — « la Maison de la Princesse » — et Alban disait que nul autre nom n'eût pu désormais lui convenir mieux.

Adolphe Muller en avait dirigé les réfections et veillait jalousement à son entretien. Il notait sur un carnet, à banale couverture de moleskine noire, les splendeurs des plus remarquables demeures qui lui étaient confiées. Un carnet cher à son cœur, tout ce qu'il contenait était sauvé de la barbarie. Et n'étaient pas les plus barbares ceux que l'on pensait ! continuait-il à dire en soupirant.

Sur la page intitulée « Dar Malika », on pouvait lire :

« Celle que j'aurais achetée si Davesnes ne l'eût découverte avant moi ! Un bijou. Dès la porte, aux rosaces ciselées d'une exquise finesse, dès l'auvent de bois de cèdre travaillé comme une dentelle, on en devine les richesses. Dans la skiffa [1], dallage, arceaux, colonnettes et bancs, tout est de marbre blanc. La cour qui suit brille des plus riches carrelages de Delft aux trois couleurs, rose brique, bleu et crème, qu'un immense velum de soie rose farde délicieusement. Les galeries qui l'entourent, une fontaine qui chante dans

1. Vestibule.

une cour, tout cela est de marbre rose. Les appartements du premier étage éclatent en une gerbe de somptuosités raffinées. Chaque chambre a un coloris de faïence différent. Tous les tons de l'arc-en-ciel habillent sols et murs, mais dilués, comme passés au soleil et pailletés d'or. Pure merveille. Le dallage de la terrasse est de douze nuances de marbres différents et piqueté de bouchons de vermeil ciselés en forme de fleurs. Rien de mièvre, du grand art, de la poésie. La princesse pour laquelle on œuvra était peut-être si belle qu'elle dut inspirer ceux qui travaillèrent pour elle.

« N.B. : C'est ici que j'ai le mieux ressenti combien l'Arabe est différent de l'Européen. Ici, aucun besoin de paraître ; tout le beau est caché derrière l'aspect claustral des hautes murailles blanches. Rien n'est sacrifié au luxe du dehors, seuls comptent le bien-être et la joie du dedans que nul ne voit, hormis les propriétaires. On ne peut s'empêcher de se poser cette question : "Où donc est la grandeur ? Dans l'étalage ostentatoire des façades superbes d'Europe ? Ou dans cette noble discrétion ?" »

Sans savoir qu'elle allait dans le sens du petit carnet noir, mais avec moins de passion, Casilda avait interrogé Alban, lorsqu'ils visitaient ensemble « la Maison de la Princesse » :

— Dites-moi, est-ce égoïsme chez l'Arabe de vouloir cacher la beauté de sa demeure, ou dédain parfait de ce que peut en penser le passant, ou prudence, ou... que sais-je encore !

— L'Arabe, très sensuel, veut peut-être garder pour lui seul toute source de jouissance... Mais ce n'est pas que cela. Nous poserons votre question à mon vieil ami, professeur en islam. Je suis à peu près sûr qu'il vous répondra : « L'extérieur est pour le monde, l'intérieur est pour la vérité. » Est-ce ce genre de réponse que vous attendiez ?

Il parut un peu inquiet de ce qu'elle allait dire. Il est

toujours dans son drame, pensa-t-elle, et malgré l'optimisme dont elle se voulait débordante, elle se demanda quand il se guérirait de cette vieille blessure de son âme. Alors elle s'approcha de lui, se pendit à son bras et posa sa tête contre son épaule en murmurant :

— Ils ont bien raison, ces sages, de ne pas se préoccuper de l'extérieur et du monde et de croire que seule compte la beauté des cœurs.

Mais il ne se détendait pas. Il faudrait qu'un jour elle ait le courage de reprendre la conversation du lazaret avec lui. Plus tard. Elle avait déjà gagné qu'il veuille l'épouser malgré ses scrupules, le reste viendrait à son heure. Et elle avait, dans l'instant, plus urgent à résoudre.

Elle hésitait un peu à parler, et pourtant, il le fallait, alors elle s'élança :

— Cette maison... en avez-vous compté les chambres ? Moi, je n'ai pas tout vu encore et j'en suis déjà à douze ! Vous m'avez demandé, ce matin, quel bijou j'aimerais recevoir de vous. Eh bien, je préférerais un présent d'une autre sorte, j'aimerais remplir ces chambres en y logeant *ma famille*... Parce que vous ne le savez pas encore, mais vous ne m'avez pas épousée seule. Je suis... nous sommes au moins autant qu'il y a de chambres ici.

Alors elle énuméra : Aurèle bien sûr et sa petite Ourida, cela allait sans dire. Mais aussi tante Toussainte qui, par la volonté d'Abd el-Kader, ne pourrait fouetter ses chevaux vers la Mitidja avant peut-être longtemps. Et Deborah et Alexander, parce que les Dynensen étaient trop âgés pour les prendre en charge. Le Grand-Calanquais encore et le jeune Louiset, qui ne comprendraient pas de rester au consulat de Suède alors qu'ils étaient venus ici pour elle. Et, enfin, Meriem, qui avait dit hier ne plus vouloir rester à l'atelier et désirer devenir sa femme de chambre. Ouf ! Elle n'osait pas regarder son mari. Ce fut lui qui lui prit le menton, l'obligea à rencontrer ses yeux et dit :

— Et pourquoi donc croyez-vous que j'ai acheté cette grande demeure, sinon pour que vous y logiez qui vous plaira d'avoir à vos côtés ? J'aime, moi aussi, les maisons pleines. Autrefois, chez nous, nous étions au moins...

Il s'arrêta là, brusquement, et ajouta, se forçant à sourire :

— Irons-nous chercher nos hôtes très bientôt ?

Encore une fois, elle eut envie de lui dire : « Mais parlez donc, dites-moi tout de vous et des vôtres et de ce qui, je le vois, vous noircit la vie. » Mais, une fois de plus, son attitude distante, hautaine presque, la fit reculer. Si seulement les hommes consentaient à crier et pleurer, ils se porteraient bien mieux ! soupira-t-elle.

Et, comme elle le regardait avec une infinie tendresse, il la découvrit, une fois de plus, si chaleureuse, si fervente dans tout ce qu'elle donnait d'elle. Si intacte aussi, jamais atteinte par la médiocrité ou la méchanceté, vivant dans une opulence de sentiments purs et, par miracle, libérée des laideurs de la vie. Elle était, se dit-il encore, toute pareille à une œuvre d'art marquée du sceau royal de la qualité, semblable à l'un de ces beaux dessins aux contours nets et purs dus aux crayons de génies.

Soudain, il éprouva de l'envie face à cette imperturbable confiance en son destin qui était en elle un feu intérieur jamais éteint. Et elle garderait toujours, quoi qu'il lui arrivât, il en était sûr, ce beau scintillement de sa bonté sur son visage. Il se sentit laid, vieux, blessé à mort face à cette victoire radieuse qu'elle incarnait.

Il ferma les yeux, comme pour oublier, un instant, sa jeunesse et sa beauté.

Elle lui parlait, à nouveau. Il l'écouta à peine. Il n'entendait que sa voix. Une voix limpide si nette et si douce à la fois et qui faisait penser à un métal précieux dont on aurait assourdi le son dans de la soie.

Il rouvrit les yeux. Elle le regardait toujours avec une interrogation passionnée, mais aussi avec anxiété maintenant. « Elle doit être ainsi lorsqu'elle est inquiète pour son fils », se dit-il. Et une pulsation plus violente atteignit son cœur : elle saurait l'aider ! Elle l'aiderait. Avec elle, il ne serait plus jamais seul.

Il parvint enfin à écouter ce qu'elle lui disait.

— Ne vous gêneront-ils pas, ceux de mon petit clan ?

La pensée que c'était elle qui s'excusait, qui demandait, alors qu'elle donnait tout, l'émut profondément. Il la prit dans ses bras, la serra très fort contre son cœur. Mais ne put rien lui dire.

*
* *

Le jeune Aurèle, âgé de deux ans, avait quitté tante Eugénie avec son mobilier, son trousseau et sa berceuse Ourida. Et la pauvre femme en était affligée au point de déplorer jusqu'au départ de la petite Arabe et de laisser redoubler ses larmes en lui disant adieu.

Casilda dut écouter mille recommandations quant aux grandes précautions à prendre pour élever cet enfant.

— Ce n'est pas qu'il soit fragile, non ce n'est pas cela, mais il faut bien veiller sur lui et surtout insister s'il dit qu'il n'a pas faim, pour le nourrir quand même, parce que ce climat peut lui couper l'appétit. Je l'ai remarqué : les jours de sirocco, il ne fait que boire.

Casilda patiente, souriante, approuvait. Il fallait, en partant, laisser au moins à Eugénie la conviction qu'elle seule savait prendre soin d'Aurèle.

Blanchette vivait toujours et avait traîné, dans le jardin des Morelli, la charrette du petit garçon. Elle changea aussi d'écurie et d'allées de lauriers-roses.

— Si seulement Martial se mariait, gémissait Eugénie. S'il y avait des enfants chez nous !

Mais Martial ne se mariait pas. Martial, s'il ne travaillait pas rue Bab-Azoum, à la succursale algéroise de la Maison Morelli et Fils, était à l'hôpital militaire. Il y était allé, un jour, voir l'un de ses amis atteint de gangrène après une blessure au bras et avait assisté aux derniers moments du jeune officier qui n'avait que lui à son chevet. Depuis, il venait tous les dimanches « aider un peu », disait-il. Et l'un des médecins, ayant remarqué la fréquence de ses visites lui avait demandé :

— Est-ce la médecine ou les malades qui vous intéressent ?

— N'est-ce pas la même chose ?

Le docteur Warnier avait longuement regardé ce garçon aux beaux yeux tristes et dit :

— Venez me voir demain matin à 6 heures. C'est le moment de ma tournée dans les salles. J'ai, désespérément, besoin d'aide... et c'est sur le tas qu'on apprend le mieux.

Ni Eugénie ni Louis n'avaient désapprouvé le choix de leur fils, qui, désormais, donnait tout son temps aux malades et blessés dont le nombre augmentait sans cesse.

— Voilà un bon jeune homme à marier à l'une de mes jeunes filles, disait Elina.

Mais le bon jeune homme n'était venu qu'une fois, et pas deux, aux soirées dansantes du consulat.

— Faut-il que j'insiste ? demandait Elina à son mari.

— Laissez-le en paix, je vous en prie, répondait le consul. Laissez sa blessure se cicatriser.

Toussainte suivit de peu son petit neveu et vint occuper un appartement dans l'aile gauche de la maison. « Pour très peu de temps, précisa-t-elle, car je partirai vite chez moi, Hadjoutes ou pas Hadjoutes dans le paysage ! » Même si on ne l'en avait pas priée, elle serait venue rôder autour de Dar Malika. Alban la fascinait et l'intriguait à la fois et elle voulait le voir vivre de près. Sa haute taille, sa grande allure, sa belle assiette à cheval lui plaisaient. Mais elle ajoutait, pour elle-même : « Je ne comprend pas ses yeux. Ici, tous ont un peu de soleil dans l'œil, lui pas... Sauf quand il regarde Casilda. »

Elle discourait sans fin avec lui. Comme elle avait ses opinions sur tout, ils parlaient de tout. Pour rien au monde elle ne serait arrivée en retard au petit déjeuner qui se prenait, selon la saison et le temps, dans le patio près de la fontaine et à l'ombre des lauriers-roses, ou dans la salle à manger aux faïences murales de majoliques vertes. Et Toussainte disait, dès le café servi :

— Quelles nouvelles ?

Alban la mettait au courant des mouvements de l'armée d'Afrique dans différents points de la Régence.

S'il arrivait que Deborah, installée à Dar Malika depuis plus d'un mois aussi déjà, intervienne, d'un air grave, en lançant sa phrase habituelle : « Ulysse prend les mesures nécessaires et nous allons gagner la guerre », on n'y prêtait plus vraiment attention.

— Est-il vrai que le gouverneur vient de faire armer les batteries d'enceinte d'Alger ? Et aussi qu'il a fait créneler le mur de l'hôpital militaire qui touche aux fortifications ? demandait Toussainte.

— C'est vrai, disait Alban.

— On assure qu'il a ordonné de transporter les plus beaux meubles de son palais dans un lieu secret.

— On le dit, en effet.

— Et vous pensez que cela est exact ?

— Je le pense. Comme je pense que la surveillance aux portes d'Alger est resserrée quant aux entrées et sorties d'indigènes.

— Alors, permettez-moi de vous le dire, mon cher neveu, il est bien candide notre gouverneur s'il croit cette mesure efficace ! Parce que moi, qui ne suis ici que depuis peu, je connais déjà assez Arabes, Maures et Kabyles pour deviner qu'ils doivent tous avoir des sacs pleins de ruses subtiles en réserve pour entrer et sortir librement de la ville et renseigner l'ennemi ! Un distingué gentilhomme, dont j'ai fait la connaissance, pas plus tard qu'hier, au jardin d'Essai, me disait...

Le regard d'Alban s'allumait. Toussainte rencontrait une phénoménale quantité de personnages, plus originaux les uns que les autres et paraissait connaître la frange d'habitants la plus hétéroclite d'Alger. Les gens, dits normaux, voire respectables — et la ville n'en manquait tout de même pas — étaient rarement ceux qu'elle repérait dans ses promenades. En revanche, les émigrants les plus singuliers paraissaient voués, dès le débarquement, à prendre contact avec elle et à lui raconter leur vie. Il lui arrivait parfois d'entrouvrir alors sa bourse, et assez largement, pour aider l'une ou l'autre de ses nouvelles connaissances. « Les pauvres, ils ont fait ce long voyage avec la bannière de l'espérance haut dressée et ils n'ont déjà plus de semelles à leurs chaussures tant ils ont marché sans rien trouver à faire ici pour gagner leur vie... Il faut dire qu'ils ne sont peut-être pas très doués pour le travail... »

Revenant à la situation présente et préoccupante, Toussainte demandait encore :

— Vous ne le croyez pas très compétent, notre maréchal gouverneur ?

— Je ne crois pas à sa tactique militaire. Et je ne suis pas le seul. Ses camps retranchés essaimés dans le Sahel[1], pour ne parler que de ce qui nous touche de près, ne me paraissent pas suffisants pour défendre les territoires qui nous appartiennent. Ce sont des colonnes mobiles qu'il faut pour vaincre les Arabes. Si la Mitidja est attaquée en force elle est perdue. Les camps retranchés, même bourrés de soldats, ne sauveront pas les haouchs et leurs propriétaires disséminés dans toute la plaine.

— En somme, tout peut arriver, conclut Toussainte.

1. Mot arabe qui signifie bordure, littoral. Collines littorales en bordure des plaines intérieures. Le Sahel d'Alger domine la plaine de la Mitidja.

Et Alban ne démentit pas.

On savait qu'un gros renfort de troupe avait été demandé par le maréchal Valée au gouvernement de Paris. On savait aussi que cinq mille hommes, sur les trente mille promis, étaient déjà prêts à embarquer à Toulon.

— Et nous, que devons-nous faire, demanda encore Toussainte, ajoutant : Surtout ne me répondez pas : *de la charpie et des prières*. C'est ce que font toutes ces dames en ville. Il y a déjà de quoi combler le port en brins de chiffons et nous battons les Arabes quant au nombre de dévotions quotidiennes. Ah ! Ce que j'aimerais faire, moi, ce serait exterminer tous ces Anglais qui vendent des armes à l'émir et les font passer par le Maroc !

— Il en arrive de Marseille aussi.

— Je ne veux pas y croire. Je ne *peux* pas y croire. Vous n'allez tout de même pas me prouver que *nous* laissons faire ça ! Les Anglais, j'en suis sûre, mais pas nous !

Et toute la rancœur bonapartiste de Toussainte envers les tortionnaires de son empereur lui faisait avaler coup sur coup deux tasses de café sans même qu'elle s'en aperçût.

Lorsque, le 20 novembre, il déferla sur la Mitidja, venant de l'est, du sud et de l'ouest, des hordes de cavaliers hadjoutes qui s'abattirent sur la plaine comme des vautours, le premier mot de Toussainte fut : « Maudits Anglais ! »

Le 21 du même mois fut plus terrible encore.

Les camps retranchés du maréchal Valée ne servirent en effet à rien. Un détachement, venu de celui de l'oued Alleg et parti au-devant de la correspondance de Blida, fut détruit tout entier malgré les renforts qu'on lui expédia au plus vite. Mille cinq cents Arabes firent un carnage horrible et emportèrent cent huit têtes françaises, pendues aux arçons de leurs selles, à offrir en hommage au khalifa de Miliana.

Chaque jour, maintenant, apportait une mauvaise nouvelle. Et la terreur était de plus en plus grande dans le Sahel.

On sut très vite que toute la Mitidja était dévastée, pillée, incendiée et qu'aucun colon n'avait pu sauver sa ferme. Heureux ceux qui avaient sauvé leur vie.

— Vous n'êtes pas près d'aller planter là-bas vos artichauts, ma tante, dit tristement Casilda.

— Ma fille, ce n'est pas si sûr. Je suis d'accord avec ce chapelier de Pau, que j'ai rencontré place du Gouvernement et qui va s'installer ici malgré tout. Il mise sur demain. Je prédis, comme lui, qu'avant peu de temps il faudra plus de chapeaux de civils ici que de shakos, casquettes et képis. J'ai rencontré aussi un bonnetier de Troyes qui tient le même raisonnement... Je crois que tu as bien fait de céder ton fonds, un jour ou l'autre il y aura moins de militaires ici. Parce que tu ne vas pas me dire que l'émir, tout fougueux qu'il soit, viendra à bout des armées d'Afrique et de France réunies.

Casilda venait, en effet, de vendre « L'Épaulette d'or », à deux des artistes lyriques du « Café de la Perle », qui, disait-on dans Alger, prenaient ainsi du galon.

La troisième de ces dames, Iris Deschamps, n'avait pu devenir leur associée. Elle se mariait. Elle épousait Adolphe Muller. Leur idylle datait du dernier bal au palais.

Bousculé alors qu'il venait d'obtenir, à grand-peine, une flûte de champagne au buffet, l'architecte en avait versé tout le contenu sur les épaules de Mlle Deschamps qu'un remous de foule poussait vers lui. De mauvaises langues disaient que l'affaire avait été montée par les deux amies de la future mariée. Mais, même si la chose était vraie, elle n'aurait pas suffi à rendre Adolphe amoureux. Il avait fallu aussi qu'Iris fût une fervente de l'art mauresque. Là encore, les mêmes mauvaises langues avançaient que toute la Régence savait la passion de l'architecte et qu'il était facile de l'enflammer sans même avoir une allumette à frotter. « Et vous verrez, disait-on, les deux autres ne tarderont pas à convoler aussi ! » On pariait alors sur le grade qu'elles convoiteraient. Certains prétendaient qu'elles ne diraient « oui » qu'à un capitaine, pour le moins. D'autres les prédisaient n'ouvrant leurs cœurs qu'à cinq ficelles.

Ces potins voletaient au-dessus des monceaux neigeux de charpie dans les salons transformés en ouvroirs. Il fallait bien trouver des sujets de conversation plus gais que les commentaires des bulletins de guerre.

Parce que c'était bien la guerre. On ne pouvait plus se leurrer, l'émir combattrait jusqu'à la mort de son dernier partisan. Léon Roches, cet étrange personnage qui avait été son secrétaire pendant deux ans, venait d'abandonner « le héros de ses rêves » et de rentrer à Alger. Il annonçait que les musulmans relevaient leurs burnous et serreraient leurs ceintures pour de grands combats, « décidés à être désormais et à jamais, des épines dans les yeux des chrétiens ».

On se pressait autour de ce beau et élégant Français qui devait savoir tant de choses à la fois terribles et merveilleuses sur l'émir. Mais il effrayait autant qu'il attirait. « Il ne doit pas avoir le cœur si pur qu'il le dit, commentait Toussainte, parce que, enfin, est-ce que vous iriez, vous, tout d'un coup, offrir à l'ennemi de la France d'être son secrétaire ? » La question était posée à Alban qui, pour faire monter la vieille demoiselle jusqu'au plus haut de son indignation, répondait :

— On comprend assez qu'un jeune homme romanesque soit tenté d'approcher l'homme qui défie la plus puissante armée du monde, a inventé la guérilla, veut la renaissance des royaumes arabes et, ultime couronne, est un grand poète. Puis, avec perfidie, pensait Casilda qui l'écoutait, il ajoutait : Napoléon n'avait pas de plus sérieux admirateur que lui.

— « La mort est pour nous sujet de joie ; nous

n'avons d'autre appui que nos armes et nos chevaux. Le sifflement des balles a plus de prix pour nous que l'eau fraîche et le hennissement des chevaux nous séduit plus qu'une voix mélodieuse. » Voilà ce que dit cet homme de guerre-poète, disait encore Alban rêveur.

— Ma parole, vous êtes tous un peu fous de vous gargariser des sornettes que cet émir fait répandre comme des prospectus et qui volètent dans toute la Régence. Un fonctionnaire, fort sérieux...

— Que j'ai récemment rencontré... dirent ensemble, en riant, Alban et Casilda.

— Moquez-vous ! Moquez-vous ! J'apprends plus de choses dans mes promenades par la ville que le gouverneur avec ses espions.

— Son Excellence a donc des espions ?

On riait encore. On avait oublié Deborah, qui disait :

— Il faut empêcher les espions de révéler que je suis anglaise. Le gouverneur ne peut pas avoir une femme anglaise, et Ulysse aurait beaucoup d'ennuis si on savait qui je suis !

Ce mélange de déraison et de lucidité donnait à la folie de Deborah un son qui faisait frissonner. On ne pouvait s'empêcher de la regarder avec un léger effroi.

Elle était toujours aussi nette, aussi soignée de sa personne et, depuis qu'elle se croyait la femme du gouverneur, il semblait à tous qu'elle avait acquis un port de tête royal.

Le piano du caïd, au moment de la fermeture du magasin Marchandeau, avait été apporté à Dar Malika. Deborah continuait à jouer fréquemment. On l'entendait, bien que les portes de sa chambre et de son petit salon fussent fermées. Et il en était de sa musique comme de ses paroles, elle faisait frissonner. Mais le médecin qui soignait la pauvre femme disait : « Rien n'est meilleur pour elle. Laissez-la devant son piano tant qu'elle le désire. »

On s'était aperçu que Meriem, avec cette vénération que les musulmans portent aux fous, était pour elle d'une grande bonté et d'un grand dévouement. Elle veillait sur sa santé, l'obligeait à se nourrir si elle l'oubliait, lavait et repassait ses robes et la coiffait chaque jour de seyante façon. Et, lorsqu'elle informait Casilda : « Aujourd'hui, elle a voulu sa belle toilette blanche parce qu'il y a les fils du roi invités au palais », elle ne se moquait pas, ne riait pas et paraissait presque croire ce qu'elle disait.

Meriem s'était révélée une femme de chambre experte. Elle se plaisait à prendre soin des mousselines, des cachemires, des rubans et des dentelles de Casilda, et sa coquetterie native s'avivait à leur contact. Alors, jugeant sans doute que ses nouvelles fonctions demandaient plus d'élégance, elle était elle-même vêtue maintenant, avec raffinement, de chemises brodées, de pantalons bouffants et de ghlilas soyeuses. Et elle embellissait encore. L'ovale à l'épiderme ambré de son fin visage était d'une grande pureté. Son regard moqueur y brillait et ses narines mobiles palpitaient, humant le parfum d'une fleur cueillie au jardin ou celui du benjoin grésillant sur les braises des cassolettes d'argile qu'elle disséminait dans la maison.

Elle enlevait le léger voile d'étamine qui dérobait sa beauté aux yeux des hommes, dès qu'Alban quittait la maison. Et avec un soupir de soulagement. Toute contrainte pesait à sa nature indépendante et frondeuse. Elle avait dit un jour à Casilda :

— Elles sont heureuses, les négresses et les femmes de rien qui laissent le vent caresser leurs joues et baiser leurs lèvres.

— Tu aimerais, toi, être une négresse ou une femme de rien ?

Alors Meriem riait de son rire spontané d'enfant, mais redressait la tête dans cette attitude de fierté qui lui faisait souvent un visage hautain et passionné dont Casilda disait qu'il lui rappelait celui de Lalla Aïcha.

On venait d'en parler beaucoup, à Dar Malika, de Lalla Aïcha. Et comment eût-il pu en être autrement depuis ce fameux matin de janvier 1840 où, sous une pluie décidée à laver la ville à grande eau de la Casbah au port, une calèche déposa chez Alban et Casilda Herminie de Noirpont et Rosette Varnier, les deux lectrices de la grande dame mauresque ?

Elles étaient, malgré la tempête, toujours vêtues de leurs atours de soie aux tons de pistache et de bonbon rose. Ils dépassaient des haïks blancs emmitouflant les rondeurs de l'une et l'anguleux de l'autre.

Elles ne perdirent pas de temps en préambule. Leurs parapluies à peine remis à Meriem, dont le regard brillait de curiosité moqueuse, Herminie attaqua :

— Lalla Aïcha, devant la gravité de l'heure, nous autorise à prendre conscience de notre situation : de quel côté, si la ville est attaquée, devrons-nous nous ranger ?

— Cruelle question, conclut Rosette.

Ce que Casilda voyait surtout, au-delà de ces deux femmes, un peu ridicules dans leurs pantalons bouffants, c'était la petite lueur, cruelle aussi, qui devait danser dans les yeux de Lalla Aïcha quand elle avait *autorisé* ses deux lectrices à choisir leur camp.

— Lalla Aïcha nous envoie donc vous demander conseil. Peut-être pourrez-vous nous aider à concilier l'amour que nous portons à notre pays, et la reconnaissance que nous devons à notre bienfaitrice.

— Que devrons-nous faire, précisa Rosette, si des combats doivent avoir lieu dans la ville ? Que nous faut-il faire, dès maintenant, dans Alger qui se prépare à être attaquée, car toutes les dames françaises, nous le savons, s'activent comme des fourmis avant l'hiver.

Toussainte rôdait dans la galerie du patio, démangée de curiosité. Casilda l'appela. On parla.

Les deux lectrices étaient le genre de personnages à passionner la vieille demoiselle. Elle ajusta ses binocles, regarda, écouta, soupesa et, avant que sa nièce n'ait eu le temps de se prononcer, conclut :

— La neutralité. Je ne vois que cela. Tout ce que

vous pourriez faire d'autre ne vous apporterait que tourment... Mais il vous reste la charpie, il en faudra pour les deux camps. Rien ne vous empêche de hacher menu tous les chiffons qui vous tomberont sous la main et d'en faire deux parts bien égales.

Si Rosette Varnier était un peu simplette, Herminie de Noirpont n'était pas sotte, et Casilda, inquiète, redoutait d'elle une verte réplique. Car il était aisé de voir que Toussainte avait le fond de l'œil joyeux en proposant la neutralité de sa charpie.

Mais Herminie, apparemment, ne ressentait nulle vexation. Casilda la devina alors suralimentée de grandes lectures classiques — elle n'avait cessé, pendant vingt ans, de les déclamer à Lalla Aïcha — et en proie à des tourments cornéliens. Les écartèlements de son cœur entre l'amour de sa patrie et sa reconnaissance envers sa bienfaitrice faisaient sans doute d'elle une nouvelle Chimène. Et Casilda se disait que ce pays aurait ainsi offert à une pauvre demoiselle au physique ingrat et à l'âme romanesque une destinée plus exaltante que prévue.

Quant à Rosette, on ne pouvait s'empêcher de penser qu'elle devait regretter le temps de l'occupation turque où de semblables problèmes ne se posaient guère et la laissaient, en parfaite quiétude, lire ses romans et savourer ses confitures.

Elles s'en retournèrent, comme elles étaient venues, sous la pluie, rendre compte à leur maîtresse du résultat de leur démarche.

— Dis-moi, ma fille, demanda Toussainte, quel genre de femme est-ce, cette Lalla Aïcha ?

Et comme Casilda la décrivait intelligente, rusée et sûrement aussi un peu cruelle, Toussainte, revenue par la pensée au joyeux temps de ses altercations avec ses adversaires monarchistes, dit avec une conviction qui fit sourire sa nièce :

— J'aimerais bien la connaître, je suis sûre que

nous aurions de gentils petits combats à fleurets mouchetés. Parce que, tu le penses comme moi, elle envoyait ses deux esclaves pour nous titiller un brin ? Elle ne doit pas être femme à se contenter de torturer ses deux pitoyables semble-Mauresques complètement subjuguées par elle, et qui ne se seraient sans doute posé aucune question embarrassante si on ne les y eût contraintes.

Casilda le pensait. Elle revoyait la dame noble et hautaine sur son sofa, un suprême orgueil étincelant sur son visage, et le regard brillant d'une gaieté contenue et mitigée d'ironie, lui présentant ses deux lectrices françaises avec la conviction intime de marquer un point sur le seul champ de bataille qu'elle eût à sa disposition, son salon.

Cette visite des lectrices fit la conversation du souper. La forte personnalité de Lalla Aïcha planait dans la salle à manger aux faïences vertes et s'imposait à tous. Cette femme symbolisait le mystère de l'âme insondable de ces vaincus avec lesquels on n'entretenait que de très superficiels rapports. On en vint à parler des grands Arabes, chefs de tribus ralliées à la France, à évoquer l'état d'esprit qui devait être le leur et à supputer la confiance que l'on pouvait accorder à leur soumission.

Alban avançait qu'entre guerriers on se respectait, s'admirait même. Et puis il y avait eu cette parole d'Abd el-Kader, au moment du traité de la Tafna : « Notre religion, qui nous défend de demander la paix, nous permet de l'accepter quand elle nous est proposée... »

— Voilà qui nous arrangera bien, le moment venu, dit Toussainte.

— Laissez-moi finir, ou plutôt laisser finir l'émir qui ajoute : « Mais c'est Dieu qui règle tout et, si la France est puissante maintenant, des siècles attestent la suprématie musulmane qui reviendra, alors, ne vous arrêtez que lorsque vous serez victorieux. »

Ronchonnant, Toussainte dit, entre haut et bas, peut-être à cause de Deborah.

— Mais que fait-il donc de ses soixante mille hommes de combat, le maréchal gouverneur ? Qu'attend-il ?

C'était à l'émir, maintenant, que l'on songeait. Au guerrier de génie dont on redoutait que, dans le sillage des grandes ailes de son burnous, ne vienne s'abattre sur la ville le vol lourd et terrifiant de milliers et de milliers d'autres ailes.

Depuis un moment Casilda se taisait, elle paraissait rêver.

— A qui pensez-vous, mon ange ? lui demanda Alban.

Elle lui sourit, avec un peu d'étonnement dans le regard.

— Depuis que nous avons parlé de Lalla Aïcha, je pense à ces merveilleuses confitures de pétales de fleurs d'oranger qu'elle nous a offertes à notre première visite chez elle. Et Dieu que j'en ai envie ! Une extraordinaire envie...

Ce fut ainsi que l'on sut qu'un petit enfant naîtrait bientôt à Dar Malika.

*
* *

Toussainte aimait le Jardin d'essai. Il était la preuve qu'un terrain marécageux et pestilentiel pouvait, par un assèchement sérieux suivi d'une culture régulière, devenir une terre de paradis. Le territoire, dit du Hamma, où l'on avait fait jaillir cette splendeur de végétation, et tous les Mahonnais qui cultivaient, alentour, des potagers prolifiques, étaient la preuve de ce que serait demain la Mitidja, en mille fois plus vaste.

Et c'était la promenade préférée de Mlle Maurin-Darbière. C'était là qu'elle s'y faisait des relations, souvent curieuses, parmi les admirateurs de cet univers de tant de flores dans toute leur majesté.

Elle y emmenait aussi le Grand-Calanquais et le jeune Louiset pour les familiariser, disait-elle, avec ce qu'ils cultiveraient très bientôt à Ferme Blanche. Parfois, assis tous trois sur un banc, ils se prenaient à rêver en pensant à demain. Toussainte disait :

— Roustan Jouvel, mon ami, tu vas m'aider à mettre en train mon domaine, mais dès qu'il roulera tout seul, je veux te faire obtenir une concession et te voir maître chez toi. Je pécherais si je ne te donnais pas la chance qu'on donne à tant d'autres ici qui ne te valent pas. Tu deviendras propriétaire.

Alors, Louiset ouvrait grand ses yeux d'un brun lumineux de cosse de châtaigne où l'émerveillement jetait des paillettes d'or. Le père, ému, n'osant dire son bonheur, disait celui de l'enfant :

— Ah ! Il en serait bien heureux, le petit, bien heureux !...

Toussainte agitait alors ses caroubes et ajoutait :

— Mais juste ciel, qu'attend-on pour éteindre toute cette poudre et rabattre ces vols de burnous ?

Lorsque Martial Morelli demanda, un peu partout, de l'aide pour l'hôpital, Roustan et Louiset Rouvel furent volontaires. En espérant le départ, dirent-ils, ils aideraient.

Aurèle et Alexandre pleuraient à voir partir le matin leur ami Louiset. Ils étaient subjugués par ce grand frère sachant faire naître les plus beaux jouets de feuilles de palmier, de noyaux de dattes ou de coques de noix. Et Meriem, elle-même, déplora la perte de ce petit compagnon. Il lui apportait de l'eau avant qu'elle ne le demande, attisait le feu quand il le fallait et savait où les poules les plus vagabondes déposaient leurs œufs. Et il avait une façon si caline de lui dire : « C'est joli la petite fleur bleue dessinée sur ton front » ou « Je sais quand tu vas venir parce que j'entends la musique de tes bracelets ».

« O *Aïni*[1], je serai seule sans toi », lui dit-elle le premier matin où il quitta Dar Malika pour l'hôpital dans la charrette du jardinier, fier, oubliant la bosse de son dos et disant aux deux petits garçons qu'il rapporterait de belles histoires de soldats à leur raconter.

La vie était douce à Dar Malika. On arrivait à y oublier la guerre frappant aux portes de la ville. Dans le jardin, où chantaient les fontaines et roucoulaient les tourterelles, tout était quiétude.

De l'autre côté des murs d'enceinte du domaine, s'étendaient des terres incultes. Et l'une d'elles, appelée le champ d'iris, fut cette année-là, dès la fin de janvier, d'une grande magnificence. On ne se lassait pas d'aller l'admirer.

« Si j'étais notre vieux jardinier, disait Casilda, je serais jaloux de la croissance spontanée de ce tapis de velours bleu-violet. » Et il ne se passait pas de jour qu'elle n'aille contempler son champ de fleurs. Meriem l'accompagnait parfois. Moins pour la splendeur de cette mer de pétales aux tons de crépuscule, que pour le plaisir qu'elle lisait sur le visage de sa maîtresse et qui lui faisait dire :

— C'est parce que ton maître t'aime, caresse ton corps et te rend heureuse, que le bonheur que donnent les fleurs entre en toi.

— Meriem, murmurait Casilda, la femme, d'après toi, n'a-t-elle été créée que pour l'amour ?

— Et pour quoi d'autre ? Dieu lui a donné le plus beau à vivre, faire naître le désir et le rassasier.

Lorsque Casilda lui avait annoncé qu'elle se mariait, Meriem avait dit :

— Enfin ! Enfin tu as compris que tu perdais tes jours et que ta chair, si les mains d'un homme ne s'y promènent pas comme dans un jardin, se flétrit vite !

Et, lorsqu'elle venait, le matin, coiffer sa maîtresse elle retroussait ses fines narines et disait :

1. « Mes yeux », appellation tendre.

— Tes cheveux parlent. Ils disent que ton seigneur t'a honorée. Ils sentent l'amour satisfait.

Ses yeux audacieux faisaient alors le tour de la chambre où rien ne lui échappait. Et son regard, dans l'ombre bleutée du *koheul*[1], n'était que langueur, et sa main plus douce encore dans la soie safranée de la longue chevelure, Casilda ne pouvait s'empêcher de penser que Meriem n'était qu'une amoureuse.

Ce matin-là, dans le champ d'iris, elle lui demanda :

— Ces *sultanis*[2], qui te font des reflets d'or dans le regard, qui te les a donnés ? Un homme qui t'aime ?

Meriem cueillait des fleurs et ne répondit pas. Quand elle se redressa, les bras chargés d'iris, ce fut pour dire :

— Ceux-là, Dieu a oublié de les parfumer. C'est Lui qui décide... et Il a dû oublier, aussi, de mettre le seigneur de mon corps sur ma route.

Mais Casilda était sûre qu'elle mentait.

Croisant le regard de sa maîtresse, Meriem sut qu'elle était devinée. Alors, elle dit, avec cette voix chantante aux inflexions câlines que celles de sa race avaient pour parler le français :

— O maîtresse, tu me connais mieux que ma mère... Et tu es une femme de bien, ta maison est bonne, ta bouche, ton cœur et ton esprit sont bons et avec toi je suis dans le bonheur. Je le sais, maintenant, tu ne me conduiras jamais vers le mal, je le sais malgré tout ce qu'*ils* disent. Garde-moi près de toi, garde-moi toujours.

Ce fut Martial qui vint annoncer à Casilda l'arrivée à l'hôpital de Saint-Hilaire, gravement atteint. Une balle lui avait déchiré le front pendant l'assaut du col de Mouzaïa avec le colonel Changarnier.

1. Fard de couleur sombre que les Orientaux s'appliquent sur les paupières et les cils.
2. Sequins d'or suspendus à une chaînette dont les Mauresques paraient leur front.

Il y avait près de quatre cents blessés à Blida ; on en envoyait une partie sur Alger et le capitaine était de ceux-là.

Alban essaya d'empêcher Casilda de se précipiter à l'hôpital, mais n'y réussit pas.

Elle en revint le soir, avec deux brancardiers portant leur ami.

— Il n'y avait plus de lit. Il était couché à terre, il sera mieux ici...

Toussainte, Meriem et Casilda installèrent Herbert au premier étage dans une belle chambre donnant sur le champ d'iris bleu-violet, toujours en fleur où il naissait, parfois, un bouquet d'iris blancs qui devenait alors comme la voile d'un petit navire perdu sur cette mer de velours.

On sut, très vite, qu'Herbert de Saint-Hilaire, capitaine au 2e léger, ne pourrait plus jamais en contempler la beauté.

Lui ne le savait pas encore.

*
* *

C'était une longue colonne de voitures d'ambulances et de cacolets qui ramenait sur Alger blessés et malades.

Toussainte cessa ses visites au Jardin d'essai et prit le chemin de l'hôpital elle aussi.

Le docteur Warnier auquel elle se présenta, caroubes à l'alignement, grand tablier et manchettes blanches immaculés, consacra trois minutes de son temps précieux pour un court interrogatoire, qui se termina pour un bourru :

— Qu'attendiez-vous donc pour venir nous rejoindre, bon sang ? Que faisiez-vous de si important ?

Elle le regarda bien droit dans les yeux et lui dit :

— Je rêvais, docteur.

Et comme, interloqué, il restait muet, elle ajouta :

— Ne me dites pas que cela n'est pas important. Ce n'est ni le lieu ni l'heure d'en débattre, nous en parlerons peut-être plus tard, au calme, mais je prétends que le rêve est, ici, aussi nécessaire que la quinine.

Il y eut une petite flambée dans le regard du docteur, comme des herbes sèches qui, soudain, prennent feu. Puis il dit, avec un sourire affectueux :

— Mettez-vous aux ordres de Mme de Vialar. Elle vous emploiera dans la salle des grands blessés.

Herbert de Saint-Hilaire souffrait d'atroces douleurs de tête. Un grand silence s'imposait autour du blessé. On dut demander à Deborah d'interrompre toute séance de musique pendant quelque temps. C'était, lui dit-on, un ordre du gouverneur. La formule s'était révélée bonne pour lui faire accepter aussi bien de mettre un châle de lainage sur ses épaules, dès le coucher du soleil, que de prendre ses potions.

Le capitaine était à peine là depuis un mois lorsqu'on entendit, un matin, un concerto de Mozart retentir dans la maison. On se précipita vers la pauvre folle, mais elle affirma qu'Herbert lui-même, se sentant mieux, lui demandait de jouer.

Dès lors, on cessa de répéter aux enfants de ne pas faire de bruit, Meriem recommença à chanter et Dar Malika reprit sa vie bruyante.

On vint goûter dans la chambre du blessé pour le distraire, Alban lui fit la lecture du *Moniteur algérien*, les enfants apportèrent leurs jouets, Casilda son tricot et, lorsque Toussainte, arrivant de l'hôpital, venait refaire son pansement au blessé et demandait que l'on évacuât la chambre, c'était un vrai déménagement à opérer.

Le soir où, pour la première fois, Herbert eut envie d'un petit verre de cette liqueur de fleur d'anis qui commençait à remplacer l'absinthe ici, on en fut heureux au point de décider de descendre le convalescent, en triomphe, à la salle à manger pour lui faire présider le dîner.

Mais il ne savait toujours pas qu'il ne recouvrerait jamais la vue. Et Casilda tremblait à la pensée du moment qui approchait où, le jugeant assez rétabli, le docteur Warnier viendrait lui annoncer la vérité.

Ephraïm venait souvent voir le blessé. Et les dames Solal, elles aussi, arrivèrent, un après-midi, en procession. Plus tard, on décrivit la scène à Herbert, lui disant qu'on eût cru voir entrer la reine de Saba, ses suivantes et leurs servantes porteuses de présents pour le roi Salomon.

Séphora, hiératique, ouvrait la marche de ce pas lent et majestueux dont elle avait le secret. Vêtue de damas gris argent rebrodé d'or, la haute çarma voilée d'une mousseline couleur de lune, elle était belle à faire taire, pendant un instant, Aurèle et Alexander stupéfaits par cette apparition qu'encadraient ses filles et belles-filles, satellites rose, bleu et vert, scintillant comme des étoiles autour du soleil.

Les servantes noires qui terminaient le petit cortège portaient des plateaux où s'étalait un pantagruélique goûter.

L'un des éléments du costume des négresses d'Alger datant du Beylick, et qui n'avait pas changé depuis des siècles, était un *mlâya*[1] de cotonnade blanche à carreaux bleus. La famille Solal, qui avait, entre autres domestiques, six anciennes esclaves noires à son service, était restée dans la tradition et leur fournissait l'uniforme bicolore réglementaire. Mais, trouvant sans doute cette livrée insuffisamment riche pour des gens de leur maison, elle faisait tisser, dans le même dessin et les mêmes coloris, une épaisse soie en remplacement de la cotonnade. La ville appelait ces ex-esclaves ainsi

1. Grand haïk.

458

vêtues « les soies noires » des Solal. Et, à se draper ainsi dans l'opulence, les négresses en avaient pris des allures d'impératrice.

Un négrillon de cinq à six ans, en pantalons bouffants, turban et babouches, fermait la marche. Il portait deux paniers à intérieur ouatiné où des fiasques à bouchon d'argent contenaient de l'*aqua-limon*, cette eau de citron sucrée dans laquelle tintinnabulait de la glace pilée.

Aurèle et Alexander regardèrent, intéressés, l'enfant noir, qui, déchargé de sa boisson, s'avança vers eux et les deux polichinelles qu'ils voulurent bien lui abandonner, le temps de se saisir de l'aigrette de son turban et de tirer sur les glands de son gilet brodé. Il s'ensuivit un pugilat, transformé en tohu-bohu lorsqu'on dut sévir dans les deux camps. Le goûter fut joyeux et on évita de parler de la guerre, de l'hôpital et des blessés qui ne cessaient d'arriver. Séphora, lorsque Casilda la reconduisit à sa voiture, dit qu'elle en avait dix chez elle. Et son mari faisait aussi remettre en état un local désaffecté, dans le fond de leur parc, pour en accueillir une cinquantaine d'autres.

Il restait deux chambres inoccupées à Dar Malika. Elles ne le furent plus dès le lendemain où Toussainte revint avec un jeune fantassin du 28e léger, amputé d'un pied, et une des cantinières du même régiment, atteinte d'une balle qui lui avait perforé l'omoplate, tous deux déjà en bonne voix de rétablissement.

— Le petit ne nous posera aucun problème, dit Toussainte, il est doux et sage comme une première communiante, mais « la mère tonneau », c'est son nom au 28e de ligne, voilà une autre chanson. Elle trouvait le moyen d'être saoule comme une grive chaque soir et empêchait sa chambrée de dormir.

— Que pouvait-elle boire, à l'hôpital ?

— Tout ! Du vin de messe de l'aumônier, à l'eau de Cologne que ces dames infirmières bénévoles apportaient pour rafraîchir les blessés ! Il faudra veiller à fermer les placards ici.

On y veilla. Mais le manque d'alcool rendit la cantinière d'une humeur de chacal affamé et elle aurait mordu qui se fût approché d'elle. Aussi évitait-on, quand on le pouvait, les parages de sa chambre. Téméraires, Aurèle et Alexander, furetant partout, s'aventuraient jusqu'à sa porte et paraissaient prendre un plaisir doublé de terreur à l'écouter proférer les plus beaux jurons en vigueur dans l'armée d'Afrique. Et comme le docteur Warnier avait recommandé — en suppliant qu'on le débarrassât de cette encombrante personne — de ne pas la laisser longtemps dépourvue d'alcool pour parer au pire, on lui accorda deux champoreaux [1] par jour.

Elle ne cessait de les réclamer, dès son réveil. Aurèle et Alexander, délicieusement terrorisés, l'écoutaient hurler :

— Cham-po-reau ! Cham-po-reau !

Et ce mot, dont ils ignoraient la signification, leur semblait à la fois merveilleux et terrible.

Le docteur Warnier vint, un matin, vérifier la cicatrisation de la blessure d'Herbert et lui dire qu'il ne verrait jamais plus.

Casilda s'était assise, les jambes coupées, dans le couloir qui menait à la chambre du blessé. Elle attendait le moment où le docteur lui demanderait d'intervenir à son tour.

Et maudissant ces guerres et ces conquêtes qui dureraient autant que le monde, elle pensait au jeune Édouard, aveugle aussi, dont son père s'était occupé au siège de Constantine...

Comme son enfant bougeait déjà et se rappelait à elle, elle eut un court sanglot. Si celui-là était un gar-

---

1. Boisson à basse de café et d'eau-de-vie.

çon il s'en irait un jour, lui aussi, respirer cette odeur de poudre qu'ils aiment tous.

Le docteur apparut, le visage défait, et lui fit signe d'entrer.

Elle s'assit auprès du lit et prit dans la sienne la main d'Hubert.

Ils ne parlèrent pas. Qu'y avait-il à dire ?

Ils restèrent longtemps ainsi. Et, peu à peu, la main glacée du blessé revivait, tiédissait. Alors, la jeune femme, se penchant, y mit un baiser.

Quelques minutes s'écoulèrent encore. Les bruits de la maison arrivaient jusqu'à eux. Ces bruits familiers que l'on n'entend presque pas lorsque la vie de tous les jours se déroule dans ses habituels recommencements, mais qui prennent un relief si différent lorsqu'on est à leur écoute le cœur ou le corps atteint. Et c'était comme si Dar Malika, ses beaux jardins, ses arbres, ses oiseaux, les cris des enfants et des servantes, et le lointain hennissement des chevaux, disaient à Casilda ce qu'il lui fallait dire à son tour :

— Vous vivrez avec nous Herbert. Vous n'avez plus de famille en France, votre place est ici. Alban me charge de vous proposer d'habiter Dar Malika... Herbert, m'entendez-vous ?

Il ne répondait pas, sa main seule paraissait vivre retenant celle de Casilda. Alors, la jeune femme lui demanda encore :

— Resterez-vous ici, avec nous ?

Il dit, enfin, avec un sanglot bref et qui était presque un rire :

— J'y serai donc quand même arrivé à vivre à vos côtés !

Il y eut une carte d'état-major au mur de la chambre d'Herbert. Casilda y faisait avancer ou reculer les petits drapeaux des différents régiments de l'armée d'Afrique d'après la lecture du *Moniteur algérien*, les renseignements donnés par des visiteurs militaires amis de Saint-Hilaire, ou ceux qu'Alban rapportait de la ville ou encore qu'Elina Dynensen, qui venait souvent voir le blessé, présentait à sa façon.

Il résultait de tout cela que les grandes affaires de la campagne du maréchal gouverneur étaient Miliana et Médéa. Et elles devinrent enfin possessions françaises, ces villes, grâce au colonel Changarnier et à son 2e léger, le régiment de Saint-Hilaire. Mais ces triomphes furent de courte durée. Le ravitaillement des contingents laissés en occupation fut trop lent — voire négligé — et les troupes françaises, abandonnées, souffrirent de faim, de fièvre et de dysenterie — résultant de la consommation de vivres avariés — aggravées par la nostalgie. Lorsqu'on put les secourir, on fut effrayé par le nombre de victimes. Le colonel Changarnier ramena à Alger les survivants qui, hélas, moururent peu à peu des suites des privations et des souffrances endurées. Sur mille deux cent trente-six hommes laissés dans Miliana, soixante-dix seulement restèrent en vie.

Lorsque les moribonds arrivèrent à Alger et que l'on apprit, chaque jour, la mort de dizaines d'entre eux, une grande colère monta des cœurs de ceux qui comprenaient ce qui s'était passé. Ces hommes, leurs frères les avaient abandonnés et laissés mourir dans les villes conquises, par imprévoyance et incurie. Et celui qui avait fait cela était gouverneur de ce pays.

Personne n'éleva la voix, les commentaires restèrent discrets, mais, lorsque le maréchal comte Valée passait maintenant à cheval dans les rues d'Alger, beaucoup se détournaient pour n'avoir pas à le saluer.

Le gouverneur était un homme d'honneur et de conscience et il savait qu'il avait failli. Mais le mal était fait.

Il y eut, un jour, une lettre pour Herbert venant de l'un de ses amis en campagne et qui, ne le croyant que légèrement blessé, parlait d'un ton léger et joyeux de la guerre : « ... Il faisait un temps superbe, le soleil était brillant, le terrain pas trop accidenté laissait apercevoir tous les mouvements des deux partis. Ces nuées de cavaliers, légers comme des oiseaux, se croisant, voltigeant sur tous les points, ces hourras ! ces coups de fusil dominés de temps à autre par la voix majestueuse du canon, tout cela présentait un panorama délicieux et une scène enivrante. Il paraît que demain nous allons nous mettre encore en course. Le petit Lamoricière ne nous laisse pas beaucoup de repos et il a raison, s'il veut avoir des troupes aguerries et faites à la fatigue pour les expéditions de printemps prochain [1]. »

« Panoramas délicieux ! Scènes enivrantes !... »

Casilda déchira ce billet avec rage. Jamais elle ne lirait cela à son pauvre Herbert. Ah ! elles seraient belles les troupes, pour le printemps prochain, avec des aveugles, des pauvres petits fantassins sans pieds, des « retours de Miliana » squelettiques.

Et il courait en ville, ce même jour, une histoire qu'Elina apporta, toute chaude, à Dar Malika.

— Le colonel Lamoricière venait de détruire les campements des deux puissantes tribus de Gharaba et des Beni-Amer, menées par leurs aghas Ben-Yacoub et Sidi-Zine. Énorme butin, plus de mille bœufs, trois mille moutons et chèvres, soixante chevaux, trente chameaux, trois cents ânes, de l'orge, des poules, du blé, des tentes, des tapis, des bijoux, des boudjoux... et des femmes. L'agha Ben-Yacoub a voulu récupérer les siennes et a offert de payer largement les rançons, mais à condition que ces dames n'eussent pas subi d'outrages.

Quand elle en fut arrivée là de son récit, Elina s'arrêta, peut-être pour souffler, mais, surtout, pour donner

---

1. Lettre du capitaine de Montagnac. (C. Rousset, *Les Commencements d'une conquête*.)

plus de poids à la suite, qu'elle distilla en pesant chaque mot.

— Alors, Ben-Yacoub a ajouté : « Si elles ne sont pas pures, qu'on les sale et les mange ! »

Ce soir-là, bien au chaud dans les bras d'Alban, Casilda lui parlait de la cruauté des uns, de la superbe insouciance des autres, bref, à son avis, de l'inconscience de tous.

— Tant d'humains, dit-il, qui n'ont ni yatagan ni fusil à la main, sont cruels ou inconscients aussi...

Évoquait-il encore son drame ? Il était pourtant beaucoup moins sombre depuis quelque temps et la venue prochaine d'un petit enfant paraissait le combler de bonheur.

On faisait salon, le soir, dans le patio, près de l'une des fontaines, avec Herbert.

On laissait venir la nuit sans demander de lampes. Seuls les lampions de papier multicolores, suspendus à des branches d'arbre dans le jardin, renvoyaient un faible halo de lumière. Dans cette pénombre, le bandeau blanc du capitaine ne laissait pas oublier son infirmité et donnait à ce qu'il disait une tonalité plus grave.

Meriem était là, surveillant les enfants jusqu'à ce que, sur un signe de Casilda, elle les emmène se coucher.

Un soir, on parla de l'émir. Saint-Hilaire disait combien Abd el-Kader avait de difficultés à s'imposer comme Commandeur des Croyants. Il expliquait que, dans la société arabe, comme autrefois dans la nôtre où règnait une grande rivalité entre la robe et l'épée, il y avait lutte ici aussi entre noblesse religieuse et noblesse guerrière. L'émir n'était pas homme de grande tente, mais fils de marabout. Et l'aristocratie militaire détestait avoir à dépendre d'un chef issu d'une lignée de saints. Et Herbert disait aussi combien il fallait de génie et de constance à cet homme pour surmonter les obstacles qui ne cessaient de naître sous ses pas.

— Ah ! dit-il, je n'ai jamais pu le voir et je ne le verrai donc jamais ce guerrier fascinant, monté sur son magnifique cheval noir piaffant d'impatience, précédé de sa garde noire aussi et suivi de ses khalifas, de ses porteurs d'étendards, de sa horde de cavaliers...

Meriem était assise aux pieds de sa maîtresse, et venait de faire taire les deux enfants pour mieux écouter. Ce soir, on faisait l'éloge de l'émir, mais la veille on avait évoqué les récents massacres de tribus entières par l'armée. Et Casilda songea avec tristesse à tous ces domestiques maures de la ville qui ne cessaient d'entendre parler de victoires qui devaient les désespérer...

— Comme il serait temps que cette guerre finisse, soupira-t-elle.

Ce fut le mois suivant qu'elle accoucha de deux petites filles jumelles, Albane et Léonora. La ville s'était enrichie de nouvelles sages-femmes et celle qui vint à Dar Malika, arrivée depuis peu d'Aix-en-Provence, apporta à Casilda, outre sa grande expérience, tout le parfum de son enfance. S'entendre appeler ma petite poulido, boire des infusions de thym et voir les deux bébés frottés à l'huile d'olive dont la brave femme disait : « C'est de la vraie, de là-bas », lui furent d'une grande douceur.

C'était Eugénie qui avait choisi l'accoucheuse, disant péremptoirement à Alban : « J'ai ce qu'il vous faut, quelqu'un de chez nous. »

Il exultait, Alban. Deux petites Casilda ! Il avait un air étonné et ravi en regardant l'une et l'autre, posée chacune dans l'un de ses bras, et disait incrédule, mais émerveillé et riant joyeusement :

— Comment, diable, pourrons-nous les différencier ?

« Il est guéri, merci mon Dieu, il est guéri », exultait Casilda.

— Ah ! j'aurais dû lui donner des enfants plus tôt, dit-elle à tante Toussainte qui, avec logique, lui répondit :

— Petite, même en cas d'urgence, il faut neuf mois pour faire un enfant, en Afrique comme en France !

On dut évacuer la cantinière. Ses « Cham-poreau ! » réveillant en sursaut les deux jumelles. Ce furent les Morelli qui en héritèrent et l'isolèrent dans une soupente au-dessus de leurs écuries en attendant son rapatriement sur la France.

Alban revint un soir d'Alger avec de mauvaises nouvelles. Il avait vu le général de Rostolan, remplaçant le maréchal en campagne, et qui n'était pas tranquille du tout. Les Hadjoutes d'un côté, Ben-Salem, un allié d'Abd el-Kader, de l'autre, continuaient à infester la Mitidja, s'enhardissaient de plus en plus, parcouraient journellement le Sahel et plantaient leurs yatagans dans le bois des portes d'Alger. La veille, ils avaient enlevé trois colons, près de Birkadeim, à une heure à peine d'ici. Ce matin même, six d'entre eux s'étaient aventurés dans le territoire du Hamma jusqu'aux abords du Jardin d'essai. Ils avaient eu le toupet d'entrer au « Café des platanes » où le kaouadji avait dû leur servir les mokas exigés, fier, sans doute, de cette prouesse de ses coreligionnaires. Ils n'en resteraient sûrement pas là, certains, en montrant autant d'audace, de préparer la population maure et kabyle à se ranger à leurs côtés au moment d'une attaque de la ville. L'absence du gouverneur, de la plus grande partie de l'état-major et des troupes, leur offrait des conditions si favorables à une offensive que le colonel n'en dormait plus.

A l'exception d'Ourida et de Meriem, les domestiques de Dar Malika étaient des Espagnoles et des Mahonnais. Alban les réunit tous, annonça qu'il ne se rendrait plus, chaque jour, à son bureau d'Alger tant qu'il y aurait ici danger d'une attaque hadjoute et donna des ordres précis.

Le gardien, seul autorisé à ouvrir à qui se présenterait au portail, ne pourrait le faire qu'après en avoir informé son maître. Au reste du personnel il était interdit de sortir sans autorisation. Les courses en ville, nécessaires au ravitaillement, se feraient aussi dans l'observance d'un règlement très strict et, à ceux qui sauraient s'en servir, il serait donné un fusil.

On jugea inutile de troubler Deborah en essayant de lui faire comprendre tout cela. On recommanda de ne jamais la laisser franchir le seuil de la maison. Et la clef de la petite porte donnant sur le champ d'iris fut mise en lieu sûr, par Alban lui-même. Car bien entendu, il n'était plus question de sortir de l'enceinte du jardin pour aller rêver ou cueillir des fleurs dans la campagne.

Comment Deborah put-elle, un matin de ciel doré tout empli de chants d'oiseaux, franchir cette fameuse petite porte ouvrant sur l'océan bleu-violet ?

Ce matin-là, dix minutes seulement venaient de s'écouler depuis que le piano s'était refermé sur une émouvante interprétation d'une sonate de Beethoven, et Casilda, après avoir nourri ses jumelles, jetant un coup d'œil distrait par la fenêtre de sa chambre, au premier étage, vit Deborah en robe blanche, cueillant tranquillement des iris.

Elle descendit en courant jusqu'au patio où Alban écrivait. Ils s'élancèrent alors tous deux pour faire rentrer la pauvre folle. En passant devant le râtelier, Alban avait pris un fusil.

Deborah avançait toujours plus parmi les fleurs. Ce fut lorsque Alban et Casilda l'atteignirent que trois cavaliers hadjoutes, quittant leur abri de hauts lauriers-roses, lancèrent leurs chevaux au grand galop dans les iris et foncèrent sur eux.

Avec un hurlement d'épouvante, Casilda reconnut Brahim Ben-Khouiled. Alban tira, atteignit le second

467

cavalier, mais fut tué net d'une balle dans la tête par Brahim. Et celui-ci sautait de cheval pour s'emparer de Casilda tombée à genoux auprès de son mari, quand deux détonations, parties de la fenêtre d'Herbert, l'arrêtèrent.

En entendant les coups de feu, Saint-Hilaire s'était, d'un bond, porté vers sa fenêtre ouverte. Il sut que c'était Casilda qui hurlait. La minute fut horrible. Dans son impuissance à agir, dans le désespoir où le mettait cette impuissance, il arracha son bandeau avec une inconsciente espérance, l'attente d'un miracle... pendant que ses réflexes d'homme de guerre le faisaient tirer en l'air aussitôt. Faire peur là-bas, alerter ici. Il ne pouvait que tenter cela.

Cela, en tout cas, fit accourir les jardiniers armés.

Les Hadjoutes laissèrent l'un des leurs parmi les iris, non loin d'Alban, et s'enfuirent.

Deborah debout, immobile, muette, regardait le galop des chevaux, le tourbillon des burnous, puis ces hommes morts, ce sang... Tout devait lui rappeler son horrible drame. Pourtant, elle était là, droite, rigide, comme devant un spectacle ne la concernant pas.

On pensa, lorsqu'on vit la serrure de la petite porte du jardin brisée, que les Hadjoutes devaient avoir l'intention de pénétrer dans la maison la nuit venue et avaient ménagé leur passage. N'ayant pu prévoir la sortie de Deborah, mais prenant cette dernière pour Casilda, Brahim Ben-Khouiled avait dû changer son plan d'attaque et décidé d'enlever la jeune femme tout de suite plutôt que d'attendre.

On pensa, aussi, que le bandit avait préparé de longue date sa vengeance. S'il en était ainsi, il pouvait être satisfait. Il avait quand même atteint son but. Il n'avait pas tué celle qui l'avait, jadis, si grièvement blessé qu'elle avait pu le croire mort, mais il lui avait brisé le cœur.

On se dit encore que ce grand malheur n'était peut-être dû qu'au hasard. Les Hadjoutes poussant jusqu'à Mustapha attendaient simplement d'attaquer qui aurait l'imprudence de s'aventurer dans la campagne, et ils guettaient là comme ils auraient guetté ailleurs...

Il y avait eu Aurèle et Alexander à calmer, à consoler. Ils avaient vu Casilda échevelée et hagarde escorter cette civière où était étendu oncle Alban ensanglanté. Il avait fallu donner le sein aux deux jumelles affamées. Et il fallait continuer à vivre. Sans Alban. A cet instant le regard de Casilda tomba sur Herbert. Pourquoi n'était-ce pas lui, malheureux, inutile, qui était parti ? Pourquoi était-ce son bel et fier Alban à qui la vie commençait à apporter, enfin, de la joie et qu'elle sentait un peu plus heureux chaque jour à côté d'elle ? Oui, pourquoi pas Herbert muré dans son noir et ne faisant, lui, le bonheur de personne ?

Comme il lui parlait, elle ne répondit pas. Qu'on la laisse ! Qu'on la laisse seule, enfin ! Ils étaient tous autour d'elle comme des mouches importunes.

Elle quitta soudain le salon, s'enfuit dans la chambre où l'on avait étendu Alban.

Elle ferma la porte, s'agenouilla, posa sa tête contre son épaule et se dit, pour la millième fois, qu'elle ne pourrait pas vivre sans lui. Elle avait été créée pour lui, pour l'aider, pour lui faire oublier tout ce qui n'était pas eux, eux seuls...

On les laissa. Toussainte dit :

— Nous le veillerons demain. Cette nuit est à eux.

Ce fut au petit matin qu'elle alla jusqu'au secrétaire, se disant qu'elle n'avait même pas une miniature d'Alban. A moins qu'il en existât parmi ses papiers.

Elle était déçue de n'avoir rien trouvé encore lorsqu'elle découvrit un coffret d'ébène, dont elle ignorait l'existence, au fond du dernier tiroir à explorer. Il ne semblait pas contenir de portrait non plus, seulement des liasses de papiers sur lesquels se trouvait une enveloppe à son nom. Ce qu'elle contenait disait :

« Ma chérie,

Si vous lisez cette lettre, c'est que je ne serai plus.

Je vous ai dit le drame de notre famille. Je ne vous en ai pas dit toutes les conséquences. Je répugnais à vous parler du rôle de mes parents dans cette terrible affaire tant qu'ils étaient en vie. Il m'eût été difficile de le faire sans passion.

Mon père et ma mère sont morts maintenant. J'aurais pu, depuis quelque temps déjà, vous dévoiler tout ce que vous ignorez et êtes en droit de connaître. Et je ne l'ai pas fait parce que j'étais heureux. Parce que, à vos côtés, j'ai pu oublier. Je me suis éveillé un matin, l'un de nos si beaux matins de soleil et de bonheur, en me disant : "Enfin ! enfin ce mauvais rêve est fini !" Aussi me suis-je tu, pour ne pas ternir notre joie.

Et puis hier, comme je revenais d'Alger, Vent du Sud s'est emballé. Dangereusement. J'ai eu le plus grand mal à l'arrêter avant qu'il ne nous entraîne, lui et moi, dans ce ravin dont je vous demande toujours d'éviter les abords quand vous êtes à cheval. J'ai cru, un moment, que je ne vous reverrais plus. Rentré ici, je me suis décidé à vous écrire. Si Vent du Sud récidivait ! Sait-on jamais ?...

Vous en êtes restée au jugement de la cour et à mon élargissement après avoir été reconnu homicide involontaire. C'est alors que ma mère, avec la violence où la jeta sa détresse, et dans un accès de haine contre celui qui avait tué le seul homme qu'elle ait jamais aimé, obtint de mon père qu'il me fît renoncer et à mon héritage et à mon nom.

Ma mère savait qu'être privé de fortune m'importerait moins que de ne plus être d'une maison dont j'étais si justement fier.

470

Je n'ai pas à juger mon père. Il eut pour sa femme une grande et funeste passion.

Quant à ma mère... »

La lettre s'arrêtait là.

Il y avait dans le coffret des papiers de toutes sortes. C'était là, Casilda le comprit vite, les archives de la famille d'Alban, Jausselin, Hélye d'Avesnes de Gallerande qui eût dû, depuis que son père était mort, porter le titre de marquis. Et cette épaisse liasse de documents était les preuves de sa noblesse.

Lorsqu'elle les eut parcourus, Casilda put reconstituer la généalogie historique de la maison de Gallerande dont les membres étaient seigneurs d'une quinzaine de fiefs et comtes de Verrières et de Blachère et barons de Juvenas et d'Hermillon, et bien d'autres choses encore.

Elle était, cette maison d'Avesnes de Gallerande, d'origine franque et chevaleresque, l'une des plus anciennes du royaume et issue du Vivarais. Un seigneur de Gallerande était à la bataille de Fontenet en 841, un autre accompagnait le comte de Toulouse à la première croisade, un troisième était chevalier du Temple en 1142...

Chartes et justifications de noblesse fournies au cours des siècles à chaque demande royale, tout était là, jusqu'aux plus récentes, les *preuves de carrosses* exigées par le cabinet du roi en 1785, pour obtenir les honneurs de la cour.

Sous ce dernier feuillet, il y avait trois petits portraits. Trois miniatures dues à M. Ingres et, à en juger par l'âge que paraissait y avoir Alban, faites peu avant le drame.

Casilda les aligna sur l'abattant du secrétaire au plus près du chandelier. Les trois regards, se dit-elle, résumaient ce drame.

Celui de la marquise, femme d'une grande, d'une remarquable beauté, était aussi étincelant et aussi dur que les diamants dont sa gorge était parée. Celui du marquis était las et résigné. Et dans celui d'Alban éclataient l'ardeur et la fougue d'un jeune et fier gentilhomme prêt à cueillir de la vie les plus superbes joies.

Elle rangea archives et portraits, referma le coffret. Elle n'avait gardé que la miniature représentant Alban, et l'enfouit dans son corsage.

Le jour s'était levé. Comme allaient s'en lever tant d'autres et qui seraient sans lumière. Elle eut, soudain, un moment d'effroi en pensant à Brahim Ben-Khouiled. Il faudrait redoubler de prudence pour les enfants. Il faudrait désormais veiller, seule, sur tous.

Meriem vint la prévenir que deux messieurs étaient là et l'attendaient, pour organiser les funérailles.

Il y avait cela aussi !...

Elle acheva de se coiffer et jeta un coup d'œil rapide dans le miroir devant lequel elle était assise. Machinalement, elle reprit le peigne qu'elle venait de poser, rectifia sans même regarder ce qu'elle faisait, une mèche ici, une là. Puis, sans le voir fixa le miroir. Elle en était soudain si loin...

Et il aurait dû, ce miroir, renvoyer alors non pas le reflet du beau visage marqué par la douleur de Mme Alban Davesnes, mais celui, rieur, moqueur et frondeur de la jeune Casilda Maurin-Darbière revenant d'une course folle dans les garrigues.

Car celle qui descendit retrouver dans son salon les visiteurs annoncés donnait la main à l'autre.

On avait laissé Meriem recouvrir tous les meubles de linge blanc, en signe de deuil, à la mode arabe. Les deux messieurs en noir y avaient l'air de raides corbeaux perdus dans la neige. Tout concourait à l'irréel. Et Casilda avait l'impression de parler dans un rêve, mais avec grande précision pourtant :

« Avait-on ici, demanda-t-elle, la possibilité de faire des funérailles au descendant d'une grande famille de France ? Possédait-on le matériel, les accessoires nécessaires ? Pouvait-on enterrer, avec tous les honneurs dus à son sang, le fils d'un pair de France, membre de l'ordre des Templiers, et chevalier de Malte ? »

On le pouvait. Si madame voulait bien donner les titres, armoiries et blasons, rien n'était plus facile.

Les messieurs partis, Casilda se précipita chez Saint-Hilaire. Elle craignait un peu qu'on ne lui préparât une mascarade, ce qu'elle voulait éviter à tout prix. Elle demandait de la dignité, de la grandeur, mais pas de théâtre.

Pour qu'il comprenne, elle raconta tout. Il ne parut pas surpris. Saint-Hilaire, elle le savait, ne paraissait jamais étonné par rien.

Elle demanda :

— Beaucoup de hauts personnages sont morts dans la Régence, du comte de Danrémont au marquis de Caraman, comment furent-ils mis en terre ?

Elle fut déçue d'apprendre qu'ils avaient été rapatriés.

— Alors, il n'y a encore eu ici aucun enterrement de grand gentilhomme de France ?

— Pas que je sache.

— Eh bien, ce sera le premier !

Eugénie, dans l'église-mosquée, se trouva assise à côté de deux dames récemment arrivées de France. Leurs maris, à ce qu'elle comprit, étaient officiers de l'armée d'Afrique. Et l'une disait à l'autre :

— Tout le monde est étonné, dans Alger, de découvrir le rang que tenait ce M. Davesnes.

La remarque était faite sans méchanceté ni suspicion. Mais Eugénie avait le cœur à vif. Alors elle intervint :

— Ici, madame, nous recevons tous les princes de la maison royale qui nous aiment et nous visitent. Et nous avons aussi, pour peupler cette colonie, des hommes si discrets qu'ils sont princes aussi sans vouloir le dire, et des femmes qui sont princesses sans même le savoir. C'est comme ça que nous sommes, dans ce pays !

Rue Bab-Azoun les badauds regardaient passer ce fastueux cortège.

— Tu vois celle qui est tout en noir, la veuve... celle qui donne le bras à ce beau militaire ? Il est aveugle, lui, le capitaine, je le connais. Et elle aussi je la connais, elle avait une boutique ici autrefois... Voilà qu'elle est princesse, à ce que tous ils disent. Regarde ces couronnes partout... eh bien, je peux te dire qu'elle est arrivée ici tellement pauvre qu'elle avait même pas de souliers ! Elle allait au bal pieds nus ! Tu peux me croire.

Casilda décida de ne jamais se parer du titre auquel elle avait droit.

En révélant les origines d'Alban, elle n'avait voulu que lui rendre ce qu'on lui devait et régler un compte avec une certaine marquise de Gallerande dont elle se souciait peu de porter le nom.

10.

Elle eut longtemps des moments de grand désespoir qu'elle surmontait difficilement. Elle allait alors retrouver Saint-Hilaire. Elle s'excusait de tant penser à elle quand il était, lui, si atteint. Et aussi quand des milliers d'êtres souffraient, parqués dans les hôpitaux inconfortables, recevant des soins insuffisants après avoir dû faire des campagnes harassantes à la poursuite d'un insaisissable émir dont s'amplifiait la légende qu'il était partout à la fois sur son fameux cheval noir et jamais là où on espérait le rencontrer.

Un soir, dans l'inquiétude où la mettait une fièvre persistante des deux jumelles, elle rejoignit Herbert et lui dit :

— Je veux partir. Nous sommes ici sur une terre de tragédie, de sang et de larmes, nous ne faisons qu'y souffrir et y mourir horriblement. Je veux emmener mes enfants loin de cette lumière ensorcelante qui leur cachera, à eux aussi, le vrai de la vie, les séduira, les gardera. Je ne peux plus voir cette mer faussement amicale... Oh ! ma douce Arabelle et mon si gentil Petit-Chabrier... Qu'ont-ils fait de mal ces deux innocents, pour avoir été ainsi châtiés ?... Herbert, partons, venez avec nous. Rentrons en France. Je veux que mes petites filles courent dans mes garrigues, se baignent dans ma rivière, jettent des cailloux dans nos roubines.

Il la laissait pleurer un moment. Puis écoutait encore :

— Il y a cru, à ce pays, mon beau, mon fier Alban. Il a cru, comme Arabelle, comme Petit-Chabrier, qu'il y serait heureux. Mais cette Algérie ne veut pas de nous, n'en voudra jamais, vous me l'avez dit un jour, elle est une tueuse de civilisations. Combien en a-t-elle englouti ? Et à vous, elle a pris vos si beaux yeux couleur de son ciel.

— Moi, mon amie, je suis un soldat. Blessé ici, blessé ailleurs, c'était mon lot. J'avais choisi. Vous, Alban et beaucoup d'autres, je crois que vous êtes tous venus, sur cette terre africaine, trouver votre moment de vérité. Pour les uns l'apaisement, pour d'autres la révolte, mais pour ceux qui aiment vaincre, résister, gagner enfin, je crois que c'est le pays qu'il faut.

Il y eut un temps de silence dont les oiseaux s'emparèrent. Ils les écoutèrent. Tout était calme. L'air sentait l'exquis parfum des fleurs d'orangers.

Alors, comme souvent, après leurs conversations, elle se saisit de l'une des mains d'Herbert et y posa un baiser. Elle ne se doutait jamais de l'état émotionnel dans lequel cette innocente caresse le précipitait.

Et, ce soir-là, elle ajouta tout à coup :

— Herbert, je vais transformer Dar Malika en maison de convalescence. M'aiderez-vous ?

Il dit, en s'efforçant de rire :

— Je suis toujours à vos ordres, madame la marquise.

Elle lui exposa ses idées. On manquait tellement de place dans les hôpitaux militaires. On en était réduit à renvoyer les malades et les blessés à peine soignés. Combien traînaient leur fatigue et leur désespérance dans les rues... ici, on leur offrirait un bon lit, une bonne nourriture et Martial Morelli passerait les voir avec le docteur Warnier.

Il approuvait :

— Je savais que vous trouveriez un moyen de continuer à vivre. Vous trouverez toujours.

Et lorsqu'elle fut partie, il murmura pour lui seul :

— Profitez de la lumière, ma chérie, profitez-en bien, enivrez-vous d'elle.

Deux notaires, l'un d'Alger, l'autre d'Oran, avaient réglé avec Casilda l'héritage africain que lui laissait Alban. Elle était riche. Cela ne voulut pas dire grand-chose pour elle jusqu'à ce qu'elle organisât sa petite annexe de l'hôpital. Elle demanda à maître Largillier ce qu'elle pouvait dépenser, il répondit : « Tout ce qu'il vous plaira. »

Elle pria alors le docteur Warnier et Martial Morelli de lui faire la liste de ce qu'il lui faudrait. Elle eut une grande joie à faire venir de France l'aménagement complet de Dar Malika en havre de paix et de joie pour cinquante convalescents. Elle entendait Alban lui dire : « Pourquoi croyez-vous que j'aie acheté cette grande maison, sinon pour que vous y accueilliez tous ceux que vous aimez ? » et elle souffrait un peu moins.

Dar Malika devint vite célèbre dans l'armée d'Afrique. Il arrivait souvent que l'on dise aux blessés, pour les réconforter : « Pense qu'avec un peu de chance tu iras chez la Princesse te faire dorloter. »

Presque toutes les familles françaises avaient chez elles un, deux ou six militaires convalescents et les plus forts contingents se trouvaient maintenant chez Mmes de Vialar, Solal et Davesnes.

La nostalgie tuait presque autant que les balles, les obus, les sabres et la dysenterie, alors on s'évertuait à distraire les pensionnaires de Dar Malika.

Aurèle et Alexander étaient fort utiles. Ils apparaissaient dans les salles à l'heure du goûter. Distraction instaurée par Casilda parce que l'après-midi était long à s'écouler. Le matin, les toilettes, les soins, le déjeuner, occupaient les hommes. Mais on sentait s'appesantir sur eux, dès 3 heures, cette lassitude du corps qui s'accompagne de tristesse tout d'abord, puis d'une inquiétude de la nuit à venir. Alors les deux petits garçons commençaient leur tournée avec l'une des dames qui, par roulement, apportaient le fameux goûter. Il y avait les jours d'Elina, d'Eugénie, d'Iris Muller, et de bien d'autres. Casilda avait battu le rappel de ses fidèles.

Pour Aurèle et Alexander, l'heure était d'une gravité extrême et l'importance de leur mission les ravissait.

Herbert les avait chapitrés et initiés. Ils avaient à peine quatre ans, mais ils en savaient dix fois plus sur la composition de l'armée d'Afrique qu'un ministre du roi à Paris. Leur grande fierté était de reconnaître les uniformes, de saluer chacun des arrivants avec compétence, mais aussi de ne rien ignorer des surnoms donnés aux régiments.

Un amputé du 13e de ligne n'en revint pas, le jour de son entrée à Dar Malika, d'entendre les deux petites voix lui dire :

— Bienvenue, mon lieutenant des Asperges !

Car ce corps, au moment du débarquement de ses soldats en terre d'Afrique, s'était extasié sur les aloès en s'écriant : « Dieu ! Quelles asperges ! » Et ce surnom lui collait aux guêtres à jamais.

Un dysentérique du 62e, que les enfants n'avaient pas encore découvert, était sûr qu'ils ne sauraient pas comment on avait baptisé son régiment. Et les paris étaient ouverts. Lorsque les petits garçons arrivèrent devant le soldat, celui-ci demanda :

— Et moi, je suis quoi ?

Ils hésitèrent un instant. Ils étudiaient l'uniforme, se parlaient à voix basse, puis Aurèle, moins timide qu'Alexander, s'écria :

— Vous, vous êtes *Pas d'Amis* !

Un hurlement de joie accueillit la réponse. Ceux qui étaient valides portèrent en triomphe les deux distributeurs de petits gâteaux, leurs paniers se renversèrent, on rit beaucoup. Puis le soldat du 62e, voulant parfaire ce triomphe, interrogea encore :

— Et pourquoi nous appelle-t-on comme ça ?

Alors Aurèle et Alexander s'écartèrent l'un de l'autre. Et le premier, devenu sentinelle, cria :

— Qui vive ?

Le second, dans le rôle du visiteur, répondit :

— Ami.

— Il n'y a *pas d'amis* ! et là, Aurèle fit mine d'épauler en ajoutant :

— Pan !

La mise en scène était de l'oncle Herbert. Et Casilda disait parfois :

— Avec tout votre répertoire et la fascination que vous exercez sur eux, vous m'en ferez des militaires.

Deborah était accueillie avec grand respect lorsqu'elle venait remplir ses fonctions. On s'était aperçu qu'elle aimait donner à boire aux blessés et aux malades et qu'elle s'acquittait bien de cette tâche. Elle disait parfois, à l'un ou à l'autre :

— Mon mari saura votre bravoure, et vous décorera, ou : Il faut que je parle de vous au gouverneur, ou encore : Son Excellence ne saura manquer de venir vous voir, dès que je l'aurai entretenu de vos faits d'armes.

Et tous la remerciaient avec déférence.

Elle soignait ses toilettes pour ses passages dans les salles et elle avait toujours un petit bouquet à son corsage qu'elle laissait, en partant, à l'un des hommes. Et cet hommage, venant d'une dame si éprouvée, mais si digne, émouvait ces braves. Et, du jour où un blessé, attendant depuis des mois des nouvelles de sa famille et s'en désespérant, en reçut une heure après avoir été gratifié de deux roses par Deborah, on décerna le titre de porte-bonheur aux fleurs de Mme Marchandeau et on les accueillait avec gratitude et émotion.

Il y avait un très jeune soldat, l'un de ceux appelés « retour de Miliana », l'un de ces rares survivants aux longs mois de réclusion dans une citadelle entourée d'ennemis empêchant tout ravitaillement. Le malheureux avait autant souffert dans son corps que dans son âme et on n'arrivait pas à le remettre sur pied. La nuit, il se réveillait encore en sursaut en hurlant qu'il avait faim ! et le jour le voyait mélancolique et dénué de tout appétit. Il ne pouvait s'empêcher d'évoquer sans cesse les horribles moments de Miliana. Comme ses compagnons le fuyaient, rassasiés de ses récits, il parlait à Deborah. Elle écoutait sérieuse, grave même, lorsqu'il lui disait :

— Alors, madame, j'ai pensé aux serpents ! j'avais déjà mangé du lézard, mais pas encore du serpent. Je me suis mis à en dépister. Ah ! il n'en manquait guère ! On les découpait et on les faisait griller. Il fallait se dire : « Je mange du boudin, je mange un délicieux boudin » et on y croyait... presque...

Qu'avait-elle compris ?

Immanquablement, elle disait :

— Mon ami, j'en informerai Son Excellence.

Les dames fondatrices — Saint-Hilaire en avait composé un comité — venaient donc à tour de rôle apporter par leur présence une distraction précieuse. La venue du clan Solal était l'une des plus appréciées. Au grand amusement d'Ephraïm, qui en prenait son parti beaucoup plus que son père, sa mère, ses sœurs et ses belles-sœurs disaient « oui, oui, oui » mais *évoluaient* lentement. Aussi leurs toilettes étaient-elles déjà un beau spectacle pour les convalescents. Elles avaient aussi une réputation de pâtissières émérites et leurs biscuits de Savoie étaient célèbres par leur légèreté. On les avait d'ailleurs débaptisés, ces biscuits, et surnommés « les Zéphirs », comme s'étaient surnommés eux-mêmes les bataillons légers d'Afrique.

Et on disait — car elles avaient donné leur recette et précisé que tout était dans le bon et long montage des blancs d'œufs — que l'on battait autant d'œufs chez les Solal que de rappels dans l'armée d'Afrique.

La jeune femme d'Ephraïm, jolie et douce créature aux beaux yeux effarouchés, était la préférée de ces messieurs qui, entre eux, l'appelaient « la Jolie Biche ». Et « Jolie Biche », un jour où elle distribuait des parts de Zéphir, fut soudain prise de malaises et tomba dans les bras heureusement et vivement tendus de ces messieurs. Le docteur Warnier appelé aussitôt, souriant dans sa grande barbe, ronchonna amicalement qu'il n'était pas nécessaire de l'enlever à ses blessés et que n'importe quelle matrone aurait suffi à annoncer que Mme Ephraïm Solal donnerait prochainement un héritier à son mari.

L'heureux futur père, que l'on avait prévenu, accourut les bras chargés de fleurs pour Casilda, chez qui on avait su la bonne nouvelle, et de champagne pour tous.

Ce soir-là, on eut du mal à faire coucher les pensionnaires de Dar Malika. Chacun avait une histoire à raconter, une opinion à défendre. On n'en finissait plus et les chandelles ne s'éteignirent qu'au petit jour.

Ce fut cette nuit que choisit Meriem pour s'enfuir.

Quand elle s'efforçait de se rappeler le comportement de la jeune Mauresque les derniers temps, pour essayer de comprendre cette disparition, c'était toujours à la scène des talismans que Casilda revenait.

Ce matin-là, elle avait trouvé Meriem dans sa chambre, accroupie sous la table juponnée de soie où elle disposait ses peignes, ses poudres et ses parfums. Interrogée sur son étrange position, Meriem avait répondu :

— Je ramasse tes épingles à cheveux. Tu m'as dit que l'écaille de la tortue c'est cher et qu'il faut toujours retrouver les épingles.

Elle mentait. Avec son effronterie habituelle et ce dédain parfait à être crue ou pas.

— Dis-moi la vérité, Meriem.

Alors, avec ce geste charmant qu'elle avait pour

exprimer son fatalisme écartant ses deux mains ouvertes en forme de conques, elle avoua :

— Je te mettais un talisman là-dessous, pour que tes yeux soient toujours des étoiles, ta bouche une grenade mûre, ta peau un pétale de rose, et qu'un homme, beau comme le cheval du Prophète, vienne un jour vers toi.

— Et qui t'a fait ce talisman-là ?

— Oh ! le meilleur, celui qui sait, le vieux *taleb*[1] assis près de la fontaine de la porte Bab-Azoun parce qu'il dit que la voix de Dieu lui parle par l'eau qui coule.

Les talismans, Meriem en était bardée. Lorsqu'elle était venue s'installer à Dar Malika, il lui en avait fallu deux ou trois supplémentaires pour se sentir préservée des influences néfastes qui ne pouvaient manquer de sévir dans cette demeure de chrétiens.

— On fait bien bénir nos maisons, avait dit Alban, laissez-la donc être rassurée par ses petits bouts de papier pliés en quatre et épinglés sur sa chemise. Ce que j'espère, toutefois, c'est qu'elle n'a pas été la proie de l'un de ces filous, grecs, italiens ou levantins, qui vendent aux pauvres indigènes crédules n'importe quelle baliverne tracée sur parchemin et garantie talisman sacré ! Que le vieux taleb vive de cela, c'est la règle ici, mais j'aimerais faire coffrer les autres.

Ce matin-là, donc, des talismans, la conversation avait, comme si souvent avec Meriem, abouti à un flot de conseils et de vœux pour que sa maîtresse pense à l'amour, jusqu'à ce que Casilda, impatientée, s'écrie :

— Occupe-toi donc de tes amours et moins des miennes !

— Oh ! moi, j'ai tout ce qu'il me faut !

— Dieu a donc mis sur ta route celui qu'il te destine ?

— Dieu a bien voulu.

— Et tu m'en as rien dit ?

—————
1. Écrivain public.

— Tu vas, tu viens, tu cours. Et pour parler du cœur il faut savoir laisser couler les heures, chanter le vent, la mer et les oiseaux. Toi, tu n'as jamais le temps.

De fait, on avait appelé Casilda pour l'arrivée d'un nouveau blessé et elle avait laissé là Meriem.

— Tu vois !

Casilda était donc sûre que la jeune femme s'était enfuie pour retrouver l'homme qui avait dû s'emparer des étoiles de ses yeux, de la grenade mûre de sa bouche et des pétales de rose de ses joues...

On fit une discrète enquête mais on n'apprit rien. Ses parents, toujours au service des Dynensen, n'en savaient guère plus.

Et bien entendu, se disait Herbert, ils sont tous amoureux de Casilda !

Il devenait d'une grande jalousie. Elle était trop occupée maintenant, elle le négligeait. Elle avait moins de vague à l'âme et venait moins se faire consoler chez lui. Et ces hommes qui tournaient autour d'elle, c'était pire encore qu'à « L'Épaulette d'or », parce qu'ils étaient là, nuit et jour, quémandaient sa sollicitude, la suivant sûrement des yeux sans cesse. Ils voyaient, eux ! Ils savaient comment elle était habillée, comment elle se coiffait, quel genre de sourire elle avait aux lèvres...

Alors si, par chance, elle venait le voir, il demandait :

— Quelle robe portez-vous, aujourd'hui ?

Elle décrivait sa robe, patiemment, bien qu'elle fût sollicitée par mille urgences.

— Vous avez une rose à votre corsage ? Je le sens.

Et comme elle avait omis de le lui dire, il était persuadé qu'elle la donnerait à qui la lui demanderait... ou même ne la demanderait pas.

Il interrogeait Aurèle et Alexander, ses deux espions.

— Des roses ? Non, ils n'avaient pas vu de roses.

« Pauvres marmots, comprennent-ils seulement ce

que je leur demande ? » Il se calmait un peu, mais ne pouvait s'empêcher de mendier encore :

— Comment est-il le hussard qui est arrivé aujourd'hui ?

Car Paris envoyait maintenant des régiments de cavalerie française qui venaient, à tour de rôle, passer quelque temps en Algérie.

— Eh bien... C'est... c'est un hussard, disaient-ils.

Alors Herbert renonçait à savoir, confus et malheureux. Un soir pourtant, il posa la question qui lui brûlait les lèvres.

— Ils sont tous amoureux de vous, n'est-ce pas ?

Elle se récria :

— Pas du tout, la grande vedette c'est Iris Muller, si élégante, si aguichante qu'ils se croient transportés sur le Boulevard à Paris.

Et elle ajoutait que tante Toussainte, quand elle revenait de l'hôpital militaire, le soir, savait si Iris avait paradé ici. Elle jurait que les températures étaient plus élevées et les pouls plus rapides. Et, pour éloigner cette jalousie qu'elle redoutait, Casilda s'étendait sur les talents de Mme Muller qui avait décidé de battre ces dames Solal sur le terrain pâtisserie et confectionnait des douceurs élégantes, toutes mignonnes, des miniatures de gâteaux meringués et roses appelés *doigts de fée*. Elle en apportait des boîtes entières et, comme ils étaient plus fragiles que des porcelaines de Chine, elle seule les distribuait avec grande délicatesse, allant jusqu'à les mettre dans la bouche même de quelques-uns... pas de tous, elle avait ses préférés, ceux qu'elle appelait sa cour...

Et Elina ! Elina était désormais aussi célèbre par son aptitude à faire rire qui n'en avait ni l'envie ni la possibilité. Ce n'est pas tellement ce qu'elle disait, que son inimitable façon de le dire...

— Hier, le capitaine Epivent, du 32e, lui a raconté qu'ils en avaient parfois tellement assez de manger du mouton, toujours du mouton, qu'un jour il en avait fait tuer deux cents, tout juste pour que ses hommes dégustent les rognons. La façon dont elle a dit « Au madère, j'espère ! » a fait éclater de rire la salle entière...

Il écoutait à peine et lui dit, presque méchamment :

— Racontez-moi tout ce que vous voulez, c'est avec vous qu'ils rêvent de coucher !

Il se fit un grand silence. Elle ne répondit pas. D'ailleurs une telle remarque appelait-elle une réponse ?

C'était l'heure du crépuscule et elle regardait s'assombrir le ciel dans la douce musique d'une sonatine de Mozart que commençait à jouer Deborah.

Quelle attitude adopter devant cette situation qu'elle n'avait pas voulu voir arriver ? Le confort de leur vie de demain à Dar Malika dépendait du ton qu'elle allait donner à cette affaire. Si elle blessait Herbert, c'en était fait de leur quiétude ici. Et c'était pour lui surtout que cela serait pénible, lui qui devait si souvent se sentir un intrus. Elle imagina les nuits où le désespoir devait l'assaillir à se savoir inutile et à charge. Il fallait qu'elle le rassure, le réconforte.

Elle lui sourit et la pensée qu'il ne voyait plus jamais personne le regarder avec bonté et tendresse lui fit dire avec grande douceur et en lui prenant la main :

— Vous entendez, Herbert, comme ce que joue Deborah est beau ?... Excusez-moi, j'écoutais, que me disiez-vous ?

— Rien. Rien qui vaille la peine d'être répété.

*
* *

On était toujours sans nouvelles de Meriem, Eugénie affirmait l'avoir aperçue dans une rue de la Casbah. Mais Eugénie avait une mauvaise vue et prétendait d'ailleurs que toutes les Mauresques se ressemblaient.

Meriem partie, personne ne pensait à faire brûler du benjoin sur les kanouns. Et l'absence de ce parfum un peu ensorcelant ajoutait au vide qu'avait laissé la jeune femme en s'enfuyant. Reviendrait-elle jamais ?

Puis, un convalescent que l'on croyait bien guéri mourut soudain. Et, brusquement aussi, le comportement de Deborah changea. Elle ne voulut pas quitter sa chambre pendant trois jours et refusa de s'alimenter. Ce fut dans cette atmosphère que les jumelles décidèrent de faire leurs premiers pas.

Dans ce même temps, le maréchal gouverneur Valée quittait Alger et l'on attendait son successeur.

La nouvelle que le général Bugeaud était nommé à sa place surprit et effraya. On se souvenait qu'à son premier séjour dans la Régence le général était assez hostile à la conquête. On attendit, dans l'anxiété, de savoir s'il était toujours dans les mêmes dispositions. La proclamation qu'il fit afficher au coin des rues et à tous les carrefours, rassura immédiatement :

« Habitants de l'Algérie... il faut que les Arabes soient soumis, que le drapeau de la France soit seul debout sur cette terre d'Afrique. Mais la guerre, indispensable aujourd'hui, n'est pas le but. La conquête serait stérile sans la colonisation. Je serai donc colonisateur ardent, car j'attache moins d'importance à vaincre dans les combats qu'à fonder quelque chose d'utilement durable pour la France. »

Tous furent réconfortés et même contents... Sauf peut-être Louis et Eugénie, car le général, aidé des colonels Lamoricière et Changarnier, pensa à plusieurs améliorations à apporter au bien-être du soldat en campagne. L'une d'elles fut la transformation du sac de campement qui, en se défaisant, devenait une tente abri. Ce dut être « un rude coup » pour la Maison Morelli fils, comme le dit Elina, mais elle ajoutait qu'Eugénie avait la dignité de n'en point parler, ne pouvant d'ailleurs, ouvertement, aller contre le progrès et le confort de l'armée. A « L'Épaulette d'or » aussi, l'adoption définitive de la casquette, remplaçant le shako-boisseau, dut faire une petite révolution.

Sur la carte d'état-major affichée au mur de la chambre d'Herbert, on se montrait les progrès de l'offensive du général contre Abd el-Kader. Encore un combat à Miliana, puis la destruction du camp de Tagdemt où l'ennemi avait accumulé tant d'armes et de munitions, et enfin l'occupation de Mascara, dans cette Oranie qui était la province où l'émir comptait le plus de tribus amies.

Puis on sut que le premier échange de prisonniers allait enfin avoir lieu : Mgr Dupuch, après avoir fait distribuer des vêtements neufs à tous les captifs arabes d'Alger et réquisitionné, à ses propres frais, les calèches de louage de la ville pour transporter les femmes et les enfants — les hommes, eux, iraient à pied —, annonça qu'il se porterait lui-même au-devant des captifs français que le Commandeur des Croyants voulait bien rendre.

Elina, commentant la nouvelle, dit au consul :

— Voyez-vous mon ami, nous habitons, vraiment, dans un pays où il ne faut s'étonner de rien ! Au plus fort de la guerre avec Abd el-Kader, nous obtenons ce que nous croyions impossible depuis douze ans de combats... Vous ai-je appris aussi que dans l'armée d'Afrique en campagne, les uns, affamés, mangent des lézards et des serpents alors que les autres ne prélèvent que les rognons des moutons et jettent le reste ?

— Non, vous ne m'en aviez pas informé, répondit le consul, avec le plus grand sérieux, avant de reprendre sa lecture interrompue.

*
* *

L'échange des prisonniers se fit aux environs de Bou-Farik, le 19 mai 1841 !

Des deux côtés, profitant de cette trêve, on était venu en foule au-devant de celui ou de celle dont on espérait le retour. Et les scènes de retrouvailles étaient poignantes.

Dans la barbe, toujours bicolore, d'Horace Parmelin les larmes d'attendrissement venaient se perdre et il ne cessait de répéter : « Oh ! mon Dieu, Oh ! mon Dieu ! » en voyant un père retrouvant son fils disparu ou une femme se jeter dans les bras de son mari. Scènes identiques dans les deux communautés.

Léocadia avait pris place dans l'une des calèches occupées à l'aller par des femmes kabyles. Epuisée par ces deux mois de voyage, et bien qu'on l'ait, à mi-chemin, hissée sur un mulet après qu'elle fut, par trois fois, tombée sur la route, évanouie, incapable de continuer à marcher, et de marcher pieds nus, Léocadia n'avait même plus la force de se réjouir de la fin de son martyre ou de s'attendrir sur le bonheur de ceux qui l'entouraient.

Elle était comme Horace, Mathias et tous les autres, vêtue de vêtements arabes, que le khalifa Ben-Allal, chargé par Abd el-Kader de mener à bien cet échange avec Mgr Dupuch, leur avait fait distribuer. Elles n'étaient pas neuves et déjà habitées par puces et poux ces djellabas, mais il y avait longtemps que se gratter était devenu pour les prisonniers aussi habituel que respirer.

Ils avaient appris tous trois, pendant cette longue fraternisation, au long des routes, avec leurs compagnons d'infortune, qu'ils avaient eu bien de la chance dans leur malheur. Les autres prisonniers du camp de Tagdemt avaient été beaucoup plus maltraités qu'eux, battus pour les causes les plus futiles et obligés, chaque jour, les fers aux pieds, de travailler à l'usine d'armement. Quarante Français avaient succombé.

— Dommage, avait dit Léocadia en pleurant, alors que Mathias la soutenait, la portait presque, s'efforçant de la faire avancer, dommage, nous serions morts nous aussi et c'en serait fini de nos souffrances... Mathias, où puisez-vous votre courage ?

— Je veux vivre. Et je vivrai... et vous aussi, je ne vous laisserai pas mourir, sur le bord du chemin, pour être la proie des vautours qui nous guettent.

Mathias parlait maintenant l'arabe couramment. Il entendit l'un des cavaliers escortant le khalifa dire à haute voix :

— Si nous le voulions, que de têtes à couper ici ! Il nous suffirait d'appeler les Hadjoutes qui sont en embuscade autour de nous, et nous enverrions celle du marabout des chrétiens et celles des hommes qui l'entourent au Commandeur des Croyants !

— Alors, la tienne, mon fils, l'émir la ferait saler et l'offrirait au roi des chrétiens, lui répondit son plus proche compagnon.

L'entrée à Alger fut triomphale. Ils marchèrent sur les fleurs jetées sous leurs pas et, trop habitués encore à rester sur leur faim, prenaient les douceurs offertes mais ne les mangeaient pas et les serraient dans le vieux chiffon où étaient leurs pauvres richesses, objets des plus hétéroclites glanés en chemin, un morceau de bois, un silex, parfois l'ultime reste d'un peigne ou d'une semelle de chaussure.

C'étaient les petits métiers de la ville, Kabyles marchands d'eau, Négresses marchandes de gâteaux à l'anis, Mahonnais marchands de fruits, que les dames d'œuvres de monseigneur avaient réquisitionnés et payés pour qu'ils distribuent leurs étalages portatifs aux captifs délivrés. Elles attendaient, ces mêmes dames, dans la pièce attenante du plus grand hammam d'Alger qu'elles avaient loué aussi, que le personnel de l'établissement leur livrât les prisonniers étrillés, lavés, brossés, séchés, pour les vêtir alors décemment en puisant dans le vestiaire approvisionné par des quêtes chez les commerçants.

Léocadia avait eu la chance d'hériter d'une simple mais neuve et propre robe de fin lainage écossais à parement de batiste blanche. Et l'une de ces dames ne plaignit pas sa peine pour lui créer une fort seyante coiffure.

Durant ces deux années de captivité, jamais Léocadia ne s'était vue dans un miroir. Qui en aurait eu autour d'elle ?

Lorsque Mme de Franclieu lui demanda avec douceur « Est-ce bien ainsi ? Cela vous convient-il ? » Léocadia de Fleurmay se regarda dans le miroir tendu. Elle y découvrit une étrangère au front couronné de torsades neigeuses. Et qui lui parut avoir cent ans. Elle ne put que dire :

— Oh ! mon Dieu !

A l'une des dames d'œuvres de monseigneur, la plus âgée, celle qui l'intimidait le moins, Mathias avait demandé :

— Auriez-vous entendu parler des Manerville, colons en Mitidja, à Ferme Blanche ?

La dame s'affairait à ranger les nombreux peignes fins avec lesquels elle aurait bien voulu passer un petit coup de vérification supplémentaire dans les toisons des prisonniers. On laissait toujours échapper des lentes et ces horribles poux réapparaissaient alors de plus belle. Elle répondit, l'œil fixé sur la coiffure de Léocadia dont elle aurait juré qu'elle était encore « habitée » :

— Manerville ?... Manerville ? Oh ! ils sont morts de fièvres, ceux-là.

Puis la dame d'œuvres le regarda, ce jeune homme, bien pâle soudain sous son hâle. A la bonne heure, il était tondu ! Tondre tout le monde, c'était le seul moyen d'exterminer jusqu'à la dernière lente.

— Eh oui ! Ils meurent comme des mouches, ces colons de la Mitidja. Voyez-vous, mon ami, seuls les poux, ici, ont la vie dure.

Il y avait un courrier en partance pour Marseille le lendemain soir. Ceux des prisonniers qui voulaient être rapatriés avaient des places retenues à bord à leur intention et offertes par une compagnie maritime marseillaise.

Ce qui restait des Galas Parmelin devait s'y embarquer.

Horace avait récupéré un chapeau de soie noire haut de forme et il disait à Mathias, en attendant de prendre place dans la chaloupe qui les conduirait à bord et en lui montrant son couvre-chef :

— Le croiriez-vous, mon ami, j'ai perdu cette élégance du geste que je me flattais — à juste titre je crois — de posséder. Vrai, je suis encombré aujourd'hui de cet instrument dont je ne pouvais me passer hier. Voilà un sujet que nous aurions pu traiter : « De l'accoutumance à toute chose et de son contraire, chez les mammifères supérieurs. »

Il essayait de plaisanter, le pauvre Parmelin, et Léocadia parvenait à sourire, mais se séparer de Mathias leur broyait le cœur. « Il est devenu notre fils », disaient-ils souvent, et leur fils les abandonnait ! Ils étaient désemparés à la pensée de ne plus se reposer en toutes choses sur lui comme ils l'avaient fait depuis qu'ils le connaissaient.

— Deux années à peine à travailler dur ici et je pourrai aller vous faire visite à Paris, disait Mathias.

Et leur confiance en lui était si grande qu'ils ne le jugeaient guère présomptueux et lui avaient répété dix fois leur adresse.

— C'est juré, fils, on vous attend
— C'est juré, père.

Lorsqu'il vit la chaloupe s'éloigner du quai, lorsqu'il les devina pleurant et se serrant l'un contre l'autre, inquiets de tout, il faillit bien s'élancer vers eux. Ne pourrait-il pas élever des chevaux en France ? Non. Pas des chevaux arabes. Alors, il agita le bras, une dernière fois, en direction du navire et s'éloigna.

Et maintenant, se disait Mathias, en essayant de ne plus penser aux Parmelin et à sa belle Casilda, et maintenant il fallait tourner la page et aller trouver Mgr Dupuch auquel il avait demandé un rendez-vous avec une assurance si intimement doublée de déférence que le prélat, toisant ce long et maigre jeune homme au regard décidé, l'avait sur-le-champ accordé.

Grand, massif presque, l'évêque d'Alger avait derrière ses fines lunettes d'acier un regard d'une bonté extrême. Des éclairs de gaieté le traversaient souvent et mettaient dans les prunelles grises un rayon de soleil.

Il demanda, dès que Mathias se fut incliné devant lui en baisant sa bague :

— Qu'est-ce donc, cette cicatrice sur votre joue ?

— Un coup de sabre, monseigneur.

— Et peut-on savoir... ?

— J'ai arraché l'un de ceux qui escortaient notre convoi à son cheval pour y faire monter ma mère.

— Vous étiez donc prisonnier avec vos parents ?

— Mes parents adoptifs, monseigneur.

Et Mathias raconta brièvement ses aventures.

Comme le prélat murmurait quelque chose en latin — Mgr Dupuch avait été le champion des vers latins de son collège ! Mathias lui dit :

— Je n'entends pas ce langage, monseigneur.

Et, ayant capté, dès l'entrée dans le bureau de l'évêque, la petite lueur de gaieté de l'œil, il ajouta :

— Que saurais-je de plus du cheval si je sais qu'il se nomme *equus* ?

— Et que vient faire ici le cheval, jeune homme ?

— Tout, monseigneur. Je suis devant vous pour vous entretenir de chevaux.

— Eh bien ! Mon ami, je vous retournerai la phrase : Je ne sais rien du cheval si ce n'est qu'il s'appelle *equus* en latin.

— Mais moi, monseigneur, je sais ce que je veux. Je veux... enfin, je me permets de solliciter un mot de recommandation pour le chef d'escadron Daumas. C'est le seul homme de l'armée d'Afrique qui n'ignore rien du cheval arabe.

— Vous avez soupé, jeune homme ?

— Souper ? Il y a bien longtemps que je ne sais plus le sens de ce mot-là, dit Mathias en riant.

Il avait un rire franc, joyeux, contagieux. Les petits éclairs de joie se succédaient dans le gris si doux du regard de l'évêque.

— Eh bien, nous allons parler chevaux à table, tous les deux.

Ce fut peut-être le repas qui compta le plus dans la vie de Mathias. La cuisinière de monseigneur était espagnole, son riz au poulet délectable et, l'évêque étant bordelais, son petit ordinaire paraissait bien être, se dit le jeune homme, ce que Parmelin appelait « le bon Dieu en culotte de velours » en évoquant ses agapes d'antan.

Alors Mathias expliqua ce qu'il voulait faire. Elever des chevaux dont l'armée avait tant besoin et que les Arabes ne voulaient pas lui vendre. On en faisait venir de France, bien sûr, mais pour gagner cette guerre, c'était l'évidence, il fallait des chevaux, toujours plus de chevaux et de la plus belle race du monde.

— Oui, les troupes bien montées des Barbares décimèrent jadis les légions romaines... Ce sont les hommes à cheval qui restèrent pendant plus de mille ans maîtres de l'Europe... et ne furent vaincus que par un autre peuple de cavaliers venu d'Afrique précisément et qui envahit le monde occidental... Oui, jeune homme, dit rêveusement l'évêque, vous avez sans doute raison, beaucoup plus de chevaux, toujours, cela doit être, en effet, ce qu'il faut.

— Et des chevaux arabes, des bêtes nées ici et faites pour ce pays.

— Venons-en au chef d'escadron Daumas. Que lui voulez-vous ?

— M'entretenir avec lui qui a vécu près de l'émir et n'ignore rien des pur-sang d'Afrique. Je sais qu'il est à Alger maintenant.

De nouveau, Mgr Dupuch dévisagea ce jeune

homme de vingt ans à peine qui, hier encore, devait ployer l'échine sous les coups de bâton et qui, ce soir, son verre de bordeaux à la main, demandait à rencontrer l'un des plus célèbres militaires de l'armée d'Afrique pour lui parler chevaux !

Mathias avait été gardé à coucher par monseigneur. Le lendemain matin, lorsqu'il s'apprêtait à quitter l'évêché, un secrétaire lui remit la lettre de recommandation promise pour le chef d'escadron Daumas. Et, comme le jeune homme, après avoir remercié, allait s'éloigner, le même secrétaire lui dit :

— Non, par ici, si vous voulez bien me suivre, monsieur.

Ils arrivèrent devant les écuries de l'évêché.

— C'est celui-là, dit le secrétaire, montrant un cheval arabe de couleur bai et, en même temps, il tendit une seconde enveloppe.

Mathias l'ouvrit. Elle contenait un petit billet signé de l'évêque.

« Mon jeune et courageux ami, le chemin me paraît long pour aller à pied jusqu'à Mustapha-Pacha où le chef d'escadron Daumas habite. Voici Selim. Il m'a été offert par le khalifa Ben-Allal le jour où Dieu m'a aidé à vous faire rendre la liberté. Montez-le pour aller voir celui que vous tenez tant à connaître. Et gardez-le. Je vous dirai ce que m'a dit l'envoyé de l'émir en me l'offrant : "Que ce cheval te soit heureux avec l'allongement de ta vie et la protection de Dieu." »

De Melchior-Joseph-Eugène Daumas, directeur des Affaires arabes auprès du gouverneur, après avoir été consul à Mascara auprès d'Abd el-Kader, Mathias avait entendu parler pendant sa captivité et son long cheminement de la province d'Oran à celle d'Alger. Tout se sait, tout se dit sur ces routes, au hasard des rencontres, et l'histoire de l'émir, comme celle de certains chefs de l'armée d'Afrique, cheminait avec eux.

Un groupe de cavaliers, quelques nomades dans l'un de leurs déplacements éternels, les chameliers d'une caravane, écoutés devant une fontaine ou un abreuvoir, donnaient des nouvelles fraîches et légendaires mêlées.

— Que disent-ils ? Que disent-ils ? avait demandé Parmelin.

Et Mathias avait répondu, le regard plein de rêve :

— Ils disent qu'ils ont vu l'émir.

— Ils disent donc toujours la même chose ! Sacrebleu, ces gens ont bien peu de conversation.

Le commandant Daumas s'apprêtait à quitter ses bureaux et à enfourcher une superbe monture, lorsque Mathias stoppa Selim à quelques pas de lui.

Il devait être assez curieux à examiner ce long jeune homme portant un costume trop court de jambes et de manches, la tête nue rasée à l'arabe, une joue fortement entaillée et les yeux fiers et résolus dans un visage cuit au soleil.

Il était intéressant à regarder aussi, ce chef d'escadron à épaulettes d'or et au fin burnous blanc élégamment rejeté sur l'épaule. De constitution sèche et nerveuse, la barbe aussi noire que la prunelle veloutée et rêveuse, c'était un bel officier.

Mathias Chabrier tendit sa lettre.

Eugène Daumas la lut.

Le jeune homme ignorait ce qu'elle contenait. Et l'ignora toujours. Elle devait être savoureuse car le commandant rit beaucoup, puis relut, regarda à nouveau Mathias, du rire encore dans l'œil, et, lançant les rênes de sa monture à un serviteur arabe dit :

— Suivez-moi, monsieur.

Ce que l'ex-Petit-Chabrier exposa, debout, face au commandant assis, se résumait à ceci : Gardien de chèvres auvergnat, aide-colon en Mitidja, la chance de sa vie avait, en quelque sorte, été sa captivité à Tagdemt. Sans cet *intermède* il ne saurait ni lire ni écrire... ni se tenir à table.

Son premier éducateur venait de rentrer en France

après lui avoir appris tout ce qu'il savait. Il lui fallait maintenant compléter son instruction et apprendre à vivre en Algérie, parmi les Arabes, en élevant des chevaux.

Le général Bugeaud venait de le préciser : « Pour achever la conquête il faut *devenir arabe*, savoir se battre et penser comme l'Arabe. » Et, pour élever des chevaux arabes, il devait en être de même. Il cherchait donc un maître en science de l'Arabe et du cheval réunie. Et, dans toute la Régence, il n'y avait qu'un seul Français qui pût donner ces enseignements, le chef d'escadron Eugène Daumas.

Ce que l'élève pouvait offrir, en échange, c'était ses services. Palefrenier, factotum, garde du corps, tout ce que l'on voudrait qui permît un minimum d'une heure de conversation par jour entre maître et élève.

Le contrat ne se ferait que pour un an. Car, d'ici dix à douze mois, Mathias pensait avoir la concession qu'il demandait dans les environs de Mascara ou de Tiaret, régions qu'il connaissait et où il serait bienvenu de créer un élevage.

Pour l'heure, il n'avait pas à le cacher, sa situation était des plus précaires. Bien que propriétaire d'un cheval de grand prix, Mathias avouait n'avoir d'autre fortune que le contenu de la petite bourse que chaque prisonnier libéré avait reçue de la part du gouvernement. De quoi se nourrir lui et Selim pendant un petit mois. Guère plus.

— Vous savez soigner et panser les chevaux ?

— Voici deux ans que je regarde les Arabes le faire.

— Je ne pourrai peut-être pas m'entretenir avec vous une heure par jour, mais je prépare en ce moment un livre sur l'Algérie, les mœurs des Arabes et les chevaux du Sahara. Vous pourrez lire ce que j'écris, m'en parler et nous en discuterons. Je vous donnerai d'autres ouvrages aussi à étudier, et vous autoriserai à assister à certaines entrevues que j'aurai avec les Maures qui viennent ici me demander de m'occuper de leurs affaires. Enfin, je vous emmènerai dans mes visites chez les tribus amies si vous voulez bien me servir alors de valet-secrétaire. Est-ce à peu près ce que vous désiriez ?

— C'est exactement ce dont je rêvais !

— Alors commençons les leçons ! Après une conversation de ce genre les Arabes disent : « Que Dieu nous réunisse dans un moment fortuné ! » Et si vous voulez méditer, pendant que vous panserez mes bêtes, voici ce que dit le Prophète : « Les biens de ce monde, jusqu'au jour du jugement dernier, seront pendus aux crins qui sont entre les yeux de vos chevaux. » Car, disent les Arabes, les chevaux sont nos richesses, nos joies, notre vie, notre religion [1].

Mathias allait partir, lorsque le commandant lui dit encore :

— « Le paradis de la terre se trouve sur le dos des chevaux, dans le fouillement des livres, ou bien entre les deux seins d'une femme. »

Et M. Daumas ne fut pas mécontent d'avoir fait rougir ce jeune homme si imperturbable.

*
* *

Meriem choisit de revenir à Dar Malika le jour même où les prisonniers d'Abd el-Kader entraient à Alger.

Ce retour empêcha Casilda de se rendre, comme elle le projetait, au-devant elle aussi de Mgr Dupuch et de ses protégés.

Elle demanda, autour d'elle, si on avait vu un jeune garçon nommé Petit-Chabrier. Mais personne n'avait entendu parler de lui et pour l'excellente raison que tous avaient cru Mathias fils d'Horace Parmelin.

Mathias et Casilda furent voisins — une lieue à

1. E. Daumas, *Les Chevaux du Sahara*, Paris, 1858.

peine les sépara pendant l'année où son *disciple*, comme disait le commandant Daumas, séjourna chez lui. Ils ne se rencontrèrent jamais. Le jeune homme vivait entre l'écurie et la bibliothèque de son maître, elle était, elle, accaparée par ses enfants et ses convalescents. Ce dont elle était heureuse, cela ne lui laissait pas le temps de penser à son malheur.

Mathias entendit bien parler de celle que l'on appelait la Princesse, ou la dame de Dar Malika et, parfois, la marquise. Il entendit même ce nom de Davesnes. Cela ne lui fit jamais deviner qu'il était porté par celle dont l'épingle à cheveux en écaille était toujours sur son cœur, en porte-bonheur.

Meriem était comme ces arbres que la tempête peut secouer sans qu'ils ploient jamais la tête.

Elle ne s'excusa pas, n'expliqua rien. Elle revenait, on le voyait, cela suffisait.

Elle avait au bras un chétif bébé, une toute petite fille qui était une explication bien suffisante de sa fugue.

Un soir, quelques semaines après son retour, elle dit à Casilda :

— Il a été las de moi très vite. Il avait d'autres femmes. Et quand il a vu que je n'avais pas fait un garçon, il m'a renvoyée.

— Tu es malheureuse ? Tu l'aimais ?

— J'ai cru qu'il était le plus vaillant de sa tribu, le porte-étendard qui chevauche en tête, l'homme de courage et de force.

— Et il n'était pas cela ?

— Que Dieu me soit en aide, il n'était qu'un éleveur de poules [1], qui faisait travailler ses femmes à coups de bâton.

La petite fille s'appelait Aïssa et quand elle fut bien

1. Terme de mépris. Ceux qui élèvent des poules ne vivent pas sous la tente comme les nobles Arabes.

nourrie, bien soignée, elle devint un joli bébé qui n'intéressa que très passagèrement les deux garçons, laissa les jumelles indifférentes, mais devint, très vite, la grande distraction de Deborah. Elle restait pendant des heures assise à côté d'elle, écartant avec un éventail les mouches qui pouvaient l'importuner et lui chantant des berceuses.

Et Meriem disait qu'elle remerciait le Seigneur de donner la protection de Deborah — que Dieu allonge son existence ! — à son enfant.

11.

Le 21 octobre 1841, le dernier bivouac avant l'arrivée à Saïda, ville que Bugeaud s'en venait prendre à Abd el-Kader, fut attaqué au plein milieu de la nuit. L'ennemi avait découvert une brèche dans le cordon de protection du camp mis en place par la grand-garde, et quelques réguliers de l'émir s'approchèrent, prêts à tomber sur les hommes endormis. Il y eut un moment de désordre. Mais, dès les premiers coups de feu, le général, qui dormait tout habillé sur son lit de camp, jaillit de sa tente, mit sur pieds les compagnies les plus voisines et les lança sur les assaillants. En moins d'un quart d'heure, les Arabes furent repoussés.

Ce petit combat terminé, le bruit et la rumeur s'élevaient toujours du camp. Le calme habituel aux fins d'escarmouches de ce genre n'était pas revenu. Le général Bugeaud s'aperçut alors que les hommes riaient. Sur les bataillons du 15e léger et du 1er zouave debout sous les étoiles, passait comme une houle de gaieté ponctuée de gros rires et d'exclamations joyeuses. Portant alors la main à sa tête, le général comprit : il était coiffé d'un bonnet de nuit de coton et non de sa casquette qu'il demanda aussitôt, riant lui aussi.

Le lendemain, quand la marche fut reprise, les zouaves, accompagnant leur fanfare, improvisèrent *La Casquette du père Bugeaud* sur la musique de leur corps.

Le 22 octobre, Saïda fut occupée. Adolphe Muller, que le maréchal Valée n'aimait guère, était bien vu du général Bugeaud. Et il suivait, au titre d'inspecteur des arts et monuments africains, cette partie de la campagne d'automne.

Comme Tagdemt, Taza, Boghar, tous camps d'Abd el-Kader, Saïda était en flammes lorsque les troupes françaises y entrèrent. L'émir ne laissait que la cendre de ses biens à Bugeaud.

Et ici, plus encore que sur les autres territoires lui appartenant, c'était pitié que cet incendie. Il consumait ce qui avait été la seule demeure sur terre de cet homme. Et une demeure d'un tel goût, d'une telle harmonie de formes et de couleurs qu'Adolphe Muller en pleurait. Il regardait cette « perle du style arabe » s'envoler en fumée. Et il fallut le rappel du général lui-même pour l'empêcher de s'élancer dans le brasier, sauver ce qui pouvait encore l'être. Comme un zouave le retenait par le pan de son habit, en lui disant : « Du calme, petit père, du calme, y'a rien de plus mauvais que les brûlures, on dit c'est rien, ça va passer et on crève de gangrène au bord d'un chemin pour nourrir les chacals. »

Il n'écoutait guère, Adolphe Muller. Il regardait, désemparé, les flammes lécher des bas-reliefs sculptés dans du marbre, des galeries pleines de grâce et soutenant plusieurs rangées de colonnes s'effondrer, des jolies fenêtres en ogive cracher du feu...

L'architecte savait que c'était dans cette maison entourée de buissons de roses que l'émir venait se reposer des fatigues de la guerre. C'était là ce qu'il avait voulu voir et sauver. Et sa longue marche ne lui avait servi à rien. Il était sans doute le seul que cette chanson de *La Casquette* irritait au plus haut point ; il était bien question de chanter, barbares ! Et il ne cessa de maugréer quand les troupes rentrèrent dans Alger sur l'inévitable refrain.

Il arriva très vite, ce refrain, à Dar Malika. Et on eut un matin la grande surprise d'entendre Deborah faire de petites variations sur ce thème. C'était gai, charmant et plusieurs militaires, à la suite de Casilda, s'avancèrent jusqu'à la pièce où se trouvait le piano du caïd. C'était bon de sentir la pauvre folle un peu gaie.

Mais ce n'était pas elle qui jouait !

C'était son fils Alexander, debout, pour pouvoir atteindre le clavier et les pédales à la fois.

Il jouait pour Aurèle et les jumelles qui reprenaient alors le refrain en chœur.

Casilda avait, depuis quelques mois, mis l'enfant au piano espérant que Deborah s'intéresserait à son jeu et, peut-être, en aurait un peu de bonheur. Les dispositions du petit garçon l'avaient surprise et ravie à la fois. L'improvisation de ces variations sur un thème donné la confondit. S'il existait dans Alger un professeur de piano de grand talent il allait falloir qu'elle le découvre au plus vite. Elle vint passer sa main dans les boucles brunes d'Alex et lui demanda :

— Tu aimes beaucoup la musique ?

Il était timide, apeuré souvent, il se contenta d'incliner la tête.

— Tu veux que je te conduise chez un grand pianiste qui t'apprendra tout ce que tu ne sais pas ?

Alors levant les yeux vers Casilda, les beaux yeux couleur de clématite mauve de sa mère, il dit :

— Non. C'est avec *elle* que je veux apprendre. *Elle*, elle sait. *Elle* sait toute la musique.

— Qu'allons-nous faire ? demandait Casilda à Herbert.

— Rien. Attendre. L'enfant arrivera peut-être à ce qu'il veut... Avec le temps.

— Mais saura-t-elle ? Pourra-t-elle plutôt ? Je ne

m'étais pas aperçue combien Alex l'admire. Je cours ici, là, je m'éparpille et je ne vois pas ce que j'ai au plus près de moi.

Saint-Hilaire soupira mais se tut. Il ne parlerait pas de lui, et de ces quatre jours, *quatre* ! où elle n'avait pas trouvé une seule minute pour venir bavarder avec lui. Mais, avec une dureté qu'il se reprocha plus tard, il dit :

— Pas plus que vous ne voyez, sans doute, combien Aurèle aime dessiner. C'est Alexander qui m'a appris la chose. Votre fils fait la joie de vos pensionnaires en les caricaturant... sur vos murs d'ailleurs, paraît-il, et avec du charbon qu'il dérobe aux cuisines. Pour lui, vous n'aurez pas besoin d'arpenter la ville à la recherche de professeurs. Vos peintres, en remerciement de tout ce que vous faites pour eux, pourront se charger de l'instruire !

Il était jaloux d'Horace Vernet, et bien sûr des autres aussi, qui venaient ici fréquemment, se dit-elle. Et ce fut à son tour de soupirer.

Elle le quitta mécontente de lui... et d'elle-même. Elle continuait à s'étourdir de mille façons pour ne pas, sans cesse, penser à Alban et elle n'arrivait qu'à mécontenter les uns et mal veiller sur les autres.

Les intrusions des Hadjoutes, depuis que les colonnes mobiles du général Bugeaud se déplaçaient à vive allure et se jetaient comme un vent de terreur sur le Sahel, n'étaient presque plus à redouter. La population se rassurait et la conquête avançait. A petits pas certes, mais avec régularité.

Pourtant, le gouverneur était obligé d'écrire à son ministre : « ... On a cru que nous avions peu fait parce que nous n'avons pas rédigé de pompeux bulletins pour de petits combats. Mais nous ne pouvons pas avoir en Afrique des batailles d'Austerlitz et le plus grand mérite de cette guerre ne consiste pas à gagner des victoires, mais à supporter avec patience et fermeté les fatigues, les intempéries et les privations. Sous ce rapport nous avons dépassé, je crois, tout ce qui a eu lieu jusqu'ici... »

L'année 1842 vit l'installation du colonel Lamoricière à Mascara. Parti de Mostaganem, il y amena en plus de ses canons, ses batteries de montagne, ses spahis, le colonel Yusuf et un convoi chargé des objets les plus variés. Ils allaient, ces instruments disparates, des charrues aux moulins portatifs, des semences aux manuels de cultures et revues du *Bon Fermier*.

Le général Bugeaud lui envoya d'Alger une division supplémentaire. Mathias obtint, avec la protection de son maître, devenu colonel, l'autorisation d'en faire partie.

Daumas et Lamoricière étaient amis. Le premier avait servi sous les ordres du second et ils mettaient tous deux la même ardeur à mieux connaître, chaque jour, ceux qu'ils devaient d'abord combattre et ensuite rallier à la France.

Ce n'avait pas été sans regrets que le maître et le disciple s'étaient séparés. Contrairement à ce qu'il avait pensé, le colonel avait souvent trouvé plus d'une heure à donner à son élève. Apprendre à connaître les Arabes était une très bonne chose, s'était-il dit, mais apprendre à d'autres à faire comme lui était le corollaire indispensable. Ils garderaient tous deux le souvenir de bonnes soirées d'étude de la langue arabe. Soirées où le colonel Daumas aurait dû aller briller dans les salons de ces dames à Alger mais où il préférait parler de « la civilité puérile et honnête[1] » en pays musulman avec celui qui lui servait de factotum dans la journée. Petites causeries dont il disait qu'elles étaient à l'imitation de celles que le roi, aux Tuileries, appelait ses « coins de cheminée ».

Et Mathias n'oublia jamais ce qu'ils nommaient

---

1. *Mœurs et coutumes de l'Algérie*, par le général Daumas.

l'exercice et qui était celui de travailler à perfectionner la *ghomza*. Ce nom étrange signifiant « un clignement presque imperceptible de la paupière inférieure au moyen duquel deux individus peuvent s'entendre pour railler, tricher ou tromper... » car, en pays arabe, plus d'une tête a été tranchée sur un arrêt de la *ghomza*.

Ce fut, d'ailleurs, en lui demandant qui de lui ou du colonel Daumas pratiquait le mieux cet exercice-là, que Lamoricière accueillit Mathias.

— Cela dépendait du degré de fatigue du colonel, mon général. S'il avait dû, à son bureau des Affaires arabes, écouter toute la journée les interminables palabres des deux parties indigènes à départager, alors il ne valait rien et on aurait vu à des kilomètres son clin d'œil. Mais si nous nous mesurions à l'heure de la prière de l'aurore, quand il venait voir aux écuries si j'avais bien fait mon travail, il me battait à tout coup, ses clignements de paupières étaient, sans conteste, dix fois plus fins que les miens. Notre arbitre était toujours un palefrenier toulonnais qui devait nous traiter en silence de vrais fadas, mais n'osait même pas sourire.

— Si l'ennemi nous laisse un peu de repos, je vous lance un défi, jeune homme. Mais attention, ne vous avisez pas de me laisser gagner par déférence, je veux un vrai duel.

— Alors mon général je vous dirai, sans déférence, que vous êtes perdu. J'ai cheminé, depuis notre débarquement à Mers el-Kébir et jusqu'ici, aux côtés de l'un des hommes que le gouverneur vous envoie. Un indigène chargé des mulets. Il est de première force en *ghomza*. Et nous n'avons pas cessé de nous mesurer. Il serait un espion, ce muletier-là, que je ne serais pas étonné !

— Et si c'était un espion à moi ?... On m'a dit que très originalement, vous aviez marché, pendant toute la route à côté de votre cheval et non dessus. Pourquoi donc ?

— Selim, mon général, appartenait au khalifa Ben-

Allal qui l'a offert à Mgr Dupuch. L'évêque d'Alger, dans son immense générosité, me l'a, à son tour, donné. Je ne suis qu'un modeste civil bénéficiant, par grâce, de la protection d'une division de l'armée d'Afrique pour gagner les parages de la concession que, par grâce encore, on a bien voulu me donner. Devais-je, mon colonel, cavalcader sous le nez d'un respectable officier supérieur monté sur une bête commune et lui jeter au visage la poussière d'or que mon coursier n'aurait guère manqué de soulever ?

— Si nous soupions ce soir ensemble, jeune homme ? Je voudrais avoir des détails sur la condition de prisonnier d'Abd el-Kader.

— J'ai peur de vous décevoir, mon général. En quelque sorte, j'ai été surtout détenu par les Galas Parmelin dont je vous parlerai volontiers, si cela peut vous intéresser.

Petit, trapu, mais très séduisant avec un beau visage aux yeux souvent inquisiteurs sachant être aussi très séducteurs, vêtu d'une tunique courte sur le large pantalon bouffant, sans épaulettes, sans épée, simplement muni d'une canne et un éternel cigare aux lèvres, tel était le général Juchault de Lamoricière que découvrit Mathias. Il savait déjà que c'était le plus africain de tous les officiers de l'armée d'Afrique dont il faisait partie depuis le premier jour du débarquement. Il savait aussi qu'il était d'une activité surprenante, ne s'arrêtant jamais, volant d'une victoire à une autre. Il ignorait en revanche que ses hommes, fiers de servir sous ses ordres, disaient qu'il avait recréé une *nouvelle armée d'Italie*. Il apprit aussi que le général fumait tellement, allumant sans interruption un cigare à un autre, que ses hommes encore ne disaient pas : il y a tant de lieues d'Arzew à Mascara, mais bien tant de cigares.

Il apprit aussi, ce qui pouvait lui être utile, comment déceler ces greniers souterrains où les Arabes engrangeaient leur blé, ces silos disséminés un peu partout sur leurs territoires. On savait que ces magasins secrets avaient tous leur entrée recouverte d'une grande pierre plate, il suffisait alors de sonder le terrain avec une longue tige de fer, mise au point par le général. C'était infaillible, on ne redoutait plus la famine.

Lorsque Lamoricière vit que son hôte ne l'écouterait pas et, malgré ses conseils, partirait rejoindre sa concession en pays à peine pacifié superficiellement, il lui expliqua qu'il aurait à faire face à des changements périodiques de la situation. Et cela parce qu'une tribu soumise en hiver par les Français, acceptant les conditions de la soumission et promettant obéissance et fidélité, se trouvait, le printemps suivant, face à l'émir qui lançait sur elle ses cavaliers rouges comme une meute sur un cerf pour la punir de s'être ralliée aux chrétiens. Soumise dès lors à ces nouveaux vainqueurs, auxquels elle revenait d'ailleurs sans peine, les cœurs étant restés fidèles au Commandeur des Croyants, elle était, dès l'été, asservie de nouveau aux Français revenus. Arriverait l'automne, où pouvaient foncer encore sur elle les réguliers d'Abd el-Kader, peu après remplacés par les Français, et cela indéfiniment. Et, chaque fois, on lui prenait cheptel et sac de boudjoux. Les tribus qui entouraient Mascara et ses environs vivaient ainsi. Ainsi vivrait Mathias, au déroulement des saisons et des souffrances des indigènes. Il serait tantôt environné d'amis, tantôt d'ennemis.

— Et si vous arrivez à le créer, votre élevage de chevaux, je suis votre premier acheteur, nous avons tous, désespérément, besoin de montures !

Sur ces paroles, Mathias, à qui le général prêta six hommes pour l'aider à construire ses bâtiments en planches, quitta Mascara pour Relizane.

Cette fois-là, il monta Selim et partit suivi de ses compagnons, tâtant sur son cœur son porte-bonheur en forme d'épingle à cheveux d'écaille blonde.

*
* *

Lorsque Ludovico d'Ataleta s'était embarqué pour Cherchell avec le disciple du physicien Talbot et ses appareils de photographie, il ne prévoyait pas qu'ils précédaient de quelques jours seulement les trois brigades qui, sous les ordres des généraux d'Houdelot, de Dampierre et Duvivier et sous le commandement du maréchal Valée lui-même, viendraient occuper la ville.

Les deux amis entrèrent dans l'ancienne Césarée que les Arabes venaient de quitter, instruits, eux, de la prochaine arrivée des troupes françaises, et il ne restait là qu'un mendiant aveugle et un idiot contrefait. Sur ce décor de ruines, Ludovico leur trouva des allures de personnages de tragédie antique.

Entre le départ des musulmans et l'arrivée des chrétiens, ils se crurent, pendant quarante-huit heures, revenus en pays latin.

Il restait des oranges aux arbres et des poissons dans la mer, ils s'en nourrirent. Ils étaient au paradis. Le printemps était précoce, l'eau presque chaude, ils se baignaient. Non pas tellement pour entrer dans cette eau — bien qu'ils en ressentissent un vif plaisir — mais pour admirer les ruines vues de la mer.

Ils faillirent se rompre les os à déplacer des blocs de pierre ou des statues pour faire ces fameuses photographies sans que même un chien vînt les déranger. Et ils s'émerveillaient de gratter à peine le sol et d'y découvrir des fragments de poteries ou des pièces de monnaie romaines.

— Les Arabes ne se baissent donc jamais pour les ramasser ? se dirent-ils.

Apparemment non.

Césarée, où planaient les ombres du roi Juba et de la reine Séléné coiffée de son grand épervier d'or, fut à eux jusqu'à ce que retentissent des fanfares annonçant un envahisseur.

Les généraux furent surpris d'être accueillis par un Italien et un Anglais manipulant un étrange appareil. Mais ils ne furent pas mécontents de poser, au soleil d'Afrique, devant une colonne romaine et d'obtenir en retour, après une disparition de quelques heures de ces deux étranges messieurs dans une sombre crypte, un portrait d'eux sur papier.

Tout cela, Ludovico d'Ataleta vint le raconter plus tard à sa Bellissima retrouvée.

— Cara mia, je n'ai eu qu'à dire que je cherchais la plus belle et on m'a donné ton adresse. Ne pleure pas un mari, tu en auras dix, cent autres dès que tu le voudras !

— Qui est cet énergumène qui vous a tutoyée ? demanda Saint-Hilaire, après avoir entendu partir le peintre sur un : « A bientôt carissima. Et ne te remarie pas sans me prévenir. D'ailleurs, le prochain que tu épouses c'est moi. Je suis beau, riche, et je t'attends. »

— C'est un peintre, un peu fou, répondit Casilda, mais charmant.

— Charmant ? En vérité je m'étonne que vous vous laissiez ainsi compromettre...

— Herbert, je vous en prie. J'ai un mal de tête atroce, je ne me sens pas bien du tout et je crois que je vais être malade. De grâce, remettez vos scènes à demain...

— Voilà donc votre nouvelle façon de vous défendre, la maladie !

Elle s'enfuit. Prête à pleurer. Elle n'en pouvait plus. Jamais aucun de ses maris ne l'avait ainsi torturée.

Elle se heurta à Meriem, qui la regarda et lui dit :

— Tu as la fièvre.

Elle l'avait en effet. Sans doute après avoir eu chaud aux cuisines, où elle surveillait une mise de légumes en conserve, elle était restée sur sa terrasse jusqu'à la tombée du jour et la mauvaise fraîcheur du soir, cette humidité à redouter ici, lui avait été néfaste.

Elle fut longtemps malade, atteinte de pleurésie, mais, lorsque la fièvre tomba, elle apprécia cet isolement douillet et ces vacances forcées dont elle bénéficiait. Elle s'aperçut que, depuis la mort d'Alban, elle n'avait pas cessé de s'agiter tout le jour et que, pour la première fois de sa vie, elle était fatiguée. Je vieillis, se dit-elle. Et, comme elle avait tout juste vingt ans et en était consciente, cette pensée ne l'attrista pas. Mais elle se surprit à n'avoir jamais autant apprécié de se trouver dans un bon lit aux draps fins et frais. Elle demanda son miroir, et il lui sembla que, de cette maladie, elle sortait rénovée. Purifiée, pensa-t-elle en se rappelant le lazaret de Marseille et Fra Pinturo. Et pour la première fois, évoquer ce moment délicieux de sa vie avec Alban ne la fit pas pleurer, mais sourire avec mélancolie.

De cette maladie, elle garderait aussi le souvenir attendri du dévouement de Meriem. Pendant tout ce mois où elle n'avait pas quitté sa chambre, la jeune Mauresque, dès qu'elle avait fini le rangement de la pièce et la toilette de la malade, s'asseyait par terre, au pied du lit, et veillait sur elle.

Elle faisait ses premiers pas sur sa terrasse quand la nouvelle de la soumission des Hadjoutes lui fut apportée.

On se répétait en ville la teneur de la lettre que Sidi-Mbarek, leur chef, avait adressée au général Bugeaud :

« Du djebel Dakba à l'oued Fodda je commande, je tue, je pardonne. En échange de ce pouvoir que j'exerce pour la gloire de Dieu et le service de mon seigneur le sultan Abd el-Kader, que me proposes-tu ?... »

On disait que le gouverneur, saisi d'admiration, redoublait d'estime pour ce noble et loyal adversaire.

Les pourparlers menés par le général Changarnier furent longs. La tribu indomptable ne voulait pas capituler. Entre-temps, des soldats français tombèrent encore dans des embuscades où l'on se battait parfois à dix contre un. Ce fut dans l'un de ces combats qu'un jeune héros de vingt-trois ans, le sergent Blandan, mourut en criant à ses hommes : « Courage, mes amis, défendez-vous, jusqu'à la mort. »

Il fallait en finir. On en finit enfin. Les Hadjoutes se soumirent.

Lorsqu'elle le sut, Toussainte était auprès de ses malades et blessés. Elle ne ressentit pas autant de joie qu'elle l'aurait cru à cette nouvelle. Elle se savait utile ici et n'était plus si pressée de partir en Mitidja. Elle décida donc d'attendre un peu. Mais Roustan Jouvel et Louiset étaient impatients. Alors elle demanda à réfléchir.

Elle fut heureuse d'être encore là le 30 mai. Ce jour où se fit la jonction des divisions d'Oran et d'Alger par la vallée du Chélif[1]. Les deux divisions parties en même temps l'une de Blida, l'autre de Mostaganem, s'aperçurent à l'embouchure de l'oued Rounia. Le 29, elles virent briller dans la nuit leurs feux respectifs. Le 30 au matin, elles marchèrent à la rencontre l'une de l'autre.

Les faisceaux formés, les chevaux au piquet, ceux d'Alger se jetèrent dans les bras de ceux d'Oran. La joie fut dans la ville aussi grande qu'au retour des Biban : on pouvait désormais communiquer d'Alger à Oran autrement que par la mer ! Mais, ce qui faisait l'événement plus grand que celui des Portes de Fer, c'était le nombre considérable de tribus que le général Bugeaud avait soumises en chemin.

Toussainte capitula alors aussi. S'il était vrai, comme disaient certains chefs arabes, que désormais une jeune fille pouvait se promener dans le Sahel avec une couronne d'or sur la tête sans rien risquer, que risquait-elle, elle ?

Il y aurait deux voitures. L'une conduite par Toussainte elle-même, l'autre par Roustan Jouvel, que plus

1. Oued d'Algérie qui se forme sur les hauts plateaux, traverse les monts du Titteri et se jette dans la Méditerranée au nord de Mostaganem.

personne n'appelait le Grand-Calanquais parce qu'il était né aux calanques de Cassis. Par son séjour de trois ans à l'hôpital militaire où tous avaient apprécié sa bonne volonté tout d'abord, puis son habileté à mettre des planchettes à un membre brisé ou à fabriquer des béquilles quand elles s'avéraient introuvables à Alger — il y avait tellement d'amputés ! —, il était devenu M. Jouvel. Et le jeune Louiset, âgé maintenant de treize ans, était, lui, devenu célèbre depuis qu'un infirmier avait dit, passant devant un dysentérique : « Celui-ci est mort, fais-le évacuer. » Louiset avait répondu : « Mais non, monsieur, il vit encore » et reçu de l'infirmier une bonne gifle avec le conseil d'obéir. Alors il avait fait enlever l'homme soi-disant mort par deux brancardiers kabyles, mais au lieu de le faire porter à la morgue, il l'avait fait mettre dans la chambre où son père et lui couchaient. Il était sûr qu'il vivait encore. Il avait déjà vu de ces espèces de catalepsies momentanées dont le docteur Warnier venait à bout par enveloppements chauds et frictions du corps. Mais il y avait tant de soldats à soigner et à réconforter ! Louiset maintenant le savait, la maladie et la tristesse tuaient plus dans l'armée d'Afrique que les sabres et les balles. Alors tout seul, rusant pour obtenir de l'eau bouillante aux cuisines de l'hôpital, il avait ranimé son homme et prévenu Martial. A eux deux ils avaient sauvé le chasseur à pied Marius Legrand. Il se portait comme un charme maintenant. Il avait même, à la grande joie de Louiset, rossé presque à mort l'aide infirmier.

Lorsqu'ils surent que le petit Louiset s'en allait en Mitidja, dans les trois salles de l'hôpital les militaires lui firent une ovation.

Les deux voitures furent chargées deux jours avant le départ. Et c'est après avoir vérifié leur contenu et le bon arrimage des caisses et couffins que Toussainte, soupirant, se décida à aller faire ce qu'elle méditait depuis quelque temps et appelait « sa triste corvée ».

Cela se passa plus facilement qu'elle ne l'aurait cru. Elle était à peine entrée chez Herbert de Saint-Hilaire, qu'il avait compris :

— Vous venez me demander de partir avec vous, n'est-ce pas ?

— Oui.

— Vous savez qu'en agissant ainsi vous m'arrachez le cœur.

— Je le sais.

— Et vous le faites quand même ?

— Parce qu'il le faut. Parce que vous ne pouvez pas rester dans cette maison si j'en pars. Les convenances s'y opposent.

— Vous savez bien que vous vous f... des convenances.

— Disons, alors, que je me soucie de l'avenir de ma nièce, et du vôtre aussi. Espérez-vous que, par pitié, un soir, elle décide de vous épouser ? Voulez-vous cela ?... Je suis cruelle, je le sais. Mais j'ai vu trop d'amputations faites trop tard à l'hôpital.

— Me séparer des enfants sera dur aussi. Je les aime.

— Je le sais. Mais si vous venez à Ferme Blanche avec moi, vous les retrouverez à toutes les vacances... Et elle aussi. Et puis, il faut que je vous le dise, et vous savez que je ne mens jamais : j'ai besoin d'un homme au domaine.

— Un bel homme, en vérité !

— Pour me conseiller, pour m'aider lorsque tout ira mal, car cela arrivera, vous serez merveilleux. Et quand vous aurez franchi le fossé où vous vous enlisez en étant jaloux et acariâtre, vous redeviendrez l'homme que vous étiez... C'est dit ?

— C'est dit.

Ils partirent un beau matin de mai. On avait promis

aux petits garçons désespérés que l'on passerait tous les dimanches à Ferme Blanche.

Ce fut alors qu'il ravalait ses larmes en faisant ses gammes qu'Alex vit Deborah venir à lui et rectifier la position de ses mains sur le clavier. Il leva les yeux vers elle. Il la voyait mal, parce qu'il ne pouvait pas encore cesser de pleurer — il l'aimait tant, l'oncle Herbert ! —, mais il parvint à lui sourire quand même.

*

* *

Le général Changarnier, que plus personne ni dans Alger, ni dans l'armée, n'aurait osé, même à mi-voix, appeler *Bergamote*, venait, pendant tout ce mois de juin 1842, de recevoir la soumission d'une dizaine de tribus du Sersou et il avait encore vu venir à lui, au bivouac d'Aïn-Toukria, l'un des grands des Ayad, offrant avec son serment de fidélité le cheval de *gâda*[1].

Et il se tenait, en ce matin du 1er juillet, en haut d'une colline offrant une large vue sur cette immensité de plus de quatre cent mille hectares de terres fertiles du Sersou, piquée, çà et là, de quelques ruines romaines.

Il avait la vue perçante de tous les grands Africains, le général, aussi vit-il très vite d'épais nuages de poussière dont le soleil faisait des nuages d'or.

Et c'était bien de l'or, en vérité. C'était la plus énorme colonne d'émigrants s'avançant le long de l'oued Nahr-Ouassel presque à sec.

Il descendit la colline, il vola plutôt, fit sonner « à cheval », lança les chasseurs d'Afrique, puis les goums des Djendel et des Ayad. Quelques coups de sabre à peine et tout était dit : trois mille prisonniers, hommes, femmes et enfants, deux mille chameaux, trois cents chevaux et mulets, plus de mille têtes de bétail !

1. Hommage et marque de vassalité.

Et ce n'était pas fini. Dès le lendemain, de tous les environs, de dix lieues à la ronde, des messagers envoyés par des tribus venaient encore faire acte de soumission eux aussi.

Le général, superbe dans le soleil, monté sur son pur-sang, les épaulettes étincelantes et les gants blancs impeccables, offrit alors la générosité de la France : il renvoya les prisonniers, ne garda que quelques otages et paya largement le bétail.

La nouvelle de cette razzia sans pareille fut accueillie à Alger avec l'enthousiasme inépuisable qui jaillissait à chaque victoire comme un grand et long cri de joie s'élevant des blancheurs de la ville.

Et il n'était pas encore assourdi, qu'un autre aussi grand, aussi long, mais de désespoir celui-là, l'étouffait à l'annonce de l'effroyable nouvelle : le duc d'Orléans est mort ! Le prince a été tué à Paris dans un accident de voiture causé par un cheval emballé.

La ville blanche se tut et pleura le fils du roi qu'elle aimait et qui l'avait aimée.

L'armée d'Afrique sut qu'elle perdait son meilleur protecteur. Rares furent ceux, même parmi les plus endurcis, qui ne sentirent couler quelques larmes qu'ils essuyèrent discrètement.

Eugénie décida qu'elle porterait le deuil de son cher et illustre ami. A son dernier séjour ici, Son Altesse avait félicité Martial de son bon travail à l'hôpital. En souvenir des nombreuses visites du prince aux blessés et malades, elle ferait mettre un grand portrait de lui — elle le demanderait à l'un des amis peintres de Casilda — au mur de la salle d'entrée de l'hôpital. Quant au fauteuil où s'était assis, un matin, le fils du roi chez elle, elle y fit poser un petit cordon protecteur pour éviter que l'on s'en servît.

Aurèle, à chacune des visites chez tante Eugénie, éprouvait un grand plaisir à étirer la cordelière en s'asseyant dessus dès qu'on ne le voyait pas.

Alex ne l'imita jamais. Il devenait de plus en plus

réservé et timide. Il avait compris qu'Aurèle n'était pas son frère et que sa mère n'était pas Casilda, comme il l'avait cru si longtemps, mais cette dame au regard triste qui, maintenant, lui faisait travailler son piano tous les jours.

Eugénie, tout en noir, disait :
— Heureusement nous avons le duc d'Aumale !
Elle lui avait écrit, présenté les condoléances de la famille Morelli, et n'aurait pas manqué, un seul matin, de le voir passer à cheval quant il était en ville. Ce n'était pas Orléans, ce ne serait jamais lui, mais c'était son frère et, Dieu merci, il adorait l'Algérie lui aussi.

Et comme le duc habitait une jolie maison mauresque à Mustapha, non loin de chez Casilda, elle ne manquait pas, à chacune de ses visites à Dar Malika, de faire un petit détour pour admirer les roses du prince qui débordaient des murs et s'écroulaient en cascade jusqu'à la route. Elle trouvait toujours une bonne excuse pour faire arrêter le cocher et cueillir une fleur.

*
* *

C'était bien la première fois qu'Elina demandait à son mari de lui lire un article du *Moniteur algérien*. Elle revenait de la place du Gouvernement où elle avait entendu parler de la smala dont le journal parlait aussi.

Le consul avait déjà parcouru le texte, il en fit une seconde lecture à sa femme :

« S.A.R. le duc d'Aumale, après avoir fait un dépôt de vivres dans les ruines de Boghar, s'est avancé dans le sud de l'Ouarsenis à la recherche des tentes et des familles d'Abd el-Kader et de ses khalifas. Ce rassemblement, évalué à quarante mille personnes, compose ce que l'on appelle la smala. Cette agrégation est entièrement ambulante. Les Arabes nos alliés disent que, si l'on prenait la smala, on porterait un coup terrible à la puissance d'Abd el-Kader. S.A.R. le duc d'Aumale a été chargé de s'en emparer, mais l'entreprise est difficile. Il faudrait des marches forcées sur des territoires où les eaux sont rares et où l'on trouve plus rarement encore des cultures pour les animaux. S.A.R. a été pourvue, autant qu'il était possible, des moyens nécessaires ; mais, quelles que soient son activité et son intelligence, il faut encore que la fortune lui vienne en aide pour atteindre la smala tant elle est mobile et bien avertie par le zèle et le dévouement du pays. Le général de Lamoricière seconde par le Sersou les opérations de S.A.R. »

Elina avait écouté sans interrompre. Ce qui était rare. Le sujet la passionnait. Au dernier dîner au palais, le gouverneur avait mis la conversation sur la capitale nomade de l'émir et demandé à toutes les dames présentes si elles accepteraient ainsi les marches et contremarches fréquentes et subites ordonnées par leur mari et avait paru étonné de voir certaines de ses invitées rêver un peu avant de dire que non, sans doute... mais, tout de même, les grands espaces, les clairs de lune, dormir au bord d'un ruisseau... « Et accoucher ou mourir au bord d'une route... mourir », surtout, avait dit une autre, ajoutant que le général Lamoricière affirmait reconnaître l'ancien emplacement du bivouac au cimetière qu'il laissait toujours derrière lui. Alors, on n'avait plus parlé que de cette ville mouvante errant sans relâche et dont certains observateurs clandestins — on répugnait à employer le mot espion au palais — disaient que pour faire avancer tout ce peuple, souvent las de ces déplacements perpétuels et ordonnés sur l'heure, on employait le coup de fouet de la bonne nouvelle — fausse toujours d'ailleurs —, celle qui injecte un regain de force et de courage. On avait vu, paraît-il, la horde amorphe se relever, plier ses tentes et s'élancer dans les you-you joyeux des femmes parce que « Le sultan des Français est mort, tout va changer, Dieu l'a voulu ! » ou « Les Anglais ont chassé les Français, Dieu va nous donner le repos ! »

— Si l'émir a mis là son administration, sa famille, son trésor, et si le duc s'en empare, est-ce la fin d'Abd el-Kader ? demandait Elina.

— Nullement. Il en souffrira, son prestige sera diminué, mais il se relèvera.

— Vous le croyez donc invincible ?

— Presque.

— La France a la première armée du monde... et il n'est qu'un guerrier arabe abandonné, peu à peu, par ses tribus amies.

— Il est l'ennemi insaisissable et il a la baraka. Cela peut durer des années encore. Pendant ce temps, la dysenterie et la nostalgie sapent l'armée d'Afrique. Et quand bien même en aurions-nous fini avec l'émir, il resterait la Kabylie. C'est encore une autre affaire cela.

Mais elle ne l'écoutait plus. Ce qu'elle regardait, par-dessus les rosiers du jardin, c'était cette famille d'Abd el-Kader vivant au milieu de son peuple ambulant, dans de belles tentes brodées et gardées nuit et jour par des cavaliers rouges aux armes d'argent qui brillaient sous le soleil ou sous les étoiles.

Eugénie, elle, voyait dans cette affaire un règlement de prince à prince. Une altesse royale pourchassant elle-même l'émir et sa famille. C'était dans l'ordre.

Et lorsque l'annonce de la victoire foudroyante, la prise de ces dizaines de milliers d'êtres humains, et de tout ce qui les entourait par le fils de Sa Majesté, arriva et tomba sur Alger comme une bombe, Eugénie dit simplement :

— Je le savais.

Et lorsque, plus tard, elle apprit les détails, la décision rapide, téméraire, du prince qui avait fait tout le succès de l'affaire, elle se contenta de dire encore :

— Pouvait-il en être autrement ?

Lorsque le duc d'Aumale fut nommé lieutenant général et lorsqu'un matin il passa, à cheval, tout près du balcon d'Eugénie, elle eut envie de lui crier : « Bravo, Votre Altesse ! », mais elle n'osa pas. Elle l'aurait fait pour le duc d'Orléans, mais cette altesse-là, elle ne s'expliquait d'ailleurs pas pourquoi, l'intimidait beaucoup plus. Elle ne la voyait pas du tout croquant des petits sablés dans son salon.

Elle était toujours en noir et avait commencé à visiter les dames d'Alger pour leur soumettre l'idée d'élever une statue au fils aîné du roi. Elle-même s'était inscrite pour mille francs sur la liste des donateurs. Elle fut stupéfaite et ravie quand elle sut que le gouvernement général avait la même pensée qu'elle.

*
* *

Une année encore était passée.

Abd el-Kader était partout, la guerre continuait de plus belle.

A Dar Malika, on avait vu partir Ourida. Une marieuse arabe était venue la demander pour un jeune Maure, fils d'un commerçant de la ville, et Casilda n'aurait su que conseiller à la fillette de treize ans si celle-ci n'avait immédiatement dit oui, sans hésitation.

— Tu veux donc nous quitter ?

— Oui.

— Tu n'es pas heureuse avec nous ?

Elle s'était contentée de sourire gentiment, sans rien dire. Et, un matin, elle était partie avec sa petite dot offerte par Casilda.

De Ferme Blanche on avait de bonnes nouvelles, mais on n'avait pas encore pu aller faire visite en Mitidja. Toussainte, venue régulièrement pour des achats, avait dit vivre dans les ruines et qu'il faudrait des mois avant de tout remettre en ordre. Dans le temps de la reconstruction de la maison, cinquante hommes asséchaient la plaine. Elle n'en avait perdu que deux des fièvres, et ni elle ni Herbert, ni les Jouvel n'étaient atteints. On espérait une merveilleuse récolte de foin. Et on ferait une grande fête ce jour-là. On se réunirait tous.

Il arriva, ce jour des fenaisons, et on se mit en route. Aurait-il fallu emmener Deborah ? On avait décidé que non. Même si elle ne se souvenait de rien, personne n'avait le courage de lui faire prendre cette route où elle avait vécu sa tragédie.

Casilda partit donc avec les quatre enfants, Meriem et deux domestiques espagnols. Herbert avait recommandé d'être armé. Les Hadjoutes étaient soumis, certes, mais c'était une tribu qui comptait beaucoup de rebelles et il n'était pas impossible qu'il en traînât encore quelques-uns dans la plaine ou aux alentours.

Mais le voyage s'effectua sans problème.

Mlle Maurin-Darbière en fermière, pensa Casilda en l'embrassant, n'avait rien perdu de sa prestance et de son bagou.

— Elle nous mène tous au tambour, dit Saint-Hilaire en riant.

Il était gai. Vêtu de toile blanche, coiffé d'un panama et il ajoutait :

— La *mahéma* [1] me veut ainsi, en régisseur de bonne maison et parce qu'à Ferme Blanche tout doit être immaculé et impeccable. Parfois, en fin de journée, je lui tâte les caroubes pour être sûr qu'elle ne m'oblige pas à me changer pour le souper sans faire elle-même quelque toilette. Elles sont toujours à l'alignement... et en passe de devenir célèbres dans toute la plaine.

1. Maîtresse.

— Comme à Brignoles, mon ami, disait Toussainte en riant aussi.

Et il y avait de l'affection dans sa voix. Elle était contente, cela se sentait, d'avoir remis sur pied son capitaine. Elle était même aussi fière de lui que de l'assèchement de ses terres.

— Et ne va pas l'attendrir trop, qu'il ne reprenne pas le goût de toi, dit-elle en aparté à sa nièce. J'ai repéré dans la plaine une jolie petite caille que je lui destine. La fille de deux braves colons. Elle n'est pas très belle, mais bien dodue, juste ce qu'il lui faut dans son lit pour lui tenir chaud l'hiver, et il ne verra pas qu'elle a le nez un peu trop rond. Je sais qu'elle l'acceptera, elle est subjuguée par sa prestance.

— C'est pour le marier que vous l'habillez si bien ?

— Pardi ! Et j'y gagnerai une aide, elle est précieuse cette petite, elle fait la cuisine comme un ange. Elle est de Savoie. Ils sont bien, les gens de cette région. Bref, je ferai le mariage un de ces jours... Dis-moi, c'était quoi ton parfum, que je lui en achète à cette enfant ?

— Ma tante !

— Eh ! ma fille, on ne prend pas les mouches avec du vinaigre.

On ne reconnaissait pas la maison. Toussainte avait dû la reconstruire presque entièrement et c'était mieux ainsi, se dit Casilda.

Mais le style en avait été respecté et aussi l'aspect de forteresse.

Dans le patio, c'était quatre vignes qui avaient été plantées et elles donnaient déjà du beau muscat.

— Pour ce qui est du foin, dit Toussainte, alors là, ma fille, la splendeur ! Je n'ai jamais vu ça en Provence, on va être les rois de la plaine !

On avait conduit Aurèle sur la tombe de son père. Et c'était Saint-Hilaire qui lui avait appris qu'il était le fils d'un homme courageux, mort en voulant rendre cette terre productive et ce pays prospère.

A la première veillée, on permit aux enfants de rester. Ils étaient démangés par l'envie d'interroger l'oncle Herbert. « Parce que, dit Aurèle, depuis que vous êtes parti on ne suit plus la guerre aussi bien. »

Ils n'étaient pas rassasiés des secrets et mystères de la prise de la smala. Comment, avec cinq cents hommes seulement, le duc d'Aumale s'était-il emparé de quarante mille personnes ?

— Parce que certains guerriers valeureux ont aussi de la chance... parfois. Notre prince en a eu ce jour-là, et lorsque les cavaliers d'Abd el-Kader ont compris — trop tard — combien étaient peu nombreux leurs assaillants, ils ont dit avoir eu le rouge au front.

— Et c'est vrai que le butin était immense ?

— Immense, et le colonel Yusuf s'était emparé de la tente de l'émir, l'avait fait dresser, pendant la nuit, devant celle de Son Altesse avec les drapeaux, les armes et tout ce qu'il y avait de plus beau chez le Commandeur des Croyants. Alors le prince victorieux s'est éveillé, a relevé sa portière et il a vu tout cela, le bouquet de sa gloire qui brillait dans le soleil.

Ils furent splendides, en effet, les foins de tante Toussainte.

Et le premier chargement, celui de Roustan Jouvel, était un extraordinaire monument de fourrage. Les bottes étaient assemblées avec tant de maîtrise, d'astuce et d'art que l'on en restait confondu.

— C'est le seul, disait Toussainte émue, il n'y a que lui pour réussir pareille charge. J'ai décidé de l'envoyer telle quelle à l'intendance d'Alger. Je veux qu'on admire cette... cette sculpture de foin, qu'on la voie traverser la ville. C'est une ville qui regarde sans cesse de grandes choses, ainsi elle en verra une de plus ! Et elle sera belle aussi la caravane de tous les chameaux que l'intendance m'envoie pour charger le reste et qui suivra mon char de foin en forme de gâteau monté.

— Non, en forme de château, disait Aurèle, là c'est le toit, là les tours...

Alex, lui, disait : « C'est beau comme des nuages dorés. »

Les jumelles admiraient, muettes.

Casilda avait apporté du champagne. On en but au dîner avec les Jouvel père et fils que Toussainte avait à sa table quotidiennement. Elle avait repris les habitudes ancestrales de la famille, celles en vigueur avant le colonel d'empire, quand on n'était encore que fermiers chez les Maurin, et avant qu'une Mlle Darbière apporte son nom et un peu de bien aussi.

Mais on se coucha tôt parce que les chameaux devaient être là à l'aube.

Ils le furent. Le chargement fut très gai. Il y avait un chameau d'exécrable humeur qui rappelait à Toussainte l'un de ses voisins monarchistes. Elle ne cessait de dire :

— Vrai, c'est tout lui, haut sur pattes, aussi vilain et sans doute aussi bête !

Louiset avait demandé à conduire le beau chargement de son père et on applaudit quand il grimpa tout au faîte et se percha sur les bottes les plus hautes avant d'aller prendre sa place de conducteur.

Hélas, il ne la prit jamais.

On entendit à peine un coup de feu tant les enfants faisaient de bruit. On vit tomber Louiset, comme s'il avait seulement perdu l'équilibre. Ce n'est qu'en voyant la tache rouge sur la belle chemise blanche qu'il était si fier de porter pour entrer dans Alger, que l'on comprit.

Comme Casilda voulait éloigner les enfants, Toussainte pâle, défaite mais résolue, dit :

— Non. Qu'ils restent. Ils doivent vivre dans ce pays, il faut qu'ils en sachent tout... Il n'y a pas que des histoires de princes, de smala et de beaux étendards, il y a ça, aussi, et ils doivent le voir...

Alors Casilda emmena les jumelles qui tremblaient, et laissa les garçons.

C'était leur ami Louiset qu'on avait tué.

Ils le regardaient. De grosses larmes coulaient sur leurs joues. Et le petit Alex demanda :

— Est-ce que je peux l'embrasser ?

Elles étaient seules, toutes deux, assises l'une en face de l'autre. Elles faisaient du café pour la veillée mortuaire. La maison s'était emplie, silencieusement, de tous les colons du voisinage et on se relayait auprès du petit Louiset. Les enfants étaient couchés, après avoir eu une infusion calmante, et Saint-Hilaire ne quittait pas Jouvel que Toussainte lui avait confié.

Elles entendaient, dans le silence de la nuit entrecoupé des cris des chacals, le grincement du moulin à café. Et maintenant Casilda avait envie de dire :

— Ma tante, ne devriez-vous pas rentrer à Alger avec moi ? Vous l'avez vu, vos hommes et tous les voisins ont couru dans toute la plaine sans trouver l'assassin. Et demain, il peut y en avoir un autre...

Mais elle ne le dit pas.

Elle regardait Toussainte Maurin-Darbière et pensait : si une femme placée dans ces circonstances était faible, elle serait vaincue et rejetée à la mer. Et celle-là n'était pas faible. Il y avait en elle cette force, cette dureté même qui devait s'appeler le courage.

Et Casilda se demanda s'il y en avait un peu en elle-même, de ce courage-là. Elle regardait toujours cette vieille dame qui avait le cœur broyé et le Grand-Calanquais qui entrait. Ils étaient aussi pâles, aussi défaits l'un que l'autre, mais aussi droits, aussi *debout* qu'à l'accoutumée.

Ils sont comme des statues se dit-elle, des statues du

désespoir contenu, dominé. Y avait-il une espèce de protection divine qui entourait ceux qui devaient, comme eux, lutter, lutter toujours et peut-être vaincre ?

Toussainte demanda :

— Tu veux du café, Jouvel ?

— Après vous, maîtresse.

Et leurs voix étaient calmes, nettes.

Alors une image surgit tout à coup du passé. Elle se vit ici même, offrant aussi du café aux grands seigneurs colons de la plaine qui la visitaient. Et elle n'avait plus de sucre parce que Petit-Chabrier l'avait mangé. Et elle avait peur. Elle avait voulu qu'ils restent là, auprès d'elle, ces hommes courageux et conquérants, qu'ils ne la laissent pas seule...

Maintenant, se dit-elle, ils sont là, *les miens*. Alors refoulant ses larmes, elle se jeta dans leurs bras.

On enterra Louiset à côté d'Alexis. Sous le bel eucalyptus qui chantait sa douce complainte dès qu'une brise s'élevait.

12.

Des combats. Encore des combats. Victoires pour les uns, ou pour les autres. Et des morts, et des blessés. Des deux côtés. Et des larmes, toujours des larmes.

Mais des fêtes aussi. Il fallait bien célébrer les victoires. Et les gouverneurs n'aimaient pas qu'on y manquât. Jamais l'une de ces dames ne devait être souffrante un soir de bal. La migraine ? Inconnue en Afrique. Quelques vapeurs, à la grande rigueur, et pour sauvegarder cette fragilité, cette langueur, un peu mystérieuse, que les soldats appelaient féminité. Ils aimaient à la retrouver, parée, parfumée, cette féminité, au retour des expéditions.

Un matin, en se coiffant, Casilda se dit qu'elle le faisait pour plaire, alors que Toussainte ne le faisait que par respect d'elle-même et des autres.

Elle était passée la veille, tante Toussainte. Sainte-Hilaire avait cassé ses lunettes noires et elle venait les lui remplacer.

— Et son mariage ?

— Ça marche. Elle est merveilleuse, cette petite Marie-Thérèse, elle sait lui parler. Hier j'écoutais, et elle disait : « Ce brouillard sur la plaine, c'est beau. C'est d'abord comme le grand hiver chez moi, tout blanc serré, et puis ça devient léger, léger, ça monte vers le soleil, comme si ça voulait prendre tout cet or qui arrive... Vous devez le voir, le soleil qui se lève, vous devez, si vous respirez bien. On la sent déjà sa première petite chaleur. » Un jour, je l'ai vu, lui, mettre sa main sur celle de la petite. Ça m'a d'abord un peu ennuyée, elle ne les soigne pas beaucoup ses mains. — il faut dire qu'elle a si peu de temps pour elle... — et lui, tu le connais, il est délicat, raffiné... Enfin, nous verrons bien. Et, tu sais, je me disais à l'écouter cette petite, que c'est bon pour elle, comme pour moi, d'avoir à tout lui décrire à ce pauvre Herbert, ça vous oblige à regarder. Sans cela peut-être ne le ferions-nous pas, et ce serait dommage, c'est si beau, ici.

Un nouveau peintre orientaliste, Eugène Fromentin, était arrivé un jour. Il avait connu Aurèle Maurin-Darbière, autrefois. Il sut le rappeler avec timidité, mais chaleur. C'était un jeune homme de vingt-six ans, au regard ébloui et aux cheveux en bataille. Il découvrait l'Orient et il avait dit à Casilda :

— Pénétrer plus avant qu'il n'est permis dans la vie arabe me semble d'une curiosité mal entendue. Il faut regarder ce peuple à la distance où il lui convient de se montrer : les hommes de près, les femmes de loin ; la chambre à coucher et la mosquée, jamais. Décrire un appartement de femme ou peindre les cérémonies de culte arabe est à mon avis plus grave qu'une fraude : c'est commettre, sous le rapport de l'art, une erreur de point de vue[1].

Elle pensait comme lui, se souvenant de ce que ses amis avaient voulu lui faire décrire de sa visite chez Lalla Aïcha.

Ils se virent beaucoup. Il lui disait encore en parlant de l'Orient : « La question se réduit à savoir s'il se prête à l'interprétation, dans quelle mesure il l'admet

1. E. Fromentin, *Sahel et Sahara.*

et si l'interpréter n'est pas le détruire... L'Orient est très particulier. Il a ce grand tort pour nous d'être inconnu et nouveau, et d'éveiller d'abord un sentiment étranger à l'art : celui de la curiosité. Il est exceptionnel, et l'histoire atteste que rien de beau ni de durable n'a été fait avec des exceptions... enfin il s'adresse aux yeux, peu à l'esprit et je ne le crois pas capable d'émouvoir... même quand il est très beau, il conserve je ne sais quoi d'entier, d'exagéré, de violent, qui le rend excessif... [1] »

La Prise de la Smala d'Horace Vernet était sans doute, bien qu'il n'en dît rien, excessive, violente et même exagérée. C'était peut-être le plus grand tableau du monde avec ses vingt et un mètre trente-neuf. Exposée au salon de 1845, elle avait attiré tout Paris, mais aussi de sévères critiques. On disait « C'est un vrai roman... mais composé d'une série de feuilletons. »

Pourtant, Casilda était certaine que c'était beau et vrai. Elle croyait Fromentin, mais elle était sûre d'aimer aussi le grand *machin* de Vernet, comme aurait dit son père. Elle en avait vu des études ici et c'était superbe.

Elle fut triste au départ de son nouvel ami. Elle aimait l'écouter, des heures entières, lui parler ainsi.

*
* *

Il y eut, du 23 au 26 septembre 1845, les massacres de Sidi-Brahim.

La nouvelle, arrivée par balancelle à Oran, fut à Alger le 28. On apprit alors que soixante-deux cavaliers et trois cent cinquante fantassins, sous le commandement du colonel de Montagnac, venaient d'être exterminés par les troupes d'Abd el-Kader et sous les yeux de l'émir.

1. *Idem.*

528

A commencer par le colonel lui-même tué d'une balle dans le bas-ventre et jusqu'à l'agonie des retranchés dans un petit marabout, tous s'étaient conduits en héros. Le préféré d'Aurèle et d'Alex était l'adjudant-major Dutertre. Et ils se répétaient son martyre à tour de rôle :

« L'émir faisait à ceux qui vivaient encore et ne voulaient pas se rendre des sommations qui n'aboutissaient à rien. A chacune, les hommes répondaient : "Vive le roi !" Alors Abd el-Kader eut l'idée d'envoyer l'un des blessés prisonniers, l'adjudant-major Dutertre : "Et si tu n'obtiens rien, tu seras exécuté." Alors Dutertre s'avança vers ses compagnons et leur dit : "Chasseurs, on va me couper la tête si vous ne posez pas les armes, et moi je viens vous dire de mourir jusqu'au dernier plutôt que de vous rendre." A peine a-t-il parlé, que les Arabes tirent sur lui deux coups de pistolet à bout portant et, à la vue de tous, lui tranchent la tête que l'on montre aux défenseurs du marabout. »

Le récit fini, Aurèle disait : « C'est beau. Y a pas plus beau, et on y sera aussi dans l'armée tous les deux. » Alex ne répondait pas. On ne prenait pas les boiteux dans l'armée, il le savait. Et Aurèle aussi, mais il faisait toujours semblant de l'ignorer. De toute façon il ne voulait pas être militaire. En revanche — il ne le disait pas encore, mais il y pensait beaucoup —, il écrirait un chant pour ceux de Sidi-Brahim.

Le 23 décembre 1847, deux années après, ce fut devant le même marabout de Sidi-Brahim qu'Abd el-Kader se rendit. Au colonel de Montauban tout d'abord. Et le duc d'Aumale, nouveau gouverneur général de l'Algérie, qui prenait la route avec le général Lamoricière pour recevoir lui-même la reddition officielle, disait :

« Sidi-Brahim fut le théâtre du dernier succès de l'émir et la Providence semble l'avoir désigné pour être le théâtre aussi du dernier et du plus éclatant de ses revers, comme une sorte d'expiation du massacre de nos infortunés camarades. »

Lorsque le 24 décembre, le Commandeur des Croyants se présenta devant le prince, le boute-selle retentit, les troupes rendirent les honneurs. L'émotion était grande.

Abd el-Kader était vêtu comme un simple soldat de son armée, jambes nues, babouches jaunes, haïk uni, burnous brun. Il était très pâle. Les grands Arabes soumis qui entouraient le prince pleuraient.

— Si j'avais eu des hommes comme les tiens, je serais à Fez, a dit l'émir. Puis il a offert son cheval au fils du roi : C'est le dernier qui me reste.

— Je l'accepte, dit le duc d'Aumale, comme un hommage rendu à la France dont la protection te couvrira à jamais, et comme un signe d'oubli du passé.

— J'ai attendu l'heure fixée par Dieu, mon étoile vient de s'éteindre dans le ciel d'Afrique.

— Avez-vous entendu quelque chose dans les rues, des cris de joie, de la musique, des chants guerriers ? demanda à sa femme, ce soir-là, le consul qui ne sortait plus.

— Non, rien. Toute la ville européenne sait la nouvelle. Tous les nôtres sont heureux, mais en silence. Et c'est là un hommage rendu au grand guerrier arabe.

*
* *

— Il y a en France, depuis 1840, un officier de haras qui, à l'imitation de l'Angleterre, « fait » aussi des anglo-arabes et voudrait de beaux pur-sang d'Algérie.

Cette petite phrase-là, tombée de la bouche du général Lamoricière, Mathias la recueillit comme une pluie de perles. Il avait réussi des saillies de Selim sur

Helhala [1], sa sublime jument née dans un champ de lavande sauvage et il partit un beau matin de Relizane, où il habitait, vers un lieu dit Pompadour, en Ile-de-France, livrer à ce M. Gayot trois produits des deux célébrités de son élevage. Il n'aurait confié ce soin à personne. Il se souvenait vaguement de Paris et il n'oublia pas d'emporter l'adresse des Parmelin.

Il régla ses affaires au mieux avec l'officier des haras, il se sentit riche et s'en alla à la recherche d'Horace et Léocadia. Il calcula depuis combien de temps il les avait quittés. Six ans ! Il tenait sa promesse de retrouvailles un peu tard. Mais ils y gagneraient, ils auraient devant eux l'éleveur célèbre de pur-sang, propriétaire de la jumenterie, non moins célèbre, de Relizane, province d'Oran.

Au 17 de la rue de la Paix il acheta les premiers marrons glacés de la saison chez Siraudin, un confiseur que l'on disait aussi écrivain, ce qui plaisait à Parmelin. Et il se fit conduire rue des Petits-Champs où habitaient ses vieux amis. Ils n'y étaient plus. Pas davantage dans une rue sordide dont il oublia vite le nom et qu'on lui avait indiquée à l'ancienne adresse. Il les découvrit enfin. Ils étaient concierges d'un immeuble vétuste et dans une loge semblable à un cloaque. Ils dirent :

— Monsieur désire ?

Sans l'avoir reconnu.

Il répondit :

— Vous voir.

Sans qu'ils paraissent mieux comprendre qui il était. Alors, ému mais à voix très haute, parce qu'ils lui avaient paru un peu sourds, il dit :

— *Un caprice*, scène première. Mathilde, dans son salon, travaille à un ouvrage de filet, une bourse...

Léocadia s'écria :

— Oh ! mon Dieu !

1. Lavande sauvage.

Et Parmelin ne put rien dire. Il pleurait.

On s'embrassa. On raconta.

C'était... C'était merveilleux ! Pitoyable aussi. Mathias n'osait rien demander, mais tout de même, des Galas Parmelin à cette soupente ! Ce fut Horace qui dit, avec un grand geste montrant le triste décor qui les entourait :

— Nous avons expié !

— Et quoi donc ?

— La disparition de Versillières-Aînée, mon ami.

— Mais comment ?

— Parce qu'il existait, bien évidemment, une Versillières-Cadette.

— Ah bah !

— Eh oui. Elle nous sauta dessus comme les poux du camp de l'émir, dès notre arrivée. Nous étions des assassins. Nous avions entraîné sa sœur en Afrique, nous l'y avions laissée mourir, elle, une gloire du théâtre, une actrice qui avait joué à Saint-Pétersbourg devant ses grands-ducs... Bref, il a fallu payer parce que Versillières-Cadette, désespérée, n'avait plus la force même de lire un texte.

— Elle était actrice aussi ?

— Comme son nom semblait l'indiquer. En fait, trop paresseuse pour apprendre même un rôle d'utilités...

— Et alors ?

— Tout ce que nous gagnions par-ci, par-là, elle nous le saisit. Et lorsqu'elle vit qu'il n'y avait plus à brouter ici, enfin, elle disparut... avec nos deux dernières cuillères d'argent que nous croyions pourtant bien cachées. Elle était démoniaque.

Ce qui fut l'apothéose de ces retrouvailles était à peine croyable : le lendemain 27 novembre 1847[1], une certaine Mme Allan, actrice arrivant de Russie, et

---

1. Date authentique de la création d'*Un caprice* d'Alfred de Musset à Paris.

s'étant battue comme un cavalier tartare pour cela, faisait jouer enfin, pour la première fois, une pièce d'Alfred de Musset au Théâtre-Français. Et quelle était cette pièce ? *Un caprice.*

— Oui. Demain, soupira Léocadia.

— Demain ? Nous y serons, dit Mathias.

Ce fut facile. Cette représentation n'intéressait pas grand monde, et trois excellents fauteuils d'orchestre les attendaient.

Se faire beaux avait été plus difficile pour les Parmelin. Leurs vêtements n'étaient pas en état. Mais Léocadia eut soudain des ailes. Elle lava, brossa, repassa. Il manquait tout juste des gants blancs, pour pouvoir applaudir sans devoir cacher ses mains. Mathias en trouva trois paires chez Houbigant, rue de la Paix, qui en vendait avec des parfums dont il acheta aussi un flacon pour Léocadia de Fleurmay.

A la première réplique de *Mathilde*, ils se prirent la main. Et comme ses vieux amis pleuraient, Mathias pleura aussi. De joie. Il se sentait le roi du monde. Il avait réussi ce qu'il avait entrepris, on avait accueilli ses chevaux avec les honneurs qu'on leur devait, il était riche et il faisait des projets. Il écouta à peine ce qui se disait sur la scène. Mais il entendait quand même et si, devant la défaillance d'un acteur, il lui avait fallu faire le souffleur, il s'en serait acquitté à merveille. Il eut l'impression que l'on avait écourté l'acte. Il ne s'en plaignit pas, il l'avait toujours trouvé trop long.

Et comme un poète ne faisait pas peur à un Africain qui devait sa réussite à sa justesse de tir et sa connaissance des ruses arabes, il décida que l'on irait féliciter l'auteur.

Ils furent bien accueillis. Ils avaient applaudi à s'en user les paumes, et, caché dans sa loge, Alfred de Musset avait vu leur enthousiasme.

— Nous vous avons joué en Afrique, maître, dit Horace.

— J'étais *Mathilde*, ajouta Léocadia.

On raconta l'histoire.

Le poète n'en revenait pas. L'actrice qui avait monté la pièce ce soir l'avait déjà jouée à Saint-Pétersbourg. Et voilà qu'elle l'avait été aussi...

— Où donc ?

— A Tagdemt, maître, là où vivait Abd el-Kader.

On se jura de se revoir.

Mais ils partirent le lendemain tous trois. Parce que Mathias leur avait dit qu'il ne rentrerait pas sans eux à Relizane.

Ils apprirent, par un journal lu à Marseille, que *Un caprice* faisait salle comble tous les soirs et que M. de Musset était, désormais, un auteur joué avec succès. Ils en furent assez fiers.

*
* *

Depuis que le 28 octobre 1845, la statue équestre du duc d'Orléans avait été inaugurée, Eugénie se reposait. Aurait-elle assez couru pour trouver de l'argent !

Maintenant, elle venait s'asseoir sur un banc, en face de son idole en bronze, et son fils Martial disait, en riant : « Je ne suis pas sûr qu'elle ne lui parle pas. »

Lorsque en 1847, le duc d'Aumale devint gouverneur de l'Algérie, elle se réveilla un peu. Et lorsque le prince reçut la soumission d'Abd el-Kader, elle redevint fringante. Tout compte fait, si l'aîné avait fait beaucoup pour l'armée et le confort de ses hommes, le cadet faisait beaucoup aussi pour le pays. Le « petit Joinville », selon son expression, n'avait encore rien prouvé, mais lorsqu'il débarqua, avec la princesse, Eugénie était sur le quai à agiter un drapeau, comme tout le monde.

Son titre de présidente de l'Association pour l'érection d'une statue du duc d'Orléans était encore valable et le serait même peut-être toujours. Elle mourait d'envie de bousculer un peu ceux qui la gênaient pour s'avancer au premier rang jusqu'aux visiteurs royaux, et essayer de leur parler. Elle n'y parvint pas et se jura de se rattraper au bal chez le gouverneur. On n'aurait quand même pas l'ingratitude, au palais, d'oublier qu'elle était à l'origine de la statue et on la présenterait au jeune couple. Pour l'heure, il lui fallait convaincre Casilda d'aller à ce bal du gouverneur ; Casilda, parce qu'elle venait d'avoir vingt-cinq ans, lui avait fait la veille un grand discours sur les vanités du monde ou quelque chose d'aussi ridicule. Ah ! elle y viendrait, de force s'il le fallait, à cette soirée, elle l'avait juré à Elina Dynensen qui se plaignait aussi de ce que Dar Malika devenait une thébaïde et sa propriétaire quelque chose comme un joli petit moine au teint de rose.

Eugénie gagna. Soupirant, Casilda revêtit ce qui paraissait être un brouillard de tulle argenté et, l'effort lui paraissant suffisant, elle ne piqua que deux roses-thé dans ses cheveux.

Rien ne changeait au palais. Rouges spahis au garde-à-vous, bustes de marbre des gouverneurs, vélum aux couleurs de tous les États d'Europe et salle de bal pour les mille et une nuits. Mais les princes et princesses de France étaient bien beaux et fort accueillants.

Ne changeaient pas non plus les ex-jeunes filles d'Alger, devenues grandes dames. Et Casilda savait qu'elles la regardaient avec curiosité ; elle était certaine qu'on la disait « originale ». Quelle importance ?

Il était loin le temps où l'on n'arrivait pas à remplir les salons du palais. Maintenant, le tri était sévère. Et Iris Muller lui disait parfois en riant, lors d'une rencontre au buffet ou entre deux de ces portes en dentelle de cèdre : « Si je n'étais pas au bras de mon petit architecte fanatique, je ne crois pas que vous auriez pu continuer à me faire entrer ici ! » Casilda l'aimait bien, Iris, les grandeurs ne l'avaient pas affolée et, si elle se rendait aux thés de la duchesse d'Aumale, c'était parce

qu'elle s'y amusait et que les petits fours étaient délicieux, sans plus.

Casilda alla ployer son joli cou devant toutes les
dames vieilles et moins vieilles qui le méritaient, selon
elle, et ignora celles qui l'ennuyaient. On disait que la
politesse de cour était bien difficile à faire respecter
dans l'ancienne Régence, alors, autant en profiter. Puis
elle s'en fut s'asseoir dans un coin du patio, espérant
que ceux qui ne renonçaient pas à demander sa main
périodiquement ne l'y découvriraient pas trop vite.

Elle était là depuis un bon quart d'heure, tranquille,
sereine, lorsqu'elle sentit qu'il se passait quelque
chose. Mais elle se sentait trop paresseuse pour aller
voir. Si l'affaire était d'importance, on viendrait bien
l'en informer.

Ce fut Iris qui s'élança pour lui dire :

— Ma chère, il vient d'arriver un homme... Oh !
mais un homme...

— Si beau que cela ?

— Beau ? Non, il est plutôt laid. Mais quelle présence !... quelle... Voyons, comment vous dire... il est
entré et ici où l'on est pourtant habitué à l'aplomb militaire, on a fait : « Oh ! » parce que ce n'est pas tellement de l'aplomb que de... vraiment, aidez-moi.

— De l'aisance ? De l'élégance ?

— Un peu tout cela, mais autre chose aussi... et
cette cicatrice au visage...

— Comment l'appelez-vous ?

— J'ai compris M. Mathias quelque chose de
Relizane.

— M. de Relizane ? C'est joli.

— Oh ! Je retourne le voir. Imaginez que le général
Lamoricière et le général Daumas l'ont *embrassé*, eux,
ces deux rois d'Afrique ! Ah ! je n'y tiens pas, j'y
retourne.

Casilda ferma les yeux. Iris, parfois, était un peu
fatigante.

Quand elle les rouvrit il y avait un grand monsieur en habit devant elle.

— Enfin, je vous ai retrouvée ! Je vous cherche depuis mon arrivée à Alger. Depuis que je sais que vous êtes vivante... J'ai parcouru ces salons au pas de course... et je crois d'ailleurs que j'ai choqué...

Qui était-il ? Il faisait un peu sombre dans ce coin de patio... et puis soudain les cheveux, quelque chose dans leur implantation qui lui rappelait... Dieu... Elle osa à peine dire : Petit...

— Oui ! Petit-Chabrier !

Alors elle lui tendit les bras. Elle riait, elle pleurait, elle perdit ses roses, il les ramassa, on les regardait...

— Encore un qu'elle va nous souffler, dit Iris. Il les lui faut tous !

Casilda ramena Mathias à Dar Malika. On ne pouvait pas se quitter comme cela et elle ne le laisserait pas vivre à l'hôtel.

— Il y a un monde fou chez moi. En vérité, j'habite une espèce d'hôpital-maison de convalescence. On vous y trouvera quand même un bon lit.

On parla beaucoup. On se coucha très tard et ils dormaient à peine depuis une petite heure, lorsqu'un grand branle-bas les alerta. C'était Mme Morelli et son portier marseillais qui heurtaient au portail, faisaient lever le gardien et réveillaient toute la maison.

Eugénie se précipita vers Casilda.

— C'est à peine croyable... C'est l'infamie la plus horrible... c'est... c'est la République ! Elle a été déclarée à Paris. Mais on n'en savait rien, *eux* surtout, les princes l'ignoraient et ils viennent de l'apprendre, et d'apprendre aussi qu'ils sont désormais proscrits. *Eux* les fils du roi ! Le duc gouverneur est déjà remplacé, en attendant on dit que c'est Changarnier qui fait l'intérim. Et *eux*, eux vont s'embarquer demain, non aujourd'hui, corrigea-t-elle après avoir regardé l'horloge...

Mais pire encore, savez-vous comment le duc d'Aumale, et la duchesse, le prince et la princesse de Joinville viennent d'apprendre tout cela ? Par le journal ! Par le *Moniteur*. Ah ! donnez-moi quelque chose à boire... *Eux* et toute leur race proscrite, dit-elle encore. Oh ! Seigneur !

On l'entourait. Les infirmiers n'avaient pu empêcher les plus valides des pensionnaires de venir écouter.

Apercevant Mathias, en robe de chambre de velours tabac, Eugénie lui dit :

— Ah ! vous êtes là aussi ! Tant mieux, vous viendrez avec nous, parce que je suis ici pour vous dire que nous devons, tous, les escorter jusqu'à l'embarcadère. Il faut que nous les entourions, les réconfortions. Il faut cueillir les fleurs de tous les jardins, il faut aller leur dire...

Elle n'en pouvait plus, la pauvre Eugénie, elle vivait la fin du monde.

Elle put encore dire ne sachant plus très bien à qui elle s'adressait et évaluant le nombre de tous ces malades en chemise de nuit.

— Vous devez tous les suivre pour qu'ils ne soient pas seuls, abandonnés... Il n'y aura pas d'escorte officielle, je le sais, Martial me l'a dit.

Contrairement à ce que pensait Eugénie, les princes et princesses ne furent pas seuls pour gagner le port. La ville était dans les rues dès l'aurore. Français, Européens, Maures, Arabes, Juifs, bourgeois, soldats, marchands, ouvriers, matelots, les attendaient.

Il pleuvait. Il faisait froid.

Ils sortirent enfin du palais et prirent le chemin du port. Ils étaient à pied.

Le duc d'Aumale donnait le bras à la duchesse. Le général Changarnier à la princesse de Joinville.

Il n'y avait, en effet, aucune escorte officielle.

La foule les suivit. Silencieuse.

Et il pleuvait toujours. Certains auraient bien offert leurs parapluies, mais n'osaient pas ; on se doutait confusément que ces têtes royales, fièrement dressées, souriant un peu tristement ne se couvriraient pas.

Mais il y avait beaucoup de boue dans les rues d'Alger, dès qu'il pleuvait, et les princesses avaient de bien fines chaussures !

Alors, on vit soudain un homme s'avancer et jeter son grand manteau à un endroit particulièrement boueux pour que Leurs Altesses puissent le franchir sans s'enliser.

— Je vous rends grâce, monsieur, dirent la duchesse et la princesse en marchant sur le drap foncé et en remerciant Mathias.

Car c'était lui qui avait eu ce geste de seigneur.

Alors, ce fut un tapis de manteaux qui se déroula tout à coup sur les cent derniers mètres qui étaient encore à franchir. Et une pluie de fleurs aussi. Ceux qui avaient apporté un petit bouquet le jetèrent là, sous les pieds des enfants du roi Louis-Philippe détrôné.

Une dernière fois l'artillerie de terre et de mer salua son ancien gouverneur et on regarda le navire s'éloigner.

— C'est une époque qui finit, dit Elina à Casilda.

Mais Casilda n'entendait pas. Elle regardait Mathias. Tous ceux qui avaient, à son exemple, jeté leur manteau sous les pas des princesses, les reprenaient, trempés, boueux et les secouaient. Lui laissa le sien. Son premier geste l'avait ravie, le second l'enthousiasma, l'un ne détruisait pas l'autre. Où donc son Petit-Chabrier était-il allé apprendre ce comportement de gentilhomme ?

Elle le regardait toujours et se dit soudain qu'il n'avait rien à apprendre. Il avait l'âme belle, tout simplement.

On repartit à pied au consulat de Suède. Elina y promettait un bon café réconfortant. On pourrait ainsi tout raconter à Sven.

A des hommes qui placardaient des affichettes sur les murs, Mathias en demanda une. C'était les adieux du gouverneur à sa ville. On en prendrait connaissance chez les Dynensen.

Ils étaient tous, maintenant, dans le salon, autour du consul dans son fauteuil. Et Eugénie demanda à lire la proclamation du prince. N'était-ce pas à elle, amie du duc d'Orléans, que devait revenir cet honneur ? On approuva.

Alors, elle s'éclaircit la voix et dit :

— « Habitants de l'Algérie, fidèle à mon destin de citoyen et de soldat... »

Elle ne put aller plus loin, le chagrin et l'émotion l'étouffaient.

— Lisez, vous, dit-elle à Mathias en lui tendant la petite feuille de papier blanc.

Mathias terminait :

« ... Soumis à la volonté nationale. Je m'éloigne, mais du fond de l'exil, tous mes vœux seront pour votre prospérité ici et pour la gloire de la France, que j'aurais voulu pouvoir servir plus longtemps ! »

On l'avait écouté en silence. Et, de l'émotion, chacun s'était laissé entraîner vers la curiosité que l'homme qui lisait soulevait.

Il se dégageait de lui, se dirent-ils tous, une impression de force, d'autorité, d'énergie. Mais de tendresse aussi.

Et le consul, à le regarder, se dit avec émotion : « Eh bien, la voilà, la nouvelle race de ce pays ! »

Et, comme Mathias maintenant ne paraissait voir que Casilda, qui ne voyait que lui, le vieux monsieur sourit.

Il était âgé, malade, le consul, mais il était content. Ce pays, qu'il aurait tant aimé, était, se dit-il, en de bonnes mains.

Alors Elina se pencha vers son mari et lui dit à l'oreille :

— Celui-là, ni vos services secrets, ni les miens ne nous l'avaient signalé... Vous les avez vus, tous les deux ?

— J'ai vu, dit-il doucement, en souriant toujours.

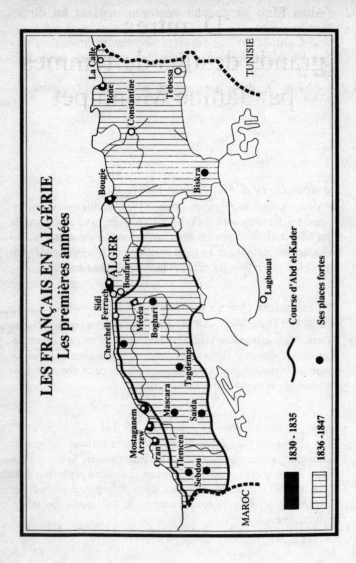

LES FRANÇAIS EN ALGÉRIE
Les premières années

TUNISIE

La Calle
Bône
Constantine
Tebessa
Bougie
Biskra
Laghouat
Sidi Ferruch
Cherchell
Boufarik
ALGER
Médéa
Boghari
Mostaganem
Arzew
Mascara
Tagdempt
Oran
Tiemcen
Saïda
Sebdou

MAROC

1830 - 1835
1836 - 1847

Course d'Abd el-Kader
Ses places fortes

D'autres
grands destins de femmes
par Janine Montupet

La dentellière d'Alençon (n° 10317)
À Alençon, sous le règne de Louis XIV, catholiques ou protestantes, les femmes sont dentellières. Gilonne, une orpheline de cinq ans, entre en apprentissage dans un atelier de dentelle. Son existence est pénible et la répression contre les protestants fait rage. Mais elle a tous les dons, et la force de continuer...

Bal au palais Darelli (n° 10686)
Adélaïde et Donatienne sont sœurs, et toutes deux ouvrières dans l'Isère. Mais leur amour pour le même homme, un génial précurseur dans l'industrie de la chaussure, va les séparer... La chronique de la prodigieuse ascension sociale de deux femmes dans l'univers de la mode, entre 1870 et 1950.

Dans un grand vent de fleurs (n° 10613)
Dans la Provence du début du XXᵉ siècle, la fortune des grands parfumeurs, comme la famille Garlande, repose sur la culture des fleurs. La belle et orgueilleuse Sorenza, une jeune orpheline, fille d'une humble famille de cueilleurs, aime sa terre et le parfum des fleurs. Elle découvre l'amour auprès de Guillaume Garlande, mais la vie les sépare...

Un goût de bonheur et de miel sauvage (n° 4277)
Drina tient de son arrière-grand-mère Mérotte un incontestable
don pour la cuisine. Elle hésite cependant à prendre la tête de
l'empire gastronomique familial dont elle est l'unique héritière.
De 1900 à nos jours, la saga d'une dynastie de restaurateurs de
luxe.

La jeune amante (n° 10134)
Nora est une jeune fille aimée par ses parents. Sa tante Irène, une
femme raffinée et élégante, la chérit comme si elle était son enfant.
Alex, le mari d'Irène, est un grand patron de presse charismatique.
Il a vu grandir Nora, et lui a tout appris...

Il y a toujours
un Pocket à découvrir

IMPRIMÉ EN FRANCE PAR BRODARD ET TAUPIN
2927 – La Flèche (Sarthe), le 20-06-2000
Dépôt légal : juillet 2000

POCKET – 12, avenue d'Italie - 75627 Paris cedex 13
Tél. : 01.44.16.05.00